幽光森林的居民们

乌龙大救援

［美］阿维／著　［美］布莱恩·弗洛卡／绘

栾述蓉／译

21 二十一世纪出版社集团
21st Century Publishing Group

闪光小溪

灰屋

柏油路

北
东
西
南

目 录

1

漫无目的的旅行

伴随着一阵阵轰鸣声、砰砰声和尖啸声，长长的货运列车开始移动。猪草，一只深橘色的、耳朵圆圆、尾巴短短的赭鼠，从一节敞开的空车厢门口向外张望。当世界呼啸而过时，他叹了口气，擦去几滴眼泪——其中一滴顺着他的胡须滑下来，轻轻滚落到地上。

猪草刚刚经历了一场惊人的冒险：他离开了森林里的家，离开了住在小溪附近的家人——父母和所有的弟弟妹妹，去了安珀市。在那里，他遇见了一只迷人又与众不同的雌鼠——离合器，还结识了一只可爱的名叫闪光灯的老鼠。

他享受热闹的城市生活，学着城里人讲话，与那些可怕的猫，特别是银边搏斗，并取得了最终的胜利。然而，当猪草意识到离合器和闪光灯已经坠入爱河，而自己成了他们之间的阻碍时，他决定离开。尽管明知这是正确的选择，但他还是感到难过。

猪草满怀深情地摸了摸左耳上戴着的耳环。那是一个小小的金属环，上面拴着一颗紫色塑料珠，是离合器和闪光灯送给他的离别礼物。一想到朋友们，猪草便抑制不住思念之情。他希望他们能够过得幸福。

"我不幸福。"他喃喃地说。

"火车究竟是开得太快，还是太慢了？"他在心里问自己。

"嘿，"他想，"我需要去一个安静的地方，一个人静一静。离开，是为了开始全新的冒险。可是，去哪儿好呢？"

接着，他又想到一个新的问题：我究竟算是乡下老鼠还是城里老鼠？我说话像城里老鼠，可自我感觉却像乡下老鼠。我到底属于哪一类？

他想起自己在离开小溪后不久，曾走到一个岔路口。当时，一只老田鼠告诉他，面前的岔路一条向东通向幽光森林，另一条则通向城市。猪草当时选择了去往城市的那条路，心里想着有朝一日再去幽光森林。"好吧，时不我待，现在该去森林了。"他说。

他抬起头，放开喉咙，唱起了他们全家最喜欢的那首歌：

一只老鼠自由漫步，

走过林荫和卵石小路，

走过高山还有低谷，

阳光灿烂，鸟儿歌舞。

世界处处是老鼠，啊！

世界处处是老鼠，啊！

　　紧接着，猪草抬起两只爪子，放在嘴边做成喇叭状，喊道："幽光森林，我来了！"

　　不过，他并不知道幽光森林在哪里。随后，他想起了一句老话：如果你不知道要去哪里，就随便选一条路走。

　　这个想法让猪草的精神稍微振作了一些。他提醒自己不要忘记从安珀市的危险遭遇中得到的教训：避免危险最好的办法就是不要多管闲事。

　　"幽光森林，"猪草重复了一遍，"听上去像是一个适合发呆的地方，在那里我可以好好想想自己究竟要做什么。酷！身为老鼠就要做老鼠该做的事。"

　　火车向前奔驰。猪草坐在车厢门口，看着眼前急速变幻的场景，努力抚平自己抑郁的心情。人类的房屋、汽车、树木、鲜花和草地，所有这些都像风中纷飞的树叶一样一闪而过，他只听到火车悠长而低沉的汽笛声。

一小时后，火车开始减速。随着哐当哐当的一阵响声，火车最后停了下来。猪草好奇地从车厢门口探出头，想知道是怎么回事。

只见紧挨着他乘坐的火车，出现了另一组铁轨。

铁轨之外是一片郁郁葱葱的森林，散发出怡人的草木芬芳。"也许那就是幽光森林，不如下车去看看。"猪草暗自想着。

他朝门口挪了挪，屈起双腿，准备从车厢里跳出去。就在这时，一阵猛烈的气浪袭来，另一列火车突然从旁边的轨道上呼啸而过，快得像一个模糊的影子。

猪草吓坏了，一头扎进车厢深处。他紧紧闭着眼睛，急促地大口喘气，身子一个劲儿地哆嗦。他用一只爪子捂住胸口，以确定心脏是否还在跳动。这太疯狂了！

"老兄，你刚才差点儿就被刮跑了。"他艰难地对自己说。

"好吧，有时候，什么都不做比做些什么要好。"终于平静下来之后，他又这样对自己说道。

他小心翼翼地回到敞开的车厢门口，双脚牢牢地踩在门槛上，谨慎地向外窥探。外面的世界一如从前，但他再也没了跳出去的冲动。

不一会儿，火车重新启动了，很快就恢复了先前的速度。汽笛声再次响起。之前看到过的东西——树木、鲜花、人类的房屋和汽车飞驰而过。随后，火车又一次停了下来，猪草探出头去，看到了许多房屋、车辆和人。那是一座人类的村庄。

"我不想靠近人类。太危险了。他们不喜欢老鼠。我需要去一个不会遭到暴力对待的地方。"他在心里说。

当火车继续轰隆隆前进的时候，猪草意识到刚刚遭受的惊吓让他感到有些饿了。他耸了耸鼻子，发现空气中弥漫着一股好闻的味道。

他朝车厢深处望去，这才注意到，在远处一个阴暗的角落里，有一只皱巴巴的棕色纸袋，正散发着食物的气味。他急忙跑过去，闻了闻。是好吃的！猪草用前爪和牙齿在纸袋上撕了个口子，一股诱人的香味立刻飘了出来。

猪草把头伸进裂口，看到一块面包，上面还涂了一层厚厚的、棕色的坚果糊——闻起来实在太香了。

猪草最喜欢吃的就是坚果。他捧起一把坚果糊，尝了一口。"太好了，是花生酱，世界上最美味的食物。"他喃喃道。

猪草坐下来美美地吃了一顿。填饱肚子之后，他决定把剩下的食物留到以后再吃。"不知道我要走多远，"他提醒自己，"但这是最酷的旅行方式。"

肚子里的食物让他感到轻松自在，车厢富有节奏的晃动则让他开始昏昏欲睡。午睡时间到了，他想。

他在纸袋上弄出一个足够大的洞，然后钻了进去。他舒舒服服地在纸袋里躺下，然后闭上了眼睛。就在这时，火车开始减速，直到再次颤抖着彻底停下。

猪草没有在意。他深吸了一口气说："有坚果糊吃，没人打扰，还身处一个未知的地方。真是再好不过了。"随后，他便不知不觉地睡着了。

过了一会儿，一阵刺耳的沙沙声把猪草从睡梦中惊醒。他睡得迷迷糊糊的，不想睁开眼睛。可那个尖锐的声音再次传来，甚至比刚才更响、更烦人。猪草不得不勉强把眼睛睁开一条缝。

起初，猪草什么也没看见。当沙沙声第三次响起时，他坐了起来，四下张望。那是什么声音？他想。他转过身，面朝敞开的车厢门口，看到门边伸出一只灰色的小爪子，爪子上长着五根长长的脚趾，接着是第二只爪子，同样有五根脚趾。

随着一声轻轻的咕哝声，猪草惊讶地看着一只动物爬进了车厢。

2

谁的爪子

　　猪草从没见过这样的动物。

　　他跟一只猫差不多大，全身长着深灰色的毛，只有胸部是白色的。他的耳朵圆圆的，稍有点儿尖，鼻子黑黑的、尖尖的，周围是一圈白色的毛，还长着长长的白色胡须。他的眼睛又黑又亮，周围是一圈黑色，黑眼眶又被白毛包围起来，看上去就像戴着面具一样。他的尾巴又长又蓬松，有着黑色和灰色相间的条纹。然后，猪草再次注意到，他的每只前爪都有五根指头。

　　这只动物一爬进车厢，就一屁股坐在那里，开始四处张望。他似乎对周围的环境感到困惑，焦虑地低声喘息。

这是什么动物？猪草想，为什么他看起来这么紧张？好吧，还是不要多管闲事了。于是，猪草一动不动地看着对方，希望他赶紧走开。

那只动物在空气中嗅了嗅，伸出一条粉红色的舌头，舔了舔鼻子。

哦，他饿了，也许他想吃我。猪草心想。

火车摇晃了一下，开始移动，继而再次奔驰起来。那只动物转过身，张大嘴巴盯着车厢门外。刚开始，他只是呆呆地望着外面，好像不明白发生了什么事。随后，他呻吟了一声，听上去非常悲伤。

猪草继续盯着他。只见这只动物慢慢地挪到车厢门口，抬起一只爪子，伸向空中。那五只长脚趾似乎在感受掠过眼前的风，想搞清楚那是什么。然后，他弯曲后腿蹲下来，像是准备跳下去。

猪草来不及考虑，下意识地叫道："老兄，别那么干！"

那只动物大吃一惊，四下张望。

"火车开得太快了。"猪草喊道，"相信我，笨蛋。如果你现在跳下去，会摔成一摊肉泥的。"

"谁……谁在跟我说话？"那只受惊的动物结结巴巴地问。

他转动脑袋，在车厢里四处寻找声音的来源。

"是我，猪草。"

"湿卧·猪槽是什么东西？"

"我是只赭鼠。"

"我以前从没见过叫湿卧·猪槽的老鼠。你在哪儿？长什么样？"

"我在这里，老兄。在这个角落里。"

"你能把自己变大一点儿吗？"

猪草站了起来："现在看到我了吗？"

"你不能变得再大一点儿吗？"

"对不起，赭鼠天生个头儿就小。"猪草回答。他把头歪向一边，摸了摸耳环，鼓起勇气问道："能告诉我你是谁吗？"

"这还用问？浣熊。"

"你叫什么名字？"

"洛塔。"浣熊仔细地打量了一下猪草，随后再次转过头，注视着车厢外面，显然他更关心眼前的一幕：火车正在快速行驶，世界飞速地掠过。

猪草惊讶地看到洛塔亮晶晶的眼睛里涌出泪水。泪水先是在眼角打转，随后开始沿着他毛茸茸的脸颊滚落。

"嘿，浣熊，你怎么了？"猪草叫道。

洛塔盯着车厢外面。"我……妈妈，她在……那里。"他抬起爪子做了一个含糊的动作，还用一根指头指了指。随后，更多的眼泪掉了下来。

"到底是怎么回事？"

"我和妈妈在一起……呜呜……在我们的岩洞里。岩洞在森林里，很舒服……呜呜……她睡着了，我也睡了。我醒来时，她还在睡。我饿了，可我不想吵醒她。妈妈喜欢白天睡觉……呜呜……我就想自己找点儿吃的。我出来找吃的，走了很久，穿过了树林。过了一会儿，我闻到食物的味道——在一个山沟里。当我往山沟里看时，就发现这个大东西坐在这里。"

"这叫火车。"猪草说。

"我以前从没见过这个东西，它一动不动的。我闻到了食物的味道，而且……呜呜……我看到门敞开着。"

"你闻到了什么食物的味道，是坚果吗？"猪草问。他希望浣熊闻到的不是他的味道。

"我不知道是什么东西，"洛塔说，"不过闻上去好像很好吃。因为我很饿，所以我跳了起来……跳得很高。我一辈子都没跳得这么高过……然后……就进了这里……呜呜……但后来妈妈走了。"浣熊抬起头，哀号起来。

"不对，是你走了，因为火车开动了。"猪草说。

"它为什么要开动？"洛塔抽抽搭搭地问。

"火车就是这样子的。"

浣熊回头看了看车厢门口，咧开嘴巴，露出两排牙齿，哭着说："我要妈妈。"随后他又开始哗哗地流眼泪。

"你都这么大了，不应该再哭着找妈妈了。"猪草说，"你多大了？"

"两个月。"洛塔回答。

"哦，好吧，那你还是个小孩子。"

"妈妈也是这么说的。你多大了？"

"五个月。"猪草说。

浣熊打量了一下赭鼠。

"如果我比你年纪小，为什么个头儿比你大？"他问道。

这个动物的脑子简直就是一团糨糊，猪草心想。

"嘿，不好意思，我有个疑问：你们浣

熊吃赭鼠吗?"猪草问道。

"我不知道。我以前从没见过赭鼠。"

"那你都知道些什么?"

"我爱我的妈妈。我讨厌狗、蛇和人。妈妈也讨厌他们。她说,如果我看到这些东西,就要赶快跑开。他们会咬我,被咬了就不好玩了。"

"嘿,你妈妈不在这里,我也不是蛇、狗或人。但你妈妈说得对,离他们远点儿。"

"人是什么东西?"

"是一种两条腿的动物,长得很高,头顶上有毛。"猪草回答。

猪草打量着浣熊,想起了一件事:在位于小溪附近的家中,他的妈妈曾教导他必须照顾年幼的孩子。他想起了他的弟弟黑麦。这只浣熊跟黑麦差不多年龄。

于是他说:"你最好过来吃点儿东西。这会让你好受一些。"

洛塔蹒跚地走到猪草所在的地方。赭鼠很清楚这只小浣熊跟他比起来块头大多了,所以赶紧躲开。浣熊闻了闻纸袋,用两只前爪把猪草制造的洞弄得更大了一些,然后把鼻子伸进纸袋里。他找到了食物,用爪子捧起,开始狼吞虎咽。吃东西的时候，他发出了很大的声音，先是咀嚼，然后咕嘟咕嘟地往下咽。

小浣熊用爪子撕开纸袋的速度之快让猪草心里很不安，但他什么也没说，只是心想："他吃花生酱总比吃我要好。"

"你吃东西的时候非得这么大声吗？"猪草问。

洛塔四下看了看，回答："妈妈也总是这么说。"

"看来需要有人告诉你什么该做，什么不该做。"

"我只知道妈妈走了，这意味着没人告诉我该怎么做了。"浣熊抗议道，然后又开始掉眼泪。

"不如用自己的脑子想想？"猪草建议道。

"对不起，我年纪太小了，没什么脑子。"洛塔说。为了证明这一点，他坐下来，露出一副茫然的神情。

"你知道你家所在的森林叫什么吗？"

"幽光森林。"

"真的吗？"

"妈妈就是这么叫的。"

猪草突然萌生一个想法。这只浣熊说他住在幽光森林，好吧，如果我帮他找到他的妈妈，兴许恰好能到达我原本想去的地方。

"你听着，我会帮你找到你妈妈的。"猪草说，随即补

充道，"记住，我习惯了独来独往。所以，等把你送回家，我们俩就分开。不过，为了这个目标，我们首先得离开这辆火车。"

"你说过我不应该下车的。"

"等火车停下来就可以下车了，小毛球。"

洛塔用爪子揉了揉脸，然后扯了扯胡须，又开始掉眼泪："那如果火车一直开……我岂不是离她越来越远了吗？"

"别担心，火车似乎经常会停下来。等到下一次停的时候，我们就下车。"

"但是……那么，我们去哪里找她呢？"

"就像你说的，去你们住的森林里找。"

"我自个儿？"他哭得更凶了。

"我和你一起去！"猪草喊道。

"要有耐心，"猪草在心里对自己说，"他会把你带到幽光森林的。"

"如果森林里有人怎么办？或者有蛇和狗？"洛塔说，"妈妈说过要离他们远点儿。"浣熊把鼻子凑到猪草脸上，"你能不能，也许……请你……既然你年纪比较大……而且比较聪明，我们去找她的时候，你能不能走在前面？"

猪草审视着洛塔。"我希望我的主意行得通。"他用一只爪子摸着耳环，在心里安慰自己。

"你耳朵上挂的是什么东西？"洛塔问。

"耳环。"

"做什么用的？"

"朋友们送给我的。"

"你和他们走丢了吗？"

猪草没有吭声。和一只讨厌的浣熊在一起比他设想的要困难。

"我将成为你的朋友,你最好的朋友。而你也可以成为我最好的朋友。"洛塔说。

"我不想要朋友。何况,你的个头儿太大了。"猪草回答。

"你真傻。我个子很小,妈妈的个头儿才大呢。不过,等火车停下来的时候……你会……真的会帮我找到她吗?"浣熊又把鼻子凑到猪草身上,"求你了。"

猪草用两只爪子抵住洛塔的鼻子,用尽全力想把他推开,可浣熊完全没有动弹。猪草只好喘着粗气说:"你刚才没有听我说话吗?我告诉过你,我会的。现在……让开。"

"谢谢你。"浣熊边说边往后退,"我要睡觉了,火车停下来的时候叫醒我。"接着又突然冒出一句,"赭鼠,我很高兴你是我最好的朋友。"

洛塔从猪草的身边走过去,躺下来,蜷缩成一团,用爪子捂住眼睛,很快就睡着了。

猪草盯着浣熊。过了一会儿,他才意识到浣熊正睡在那

个纸袋上面。这意味着——"我没东西吃了。"他想。

他走到车厢门口，朝外张望。虽然天色越来越暗，但他能够看到火车正在继续穿越林地。有那么一会儿，他有种想甩开浣熊的冲动。"但他可以把我带到幽光森林。"他提醒自己。

他走到车厢另一头的一个角落里，尽可能地远离浣熊，然后便躺下睡着了。

半夜时分，猪草察觉火车曾停下来过，现在正朝着相反的方向行驶。"现在我们要去哪里？"他心想，然后又开始猜想离合器和闪光灯过得怎么样。他最后想到的是："明天我就到达幽光森林了。"随后，他再次沉睡过去。

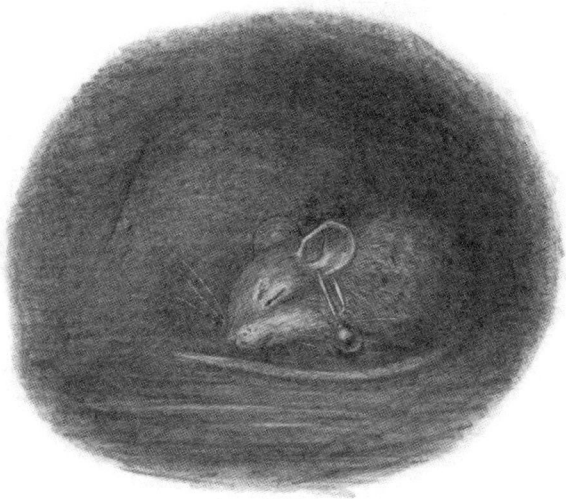

3

跳下火车

　　清晨，明亮的阳光照进车厢，猪草醒了过来。他打了个哈欠，揉了揉眼睛，伸了个懒腰，然后站了起来。他用左后脚挠了挠下巴，捋了捋胡须和耳朵，又甩了甩尾巴，最后检查了一下自己的耳环。一切都很正常。

　　他已经完全清醒了，走到车厢门口向外望去。只见火车停在一条深沟里，沟壁上遍布岩石，还长满了灌木。在沟壑上方，猪草看到一些树梢露了出来。也许这里靠近浣熊居住的森林。他低下头，看见紧挨着火车还有一组平行的铁轨。

饥肠辘辘的猪草朝车厢另一头望过去，发现洛塔仍然躺在纸袋上睡觉。那是装食物的袋子。糟糕，猪草想，我得让那只浣熊挪一下位置。

"洛塔，"他冲车厢里喊道，"火车已经停了。你得赶在它再次启动或另一列火车驶来之前下车。听到我的话了吗，蒙面宝宝？现在是下车时间，也是找你妈妈的时间。来吧，行动起来吧。"

洛塔头靠在纸袋上，闭着眼睛一动不动。

猪草走到洛塔旁边，冲着他的耳朵大喊："嘿，睁睁眼。"

洛塔继续呼呼大睡。

猪草跑到洛塔的鼻子旁，用两只爪子拍打着他的鼻子："醒醒，条纹尾巴。"

洛塔终于慢慢抬起头，半睁开眼，迷迷糊糊地朝猪草眨了眨眼，打了个哈欠，满足地叹了口气，然后迅速低下头，再次闭上了眼睛。

"我们到底要不要去找你妈妈？"猪草喊道。

洛塔长长的白色胡须抽动了一下，又睁开了眼睛。"嗨！"他睡眼惺忪地说道。

"如果我们要去找你妈妈，现在就得下车！"猪草说。

洛塔慢慢坐起来，又打了个哈欠，露出尖尖的牙齿和粉红的舌头。随后，他逐一舔了舔自己的十根指头，接着用湿漉漉的指头轮流揉了揉眼，最后说道："我很饿。你能再给我弄点儿吃的吗？"

"你就坐在吃的上面。"

"哦。"

"浣熊，"当洛塔狼吞虎咽地吃着剩下的花生酱和面包时，猪草说，"听我说，别光想着吃。火车已经停了。这意味着你的机会来了，也许是你这辈子最好的机会。你得跳下车去找你的妈妈。知道吗？撒丫子溜吧。"

洛塔疑惑地看着猪草："我忘了你叫什么名字了。"

"我叫猪草。"猪草跑到车厢门口。火车仍然没有开动。他指了指外面："快点儿，宝贝，跳下去，不然就没机会了。"

突然，火车发出一声长长的、刺耳的汽笛声。

"听到了吗？"猪草喊道，"它跟我说的是一个意思：快走。"

洛塔笨拙地站起来，转过身嗅了嗅纸袋，然后蹒跚地走到车厢门口。猪草站在那里等着他。"我该怎么做？"洛塔问。

"怎么做？"猪草叫道，"还用问吗？从车厢里跳出去，迅速、彻底地出去。我说得够清楚了吧？"

浣熊摇了摇头："我不知道怎么从火车上跳下去。我以前从来没有做过。"

"这很简单。"猪草说着从车厢边上往外看了看，有了一个主意：他先跳下去，然后让浣熊跟着跳。

"好吧，看我怎么做，然后你照着做。明白了吗？现在我要跳下去了。很容易，看着我。"他对洛塔说。

火车再次鸣响汽笛。

"记住，一定要跟着我！"猪草喊道。

洛塔站在猪草身边，低头看了看："离地面这么远啊。"

"老兄，知道吗？下车的唯一办法就是跳下去。"猪草说。

洛塔盯着地面，摇了摇头："太高了。"

"你之前不也是跳上来的吗？"

"那是相反的方向。"

"好吧，浣熊，看我怎么做。"

猪草说着，从车厢里一跃而出。随着噗的一声轻响，他落在了两条平行铁轨之间一大片松散的砾石上。然后，他抬起头来。

洛塔站在车厢门口，低头看着他。

"你没事吧？"

"我当然没事。来吧。跳下来。"

"这太高了。"

"不高。"猪草叫道，"你必须这么做。跳吧。"

"我害怕。"洛塔用爪子捂住眼睛叫道。

"你什么都不用做，让自己掉下去就行。"猪草大声叫道。

"要是我伤到自己怎么办？"

火车的汽笛发出尖厉的声音。

"浣熊，"猪草说，"如果火车开动了，而你还在上面，你就再也见不到你妈妈了。"

洛塔满脸惊恐地问："那如果我跳下去，你会接住我吗？妈妈总是能接住我。"

"你太大了，我接不住。"

"但是……"

火车猛地一震，联轴器哐当哐当地响起来。

"火车要开了，快跳！"猪草喊道。

"它是朝着妈妈的方向去的吗？"

"别管了。快点儿。"

"我害怕。"

火车加快了速度。

猪草跟在前进的火车旁边跑着："浣熊，这是你最后的机会。"

火车开得更快了。

"我要妈妈！"

猪草在行驶的火车旁边拼命地奔跑。"老兄，如果你还想再见到你妈妈，就赶紧下车，马上！"他冲着洛塔喊道。

洛塔闭上眼睛，跳了下去。

4

在沟里

浣熊肚皮朝下，趴在地上。

"我成功了。"他喊道，"我从火车上跳下来了。赭鼠，你看到了吗？我像只鸟一样，在空中飞翔。"

没有人回答。

"喂，猪草赭鼠，你去哪儿了？你丢下我不管了吗？"洛塔喊道。

浣熊趴在原地没动，眼睛到处张望。火车已经开走了，他看不到猪草的踪迹。

"你回到火车上去了吗？"

洛塔侧耳聆听着。他只听到"哦哟"一声细微的闷响，但搞不清楚声音是从哪儿来的。于是，他继续趴在那里。

"赭鼠，我希望你没有离开。你是我最好的朋友。"他叫道。

还是没有回答，不过洛塔感到肚皮上痒痒的，有点儿难受。

"哦哟。"那个细小的声音再次传来。

洛塔感到一阵剧痛。"啊！"他大叫一声，跳了起来，低头一看，只见猪草正躺在卵石地面上。

"你在那里做什么？"洛塔问。

"老兄，你掉到我身上了。"

"哦，对不起。我不是故意的。这是我第一次飞行。我还没有学会着陆。真的。"洛塔说，"你是我最好的朋友。事实上，你是我唯一的朋友，除了妈妈，但她不是朋友，她是我妈妈——这要好得多。而你将帮我找到她。谢谢你，我太爱你了。我们再也不会分开。我们永远是最好的朋友。"

他弯下腰，用湿漉漉的舌头舔了舔猪草。

猪草一声不吭地爬起来，擦去脸上的口水，盯着铁轨。此时，火车已经不见了踪影。

猪草转过身看着洛塔。"说真的，我只想帮你找到妈妈。

你个头儿太大了，不适合做我的朋友。"他说。

"如果你认为我这就算个头儿大，那就等着看我妈妈吧。"洛塔说，"她才真是大呢，比我大多了，她是世界上最强壮的浣熊。不过，有的时候，"洛塔小声补充道，"她会生我的气。"

"会吧？"猪草心不在焉地回应道。他盯着空荡荡的铁轨，心想：我必须摆脱这只浣熊。

"来吧，我们去找妈妈。"洛塔拍了拍爪子，把脸凑近猪草，"我是个小孩子，你比我大，也比我聪明，还是我最好的也是唯一的朋友。所以，你来负责带路。好吧，我们走吧，我跟着你回去找妈妈。"

猪草低头，顺着铁轨经过的山沟望过去：这条沟很陡峭，从里面伸出很多树木枝丫来。他抬头看了看，在沟的上方，可以看到大树的树梢。"好吧，那上面是森林。你就是从那里来的，对吧？"猪草问道。

"也许吧。"

"首先，我们需要离开这条沟，待在铁轨上不安全。一旦我们到了上面的森林里，就可以开始寻找你妈妈了。跟着我。"猪草说道。

他没有再多说什么，直接爬了起来，几乎是从沟底一路跑上去的。猪草从一块岩石跳到另一块岩石，从一段树根蹦到另一段树根，踩着各种突起的东西往上爬。他一爬到顶，就回头往下看，却见洛塔仍然坐在沟底的铁轨上。

"来吧，浣熊，上来。"猪草叫道。

洛塔试图学着猪草的样子做，但每次刚爬了一段，就跌回沟底。这样反复了五次，他坐了回去，一脸茫然。他坐在铁轨之间，抬头看了看正低头看着他的猪草。"我做不到！"他喊道。

"你之前是怎么下去的？"猪草问。

"我那是掉下去的。听着，我想你应该下来推我上去。"

"不可能。"

"那你能拉我上去吗？"

"没门儿。"

"我还有一个主意。"

"什么主意？"猪草沮丧地问。

"我在这里等着。你去找我妈妈，叫她来这里。她比你强壮得多。她会把我弄上去的。"

"浣熊，我不知道她在哪里。再说，在下面等着可不是什么好主意。如果火车来了，你会像爆米花那样爆开。"

洛塔吓坏了："会有火车来吗？"

"我不知道。但如果你在上面待着，会安全得多。"

浣熊没有动。

猪草趴在沟边，沿着铁轨前前后后打量着。在右边不远处，山沟似乎变平了。猪草确定，从那个地方爬，洛塔应该能轻松地爬出山沟。

"往那边走，"他指点着说，"然后你就能出去了。我在上边和你一起走。现在，你得加快速度了。"

说着，猪草开始沿着沟边向前走，洛塔在底下跟着他，沿着铁轨拖沓地走着。猪草边走边继续观察着铁轨的前后方。果然，远远地，他看到有东西从相反的方向驶来。他停下来，盯着那个东西看。

"嘿，小脑瓜，有列火车正朝这里开来。"猪草叫道。

"在哪里？"洛塔顿时惊慌失措地喊道，"我应该去哪里？我没看到它。它会伤害我吗？"

"浣熊，你得赶快离开那里，加把劲上来。"

"哪个方向？向上？向下？侧向？救命啊！"

"快点儿，不然你就再也动不了了。"

洛塔惊恐万分，把爪子伸向高处，抓住沟壁上长出的一根树枝，开始往上爬，同时后腿使劲地蹬。

"就是这样。"猪草眼睛盯着铁轨叫道，火车正疾驰而来，"再快点儿！"

浣熊吓坏了，拼命抓住一切能抓的东西，向更高的地方移动。

驶来的火车越来越近，突然响起了尖厉的汽笛声。

"做得很好。继续，不要退回去。"猪草喊道。

洛塔紧紧抓住一根又一根树枝，后腿一个劲儿地蹬，终于爬到了沟顶。他一露头，猪草就紧紧攥住他的爪子，用尽全身力气往后拉。

浣熊上来了，扑通一声落在沟边上。下方，火车正呼啸而过，整个地面都在颤抖。洛塔紧紧闭上眼睛，用爪子捂住耳朵，急促地喘着粗气。

随之而来的是飞扬的尘土和一片寂静。

洛塔仍然闭着眼睛一动不动。"赭鼠，我……我还活着吗？"他低声问。

"老兄，没事了。"

洛塔睁开眼睛，四下看了看。"哇，你知道吗？"他说。

"知道什么？"

"我是世界上最勇敢的浣熊。我先是跳了下去，然后又爬了上来。"

猪草非常恼火。他一句话也没说，转过身看着他们来的地方：一边是深沟和铁轨，另一边除了树木，什么都没有。

猪草朝森林方向挥了挥爪子，问："这里看上去眼熟吗？"

洛塔坐起来，看了看四周："是的。"

"哪里眼熟？"

"那些树。"

猪草叹了口气，问："你妈妈住在什么地方，你能说一下吗？"

"那里有很多大石头，堆在一起，形成了一个洞。我们就住在那个洞里，里面又黑又舒服。我只知道这些。"

"你妈妈身上有味道吗？试着闻一闻。"

"当然有。我喜欢她的味道，甜甜的，暖暖的。"洛塔说着抬起鼻子，闻了闻。一次，两次，三次。

"闻到什么了吗？"

"或许，在那边。"

于是，猪草走进了树丛，洛塔则晃晃悠悠地跟在他身后。

"负责到底。"猪草心想，"找到他的妈妈。这应该能让我靠近幽光森林。现在，打起精神，开路吧！"

5

森 林 中

洛塔跟着猪草在树林中穿行，此刻，猪草只能看到一小片天空。他们置身于一个凉爽的、幽暗的绿色世界，四周有高大的灌木及低矮的青草，地面松软，散发着芬芳。他听到了鸟儿的啁啾，但很难看到它们。鸟语伴随着各种昆虫的鸣叫，混合成了一片嘈杂的嗡嗡声。

浣熊突然停了下来。

"怎么了？"猪草问。他一直沉浸在回到森林的美好感受里。

"你走错了，我敢说妈妈在那边。"

猪草叹了口气。当他们转而朝着一个完全不同的方向往前走时，他暗暗想：这样下去，还需要多久？

过了一会儿，洛塔一屁股坐在了一棵大树下。猪草垂头丧气地等着他开口。浣熊沉默了好一会儿，才挠了挠鼻子，张了张嘴，摇了摇头，说："你猜怎么着？"

"怎么了？"

"我不知道妈妈在哪里。"浣熊仰起头，哀号道，"妈妈，快来找我！"他哭了起来。

猪草抬头看着这只哭泣的浣熊，在心里发誓：再也不要主动帮助任何人了，永远不要！独处是发现自我的唯一途径。

他们坐在那里，就在这时，一个松果掉了下来，差点儿砸到猪草的头。

"臭虫油煎狒狒。"从他们的上方传来一个刺耳的声音，"吵什么吵！"

猪草和洛塔抬头望去，只见在他们的头顶、树干的分叉处，一只体型庞大的豪猪正低头看着他们。他的灰毛根根直竖，龇着黄色的牙齿，带刺的尾巴正激动地甩来甩去，长爪子里还握着另一个松果。

"森林里应该保持安静！难道你们今天早上醒来时忘记把耳朵粘在头上了？"豪猪咆哮道。

"是这只浣熊。"猪草喊道，"他还是个小孩子。他和妈妈走散了，我在帮他。"

"这就是这个世界的问题所在。"豪猪说，"小孩子们不懂得尊重父母。和妈妈走散纯粹是因为你自己不当心。"为了强调自己的观点，豪猪把另一个松果也扔了下来。还好猪草闪开了。

"如果这只浣熊跟妈妈走散了，"豪猪继续说道，"那么他需要尽快找到她，而不是像长羽毛的鱼那样大惊小怪。这就是我要说的。"他又扔出一个松果，砸中了洛塔，但浣熊只是眨了眨眼，似乎根本没有察觉。

"你能告诉我，我们在哪里吗？"猪草叫道。

"你正站在一棵树下。"

"老兄，这里到处都是树。"

"叫人'老兄'的都是些屎壳郎甜甜圈。这是森林，幽光森林，当然到处都是树了。"

"很高兴得知这一点。"猪草说，"你在附近见到过浣熊吗？"

"我是只豪猪。我

不喜欢浣熊。事
实上，我不喜欢任
何人，也没人喜欢
我。所以，抬起你漏气
的腿，挪到别处去。"

"是这个孩子，他说他妈妈住在一
个大石头堆里。附近有类似的地方吗？"
猪草指着浣熊坚持问道。

"我为什么要告诉你？"豪猪问。

"因为，如果我们知道那些石头在哪里，我们就会尽快
离开，让你一个人待着。"

豪猪来回甩着尾巴，考虑是否应该回答。最后，他说：
"那边大约八百米处有一大堆石头。"他指了一下，"现在走
开吧，臭鼬的臭苏打水。我需要安静。"

"你听到了吗？来吧，洛塔，快点儿。"猪草说。

"别再回来了。"他们俩走开时，豪猪冲他们的背影大喊
道。随后，他低声嘟囔了一句："我叫艾瑞斯，我就知道没人
在乎这个。"

他们沿着豪猪指的方向穿过树林，仍然是猪草打头。"很
好，我猜我已经到了幽光森林。"他心想。洛塔跟在他身后，

步履蹒跚，走得很慢。"现在，我要做的就是摆脱这只浣熊。"猪草在心里暗暗盘算。

"树上的那只动物告诉你我的妈妈在哪里了吗？"浣熊问。

"但愿如此。"猪草说。

"知道吗？即使找到了她，我也永远是你最好的朋友。"洛塔说。

猪草压低声音自言自语道："老兄，你永远不会再见到我了。"他继续往前走，巴不得赶快找到那堆石头，然后尽快独自离开。

6

一堆石头

"我们到了吗？我们快到了吧？"洛塔小跑着跟在猪草身后，变着法子地问了一遍又一遍，"我有点儿累了。我们可以休息一下吗？我饿了，我什么时候能吃东西？我妈妈还要多久才能找到我？我可以打个盹儿吗？你就不能走慢点儿吗？"

猪草拒绝回答洛塔的任何问题，聚精会神吃力地走着，时不时眺望远方，踮起脚寻找那堆石头。但他的目光所及，是一望无际的树木、高高的野草和黄色的蒲公英，唯独没有岩石。"那些石头最好很快就能出现。"他抱怨道。

"你说什么？"洛塔问。

"没什么。"猪草说。

"拜托，请找到我妈妈。"洛塔哼唧道，"我越来越累了。我真的需要打个盹儿。"

"继续走。"猪草喊道。

他们两个继续在森林中艰难地前行。一路上，小浣熊要么停下来摘朵花，要么抓起一只虫子，要么就仔细地打量一片叶子，同时不断就他的新发现向猪草提出问题。

猪草的回答总是简短而直白。

"你看到什么都得捡起来吗？"猪草问。

"我只捡漂亮的东西。"洛塔一边回答，一边小心翼翼地抓起一只蜗牛，递给猪草，"这个送给你。"

猪草甩掉了礼物，继续向前走，越来越灰心丧气。他问自己：如果我找不到他的妈妈，该怎么办呢？

没过多久，猪草看见了一堆灰色的巨石，一块挨一块地摞在一起。他停下来，用后腿站了起来，尽可能地拉长身子，盯着岩石，心里祈祷这就是他要找的地方——洛塔的家。在石堆最下面，有一个黑乎乎的洞口，猪草觉得看起来很有希望。"喂，伙计，那是你家吗？"他回头冲洛塔喊道。

洛塔也用后腿站起来，伸长脖子看了看。"是的，没错，是我家。妈妈，我不再迷路了，你找到了我。"他大声喊着向前冲去。

猪草让到了一边。

一只巨大的浣熊从石堆里蹿了出来。她高大、笨重，看起来十分强壮有力。这位母亲身高足有一米，白色的胡须竖立着，屁股高高翘起，带条纹的尾巴正在疯狂地甩来甩去，黑眼睛里燃烧着怒火。她大吼一声，大张的嘴巴里露出成排的牙齿——这些牙看起来特别锋利，尤其是那两颗獠牙。

猪草吓坏了，身子缩成一团。

洛塔却直接冲到母浣熊面前，抱住了她的前腿。

"妈妈，"他喊道，"是我，洛塔。我饿了，可你在睡觉，所以我就自己走了。然后我掉进了一个山沟里，到了一个叫火车的东西上。火车跑得很快，但一只非常聪明的赭鼠给我找到了一些吃的。我很勇敢，从火车上跳下来，一直跑到了沟上面。我们穿过了森林，一只脾气暴躁的老豪猪告诉我们该走哪条路，但他把一个松果扔到了我头上。不过，我没受伤，所以我们就回来了。这个猪草是我在世界上最好的朋友，他带着我。"

"带着你？"母浣熊叫道，"你被绑架了吗？"

"绑架是什么意思？"洛塔问。

"就是有人把你带走了。"

"哦，是的。我这个最好的朋友把我带走了。"

"这算哪门子朋友？"母浣熊愤怒地瞪着猪草问道。

"他说，他是猪草赭鼠。我做错了吗？我应该把他吃掉吗？"

猪草一直蹲在那里，尽可能地把身体缩成一团。这会儿，他小心翼翼地站起来，好让母浣熊看到他。他挥了挥爪子，友好地笑了笑说："夫人，很高兴见到您。"

洛塔的妈妈注视着他，问："是这只小老鼠带走了你？"

"是的，就是他。他永远是我最好的朋友。"洛塔说。

"如果他带走了你，他就不是你的朋友。"母浣熊吼叫着冲向猪草。

猪草不知道该往哪里逃。

"想带走我的孩子，是吗？"母浣熊张开大嘴怒吼道。

"不是的，"猪草边说边急忙往后退，"您没弄明白发生了什么。他完全迷失了方向，跑到了一列火车上。我想帮他，所以把他带到这里。带到他妈妈，也就是您身边。"

"你没有权利把他带到任何地方去。"母浣熊咆哮道，"拜托，你还是把你自己带到别处去吧。"

说着，母浣熊俯下身，用一只爪子抓起猪草，用尽全力把他向远处甩去，同时发出一声愤怒的咆哮。

当猪草在空中越飞越远时，他听到洛塔喊道："赭鼠，回来吧。别担心！ 你永远是我最好的朋友。我会去找你的。我保证！"

7

幽光森林

猪草在空中划出一道高高的弧线，最后跌落在一丛黄色的蒲公英上，这使得他以一种甜蜜而柔软的姿势着陆。只不过，他落下去时，弄得花粉四处飞扬，就像一朵金色的云在空中炸开一样，于是他打了一个大喷嚏。他滑到地上，晃了晃脑袋，好让自己清醒过来，紧接着便听到远处传来的、愤怒的母浣熊的又一声号叫。

猪草开始在树林中奔跑，毫不在意要去向何处。对他来说，只要能离洛塔和他的妈妈越来越远就足够了。"明白了吧，别再多管闲事。"他在心里责备自己。

等他跑累了，便停下脚步，坐下来，竖起耳朵聆听。四周的森林一片寂静。再也听不到那只母浣熊的咆哮，也听不到洛塔呼喊着要去找他的声音了。

"他们走了。"猪草说，"我也走了。走得好。"

他用爪子小心翼翼地摸了摸自己的耳环，生怕弄丢了那颗紫色的塑料珠子。发现它还挂在耳朵上，他放下心来，满意地深吸了一口气，然后向森林里张望。

"嗯，这里一定还是幽光森林。我做到了。"他低声说道。

森林里的光线朦朦胧胧的。数不清的树耸立着，其中一些树皮很厚，长满树瘤。树梢再往上，是成片的蓝天和柳絮般的缕缕白云。年轻一些的树长得又小又细，树皮还是黄绿色的，距地面更近一些。地面被茂盛的野草、一簇簇灌木以及褐色的落叶覆盖，散发出略带腐烂的气息。在倒下的树枝和圆木之间，生长着一丛丛淡蓝色的耧斗菜。枯木上长满了绿色的苔藓和棕色的蘑菇。微风轻拂，除了不知躲在何处暗中窥探的鸟儿不时啁啾几声，四下寂静无声。

"这里就是我的归属之处吗？"猪草悄声自言自语道，在这里大声说话似乎是不对的。不过，除了知道森林的名字之外，他对自己身在何处没有丝毫概念。

猪草发现自己饿坏了，于是开始东张西望。他注意到，距离他坐的地方不远处有几个松果。他捡起一个，剥开鳞片，拔出一颗松子。"这儿有很多好吃的。"他说。

猪草坐在那里，心满意足地嚼着松子，对这个柔软而隐蔽的世界非常中意。

他一边环顾四周，一边提醒自己现在完全无处可去。也许无处可去是最好的去处。好了，我已经到了幽光森林。现在该做些什么呢？又该去哪些地方呢？

除了远离浣熊之外，猪草不知道自己想去哪里。既然如此，他想，就让风替他决定好了。

他从一朵花上揪下一片蓝色的花瓣，抛向空中。一阵轻柔的微风将花瓣吹向右边。"很好，我就走那条路。"猪草说。

他在森林里悠闲地走着，欣赏着美景，感到自由自在和极度的平静。不错，非常不错。

无论他走了多远或多久，面前似乎永远是同一片原始森林——尽管这林子实际上无边无际，而且变化无穷。他不时停下来，吃一颗在路上找到的美味的种子，或者喝几口从花朵里收集的新鲜露水。"好极了。"他欢快地说，接着轻声唱起了《一只老鼠自由漫步》的第二段：

一只老鼠自由漫步，

走过大路、小路和山路，

去过森林、城市，数不胜数。

风霜雨雪全不畏惧，

蜗牛与猫不屑一顾。

世界处处是老鼠，啊！

世界处处是老鼠，啊！

　　猪草继续走了一段时间，直到不经意间来到了一条有车辙的土路上。看到轮胎印，他停了下来。哦，一条人类的道路，他想。

　　他前后打量着这条小路。小路看起来很荒凉，没有任何让他担心的东西，也没有任何令人不安的声音。猪草很好奇这条路会通向哪里，于是他沿着路边，在草丛中穿行。

　　小路拐了个急弯，穿出森林，通向一片草地。猪草来到了一片明亮、广阔、绵延起伏的田野上。这里长满了各种高矮不一的草，还有枝繁叶茂的低矮灌木，与幽暗的森林形成了鲜明的对照。头顶是蔚蓝色的天空，上面飘着几朵白云。白肚皮的燕子在空中盘旋，时而俯冲下来，大口吃着虫子。熊蜂笨拙地缓缓飞着，从白色花朵飞到金色花朵，又从金色花朵飞到粉色花朵。橙色翅膀的蝴蝶懒洋洋地翩翩飞舞。一只蚱蜢扑腾着翅膀跳了起来，露出一道黄色的条纹，落在几步远的地方。

"很不一样，但也挺好。"猪草说着继续沿着土路走。

又往前走了一段距离后，猪草看到了一样东西，像是一辆汽车。他停了下来。乍一看，这辆车跟他的朋友离合器在安珀市居住的那辆很像，但他马上意识到这并不是同一辆。

离合器的车已经锈成了棕色，一些零件已经被拆掉了，轮胎软趴趴的，一半陷进了土里。这一辆则是蓝色的，崭新、整洁、闪闪发亮，胀鼓鼓的轮胎十分显眼。更何况，安珀市离这儿有好几千米呢。

尽管如此，这辆车还是让猪草陷入了痛苦的回忆：他想念他的朋友们。但对于猪草而言，最重要的是，看到一辆新车意味着人类很可能就在附近。这很危险。

他开始犹豫不决："我应该跑开，还是去看看是怎么回事？"

最终，好奇心占了上风。猪草蹑手蹑脚地向前走，确保与汽车保持距离，同时留意着它的动静。他又往前走了一段，突然发现汽车后面有一个人类的巢穴：一座房子。他再次停下脚步，仔细地打量着房子。

那栋建筑孤零零地矗立在草地上，笼罩在森林的阴影下。它和猪草在安珀市看到的人类房屋完全不同。这座房子不仅与世隔绝，而且相当小，由整齐地堆叠在一起的原木建成。猪草还注意到这座房子有几扇小窗户和一扇门。此刻，门是关着的。

猪草盯着这座房子，想知道里面是否有人。看起来，这里似乎没有任何人类活动的迹象。但随即，他就听到了笑声和人说话的声音。毫无疑问，房子里有人。

"哦，还是离远一点儿好。"猪草心想。

就在猪草准备离开的时候，房门开了，三个人从里面走出来。这三个人身材各异：一个身材高大，一个非常矮小，还有一个中等个头儿。猪草看着他们。

"苏珊，"身材高大的那个人叫道，"快上车。"

　　那个小个子跑到车旁，拉开车门，爬了进去。另外两个人跟在后面，也上了车。

　　随着一声巨大的轰鸣声，一股臭气在空气中弥漫开来，呛得猪草一个劲儿地抽动鼻子。

　　汽车向后退了退，然后转了半圈。

　　猪草以冲刺般的速度从道路上跑开，随后停下来观望。

　　汽车继续沿着小路慢慢地行驶，经过猪草身边，然后驶进了森林里，与猪草来时的方向正好相反。很快，汽车就消失在猪草的视线中，任何声音也听不到了。

"很好，他们走了。我不想跟任何人类打交道。"猪草心想，"现在，抬起腿，离开这里。"然而，还没等他迈出第一步，就听到一个声音正在哭喊："救命！谁能帮帮我？"

8

求　救

猪草站在原地，一动不动。

"求求你，"喊声再次传来，"我需要帮助，随便什么人，来帮帮我。"

为了找出呼救声的源头，猪草尽量踮起后脚，四处张望。

"谁来帮帮我？"

那声音听起来虚弱而疲惫——有人遇到了麻烦。至少这声音听起来不像是洛塔，这让猪草松了口气。不过，他不知道该怎么做，只好待在原地。

"求你了。"声音再次传来，听起来更加虚弱，更加悲伤。

"我还想帮助别人吗？"猪草问自己。他回忆起在安珀市发生的一切，还有帮助洛塔的经过。他想，如果那些人类回来了怎么办？看起来他们很可能会回来。

"我觉得我不该留在这里。"

猪草正盘算着应该怎么做的时候，呼喊声再次传来，而且听起来更加凄惨："有人吗，谁来帮帮我？"

猪草现在确定求救声来自木屋的后面。更重要的是，他确定求救的是一只老鼠。

他感到很难为情。"我怎么能站在这里什么都不做呢？"他责备自己，这是不对的。他叹了口气："如果是一只老鼠遇到了麻烦，我必须帮忙。"

猪草非常小心地绕到木屋后面，朝着求救声的方向走去。转过房子的一角后，他首先看到的是一块修剪过的草地，还有一些凋零的黄色和红色的花朵。然后他注意到，在那些花旁边的草地上，放着一个盒子似的东西。

那是一个奇怪的盒子。

盒子二十五厘米长，七八厘米高，呈现出闪亮的银色，而且似乎是纯金属制成的。盒子上写着：

哈瓦哈特[1]
宾夕法尼亚州·利蒂茨[2]

虽然这东西确实像一个盒子，但它四面都遍布小小的方孔。通过这些小方孔，猪草可以看到里面。他意识到，这是一个类似于笼子的东西。最重要的是，猪草在盒子里看到了一只老鼠。

这只老鼠的肚皮是白色的，圆滚滚的，但身体其他部分是橘黄色的。老鼠的耳朵很大，胡须浓密，鼻子很小，还有精致的粉红色指头。此外，这只老鼠的尾巴比猪草的要长。

---

[1] 著名品牌，主要生产野生动物防控系列产品，包括各种捕鼠设施。
[2] 利蒂茨是美国宾夕法尼亚州（简称宾州）的一个市镇。

"真希望有人能帮帮我。"盒子里的老鼠说。这就是猪草之前听到的那个虚弱、疲惫的声音，但听起来没有针对任何一个特定对象。"不管是谁，能来帮帮我就好了。"盒子里的老鼠叫道。

　　在猪草听来，这只老鼠的言下之意，好像是对有人能来帮助自己已经不抱希望了，只是出于无奈，才不得不继续呼救。

　　"我想，我就是那个来帮助你的人。"猪草心里暗暗想道，虽然他并不喜欢这个事实。

尽管猪草已经站在空地上，盒子里的老鼠却并没有看到他。猪草过了一阵子才意识到这只老鼠正闭着眼睛，好像睡着了，也许是累坏了。他凑近了一点儿，仔细看了看，发现那是一只鹿鼠。在安珀市的时候，猪草在离合器的音乐俱乐部里遇见过一些鹿鼠。

猪草继续观察着。只见这只鹿鼠无精打采地戳着盒子边上的孔，似乎想逃出去。但由于盒子上的孔又小又密，猪草确信对方不可能从孔里钻出来。

随后，猪草还意识到盒子的两端都有金属挡板。这些挡板折叠向下，就像关闭的门。盒子旁边还有一些杆子伸了出来，但他不知道是做什么用的。

"哦，好吧，身为老鼠，就要做老鼠该做的事。"他说着走近了一些，喊道，"喂，老兄，发生什么事了？"

鹿鼠吓了一跳，睁开眼睛，透过小孔往外张望。那双眼睛又圆又黑，闪着泪光。

"哦，谢天谢地，"鹿鼠叫道，"真高兴见到你。你能帮我离开这里吗？我试了很久都办不到。"

"为什么不从进来的那条路出去？"猪草建议道。

"我倒是希望能这样做。"鹿鼠回答，"但是……孔太小了，而且两头都关得紧紧的。恐怕……这是……一个捕鼠器。"鹿鼠的声音颤抖，带着哭腔。

"捕鼠器？"猪草叫道。他现在才完全明白这个金属盒子是什么。

"而且关得紧紧的。"鹿鼠说。

"你怎么进去的？"

鹿鼠叹了口气，毛茸茸的脸颊似乎有点儿泛红。"说起来实在难为情，我当时没看路。我是说，说实话，我……"鹿鼠似乎犹豫着要不要说，"我恐怕我……嗯，我想，我是散步进了这里。"

"散步散进了捕鼠器里？你是怎么做到的？"

"是这样的，先前我遇到它的时候，它两头都是敞开的，所以我……走了进去。我一定是被这个金属挡板绊倒了。它应该是某种机关。我一进去，两头的门就都砰的一声关上了，那是我听到过的最恐怖的声音。太可怕了！那时我才意识到……我进了一个捕鼠器。当你进入捕鼠器里，就很难……出去。"

"你说你当时没看路？"

"我……我闭着眼睛。"

"闭着眼睛！"

鹿鼠不自在地耸了耸肩，轻轻点了点头。

猪草想，这只老鼠的脑子可能有些问题。"你在里面待了多久？"他问。

"整整一天一夜了。这里面有一些吃的东西，但我很快就吃光了。我现在很饿，还很渴。"

猪草看了看四周，发现地上有些种子。他捡起几颗，走到捕鼠器前，从一个方孔里递了进去。鹿鼠一把抓过种子，迫不及待地咬了一口，嘴里说着："谢谢你，你真好。"然后又继续贪婪地吃了起来。

猪草发现一朵带露水的花。他把花摘下来拿到捕鼠器的边上。捕鼠器里的鹿鼠把两只前爪掬成杯状，猪草把水倒给她。被困的鹿鼠急切地舔着露水。

"再次感谢你。"鹿鼠明显地松了口气，坐了下来。

"这里有一栋人类的房子，"猪草说，"你住在那里吗？"

"不，不是的，但我没有看见任何人类。"

"我看到了一些。"

"真的吗？"鹿鼠惊呼了一声。

"恐怕是的。有三个，还很高大。"

"什么时候？在哪里？"

"不久前，在另一边。"

"哦，天哪，"捕鼠器里的鹿鼠说，"我敢肯定是人类把这个东西放在这里的，为了……捉老鼠。我希望他们已经走了，但又害怕他们回来后发现我在这里。当我想到可能……会……"她说不出话来了。

"是的，"猪草明白她的意思，接过话茬，"糟糕透了。"

"他们……他们还在……附近吗？"

"他们走了，"猪草说，"坐那辆车走的。你没听到吗？那阵轰鸣声，还伴着一股臭气。"

"我确实猜想过那声音和气味是什么，但我的脑子里一团乱麻。我太饿了，而且一直提心吊胆的。"

"问题是，"猪草说，"我确信他们会回来的。不过，请允许我问一下，如果你不住在这里，那你住在哪里？"

"在长草甸的那一头。顺着那条路过去。"鹿鼠朝东指了指，"不是很远，但也不近，所以我的家人没有一个能听到我的呼喊。"

"你家有多少只老鼠？"

"哦……可能有二百五十只。"

"你觉得你家里人会来救你吗？"

"哦，是的。我妈妈总是说'老鼠应该心地善良'。我觉得我们差不多都是这样的。他们会来救我的，我相信他们会的。问题是，他们不知道我出事了。你能把我弄出去吗？

我好想回家。”

　　猪草在内心深处嘟囔着"让别人帮你吧"；同时，又为自己竟然有这种想法而感到羞愧。

　　"求你了。"捕鼠器里的鹿鼠哀求道。

　　"我可以试试。"猪草答应道，"对了，你叫什么名字？"

　　"樱树。"

9

帮助樱树

猪草说："好吧，樱树。很高兴认识你。"

樱树用两只前爪抓住捕鼠器的栅栏，从孔里往外看着猪草，说："谢谢你。请问你叫什么名字？"

"猪草。"

樱树说："我以前从没见过像你这样的老鼠。当然，我必须承认，我从来没有离家很远过。你的尾巴有点儿……短。你不是一只鹿鼠，对吗？"

"我是只赭鼠。有什么问题吗？"

"没有，"樱树赶忙说，"当然没有。我的意思是你的皮

毛很漂亮。话说回来，我不在乎你长什么样子。我很高兴见到你。我在这里待了这么久，还以为不会有人来了，甚至以为自己可能……死在这里。你住在附近吗？"

"不是。很远。我们还是先别废话了，试试把你弄出来。"

"谢谢你。这里太可怕了。你在捕鼠器里待过吗？"

"没有，我也不打算这样做。要知道，我习惯睁大眼睛走路。好吧，来看看我能做些什么。"

猪草做的第一件事就是用两只前爪抓住一个孔旁边的金属栅栏，摇晃了几下。栅栏纹丝不动。然后，他使出更大的力气，试图把栅栏向两边拉，让孔变得更大一些，还是不行。

"我都试过了。"樱树说。

接下来，猪草走到捕鼠器的一端，那里有一块关闭的金属挡板。他试图把挡板掀起来，可是掀不动。他又试了一次，使出全身力气拼命地拽，挡板仍然纹丝不动。于是，他走到捕鼠器的另一端，尝试了同样的动作，也没用。

最后，他试图拉动侧面的金属杆，依然没有任何作用。

他回到樱树面前，樱树正透过小孔看着他。猪草说："对不起，好像怎么都打不开。"

"我也试过推那些挡板。"樱树听上去似乎很抱歉，"我想它们被锁住了。我也不知道是怎么回事。"

"我们一起试试吧。"猪草建议道。

他们俩试图合力拉开栅栏，又尝试合力掀起末端的挡板，却依然毫无成效。

猪草坐下来，看着樱树。"我无计可施了。"他坦白道。

"我不想在这里度过余生。"樱树说，"而且，如果那些人类回来了……"她明显地打了个寒战，"我可能根本没有什么余生了。"

"我明白。"猪草表示赞同，"前景不妙。嘿，你说你有一个大家庭，而且你认为他们会来救你。"

"哦，是的，一旦他们知道我发生了什么事，我想他们肯定会来救我的。"樱树说。

"好极了。"猪草说，
"那我就赶紧过去，告诉
他们发生了什么事，告
诉他们你在哪里。鼠多
力量大，他们应该能翻
开这些挡板。你觉得如
何？再跟我说一遍你住
在哪里。你说过，很近的。"

"对啊，谢谢你。你需要穿过长草甸，但一定不要进入
森林。我就从来不进去。"

"为什么？"

"因为太危险了，里面住着各种可怕的动物。总之，你
穿过长草甸后，就会到达一条小溪。我们叫它闪光小溪。沿
着溪岸走，直到你看到对岸的一个旧果园。那里水面很窄，
是过小溪的最佳地点。即便如此，有些地方水还是很深，所
以你需要踩着石头过去。过了小溪之后，穿过果园，经过一
个旧水泵，你就会看到一栋人类的房子。我们叫它灰屋。它
属于一个叫莱蒙特的农夫，但现在没有人类住在那里。不
过，我必须告诉你，不知道为什么，最近有一些人类来过。
这让人很担心，大家都很紧张。这也是我想出来走走的原

因之一——我爸爸最近特别暴躁。事实上，他不喜欢陌生人，很可能会对你不太友好。总之，我就住在灰屋。我的很多家人应该都在。就像我说的，我相信他们一旦得知我出了事，就会马上赶来。"

"我这就去。"猪草答应道。

"哦，还有一件事。千万不要越过灰屋。如果你没留神穿过了柏油路，或者走到了班诺克山上，那就走得太远了。那样可能不安全。"樱树补充说。

"这附近有什么安全的地方吗？"猪草问。

"嗯，没有……百分之百的安全。"

"没事，我应付得了。现在，再说一遍，灰屋离这儿有多远？"

"我没法儿说得很确切，但不会太远，我保证。"樱树指了指，"那个方向。到了那里，你最好先跟我爸爸谈谈。他名叫肺草，家里所有的事都归他管。你一下子就能认出他来，因为他的头上总是戴着一枚顶针。我妈妈名叫香芹。你需要找的就是他们俩，只是……"

"只是什么？"

"我怕我爸爸……就像我说的，他不喜欢陌生人。"

"嘿，我们俩已经互相认识了。我知道你叫樱树，你知道我叫猪草，所以我们不再是陌生人了，对吗？"猪草说。

"你可真会说话。"樱树回答道。

"好吧，我得快点儿动身。"猪草说，"等一下，我再给你拿点儿食物和水。"他走来走去，尽可能地多采集一些种子，把它们从方孔中丢进捕鼠器。接着，他塞给樱树一朵杯子形状的小花，找来一些露水，倒了进去。

"在你的家人赶来之前，这些应该够你吃喝了。我会尽快的。"猪草说。

"如果人类来了，我该怎么办？"

"还用问吗？躲起来。"

"可是……躲到哪里？"

"随便哪里。"

樱树四下看了看，说："恐怕没有什么躲藏的地方。"

"那就尽可能缩起来，躲在角落里。还有，不要出声。嘿，如果你想听我的建议，从现在开始，要睁大眼睛。"

"但是……"

"就这样吧，我要走了。我想，我们不会再见面了。我还有地方要去，有东西要看。祝你好运。"

"但是……"

然而，猪草已经走了，朝着樱树所指的方向小跑而去。

櫻树抓着捕鼠器的栅栏，注视着他的背影。

"谢天谢地，他来了。"她这样想着，坐了下来，"他叫什么名字来着？哦，对了，猪草。我应该告诉他，当我走进捕鼠器时，正在假装自己是一名舞蹈演员，跳得如痴如醉。我的父母不赞成我跳舞，我只好一个人溜出来。在外面溜达可能导致的麻烦之一就是迷路。但因为那些人类总在灰屋周围出现……我只好走远一点儿。"

櫻树叹了口气："跳舞的感觉真好。草轻抚着我的脚背，风柔柔的。当我闭上眼睛，我感到一切……都在旋转，就……就好像我位于中心……整个世界的中心。然而，事实却是我走进了这个捕鼠器里。"

随后，櫻树意识到还有一件事应该告诉猪草：是的，森林很危险，但穿过长草甸可能也不安全，那里也住着各种各样的坏家伙。

"哦，我真希望他不会出事，否则就太可怕了，我会永远无法原谅自己。"

带着这个令人不安的想法，櫻树走到捕鼠器的一个角落，尽量不去猜想如果那些人类回来了会怎么样。

在静下心来等待的时候，她颤抖着小声说道："希望猪草能快点儿到达灰屋。"

10

房地产经纪人

特价待翻新房

老旧农舍，待翻新房，可修缮。

含三间卧室、一间浴室及优质水井。大房间，带多个壁橱。

占地约八千平方米，环境优美，紧邻老苹果园，有小溪流经，靠近通往幽光森林的小径。

在安珀市的通勤距离之内（六十四千米）。所有权归海普雷里银行，现欲出售。可立即入住，欢迎所有合理报价。

请致电：安珀市房地产公司。

电话：555-3367。

经纪人：杰克 · 桑德森。

11

穿越长草甸

　　猪草冲进长草甸，朝樱树告诉他的方向跑去。然而，刚进入广阔的田野，他就开始犹豫了。

　　他想："我又在帮助别人了。但我不能就这么丢下她，对吧？她现在的处境很糟糕。身为老鼠，就要做老鼠该做的事，对吧？我只要告诉她的家人她在哪儿，告诉他们她需要帮助，然后就可以离开了。"

　　猪草一边匆匆赶路，一边情不自禁地想着樱树。"闭着眼走进了捕鼠器，"他思索着，"真不是一只聪明的老鼠。不过，她性格还不错。"

这片长草甸里到处都是灌木和高高的野草，因此，猪草每走几步就得停下来，踮起后脚，观察前方的道路，希望能看到樱树所说的闪光小溪。因为一直没有看到小溪，他只能继续往前走，最后来到一片阳光普照的开阔地带，这里的草很矮。

小心驶得万年船，猪草提醒自己，并尽量踮脚站在空地边上观察着。就在这时，就在他的眼前，猪草看到草丛中有什么东西在蠕动。他站在那里一动不动，目不转睛地看着，想弄清楚那到底是什么。

一开始，他只能看到一个东西在疯狂地扭来扭去，不过好像没怎么挪动位置。

猪草看不清楚，但又不想离那东西太近。很快，他发现附近有一片可以俯瞰空地的灌木丛，于是急忙跑了过去，爬上灌木，拨开一些叶子，朝草丛望过去。

眼前的东西让他倒吸一口凉气。

那是一条蛇，一条又长又粗的浅棕色的蛇，有着深

色的条纹，一个箭头形状的脑袋，还有一个扁平的鼻子。此刻，蛇嘴里那条鲜红、分叉的舌头不断地吞吐着，就像一把出鞘的匕首。

仅仅是看到这条蛇就使猪草周身的血液变冷了。"老兄，"他提醒自己，"蛇是吃老鼠的。他们会把老鼠囫囵吞下去，就连那只愚蠢的浣熊也讨厌他们，根本没人喜欢他们。"

在猪草的注视下，那条蛇盘成一个圈，头上下摆动着，一会儿转向这里，一会儿转向那里，似乎在嗅着什么。突然，那条蛇停止了晃动。猪草毫不怀疑，蛇的眼睛直勾勾地对准了自己。那是一双令人不安的、幽深的眼睛，杏仁形的眼睛里，黑色的瞳孔还没有一条窄缝宽。太可怕了！

猪草浑身颤抖。他就像被施了魔法一样，无法将目光从蛇身上移开。"他看到……或是闻到……我了吗？"

他害怕得屏住呼吸，一动也不敢不动。

那条蛇把头伸向猪草，似乎在微笑，亲切地嘶嘶道："我看到嘶（是）你了。"

猪草吓得说不出话来。

"我嘶（希）望你帮我做件嘶（事）。"蛇说话时好像一直在发出嘶嘶声。

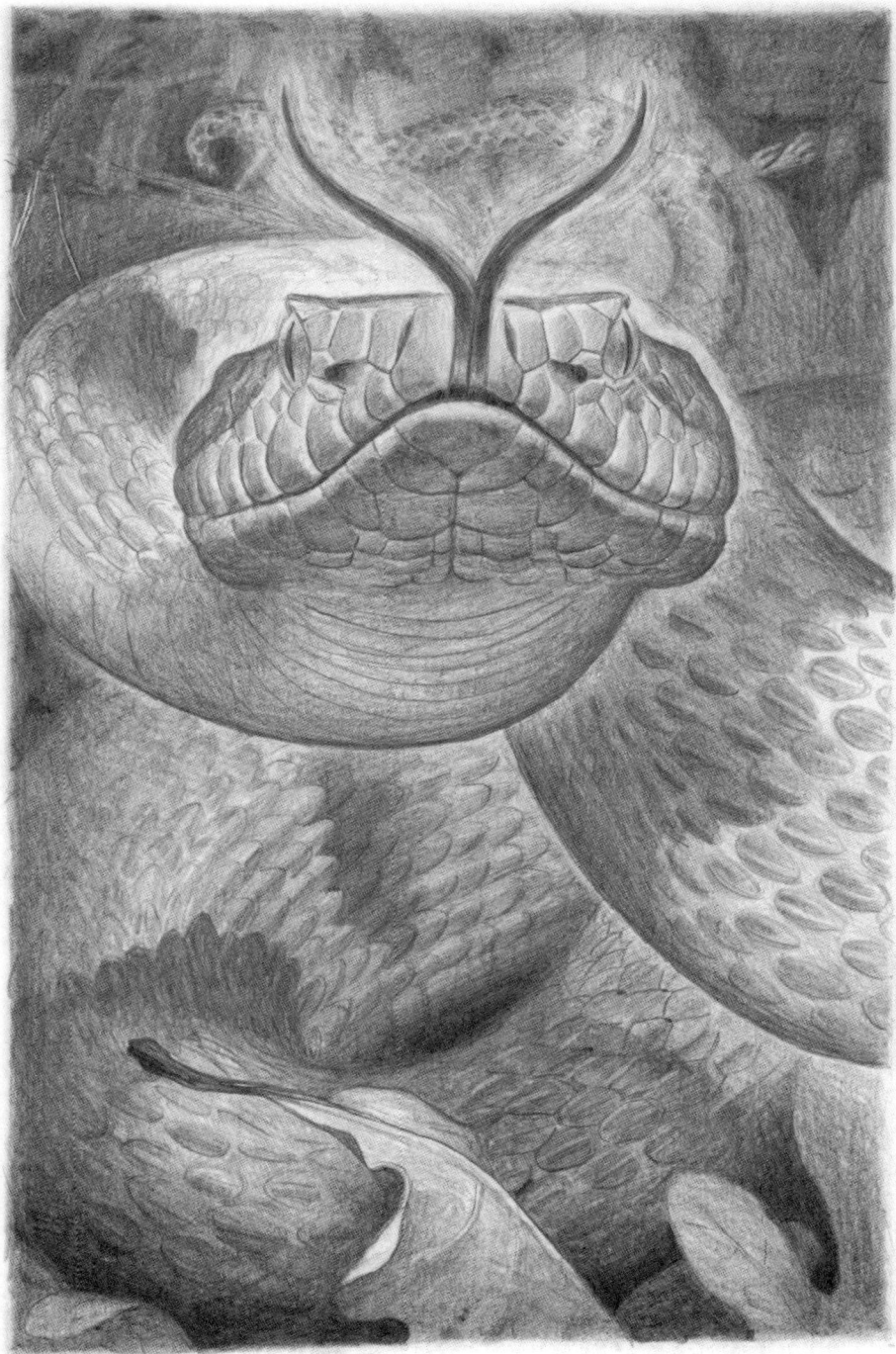

"我？"猪草好不容易发出微弱的声音，"你在跟我说话吗？"

"嘶（是）的。不然还有谁？我嘶（希）望你能抓住我的尾巴，用你的爪子嘶嘶（死死）握住。"

"你的……你的尾巴？为……为什么要我这么做？"猪草结结巴巴地问。

"我想脱掉我的嘶（死）皮，需要你帮忙。"

"你不是……会吃老鼠吗？"猪草问。

"嘶（是）的，我有嘶（时）候嘶（吃），但这次不嘶（吃）。我只嘶（是）想找人帮我把皮脱下来。感觉嘶（身）上有些黏糊糊的。"蛇说着，已经滑到猪草近前，眼睛一眨不眨地盯着猪草。"请靠近一点儿！"他命令道。

"我别无选择。"猪草战战兢兢地想。他从灌木上爬了下来，意识到尽管蛇当下停止了移动，但眼睛一直紧盯着他的每一个动作。

猪草一靠近，蛇就盘起身子，露出尾巴。

"还不错。"蛇说，"请嘶嘶（死死）抓住我的尾巴。"

猪草用两只爪子拿起蛇的尾巴，想牢牢地抓住，但这很困难，因为他抖得厉害。

"抓……抓住了，现在该怎么办？"猪草问。

"保嘶（持）镇定，嘶（使）劲抓住我的尾巴。"蛇说着，开始剧烈地扭动起来。

猪草不得不竭力握住蛇的尾巴。

不一会儿，猪草吃惊地看到蛇皮滑落下来，好像变成了第二条蛇。只是这条新蛇虽然很长，却一动不动。第一条蛇从第二条蛇身边游开，转过身面对猪草。他吞吐着舌头，露出微笑。

"嘶（实）在太感谢了。"蛇说，"我的嘶（新）皮肤感觉如嘶（丝）般柔软。真好。再见。祝你春嘶（日）愉快。"说完，蛇滑进高高的草丛，从猪草的视线中消失了。

那张蛇皮仍然留在那里，一动不动地躺在草地上。

猪草盯着那张被丢弃的皮，心里还在琢磨：发生了什么事？那东西是活的还是死的？那条蛇变成了两条蛇吗？

他小心翼翼地靠近蛇留下的那个东西，做好随时逃跑的准备。

猪草壮起胆子，尽可能地走到近前，心里仍然直打鼓。他看了看四周，蛇已经消失得无影无踪。他又回过头去看那张皮。渐渐地，他明白过来，自己看到的只不过是一张被丢弃的皮而已。那条活蛇已经完全从他的旧皮中挣脱出来。危险已经消失了。

猪草深吸了一口气，靠近那张被丢弃的皮，小心翼翼地伸出一只爪子，戳了戳。蛇皮毫无反应。它躺在那里，就像一根又长又细的空心管子。

"这感觉太诡异了，就像一根香蕉从自己的皮里滑出来一样。"猪草说。

他仍然站在那里没动，仿佛被这张皮迷住了。就在这时，他听到有人在喊："猪草，你在哪里？我想要你回来。"

猪草听出了这个声音：是那只讨厌的小浣熊，洛塔。

12

谁在呼喊

"真见鬼！那只呆头呆脑的小浣熊来找我了。"猪草说着，急忙四下看了看。他看到远处有一丛高高的、茂密的草，便飞快地跑到草丛中。躲进去之后，他分开面前的草茎，偷偷地向外张望。

只见洛塔从灌木丛中蹿了出来。他跑到空地的中间，用后腿直立起来，四处张望。

"猪草！"他叫道，"你在哪里？是我，洛塔，你最好的朋友。我真的很抱歉，妈妈把你赶走了。我想和你一起玩。你去哪里了？你在附近吗？"

猪草继续躲在草里。

洛塔又向前走了几步，突然发现了那张蛇皮。他停下来，瞪大眼睛看着它。"哎呀，我想这是一条蛇。"他叫道，随后飞快地跑进草地，从猪草的视线中消失了。

猪草等待着，想知道浣熊妈妈在哪里。他确信她会紧随其后出现。果然，不一会儿，那只大块头的母浣熊就冲进了空地。

"洛塔，"她叫道，"回来！你听到我说的话了吗？就现在，你给我停下，现在你该睡午觉了。"

洛塔没有回来，母浣熊继续费力地跟在她的孩子身后追赶。"洛塔，听我说，你给我立刻回来。"她继续向前走，直到和洛塔一样完全消失在猪草的视线中。

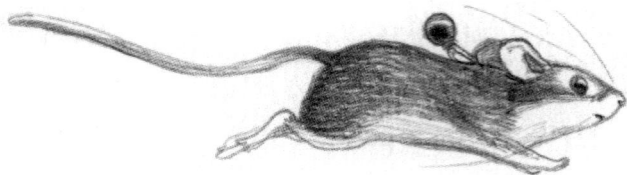

猪草注视着他们的背影。"浣熊、豪猪、捕鼠器、蛇和人类，"他想，"樱树是怎么避开这些东西的？她一路都是闭着眼睛走的吗？她要么比我以为的还要蠢，要么比我以为的要勇敢。"

　　确认浣熊和他不是去往同一个方向之后，猪草匆匆冲出空地，继续在长草甸里跋涉。

　　"快去灰屋，"他喃喃道，"告诉他们樱树的事，然后我就撒丫子到别处去。"

　　"是的，"他一边跑，一边想，"一定要迅速、完全、彻底地离开这里。"

13

闪光小溪和灰屋

　　猪草继续以最快的速度穿越长草甸。没过多久，他来到了一条水流湍急的小溪前。波光粼粼的溪水翻腾着，不断地溅起水花，卷起一个个小漩涡，泛起白色的泡沫。猪草毫不怀疑这就是樱树所说的闪光小溪。这个名字很合适。但从他所在的位置望过去，水面太宽了，而且溪水可能太深了，他过不去。

　　他急忙沿着潮湿的溪岸往前走，直到找到似乎是整条溪流最窄的地方。果然，他看到对岸有一个像是苹果园的地方。猪草记得樱树提到过这一点。再往前看，猪草看到了一栋人类的旧房子。他猜想，那就是樱树所说的灰屋，她全家的住所。

一切都像樱树跟他说的那样。

快要完成任务了，猪草心想。

但他首先需要过小溪。

他打量着奔腾的溪水。小溪大约有两米宽——这对他来说太宽了，水流也太急了，他没法儿游过去。他估计这里的水也很深。不过，小溪中有许多湿漉漉的、长满苔藓的岩石探出水面，溪水翻滚着绕过这些岩石。樱树是对的，要过去的话，他需要踩着石头跳过去。

他仔细研究着这些石头，计划着过小溪的路线。他算出来自己需要跳十五次。大多数石头很容易跳过去，有一两个可能比较困难，但他相信自己能行。

猪草紧挨着溪岸站住，溪水舔着他的前脚趾，他感觉痒痒的。他绷紧腿部肌肉，猛地一跳，稳稳地落在了第一块石头上。他借助惯性，几乎没有停顿地再次起跳，落到下一块石头上。就这样，他一块石头接一块石头地向前跳。第十跳的时候，他落地不稳，摇摇晃晃，差点儿摔倒。他赶忙把前爪向两旁撑开，尾巴在身后伸直，设法保持平衡。稳住，稳住，他对自己说。幸运的是，他站住了，没有掉下去。他继续前进，不一会儿，就安全地到了小溪对岸。

"酷！"他心里道，"我很棒。嘿，没有我做不到的事。就快完成任务了，然后我就离开这里。下一站，果园。走吧，老兄。"

他急匆匆地从苹果树之间穿过。那是些老苹果树，枝干遒劲。此外，果园里有很多结满浆果的灌木丛，还有许多五颜六色的鲜花。头顶上，各种各样的鸟儿飞来飞去。

猪草想，这地方不错。

走出果园后，他经过一个放在混凝土基座上的生锈的水泵。随后，他看见面前矗立着一栋房子。他可以断定那是人类的住所。不过，房子看上去似乎快要倒塌了，不像是有人居住的样子。

房子的屋顶少了很多瓦片，剩下的瓦片像深秋的树叶一样卷曲着。屋顶两头高，中间塌了下去，像老马的脊背。

窗户只有几扇还带着玻璃，其余的只剩下一个框。有一个窗框上蒙着蜘蛛网，上面落满灰尘。猪草没看到门板。在高低不平的门廊上只有一个空门框，门廊周围是一圈变形的栏杆。外墙是暗灰色的木板。

猪草承认，这是一处很棒的老鼠住所。他确定这就是樱树的家，那个她称之为"灰屋"的地方。

过了一会儿，他才注意到，屋顶的一端伸出一面小红旗。他很想知道这是怎么回事。

他还注意到，在房子后面的路边，竖着一块红白相间的牌子：

房屋出售

安珀市房地产公司
请致电：杰克 · 桑德森
555-3367

猪草没有看到人类，但的确看到了老鼠——一大群老鼠在屋前转悠。他一眼就看出，他们跟樱树一样都是鹿鼠。

他们在玩耍，吃东西，吱吱叽叽地聊个不停。

猪草打量了一下这群鹿鼠，心想：如果他们像樱树说的那样善良，应该不用花很长时间就能向他们说明她的困境，而她很快就会得救。

猪草大胆地向前走去，不时停下来站直身子，这样他就能看见别人，也能被别人看见。但当猪草走到房子近前时，那群鹿鼠立刻停下了手头的所有事情，像石头一样僵立着，一声不响地看着他越走越近，好像有一百束目光钉在了他身上。唯一在动的是他们的鼻子，那些鼻子不停地颤抖着，仿佛在闻他的气味，却一点儿也不喜欢那气味。没有一只鹿鼠开口说话，更不用说主动跟他打招呼了。他也没看到任何鹿鼠表现出礼貌的欢迎态度。

猪草暗自吃了一惊：这种接待方式可不算友好。樱树不是说她的家人很和善吗？哪里有些不对劲。

他走近一些，然后喊道："哟，老兄们。"

没有一只鹿鼠回答。相反，他们继续一动不动地站在那里，盯着猪草，好像他是他们见过的最奇怪的生物。猪草心想，这不是一个思想开放的地方。

"再见了，樱树。"猪草站在原地，很想转身走开。但是不行，他们需要知道她的处境。所以他等待着，希望有谁能站出来。

沉默了几分钟之后——这几分钟漫长而痛苦，在此期间，那群鹿鼠只是呆呆地看着猪草——终于，一只年老、瘦弱的鹿鼠站了出来，他花白的胡须耷拉着，眼神疲惫不堪。这只鹿鼠没有走上前，只是生硬地问道："有什么能帮你的吗？"

可他说话的口气在猪草听来就好像在说："我根本不想帮你！"

尽管如此，猪草还是伸出了一只爪子，说道："我叫猪草。"

这只年迈的鹿鼠和他保持着距离，沉默了一会儿，再次问道："请问，你是什么老鼠？"

"问我吗？"这个问题出乎猪草的意料，他抬起一只爪子放在胸口上，想确认年迈的鹿鼠是在跟自己说话，"我是只赭鼠。为什么问这个？你对赭鼠有什么意见吗？"

"我相信我以前从未见过你们这种老鼠。你住在这附近吗？"

"不。"

"那你住在哪儿？"

"在那边……某个地方，靠近一条小溪。我说不上来在哪里。太复杂了。"

"我明白了。"年迈的鹿鼠说，可他那不友好的表情清楚地表明他根本不明白。"那请问，"他继续说，"什么风把你吹到了灰屋？"

"老兄，"猪草越来越恼火，"我是来帮人送信的，她说她住在这里。"

"谁？"

"她说她叫樱树。"

"樱树！"这只鹿鼠惊呼了一声，脸上第一次流露出些许感情。而且，这个名字在那群发呆的鹿鼠中间也引起了一阵骚动。猪草听到他们在小声地议论，一遍又一遍地提到樱树的名字。很明显，他们认识她。

"嗯，是的，樱树。她已经失踪好几天了。我们一直很担心她。所以，我们挂起了红旗。你知道她在哪里吗？"年迈的鹿鼠问。

"她被困住了，被关在人类设下的一个捕鼠器里。"

"捕鼠器"这个词在那群鹿鼠中间也被一再重复。说出这个词时，鹿鼠们流露出惊慌的神色。一些鹿鼠甚至靠近了猪草，好像想听听他要说些什么。

"樱树受伤了吗？"年迈的鹿鼠问。

"没有，但她没法儿从那个玩意儿里出来。"

"那……她在什么位置？"

这些毫不客气的问题让猪草疲于应付，他挥了挥爪子，说："在紧挨着森林的那片长长的草地那头。我可以告诉你在哪里，但是你与其问个不停，不如召集一帮老鼠，去把她救出来。"

"我们恐怕不能那样做，你得先跟肺草说。"这只鹿鼠回答。

猪草记得，肺草是樱树的爸爸。

"跟谁说都行，伙计。"猪草说，"不过我觉得你们可能需要考虑加大救援力度。她可不是在酒店洗泡泡浴。天知道会发生什么事。"

"你这话是什么意思？"

"她所在的地方有人类。"

这句话让鹿鼠们再次骚动起来。

"已经有人类到过我们这里了。"年迈的鹿鼠说道，"是同一伙人吗？"

"我不知道。"猪草回答。

"告诉你吧，我叫李子。"年迈的鹿鼠说，"请跟我来。我带你去见肺草。"说罢，他挥了挥爪子，一群老鼠从中间分开，让出一条狭窄的通道。

在沉默、好奇甚至是带有敌意的目光的注视下，李子领着猪草穿过那条狭窄的通道，经过灰屋杂乱、拥挤的门廊，从敞开的门洞进入一个大房间。在那里，猪草看到了更多鹿鼠。当猪草出现时，这些鹿鼠同样停下所有的活动，盯着他看。外面的一些鹿鼠也走了过来，站在门口向里面张望，似乎想看看会发生什么事。

被这些不友好的鹿鼠包围着，猪草感到越来越不舒服。

"我的任务已经完成了吧？快让我走吧！"他想。

"这边走。"李子说。他领着猪草走过一顶旧草帽，然后来到一只破旧的大靴子前。这是农民穿的那种靴子，侧着倒在地上，靴口处挂着一幅条纹窗帘，是用人类戴的那种格子领带做的。

李子拉开帘子，朝靴子里喊道："有只不认识的赭鼠来找肺草！他说知道樱树的下落！"

然后他转向猪草，用严肃的声音低声说："你得先和香芹谈谈。"

"香芹是谁？"

"樱树的妈妈。"

"哦，是的，没错。我无所谓，跟谁谈都行。"

帘子晃动了一下，一只鹿鼠从靴子里探出头来。这就是香芹。

香芹个子矮小，长着温柔的浅色眼睛，眼皮有点儿耷拉。她从靴子里往外张望，厌恶地打量着猪草，然后用一只爪子轻轻抚弄着耳朵，显得很不安。"李子，有事吗？"她轻声问道，"有樱树的消息吗？"

"这只赭鼠说他知道樱树在哪里。"李子回答。

香芹盯着猪草看了好一会儿，同时一直抚弄着耳朵。"你是谁？"她终于低声问道，脸上没有一点儿笑容。

　　"我叫猪草。我路过森林边上时，遇到了樱树。她是你女儿，对吗？我猜她可能是你子女中的一个。问题是，她被人类设的捕鼠器困住了，无法脱身。你知道，那东西就像个蒺藜窝一样讨厌。"

　　"哦，天哪，我什么都不知道。樱树怎么会做出这种事？"香芹边说边拍了拍耳朵。

　　"她说是她不小心走进去了。"

　　"不小心？"香芹嘀咕了一声，声音不大，但在猪草听来，却像是严厉的批评，"樱树总是这样。她出门恐怕从来

不看路。最近，有人类来过我们这里，所以她那么做真的很蠢。我们担心人类会来这里居住。"

"不知道。"猪草说，"我只能告诉你，樱树努力想逃出去，但没有成功。我试着帮她，但力量不够。所以她让我来这里找你们帮忙。你们是一家人，对吗？只要有足够的人手，把她救出来应该不成问题。"

香芹继续盯着猪草，好像很难接受这个消息。最后她说："这事你得和她爸爸肺草说。他是一家之长。"

"嘿，我不在乎和谁说。"猪草叫道，他越来越恼火，"只是在我看来，如果你们想把樱树捞出来的话，需要抖擞精神，快点儿上路，赶过去做些搬搬抬抬的力气活儿。明白我的意思吗？"

香芹睁大眼睛，困惑地看着猪草，没有做出任何回答，只是抚弄着她的耳朵。然后她问猪草："你是什么老鼠？"

"赭鼠。嘿，你们怎么都在问这个？这有什么关系吗？"

"我们不常见到陌生人。小心谨慎永远是明智的做法。尤其是现在，那些人类在附近出没……"

"我只是帮个忙。"猪草打断了她。

"跟我来吧。肺草是我们的头儿，他知道该怎么做。"说完，香芹拉开帘子，示意猪草进去。

14

樱树在等待

在木屋后面，捕鼠器里的樱树看着猪草跑向草地。"幸亏这只赭鼠出现了，"她想，"他真是太好心了，为我去灰屋报信。只要家里人知道我的情况，就会赶紧把我从这里弄出去的。我知道他们会的。"

"请快点儿来！"她对着空气低声说。

樱树试图让自己平静下来。她的心中喜忧参半：喜的是她知道援军很快就会到来，忧的是在他们到来之前她还要等上一段时间。

意识到自己除了等待，别无选择，樱树觉得当下最明智的做法就是听从猪草的建议：尽可能地躲起来，并且保持安静。于是，她拾起猪草留给她的种子，吃了一些，喝了一口花蕊里的水，便躲到捕鼠器最边上的一个角落里——捕鼠器末端，挡板呈锐角落下的地方。

她尽量让自己坐得舒服些。要有耐心，那只赭鼠，他叫什么名字来着？对了，叫猪草，他很快就会回来的，她安慰自己。"他会的……会的……一定会的。"她不断轻声嘀咕着。这种持续的念叨缓解了她的紧张情绪。

然而，樱树坐了一会儿，又开始感到愤懑。问题是，她不知道该生谁的气，是捕鼠器，还是她自己。

"不，"她提醒自己，"这不是捕鼠器的错，是我的错。闭着眼睛跳舞，实在不明智。"

出于无聊和不安，樱树站起来，试着想把捕鼠器上的小孔弄大一点儿，好逃出去。之前她已经尝试过了，这次仍然徒劳无功。她再次试图用力掀开末端的挡板，同样毫无成效。

"要有耐心。"她缩回到角落里，又一次责备自己，"那只赭鼠会尽快回来的。他还会把我全家人都带来的。我敢打赌会有上百只鹿鼠过来。我相信他们会来的。"

过了一会儿，樱树开始打盹儿，直到被一阵巨大的噪音吵醒——先是一阵轰鸣声，然后是奇怪的尖啸声。她立刻清醒过来，仔细听着。等到声音停止了，她从捕鼠器里偷偷往外张望，但并没有看到任何可怕的东西。随后她嗅了嗅，嗅到了一股恶臭。她猜到了这些声音和气味意味着什么。猪草跟她提到过的那辆车已经回来了。果然，一阵乒乒乓乓的声音传来，随后是人类的说话声。

那些人类回来了。

樱树想到了在灰屋附近出现的人类。其实她只是听闻，并没有亲眼见过，不知道他们是谁，也不知道他们为什么会去那里，总之他们让所有的鹿鼠都感到不安。她知道灰屋曾经有人类居住过。如果他们要住回去可怎么办？她突然想到一个问题：刚刚回到这儿的和曾经到过灰屋的是不是同一伙人？

她的心怦怦直跳，尽可能紧紧地缩在角落里。为了让自己更加镇定，她闭上了眼睛。

四下里一片寂静。随后，仍然闭着眼睛的樱树听到近处有什么声音：一

阵窸窸窣窣和刮擦声。她不知道这声音从何而来。

樱树睁开眼，震惊地看到捕鼠器外面出现了一张人类的巨大脸庞。那是一张女孩的脸，一双似乎大得出奇的棕色眼睛正在盯着她看。

樱树意识到，捕鼠器被举了起来。

整个世界似乎都在颠簸起伏。接下来是奔跑声和一个人类的喊声："爸爸，妈妈！快看，捕鼠器里有东西。"

女孩拎着捕鼠器，冲进了木屋。樱树满脑子想的都是：我会落得什么下场？

15

樱树的爸爸：肺草

　　樱树的妈妈香芹往靴子深处走去，猪草跟在她身后。靴子里既阴暗又狭窄，而且不透气，闻上去还有一股旧皮革的味道。墙壁上覆盖着粗布，只留了几扇在皮子上咬出来的小窗户，好透进一点儿光来。

　　就快完事了，猪草提醒自己。他急于离开这些不友好的鹿鼠，再次回到开阔的大路上。比帮助无助者更糟的，就是帮助怀有敌意的无助者，猪草心想。

　　香芹停下来，朝猪草招了招爪子。猪草走上前，朝阴暗处望去。只见在靴子前部脚趾的位置，一只胖乎乎的鹿鼠正坐在用乳草的白色绒毛做成的床上。他交叉两爪，抱着圆滚滚的肚子，闭着眼睛。猪草拿不准他是在沉思，还是睡着了。

这只鹿鼠的皮毛有些邋遢，门牙有点儿突出，不过，胡须却仔细地梳理过，向上翘着。他头上戴着个顶针，看上去像顶王冠。

猪草听到了轻微的鼾声。"他睡着了。这些鹿鼠大多数时候都闭着眼睛。"猪草想。

香芹胆怯地走近那只胖鹿鼠。"肺草，"她轻声说，"这里有只陌生老鼠，他说他知道樱树的下落。"

戴顶针的鹿鼠没有反应。

"肺草？"香芹柔声细语地唤道。

肺草睁开眼，低头盯着猪草，眨了眨眼睛，但一句话也没说。

猪草不知道该做何反应。他也盯着肺草看，不耐烦地等待着。

"肺草，"香芹重复道，"这只老鼠说他有樱树的消息。"

又过了一会儿，肺草轻轻咳嗽了两声，清了清嗓子，慢吞吞地开口了："请问，你是什么老鼠？"

猪草叹了口气："老爹，我是只赭鼠。"

　　肺草仍然坐着不动，只是身子挺得更直了。"对不起，你叫我什么？"他问。

　　"老爹。你不是樱树的爸爸吗？"

　　"我是樱树的爸爸，可我并不老。而且，不要叫我'老爹'，这很粗俗。你可以称呼我的名字，肺草。还有，请问你来自哪里？"

"离幽光森林有一段路，一个叫作小溪的地方。"

"这么说你远离了家乡。为什么要这么做？"

"嘿，老爹，身为老鼠，就要做老鼠该做的事。"

"我觉得，身为老鼠，做他被要求做的事更明智。"肺草反驳道，"那个……你耳朵上挂了个什么？"

"一只耳环。"

"怪里怪气的。是做什么用的？"肺草问。

"算是个纪念吧。"

"纪念什么？"

"一座城市。"

"你是城市老鼠还是乡下老鼠？"

"不好说。"

肺草皱起了眉头："那你叫什么名字？"

"猪草。"

"嗯哼。"肺草露出一副会意的样子，但没有多说什么。随后，他问："那你是怎么遇到樱树的？"

"我当时正在森林边上，也就是你们小溪的对岸闲逛，我没有什么特定的目的地，就是到处看看。这时，我听到有人在求救，结果发现是樱树。她是你女儿，对吧？她在一个捕鼠器里，人类的捕鼠器。捕鼠器是关着的，关得紧紧的。"

"一个人类的捕鼠器？"肺草说，"是不是我们在这里看到的那些人放的？"

"老兄，这我可不知道。"

"樱树会陷入如此可怕的困境，我一点儿也不吃惊。她太我行我素了，树立了一个坏榜样。"肺草说。

猪草决定，最好一句也不要提樱树是如何闭着眼走进捕鼠器的。他说："我只知道她被关在了捕鼠器里出不来。我试着帮她逃出来，但那就像想用羽毛撬开坚果一样，门儿都没有。你们需要把爪子放到嘴巴上①，明白我的意思吗？少些废话，多些行动。总之，她建议我到这里来求助。她说你们都很善良，肯定会帮忙的。但糟糕的是，那些人类——我是指放置捕鼠器的人类，我对在你们这里出现的人类一无所知——可能会回来。所以，要么你现在派鹿鼠去帮忙，要么你女儿可能就成为过去式了。明白我的意思吗？"

"我不明白。你说得确切点儿，那个捕鼠器在哪儿？"肺草说。

---

① 原文为"put some paws to your jaws"。这是一种俚语表达，表示一种建议：在交谈时保持冷静或不要多言。

"老兄，我跟你说过了，穿过那条小溪，沿着草地往下走，就在幽光森林的边上。"猪草愈发气恼地说。

肺草转头看着香芹问："樱树去那里之前得到允许了吗？"

"我想没有。"

"这是个典型的例子。不征求许可就到处乱跑会出问题，而且是严重的问题。尤其是在这样的非常时期。"肺草说。

"什么非常时期？"猪草问。

"人类已经来到这里了，这令人担忧。如果有鹿鼠自行其是的话，会损害我们整个集体。"

"不管怎样，我建议你召集至少一打的老鼠，到她所在的地方去，打开捕鼠器。要快。"猪草说。

"'一打'？"肺草重复了一遍这个字眼，好像这是个庞大的数字，"现在不是时候。"

"嘿，我可以告诉他们怎么去。就像我一直说的，你们需要快点儿行动。你好像没有听进去。"猪草说。

"这件事我会考虑的。"肺草说，"你是只赭鼠，而我们是鹿鼠。我提醒你，我们有不同的做事方式。我们做事总是考虑周全。我一直警告我的家人：避开豪猪、人类、浣熊和陌生人。我们素来小心谨慎。"

"嘿，老爹，你小心得过头了吧？你要么救你的女儿，要么不救。"

"我不会为了一只鹿鼠而危及整个家庭的。此外，你没有资格告诉我该怎么做，年轻的陌生人。正如我告诉你的，我们有大事要处理。"

"现在，你可以离开了。再见。"他转向香芹。"请带这个……男孩出去。还有，"他在妻子身后叫道，"既然我们知道樱树的下落了，让他们把红旗拿下来。"

"但是……"猪草还想说什么。

"再见！"肺草再次说道，然后他拍了拍头上戴的顶针，两爪交叠放在肚皮上，闭上了眼睛。

"这边请。"香芹说着，沿着靴筒快步向外走去，并不时停下来，看看猪草是否跟在身后。

猪草垂头丧气地跟着她走。

他前脚迈出靴子，后脚香芹就四下张望一番，然后说："年轻人，我建议你最好从哪里来，回哪里去。我们更喜欢和自己人在一起。"说完，她拉上了窗帘，只留下猪草一个。

"可恶！"猪草说，"看来他们根本不会去找樱树。"鹿鼠应该心地善良的，他记得樱树说过。好吧，这些鹿鼠并不善良。他想他最好走开。

16

罗勒表弟

猪草朝周围看了看，发现附近有许多鹿鼠正打量着他，但都跟他保持着距离，一声不吭，好像很害怕他似的。

猪草摸了摸自己的耳环，心想：我自个儿打不开那个捕鼠器，和樱树联手也不行。但这些鹿鼠似乎并不怎么关心她。我已经无能为力。我应该离开这里。樱树只能靠自己了。"算了吧，老兄，"他对自己说，"拔腿走吧。"

他朝灰屋的门口走去。就快要走出去的时候，一只年轻的鹿鼠来到他的面前。这只鹿鼠身材矮小，有着细长的腿、短短的胡须和粉红色的眼睛。

　　"你好！"鹿鼠友好地冲猪草伸出一只爪子。

　　终于见到一只热情的鹿鼠，猪草很高兴，赶紧握了握他的爪子。

　　"我叫罗勒，是樱树的表弟。我们俩很要好。我一直在担心她。听说，你知道她的下落。"这只年轻的鹿鼠说。

"是的，她在一个捕鼠器里。"

"捕鼠器，在哪里？"罗勒喊道。

"在那边，靠近那片草地，幽光森林的边上。"

"她没事吧？什么样的捕鼠器？是人类安放的？她是怎么进去的？"

猪草向罗勒讲述了樱树的困境。

"你是怎么找到她的？"罗勒问。

"我碰巧走到了那里。"猪草说。

"太谢谢你了。"罗勒说，"不过请原谅，能告诉我你叫什么名字吗？"

"我叫猪草。但是，嘿，我不明白，你们这里的老鼠似乎并不友好，也不愿意营救樱树。"

"你见过肺草，是吗？在这之前还见过李子。"

"李子是谁？"

"那只上了年纪的又高又瘦的鹿鼠。"

"我猜是的。"

"我估计大家都不是很热情。灰屋附近有人类出现，这让所有的鹿鼠都忧心忡忡。现在大家满脑子想的和嘴上谈论的都是这个。我们猜这跟人类在路边竖起的那个牌子有关。每次人类出现的时候，我们都要躲在壁橱里。这让我们很厌烦，而且很不安。我们不知道发生了什么事。这个家可能是世界上最拥挤的地方，却是我们唯一的家。"

"我能理解。"猪草说。

"我们去后面的台阶上吧。"罗勒建议道，"那里没人，我们可以聊聊。你有时间吗？"

灰屋让猪草感觉很不自在。他想快点儿结束谈话，这样就可以继续旅行了。但如果罗勒能救樱树……"好吧。"猪草说。

他跟着罗勒走到灰屋的后面。那里有一个小门廊和一组台阶。两只老鼠坐在了最上面的一级台阶上。

"我想，"罗勒开口说，"我应该先向你道歉。我们在这里住了很长时间。你可能已经注意到了，这里太挤了，我们需要一个新的住所。但事实是，我们甚至没看过别的地方，也没去过任何地方，或做过任何尝试。我们不被允许这样做。我们要做的就是待在这里。这意味着我们不习惯见到外来者。肺草是我们的头儿。不过，带领一百多个孩子可能是一份重大的责任。"

"很高兴我不是其中一员。"猪草说。

"肺草脾气暴躁，自以为很了不起。而且正如我告诉你的，那些人类……总之，"罗勒继续说，"重点是，我们如果想离开灰屋去任何地方，都必须得到肺草的许可。这很麻烦。"

"为什么需要许可？"

"主要是因为豪猪。"罗勒说。

"豪猪！"猪草叫道，他想起了自己在森林里遇到的那个坏脾气的动物，"豪猪怎么了？"

"我改天再告诉你。先跟我说说樱树的情况。"

猪草描述了困住樱树的那个捕鼠器的样子以及它的位置。"问题是，我给她的那些食物和饮料撑不了多久。"他最后总结。

"确实很糟。"罗勒表示赞同，随后他摇了摇头，"对我们任何一只鹿鼠来说，到小溪对面去都是很不寻常的。她为什么去那儿呢？"

猪草不确定樱树是否愿意让别人知道她的事，再次决定只字不提她是如何闭着眼走进捕鼠器的。

"我只知道你们需要一起去打开这个捕鼠器。唯一的问题是，那些把捕鼠器放置在那里的人类随时可能回去。"猪草说。

"你觉得他们会怎么对待她？"

猪草摇了摇头："各种可能性都有，而且大多不是什么好事。"

"好吧，再跟我说一遍她的位置。"罗勒说。

猪草朝森林的方向挥了挥爪子："我说过了，在那边，沿着那片草地找。"

"你能说得更具体一点儿吗？"

"恐怕不能。"猪草老实承认。

"如果我能召集到足够多的鹿鼠——这一点我想我可以做到，你愿意带我们回去找她吗？"罗勒问。

"不太愿意。"

"为什么？"

"因为你们大多数鹿鼠似乎不希望我待在这里。"

"对此我很抱歉。可是，如果你能带我们去找她，应该会快得多。"罗勒说。

猪草摸了摸自己的耳环，想起了离合器和闪光灯。他很想念他们。"我还要去旅行呢。"他说。

"去哪里？"

"说不准。"

"我们靠自己是不可能找到她的，"罗勒坚持道，"至少不会很快找到。而你说过必须要快些去。你觉得要去多少只鹿鼠才能把她从那个捕鼠器里解救出来？"

　　猪草听到自己内心有一个声音在说："好了，老兄，身为老鼠，就要做老鼠该做的事。"于是他说道："嗯，十只左右吧。"

"我可以凑齐这么多鹿鼠。唯一的问题是，我必须对此事保密，不能让肺草知道。我们得偷偷溜出去。如果你带我们去，我们就能很快救出樱树。行吗？求你了！"罗勒说。

猪草内心不得不承认，靠罗勒他们可能永远找不到樱树。那片草地太大了。于是，他不很情愿地说："好吧。不过等我把你们带到她那儿，就会立刻离开。懂吗？不关我的事，我立刻走人。"

"没问题。你在这里等我一会儿。"罗勒说完，匆匆回到屋里。

猪草独自坐在台阶上，轻轻叹了一口气，对自己重复了一遍刚才对罗勒说的话："好吧，等到了樱树那儿，就没我的事了，我就走人。我是认真的，这一次我绝对百分之百会离开。"

17

人　类

　　女孩拎着捕鼠器，冲进屋里，然后把捕鼠器放在一张桌子上。樱树吓呆了，最大限度地蜷缩成一团。即便如此，她还是忍不住呻吟了一声，腔调里半是失望半是恐惧。居然是一个人类，没有比这更糟糕的了，她心想。

　　但她错了。不一会儿，三个人类坐在了桌边，一起盯着樱树看。

　　"这是什么动物？"那个把樱树拿进屋的女孩问道。

　　樱树从捕鼠器里偷偷向外张望。这个人类仿佛只有脑袋，没有身子，因为她把下巴搁在桌面上，以便能更清楚地看到樱树。女孩笑容满面，激动得满脸通红。

"这是只老鼠，苏珊。"人类中个头儿最大的那个说。他的声音低沉，而且听起来并不高兴。

"没错，是老鼠。"另一个中等身材的人说，"但我们应该查一查，看看它是哪种老鼠。老鼠也有很多种类。"

"它太可爱了。"苏珊说，"我可以养它吗？可以吗？我可以把它带回家吗？"

"这不好说。"那个声音低沉的人说，"宝贝，大多数时候，人们更愿意把老鼠关在门外。"

"为什么？"

"它们很脏，而且携带病菌。说实话，我并不喜欢老鼠。"他说。

苏珊把脸靠近笼子："这只看起来又干净又健康。不管怎样，我喜欢老鼠。"

"我上网查了一下，这是一只鹿鼠。"那个中等身材的人说。

"我们还要过几个小时才走，到时再决定怎么处理它吧。"那个声音低沉的人说，"我们感兴趣的房子就在森林边上，开车一会儿就到。我们必须去一趟，因为我已经约好了。另外，苏珊，如果你真的要养这只老鼠，哪怕只养一两个小时，你也得照顾它，给它喂食喂水。"

"鹿鼠吃什么？"

"众所周知，奶酪。"

"我们还有剩下的奶酪吗？"

"应该有的。"

"这只老鼠是公的还是母的？"

"不知道。"

"我觉得是只母的。我可以把她从捕鼠器里拿出来吗？"

"我觉得这不是个好主意。如果你想养着，就不要拿出来。它很可能会跑掉的。"

"为什么？"

"动物不喜欢被关在笼子里。它们想要自由。"

"那它为什么要进去？"苏珊问。

"也许它没料到这是个捕鼠器，可能上当了。或者，也许是它饿了，想吃奶酪。"那个中等身材的人说。

"亲爱的，我建议你把它放走。别忘了，这个地方是我们租的。我们把老鼠带进来，房主会不高兴的。这可能就是他们放置捕鼠器的原因。"

"但我想养它。我还要给它起个名字。从现在开始，它

叫……意面，我最喜欢的食物。"

"这名字不错。"

这几个人说话的时候，樱树一会儿望望这个，一会儿看看那个，徒劳地想弄明白他们在说什么。她逐渐意识到自己暂时没有什么危险，可是又不能完全肯定，于是待在角落里，看着，听着。

女孩离开了桌子，走出房间，然后很快又回来了，手里拿着一个橙色的东西。她把它掰成小块，从捕鼠器的小孔塞了进去。

是吃的，樱树想。她的肚子在咕咕叫。橙色的东西不仅看起来不错，闻起来也很香。尽管如此，她还是拿不准该不该吃。这是来自人类的东西。她觉得关于他们的一切都很可怕。

两个体型较大的人笑了笑，走开了。

"好好跟意面玩吧。"其中一个人叫道，"我们要继续把野餐的东西放进车里。"

他们离开了房间。樱树不知道他们去了哪里。

苏珊下巴枕着胳膊，继续盯着樱树看。"意面，我喜欢你。我不在乎他们怎么说。我要留下你。"她低声说。

樱树真希望自己能听懂这个女孩在说些什么，可是却只能茫然地望着她。

18

罗勒一伙

罗勒回来之前，猪草已经等得有些不耐烦了。"他最好快点儿，我不喜欢这里。"猪草心想。

罗勒终于出现了。他带来了十一只鹿鼠，有公有母。在猪草看来，他们都很年轻，而且邋里邋遢，一看就不是一伙有胆识的老鼠。

"排好队。"罗勒命令道。

鹿鼠们懒洋洋地往前走，歪歪扭扭地站成一队，没有一只是规规矩矩、老老实实站在那里的。他们不断挪动着脚，挠着脸、肚子和膝盖，摸着胡须，晃着尾巴，同时害羞地、犹豫地偷偷看着猪草。显然，他们不是很情愿来这里。

"这位是猪草。"罗勒对那队鹿鼠说，"他来自森林的另一边，是只赭鼠。事情是这样的，他发现了樱树，并好心地来通知我们。正如我告诉你们的那样，樱树不知怎么搞的，被关在了人类的一个捕鼠器里。如果我理解得没错的话，就在小溪对岸，沿着长草甸过去。猪草愿意带我们去找她，这样我们就可以把她救出来。"

"猪草，这是雏菊、三叶草、屈曲花、牵牛花、捕蝇草、香雪球、三色堇、百日菊、报春花、芝麻菜，最后是柳穿鱼。"

"嘿，你们好啊。"猪草打过招呼，心里想，自己永远也不可能记住这些名字，尽管"柳穿鱼"这个名字让他印象深刻。

十一只鹿鼠疑惑地盯着他。

"你能告诉他们，我们需要为樱树做些什么吗？"罗勒对猪草说。

"好的。"猪草回应道，"就像罗勒说的，樱树被关在了一个捕鼠器里——人类的一个捕鼠器，全金属的，两端封闭，紧得像个萝卜①。我试着帮她逃出来，但做不到，需要更多的爪子帮忙。最重要的是，我们需要在人类，也就是那些设

---

① 原文为"tight as a turnip"。这是一种俚语表达，通常用来形容一个人喝醉了——像被挤压、压榨的萝卜一样。这里猪草用的是字面意思。

置捕鼠器的人，对她下毒手之前把她救出来。"

"跟在这里出现的是同一伙人类吗？"一只鹿鼠问罗勒，"有传言说，他们可能要搬进来。"

"不知道。"

"你觉得人类会对樱树下……什么样的……毒手？"另一只鹿鼠问猪草。猪草猜她可能是百日菊。她的声音一直在颤抖。

"什么都有可能。可能会要了她的小命，也可能不会动她一根毫毛。"猪草说，"关键是，她正在那里等着我们去救她。"

"那她在什么位置？"罗勒故意问道。

"好的，听我说。首先，我们要穿过那个果园，"猪草指了指，"还有那条小溪，然后沿着我猜你们称其为长草甸的地方往前走。"

"我们不会进入幽光森林吧？"捕蝇草胆怯地问。

猪草摇了摇头："只需要穿过草地。但那里可能有浣熊、蛇和豪猪。"

小鹿鼠们瞪大了眼睛。

"啊呀……"一只鹿鼠低低叫了一声，脸色突然变得苍白。"浣熊和蛇。"他重复着，揉了揉鼻子，然后将两只前爪紧紧地攥在一起。

"你说有……豪猪？"另一只鹿鼠震惊地问。

"我确实看到了一只，"猪草说，"但那是在森林里。我保证，我们不会去那里。"

一阵紧张的沉默。猪草隐约听到了一些鹿鼠艰难吞咽口水的声音。他们的尾巴在明显地颤动。有几只鹿鼠看着罗勒，似乎在寻求安慰。

"是一头……一头大豪猪吗？"终于有鹿鼠问道。

"说不准。"猪草回答，"他在树上。"

另一只鹿鼠问："罗勒，肺草允许我们去做这件事吗？"

罗勒摇了摇头说："最好不要告诉他。所以，谁如果不想干，现在可以退出。但要是我们准备去救樱树的话，就像猪草说的，必须快点儿采取行动。"

现场一片寂静。鹿鼠们在考虑要不要去。果然，其中一只鹿鼠突然抬起头说："对不起，罗勒，我想我还是不去了。我今早醒来的时候，就感觉不舒服，现在仍然不舒服。"说着，他走出队伍，跑回屋里去了。

剩下的十只鹿鼠来回挪动着脚。

"还有谁不想去吗？"罗勒问。

鹿鼠们不安地互相偷瞄着，尾巴颤抖着，有一些在清嗓子，还有一些在抽动耳朵，但没有一只鹿鼠再开口说话，也没有一只离开。

"好吧，我们走吧。"罗勒对猪草说。

"跟我来。"猪草说着跳下台阶，向果园走去。他走在最前面，身后其他鹿鼠排成了一列长长的、歪歪扭扭的队伍，罗勒走在最后面，确保没有鹿鼠掉队。

猪草一边往前走，一边回头瞥了一眼那些鹿鼠。

这是一支糟糕透顶的救援队，他心想。

19

跳过小溪

　　这支老鼠队伍匆匆忙忙经过水泵，穿过果园，继续往前走，一直来到闪光小溪边上。在猪草的眼里，这条小溪似乎跟先前没什么不同：溪水源源不断地流淌着，清澈的溪水撞到斑驳的、长满苔藓的石头上，溅起无数的水花和泡沫，发出汩汩的声音。"很美。"猪草想。但当其他十一只鹿鼠追上他时，他们站在岸边，神色不安地看着溪水。

　　其中一只鹿鼠——柳穿鱼说："我从来没走到过这么远的地方，你们呢？"最后一句没有特别针对任何一只鹿鼠。

　　"没有。"

"没走过。"

"我没有。"

"我觉得除了樱树，没有其他老鼠走过。"

"而现在我们必须去救她。"

一只鹿鼠——猪草猜是捕蝇草——问罗勒："罗勒，我们没有得到肺草的许可，是吗？"

"是的。"罗勒回答。

"你有问过吗？"那个叫雏菊的质疑道。

罗勒摇了摇头。

"肺草会不高兴的，不是吗？"捕蝇草说。

"事实上，他肯定会暴跳如雷的。"另一只鹿鼠说。

"如果我们遇到猪草看到的那只豪猪怎么办？"又一只鹿鼠问。

"还有那些浣熊呢？"

"还有……蛇？"

罗勒看了看猪草，没有回答。鹿鼠们开始更频繁地挪动双脚、挠耳朵，尾巴一个劲儿地颤抖，但没有一只开口说话。

突然，一只身材矮小、胡须很长的鹿鼠宣布："对不起，伙计们。我不过去了。"她一直在仔细地打量着溪水，同时慢慢地挠着下巴。

猪草不知道她叫什么名字。

"这……这太冒险了。"那只鹿鼠谁也没有看，一直在盯着小溪解释。她似乎在等待回应。发觉其他鹿鼠都不吭声，她转过身，喃喃地说："祝你们拥有愉快的一天。"然后她便朝灰屋走去。她走得很慢，一边走，一边挠着一只耳朵，低着头，仿佛很尴尬。

猪草在心里盘算着还剩下多少只老鼠：包括他和罗勒在内，只剩十一只了。

罗勒投来一个询问的眼神。

"应该够了。"猪草说，"嘿，事情明摆着，要么过去，要么不过去。我们需要所有的鹿鼠一起帮忙。"

"对。"罗勒附和道。

鹿鼠们一动不动。

"好吧，猪草会告诉我们怎么过去。"罗勒说。

猪草心里一边嘀咕为什么总要他来告诉他们怎么做，一边尽力回忆之前踩着石头跳过小溪的路线。经过一番快速判断，他在头脑中描绘出通往对岸的路线。"看我怎么走。"他叫道。

说着，他猛地一跃，站到了最近的一块石头上。随后，他连蹦带跳地总共跨过了十五块石头，到达了对岸。

"酷！我干得不错。"他心里赞许着转过身，向小溪对面望去——没有一只鹿鼠跟着他；相反，他们都盯着水面，看起来很不安。

"看到了吧，伙计们，没问题。"猪草叫道，"现在行动起来吧。"

对岸的鹿鼠继续注视着湍急的小溪，尾巴不停地晃动着。一只鹿鼠把爪子伸进水里，似乎在判断水的深度。

"有点儿冷。"她说着甩了甩爪子上的水珠，好像这些水珠让她很不舒服似的。

"来吧，你们必须过来。"猪草喊道。

"拜托，伙计们，为了樱树，我们赶紧过吧。"罗勒站在其他鹿鼠身后，尽力鼓励他们前进。

鹿鼠们一个接一个地开始跳过小溪。他们选择的大多都是猪草踩过的石头，不过行动时更加胆怯，在跳跃的时候常常犹豫不决。

大多数鹿鼠已经过了小溪。就在这时，一只鹿鼠，猪草猜是芝麻菜，脚下一滑，掉进了水里。

其他鹿鼠都惊叫了一声。

芝麻菜看起来惊慌失措。为了避免被冲到下游，他一边扑腾一边挥着爪子求救。幸运的是，报春花就在附近的一块岩石上。她把爪子伸向尖叫着的芝麻菜，抓住他的一只爪子，帮助他爬到她所在的石头上。芝麻菜终于安全了，趴在那里一个劲儿地往外吐水。

接下来的路，这两只鹿鼠走得比刚才慢多了，他们互相紧紧握着爪子，一路陪伴着跳到对岸。芝麻菜已经浑身湿透，看起来像一根细溜溜的湿面条。他一上岸就晃动着身子想把自己甩干，结果把旁边的鹿鼠也弄得湿漉漉的。

随后，罗勒摆出一副若无其事的表情，也跳过了小溪。

现在除了三叶草，所有鹿鼠都跳过了小溪。三叶草仍然站在溪岸这边，眼睛盯着水面，尾巴激动地甩来甩去。

"来吧，伙计，快跳吧。"猪草叫道。

"对不起，罗勒，我觉得……觉得我做不到。"三叶草终于叫出声来。

"你肯定能行，我们都做到了。"罗勒说。

"不，我不行。"三叶草含泪叫道。

"你要么做，要么不做，我们得继续前进了。"猪草喊道。

三叶草又沉默了好一会儿，然后摇了摇头。"不，这太可怕了。"他脱口而出。说完，他转身朝灰屋的方向跑去，速度比来时快多了。

"还剩十只。"猪草对罗勒说，也是在对自己说。

"我们到长草甸去吧，"罗勒催促道，"快点儿离开小溪。"

"以及森林。"雏菊补充说，同时瞥了一眼其他鹿鼠。

在猪草的带领下，这九只鹿鼠沿着小溪的边缘向前走，直到长草甸出现在他们右侧。不一会儿，他们都聚集在草地上的一片灌木丛下。一到那里，猪草就停了下来，试图回忆起他来时的路线。他只记得沿着森林边缘走。"那个方向。"他说着往前走去。

其他鹿鼠乱七八糟地排成一队，罗勒和之前一样，在后面跟着。他们慢腾腾地从一处灌木丛走到另一处。猪草感觉他们不仅以前从未来过草地，而且此刻其实也不想来。

尽管如此，他还是毫不停歇地往前走，担心自己稍一停顿，其他老鼠就会转身回去。

他告诉自己，最好快点儿，免得再有鹿鼠打退堂鼓。所以他一边脚下稍稍加快了速度，一边转过头，用尽可能豪迈的声音叫道："大家冲啊！"

其实，他内心的声音是：但愿我记得樱树在哪里，但愿她还在那里。

20

木屋里的樱树

在木屋里，樱树躲在捕鼠器的深处，继续看着那个女孩；而那个女孩则用下巴抵着桌子，也在看着她。

"我很高兴抓住了你。"苏珊说，"我保证我会好好照顾你的。我会喂你，爱抚你，保持你的笼子清洁，为你做一切事。"

这时，那个中等身材的人又回到了房间，说道："亲爱的，也许把那只老鼠放在桌子上并不是一个好主意。我们要在那里吃饭。"

"但我想看着它。"女孩说。

"为什么不把它放在这里呢？"那个人说，"你坐在沙发上仍然可以看到它。"

"哦，好吧。"苏珊拿起装着樱树的捕鼠器，把它放在一张更小、更矮的桌子上。然后她坐回沙发上，继续盯着樱树看。

中等身材的人离开了房间。

樱树看着那个女孩。直到这时，她才意识到一件事：就算猪草真的去了灰屋，真的让我的家人来救我，他们也无法找到我，因为我已经被转移了。我将永远无法获得自由。

樱树做出了一个决定：如果我想离开这里，就只能靠自己了。

苏珊在沙发上向前挪动了一下，离樱树更近了一些。"爸爸觉得老鼠很脏，他不喜欢老鼠，但我不在乎。知道吗，意面？我要把你永远留在身边，永远永远。"她坦诚地轻声说。

21

空地上的老鼠

猪草停了下来。他从作为掩护的灌木丛底下向外张望。在他面前是一片低矮、开阔、长满杂草的空地，洒满了明亮、温暖的阳光。猪草确定自己就是在这片空地上帮助那条蛇蜕掉旧皮的。

很好，这意味着我们离那座木屋和樱树不远了。他想。

"我们快到了。"当那群紧张不安的鹿鼠挣扎着赶上他时，他回头说道。

"也许应该让他们休息一下。"罗勒向后偏了偏头，示意着低声说，"他们不习惯这种徒步旅行。我也是。"

"没问题。"猪草表示赞同，"我们休息时，请你把每只鹿鼠的名字再报一遍，这样我好记住他们。"

"好的，伙计们，排好队点一下名。"罗勒叫道。

八只鹿鼠排列成不整齐的一队，双脚挪来挪去，身体颤抖，忐忑不安的眼睛不停地看向四周，看向他们的同伴，也看向猪草。

罗勒站在他们身后。"这是雏菊。"他说着把一只爪子放在其中一只鹿鼠的头上。雏菊身材娇小，有一双炯炯有神的大眼睛，睫毛又长又黑。

罗勒转向下一个："牵牛花。"牵牛花身材矮胖，有一双大耳朵、一个短鼻子，还有粗短的胡须。

"屈曲花。"她个子矮小，瞪着一双大眼睛，两只前爪不停地相互挤压。

"捕蝇草。"捕蝇草瘦瘦的，长着深粉色的眼睛和小爪子。她一直紧紧地盯着猪草，似乎不相信她所看到的。

"百日菊。"百日菊是所有鹿鼠中个头儿最大的一只。她有一条长长的尾巴，不停地甩来甩去，好像非常不安。她时不时偷瞄猪草一眼，眼睛眨个不停，似乎阳光对她来说过于强烈了。

"报春花。"报春花长得胖胖的，腿又短又粗，还有点儿弯，但脸上的表情却有些凶巴巴的。她站在那里，两只前爪一直紧紧攥在一起。

"芝麻菜。"芝麻菜身上仍然湿漉漉的。他坐在后腿上，不断地把前爪交替搭在一起，眼睛一直注视着周围的灌木丛，好像从未见过如此不寻常的东西。

"还有柳穿鱼。"柳穿鱼个头儿最小，头上有一束长长的、染成蓝色的毛，总是滑落到他脸上。他不时猛地一挥前爪，把那束毛捋回去。他正紧咬着牙关。

猪草注视着这八只鹿鼠，忍不住想：他们肯定不是看起来最勇敢的动物。然后他提醒自己，虽然这些鹿鼠从没离开灰屋这么远过，但总算是坚持下来了。

个头儿最大的那只鹿鼠——百日菊，举起了爪子。

"什么事？"罗勒问。

"罗勒，很抱歉，我恐怕做不到。而且我刚刚想起来，我妈妈让我去做一件事，我还没做呢。我……我想我还是回家的好。"

没等罗勒反应过来，百日菊就转身朝他们来时的方向跑了。

捕蝇草转头看着百日菊离开。猪草想知道她是否也会离开。其余的鹿鼠颤抖得比以前更厉害了，但谁也没吭声，直

到罗勒对猪草说了声"对不起"。

"只剩我们九个了。"他说。

"能行吗？"雏菊问。

"我们别无选择。"猪草耸耸肩回答道。但愿如此，他在心里说。

"不如说说我们要做些什么吧？"柳穿鱼边问边把那缕毛从眼前撩开。

"好吧，"猪草开始介绍，"是这样的，那个捕鼠器离这里不远，樱树被关在里面——至少我上次看到她的时候是这样。捕鼠器像一个笼子，两端都有封闭的门，就放在一所人类的房子旁边。樱树和我试图打开捕鼠器，但没能成功。我希望，我们所有老鼠能一起抬起一端的挡板。"

"具体该怎么做呢？"捕蝇草问。

猪草不想承认他没有真正地计划过，只好说："等我们走近了，你们就知道了。"

屈曲花睁大蓝眼睛问："啊，猪草先生……先生……那些……那些人类……在附近吗？"

"也许吧。"

柳穿鱼说："如果我们打不开捕鼠器会怎样？"

"会不太妙。"猪草说。

"而且……而且如果……那些人类出现……我们该怎么办？"芝麻菜结结巴巴的，边说边使劲揪着自己的鼻子。

"这个我也不确定。"猪草说。

报春花脸上浮现出怒气。"好吧，那你能确定什么？"她质问道。

"我只知道如果我们不把樱树救出来，她可能会没命。"

鹿鼠们没有吱声，现场一片寂静。

"伙计们，为了樱树，我们必须试试。"过了一会儿，罗勒说。

鹿鼠们神情紧张，焦躁不安，但还是没有说话。

"好吧，"猪草说，"大家都准备好了吗？房子和捕鼠器都在离这片草地不远的地方。中间没有障碍。我们开始行动吧。"说着，猪草走到了草地上，其他鹿鼠跟在他身后。就在这时，树丛中传来一声呼喊。

"猪草！"

猪草瞬间停了下来，其他鹿鼠也一样。

"那是谁？"牵牛花惊恐地小声问道。

"猪草！"喊声再次传来。

"谁在叫你？"柳穿鱼问道。

猪草清楚地知道那是谁，他嘟囔了一句："见鬼！"

22

又见洛塔

洛塔冲到了草地上。

"退后!"猪草喊道。

鹿鼠们也看到了小浣熊,不需要任何警告,他们便争先恐后地退回到空地边缘的灌木丛里,毕竟灌木丛的树枝可以掩护他们。一到那里,他们就蹲下身子,眼睛紧紧地盯着浣熊。猪草则冲向一个高大的灌木丛,悄悄地爬到树叶后面,然后偷偷探出脑袋去看小浣熊在做什么。

洛塔后腿直立,站在草丛中间,正到处张望。"猪草,"他叫道,"你在哪里?请回来吧。我们可以一起玩耍。"

猪草不想让洛塔发现他或其他老鼠，于是躲在那里一动不动。他确信洛塔的妈妈很快就会到来。果然，不一会儿她就出现了，慢慢地向着空地和洛塔走来。

"洛塔，"她疲惫地叫道，"我们找你的朋友已经找得够久了，不能再这样找下去了。他恐怕已经走了。"

"那是因为你把他赶跑了。"小浣熊回答道，"如果我把你的一个朋友赶跑，你会怎么想？"

"我真的很抱歉，"浣熊妈妈说，"我当时没搞清楚状况。我真的很高兴你的朋友帮助了你并把你带回家。但洛塔，事已至此，别再到处追着找那只老鼠了。我累坏了。我们得回洞里去，那样我们俩都可以睡个午觉。"

"我不想睡午觉。"

"你不想，我想。"

"我能再花几分钟寻找我最好的朋友吗？"洛塔恳求道，"行吗？求你了。"

"就几分钟，说定了。"母浣

熊在草丛中间躺了下来，"天哪，这里真暖和。"

"猪草，"洛塔喊道，"我在这里。请过来。我妈妈很抱歉把你赶跑了。是吧，妈妈？你说话啊。"

母浣熊已经闭上了眼睛。

"妈妈，"洛塔叫道，"你必须说你很抱歉把猪草赶跑了。大点儿声，让他能听见。否则他就永远不会回来了。"

洛塔走到妈妈面前。"妈妈？你睡着了吗？"他轻轻地戳了她一下。过了一会儿，他说："我想是的。"

洛塔用后腿站起来，又环视了一下空地，然后开始到处闲逛。还没走几步，他突然停了下来。

"哦，我的天哪。"他尖声叫起来，"妈妈，快看！我觉得那是条蛇。"

猪草躲在灌木丛的叶子后面，一直在看着和听着这一切。老兄，他想，那是张蛇皮。他本想大喊一声，但又不想让洛塔知道他就在附近。

"妈妈，"洛塔小声说，"草丛里有条蛇。我很害怕。醒醒吧，求你了，你得把他赶走。"

猪草等待着。他想，母浣熊肯定会醒过来的，可那只疲惫不堪的母浣熊仍然在睡觉。

洛塔只好跑得离蛇皮远远的，向草地深处跑去。

"糟了，他朝樱树那里去了。"猪草说。

罗勒有些不耐烦了。他在猪草身后轻声叫道："猪草，发生什么事了？"

"老兄，冷静一点儿。"

这时，母浣熊坐了起来。"洛塔？"她叫道，"洛塔！哦，宝贝，你又跑哪儿去了？我已经受够了你到处乱跑。你必须马上回来！"

然而，洛塔已经不见了。

猪草看着母浣熊站起来，环顾了一下空地，然后呼唤着洛塔的名字四处找他，同时烦恼地甩着她的长尾巴。但她走的方向跟洛塔的正相反，她甚至没有注意到那张蛇皮。

猪草听到她不停地喊道："洛塔，宝贝，你在哪里？你必须回来……马上。"声音越来越远，最后终于听不见了。

"警报解除了吗？"罗勒问。

"解除了。"猪草说。

老鼠们悄悄地回到空地。

"那两只是……浣熊吗？"牵牛花问，她的大耳朵在颤动。

"没错。"猪草说。

"我们被告知要避开他们，"捕蝇草说，"他们可能会伤害我们。"

报春花转向猪草："那只浣熊怎么知道你的名字？"

"你认识他吗？"牵牛花问。

"有过一面之交。"

"我们不想和浣熊扯上任何关系。"雏菊说，眼睛瞪得比以前更大了。

"别担心，没人会伤害你。"猪草说。

他看了看空地，浣熊们现在已经彻底离开了。在他看来，没有什么能阻止他和鹿鼠们径直去捕鼠器里救出樱树。但随后猪草意识到一件事：洛塔现在就位于他和鹿鼠们去营救樱树的线路中间，而这些鹿鼠都害怕浣熊。这意味着，除非他能想办法把那只浣熊宝宝弄走，否则他们将永远无法到达樱树那里。

23

樱树与苏珊

木屋里，苏珊仍然坐在沙发上，眼睛一眨不眨地望着樱树。矮桌上放着哈瓦哈特捕鼠器[1]，捕鼠器里面关着樱树。

樱树蹲在捕鼠器深处的一个角落里，一直焦急地望着那

---

[1] 一种捕捉活体动物的陷阱，通常用于人道地捕捉和释放室外的野生动物，如松鼠、兔子等，得名于制造商"Havahart"。

个女孩。"这很糟糕，"她心想，"比之前还要糟糕。等待猪草已经毫无意义，他不会来这里找我的。我需要为自己做点儿什么。"

女孩继续说个不停，向樱树讲述她生活中的一切：她的父母、她在学校的日常、她喜欢读的书、她的家人在假期里喜欢做的事情，以及当天他们必须决定是否买下那所新房子。

"但我的爸爸妈妈需要对房子进行维修，因为很多地方都坏了。"她解释说，"他们把它叫作待翻新房。但如果我们搬到那里，我不确定将在哪儿上学。我希望我会喜欢那里。我得结交新朋友，而你将是我在新家的第一个新朋友。"

随着谈话的进行，樱树发现她无法抗拒女孩放在捕鼠器里的奶酪的味道。当苏珊继续喋喋不休时，樱树小心翼翼地向前走，然后吃光了所有的奶酪。

苏珊向前凑了凑。"你喜欢吃这个吗？"她问，"你想再来点儿吗？妈妈说我得喂你。"女孩扭动着身子离开沙发。"我的早餐总是吃不完。我去给你拿一些吧，马上就回来。"她对樱树说道，"别走开。"

24

猪草有了一个主意

在长满杂草的空地上，猪草试图做出决定。他深知自己必须抓紧时间，他的鹿鼠伙伴们本来就焦躁不安，看到浣熊后甚至更加紧张了。他担心他们会放弃营救樱树，而跑回灰屋。

但洛塔，那只讨厌的小浣熊，夹在他们这群老鼠和那所房子之间。猪草确信他的鹿鼠伙伴们不想靠近那只动物（他当然也不想），这意味着他必须想办法把洛塔赶走。至于那些人类，他唯有希望他们不要再回来。

思考期间，猪草的目光落在了被丢弃的蛇皮上，他立刻想起了洛塔刚刚被吓得跑开的样子。猪草有了一个主意。

"伙计们，浣熊已经走了，我们彻底安全了。"他回过头来对鹿鼠们说。

鹿鼠们战战兢兢地从躲藏的灌木丛中爬出来。

罗勒开口说："猪草，刚才那只浣熊知道你的名字。他不会是你的朋友吧？"

"一个讨厌的家伙而已。"猪草回答，"此外，我已经想出了办法，确保我们永远不会再见到他。"

他走到蛇皮跟前，捅了捅。蛇皮就像一片叶子一样轻。

"伙计们，过来。"他对鹿鼠们叫道。

鹿鼠们胆怯地走了过去。看到蛇皮，屈曲花停下脚步，惊得张大了嘴，问："这是什么东西？"

"曾经是条蛇，现在是个死物，一张废弃的皮而已。"猪草为了让她放心，又戳了一下那张皮，"我有一个想法，我们可以利用它。"

"怎么个利用法？"芝麻菜问道。他既害怕又着迷地盯着那张薄薄的皮。

"是这样的，"猪草说，"那只小浣熊横亘在我们和樱树之间，对吗？关键是，你们看到了，他怕蛇，怕得要命。我是这么想的：我们都躲在这张蛇皮下，然后装作一条活蛇那

样往前走。我保证，那个愚蠢的动物一看到我们就会跑掉。"

"具体该怎么做呢？"牵牛花问道，同时跟其他鹿鼠交换了一个怀疑的眼神，她的短胡须在不住地颤抖，"这看起来是根管子。"

猪草弯下腰，小心翼翼地拿起那根蛇皮管，用锋利的前牙将蛇皮从头到尾剖开。"好了。"他说着吐出了一点儿蛇皮，"来吧，罗勒。我们需要这样做：大家在蛇皮旁边排好队。我站在最前面，这样我可以带路。罗勒，你走在最后，保证大家都动起来。"

鹿鼠们小心谨慎地在蛇皮旁边站成一排。

"现在，我数三下。数到三，大家就把蛇皮举起来，举到头顶上，然后等我口令，再把它放下来。"猪草说。

"那我们该怎么走路呢？"雏菊问。

"用前爪举着蛇皮，保持后脚着地。"猪草解释说，"我走在最前面，你们跟着我就行。我来领路。明白吗？我们看起来会像一条蛇，但实际不是。一定要把身子藏在蛇皮里，这样浣熊就看不到我们了。我们将朝着樱树的方向前进。能行吧？好的，抓住蛇皮，预备，一、二、三……抬起来。"

鹿鼠们齐心协力，呼哧呼哧几下，就抬起了被割开的蛇皮。

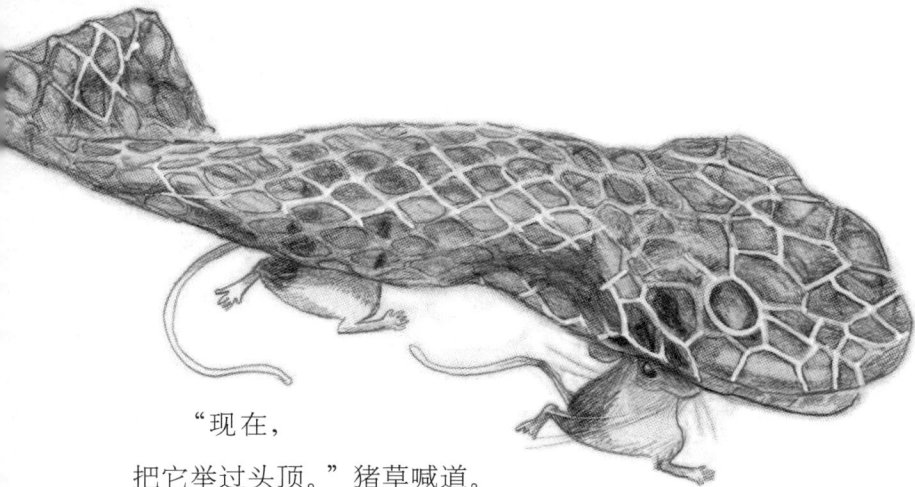

　　"现在，

把它举过头顶。"猪草喊道。

　　鹿鼠们按照吩咐做了。

　　"酷。"猪草叫道，"现在……把它慢慢地……放下。"

　　鹿鼠们也照做了。

　　猪草一直站在一边看着这一切，心里很高兴。长长的蛇皮离开了地面，鹿鼠们大半的身子钻进了蛇皮，只有脚露在外面，看起来好像一条蜈蚣。

　　猪草满意地钻进蛇皮的前半部分，用前爪把蛇皮举得足够高，以便自己能看到路。

　　"非常酷。"他回头喊道，"好了，伙计们，准备好了吗？樱树，我们来了。鹿鼠们，前进！一、二、三……冲啊。"

　　猪草一边喊着，一边迈步向前。其他鼠跟着他，仿佛一条蛇在向前行进。

　　"我打赌，现在不用担心那只愚蠢的浣熊了。"猪草边看着前方边想。

25

洛塔做了什么

　　洛塔为了躲避蛇皮，匆忙从空地逃走。他一边跑，一边不停地回头看，以确保自己没有被跟踪。

　　"我讨厌蛇。"他不停地唠叨着，"真的，真的，真的讨厌他们。讨厌，讨厌，讨厌蛇。他们有尖尖的牙齿。那么尖，会咬人。妈妈警告过我，她也讨厌他们。'远离蛇，'她说，'还有人类和狗。'她是这么说的，我也是这么做的。远离，是的，我离得远远的。"他继续往前跑。

　　他跑得越远，感觉越安全。蛇从视线中消失了，小浣熊开始放慢脚步，直到最终停下来。他向后看了看，咕哝道：

"很好，没有蛇。我逃脱了。我是个跑步能手，太棒了。"

洛塔累了，于是坐下来打量着周围的草地，此时才注意到这是一个完全陌生的地方。他不停地四处张望，没过多久，他意识到自己又迷路了。

"妈妈？"他叫道。

没有回答。

"妈妈？我想，你又把我弄丢了。"

他静静地待了一会儿，然后喊道："猪草老鼠，你猜怎么着？我又把我的妈妈弄丢了。我需要你回来找她，还有找我。你能听到我的声音吗？"

没有回答。

洛塔考虑要不要掉头回他刚才待过的那块空地。但他知道，蛇也在那里，他想尽可能地远离那个可怕的家伙。

又等了一会儿，洛塔站起身来，沿着刚才的方向继续走，慢慢穿过灌木丛和草丛，不时停下来喊一声"妈妈，你在哪里？"或是"猪草，我需要你来找我。"

没有回应。洛塔能看到

的只有高高的杂草、灌木和零星的花朵。他不断地自言自语："我在哪里？我希望有人能找到我。"

他又往前走了一会儿，惊讶地看到前面的草丛中有片空地。他高兴起来，又向前走了几步，然后停下来，从一丛灌木后面探出头来。他首先看到一大堆木头，一根根堆在一起。在这堆木头的侧面有一个长方形的大洞。

这就是木屋。

洛塔以前从未见过这样的东西，它看上去像是个洞穴，但跟他家的岩石洞穴不一样，是由木头制成的。他想知道，是否有谁住在里面。

更让他疑惑的是，这堆木头旁边放着一个巨大的盒子，周身闪着蓝色的光泽。它的侧面有些圆形的东西。而且，盒子冲着洛塔的一侧也有个洞。

但这还不是最令人吃惊的——洛塔以前从未见过的两个生物，正在把一些东西放进那个闪亮的蓝色盒子的后面。

洛塔想起了猪草告诉过他的有关人类的事。他倒抽了口凉气："他们看起来像那些头上有毛的人类，妈妈说要远离他们。"

洛塔站在草丛边上，好奇地盯着这些人类。他现在确信自己知道他们是什么了，不过因为以前从未见过人类，所以他想知道他们都会做些什么，好奇他们把什么东西放进了那个大蓝盒子里。然而，洛塔最担心的，是这些人类会不会伤害他。

小浣熊决定先观察一番这些叫作人类的生物，看看他们做些什么，认为这样会更安全。于是，他坐在那里等待着，注视着。

26

樱树的逃亡

捕鼠器里，樱树看着苏珊离开房间。吃过奶酪后，她感觉好多了，也更有力气了。她打量着这个房间，看到了一张桌子、几把椅子、一张沙发，还有一个壁炉，以及附近的一堆切割好的木头。最重要的是，樱树看到房子的窗户和门都开着。她相信如果自己能从捕鼠器里出去，就能逃出这所房子。

她想用两只爪子使劲拉开捕鼠器的栅栏，但和前几次一样，栅栏毫无动摇的迹象。她不肯罢休，又试着努力推开捕鼠器两端的挡板。事实证明，这也和以前一样，属于白费力气。她灰心丧气地坐了下来，责备自己太蠢了，总是重复做无用的事情。"我必须尝试新的办法。"她自言自语道。

苏珊回到了房间，手里拿着食物。

"这个给你，是我早餐吃剩下的。"她说着把那东西拿出来给樱树看。

那一刻，樱树吓坏了，她以为苏珊拿着的是一只老鼠的尸体。那东西有七八厘米长，细长，呈灰褐色，和她的毛色很像。不过，她嗅了嗅之后意识到，这真的是某种食物，这才松了一口气。

苏珊在沙发上坐了下来。"这是一根香肠。"她说着俯身向前，把香肠往捕鼠器的孔里塞，随后咯咯笑了起来。"我真傻，"她对樱树说，"它太大了。我要怎么给你呢？"

对于樱树来说，只要一想到苏珊手里拿着一只老鼠——虽然这个想法被证明是错误的——她就完全没了胃口。她退到捕鼠器最深处的角落里，蜷缩着身子，看着苏珊。

苏珊仔细地研究起捕鼠器来。过了一会儿，她把香肠放下，试着打开捕鼠器末端的挡板，但没有成功。

"我去找妈妈或爸爸来打开它。"她说着跳了起来，回过头说，"马上就回来。"

樱树看着苏珊离开，试图弄清楚发生了什么事。她想，也许这与食物和打开捕鼠器有关。她告诉自己，如果这个女孩打开捕鼠器一端的门，那可能就是自己获得自由的最好时机，也是唯一的时机。

苏珊回来了。"他们正在往车上装东西。"她说。

"我们看完那所房子后，就去野餐。我会问问他们能不能带上你。"她坐回到沙发上，又研究起捕鼠器来。

"你知道吗？"她说，"我最好把门窗都关上，以防你跑出去。我不希望你跑掉，永远不。"

樱树失望地看着苏珊关上窗户和前门。然后苏珊回来了，继续仔细研究这个捕鼠器。

"哦，"苏珊突然叫了起来，"我现在知道是怎么回事了。有个钩子钩住活板门，使它保持关闭。我打赌我能打开，然后就可以喂你了。"

苏珊在矮桌前跪下，把两只手放在捕鼠器上。

樱树观察着她的每一个动作。

苏珊用一只手成功地拉起扣住活板门的金属钩，然后，她把另一只手的手指塞到活板门下，把活板门抬起。她的两只手同时忙碌着。

这也意味着——樱树突然意识到，在那一刻，捕鼠器

被打开了。

　　说时迟，那时快，樱树猛地向前冲去——她这辈子还没跑得这么快过——从捕鼠器的开口处蹿了出来。一跑出捕鼠器，她就飞快地跑过桌子。当她到达桌子边缘时，她拼尽全力跳了起来。

　　与此同时，苏珊尖叫起来。

27

洛塔又做了什么

洛塔坐在草地上，注视着蓝盒子和那些奇怪的人类。他听到了女孩的尖叫声，并意识到声音是从那堆木头里传来的。不管那些人类在蓝色的大东西边上做什么，此时他们立刻扔下了手里的一切——甚至在蓝盒子上留下一个洞，迅速转身便跑进了木屋。

人类走了，洛塔很高兴，他摇摇摆摆地从灌木丛中走了出来，小心翼翼地走近那个闪亮的蓝盒子。他想知道：这是做什么用的？还有，人类在里面放了些什么呢？

他靠近盒子的一侧，用后腿站起来，但他个子太矮，无法从开着的窗户往里看。就在他试图看清里面的情况时，忽然听到身后有声音。他吓了一跳，回头一看，惊恐地看见一条巨大的蛇正从灌木丛中探出身子，并且直奔他而来。

洛塔吓坏了，慌不择路地想要逃走。那个大蓝盒子就在他面前，挡住了他的去路，但那上面有个洞。他回头看了看，蛇还在朝这边游来。恐惧让洛塔平添了力气，他用尽全力，向前一跃，直接跌进了蓝盒子里，落在一个座位上。小浣熊惊魂未定，他爬起来，从自己掉进来的那个洞里往外

看，发现蛇仍然在往这边滑行。

洛塔寻找着退路，他转过身，面前似乎空无一物，但当他向前伸出爪子去摸时，发现爪子碰到的地方很坚硬。"很好，"他想，"那条蛇碰不到我了。"

他转过身，看到一个大轮子，轮子旁边有一串按钮。这些按钮看起来怪有趣的，洛塔急忙跑过去，伸出一只爪子摸了摸其中一个按钮。随即，各种不同颜色的灯亮了起来，甚至响起了巨大的轰鸣声，蓝盒子也跟着摇晃起来。洛塔很高兴，再次摸了摸按钮。轰鸣声停止，灯光熄灭，接着是几声响亮的咔嗒声。洛塔完全不知道这意味着什么。

他又按了一个按钮，想再看一眼灯光。这一次，一块坚硬的、透明的东西升了起来。他进入盒子的那个洞关闭了。

洛塔不解地研究了一会儿这块透明的硬东西。他甚至走过去，用爪子戳了几下。他发现虽然可以透过这个东西看到外面，但它很坚固。蛇没办法进来了，这是件好事。但是，那个洞是怎么关上的？是他做了什么吗？如果它是硬的，他怎么能透过它看到外面？

他现在意识到，这个闪亮的盒子上还有更多的洞。问题是，现在所有的洞口都有这种坚固的东西。

不过，他告诉自己，这意味着那条蛇不可能来到他所

在的地方。他很安全，真的很安全。只是在那一刻，洛塔意识到了另一件事：是的，蛇在外面，他在里面是很安全，但他不知道怎么才能出去。如果那些身材高大的人类回来了怎么办？

"我知道，"洛塔对自己说，"我会躲起来。也许过一段时间，洞又打开了，而那条蛇已经走了。"

这样想着，洛塔从前排座位上爬下来。他很高兴在座位下面发现了一个黑乎乎的、宽敞的空间。他爬到那个空间深处，尽可能舒适地蜷缩成一团，紧紧闭上眼睛。闭上眼睛意味着看不到任何危险，这是件好事。不一会儿，他就睡着了。

28

意料之外

猪草在蛇皮底下最靠前的位置，看着站在蓝色汽车旁边的洛塔。然后，他看到洛塔发现了蛇，变得惊慌失措。这正是猪草所希望的。但令猪草没有想到的是，那只小浣熊显然被吓坏了，竟然会直接跳起来，消失在车里。

"哇，那只浣熊真是蠢到家了。"猪草心想。

"停！"他突然叫道。蛇皮下的另外八只老鼠因为紧急停步，互相撞到了一起。

"怎么了？"

"我们为什么停下来？"

"是不是发生了什么事？"

"那只浣熊在那里吗？"

"这下面好热。"

猪草一直盯着汽车，希望洛塔能重新出现，但小浣熊好像消失了一样。

"猪草？"罗勒从蛇皮的另一端叫道，"发生了什么事？"

"不清楚。"猪草依然站在原地。他的眼睛盯着那辆汽车，观察着。突然，从车上传来一声巨大的轰鸣声，但声音转瞬消失，跟响起时一样突然。随后，一扇车窗的玻璃升了起来，洛塔刚刚就是从那扇车窗钻进去的。

猪草想知道那只愚蠢的浣熊在做什么。

猪草等待着，但此后便没了动静。

"我们能从这东西下面出来吗？"屈曲花叫道，他处于蛇皮的中间，"连呼吸都很困难。"

"跟着我。"猪草叫道。他没有往前走，而是带着鹿鼠们绕了一圈，回到了隐蔽的灌木丛底下。"我们可以在这里休息一下，把皮扔掉吧。"他说。

　　鹿鼠们抬起蛇皮，把它放在一边。

　　"刚刚可真累。"柳穿鱼说着，把蓝色的毛发从眼前撩开。

　　"发生什么糟糕的事了吗？"雏菊低声问。

　　罗勒走近猪草，问："那只浣熊走了吗？"

　　"不完全是。你看到那个蓝色的东西了吗？那辆车。"

　　"当然。"

　　"那只浣熊进了车里面。"

　　"他在那里做什么？"

"可能躲起来了。"

"我们安全吗？"

"应该是的。"

"但是，"罗勒问道，"樱树在哪里呢？"

"她一定还在捕鼠器里。"

"捕鼠器在哪里？"

"在车的另一边，那所房子的后面。"

"我们现在该怎么办？"

"给我一分钟，"猪草说，"我会想出办法的。"

29

重获自由

　　樱树从桌子上跳了下去，苏珊还在继续尖叫："她出来了！意面跑出来了！"

　　樱树啪的一下落到木地板上，然后便钻到了沙发下面。虽然那里又黑又脏，但她并不在意。她竟然从捕鼠器里逃出来了！

　　她满怀喜悦，在沙发底下一个劲儿地往深处跑，直到一堵墙挡住了她的去路。她跑得上气不接下气，此时不得不停住脚步，回头朝来的地方看了一眼。

　　苏珊的脸紧贴在沙发和地板之间的空隙前，脸上满是眼泪。

"意面，请回来。"她叫道，同时把手尽可能地伸到沙发下面，手指扭动着，试图抓住樱树。

樱树意识到苏珊的企图，将身体紧紧地贴在墙上。苏珊的手还离她很远。

"出什么事了？"樱树听到一个声音在喊，"你为什么尖叫？"那是另外两个人中的一个。

"意面跑了。"

"哦，天哪。怎么会这样？"

"我想给它喂香肠，但我一打开笼子，它就跑了出来。"

"香肠？哦，亲爱的，它去哪儿了？"

"我猜在沙发下面。"

"我担心的就是这个。把老鼠带进不属于我们的房子，我不认为是个好主意。"

"我不是故意的。"苏珊说着，眼泪便顺着脸颊流了下来，"求你帮我抓住它。"

当樱树看到更多的人类面孔朝沙发下面窥视时，她努力将自己缩得更小。

其中一个人说："我看到它了。它紧贴在墙上。"

"你能抓住它吗？"

樱树惊恐地看着一只大手伸到沙发下面。当那扭动的手指靠近时，樱树更使劲地往墙上挤，挤得她觉得呼吸都变得困难了。

　　好在那只张开的手又开始后退。"我够不到，它缩得太靠里了。"一个声音说，然后那只手缩了回去。

　　"用扫帚行吗？"

　　"好主意。要是你能找到的话，再拿个手电筒过来，这样就能看得更清楚。"

苏珊的声音在喊："快点儿，她会逃走的。"

樱树又看到了苏珊那张流泪的脸。同时，她还听到了从房间里走出来的脚步声。

"亲爱的，爸爸去拿扫帚了。"

苏珊的脸消失了。

樱树向外看去，没有一个人类正看着她，也没有人类向她伸过手来。她知道自己必须逃得更远，于是沿着墙边跑了起来，直到来到沙发尽头的一根大木柱前。她偷偷朝

外看了一眼，没有看到人类，只看到不远处有一堆木头。她之前就注意到了它们——杂乱地堆放着，留下许多空隙。樱树迅速研究了一下，确信如果她能够跑到木头堆那里，就能钻到圆木中间，安全地躲起来。

樱树又仔细检查了一遍，确认没有人类挡在她和木头之间后，便从沙发下冲了出来，尾巴直直地伸在身后，一头扎进了木头堆里。

她没有听到人类的声音。

樱树在圆木间尽可能地往前钻。身边的木头散发着芬芳，黑暗让她感到放松。

过了一会儿，樱树终于停下来，试着让自己的心恢复平静。"你做到了，你自救成功了！"她在心里说，为自己感到高兴。

不过，随后她便提醒自己："你还没有走出这栋房子呢。"

她竖起耳朵听着，不一会儿，她听到了人类返回房间的声音。

"你们分别到沙发的一头去。"一个声音说，"我来找它，用扫帚戳，想办法逼它跑出来。你们俩守在两头抓住它。苏珊，用手电筒照着沙发下面。"

樱树在木头中间小心翼翼地移动，直到能看到房间里的景象。她看到人类中个头最大的那个平躺在沙发前的地板上，他的一只手里握着一根长棍。那个小个子人类蹲在沙发的一端，也就是樱树逃出来的那一端，手里拿着一个亮晶晶的东西。另一个中等身材的人类守在沙发的另一端。

樱树在木头堆里静静地看着，等待着。

过了一会儿，那个声音低沉的人说："真可惜，让它跑了。"

"跑了？什么意思？"另一个人问。

"我没看到它。"

"你觉得它跑到哪儿去了？"苏珊伤心地问。

"不知道。"

"再也找不着它了吗？"女孩的声音很痛苦。

"看起来是这样。"

"但我想要意面。"

"亲爱的，恐怕意面更想要自由。"

"但我想要它。"女孩开始抽泣。

"对不起，亲爱的，但它不见了。也许沙发下面的地板上有个洞。现在它可能已经在房子下面了，甚至在沙发里面。任何地方都有可能。老鼠喜欢钻洞。"

"这可能是件好事。"那个声音低沉的人说,"我一直跟你说,把老鼠弄到这里来不卫生,而且这也不是我们的地方。"

有好一会儿,没人说话。

"我有一个主意。"苏珊忍着眼泪说。

"什么主意?"另外一个人问。

"把捕鼠器放回原处。"

"为什么要这样做?"

"那只老鼠进去过一次,也许它还会再进去。"

"亲爱的,你觉得它会吗?"

"我希望它会。"

"这是你的希望,但我觉得它不会。"

"它可能会。"

"嗯……这就是你想给它吃的东西吗?"

"嗯,这根香肠看起来跟它很像。"

"好吧,亲爱的,你可以试试,但我觉得它不会再进去的。我猜,它已经吸取了教训,不会再上捕鼠器的当了。"

"我想试试。"

"如果你想这样做的话,当然可以。把香肠放到捕鼠器里,尽量往里放一点儿,然后把捕鼠器拿出去放回到原先的位置。"

"好的。"

"但是……我需要提醒你，那只老鼠可能不会再进去了。"

"我想看看到底会怎样。"

樱树躲在木头堆里，看着其中一个人拿起捕鼠器。这个中等身材的人打开了一端的挡板，把香肠放进笼子的最里面，然后用边上的杆子把挡板撑起来，让捕鼠器敞开着口。

设置好捕鼠器后，三个人走出了屋子，身后的门没有关。樱树看到他们转身朝左边走去。

屋里只剩下樱树自己了。

樱树喘着粗气。为了确保这些人已经离开房间，她又等了一会儿。确定人类已经走远后，她从木头堆里爬到地板上。她再次环顾四周，确信所有人都走了，便飞快地跑过地板，跨过门槛，溜出了门。

她看到人类刚才往左边走了，于是她选择了朝右走。

樱树完全自由了。

30

营救樱树

猪草站在草地边缘低矮的灌木丛中，目不转睛地盯着那辆蓝色的汽车，直到再没有发生任何动静，洛塔也没有再出现，这才转向了罗勒。

"酷。看来那只傻瓜浣熊要留在车里了。"

"那樱树呢？"罗勒问。

"好吧，我们俩需要到捕鼠器那里，去看看她的情况。至少让她知道，我们来了。这应该能让她高兴起来。然后我们再想办法把她救出来。你看行吗？"猪草说。

"没问题。"

"我们走吧。"

罗勒告诉其他鹿鼠他和猪草的计划，七只鹿鼠高兴地在蛇皮附近的灌木丛中坐下来休息。

猪草和罗勒刚从藏身的草丛中悄悄走出来，就看到三个人类出现了，身材最小的那个手里拿着什么东西。

猪草和罗勒立即停下脚步，蹲下身子，观察着这些人的举动。

猪草呻吟了一声。"糟糕，那些人拿着捕鼠器。"他对罗勒说。

"关着樱树的那个？"

"看起来是的。"猪草瞪大了眼睛。那些人走得很快，但猪草确信他在捕鼠器里看到了什么东西，而且，很明显，那个东西的颜色和大小几乎和樱树一样，正蜷缩在角落里。"是的，她还在里面。"猪草说。

"他们为什么要转移她？"

"不知道。"

两只老鼠看着人类绕到木屋的后面，然后看到三个人中身材最小的那个——拿着捕鼠器的那个人，弯下腰，把捕鼠器放在了几乎与先前一样的位置上。

放下捕鼠器后，其中一个人说："苏珊，你现在必须要有耐心，不要总过来查看。即便它真的会回来——对这一点我表示怀疑——也需要一段时间。"

猪草和罗勒继续看着这三个人回到房子里。

四下一片寂静，没有一点儿响动。

"你怎么想？"罗勒小声问，"他们想对樱树做什么？"

猪草摇了摇头。

猪草仔细观察了一阵，转向罗勒说："最重要的是，她还在捕鼠器里。这一点我很确定。看来那些人准备放过她了。"

"她……还活着吗？"

"希望如此。"

两只老鼠继续盯着看了一会儿。

"我们该怎么做？"罗勒问。

"既然她还在里面，"猪草说，"我们还是按原计划行动。我先过去和她谈谈，确认她没事。至少我可以告诉她我们来了。这可能会让她感觉好一些。周围有这么多人类，也许我自个儿去会更安全一些。你先回去，和其他鹿鼠待在一起，让他们保持冷静，先躲起来。还有一件事：准备好重新套上蛇皮，以防那只浣熊回来。这些你能应付得来吗？"

"我想我可以。"罗勒说完，跑回了其他鹿鼠等候的

地方。

　　猪草观察了一下周围的情况。车上仍然没有动静，他确信洛塔仍在车内。

　　很好，就待在那里吧。

　　至于那些人类，他看到他们回到了房子里，没有再出来。

很好，就让他们也待在房子里吧。

猪草看了看捕鼠器，没有丝毫动静。猪草心想："没有人类或浣熊打扰我，这意味着我是安全的，也意味着我需要马上行动。已经等了太长时间了，现在去救樱树吧。"

他朝捕鼠器走了几步，警觉地停下来，向四周看了看，没发现任何值得警惕的情况。"绝对没有危险。"对于自己的过分小心，他有些懊恼。

他深吸一口气，绷紧双腿肌肉，说了一句"来吧！"，便向前冲去。

快靠近捕鼠器时，猪草放慢速度，然后停了下来，使劲盯着捕鼠器看。她在里面吗？绝对有什么东西或什么动物藏在捕鼠器最里面的角落里，那正是他建议樱树躲藏的地方。

"酷。"他说，"肯定是她。幸好我来救她了。"

但随后……猪草又一次犹豫了。他闻了闻，味道闻起来不对劲。他又看了看。她为什么不动？这是她吗？他越看越拿不准。但那一定是樱树，他对自己说。

"嘿，樱树姑娘！"他叫道，"你睡着了吗？"

没有回应。

"发生什么事了？也许她不仅擅长闭上眼睛，还会闭上耳朵。"

他小心翼翼地走近了一些。

"樱树！"他抬高声音又叫了一声，"是我，猪草。我从灰屋回来了，和你的表弟罗勒还有你的很多家人一起回来的。嘿，我马上就能把你弄出来。"

仍然没有任何回应。猪草慢慢向捕鼠器靠近。这时，他意识到，捕鼠器的一端敞开着。

"等一下……怎么会是打开的？"

当然，怎么打开的并不重要，重要的是捕鼠器被打开了，这意味着樱树可以出去了——如果她注意到了这件事，如果她还醒着。

"樱树，"猪草再次抬高嗓门儿，"醒醒！门是开着的，你可以出来了。"

他没有看到任何动静。

猪草一直盯着看。他想，樱树知道捕鼠器是开着的吗？也许是她自己设法抬起了门，但由于太累而晕倒了。

也可能她是在睡觉，这意味着她不太聪明。猪草提醒自己："她跟我说过她是闭着眼睛走进捕鼠器里的。也许我得告诉她，捕鼠器被打开了。"

他回头看了看。他能看到罗勒在草丛中注视着他。罗勒身边的其他鹿鼠也都探出头来，专注地望着他。

猪草情不自禁地微笑起来。他喜欢大家都在看着他的感觉。"我要让他们看看一只老鼠能做什么。没错，身为老鼠就要做老鼠该做的事。酷，我将成为一个英雄。我来了。"

他掩饰住内心的激动，装出一副随意的样子，朝朋友们挥了挥爪子，然后慢慢地走到捕鼠器的开口前。

"樱树！"他用尽力气大声喊道。

没有回答。

"来吧，让大家看看你是多么勇敢。是时候拯救樱树了。"猪草对自己说。他停了片刻，摸了摸耳环上的那颗小珠子，确定它还在。

"一切顺利，开始吧。"他在心里说。

猪草向前冲去，一头扎进捕鼠器里。他认定樱树在那里睡觉，于是直奔她而去。他急于靠近她，根本没有看路。走到一半时，他被一块金属板绊了一下，磕到了膝盖。

紧接着，随着一声巨大的撞击声，活板门在他身后落下。整个笼子都震动了。猪草一心想要找到樱树，没有理会这动静，只顾往前冲。直到来到他认定是樱树的那个东西面前时，他才意识到那并不是她。

"糟了，不是她。是愚蠢的食物。有点儿不对劲。"一阵恐惧传遍他的全身，"哟，老兄。快离开这里。"

　　猪草转身朝入口跑去，只是很快就停了下来。他目瞪口呆地站在那里，回不过神来：挡板关上了。

　　这意味着他被关在了捕鼠器里。

　　猪草叹了口气："老兄，你有麻烦了。"

31

营救猪草

　　樱树冲出了木屋，只花了几秒钟就转过拐角，跳进高高的草里躲了起来。虽然浑身还在发抖，但她终于停下脚步，松了口气。"我出来了，"她喊道，"出来了。而且完全靠的是我自己。"她站在原地，满怀成功的喜悦，心激动得怦怦跳。随后，她深吸一口气，沉浸在重获自由的幸福中。

　　"哦，我真为自己感到骄傲。"她这么想着，意识到自己得意得脸都红了。与此同时，她忍不住傻笑起来。"我做到了！"她说了一遍又一遍，这种感觉真是太棒了。

　　她心里充满了对家的思念。"哦，天哪，"她暗自想，

"我好想回灰屋。回到那里是多么幸福的一件事啊。如果我能告诉那只叫猪草的好心老鼠,我自己设法逃了出来,那该多好啊。这样他就不用回去了,而且可能会对我有些傻气的看法有所改观——跳着舞进了那个捕鼠器,还闭着……不,以后不要再跳舞了!"

她开心地晃了晃身子,努力抑制住跳舞的冲动。但刚向前迈出一步,她就听到一个喊声:

"救命!谁来帮帮我?求你了。"

樱树站住了,不仅仅是因为这呼喊声,还因为那奇怪的话语,太像自己被关在那个可怕的捕鼠器里时发出的呼救。她仿佛陷入了一个噩梦,或是一段对于已经发生的噩梦的回忆。

"救命!"呼喊声再次传来,"谁能来帮帮我。求你了。"

樱树满怀不安,甚至怀疑自己是不是头脑不正常了。她小心翼翼地向前走,一直来到木屋的尽头。到了那里,她又蹑手蹑脚地走了一段路,然后停了下来,在拐角处偷偷观察着四周。

她惊讶万分地再次看到了那个捕鼠器。直到这时,她才回忆起自己看到女孩把捕鼠器带出了房子。当时,她不知道那些人打算用它来做什么。现在看来,女孩似乎已经把捕鼠器放回了原来的地方，就在那片靠近花丛的矮矮的草地上。

"哼，那个女孩以为我还会进去吗？我可能有点儿傻里傻气，但我并不愚蠢。"

樱树本能地想以最快的速度朝相反的方向跑开，彻底摆脱那个捕鼠器或那些人类。她正准备这样做时，呼喊声再次传来。

"嘿！有谁在吗？我想出去。"

这句话吸引了樱树的注意力。这个声音很耳熟，尽管她无法确定是谁。她向捕鼠器前进了几步，才发现里面有个东西，正背对着她。

她瞪大了眼睛：那是一只老鼠！她惊呆了，又往前靠近了一些。这时，捕鼠器里的老鼠转过身来，樱树认出了他。

"猪草！"她喊道。

猪草用两只前

爪紧紧地抓着捕鼠器的栅栏，说："老兄，很高兴见到你。"

"但……但是，"樱树结结巴巴地说，"你在里面做什么？"

猪草反问道："你在外面做什么？"

"我自己逃了出来。"

"嘿，你忘了你让我来救你吗？我以为你在这里面睡觉，就匆忙进来了，谁知碰到了机关，或者不知什么东西，结果就被困在这里了。"

"困住了？"樱树问道，几乎不敢相信她的耳朵和眼睛。

"你不记得了吗，我和你尝试过一切办法想把你弄出来，对吧？同样的情况。栅栏掰不动，活板门关得很紧，所以我就被困在这儿了。"

"但是……但是灰屋呢？"樱树说，"你去过那里吗？"

"老兄，开什么玩笑？我照你的吩咐做了。"接着，猪草跟她讲述了罗勒和其他鹿鼠的情况。

"罗勒在附近吗？"樱树问道，对听到和看到的一切仍然有些难以置信。

"当然。就在那边的草地上，那个方向。"猪草说，"你过去就能看到。我需要你和你的家人们快点儿过来，把我弄出来。只要有足够的帮手，我们应该能够掀开挡板。我们原来就是这么计划的，还记得吗？"

樱树盯着草地，很难相信发生的一切：她在捕鼠器外面，猪草在里面，她的家人都在附近。她没有看到罗勒或其他鹿鼠的踪迹。"你确定他们在附近吗？"她问。

"你不相信我？绝对在。我按你说的，把他们带来救你。听我说，"猪草指了指，"他们就在那边，你需要尽快把他们带到这里来，我想出去。"

"好的，我去找他们。马上回来。"樱树说着跑开了。

"要快点儿。"她听到猪草在她后面叫道，"我不想永远待在这里。"

樱树跑到房子的拐角处时，首先看到了那辆蓝色的汽车。她停了下来。随后，她意识到车没有动，而且附近没有一个人类，于是继续朝草地跑去。她跑到半路，突然看到一只巨大的动物从长草甸里走了出来。那只动物满脸愤怒，正在呼唤："洛塔，你在哪里？你能听到我说话吗？回来吧，洛塔。"

樱树一看到那只动物，立即转身朝另一个方向跑去。她背对着那只动物、那辆车、猪草和罗勒，告诉自己："你必须躲起来。"

32

洛塔和他的妈妈

"洛塔！"母浣熊喊道，"你在哪儿？听到了吗？快回来！"

在车里睡觉的洛塔听到妈妈的声音，醒了过来，过了一会儿才想起自己身在何处：蓝色汽车的前座下面。他一直躲在那里。

"洛塔，你在哪儿？回答我。"

"我在这里。"洛塔回答，随即意识到妈妈可能看不到也听不到他，于是爬到了座位上，把背靠在那里。

"洛塔！"

洛塔用后腿直立起来，通过汽车的侧窗向外张望，一眼就看见妈妈正站在下面的路上。

"我在这里。"他叫道。

母浣熊听到了洛塔的声音，转着头到处找，却找不到他。

洛塔用爪子拍打着车门，喊道："这里，妈妈。我在这里。"

母浣熊抬起头，看见洛塔站在车窗边，问道："你在里面做什么？"

"为了甩掉一条蛇。"

"什么蛇？"

"追赶我的那条。世界上最大的蛇。他不喜欢我。而且你告诉过我他们会咬人。"

"蛇去哪里了？"

"我不知道。"

"我很高兴你甩掉了那条蛇，但你必须马上从那里出来。"母浣熊说。

"我出不去。"

"为什么？"

洛塔再次敲了敲玻璃，说："这个盒子不让我出去。"

"你是怎么进去的？"

"这东西之前不在这里。"洛塔又戳了戳玻璃说。

"你确定吗？"

"不，我不能确定。但是，妈妈，你猜怎么着？附近有些大动物。他们只有头上长毛。猪草跟我说那是人类。"

"我们也要离他们远一点儿。"母浣熊说。

"他们会伤害我吗？"

"可能会。"

"那我怎么办？"

"你能再躲起来吗?"

"我刚才躲在一个东西下面。"

"那就马上回到它下面去,快。待在那里,不要出声。我会想出办法的。"

"好的。"就这样,洛塔爬到后座,钻到座位下面。"这里更安全,更宽敞。"他说,随后安下心来等待。

母浣熊则盯着那辆蓝色汽车,努力思索该怎样救出她的孩子。

33

苏珊和老鼠

　　木屋里，苏珊伤心地坐在沙发上，父母站在她的面前。"你们真的认为，我的老鼠不会再回到捕鼠器里了吗？"她问。

　　"说实话，宝贝，这不太可能。但等我们看完那所房子回来，我猜或许会有希望。"

　　"为什么我们要去看房子？"

　　"因为我打电话约了房地产经纪人带我们看房子。他还说会带他的狗来。你不是喜欢狗吗？"

　　"我更喜欢老鼠。"

"还有一些建筑工也会去。如果我们要买下那所房子并住进去，就会有一大堆修理工作等着我们。最重要的是，我们要看看是否能负担得起。"

"那所房子太烂了，我不喜欢。"苏珊说。

"我不认为它很烂，只是有些破旧而已。"

"我们只需要进行一些修缮。"妈妈说。

"我讨厌它，又旧又丑。"苏珊说。

"我承认，前房主——那个农夫，没有好好维护它。"

"那个农夫怎么了？"

"不清楚。"

"他叫什么名字？"

"莱蒙特。农夫莱蒙特。"

"我也不喜欢他。"

"亲爱的，就是因为房子的状况很差，我们才有可能买得起。而且，这里有一个美丽的果园，附近还有一条小溪。也许我们能在里面钓鱼。或者我们可以在溪上筑一道堤坝，做一个游泳池。那会很有趣，不是吗？"

"告诉你们，我不想住在那里。我喜欢现在住的地方。"

"我们理解。搬家不是件容易的事，况且我们可能根本不会搬。但就目前而言，我们已经答应去见见那些人。所以，不要小题大做，一起去吧。开车去很近，只有几千米。也许你可以和那条狗玩。我已经准备了野餐，看完房子之后吃。"

"好的。"

三个人——爸爸、妈妈和女儿一起走出房子，朝汽车走去。

"看，那是什么？"苏珊喊道。

那是坐在草地边上的浣熊。

"在哪里？"

"就在那里。"

母浣熊被人类的注视吓了一跳，转身跑回草地的灌木丛中。

"它走了。"妈妈说。

"那是什么东西？"苏珊问。

"说不准。"爸爸说，"某种野生动物。它跑得太快了，我没法儿判断。"

"它为什么坐在这里？"

"不知道。"

"它是冲着我的捕鼠器来的吗？"

"我不这么认为。"

"但也许我的老鼠钻进了捕鼠器，却被那只动物抓走了。"苏珊说。

"亲爱的，我不相信你的老鼠又跑回了捕鼠器里。但如果这能让你感觉好些，你就去看看吧。不过要快。我们得走了。那些人在等着我们。"

苏珊跑到木屋后面。她一看到捕鼠器，就停了下来，瞪大了眼睛。捕鼠器里有只老鼠。

"意面，你回来了，真的回来了。"苏珊惊呼道。

她冲向捕鼠器，两手把它抱起来，高高举着，掉头往汽车那里跑。

猪草一直垂头丧气地坐在捕鼠器里，希望樱树和罗勒能快点儿过来。就在这时，捕鼠器突然被一个人类拿了过去，并且举了起来。猪草大吃一惊，不知道发生了什么，只知道自己正在被带走。

"意面回来了。"苏珊叫喊着，举着捕鼠器跑回到车旁，"意面回来了。"

她的父母围了过来，盯着捕鼠器看。

"真是想不到啊。"

"这只老鼠一定很蠢。"

"意面不蠢。"女孩说，"它回来是因为它爱我。它想搬进我们的新房子，和我们一起生活。"

"亲爱的，不要那样做。不如把它放下，然后上车吧。我们得走了，很快就会回来。这只老鼠跑不掉的。"

"我想带上它一起。"

"我不确定……"

"这样它就能看到我们的新房子了。"

"亲爱的，我们……"

"我会把捕鼠器放在我的腿上。我不会打开它的。"

"好吧。但是，亲爱的，拜托，我们要迟到了。我们得走了。"

"而且不要打开那个捕鼠器。我不希望那只老鼠钻进我们的车里。"

"我保证。"

三个人上了车。

苏珊坐在后座上，把捕鼠器放在腿上。

随着一声轰鸣，汽车发动了。

苏珊坐在座位上，捧着捕鼠器，仔细看着猪草。"你们猜怎么着？

意面的皮毛变了。"她说。

"亲爱的，那不可能。"

"真的变了，我确定。颜色不一样了，现在有点儿像金色。"

"好吧，如果你这么认为的话。"

"是真的。"

"而且它还打扮了一番，戴上了一个耳环。"

"你确实想象力丰富。"

车子转了一圈，开始沿着土路行驶。

洛塔躲在后车座下，一动也不敢动。"这些噪音，还有震动，到底是怎么回事？"他心里纳闷儿，然后提醒自己，"妈妈说过，待在原地，不要出声。"所以他就这么做了。

捕鼠器里的猪草听到了汽车引擎的声音，感觉到汽车正在移动。他抬头看了看那个女孩，她正朝他微笑。

"这太疯狂了，"他心想，"我被拖走了，不知道要被带到哪儿去。"

在草地上，一丛高高的野草中间，母浣熊惊愕地看着蓝色的汽车开始在路上行驶。

"他们把我的孩子带走了。"她叫道，开始跟着汽车跑。突然，她停了下来。她想起来了，这是一条绕着长草甸的环路。只要抄近路，就能从另一头追上汽车。

于是，她朝东边跑了。

34

樱树做了什么

樱树从那只巨大的动物身边跑开后，藏在茂密的杂草中。她蹲在里面，仔细听着动静，希望自己没有被发现。听到人类的声音，她立即伏下身子。没过多久，巨大的轰鸣声传来，她记得那是那个蓝色大盒子的声音。她小心翼翼地拨开杂草，探出头来，恰巧看到那个蓝色的大盒子沿着土路跑开，从视野中消失。

"很好，我不想再和他们有任何瓜葛。"她说。

她看着汽车朝一个方向驶去，也看到了那只巨大的动物朝相反的方向逃走。

"太好了，都走了。这下救猪草就容易多了。"樱树想。

樱树感觉安全了，于是从藏身处走出来，来到草地边上。"罗勒，是我，樱树。猪草说你在这里。罗勒，你在附近吗？"她喊道。

罗勒一脸惊讶地从草丛中走了出来，问："樱树？是你吗？"

"当然是我，不然还会是谁呢？"

"但是……那只老鼠……那只赭鼠……猪草……他说你被关在了捕鼠器里。"

樱树忍不住咧嘴笑了起来，说："我自己逃出来了。"

"你是怎么做到的？我的意思是，猪草告诉我们，你不可能自己出来，他需要我们大家一起去救你，所以我们过来了。嘿，伙计们，"他叫道，"快出来吧。是樱树。她自由了。"

雏菊、屈曲花、牵牛花、捕蝇草、报春花、芝麻菜和柳穿鱼走到了空地上。

"大家好，谢谢你们前来。"樱树叫道。

"嘿，樱树，我们还以为你在捕鼠器里，现在看来你并没有。"柳穿鱼说，很难分辨他是高兴还是失望。

"是的，我们大老远地穿过长草甸就是为了救你。"捕蝇草说。

"我设法自己逃了出来。不过现在猪草被关在捕鼠器里了。"樱树说。

"猪草？"罗勒叫道。

"是你原先在的那个捕鼠器吗？"报春花问。

樱树点了点头。

"他是怎么搞的？"雏菊问。

"我不清楚。"樱树回答，"但是我们需要在那些人类回来之前赶紧把他救出来。他们刚刚离开。"

"你肯定他们走了吗？"罗勒问。

"绝对肯定。我亲眼看到的。来吧，我们去帮助猪草。"樱树说。

报春花犹豫了一下。"等等，附近不是还有只浣熊吗？"她说。

"浣熊长什么样子？"樱树问。

罗勒给她描述了一番。

"我确实看到了一只，个头很大，不过已经走了。"樱树告诉他们，"不清楚去哪里了，反正不在这里。来吧，我们必须把猪草救出来。被关在那个捕鼠器里的感觉太可怕了。"

她转过身，朝木屋的一头走去。其他鹿鼠跟在后面，排成一队。

罗勒走在她身边。"是猪草让你来的吗？"樱树问。

"是的。他是一只有趣的老鼠，但我认为肺草对他很不友好。"

"肺草同意让你们来救我吗？"

罗勒摇了摇头："我们没告诉他。"

樱树停顿了一下："你们会惹上麻烦吗？"

"也许吧。"

"对不起，但我感谢你们的到来。"

"这一路并不容易。不过，看起来你似乎不需要我们的帮助。你是怎么逃出来的？"

"我以后再告诉你。我们需要先把猪草救出来。"

在樱树的带领下，鹿鼠们转过了木屋的角落。突然，樱树停下来，呆呆地望着，似乎拿不准是不是来对了地方。

"我们应该找什么？"当其他鹿鼠跟上来时，芝麻菜问道。

"捕鼠器，它……它不见了。"樱树说，有些难以置信。

"什么不见了？"

"我说了，捕鼠器。"

"你确定我们没走错地方？"罗勒问。

樱树困惑地继续打量着四周："我基本确定。"

"那，那只赭鼠怎么样了？"报春花问。

"是的，猪草呢？"雏菊问。

"或者捕鼠器呢？"柳穿鱼补充道。

"我不知道。"樱树不知所措。她走到她确信原本放置着捕鼠器的地方。"看，这里的草都给压平了。捕鼠器刚刚就在这里，没错。"她说。

"但是……它怎么可能移动？"

"不知道。"

"樱树，你确定猪草在里面吗？"罗勒问。

其他鹿鼠疑惑地看着樱树。

"我……基本确定。"樱树说，尽管她也不知道该如何解释眼前这一幕。

"他一定是自己出来，然后走了。"罗勒说，"他和我第一次在灰屋聊起来时，就跟我说过，你一获得自由，他就会离开。"

樱树试图弄清这一切，说："我想应该是这样的。他看到我自由了，然后就自己从捕鼠器里出去了。他看起来确实很聪明。希望我有机会问问他是怎么做到的。"

鹿鼠们都没有作声，直到柳穿鱼开口问道："我们现在怎么办？"

"我想我们已经达到了目的。樱树已经自由了。"雏菊说。

"我建议我们回灰屋去。要是我们走得快的话，肺草甚至都不会发现我们离开过。"罗勒说。

"好主意。"樱树说，但眼睛还盯着捕鼠器刚刚所在的地方。随后她想，不知是否还能再见到猪草，也许永远见不到了。对此，她感到深深的失望，于是转身向长草甸走去。其他鹿鼠跟在她身后。

35

两个男人

一辆破旧的绿色皮卡沿着柏油路开来，在灰屋前面停了下来，逆火了一两次，释放出一团难闻的烟雾，随后车身颤抖了几下，发动机停止了轰鸣。卡车的侧门上有一个标志：

安珀市德里达拆建公司

驾驶室里坐着一个身材高大的男人，头发花白、满脸皱纹。他戴着一顶绿色棒球帽，上面有"AMPS"字样。虽

　　然皮卡车已经停下了，但这个男人仍然坐在车里，双手放在方向盘上，凝视着灰屋，似乎在对它进行评估。

　　年长的男人旁边坐着一个红脸膛的年轻人，他的帽子上有橙色的"SF"字样。

　　"就是它，"年长者对年轻人说，"莱蒙特的老房子。以前挺不错的，现在破烂得不成样了，不是吗？要我说，就该把它彻底推倒。"

"用推土机很容易的。"年轻人说。

"确实，小菜一碟。"年长的男人表示同意，"但有些城里人说他们有兴趣买下来并拯救它。我不确定他们是否知道自己在做什么。费事不说，还要花很多钱。你也看到了，屋顶也不行了。总之，在他们到来之前，我需要检查一下地基和地下室。哦，来吧。那些人应该很快就到了。还有一个房地产经纪人也要来。"

卡车到达时，李子正站在前门廊上。他看了一眼，喊道："人类回来了，人类回来了，大家快躲起来。"

那群原本在前院和门廊上聊天、玩耍或休息的鹿鼠立刻惊慌失措起来。他们跟着李子叫喊道："人类回来了！人类回来了！人类回来了！"

鹿鼠们或竖着尾巴，或垂着尾巴，胡须因紧张而变得僵硬，互相推搡着，争夺着，伴随着混乱的吱吱声、尖叫声和呻吟声，以及"闪开""快点儿""快走""别踩我的脚"一类的喊声，像潮水一样漫过歪斜的门廊，从敞开的门口涌入灰屋。

顿时，屋外的鹿鼠就和屋内的鹿鼠会合在了一起，屋内的鹿鼠也吓坏了。

"人类回来了！"

　　一些鹿鼠跑下台阶来到地下室，大批鹿鼠跑进数量众多的壁橱以保平安，还有一些则沿着楼梯飞奔到阁楼。

　　李子也跑开了，只不过是朝着肺草的旧靴子跑去。一到那里，他就把条纹帘子扯到一边，大喊："肺草！人类回来了！你听到我的话了吗？肺草，人类来了。你最好赶快出来！"

　　香芹从靴子里走了出来。她茫然地看着李子，紧张地扇了扇一只耳朵，问道："你说什么？"

　　"人类回来了。"李子气喘吁吁地指着大门喊道。

　　"在哪里？"

　　"在大门口。有两个人。在一辆卡车上。"

"是之前来过这里的那些人吗？"

"不知道，但我觉得他们要到屋里来了。"

"哦，天哪，我得告诉肺草。"香芹说着退回了靴子里。

李子焦急地等待着，尾巴激动地甩来甩去，同时不断地把焦虑的目光投向大门口。

肺草从靴子里走了出来，眼睛因为光线刺激眨个不停。他用爪子整理了一下头上戴的顶针，可顶针仍然歪向一边。

香芹站在肺草身后，从他的肩膀上看过去。

肺草清了清嗓子，摸着胡须说："好了，李子，你遇到什么小麻烦了吗？"

李子指着门口的方向："人类回来了。有两个。"

"他们在做什么？"

"说不准。坐在那里，看着这所房子。我想他们就要进来了。"

肺草挺直了身子，说："好吧，你让大家集合，我要发表讲话，告诉他们该怎么做。"

"你准备说些什么？"

"不用担心，我会想出办法的。"

于是李子转身边跑边喊道："开会！都来开会！肺草要告诉我们该怎么做。"

肺草转身看向香芹，问道："我看起来够气派吗？"

她打量了一下，说："你左边的胡须可以再卷一点儿。"

"嗯，好的。"肺草说着卷了卷胡须，然后迈开步子，向旧草帽走去，爬到了帽子顶上（香芹在底下帮了他一把）。

上去之后，他按了按头上的顶针，把它调整到合适的角度，又轻轻地卷了卷胡须（特意多卷了卷左边的胡须），随后大声咳嗽了几声，清了清喉咙，环顾四周。他期待看到整个家族，看到所有二百五十只鹿鼠都聚集在他面前，全神贯注地看着他——肺草，等待他的讲话。但是，除了站在下面抬头看着他的李子，肺草没看到任何其他鹿鼠的身影。瘦骨嶙峋的李子焦急地望向门口。

"好吧，李子，我不得不问一句，其他鹿鼠都去哪儿了？"肺草说。

"我想……我想他们都躲起来了。"李子回答。

"为什么？"

"因为……我跟你说过了……人类……来了……"

"但我并没有允许他们躲起来。"

"肺草，他们害怕。"李子说着又朝门口偷偷看了一眼，"因为……那些人类。"

"如果有什么需要害怕的，我会告诉他们，并给他们好的建议。他们总是需要被告知该怎么做。"肺草说。

"是的，肺草。我明白。我会找到一些……"李子说着跑开了。

"肺草，你不觉得我们最好也躲起来吗？"香芹在帽子下方叫道。

"嗯，我不知道……讲话第一……行动第二。家族的鹿鼠们需要我指导他们。毕竟，我是一家之长……"

李子回来了，把七只受惊的鹿鼠推到前面，对他们说："快点儿，肺草要讲话了。你们要好好听着，这样才能知道该怎么做。"

"但是……"

"不要紧，"李子说，"就站在这里，表现出尊敬的样子来。抬头看，集中注意力。肺草，"他叫起来，"我只能找到这几个了。"

这几只鹿鼠，加上李子，都抬头望着坐在草帽上居高临下的肺草。然而，这些紧张不安的鹿鼠没法儿集中注意力，他们的目光不断地越过肺草向前门望去。

见终于聚集了一批听众，肺草站起来，按了按顶针帽，开始讲话："我亲爱的家人们，在这样一个困难的时刻，我们聚集在这里。有传言说——只不过是传言，一些人类正在接近我们幸福的家园。幸运的是，我在这里。我要告诉你们应该采取什么行动。在我看来，你们需要……"

前门廊上传来沉重的脚步声。随后，响起一声敲击声。接着，一个洪亮的人类的声音喊道："有人在吗？"

一直在听肺草说话的七只鹿鼠立刻撒腿，朝七个不同的方向逃窜。李子也朝着一个壁橱冲去。

就连香芹也跑开了，奔向另一个壁橱。

肺草独自站在旧帽子上，呆呆地看着。"幸运的是，"他重复道，"我在这里……"

一个人类的声音叫道："我们进来了。"

肺草向身后的门口看去，看到一个巨大的人类的影子正走过来。

他吓得一哆嗦，从帽子上跳下来，飞快地跑到旧靴子前，一头扎了进去，还不忘拉上了身后的条纹帘子。

戴绿色棒球帽的人走进房子，他没有看到一只老鼠。

36

樱树带路

罗勒和樱树带着大伙儿沿着长草甸往回走。他们没走多远，樱树突然停下脚步，喘着粗气。"那是什么？"她指着那张躺在地上的蛇皮叫道。

"一张旧蛇皮。我们用它赶跑了一只浣熊。"柳穿鱼得意扬扬地说。

"我看到的那只浣熊？"樱树问。

"可能是吧。"报春花说。

"这很有效。"雏菊补充说，"浣熊一看到蛇皮就跑了。"

"是猪草的主意。"罗勒说着，解释了他们是怎么做的。

"我看到的那只浣熊个头很大，而且看起来很生气。"樱树说。

"我们赶走的那只不是很大。"报春花说。

"你看到的那只怎么样了？"雏菊问樱树。

"我说过了，跑掉了。"

"还在附近吗？"

"不知道，可能吧。"樱树接着问罗勒，"你觉得我们会再次遇到浣熊吗？"

"有可能。我猜那些浣熊就住在附近。"

"既然我们要回灰屋，也许我们最好带上这张皮，就像之前那样。以防再次遇见那些浣熊，无论哪一只。"柳穿鱼建议。

"你们觉得如何？"罗勒问其他鹿鼠。

"这是个明智的做法。"柳穿鱼说。

鹿鼠们都急于回家，所以没人反对。

"好吧，排好队。"罗勒叫道。

罗勒转向樱树，问："是猪草把我们带到这儿的。你觉得你能带着我们回到灰屋吗？"

"希望如此。"樱树回答。她努力回忆穿过草地的路线。当时，她是一路跳着舞走过来的。

"那你就到蛇皮的前面去，那里看得最清楚。"罗勒说。

"没问题。"

鹿鼠们迅速沿着蛇皮排好队，樱树在最前面。

罗勒发出口令："预备，抬起来！"蛇皮被举高了。"到下面去！"鹿鼠们和樱树一起走到了蛇皮下面。"放下！"蛇皮落下来了。

樱树在蛇皮的头部位置。她朝外面看了一眼，视野很清楚。"大家准备好了吗？"她大声问道。

鹿鼠们纷纷回答"是的""当然""我好了"。

"那我们走吧。"樱树叫道。于是鹿鼠们开始往前走。这样一来，他们又一次显得像是一条蛇在前进。

鹿鼠们慢慢地穿过长草甸。樱树负责带路，按照她记忆中最清晰的路线前进。虽然蛇皮并不重，但前爪一直高举着，只用后腿前进，对小鹿鼠们来说还是很累的。

"别推了。"

"慢点儿。"

"你踩到我的脚了。"

樱树又一次停下来让大家休息。

"还有多远？"

"我们很快就会到闪光小溪了。"樱树鼓励他们说。

于是他们继续前进，直到听到哗哗的水声，樱树说："快到了。"

他们很快就到了闪光小溪边。离家这么近了，樱树很兴奋。她继续带路，沿着溪岸寻找最佳的过溪地点。

然而，他们正准备过去时，她突然叫道："停下！"

"怎么了？"

"有问题吗？"

"发生了什么事？"

"嘘，不要说话。"樱树说。

就在他们面前，在闪光小溪的岸边，樱树看到了母浣熊的身影。

其他鹿鼠从蛇皮下爬出来，默默地看着。这只母浣熊凝视着奔腾的溪水，仿佛知道自己必须过去，只是不知道应该采取何种方式。

"这只比我们看到的那只大很多。"柳穿鱼说。

"对，大得多。"罗勒说。

"也更可怕。"报春花说。

"嘘。"樱树提醒他们。她的目光越过母浣熊，看到了远处的灰屋。快要到家了，她想着，心头一阵激动。接着，一个令人不安的想法向她袭来。这只母浣熊是要去灰屋吗？那就不妙了。我们需要把她赶走。

屈曲花说出了显而易见的事实："这只母浣熊挡住了我们的路。"

"她要去灰屋吗？"雏菊问。

"我想，我们应该用蛇皮把她吓跑，就像上次那样。"柳穿鱼建议。

罗勒仔细看了看浣熊，说："好主意。如果我们把她从这里吓跑，很可能她会往上游去。一旦她走了，我们就可以自由地跳过小溪去了。"

"好主意。"报春花表示同意。

"好吧，我们来试试。"樱树说。

罗勒发出口令："抬起，放下！"小老鼠们再次进入蛇皮里。

"这次，我想我们应该发出一些声音，像蛇一样的嘶嘶声，好让浣熊听到我们。"罗勒建议。

于是，老鼠们开始尽可能大声地嘶叫。

"走！"樱树叫道。

蛇皮内的鹿鼠在樱树的带领下开始向前移动。

母浣熊还在盯着水面看，突然听到鹿鼠们发出的嘶嘶声。她回头一看，只见一个似乎是蛇的东西正向她扑来。她大吃一惊，慌忙往旁边一跳，结果掉进了小溪里。不过她个头很大，完全能踩到底。她在水里一个劲儿地扑腾，弄得水花四溅，半天才到了对岸。等上了岸，她全身都湿透了。她扭头看看，发现蛇还在那里，便朝灰屋的方向跑去。

"哦，天哪！"樱树看着母浣熊冲过小溪，继续向前跑，"她正朝灰屋的方向去，太糟糕了。"

"我们现在该怎么办？"雏菊问。

罗勒说："那只母浣熊肯定不喜欢蛇。如果我们能把蛇皮带回去，就可以确保她不会进入灰屋。"

"这可不容易。"樱树说。

此时，鹿鼠们已经聚集在了溪边。

"我们过去吧。"罗勒说。

"我先走。"柳穿鱼说。

鹿鼠们排成一排。这一次，他们没有躲在蛇皮里，而是都用爪子抓着蛇皮的一边。

打头的柳穿鱼纵身一跃。他的身子有些摇晃，但因为抓着蛇皮，最后还是站稳了，没有摔倒。

樱树紧随其后。

其他鹿鼠也跟了上来。蛇皮既能帮助他们保持平衡，又可以让他们互相拉扯着前进。直到他们到达对岸，蛇皮依然完好无损。

"干得好！"罗勒说，"回到蛇皮下面。樱树，你还是在前面吧。留意母浣熊的情况。如果我们看到她，就设法让她远离灰屋。好了，我们开始吧。"

"等等！"这时，从小溪对岸传来一声呼叫。鹿鼠们把蛇皮甩开，回头张望。原来屈曲花还在对岸。

"你在那里做什么？"罗勒喊道。

"我……我刚刚在灌木丛后面方便……"

"别说了，过来吧。"芝麻菜说。

屈曲花把尾巴缠在脚趾上："我……我觉得我做不到。"

"你必须这样做，我们得快点儿回家。"樱树说。

"这并不难。"雏菊叫道。

于是，屈曲花来到岸边。她端详了一下石头，把前爪握成拳头，接着便跳了起来。一块，两块，接着是第三块石头。她在那里停了下来，惊恐地睁大眼睛，四处张望。"我害怕。"她说。

见状，柳穿鱼跳回到小溪里的石头上，靠近屈曲花，伸出一只爪子。"坚持住。"柳穿鱼鼓励道。

屈曲花握住柳穿鱼的爪子，在他的帮助下，终于跨过石头，到了小溪的这一岸。

"大家都还好吧？"罗勒说。

"是的。"

"回到蛇皮下。"

鹿鼠们又一次动了起来。这次，他们穿过果园直接向灰屋走去。

"谢天谢地，"樱树想，"快到家了，所有人都安然无恙。"

37

糟糕的房子

一辆红色的小汽车停在了灰屋门口。

房地产经纪人杰克·桑德森先生从前排座位上起身下车，来到马路上。他又高又瘦，穿着淡蓝色西装和白色衬衫，打着条纹领带。

他注意到那辆皮卡，略微顿了一下，然后站在房子前，迅速评估了一下这处房产。最后，他转身回到自己的车上。"来吧，杜德利。"

一条鼻尖高耸、耷拉着耳朵的棕色大狗跳了出来。

"好孩子。"桑德森先生说着，挠了挠这条兴奋的狗的耳朵后面。杜德利抬起头，摇着蓬松的尾巴。桑德森先生一边给杜德利的项圈系上皮带，一边说："我觉得我们不会在这里待太久的。"

桑德森先生来到灰屋前，走上门廊，被皮带拴着的杜德利小跑着跟在他身后。桑德森先生注意到，门廊的木板发出吱吱声。他把一只手放在门廊的栏杆上。栏杆摇摇晃晃，有些只有一端是固定的，似乎马上就要散架了。他走到门口，发现没有门板，便站在门槛上探身喊道："你好，有人吗？"

"有。"一个声音回答。那个头发花白、头戴绿色棒球帽的大个子男人，也就是开皮卡车来的那个人，从门口走了出来。他的助手，那个年轻人，也走上前来。年长的男人向桑德森先生伸出手。

"托德·格鲁芬，德里达拆建公司的。你是那个房地产商？"

"是的，先生。我叫杰克·桑德森，安珀市房地产公司的。很高兴见到你。"

两个人握了握手。

"这狗很漂亮。是什么品种？"格鲁芬先生问。

"金毛犬，捕猎好手。能够捉老鼠、松鼠、浣熊、狐狸……任何东西。"

就在这时，杜德利突然向敞开的门口冲去，把皮带绷得紧紧的。桑德森先生不得不死死拽住它。

"杜德利，别乱动。"他慢慢把狗拉回来，拍了拍它的头。

杜德利汪汪地大叫了几声。

"坐下！"桑德森先生命令道。杜德利这才坐了下来，舌头耷拉着，发出沮丧的呜咽。

"看来它闻到了什么。"格鲁芬先生笑着说，接着问道，"真有人想买这个地方吗？这里糟透了。"

"是的，先生。"桑德森先生回答，"但他们似乎觉得能修好。"

"他们看过房子了吗？"

"我猜看过几次。是安珀市的人，一对夫妇带着一个孩子。给我打了电话。所以，我猜他们感兴趣。"

"我说不好，但我觉得把它推倒重建更明智。"格鲁芬先生摇了摇头说。

"我很乐意这么做。"年轻人搭腔道。

"嗯，这块地不错，而且价格很低。"桑德森先生看了看手表说，"他们应该随时会来。我最好先进去亲眼看一看。"

"杜德利，你得留下。"桑德森先生转向他的狗，把皮带系在门廊的栏杆上，然后便走进屋里。格鲁芬先生和那个年轻人跟在他的身后。

杜德利呜咽了一会儿，叫了两声，只能无可奈何地在原地喘着粗气。

桑德森先生在前厅转了一圈，眼睛盯着地板和天花板，闻了闻，说："你说得没错。前一阵子这里一定有老鼠，而且很多。难怪杜德利会突然叫起来。"

"是的，肯定有。"格鲁芬先生说。

桑德森先生随手捡起放在地上的一只靴子。"农夫的旧鞋子和领带。"说着，他把这两样东西踢到一个角落里，"真是一团糟。"

"房主上了年纪，无法经营农场，就搬到城里去了。"格鲁芬先生冲一顶草帽踢了一脚，草帽滚到地板的另一头。"一定是老莱蒙特的草帽。"他说，"我要告诉那些人这个地方有多糟糕吗？"

"当然，他们需要知道。"桑德森先生说。

"问题是它真的糟糕透了。"

"但有开发的潜力。"桑德森先生说，"屋里有很多壁橱。

而且房子周边的环境很好，很安静，可能是个不错的住处。我还是四处走走吧，顺便等那些人来。"

此时，洛塔的妈妈正匆匆穿过果园。走到旧水泵那里时，她停了下来，仔细看了看灰屋。她认出这是一所人类的房子，但没有看到任何能阻挡她的东西。她对经过房子前面的那条路更感兴趣——希望那辆载有洛塔的蓝色汽车很快会经过这里。问题是，她能让它停下来吗？虽然想想都觉得可怕，但如果有必要的话，她会站在路中间迫使它停下来的。无论如何，她都不会允许自己的孩子被带走。

她继续快步往前走，避开房子，穿过马路，在一丛野花中躲藏起来。灰屋就在对面，她在这里可以继续监视路上的情况。

她确信自己找对了地方，便蹲下身子，等待着蓝色汽车的出现。

与此同时，樱树一直走在蛇皮队伍的最前面，带领着鹿鼠们穿过果园。

"看到那只浣熊了吗？"罗勒在后面叫道。

"目前还没有。"樱树回答。

"她去哪儿了？"报春花问。

"希望她没有去灰屋。"牵牛花说。

"肺草不会喜欢她的。"芝麻菜咯咯笑着说。

"希望她去了别的地方。"樱树说着继续带路朝灰屋走去。她想：就要到家了，真是太好了！此刻，我最需要家带给我的平静和安宁。

38

蓝色汽车

　　蓝色汽车离开了木屋，左土路上缓慢地行驶着。苏珊的爸爸开车，妈妈坐在前排副驾驶座位上，苏珊坐在后面。苏珊一坐到座位上，就按下了门把手上的一个按钮。离她最近的一扇车窗降了下来，大量新鲜空气涌进车里。她弯下腰去看捕鼠器。猪草蹲在捕鼠器的一个角落里，正抬头张望。

　　"开着窗可以吗？"苏珊可他。

　　猪草听不明白，只是回头看了她一眼。

　　没人看见躲在汽车后座下的洛塔。他仍然蹲在黑暗处，猜想为什么这个蓝盒子晃来晃去的，还发出轰隆隆的声音。"这个东西好像在动。"他暗自想着，"如果是这样，我现在要去哪里？这些人知道我躲在座位下面吗？妈妈说要远离人类，不要出声。但是，这些人会怎么对待我呢？希望妈妈知道我在什么地方，好来救我。但她在哪儿呢？如果我正在移动，就像那次在火车上一样，可能也挺好的，也许猪草会像上次那样出现，帮我找到妈妈。"

洛塔几乎要失声叫起来，但是想到那些人类，他决定还是保持沉默。

猪草依然远远地坐在捕鼠器的一个角落里，捕鼠器仍然放在女孩的腿上。他继续抬头盯着她，想知道她在说什么。如果他伸长脖子，还可以望向窗外，看到快速移动的风景。

"我又要去什么地方了，会是哪里呢？"他坐在那里盯着那个女孩，不由自主地问自己，"这一次会发生什么事？也许我会回到城市。"他转过身来。女孩看着他，似乎在期待他说些什么。他回头看了看，摸了摸自己的耳环，耳环安然无恙。"还好有些东西保持着原样。"

"这只老鼠怎么会改变皮毛的颜色呢？"苏珊问她的父母。

“你确定它变了吗？”

“是的。”

“有时候，光线的变化会使颜色看起来不同。”

“不是的，颜色完全不一样了。”

“你说是就是吧。”苏珊的妈妈说，但听起来好像并不相信。

苏珊并不在意。她知道这是真的，她喜欢这个事实。“我有一只毛色会变化的老鼠。”她骄傲地说。

猪草希望自己能听懂这些人在说什么，同时他继续想着他的心事：没有别的办法，只能再次耐心等待。耐心等待很无聊。不知道那个樱树去了哪里，要是能和她说声再见就好了，她是个好人。嘿，算了，听天由命吧。

"到那所房子要多久？"苏珊问。

"要不了多久。我们很快就会离开这条土路，然后经过一条柏油路，几分钟就到了。"

"我们到了那里要做什么？"

"我们要再看看那所房子，确定是否喜欢它。我们得了解翻新旧房所需要做的一切。给我们提供修理方面建议的人也会在那里。还有那个房地产商。"

"而且，我们可以看看意面是否愿意住在那里。"苏珊坚持说。

"苏珊，我再说一遍，我不希望房子里有任何老鼠。坦率地说，我甚至不希望车里有一只。"她的父亲严厉地说。

"但我喜欢老鼠。"苏珊回答。她弯下身子，对猪草说："别担心，我爱你。"

"苏珊，我很抱歉，但你绝对不能把那只老鼠带进房子里。我们不允许你这样做。如果你愿意，可以和它一起待在车里，这取决于你。但我想说，你最好再去看看那所房子，

因为你可能会住在那里。"

"哦，好的。"

母浣熊蹲在路边的花丛中，一直盯着柏油路。没过多久，她的坚持就得到了回报：一辆蓝色汽车出现了。她告诉自己，那一定是洛塔所在的那辆车。

她的心怦怦直跳，准备立刻跳上马路，让蓝色汽车停下来。令她惊讶和欣慰的是，蓝色汽车突然自己停了下来，而且正停在她最希望它停的地方。

鹿鼠们依然躲在蛇皮下，樱树走在最前面。他们穿过

果园，走到了旧水泵前。

"我想我们最好停下来休息一会儿，也许能看到那只母浣熊去了哪里。"樱树说着从蛇皮下走出来，爬到旧水泵的基座上，打量着灰屋。令她欣慰的是，她没有看到母浣熊。"母浣熊肯定去了别处。"她说。

但当她继续观察灰屋时，她才意识到自己一只鹿鼠都没看到。这很不寻常。她确实看到了一辆停在路边的皮卡车，还有一辆红色汽车。与此同时，她还注意到一辆蓝色汽车正沿着道路驶来。这似乎跟她在木屋外面看到的是同一辆。更重要的是，这辆车放慢了速度，正好停在灰屋的前面。

"一切正常吧？"罗勒冲樱树喊道。

"我不确定。我没看到任何老鼠。这很奇怪。而且灰屋前面停着三辆汽车：一辆皮卡车和一辆红色汽车，还有一辆蓝色汽车刚过来。我猜就是先前停在那个可怕的捕鼠器旁边的那辆。它刚刚在灰屋前面停下了。我想这意味着人类在那里。"

"他们在做什么？"

"不知道。"

"那有没有浣熊？"牵牛花叫道。

"我没看到。但为了安全起见，也许我们应该继续躲在蛇皮下面。"樱树说，"浣熊害怕蛇皮，也许那些人类也会害怕。我建议我们绕到房子的前面去。带着蛇皮，走正门比走后面陡峭的台阶要容易。"

屋里的三个人听到了蓝色汽车停下来的声音。

"那一定是我的客户。"桑德森先生说着朝门口看去，"我要告诉他们的是，这个地方最大的好处就是安静。"

"也是唯一的好处。"年轻人说。

"还有壁橱，有很多壁橱。"格鲁芬先生和善地笑着说。

三个人走到前门廊，欢迎来人。

大狗杜德利不停地吠叫，使劲拽着皮带，似乎想要进屋。

"别紧张。乖乖待在这里，没事的。"桑德森先生对杜德利说。

39

冲进灰屋

蓝色汽车停稳后，苏珊拿起捕鼠器，把脸凑近它，低声对猪草说："意面，我就离开一小会儿。我得去看看房子。你不要去任何地方。我会开着窗，这样你就能呼吸到足够的新鲜空气。"她按了一下侧面的按钮，另一扇后窗打开了。

"亲爱的，"她的父亲说，"相信我，这只老鼠跑不了。你准备把它关在那个捕鼠器里，然后把捕鼠器留在车里，对吧？"

"我知道。我想让它明白我很快就会回来。"苏珊说着把关着猪草的捕鼠器放在汽车的后座上，然后打开车门，跳下车，和她的父母一起穿过马路，向灰屋走去。

"嗨，你们好！"桑德森先生站在前门廊上，朝他们伸出手说，"我是杰克·桑德森，房地产经纪人。快请进吧。"

母浣熊看着那三个人类下了蓝色汽车，穿过马路走向灰屋，踏上门廊，在那里有其他人类迎接他们。

她问自己："洛塔在哪里？他还在车上吗？"

此时的蓝色汽车上，捕鼠器里的猪草正打量着四周。他知道，所有的人类都走了。他们还会回来吗？车子已经停了，有什么办法能离开笼子吗？也许这是他最好的机会。

就像他之前多次试过的那样，他努力地拽铁栅栏，试着掀开末端的挡板，但和以前一样，没有任何效果。

他坐了回去，只能干等着了。

躲在汽车后座下面的洛塔也感觉到汽车停止了移动。他听到了开门和关门声，只是不清楚那是怎么回事。自从汽车开始摇晃和隆隆作响后，他几乎一直听到有人类在说话，这会儿，他意识到自己再没听到任何人类的声音。

那些人类走了吗？他问自己。他等了一会儿，什么也没有发生，也没有任何让他惊慌的声音。"也许他们把我单独留下了。"

"我希望有谁能来帮助我，"他心想。想到没谁会来，他开始焦虑不安："等待我的会是什么？"

他等不下去了，忍不住叫了出来："妈妈，你在哪儿？猪草，你能听到我的呼救吗？你猜怎么着？我又需要你的帮助了。"

令洛塔大吃一惊的是，他紧接着听到了一个声音："老兄，是你吗？"

"是的，是我，洛塔。没错，真的是我。是你吗，猪草？"

而令洛塔兴奋的不仅是听到了猪草的声音，他还听到了另一个声音："洛塔，你在里面吗？"

洛塔简直不敢相信：那是妈妈的声音。世界上最重要的两个声音——妈妈的声音和他最好的朋友的声音，都在告诉他，他们就在附近，并且准备来救他了。

洛塔兴奋之余松了一口气，从汽车座椅下爬了出来。当他用后腿站起来时，首先看到的是捕鼠器，而猪草就在捕鼠器里。

"猪草，你来帮我了。而且你又一次找到了我妈妈，谢谢你。这证明你爱我，我也爱你。"他喊道。

猪草惊讶地看着浣熊："你怎么会在这里？你看不出来吗，我才是需要帮助的那一个。"

"为什么？"

"我被关在了这个捕鼠器里。你得把我弄出来。看看能不能用你的爪子打开一端的挡板。"

洛塔爬上座位，摸索着在笼子上拉了几下，说："打不开。"

"我就知道。"猪草说。

"洛塔，你听到我说话了吗？回答我。你在里面吗？"外面传来一声呼叫。

洛塔赶紧爬到窗前，探头向外看去。他看到他妈妈正坐在地上，于是冲她喊道："你好，妈妈，猜猜谁在这里？"

"我不关心谁在那里。"她说,"我要你立刻从这辆车里出来,到我这里来。"

"我不能这样做。"

"为什么?"

"因为我最好的朋友猪草在这里。他在一个捕鼠器里,出不来了。"

"你说谁在那里?"

"赭鼠猪草,我最好的朋友,被你赶跑的那只。"

"他是怎么进去的?"

"他来帮助我,因为他爱我,他很勇敢,现在他需要我的帮助。"

"我不关心他的事。"母浣熊说,"我想让你离开那里,现在就走。我们要回家了。"

洛塔摇了摇头说:"不,我不能。我的朋友帮助了我,现在我必须帮助他。只是我打不开关着他的那个东西。请你进来帮我把他弄出来好吗?你的爪子比我的有力气。"

母浣熊叹了口气,看了看四周。见没有什么危险,她便跳起来,抓住车窗的边缘爬了上去,落到汽车后座上。

猪草看到母浣熊进入车内,想起上次遇到她时她的举动,下意识地缩了起来。

母浣熊把脸贴在笼子上。"你在里面做什么？"她问猪草。

"老兄，我发誓，我不想在这里，但我出不去。你能帮我一把吗？"

"如果我这么做了，你是不是又要把我的孩子带走？"

"我从来没有把他带走。相信我，是他一直在找我。我真心希望你永远把他留在身边。"

母浣熊转向洛塔："如果我把这个家伙从这个盒子里弄出来，你能不能保证绝对远离他，跟我回家？"

"我希望你能把他弄出来。"

"我们该怎么做呢？"

"他说你必须打开那个东西。"洛塔说着，指了指捕鼠器末端的挡板。

母浣熊捅了几下，又撬了撬，仔细研究了一番捕鼠器，然后坐了回去。"好吧，我想我能行。"她伸出长爪子，说道。

她先是拨开了钩住其中一个活板门的 U 形杆，这很容易做到。接下来，她把爪子伸到挡板下面，把它抬起来一点儿，然后她咕噜了一声，把挡板整个拉了起来，嘴里叫道："打开了。"

"好哇！"洛塔拍着爪子叫道。

猪草瞅准机会，从捕鼠器里跑了出来。他一出来，母浣熊就松开了爪子，挡板啪的一声又关上了。

"我成功了，我救出了猪草。"洛塔高兴地叫道。

车座上，刚从捕鼠器里出来的猪草只花了几秒钟就意识到自己确实完全自由了。"老兄，你要赶快离开这里。"他对自己说。

他四下张望，寻找着最佳路线。在车座的一侧坐着洛塔和母浣熊，他们结结实实地挡住了通往那一侧车窗的路。猪草转过身，发现另一侧的车窗也是开着的，道路畅通无阻。

"再见！"他喊了一声，跑过座位，迅速爬上车门一侧，来到打开的车窗前。他向外看去，发现了一座建筑，感觉很眼熟。

"我知道那个地方。那是樱树的家——灰屋。她也许回家了。我应该在离开前和她打个招呼。"怀着这个想法，猪草从车上一跃而下，落到了地上。随后，他左右看了看，发现没有危险，便飞快地跑过马路。

一过马路，猪草就向灰屋的前院看去。那里空空荡荡的。"有点儿奇怪，"他想，"我上次来的时候，那里挤满了鹿鼠。发生什么事了？"

他继续向前走。快到前门廊时，他看到了一条狗。那条狗使劲拽着皮带，大声地吠叫着，试图进入屋内。

猪草害怕狗，于是停了下来。随后，他发现那条狗被皮带拴住了。如果樱树在屋里，她可能有麻烦了，他想。猪草目测了一下狗能触及的范围，谨慎地绕过去，跑进了房子里。

车里的洛塔对猪草跳出汽车感到非常失望。他用爪子抓着打开的车窗向外看，正好看到猪草穿过马路，向灰屋跑去。

"猪草，不要再离开我。"他叫道，"我救了你。你是我最好的朋友。不要走。"

猪草没有回头，继续往前跑。

"猪草，等等我！"洛塔喊道。

洛塔想起自己是如何从火车上跳下来的，并且知道这样做没有危险，于是他纵身一跳。

"哦，不！"樱树见状冲她身后的鹿鼠们喊道。她还在蛇皮底下，其他鹿鼠也是如此。他们已经走到了灰屋的拐角处。"我刚刚看到一只浣熊，他正朝房子走去。来吧，我们得把他赶走。"

"洛塔，"母浣熊在蓝色汽车里喊道，"你要去哪儿？你答应过我的，如果我把那只老鼠救出来，你就跟我回家。"她怒气冲冲地爬到打开的窗户前向外看，看到洛塔正朝灰屋走去。

"回来，你这只小蠢熊！"她叫道。见洛塔没有停下来的意思，她猛地从车里跳了下去，冲向房子，决心把洛塔带回来。

此时，洛塔已经走到灰屋的前院，听到有什么东西正朝这里过来。他停下步子，看了看，几乎不敢相信自己的眼睛：那条蛇正转过房子的拐角。"他一直跟着我。"他瞬间萌生出这个恐怖的想法，"他还在追我！"

他吓坏了，迅速爬上灰屋的台阶，飞快地穿过前门廊。看到门是开着的，他便从那条受惊的狗身边跑了过去。

杜德利见浣熊跑过，大叫一声，向前扑去。它猛地一使劲，竟把拴着皮带的柱子给拽倒了。杜德利彻底摆脱了束缚，追着洛塔冲进屋里。

因此，当母浣熊走到路的另一边时，她同时看到了三个移动的东西：蛇、冲进房子的洛塔和追赶洛塔的狗。此刻，她唯一的想法是：我的孩子正处于可怕的危险之中，我必须救他。于是，她朝房子飞速狂奔而来。

这一连串画面着实把樱树吓坏了：先是看到一只浣熊朝灰屋走去；然后听到狗在狂吠，看到它挣脱了束缚，向前一跃，也跑进了房子；现在，她又看到了第二只浣熊。她惊恐地看着母浣熊爬上门廊，进了屋。

"伙计们，我刚刚看到两只浣熊和一条愤怒的狗进了灰屋。"她叫道。

"他们在那里做什么？"报春花问。

"不知道，但我们的家人可能需要帮助。也许我们可以用这张蛇皮把他们都吓跑。"

　　"太酷了，我们开始吧。"柳穿鱼喊道。

　　"跟我来。"樱树叫道。

40

一团乱麻

"是的，"房地产经纪人对苏珊的父母说，"房子确实需要大规模的维修，但我可以向你们保证，之后它就会变成一个可爱的、安静的家。"说话时，他们正站在最大的房间里。

苏珊听得不耐烦了，她走进前厅，朝门口走去。就在这时，她看到猪草从前面的门洞跑进屋里。

"意面，你肯定是觉得寂寞，来找我了。"苏珊叫着冲上去抓老鼠。

猪草看到苏珊直奔他而来，还伸出双手，似乎是想抓住他，便拼命往另一个方向跑去。

洛塔为了避开蛇，也跑进了屋里，从苏珊身边嗖的一下蹿了过去。

"爸爸！妈妈！"苏珊喊道，"屋里有只动物，它想抓意面。"

猪草正向主卧室跑去。洛塔也是如此。苏珊紧随其后。

接着，那条狗杜德利也冲了上来，想抓住洛塔。

"还有，"主卧室里的房地产经纪人还在介绍着，"正如你们所看到的，这栋房子有很多壁橱。"他边说边打开其中一个壁橱的门。门一开，只见里面有四十五只受惊的鹿鼠齐齐抬头望着他。一看到人类，鹿鼠们就吱吱地尖叫着从壁橱里蜂拥而出，向四面八方逃窜。

苏珊刚好走进房间，看到这些鹿鼠，大声叫喊起来："爸爸，妈妈，快看。房子里到处都是意面的家人。"

就在这时，母浣熊也追赶着洛塔，冲进了屋子。"洛塔，过来！"她大吼道。

洛塔回头看了一眼，发现那条狂吠的狗在追他。他努力寻找着可以躲藏的地方，很快便选定目标——他跑向苏珊，抱住了她的腿。

苏珊尖叫起来。那条狗则趴在她面前，愤怒地吠叫着。猪草站在角落里的旧帽子上，看着眼前发生的一切。

"杜德利，"桑德森先生喊道，"快过来！到这个壁橱里去。"他说着拉开了一扇门。然而，狗没有过来，反而又有一百只鹿鼠从壁橱里涌出来，四散而逃。

看到自己的孩子被攻击，母浣熊毫不犹豫地跑上前去，猛地跳上狗背，用强有力的爪子紧紧抓住它。杜德利大吃一惊，狂吠起来，并开始绕着圈子跑，试图把母浣熊从身上甩开。从壁橱里钻出来的鹿鼠们则吱吱叽叽地叫着，试图逃到安全的地方。

"杜德利，"桑德森先生喊道，"过来，孩子。"

他追在狗的后面，格鲁芬先生和助手则帮助他把狗逼到角落里，并试图把母浣熊拉下来。

"看看能不能把狗弄到这里来！"格鲁芬先生对他的助手喊道，拉开了另一个壁橱的门。

于是，又有五十只鹿鼠从这个壁橱里跑了出来，开始疯狂地寻找藏身之处。

一片混乱之中，苏珊的父母也在试图把洛塔从女儿身上拽下来。然而洛塔已经惊慌

失措，更加紧地抱住苏珊的腿，吓得苏珊不停地喊着："把它弄下来！把它弄下来！把它弄下来！"

紧接着，樱树和同伴在蛇皮的掩护下走进了房间。

看到那条蛇，房间里的所有人都愣住了。

苏珊喊道："有一条蛇进来了！"

"出去！"苏珊的爸爸喊道，"所有人都出去。"

苏珊的妈妈抓住洛塔，用力把他从女儿的腿上拽下来，一把扔过房间。然后，她便握住女儿的手，飞快地把她拖出房间，拖出这栋房子，一直跑到车旁。她们迅速跳进车里，苏珊的爸爸紧紧跟在她们身后。

洛塔站在房间中央，满脸困惑，似乎不知何去何从。母浣熊见状冲到他面前，招呼道："来吧，宝贝，跟我来。不要再胡闹了。"

洛塔没有再反抗。两只浣熊朝着房子后面那条他们唯一能走的通道狂奔。他们穿过后门廊，一直走到果园里，很快就消失不见了。

与此同时，格鲁芬先生和他的助手匆匆走出前门。桑德森先生则紧紧抓着狗脖子上的项圈，追了出去。他们一起站在灰屋前面，眼睁睁看着那辆蓝色汽车开走。

"我觉得那些人不会买这栋房子了。"格鲁芬先生说。

"我觉得谁都不会想买。"桑德森先生说。

"我很乐意把它推倒。"年轻人说。

"有需要的话，给我打电话。"格鲁芬先生说完便和他的助手向皮卡车走去。

桑德森先生拔出"房屋出售"的牌子，把它扔进车里，然后便和杜德利上了车。

那辆蓝色汽车在柏油路上快速行驶着。

"我们要住在那栋房子里吗？"苏珊问。

"我想，那里已经住了太多其他生物。"她妈妈回答。

"但是意面怎么办？"女孩说着哭了起来。

"亲爱的，你必须再找一个朋友。"她的爸爸说。

"抱着我腿的是什么……动物？"

"我猜是只浣熊。"

"它很可爱。我可以养一只吗？"

"我们会考虑的。"爸爸说。

"我们需要的是一顿愉快而安静的野餐。"妈妈提议。

灰屋里，猪草朝房间另一头的地板上看过去，看到鹿鼠们扔下了蛇皮。

"樱树，"他喊道，"很高兴见到你。"

"猪草，你是怎么到这儿来的？"樱树问道。

这时，肺草终于从他藏身的靴子里走了出来。他环顾四周，只见数百只鹿鼠正茫然无措地站在那里。注意到农夫莱蒙特的草帽被扔在一个角落，肺草便爬了上去，站在帽子顶上喊道："好了，家人们，请靠拢过来。我来告诉你们该怎么做。"

幽光森林中的某个地方，在一堆岩石下面，洛塔正紧紧地依偎在妈妈身旁。

"你觉得猪草迷路了吗？"洛塔问。

"我相信他会没事的。"

"他是我的朋友。"

"你会交到很多朋友的。"

"妈妈……"

"什么？"

"你是我最好的朋友。"

"你也是我最好的朋友。现在去睡觉吧。"

"好的。"洛塔说，然后便去睡觉了。

41

聚 会

当天晚上，在灰屋里，老鼠们举行了一场盛大的聚会。柳穿鱼站在路边放哨，他的任务是监视有没有人类返回。到目前为止，灰屋很安全。

整个老鼠家族在前门廊集合，互相讲述白天发生的事。他们要求樱树讲述她的冒险故事，对此樱树有些迟疑。接下来，罗勒讲了他和所有穿过长草甸去救樱树的老鼠们经历的事。最后，樱树坚持要猪草讲一讲他的遭遇，从他在火车上遇到小浣熊开始，一直到他回到灰屋的那一刻。

故事讲完的时候，天已经彻底黑了。在班诺克山上方，

夜空中繁星点点；而在离地面近些的地方，萤光闪闪。

猪草和樱树肩并肩坐在一起。

"谢谢你试图救我。"樱树对猪草说。

"朋友，也感谢你试图救我。"猪草对樱树说，"嘿，我本来想回城里去。但我想，如果你不介意的话，我愿意做一只住在房子里的乡下老鼠，至少暂时是这样。那边的那座山……"猪草指着对面说。此时一轮圆月升起，山顶沐浴在黄色的光晕中。

"那是班诺克山。"樱树说。

"看上去，那个山顶是个跳舞的好地方。你觉得怎么样？"

有那么一瞬间，樱树闭上了眼睛。"也许吧，"她说，"但这段时间，我只想待在家里。"

猪草摸了摸自己的耳环，确定它还在那里，然后站起身来，当着所有老鼠的面说道："伙计们，我有一首歌要教给你们。这是我的家人最喜欢的歌。"

说完，他便开口唱道：

一只老鼠自由漫步，

走过林荫和卵石小路，

走过高山还有低谷，

阳光灿烂，鸟儿歌舞。

世界处处是老鼠，啊！

世界处处是老鼠，啊！

他接着唱了第二段：

一只老鼠自由漫步,

穿过大道、小径和山路,

去过森林、城市数不胜数。

风霜雨雪全不畏惧,

蜗牛与猫不屑一顾。

世界处处是老鼠,啊!

世界处处是老鼠,啊!

献给布莱恩·弗洛卡

RAGWEED AND POPPY

Written by Avi, illustrated by Brian Floca

TEXT © 2020 AVI WORTIS, INC.

ARTWORK © 2020 BRIAN FLOCA

This edition arranged with BRANDT & HOCHMAN LITERARYAGENTS, INC.

through BIGAPPLEAGENCY, INC., LABUAN, MALAYSIA.

Simplified Chinese edition copyright: 2024 Beijing Ever-after Cultural Development Co., Ltd.

All rights reserved.

版权合同登记号：14-2024-0035

图书在版编目（CIP）数据

幽光森林的居民们. 乌龙大救援 ／（美）阿维著；
（美）布莱恩·弗洛卡绘；栾述蓉译. —— 南昌：二十一
世纪出版社集团，2024.6

书名原文：Tales from Dimwood Forest

ISBN 978-7-5568-7451-4

Ⅰ. ①幽… Ⅱ. ①阿… ②布… ③栾… Ⅲ. ①儿童小
说－长篇小说－美国－现代 Ⅳ. ①I712.84

中国国家版本馆CIP数据核字(2024)第045870号

幽光森林的居民们·乌龙大救援
YOUGUANG SENLIN DE JUMINMEN WULONG DA JIUYUAN

[美] 阿维／著　　[美] 布莱恩·弗洛卡／绘　栾述蓉／译

出 版 人	刘凯军	项目策划	奇想国童书
责任编辑	张 周		
特约编辑	郑应湘　周 磊	装帧设计	李燕萍　程 然
出版发行	二十一世纪出版社集团		

（江西省南昌市子安路75号 330025）

网　　址	www.21cccc.com
经　　销	全国新华书店
印　　刷	固安兰星球彩色印刷有限公司
版　　次	2024年6月第1版
印　　次	2024年6月第1次印刷
开　　本	880 mm×1300 mm 1/32
印　　张	8.625
字　　数	153千字
书　　号	ISBN 978-7-5568-7451-4
定　　价	218.00元（全7册）

赣版权登字-04-2024-117 版权所有，侵权必究

（凡购本社图书，如有印装质量问题，由发行公司负责退换。服务热线：010-64049180转805）

幽光森林的居民们

森林大火

[美] 阿维/著　　[美] 布莱恩·弗洛卡/绘

栾述蓉/译

二十一世纪出版社集团
21st Century Publishing Group

通往长湖

通往
狐狸巢穴

玉米地

旧谷仓

通往
林地和河狸池塘

幽光森林

蝙蝠洞
的入口

鲁莽的洞穴

通往安珀市

新谷仓

新屋

新田

土路

山谷

猪草二世一家
的住所

樱树和黑麦
的家

奥凯茨
先生的树

艾瑞斯
的圆木

旧木桥

柏油路

闪光小溪

班诺克山

灰屋的废墟

旧果园

北

东

西

南

目　录

1

寒冬来临

对于幽光森林的动物来说，这个冬天很难熬。

天气寒冷，地上积了厚厚的雪。夜晚漫长，狂风呼啸。大多数动物都躲在地下的巢穴和洞窟中冬眠，或者依靠夏天储存的食物度日。樱树和黑麦也不例外，他们住在一棵断裂的大树桩里，躲在树根深处，互相依偎着取暖。

樱树是一只上了年纪的鹿鼠。她把身子蜷成一团，尾巴尖刚好抵在粉红色的鼻子下，像一个蓬松的褐色毛球。她正在跟丈夫黑麦闲聊，说着好多过去的事：他们一起幸福生活，一起照顾孩子们，看着孩子们长大，有了自己的家庭；她探访老家灰屋，跟亲戚们恢复联系；还有和好友豪猪艾瑞斯度过的美好时光。

樱树的丈夫黑麦是一只赭鼠。他仰面躺在地上，闭着眼睛，爪子垫在脑后，尾巴尖偶尔抖动一下。他一边听樱树说话，一边在脑子里构思一首新诗，是关于寒冷的冬天和刚刚过去的这个夏天的。

"糟糕。"黑麦突然站起来。

"怎么了?"樱树刚说到去年秋天的家庭野餐,还以为黑麦是对野餐有意见。

"我准备写一首关于冬天的诗,"黑麦说,"要想写好,就得到外面亲身体验一番。"

"可是外面太冷了,"樱树提醒道,尽管她明白当黑麦进入创作状态时,根本听不进去任何建议,"而且还有暴风雪。"

"我就去一会儿。"说着,黑麦沿着台阶往上走。当他走到树桩的入口时,一股凛冽的寒风吹得他几乎喘不过气。黑麦不想打退堂鼓,于是他顶着飘进来的雪花,走了出去。

树洞外面,洁白的雪花漫天飞舞,天地连成一体,几乎什么也看不清,就连森林里的树木好像都变成了颤抖的影子。四下里一片静寂,黑麦唯一能听到的声音就是风的怒吼。

"多么奇妙……"他一边喃喃地说,一边哆嗦着往前走,结果深深地陷入了一个松软的雪堆里。

他拂开睫毛上的雪花,抬眼看去:雪花就在眼前飞舞着,好像一颗闪亮的小钻石。

"太美了!"他小声感叹道。

黑麦用前爪在雪堆里扒开一条隧道。在隧道里，阳光没那么耀眼了，风声小了很多，感觉也不那么冷了，他觉得自己好像钻进了一个冬天的茧中。

就在这时，他发现在冰雪隧道的墙壁里嵌着一片保存完好的绿叶。

"哦，天哪！"黑麦激动地注视着绿叶，低声惊呼道，"这一定是去年夏天留下来的！"

黑麦久久地注视着叶子，直到脚趾冻得麻

木了，才转过身，匆匆回到树桩下的树洞里。

"我想出了一首绝妙的好诗，"一回到洞中，他就迫不及待地告诉樱树，"名字就叫《冰之叶》。"说完他又仰面躺在地上，闭上眼睛。

过了一会儿，他问樱树："还有糖浆吗？"

"什么糖浆？"樱树问道。

"就是薄荷、接骨木还有蜂蜜混合在一起的糖浆，治咳嗽的。"

樱树皱起了眉头："你怎么了？"

"嗓子有点儿痒。"黑麦嘟囔了一句，继续构思他的诗。

那天晚上，外面突降了一场猛烈的暴风雪。狂风怒吼，气温陡降，两只老鼠抱在一起取暖。他们听到远处某个地方传来狐狸的吠叫声，还有猫头鹰的叫声。

第二天早上，黑麦醒来时，嗓子生疼，还咳得很厉害。

2

二世带来新消息

一个星期后的一个清晨，猪草二世披着满身的雪花来到艾瑞斯臭烘烘的圆木中。此刻，老豪猪正鼾声响亮地熟睡呢。

猪草二世犹豫了一下，拍了拍艾瑞斯的鼻子，轻声喊道："艾瑞斯舅舅，请醒醒！"

艾瑞斯睁开一只眼问："谁啊？"

"是我，猪草二世，樱树的儿子。"

"吵闹的姜饼……来得也太早了吧？"

"艾瑞斯舅舅，你是我妈妈樱树最好的朋友，有件事你肯定想知道。"

"什么事？"豪猪艾瑞斯咕哝了一句。

"黑麦，我爸爸，昨晚他……他……死了。"

艾瑞斯猛地抬起头。"什么？"他叫道，"黑麦死……死了？可……可是……他还这么……年轻！"

"是的，的确是。"

"他是怎么……"

"你知道他的脾气，"猪草二世说，"他冒着暴风雪出去寻找写诗的灵感，在外面待的时间长了一点儿，结果回来就感冒了。后来他感冒越来越严重，又开始发烧，影响到肺部，就转成了肺炎。妈妈一直尽力照顾他，但是昨晚……他还是在妈妈的怀里死了。妈妈让我来告诉你一声。"

"我很难过。"艾瑞斯低声说。

"谢谢。我就是来告诉你这件事的，"猪草二世边说边往外走，"我还得回她那边去。"

"是的，那是当然。"

猪草二世走后，圆木里又只剩下艾瑞斯自己。他挠了挠肚皮，一会儿抬头看看，一会儿低头瞅瞅，一会儿睁开眼，一会儿又闭上。他摇晃着脑袋，好像耳朵还是脑袋里有什么异物。"活着的意义是什么？"他小声问自己，"如果说就是变老，然后死去……"

艾瑞斯想起来，樱树的孩子们都已经结婚，有了自己的家庭，不和她住在一起了。"她现在可能很孤独，可能会需要我。"想到这里，他忽然迫切地想去见樱树。

艾瑞斯站起来，身上的刺发出唰啦啦的响声。他晃晃悠悠地走到圆木口，站在那里，凝视着洁白无瑕的大地。大片的雪花轻柔地飘落，与地面上厚厚的松软的积雪混在一起，整个世界寂然无声。

艾瑞斯踩着深深的积雪，步伐很慢，却无比坚定。等他走到樱树所住的枯树桩时，身上的刺已经被雪花覆盖，他的眼泪都被冻出来了，黑鼻子也冻得生疼。

樱树和黑麦家的洞口对他来说太小了，他不得不在树桩前停下来。"樱树，"他大喊道，"是我，艾瑞斯！我想和你说，我感到很难过。"

似乎过了很长时间，樱树的一个女儿——蝴蝶百合走了出来。

"您好，艾瑞斯舅舅。"

艾瑞斯见出来的不是樱树，非常失望。他低声说："我只想说，对黑麦的事……我……我也很难过。"

"谢谢你，我们都很难过。"

"我忘了你叫——"

"蝴蝶百合。"

"我想见见樱树。"

蝴蝶百合没作声。

"有什么问题吗？"艾瑞斯问。

"艾瑞斯舅舅，"蝴蝶百合小声说，"您能不能过段时间再来？妈妈她……"

"她怎么了？"

"她想自己静一静，不想被打扰，请您理解。"

"但是……"

"求您了，艾瑞斯舅舅。"

艾瑞斯还想说点儿什么，但最后还是转身踩着雪回去了。走到半路，他停了下来。"也许我不该那么大声说话，所以樱树才……"他没有再往下想。

回到圆木中，艾瑞斯抖掉身上的雪，缩到圆木的最深处。"我想我应该温柔一些，"他坐在那里自言自语道，"或者更文明一些，表现出更多的同情。死亡……是如此……愚蠢。"他闭上眼，叹了口气。

五天之后，艾瑞斯走到圆木外。他在积雪覆盖的森林里到处搜寻，好不容易找到一颗松果，上面还剩几个松子。他用嘴叼着松果，冷得牙齿直打战，跌跌撞撞地走到樱树的树桩前。

"樱树！樱树！"他大声喊。

可是没有任何回答。艾瑞斯一直等到被冻得实在受不了了，才把松果留在树桩入口回家去。两天之后，他再来查看，发现松果不见了。可是当他喊樱树时，还是没有回应。

艾瑞斯又等了一个星期，再次来到樱树的住处，但是跟以前一样，他的呼唤没有任何回应。这一次，艾瑞斯做了一件有生以来从未做过的事：他在樱树的住处前，留下了一块他最心爱的食物——盐。

两个星期以后，艾瑞斯又来到樱树的巢穴——盐还在原地。虽然艾瑞斯可以整个冬天都不跟其他动物说话，但这一次他却开始感到焦虑不安了。

"樱树！"他大喊道，"我要见你！"

樱树这才走了出来。

艾瑞斯望着自己的朋友，发现她非常瘦弱，胡须耷拉着，眼睛黯淡无神，在不停地摩擦着两只前爪，好像很冷的样子。

"艾瑞斯，"她轻声说，"有什么事吗？"

"我只是想说……黑麦的事……我很难过。"

"嗯，谢谢你，这是个……沉重的……打击。"

"我给你留了……一些东西。"

"艾瑞斯，真的很感谢你，不过……我不太爱吃盐，你还是把它带回去吧，我知道那是你最爱的。"樱树的声音很小，艾瑞斯几乎听不清她在说什么。

"我在想……"艾瑞斯结结巴巴地说，"我们也许可以做……做些事来……"

"艾瑞斯，我需要自己安静一段时间。"

"为什么？"

"我想……花些时间读一读黑麦的诗。"樱树说完，泪水夺眶而出，她匆忙转过身，消失不见了。

艾瑞斯看了看地上的盐，虽然他馋得一直流口水，但是他不准备拿走。在他看来，这已经是樱树的东西了。至于樱树，他拿她没有办法，只能尊重她的决定了。

"晃荡的门把手，"当他走回自己的窝时，低声说道，"我算是她最好的朋友了，她怎么能不愿意见我？就好像她已经……离开了——永远。"

艾瑞斯哆嗦了一下，不是因为冷，而是因为这个可怕的预感。

3

变 化

尽管白天越来越长，但是接连几个星期，天气还是异常寒冷，雪一直在下。紧接着，就像山杨树叶在风中突然打了个转，天气一下子就变了。天空开始放晴，阳光变得耀眼，气温也升高了。接下来的几个星期，不合时节的温暖和连绵的大雨融化了冬天的积雪。溪流涨满了水，地上一片泥泞，水珠从树叶上滴滴答答地落下来，青蛙们欢声一片。

终于，大雨停了，不过气温还在持续升高，春天还没站住脚就已经消逝了，取而代之的是炎热的初夏，比动物们记忆中的任何一个初夏都要热。花朵蔫了，绿色的嫩苗枯萎了，蘑菇也干了。

直到夏季过半，天气都没有任何改善，反而越来越热，越来越干旱。森林里，地面变得硬邦邦的，草丛一片枯黄，树叶纷纷凋落，溪流变成了干涸的沟渠。毫无疑问，一场旱灾即将降临幽光森林。

艾瑞斯一直没有见到樱树。

4

云杉和樱树

云杉是猪草二世和月桂的儿子。在春天出生的那拨老鼠中，他是最小的一个。因为长得又矮又瘦，他的哥哥姐姐们都叫他"小矬子"。当然，只有父母不在跟前时，他们才敢这样叫。

云杉本来很喜欢跟哥哥姐姐们在一起，但是在这个干旱的夏天，食物开始短缺，于是每当有好吃的，他就被推到一边，或者被挤到最后头。也许实际上，发生这种情况的次数没有他感觉的那么多，但对他来说，也已经难以忍受了。尽管他还不到三个月大，就不得不自己四处寻觅食物了。

仲夏的一天早晨，云杉顶着酷热，独自出门去了。经过几个小时的寻找，他找到了一颗干瘪的松子。正要吃的时候，他看见奶奶樱树沿着小路走过来。

云杉的父母告诉过所有的孩子不要去打扰樱树奶奶，因为黑麦爷爷的死让她非常伤心，她需要独自待着。这件事发生在云杉出生之前，所以尽管他听说过樱树奶奶的许多冒险故事，但对她并不是很熟悉。在他看来，奶奶已经很老了，所以他不知道该如何跟这么老的长辈打交道。

"早上好，奶奶。"他小声叫道，然后侧身给樱树让路，同时好奇地打量着她。

樱树没有回应就走了过去，但她刚走了几步又停下来，回头看着这只小老鼠。

"噢，天哪！"她说，"我的孙子孙女太多了，我都数不过来了，也记不住你们大家的名字，但我猜，你是……云杉，猪草二世和月桂的儿子，是吧？"

"是的，谢谢您记得我。"云杉很惊讶樱树奶奶竟然认识自己。

樱树目不转睛地看着小老鼠，说："你长得非常像你的爸爸。"

"是吗？"云杉从来没想过自己长得像谁。

"你爸爸长得像他的爸爸。"樱树继续说道,"也就是说,你长得非常像你的黑麦爷爷。不过,我越看越觉得,其实你最像你的猪草爷爷。"

"这不好吗?"云杉问。

"正好相反,"樱树叹了口气说,"我觉得……很好。现在告诉我,云杉,这么热的天,你自己跑出来干什么?"

云杉想了想,回答:"我在捉狐狸。"

"真的吗?"樱树叫道。

"刚才我看见一只大个儿的狐狸走过来,"云杉说,"你知道吗,我把他赶跑了。"

"多么精彩的故事!除了这个,你还做什么了?"

"找种子。"

"找到了吗?"

云杉拿出刚找到的那颗松子:"您想尝一口吗?"

樱树笑了,她已经好久没有笑过了。云杉的举动让她的心情轻松了许多。

"云杉,我来帮你多找一些种子,怎么样?"

云杉听了很吃惊。据他所知,奶奶从来没有理会过他的哥哥姐姐们。

"您真的愿意吗?"他问。

櫻树点点头。"还有，如果我们再看见狐狸，"她严肃地说，"我帮你把他赶走，那一定很有意思。"

"太好了！"云杉很高兴櫻树喜欢他的玩笑。

那天下午，櫻树和云杉在森林里到处搜寻。他们很少交谈，偶尔说上两句，内容也大多围绕着云杉，但是他们躲开了所有的狐狸，还找到了一些种子。櫻树领着云杉来到一块岩石旁，在岩石的阴影里坐下来。

"云杉，"当他们吃东西时，櫻树问，"你最想做什么？"

"我不知道……"小老鼠默默地思考着，"也许做一些别的老鼠从没做过的事，就我自己。"

櫻树仔细打量着云杉。云杉看着她非常严肃的样子，紧张地问："这样不好吗？"

"不，不！"櫻树回答说，"你知道，你的猪草爷爷——你长得像的那位，他总是说，'身为老鼠就要做老鼠该做的事'。"

"身为老鼠就要做老鼠该做的事，"云杉重复了一遍，"我喜欢这句话。"他看着櫻树，努力想象活到这么老会是种什么感觉。随后，他忍不住开口问道："那您想做什么事呢？"

"我？"这个问题让櫻树有点儿意外，"你想说什么？"

"您刚说的，关于老鼠该做的事……我只是觉得您……太老了，什么也做不成了。"

"噢，老天，我看上去有那么老吗？"

"您老得胡子都耷拉下来了。"

"好像确实是。"樱树有些哭笑不得。她叹了口气，半是憧憬，半是无奈地说，"不得不承认，我不知道该做些什么。"

"没关系，"云杉说，"您这么老了，不用再做任何事。不过，我还是希望您能做点儿什么。"

"为什么？"

云杉想了想："因为我喜欢您。"

"谢谢你。"

分手的时候，云杉说："樱树奶奶，爸爸妈妈不让我们去打扰您。"

"他们说了什么原因吗？"

"因为您很伤心。"

"我确实很伤心。"

"但是，以后我能……去看您吗？"

樱树笑了一下："随时欢迎。我的窝干净凉爽，而且地方很大。"

"太好了！"云杉说着走开了。

樱树望着他走远，心想："真是个可爱的小家伙，他确实长得像猪草。"

这个念头让她再次想起猪草的话，刚刚她跟小老鼠说的"身为老鼠就要做老鼠该做的事"。于是她又想起云杉问她的问题："那您想做些什么事呢？"

在回家的路上，这个问题一直萦绕在樱树的脑海里。回到家之后，她想起云杉的另一句话："您太老了，什么也做不成了。"

"他说得没错，"樱树想，"这些日子，我除了感到炎热、沉重和疲惫之外，什么也没做。"

她开始收拾屋子，但没多久就停了下来，坐在那里回忆起来。当初，她遇见猪草时，猪草比现在的云杉大不了多少。樱树闭上眼睛，想起第一次看见猪草从森林里向她走来的情景：一身金色的皮毛——她从没见过这样颜色的老鼠，边走边哼着歌，还有——啊，是的，他还戴着一个紫色的耳环。

樱树咯咯地笑起来。那个耳环……猪草是她的初恋，现在想来，她爱的或许不是猪草，而是猪草对生活的热爱，还有他身上的活力。

樱树深深地陷入了回忆中。毫无疑问，她跟猪草在一起的那些日子让她开始改变，学着思考，变得勇敢。虽然猪草悲惨地死去了，但是经由他的死，樱树遇见了艾瑞斯，跟猫头鹰奥凯茨先生进行了殊死搏斗，再后来她还遇见了黑麦，并且爱上他。

黑麦是那样温柔，那样爱生活，爱樱树，还有诗歌和他们的家庭。黑麦从不炫耀，也不招摇，他稳重、善良又可爱。啊，她太想念黑麦了！

"我过去的生活是多么精彩，有过那么多的变化！可是现在，几乎一眼就望到底了，一成不变。"想到这里，樱树耸了耸肩，"要是天气能凉快点儿，再发生些不一样的事就好了。"

樱树继续回忆猪草的耳环。"那个纤细的金属环，还有上面的紫色小珠子，就好像……火花一样，点亮并且改变了我的生活。"

"那个耳环哪儿去了？"樱树默默回忆着。突然她想起来：为了永远纪念猪草，她把耳环挂在了班诺克山顶的一棵榛子树上。

樱树突然有一种强烈的冲动——她想去看看耳环还在不在当年的那个地方。尽管天气炎热，尽管天色已晚，她一定要去一趟。这时，云杉的话又在她的脑子里响起："您太老了，什么也做不成了。"

"不！"樱树大声地喊道，"我可以！我要去看看耳环是不是还在那里！"

她从窝里跑出来，匆匆忙忙地跑上一条小路。沿着那条路，她将穿过森林，越过闪光小溪，一直走到班诺克山顶。

一路上，樱树无法不注意到幽光森林的状况是那么糟糕——到处是尘土，除了瑟瑟声，几乎没有别的声音，死气沉沉的。除了很少几处有一点儿绿意，整个森林看上去好像褪了色一般了无生机。

樱树停下来。"不要再有这样悲观的想法了，"她提醒自己，"振作起来！"

于是她跑起来，没多久，就到了闪光小溪的岸边。在她面前的是那座旧木桥，对面就是班诺克山。樱树激动得顾不上看小溪，一口气跑到了对岸。

"要是猪草的耳环还在该有多好！"樱树一边往山顶爬，一边在心里想。

"啊，千万、千万、千万要在那里啊！我可不希望一切都变了！"她大声地说。

5

艾瑞斯的心思

在空心圆木的深处，艾瑞斯大声地咀嚼着一根老树枝。他真希望树林里能有哪怕一丁点儿绿色的嫩枝，好让他解解馋。可实际上，干枯的树枝像粉笔一样难吃得要命，硬得硌牙，干得嘴里都没有唾沫了。

"章鱼墨水冰激凌！太难吃了！"他抱怨道，"要是有点儿盐就好了。"

一想到盐，艾瑞斯就忍不住唉声叹气。在他心目中，盐是世界上最美味的食物。艾瑞斯已经很久没有吃到好吃的盐，或者其他任何有咸味的东西了。他把最后那一点儿盐都给了樱树。

通常，艾瑞斯的圆木潮湿而且还发霉，充满腐烂和粪便的臭味。不过他就喜欢那样。可是这个夏天实在太热了，圆木变成了一个烤箱，他喜欢的那些迷人的气味都被烤干了。

而且到现在为止，森林里没有下过一滴雨。

"天空如果不下雨，那要天空还有什么用！"艾瑞斯一边大声抱怨，一边愤愤地甩着尾巴，满身的刺唰唰作响。他倒是希望有哪个胆大的能跟他打一架，可惜他根本找不到对手。

"天空要是不下雨就实在是太蠢了！"艾瑞斯舔着焦干的黑嘴唇，继续愤怒地说，"除了下雨，天空就没有别的事可做了！森林需要雨，动物需要雨！混球蜘蛛鼻涕汤，我也需要雨！"他大吼道。

艾瑞斯气急败坏地扔掉了啃了半天的树枝。"我不吃这种垃圾！"他叫道，"这是什么鬼天气，连我的刺都在冒汗！我需要新鲜空气！"

他笨拙地走到圆木出口，探出黑色的钝鼻，嗅了嗅。下午的空气厚得像油乎乎的绵羊毛，举目所见都是干枯的叶子，干枯的草，干枯的一切。"整个一大号砂纸夹锯末三明治！"他气喘吁吁地说。

艾瑞斯忍着不去看樱树家的枯树桩，可最终还是忍不

住瞄了一眼。他多希望樱树能出现，说她已经不难过了。

这时，一只蝙蝠在他眼前飞来飞去，转移了他的注意力。"瓶装的蝙蝠屎——真恶心！"他厌恶地盯着蝙蝠说，"我讨厌蝙蝠！所有动物都讨厌蝙蝠！"

他转头又看向樱树的枯树桩，脑子里忽然冒出来一个新想法："也许，樱树看我就像……我看蝙蝠一样，打心眼儿里厌恶……也许她不想见我，不是因为黑麦的死，而是因为……因为她不喜欢我了。"

这个想法让他感到心痛："也许她觉得我乏味、愚蠢、粗鲁，说话太大声，太没有修养，太……自我了。"

"事情不能总是这个样子！得有些变化！不……也许是我需要改变……我不能为了等樱树什么都不做，我要走出去，结交新朋友，跟其他动物来往……参加聚会，跳舞，聊天，享受生活，甚至不再说脏话，开始——"想到下面要说的词，他差点儿被噎住，"微笑。"

"是的，"艾瑞斯越想越激动，"去他的樱树，呸！不，不能再说脏话！说脏话太愚蠢，微笑才是聪明的做法。樱树想沤在悲伤里发馊，随她去好了，我才不在乎呢。我要去交新朋友。"

就在艾瑞斯大吼大叫时，一阵热风把灰尘吹进了他的嘴巴和鼻子里。"不！"艾瑞斯自顾自地哀号道，"我需要凉爽和潮湿！也许洗一个凉水澡有助于我塑造新的性格。我要洗掉过去的自我！但是哪里可以洗澡呢？对，闪光小溪！"艾瑞斯猛地一甩尾巴，朝着通往小溪的路跑去。

艾瑞斯匆忙穿过森林时，满脑子想的都是幽光森林东边的那条小溪。他仿佛看见了那冰凉纯净的水卷着泡沫、翻着跟头，越过岩石和掉落的树枝，像在比赛一样，撒着欢儿地一路奔流。整条小溪好像一个大大的微笑。是的，微笑！"我要微笑！泡在清凉的水里舒舒服服地洗个澡，想不微笑都难。"艾瑞斯心想。

想到清澈的溪水和洗澡的惬意，艾瑞斯跑得飞快。一路上，他的念头转个不停："粉红泡菜土豆！不！不能说脏话，永远不说了。我还可以游泳，虽然不经常游，但是我可以游，我……我……要游泳，现在正是时候！"

他兴奋得完全没留意炎热的天气、干枯的草，还有枯萎低垂的树木。

"也许，"艾瑞斯想，"我应该住到小溪旁边，每天都泡一个澡，倒不是为了干净，去它的干净，只是……对，为了凉爽！"

终于，艾瑞斯看见一片开阔的空地，小溪就在前面了。汗水从他的额头滴落到眼睛里，他的眼睛感到刺痛，视线变得模糊。但艾瑞斯不在乎，此刻他满心想的、希望的、需要的，就是一头扎进清澈凉爽的溪水中。

艾瑞斯继续向前奔跑。

当他终于跑到小溪边，他连看都没看就跳了起来。随着一声闷响，他掉进厚厚的泥潭里，立刻就被泥浆淹没了。

艾瑞斯在泥潭中拼命挣扎，吐出灌进嘴里的泥沙。他猛蹬后腿，想从泥潭中挣脱出来，反而越陷越深。

"这下坏了，救命！"艾瑞斯尖叫道，"来人，快来人！樱树，救救我！我要淹死了！"

6

猪草的耳环

　　黄昏时分，樱树坐在班诺克山顶，抬头望着蓝天。天上看不到一片乌云，没有一点儿要下雨的迹象。西边的落日炙热难耐，就好像要把大地烤焦，要吸干森林里的最后一滴水，要把整个世界烤成酥脆的薯片一样。樱树看得眼睛作痛。

　　她移开视线，打量着旁边榛子树低垂的枯叶。在落日余晖的映照下，榛子树的高处树枝上有一个东西像小星星一样闪闪发光。那东西很眼熟。樱树的心狂跳起来。

　　"猪草的耳环！在那里！很久以前我把它挂在那儿的！啊，谢谢老天！总算有些东西还没变，真应该带云杉一起

来，给他看看。他应该知道他猪草爷爷的故事，知道我是怎么来到幽光森林的。"樱树心想。

"我是怎么来的呢？"她竭力回想。

记忆如潮水般涌了出来：她如何冒险穿过闪光小溪，第一次走进了幽光森林。是的，樱树认定，从穿过小溪的那一刻起，她旧日的生活就结束了，真正的新生活开始了。

忽然，她的脑海中闪过一个念头：也许，如果我回到闪光小溪，又可以开始一种全新的生活。

想到这里，樱树露出一丝苦笑。她很清楚自己又在想入非非，在犯傻。"要改变自己已经太迟了，我不过是一只相貌普通的鹿鼠，褐色的背毛，圆滚滚的白色肚皮，灰色的胡须越来越稀疏和弯曲，只希望我的黑眼睛仍然锐利。真是愚蠢的老鼠！"她责备自己，"你已经老得没法儿再做任何的改变了。"

她感觉世界好像伸出了一只巨大的爪子，重重地压在她的脑袋上。她的眼泪涌了上来。"我不想再这样伤心下去了，"她大声地说，"我想快乐起来！"

樱树用爪子擦去泪水。至少，闪光小溪里清澈闪亮的溪水能让她心情轻松。她不让自己继续多想，自言自语道："我现在就去。"说着，她匆匆忙忙地跑下班诺克山。

樱树很兴奋，仿佛要去见一个多年未见的老朋友一样。

就在赶路的时候，她听到一个微弱的声音。"救命！来人，快来人，樱树！救救我！我快要淹死了。"声音是从前方的闪光小溪传来的，而且还喊着她的名字。

樱树飞奔向前，尾巴笔直。她穿过柏油路，很快来到小溪岸边。

准确地说，是曾经的小溪——可怕的炎热几乎把闪光小溪彻底晒干了，只剩下几个浅浅的黄褐色的死水洼。溪岸边的青草全都枯死了，看不到一朵睡莲，也看不到一只水螳。几条死鱼翻着白肚皮，躺在烂泥里。空气中弥漫着一股腐烂的臭味。最糟糕的是，在一大摊黏稠的烂泥里，一只动物的半个身子陷在其中。他是艾瑞斯。

他的脸、耳朵、眼睛，还有身上的刺全都糊满了泥巴，嘴还不停地往外吐着烂泥。艾瑞斯疯狂地挣扎着，却越陷越深。

"救命！"他喊道，"救命！"

此刻的艾瑞斯看起来就像一个糊满烂泥的针垫。樱树忍不住笑起来。不是只笑了一声，而是笑到停不下来。

听到樱树的笑声，艾瑞斯停止挣扎，使劲眨巴眼，甩开眼前的烂泥。

"樱树，"他尖叫道，"你这个臭炖肉！不要干站在那里！快救救我！"

"但是……但是你在那里干什么？"樱树回答的时候还在笑。

"你以为我在干什么？我快要被淹死了！"就在艾瑞斯喊叫的时候，他的身子还在往下陷。

樱树才意识到艾瑞斯的危险处境，急忙喊道："艾瑞斯，不要挣扎！那样只会让你陷得更快！"

"可我要是不动的话，一样会沉底。"艾瑞斯越来越慌张。

"先让我想想。"樱树在安慰他的同时迅速扫视周围，想看看有什么东西能用得上。

她看到岸边有一根枯死的树枝，连忙跑过去想把它推到艾瑞斯那里。可是对于一只老鼠来说，这根树枝实在太沉了，她根本推不动。

她急切地搜寻着，看到岸边有一棵树，树枝垂在河床上方。如果能有什么办法把其中一根弄弯一点儿，让艾瑞斯抓住，那么他就可以拽着树枝爬出泥潭了。

"再坚持一会儿！"她喊道。

"怎么坚持？"艾瑞斯尖叫道，"除了烂泥，没有任何能抓住的东西。"

"我给你找一个。"樱树一边喊，一边跑到大树旁。她顺着树干敏捷地爬上最长、最细的一根树枝，一直爬到树枝的尽头。树枝朝艾瑞斯向下弯了一点儿，但还是有点儿远，他够不着。

"你到底帮不帮我？"艾瑞斯叫道。

"我正在想办法，"樱树喊道，"但是我太轻了。"

"那就想办法变胖点儿，别光说废话！不然，你就再也见不到我了。"

樱树再次看了看四周。在她脚下这根树枝的远处，有一个废弃的鸟巢。

她又低头看了看地面，小溪的岸边有很多小石头。"别急，"她喊道，"我知道怎么救你了。"

7

意 外

　　樱树回到地面上，用嘴叼起一块小石头，再迅速跑回树上，把小石头吐到鸟巢里，然后再回到地面，捡起另一块小石头往回跑。

　　就这样，她上上下下、来来回回地在树上和地面之间往返。

　　"快点儿！快点儿！"艾瑞斯不停地叫着。

　　樱树尽力奔跑。每往鸟巢里放一块石头，树枝就更弯一些。

樱树累得呼哧呼哧地直喘粗气，但仍然继续一块又一块往鸟巢里放石头。树枝已经弯得很厉害了，但艾瑞斯还是够不到。更糟糕的是，他在泥潭里陷得更深了。

樱树能想到的办法只有一个了。她跑到树梢处，用两只前爪抓住树梢，把身子荡起来。这个多出来的重量终于让树枝弯到了艾瑞斯的头顶上方。

樱树挂在那里，喊道："艾瑞斯，伸出爪子，使劲向上，抓住树枝！不要抓我！"

艾瑞斯努力按樱树说的去做。樱树后腿使劲蹬，这样就能让身体更大幅度地摆荡起来，树枝就会更低一些。

艾瑞斯终于把右爪从泥里抽了出来，高高举起来。可是晃荡的枝条和他的爪子相隔几厘米远，他还是够不到。

"再试一下！"樱树喊道。她更加用力地蹬腿，树枝弯得越来越低。每次树枝弯下来时，艾瑞斯都拼命用爪子去够，可除了有那么一两次蹭到枝条，一次都没抓到。

樱树用尽全身力气，艾瑞斯也尽了最大的努力伸长爪子……"抓住了！"他喊道。

"现在，两只爪子都抓住，把你自己拽上来。"樱树大喊。

艾瑞斯借助树枝的力量，把另一只爪子也从泥里拔了出来。两只爪子紧紧抓住了树枝。

他开始拼命往外挣扎，可是一团团湿泥块粘在他后背的刺上，让他的身体格外沉重。

"使劲！"樱树喊道。

艾瑞斯继续拽着树枝向上使劲，直到身体完全离开烂泥。

"现在到干燥的地方去。"樱树催促道。她的后腿几乎就要碰到烂泥了。

艾瑞斯抓着树枝朝岸边移动。

"快到了！"樱树鼓励他。

艾瑞斯一来到坚硬的地面就松开了树枝。

谁知，树枝好像松开的弹弓一样弹了起来，这完全出乎樱树的预料。她被巨大的弹力笔直地抛向了空中。

"哦，我的天哪！"樱树惊得倒吸了一口气。风呼呼地吹着她的毛发，吹得她的胡须直向后倒。"我在飞！"果然，她飞在高空里，高得让她头晕目眩。

她将目光投向下方。艾瑞斯站在闪光小溪的岸边，正抬着头，张大嘴巴，惊讶地望着她。眨眼之间，他变得越来越小。

她朝西边瞥了一眼，天空被落日照亮，呈现出红、蓝、黄交织的瑰丽色彩。

"哦，天哪！"她叫道，"原来天空是这个样子，真是太美了！飞翔的感觉真酷，难怪鸟儿都喜欢飞。"

樱树再次低头看时，无数棵大树的树冠连成一体，绵延不绝。"老天，这是整个森林！"她惊呼道，"从高空看下面，所有的东西都如此不同！"

随后，她感到自己的速度在减慢，她惊慌地意识到："一旦停止上升，就意味着开始坠落了！而我已经升得相当高了，如果掉到地上，很有可能会摔死。"

樱树悬在空中静止了半秒钟，随后开始垂直坠落，速度越来越快。尽管她闭上了眼睛，心怦怦地跳，脑袋却非常清醒："谁会想到，我竟然落得这样一个结局——从天上掉下来摔死。"

8

空中的露西

樱树还在往下掉的时候，突然感到皮肤一阵刺痛，好像被什么东西抓住了。接着，她不但不再往下掉，还晃晃悠悠地又升了上去。

她困惑地睁开眼睛，发现自己竟比刚才还要高，森林在下面迅速地向后退。"看来我不会摔死了，"她断定，"不过可能会被某只鸟吃掉。"

她扭头向上看，出乎意料的是，抓着她的那个动物并不是鸟，乍看上去，好像一只老鼠！个头儿比她大不了多少，长着褐色的毛和亮晶晶的黑眼睛；和它凹陷的脸相比，它的鼻子有些过大，也不像老鼠的鼻子那样尖，鼻孔朝外翻着；反倒是它的耳朵尖尖的，很大。

最让樱树吃惊的是，这个动物背上伸出来的带绒毛的大翅膀。这对翅膀不停地拍打着空气，速度快得几乎难以看清。

抓住她的居然是一只蝙蝠！

樱树迅速想到有关蝙蝠的传闻：他们古怪，神秘莫测，性情凶恶，反复无常；他们用一种奇特的方式在飞行中确定方向；他们经常无缘无故地袭击其他动物，甚至吃掉那些动物；他们用其他动物的毛皮把自己缠绕起来；他们会咬你、挠你，还会传播各种各样的可怕疾病。总之，绝对不能接近蝙蝠。

怎么办？显然，她没法儿脱身，除非想掉下去摔死。也许，跟这只可怕的动物谈一谈会有所帮助。

樱树深吸了一口气，抬头喊道："喂，你好！能听到我说话吗？"

"哦，你好！"蝙蝠尖声回答，"你是在跟我说话吗？"

"是的，"樱树说，"你是只蝙蝠吧？"

"那当然了。"

"你叫什么名字？"

"我的全名是麦欧提斯·露西福格斯，不过我的朋友们

都叫我'露西'。"

"露西?"

"对，我觉得比'福格斯'好听。"蝙蝠继续说道，"也比'麦欧'好听，而'欧提斯'是男孩名字，我是个女孩。对了，你叫什么名字?"

"樱树。"

"你是男的还是女的?"

"嗯……女的。"

"樱树！我喜欢这个名字。"

"我该谢谢你抓住了我。"樱树说，"要不然，我就会掉下去，很可能就摔死了。"

"那可就太惨了。"露西赞同道。

樱树犹豫了一下，问道:"露西，你为什么要抓住我?"

"这还用问，"露西的语气里充满了惊讶，"你以为是为什么? 当然是要吃掉你。"

"吃掉我?"樱树叫道——最担心的一种可能被证实了，"为什么要吃掉我?"

"我觉得所有动物都要吃东西。"露西回答，紧接着又补充了一句，"不是吗?"

"我想是的，"樱树承认，"可我不觉得你会喜欢吃一只上了年纪的老鼠。"

"老鼠！"露西惊叫道，"不可能！你是只老鼠？没搞错吧。"

"千真万确！"樱树急忙说。

"樱树小姐，我很惭愧，"蝙蝠吱吱叫着说，"这是我第一次单独飞行，我把你当成飞蛾了。"

"你怎么可能把我当成飞蛾？"樱树惊讶地问。

"你当时正在森林上空，飞蛾经常出现在那里，不是吗？他们好吃极了。"露西咯咯笑着说，"问题是，在这之前，我还没见过老鼠呢。现在我知道了老鼠也会飞，我很乐意放你走。"说着露西就要松开爪子。

"不，不要！"樱树喊道，"我不会飞！"

"不会飞？"蝙蝠说，"那你是怎么到空中来的？"

"这……很难跟你解释。"樱树低头望了望黑沉沉的大地，"你能把我轻轻放在地上吗？"

"对不起，"露西回答说，"不能，我已经迟到了。"

"什么迟到了？"

"妈妈让我进行首飞，要是可以的话，抓一只动物当点心，然后回家。我知道，别人很难相信在我这个年纪晚上还必须按时回家，可是事实就是如此。"

"你多大了？"樱树问。

"三周大。"

"你说，这是你第一次飞行？"

"非常刺激，不是吗？"蝙蝠说着突然来了一个急转弯，把樱树吓了一大跳。

樱树不得不认命了。她调整呼吸，低头四处张望。最后一道落日的余晖洒在幽光森林的上方，整个森林看上去好像镶了一道金边。天空变成了一道宽广而斑斓的彩虹，蓝色、橘色和粉色交织在一起。"多么广阔的天空！多么美丽的天空！"樱树心想，"能看到这样的世界真是太奇妙了！"

像以往一样，每当看到美好的事物，樱树总会想到黑麦。要是黑麦看到如此壮观的景象，一定会写一首诗。突然，露西开始迅速下降，打断了樱树的遐想。她们现在几乎是在擦着树冠飞行。

"天哪！"樱树上气不接下气地叫道。

"我飞得不好吗？"露西问。

"不，你飞得挺好！"樱树勉强回答。她尽力想弄清自己的方位，好设法回家，但是露西飞得太快了，她很难找到一个突出的标志，而且太阳已经落山，只有远远的西边还有一线光亮。

露西越飞越低，在黑黢黢的高大树木间穿梭，不断地急转弯或者变换方向，转得樱树头晕眼花。

"你住在树上吗？"樱树问道。

"不，我们住在一个山洞里。"

说话间，这只小蝙蝠飞离树丛，朝一座高耸的悬崖忽忽悠悠地疾飞过去。在樱树眼中，那座悬崖犹如一堵石头高墙。

"露西，"樱树喊道，"前面是一座岩石悬崖，你不换个方向吗？"

"不用。"露西说着继续朝前方的岩石飞去。

樱树十分确信这只小蝙蝠会撞到岩石上。她闭上眼睛，嘴里喃喃道："再见，世界。"

9

艾瑞斯的所见所想

"我得救了！"艾瑞斯松开树枝跳到小溪岸边后大喊道。他使劲甩了甩脑袋、身体和尾巴，把糊在上面的烂泥甩掉，然后转头去找樱树，准备向她道谢。

可是，他找了一圈也没看见樱树。

他困惑地抬起头，望向樱树刚才抓过的那根树枝，刚好看见她快速地飞向了傍晚的天空。

"樱树？"他惊讶得张大了嘴，难以置信地看着那只老鼠向上飞升，"那……那是……是你吗？"

艾瑞斯呆呆地注视着天空，直到樱树停止上升，开始跌落。

艾瑞斯屏住了呼吸。

紧接着，不知道是什么突然出现在天空中，抓住了樱树，然后消失了。艾瑞斯拿不准那是什么，他甚至拿不准是不是真的有什么东西。

他目瞪口呆地愣在那里，一直望着越来越暗的天空，望着樱树刚才所在的位置。

那真的是樱树吗？如果是樱树，她是怎么跑到那么高的地方去的？如果她真跑到那么高去了，会怎么样？

艾瑞斯困惑极了。他注视着天空，不知道自己是否能，或者是否应该相信刚才所见的一幕。"难道那都是我想象的吗？"他自问，"是我太想念樱树，所以梦到她来救我了吗？不对！刚才明明看见樱树飞到了天上，然后消失不见了。"

"不！不可能！但问题是，她现在在哪儿呢？"

艾瑞斯一筹莫展。他在岸边找了一圈，又仔细研究了一下泥潭，然后再一次看向天空。

到处都没有樱树的身影。

"这一切一定是我自己想象出来的。"他在心里断定，"一只老鼠……飞上了天，然后消失……这根本……不可能……除非我疯了才会信。"

在认定刚才发生的一切都是自己想象的之后，艾瑞斯急匆匆地往家跑。他特意沿着来时的路往回走。

当他回到樱树家的树桩前时，天已经黑了，他也累坏了。

"樱树！"他喊道，"出来啊，是我，艾瑞斯！"

没有回应。

"樱树！"他又苦恼又生气地大喊大叫，"回答我！"

还是没有回应。

"樱树，"艾瑞斯恳求道，"求你了，只要告诉我，你在家，平安无事，我保证离开，永远！"

他紧盯着树桩，等待着。"也许她在跟我开玩笑。"他嘀咕着，说不上是恐慌还是气愤。艾瑞斯迫切地需要一个解释。

"是的，一定是这样，她在跟我搞恶作剧，就像那样消失很好玩似的。不留任何线索，没有字条，一句话都没有！根本不尊重我，不在乎我，不够朋友，没有爱，什么都没有！嗯，我也要用同样的方式，忽视她，忘记她，从记忆中把她除去，从心里除去，当她从来不曾存在过，就像我们从来没有一起做过任何事，就像我从来没有在意过她，从来没有！"

可是发泄之后，艾瑞斯又深深地叹了口气。他沉默了一会儿，抬起头，竖起尾巴说："樱树，求你告诉我，到底发生了什么。"

"实际上我明明知道发生了什么，"艾瑞斯提醒自己，"她救了我，然后在空中消失了。"

"但是，那怎么可能呢？"

随后，他又想出了一个新的解释。也许樱树掉进了小溪里，就像他陷入了烂泥里一样，因为天色昏暗，所以他没看见。

艾瑞斯的心抽搐了一下："我一定要想办法救她。"

他掉头跑回闪光小溪，一边跑一边不住地在心中责备自己："我应该更仔细一点儿的，应该再好好找一找的。我真傻，真是个笨蛋，又冷酷又没头脑！我只想着我自己！太自私！太虚荣！太愚蠢了！我总是这样。"

艾瑞斯跑到小溪岸边时，已经气喘吁吁筋疲力尽了。

淡黄色的月光流淌在温暖而黏稠的空气中，像一张金色的毯子铺展在干涸的河床上，使得焦渴的、硬邦邦的大地都变得柔和起来。没心没肺的蟋蟀无休无止地齐声鸣唱，蚊子也哼哼唧唧地凑热闹。

"樱树，"艾瑞斯对着夜色呼喊道，"你在吗？你是陷到烂泥里了吗？求你，求求你，告诉我你在哪儿，我好去救你。"

说到最后几个字时，艾瑞斯的声音变得非常微弱，充满了绝望。

眼前一片模糊，心中无比惊慌，艾瑞斯试图弄明白到底发生了什么，但是没有答案。他闭上眼睛。这太匪夷所思、太糟糕、太可怕了！不过，至少有两件事他能够确定：樱树飞到了天上，然后消失了。

樱树为了救她最好的朋友——他——牺牲了自己。

这个悲痛的事实让艾瑞斯忍不住呻吟起来。当他确定发生了什么之后，他承认了心中那个可怕的想法："樱树为了救我……死了。"

与此同时，他完全清醒过来："真的是那样吗？那可能吗？是的，没有别的解释了。我看到的飞到天上去的，一定是……樱树的……灵魂。"

10

黑暗中

"我还活着！"樱树心想。她睁开眼睛，眼前一片漆黑。露西没有撞到石崖上，她们还在空中。只不过是在樱树从没体验过的黑暗里，而且非常冷。

"喂，露西，"她叫道，"我们这是在哪儿？"

"我家。"露西回答。

"你家在哪儿？"樱树问。

"一个山洞里。"

"很大吗？"

"我想是的。"

"我们现在要去哪儿？"

"事实上，樱树小姐，我正准备把你放下来，"露西说，"我无意冒犯，但是你真的很沉。"

"太好了！"樱树迫不及待地希望赶快踩到踏实的地面上，而且她的背也开始酸痛。

她能感觉到在下降，随后她的脚趾碰到了地面。

"你还好吧？"露西放下樱树后问道。

"还好。"樱树回答。只是她的腿在发抖，喘气也有些不均匀。她什么也看不见，只能用爪子摸索周围的环境。地面摸上去坚硬、冰冷、潮湿，还有些滑不溜丢的。

"我很快就回来，"露西说，"你不要乱动。"

"但是……"

樱树听到翅膀的拍击声，然后是呼的一阵风，随后又复归寂静。她猜，这只小蝙蝠飞走了，尽管她看不到。

樱树冷得直哆嗦。她梳理了一下胡须，弹了弹耳朵，甩了甩尾巴，深呼吸了一下。这是多么奇特的经历啊！她想着，心情慢慢平静下来。

第一次飞翔，来到一个看不见的地方，不知道周围都有什么，不知道下一刻会发生什么。"我应该藏起来，但是我根本看不到自己在什么地方，该怎么藏？"

"嗯，"她大声说话安慰自己，"我还活着，我把艾瑞斯从烂泥里救了出来，还体验到了空中飞行的感觉，那只蝙蝠没有吃掉我，我还躲开了酷暑。所有这些都不算坏。至于露西，她有一个好听的名字，而且对于蝙蝠来说，她算是非常和善了。"

樱树想到了其他蝙蝠的问题："也许不是所有的蝙蝠都这么和气，如果露西把他们带来怎么办？不，我不能掉以轻心。"

"你好！"一个尖细的声音在她耳边响起，"我回来了。"

樱树吓了一跳，朝声音传来的方向看过去，"谁……谁在那里？"

"是我，露西，樱树小姐。"

"噢，我还在想你去哪儿了。你是……自己一个人吗？"

"我把妈妈带来了，"露西说，"我想让她见见你，她就在这儿。"

"你好！"樱树忍不住想，跟一个看不见的动物打招呼真够奇怪的。

"我叫樱树，是只鹿鼠！"她匆忙补充说，为的是让对方明白她不是飞蛾，"很高兴见到你。"

"你好，樱树小姐。"一个跟露西的尖细声音很像的声音回答说，"我叫米兰达，是露西的妈妈。我希望你能原谅她。"

接着，这只蝙蝠咯咯笑着说："她告诉我，她把你误当成了飞蛾。当然，我们蝙蝠吃很多昆虫，蚊子、飞蛾、蜻蜓，还有怪模怪样的甲虫，等等，偶尔还吃点儿花蜜，但我们从来不吃老鼠。"说到这里，她又笑起来，"哦，老天，真的绝对不吃。"

"露西跟我解释过，"樱树尽量让声音听上去友好些，"而且，米兰达，我能这样称呼你吗？我知道，年轻的时候难免会犯错，我自己也有好几个孩子。"

"你有多少个？"米兰达问。

"十一个。"

"十一个？"蝙蝠惊呼了一声，接着大笑起来，"露西，你听到了吗？十一个孩子！我的老天，一年一个对我来说都够多了，我可不想多要，到现在为止我也只有五个。十一个孩子！这是我听过的最令人吃惊的事了。"她再次哈哈大笑起来。

樱树想不出这有什么好笑的，只好问她："您觉得我能从这个山洞出去吗？"

"你得会飞才行。"

樱树听出来这是露西的声音。

"露西肯定可以把你送回去，"米兰达说，"但是，我想今天我们的小露西累坏了，你知道的，第一次飞行总是一场艰苦的冒险。"

然后，她笑着说："想想看，露西竟然把你当成了飞蛾！不管怎样，最好等到明天晚上。现在，樱树小姐，要是你想睡觉的话，欢迎你跟我们一起。"

"你们有多少只？"樱树问。

"多得数不过来。"米兰达回答。

"你要是跟我们一起就会看到，我们睡得很舒适，"露西说，"但是你得把自己挂起来。"

"把自己挂起来？"樱树疑惑地问。

"对，挂在墙上。"

"谢谢你们，"樱树急忙回答，"我待在这里就挺好。"

"好吧，既然这样，"米兰达说，"我们明天见。"

随后，樱树听到拍击翅膀的声音。她在黑暗中瞪大了眼睛，问道："有……谁在吗？"

"只有我，"露西说，"樱树小姐，我只是想再说一次，我真傻，竟然把你当成了飞蛾。现在，你还有什么需要我帮忙的吗？"

"有吃的吗?"樱树问。

"你们老鼠吃什么?"

"种子。"

"可是我们没有那东西,真对不起!回头见!再见!"

樱树听到她飞了起来。

"那里有水吗?"樱树大声喊道,"我好像听到附近有水声。"

"就在那边!"露西的声音从远处传来。

"在哪边?"没有回答。

"露西?"樱树喊道,"露西!"

显然小蝙蝠已经飞远了。

好大一会儿,樱树在黑暗中呆望着。

"什么也看不见,什么吃的也没有。"她轻声说。

她能感觉到偶尔有一丝冷空气在流动。她侧耳聆听,但是除了某个地方传来的轻微的滴水声,四周一片寂静。这里好像一个巨大的空洞。

"也没人跟我说话,"樱树叹了一口气,"我都不知道该不该感到害怕。"

现在,她什么也做不了,只能等着露西回来。她在冰冷的地面上蜷成一个球,鼻子抵着肚皮,尾巴绕在身上。她闭上眼睛，想起当天早些时候还希望能凉快些，希望生活有所改变。

　　樱树感到越来越困倦，她叹了一口气说："愿望的确都成真了。"

11

幽光森林的上空

漆黑的夜色中，在幽光森林的上空——比樱树飞到的高度还要高很多的地方——笼罩着盘旋的浓雾。白天，厚重的湿气凝结成乌云，裹挟着大量干燥的尘埃。尘埃颗粒不停地旋转、飞扬、翻滚、互相摩擦，由此产生了电。电能不断累积，直到必须释放出去。

班诺克山顶的榛子树上挂着猪草的耳环。耳环上的金属圈没有任何遮挡，高高地挂在那里，吸引着闪电。

随着咔嚓一声巨响，一道闪电从云层中射出，瞬间击中耳环。那个紫色的珠子顿时化为粉末，金属圈也立刻变

成一簇小火花。

零星的小火花掉在了一片枯叶上，那片叶子冒起一股青烟。紧接着，腾起一小团火焰。

火焰持续不断地燃烧起来。

没多久，第二片叶子烧了起来，随后是第三片、第四片……一小团闪耀的火光照亮了黑夜。

12

艾瑞斯带来坏消息

那天晚上，艾瑞斯几乎一夜没睡。他一会儿起来，一会儿躺下，要不就是来回转圈。他真希望这个夜晚永远不要结束——天亮以后，他得去把噩耗告知樱树的家人。想到这里，他难受得要死。"我呸它个菜花！不，不要再说脏话……"他大声说，"永远不说……"

夜里，艾瑞斯听到两次轰隆隆的雷声。其中一次，他蹲在圆木入口处，还看见一道闪电，跟着咔嚓一声巨响。他激动地等着接下来的雨声，却没能如愿。"只是一道闪电，"他叹口气道，"没有雨，没有樱树……只有痛苦。"

疲惫的艾瑞斯半睁着眼睛，望着东边天空里灰蒙蒙的光亮，这预示着黎明的来临和新一天的开始。天空越来越亮，鸟儿开始叽叽喳喳地叫起来。阳光照进森林，犹如无数把闪亮的剑一样，把森林一道道劈开。高大树木投下的长长的阴影开始逐渐缩短，好像缩回到了树根里。早晨开始慢慢热起来，明确地预示着又将是酷热难耐的一天。

艾瑞斯又疲倦又紧张，他闭上眼睛呼哧呼哧地给自己打气："我必须得去告诉他们，现在就去。"

他慢慢站起身，感到非常饿。从昨天到现在，他只啃了一根干枯的树枝。他在窝里找了一圈，什么吃的都没有。"盐，"他低声说，"我需要盐。"

他望着樱树的树桩。唉，要是他的朋友能像以往那样慢悠悠地走出来该多好！她会快乐地向他招手说："早上好，艾瑞斯！"然后对他问长问短，也许还会在他鼻子上轻轻地印上一个湿湿的吻。

不知不觉，泪水模糊了他的视线，艾瑞斯几乎能看见樱树就站在面前。他难过得闭上了眼睛。

"早上好，艾瑞斯舅舅！"

艾瑞斯睁开眼睛，眨巴了几下，看见猪草二世和他的

一个孩子站在面前。在艾瑞斯看来，这只小老鼠跟猪草二世长得几乎一模一样。

艾瑞斯瞪着两只老鼠。在这一刻，他恨猪草二世，恨所有的老鼠，因为他们都不是他最爱的那个朋友。

"嘿，艾瑞斯舅舅，"猪草二世说，"这天儿可真是热得可怕，不是吗？您昨晚看到闪电了吗？它差点儿击中我们这里，也许今天不等天黑就会下雨了。"

"我猜……"艾瑞斯嘟囔了半句，就不说了。

"这是我的儿子云杉，"猪草二世把那只小老鼠推到前面，"您应该还没见过他。云杉，跟艾瑞斯舅爷爷问好，他是你樱树奶奶最好的朋友。"

"哇！"云杉立刻敬畏地仰起头看着艾瑞斯。

"貌似云杉和樱树奶奶也成了好朋友，"猪草二世说，"云杉给了她一颗自己找的坚果。"

云杉举起一颗吃了一半的坚果。

艾瑞斯皱了皱眉。

"发生什么事了吗，艾瑞斯舅舅？"猪草二世问，"您看起来……好像很痛苦。"

艾瑞斯克制住想骂人的冲动，反问道："你们来这里干什么？"

"刚才不是说了吗，我们来看看妈妈，顺便向您问好。"

"樱……樱树……她……"艾瑞斯结结巴巴地说，"她不在这儿。"

"是吗？她出去了吗？去哪里了，您知道吗？她什么时候回来？"猪草二世问道。

艾瑞斯清了清嗓子。"我最后一次看见她，她……她……"艾瑞斯本想说她死了，却无论如何也说不出口，只得改口说，"她在飞。"

云杉瞪着艾瑞斯，然后又转头看看自己的爸爸："爸爸，艾瑞斯舅爷爷是说……樱树奶奶在飞吗？"

猪草二世好像没有听到儿子的疑问，他问艾瑞斯："我妈妈在……在干什么？"

"飞！"

"飞？在哪儿？"

"在天上！"艾瑞斯吼道，"不然还能在哪儿飞？"

猪草二世吃惊地望着艾瑞斯，过了好一会儿才开口说："艾瑞斯舅舅，是不是天气热的关系？有些动物会被热晕、热糊涂，特别是……上了年纪的动物。"

"我没有上年纪！"艾瑞斯吼道。

云杉被吓得不由自主地后退了一步，他靠在爸爸的身上，眼睛紧盯着艾瑞斯。

"不，当然没有，"猪草二世赶忙说，"对不起，我不该那么说。那个，我们得走了。来吧，小家伙。"说着两只老鼠朝樱树的树桩走去。

云杉走在爸爸身边，满脸疑惑，忍不住回头去看艾瑞斯。

"我跟你们说过了！"艾瑞斯在他们身后大喊，"她不在！"

"没关系，我们自己去看看。"猪草二世回答道。

"也许她在呢？"艾瑞斯抱着一线希望喃喃道。

他看着猪草二世和云杉走进树桩的洞中。几分钟之后，两只老鼠又走了出来。当他们朝他转过头来时，他移开了视线。

"艾瑞斯舅舅，您说得对，"猪草二世说，"她不在，看上去也不像是有准备的离开。她一定走得很急，东西还都扔在那里。您真的不知道她去了哪里？或者……她什么时候能回来吗？"

"还要我说多少遍？"艾瑞斯说，"我最后一次看见她时，她……飞上了天空。"

"爸爸，"云杉的声音很小，但也足以被艾瑞斯听见了，"我想他真的是说樱树奶奶在飞。"

"是的！"艾瑞斯大吼道，"我就是那个意思！"

"艾瑞斯舅舅，您不要发火，跟我们解释一下好吗？"

艾瑞斯吸了一口炎热的空气，说道："昨天我去闪光小溪想洗个澡，结果掉进烂泥里，差点儿被淹死。我大声喊'救命'，樱树救了我——因为她在乎我。对此，我感激不尽。但随后，她就不见了、消失了，紧接着，我看到她好像在空中飞……这么说吧，我相信我看见了她的……"艾瑞斯迟疑了一下。

猪草二世的胡须明显地在颤动，他问："看见什么了？"

"樱树的……鬼魂。"艾瑞斯的声音小得像蚊子哼哼。

"鬼魂?!"猪草二世惊叫道。

"是的，"艾瑞斯声嘶力竭地喊道，"樱树的鬼魂！"

"您是说，"猪草二世哆嗦着问，"妈妈的……鬼魂飞上了天吗？这意味着她已经……"

"死了！"艾瑞斯叫道，"是的！为救我而死！不然她还能为谁死？"

猪草二世呆呆地看着艾瑞斯问："妈妈……死了？"

艾瑞斯转过头不去看猪草二世。

云杉打破了随之而来的沉痛的静默。"爸爸，"他小声说，"艾瑞斯舅爷爷是说，樱树奶奶……死了吗？"

"嘘！"猪草二世温和地示意他不要说话。接着，猪草二世严肃地问艾瑞斯："艾瑞斯舅舅，您是这个意思吗？"

"是的！"艾瑞斯喊道，"是的！是的！是的！"

"我……我无法相信！"猪草二世结结巴巴地说。

"爸爸，奶奶怎么会死？"云杉插嘴道，"我才刚刚认识她呢。"

"除此之外，你还能怎么解释她的鬼魂飞上了天这个事实呢？"艾瑞斯喘着粗气，他还没有从刚刚漫长的解释中缓过劲儿来。

"但是，在哪里……什么时候……又怎么会？"猪草二世继续结结巴巴地问。

艾瑞斯忍住眼泪，慢慢重新讲述了一遍他到了闪光小溪之后发生的事。

"艾瑞斯舅舅，"猪草二世恳求道，"您真的确定……看到了妈妈的……鬼魂？"

"你要我说多少遍才相信呢？"艾瑞斯叫道。

猪草二世转身对云杉说："我想我们该走了。"

随后他又对艾瑞斯说："我再去妈妈的窝里仔细检查一下，看看她有没有留下什么信息。"不等艾瑞斯回答，他就带着云杉走了。

艾瑞斯看着他们离开后，抬起头望着天空，好像能看到樱树一样。天空湛蓝无云，空气热得好像在眼前发抖。他感到头晕恶心，非常难受。整个世界——包括他自己，都老了，干巴巴的。艾瑞斯甩甩尾巴，咬咬牙，很想朝什么东西狠狠咬上一口，很想破口大骂，但最终他只是转过身，慢慢走回到幽深的黑暗圆木里。他趴在里面，拼命地想还能做些什么。

"我得让所有人都知道我多么在乎樱树，"他小声说，"我是唯一真正熟悉和了解她、唯一真正爱她的人！我该怎么表现这一点呢？"

他冥思苦想后，自言自语道："我知道了，葬礼！这是我可以为她做的！是的，举办一场森林中最盛大、最美好、最难忘的葬礼！"

"艾瑞斯舅爷爷？"

艾瑞斯意外地抬起头，看到云杉走进了圆木，一只爪子捂着鼻子。

"你鼻子怎么了？"艾瑞斯问他。

"这里太臭了。"云杉回答说。

"别管臭不臭，"艾瑞斯厉声说，"你们发现什么线索了吗？"

"爸爸还在找。"云杉回答，"艾瑞斯舅爷爷，您真的……真的认为樱树奶奶在飞？"

"是她的鬼魂在飞。"

"如果是那样的话，我想她应该没事。"云杉说。

"怎么会没事？"艾瑞斯反问。他认定云杉是他见过的最讨厌的老鼠。

没等云杉回答，猪草二世走了进来。"艾瑞斯舅舅，我想您是对的，我在妈妈屋子里找不到任何线索。"他叹了一口气，说，"看来得去通知兄弟姐妹，还有家里的其他成员了。"

"好主意。"听到不需要自己来做这件事，艾瑞斯如释重负。猪草二世转身要走。

"等等！"艾瑞斯喊道。

猪草二世和云杉停下来。

"为樱树举行一场葬礼怎么样？"

"我想应该这样，"猪草二世说，"但是……"

"你们家需要这样一个仪式，"艾瑞斯坚持说，"全家聚在一起，表达对樱树的敬意。"

"即便您说的是真的，但是——"

"当然是真的！"艾瑞斯带着一丝怒气打断他，"这个事我来安排。"

"可是，艾瑞斯舅舅，我需要再核查一下。我明白您的心意，您是她最好的朋友。如果妈妈真的……死了，我相信全家都会同意您的提议的。"

"我要在葬礼上致辞。"

"没问题，简短点儿，"猪草二世说，"因为我想，我的兄弟姐妹们也都想致辞。艾瑞斯舅舅，您真的可以安排这些吗？"

"当然。"艾瑞斯咕哝了一句。

"谢谢您。"猪草二世说着往外走，云杉跟在他身旁。

艾瑞斯听到那只小老鼠说："别担心，爸爸，我能找到她。"

圆木里只剩下艾瑞斯自己了，他从鼻子里哼了一声："简短？我要让他们看看，最好的朋友会怎么做！我要让他们一辈子都忘不了这个葬礼！"

艾瑞斯平静下来。过了一会儿，他自言自语道："当然，要是樱树没死的话，我根本不需要做这些事，她知道我多么讨厌演讲，又天生懒惰。要是我死了的话，我就给自己写悼词。"

13

蝙蝠洞

樱树被冻得醒过来，她不知道为什么会这么冷。"难道是酷热终于结束了吗？"她睁开眼睛看了看，"为什么这么暗？我这是在哪儿？"

接着，她想起了前一天发生的事：她跟云杉待了一会儿；去了班诺克山；救了艾瑞斯；被弹到了天上；被小蝙蝠露西捉住，带进了一个洞穴里。此刻，她所在的就是那个洞穴。

樱树坐起来，伸了个懒腰，舔了舔爪子，开始洗脸：先鼻子，后耳朵，里里外外洗了个遍。洗过脸之后，她四下看了一圈，嗅了嗅冰冷的空气，又竖起耳朵听了听动静。

跟她刚进来时不太一样，此刻洞穴里不再是漆黑一团。一缕光透过高耸、嶙峋的石壁照进来，渐渐地，樱树可以看见东西了。就在她东张西望的时候，光线越来越亮，照射的范围也越来越大。原来，初升的太阳透过高处的一个洞口照射进来，那柔和的金色光辉，照亮了洞穴的大部分地方。

"啊，天哪！"樱树惊叫道。她看到的是一个形状不规则、有着穹顶的巨大山洞，里面遍布着无数的凹坑、小洞和裂缝。山洞的石壁陡峭，地面崎岖不平，到处都是卵石和沙砾。山洞顶部大都隐没在黑暗中，大大小小的钟乳石悬在洞顶。此外，还有许多钟乳石拔地而起。上下两头的一些钟乳石连在一起，看起来好像是无数根顶天立地的倾斜的柱子。

随着光线越来越亮，樱树还发现了很多奇奇怪怪的形状：一丛不能吃的"草莓"；头顶上方一排嶙峋的石头，好像拉开一半的窗帘；还有线团一样的东西，像是简陋的鸟窝，当然也是石头的。在阳光的照耀下，洞穴里的石头反射出深浅不一的金色光泽。这些光泽随着阳光的移动而变幻着形状，它们的流动好像有生命一样。

"太奇妙了！太不可思议了！"樱树轻声叫道，"没想到竟然还有这样美的地方！能亲眼看到实在太幸运了！"

这时，她注意到自己所在的地方像是一个石头平台，距离地面大约十厘米高。她伏下身子，贴着冰冷坚硬的地面，在一道道石芽间爬行。很快，她遇到了一汪清澈的小水洼，水从地下无声地涌上来。

樱树尝了一口，清凉又甘甜。只是，这美味的水在解渴的同时，也提醒了她有多饿。她的肚子在咕咕直叫。

樱树看看周围。这个山洞虽然很美，但是好像什么植物都不长。除了她，似乎没有任何其他生命的迹象，只有寂静——她从没经历过这么深沉、彻底的寂静，仿佛整个世界都屏住了呼吸。

樱树想知道露西在哪儿。她猜蝙蝠们应该就在附近。想到这里，她轻轻哆嗦了一下。

她抬头又看了看那束阳光。光线射下来的角度逐渐改变，这意味着太阳刚刚升起。樱树猜想，昨晚露西应该就是从这个透光的洞口飞进来的。她脑海中闪过一个念头：如果是从这个洞口进来的，那么肯定也能从这个洞口离开。

樱树打量着洞口，想起了家人。他们可能在纳闷儿自己去了哪里，艾瑞斯当然也会好奇。不过她觉得以豪猪的坏脾气来看，艾瑞斯应该不会为自己太过担心。

洞穴里的寒冷让她感到很不舒服。要是能说服露西送她回家，当然是最快的一个方法，可是樱树拿不准自己是否真的想飞回去。露西刚刚开始学习飞行，而且她说樱树很重。"万一她把我从空中扔掉了怎么办？"樱树担心地想。

"算了，最好还是自己想个办法，这也是我一贯的行事准则。"想到这里，她感到浑身充满了力量。

樱树仔细查看石壁，发现有一条蜿蜒曲折的小路从山洞的底部一直通向那个入口。等走到近前，她发现那实际上是石壁表面上一道突出的岩脊，很容易爬过去。尽管岩脊很窄，又崎岖不平，但是樱树还是很容易沿着它移动。很快，她就爬到了距离洞穴底部大约一米高的地方。小路在这里就到了尽头。

她来到之前看见的蜿蜒小路的第一个急转弯。另一道岩脊在更高一些的地方又往反方向延伸。这条路可以带着她走更远。

樱树踮起脚尖，圆滚滚的肚皮贴着冰冷的石头，一只爪子尽力向上，试图抓住更高处的岩脊。不过这里的岩脊有些松动，许多小石子掉到了她的头上。她又试了一次，成功了。

樱树用一只爪子紧紧抓住这道岩脊，身体努力向上，全身的重量都落在了那只爪子上。紧接着，另一只爪子也

抓住了岩脊，借着两只爪子的力量，她使出全身的力气，后腿猛蹬，爬到更高处的一道岩脊上。

她累得上气不接下气，但总算安全地爬到了第三道岩脊。她坐下来休息了一下，让呼吸平稳下来。

稍稍休息之后，樱树沿着陡峭的岩脊继续向上爬。她望了一眼那束阳光。此刻，阳光倾泻而下，显然，太阳已经升得很高，此时一定到了上午。随着一天里时间的推移，洞穴之后又会变得昏暗，直到漆黑一团。樱树很确定一件事，那就是她不想在黑暗中攀爬。

于是她加快了速度，再往上，岩脊变窄了。她又爬了

很长一段后，岩脊消失了。

樱树低头往下看，发现自己所在的位置比她预计的要高出很多。下方尖尖的岩石看上去已经不再美丽，而是充满危险的意味。

她感到一阵紧张，身体不由得哆嗦起来。"幸好我一直在往上爬。"她心想，"反正也下不去了。"

除非掉下去。

想到这里樱树哆嗦得更厉害了，她只得坐下来歇一下。"真是愚蠢，"她在心里责怪自己，"爬到这上面真不是个好主意。应该承认，我已经不能再想做什么就做什么了，至少不能单独行动了。"

她舔了舔嘴唇，感到很冷，尾巴和胡须抽动了下。樱树下定决心不再向下或是回头看，只能向上看。

她强迫自己站起来，瞥了一眼上面的洞口，看起来仍然很遥远，但她别无选择，只能继续往上爬，而且恐怕还要爬很长一段路。想到这里，她感到更加紧张。

樱树深吸了一口气，定了定神，向上伸出爪子，够到一道小裂缝。缝隙相当窄小，樱树的爪子勉强能伸进去，虽然被挤得有些疼，但她牢牢抓住不放。她用两条后腿紧紧扒住岩石，抬起另一只前爪，摸索着寻找更高处的裂缝，但是没有找到。她抬头往上看时，脚底滑了一下，吓得她心怦怦直跳，她赶紧把身体紧紧贴到岩石上以保持平衡。

樱树不敢再看了，她又一次伸出爪子，继续寻找裂缝。摸索半天之后，她终于找到了一条裂缝，于是抓着裂缝继续往上爬。

樱树越爬越高，开始感到头晕，但是她很清楚只能继续向上。接下去，她爬得很慢，很艰难。

突然，樱树就像破碎的泡沫一样，她用尽了所有力气。她一步也挪不动了，只能紧紧抓着冰冷的岩石，身体悬空挂在那里，两只爪子开始隐隐作痛，一条腿疼得直抽筋。

樱树的爪子越来越无力，开始滑脱。慌乱中，她想抓住一块岩石，但是石头也塌落了。她掉了下去。

　　"救命！"樱树大喊，朝下方的石芽急速跌落。

14

樱树和露西

就在向下坠落时，樱树感到背上又一阵刺痛，同时不再向下落了。她大口喘息着，心跳急促，扭头一看，又是露西抓住了自己。

"樱树小姐，你真的不会飞吗？"

"我真的……不会。"

"那为什么我老是发现你在空中呢？"露西纳闷儿地问，"我的意思是，你是怎么到那么高的地方去的？"

"我想爬到上面去，结果掉了下来。"樱树解释说。

"我说话你别介意，樱树小姐，我妈妈总是教我说：

'露西，你要朝哪个方向飞，是向上还是向下，一定要心中有数。'"

樱树叹了口气说："现在我想回到地面上。"

"好的。"于是露西朝地面飞去，把樱树放在地上。

樱树用虚弱的后腿直立起来，看了看四周。阳光柔和了许多，但她还是看不见露西。

于是她喊："露西？"

"我在这儿。"

樱树转过身，看见露西大头朝下挂在一根石柱上。

"我不明白的是，如果你不会飞的话，你是怎么到那么高的岩壁上的？"小蝙蝠倒挂着问道，似乎以这样的姿势说话，再正常不过了。

"我爬上去的。"

"爬上去的？为什么？"

"因为我想回家。"樱树有点儿尴尬，但还是说了实话。

"可不可以请你先不要回

去？"露西说，"我跟所有的蝙蝠说了你的事，他们都想见见你。我们这里从没来过任何客人，你愿意在走之前，见见他们吗？"

"能走着去见吗？"露西的话让樱树感到安慰——至少能确定她可以回家。

"最好是飞过去。"

"现在是什么时间？"

"快到中午了。"露西回答。

"你保证不会让我掉下去？"

露西咯咯笑了："樱树小姐，我不是有意冒犯，但你总是自己一个人的时候才会掉下去吧。"

"好吧，你说得没错。"樱树无奈地说。

露西展开翅膀，落下来，轻柔地抓住樱树毛茸茸的后背，带着她飞了起来。没多久，她们就穿过了山洞。

樱树发现，这个山洞比她想得还要大，各种奇形怪状的石头似乎无穷无尽。山洞里有很多向各个方向伸展开的岔路，犹如一棵大树的枝干一般。露西对这里似乎了如指掌。她一会儿俯冲，一会儿转换方向，然后进入了一个黑洞洞的隧道。从隧道另一头钻出来之后，出现在她们眼前的是一个壮观而宽阔的空间。

　　头顶是一个巨大的穹顶，一束束金色的光辉从上面倾泻而下，照耀在一个近乎完美的圆湖上，蓝绿色的湖水异常澄澈，近乎透明，湖边环绕着沙滩，沙子看上去是白色的。

　　"这光是从哪儿来的？"樱树问。

　　"山洞顶上的一些小洞，"露西回答，"听老翅说，这个地方过去是一座火山。"

　　"老翅是谁？"

"是我们的首领。我们可以从这上面进出，只不过走之前那个主洞口更容易。"

"那你们都住在哪儿？"樱树问。

"你看看四周。"露西说。

樱树一看，山洞的石壁上几乎全是蝙蝠。他们一个挨一个地挤在一起，头朝下牢牢贴在石壁上。她听到无数的吱吱声，还有窸窸窣窣的声音。

"欢迎来到我家。"说着露西向下落到沙滩上。

"这是沙子吗？"樱树问道。

"是盐。"露丝回答。

"盐！"樱树心想，这一定要告诉艾瑞斯。刚想到这里，她的注意力马上被无数呼啦啦的翅膀拍击声吸引过去。一大群蝙蝠飞下来，落在她的周围。他们站稳后，将翅膀收起竖在耳朵两旁，弓起背，瞪圆了眼睛，齐齐看着樱树。

这些蝙蝠跟露西长得很像，身上长满了褐色的茸毛，鼻子扁平，一张严肃的脸，大而尖的耳朵不停地颤动。

樱树尽力想表现得友好、有教养。她后腿直立，微笑着，深吸一口气，用最愉快的口气说："你们好，我叫樱树，我是一只鹿鼠，住在幽光森林。"

蝙蝠们注视着她，不时抽动一下耳朵。偶尔一只蝙蝠张大了嘴，好像在打哈欠。樱树注意到他们的牙齿非常尖锐。

15

班诺克山上

到了早上，班诺克山上那棵榛子树已经有几片叶子缓缓燃起小火苗了。跟着，树枝也开始燃烧。

看上去，小火苗慢慢移动的树枝就像一根缓慢燃烧的长长的引线。到了中午，"引线"已经快要烧到树干了。

16

云杉的坚持

云杉跟着猪草二世慢慢往家走。这只年幼的老鼠一会儿抬头看看爸爸悲伤的脸，一会儿又回头朝艾瑞斯的方向望望，在心里琢磨着艾瑞斯的话。过了一会儿，他开口说："爸爸——"

"云杉，"猪草二世用低沉的声音打断他，"现在请别跟我说话，我的脑子很乱。"

"但是，爸爸，我有事要说。"

猪草二世站住了。"云杉，我们刚刚知道了关于樱树奶奶的不幸消息，我正尽力——"

　　"但是，爸爸，"云杉打断了他，"我知道樱树奶奶为什么会飞。"

　　"你在说什么？"

　　"昨天，樱树奶奶和我一起散步，我们先去找了狐狸的踪迹，然后——"

　　"你是说，你和奶奶一起找狐狸？"

"是的。"

"云杉，你知不知道你经常编一些很荒唐的故事？"

"但是……"

"我和你妈妈告诉你多少遍了，这不是个好习惯。"

"不是的，你听我说，爸爸，樱树奶奶说，身为老鼠就要做老鼠该做的事。"

猪草二世叹了一口气："她这个念头从哪儿来的？"

"从猪草爷爷那里。"

猪草二世摇了摇头："云杉，你对他一无所知。"

"不，我知道的，因为我跟他长得很像。"云杉继续往下说，"重点是，樱树奶奶想做点儿什么。所以我敢打赌，她决定要学习飞行，而且……"

"云杉，"猪草二世再次打断他的话，"艾瑞斯舅爷爷说樱树奶奶……死了。"

"但是，爸爸！"云杉嚷嚷起来。

"云杉，我们回家吧。"

当他们走到自己家的地下洞穴入口时，猪草二世停下来，说："听着，云杉，我要去跟你妈妈单独谈谈，在那之前我希望你能答应我一件事。"

"好的。"

"先不要跟你的哥哥姐姐们说樱树奶奶已经去世了，等我证实这件事之后，我会自己跟他们解释的，你先不要乱说，能保证做到吗？"

"但是，爸爸，我真的觉得奶奶只是迷路了，因为……"

"云杉，听话，不要告诉他们樱树奶奶去世的事。"

"好的，因为她……"

"谢谢你！"

猪草二世走在前面，进入洞穴之后，他匆匆蹭了蹭云杉的鼻子，然后顺着主路去找月桂。"记住你答应我的事。"他回头冲云杉喊了一句。

"她只不过在练习飞行，"云杉小声嘀咕道，"然后迷路了，因为她年纪太大了。"

云杉走进儿童房。哥哥黑松在做泥球，然后把泥球摆成金字塔。云杉看了一会儿，心想："跟樱树奶奶的飞行相比，做泥球实在太无聊了。"

"你知道吗？"云杉开口说道。

"知道什么？"黑松头也没回地问。

"樱树奶奶学会飞了。"

黑松看着弟弟说："昨天你还说，你和樱树奶奶去找狐狸了。"

"是的。"

"老鼠是不会去找狐狸的。"说着黑松又开始忙活自己的泥球，"而且，老鼠也不会飞。"

"身为老鼠，就要做老鼠该做的事。"

"这是什么意思？"

云杉没有回答他，而是说："我要召集一个会议，把大家都叫来。"

"干什么？"

"去找樱树奶奶。"

二十分钟后，云杉只找来了三只老鼠：两个哥哥——黑松和夹竹桃，还有姐姐苜蓿。

云杉重复了一遍他跟黑松说的话："要知道，樱树奶奶刚学会飞，而且她上了年纪，所以迷路了。"

"一旦上了年纪，她就不应该自己走得太远。"苜蓿附和道。

"但是我们年纪还小，也不应该走得太远。"黑松说。

"听我说，"云杉喊道，"我们要把她找回来。"

"云杉，"黑松说，"大家都知道你爱编故事。"

"因为你是家里的小不点儿。"苜蓿补充，推了一下云杉。

"我没有胡编乱造！"云杉大喊着，也推了苜蓿一下，

"艾瑞斯舅爷爷看见她飞了。"

"我见过艾瑞斯舅爷爷，"夹竹桃说，"他也上年纪了。"

"是的，"黑松补充说，"而且他身上有一股臭味。"

"我们要找到樱树奶奶，"云杉坚持说，"我们应该从闪光小溪那里开始找起。"

"去找樱树奶奶之前，是不是应该跟爸爸妈妈说一声？"夹竹桃问。

"那样的话，等我们把樱树奶奶带回家时就没有惊喜了，那还有什么意思？"云杉反问。

"我不在乎有没有意思，"苜蓿说，"我只是觉得应该让他们知道我们去哪儿了。"

"但是云杉说得对，"夹竹桃说，"找到奶奶，把她带回家，那样会很酷。"

"如果我们找到她，她也会很开心的，"云杉坚持说，"但是如果你们不想去的话，随便你们，我自己去。"说完，他扭头就走。

剩下三只小老鼠面面相觑。

"为什么云杉总是那么自以为是？"苜蓿说。

"妈妈说他个头儿虽小，但是想象力丰富。"黑松回答。

"也许这次他是对的。"夹竹桃说着就去追云杉了。

黑松和苜蓿待在那里没动。"他们会惹麻烦的。"苜蓿预言道。

"而且是大麻烦。"黑松继续摆弄他的泥球说。

17

艾瑞斯的选择

艾瑞斯决定，要为樱树的葬礼选一个最好的场地——要足够宽敞，能容纳她的全家，而且要让每一只老鼠都看到他，听见他的讲话。

为了选好场地，他搜肠刮肚想了很久，最后想到了一个幽静的小山谷。那里很开阔，四周环绕着大树。他记得，山谷的地面上覆盖着青草，蝴蝶、蜜蜂飞来飞去，偶尔还有蜻蜓呼扇着彩色的翅膀飞过。清晨，温暖的阳光蒸发掉草叶上的露珠，山谷中雾气氤氲，芬芳弥漫；到中午时，所有的花朵，白的、蓝的、黄的……全都热烈地绽放；而到了黄昏时分，山谷又变得无比宁静祥和。

然而，当艾瑞斯到达山谷的时候，发现夏天的干旱已经摧毁了这个地方。

草地一片枯黄，树叶全都枯萎了，看不到一朵花，也没有昆虫飞来飞去。只有一种古怪的蚱蜢在跳跃，翅膀在炙热的空气中发出刺耳的咔啦咔啦声。

即便这样，艾瑞斯还是觉得这个山谷是最佳选择。倒在地上的草可以让那些小个头儿的老鼠更容易看到他。而且黄昏时，这里也会凉快一些。

山谷的上方有一块岩石，他把这里选作讲话的地方。岩石很平坦，他很容易就能爬上去。"樱树全家都能看到我，这一点是必须的。"他嘟囔道。

艾瑞斯爬到岩石边上，后腿直立，俯视着山谷。

"亲爱的朋友们，"他开口说道，"我的全名叫作艾瑞斯纵·多萨托姆。你们当中年纪小的，可能不知道我是谁，我是一头豪猪，所以，要是你们不专心听我说话，当心鼻子中我一刺。"

"今天我在这里，是想谈谈我亲爱的朋友樱树，很不幸，她已经……去世了，这是悲伤的一刻，所以请允许我开始……"

说到这里，艾瑞斯停下来。"我受不了了！"他冲着空气大吼，泪水涌上眼眶，顺着鼻尖滚落下来。他感到呼吸困难，说不出话来，只能弯着腰，用前爪抹着眼睛和鼻子。

　　"我爱樱树，"他喃喃道，"我真的爱她，我知道我做得不好，但我确确实实地爱着她。我太想她了！可是还有什么

可说的……樱树不在了，任何事都没有意义了。"

　　他不再说话，只是不停地流泪。山谷里静悄悄的，连蚱蜢也不再发出任何声音。

18

云杉去找樱树

　　云杉从位于地下的家里爬出来，看着干旱的森林。眼前有两条路，但他从没有去过闪光小溪，不知道该选哪一条。

　　就在这只小老鼠犹豫时，夹竹桃从洞口蹦了出来。"喂，"他大声说，"我跟你一起去！"

　　"他们两个呢？"云杉问。

　　"只有我一个，"夹竹桃回答，"既然去找樱树奶奶是你出的主意，你最好知道哪条路是去小溪的，你不会根本不知道吧？"

　　"应该是这条，"云杉在心里迅速猜了一下，选了其中一条，问，"去吗？"

夹竹桃有些退缩："是'应该'还是'非常肯定'？"

"你不敢去吗？"云杉问。其实他有些不希望哥哥去，哥哥不去，他就可以单独行动了，就能成为发现樱树奶奶下落的唯一的老鼠，那就再好不过了。

"谁说我不敢！"说着，夹竹桃匆忙跟在了云杉后面。

兄弟俩沿着小路走了一会儿，谁也没说话。过了一会儿，夹竹桃在路边的阴影处坐下来。"太热了，不能走太快。"他说。

云杉也在他身边坐下来，抬头看了看树。他经常独自到处溜达，但今天这些树似乎比他记忆中高了很多。

夹竹桃随着他的视线望过去："你觉得那些树能有多高？"

"三米。"云杉随口说道。

夹竹桃看了看他的弟弟，摇了摇头："不对。"

"对。"云杉坚持说。

"那么我们离小溪还有多远？"夹竹桃问。

"四十多千米。"

"四十多千米？！"夹竹桃叫起来，"那要走多长时间？"

"十二分钟。"云杉回答。

夹竹桃想了想，又问："我们已经走了多长时间？"

"六分钟。"

"得了，"夹竹桃说，"你老实承认吧，这都是你编出来的，你根本不知道自己在做什么。"

"我知道。"云杉说。

"这条路真的是去小溪的吗？"

"你不相信就算了。"

"你确定樱树奶奶在小溪吗？"

"艾瑞斯舅爷爷就是在那里看见她的。"

夹竹桃叹气道："算了，我们走吧。"

两只小老鼠沿着小路继续向前走。过了十分钟，夹竹桃停下来说："现在离小溪有多远？"

云杉看了看小路，前方有一座小山。

"看见那座小山了吗？"他说，"从那个山顶就能看见小溪。"

"好吧。"

他们又往前走了一会儿，很快就来到了小山的山顶。可是他们没有看见小溪，只看见一条岔路。

"你说过闪光小溪就在这儿的。"夹竹桃质问道。

"我说的是，从这儿就能看见通往小溪的路。"云杉坚

持说。

"你不是那么说的。"

"就是。"

"那好吧，我们走哪条路呢？"

云杉看了看这两条路，看上去没有什么差别。他又偷偷看了一眼来时的路，心想："现在回家还来得及。"

"我算看明白了，"夹竹桃说，"你根本不知道自己在说什么。"

"我知道。"

"这太傻了，"夹竹桃说，"樱树奶奶好好的，老鼠也不会飞！我要回家了。"

"我才不会这么轻易就被吓倒的。"说着云杉往右边的那条路走去。

夹竹桃看着他离开的背影，喊了一句"倔小子"，转身就朝家的方向跑去。

云杉向前走了一会儿后又停下来。他回头看了看，大声喊："夹竹桃，我走了！"

没有任何回答，云杉心里开始不安起来。他提醒自己：樱树奶奶说过的，"身为老鼠，就要做老鼠该做的事"。据奶奶说，那是一只叫猪草的老鼠说的。他爸爸的名字里也有"猪草"这两个字，所以他猜爸爸也会说同样的话。嗯，那么，他——云杉也应该这样做。

云杉低头看了看脚下的路，暗下决心道："我会独自完成这件事的。"

云杉一边走，一边在心里想："身为老鼠，就该……唉，要是我知道樱树奶奶降落的位置，找起来就容易多了。"

樱树会见蝙蝠

在蝙蝠洞的深处，樱树打量着围着自己站成一圈的蝙蝠们。他们弓着身子，翅膀收拢着竖在耳朵两侧，一脸严肃地也在打量着她。樱树看不到任何一只蝙蝠露出哪怕一丝微笑。

渐渐地，蝙蝠群有些紧张和骚动，但是依旧没谁说话。随后，一只蝙蝠慢慢走到了前面，脚步缓慢而有力，只是身子有些摇晃，长满了毛的大翅膀竖在尖尖的耳朵两侧，鼻子和嘴巴发白，黑眼睛周围布满皱纹，外翻的鼻孔长满鼻毛。樱树不由自主地想后退，却发现无路可退。

"樱树小姐，"那只蝙蝠用嘶哑的声音一字一顿地大声说，"家里人都叫我老翅，我代表他们欢迎你。"

"我是家族里年纪最大的，"他接着说，"很荣幸能在家里招待你。很少有客人到我们这里来，所以我们蝙蝠都很好奇但又都很腼腆。事实上，我们从来没有见过像你这样的动物。你刚才说，你是一只鹿鼠？"

樱树点点头："是的，不过露西以为我是只飞蛾。"

蝙蝠们都笑了起来，一些笑着点点头，另一些则笑得吱吱响。

"虽说起因是一个误会，但我很高兴能来到这里做客，我很少有这样的经历，你们的山洞……很美。"樱树感到自己稍微放松了一点儿。

"谢谢！"老翅轻轻伸展了一下翅膀，回答道。

"但是，为什么你们没有客人呢？"樱树问道，"我敢肯定，许多动物都会想来看看你们的家。"

"很少有动物知道怎么进来。"老翅说。

"你的意思是，只能飞进来？"

"还有一条路，"老翅说，"但我们不想告诉外人。不过，我们之所以没有客人，还有更重要的原因。"

说着老翅闭上了眼睛。

"樱树小姐，"这只蝙蝠再次睁开眼睛，谨慎地说，"真正的原因是，动物们认为我们不可亲近。有些还认为我们身上携带着各种病毒，凶恶、危险又丑陋。他们常说什么'像蝙蝠一样瞎'，更有甚者，他们还觉得我们很邪恶。这些当然都不是真的。但是动物们都害怕我们，同时也鄙视我们。"

樱树想起自己当初对蝙蝠的看法，觉得很羞愧。

"樱树小姐，"老翅继续说，"事实上，我们蝙蝠是一个很团结的大家庭，不会伤害任何动物。如果你回家之后，能告诉你的家人和朋友关于我们蝙蝠的真相，就是为我们做了一件大好事。"

"我一定会的！"樱树很高兴他们能理解她要回家这一点。

"我代表全家感谢你，"老翅点点头说，"今后，如果有什么我们能帮上忙的，希望你能告诉我们。眼下，请在这里多逗留几天。"

"谢谢你的好意，"樱树说，"但我已经离开家挺长时间了，我的家人可能会担心我。而且，露西告诉我，你们这里没有我能吃的食物。"

"什么样的食物？"老翅问道。

"以种子为主。"樱树回答说。

"唉，露西说得没错，"蝙蝠说，"但是，请你一定要再来做客，带你的家人一起来，我们这里有足够大的地方。现在，露西可以送你回去。"

"谢谢你，"樱树说，"你真好！这是一个奇特而美妙的地方。作为一只上了年纪的老鼠，我很高兴在这把年纪还能看到这样的地方。"

老翅点点头："时间带来智慧，只不过难免力不从心。"

"不过，我想还是可以尝试的，对吧？"

"确实，"老翅说，"就像我曾曾祖父长翅说的，'年轻就是不断尝试'。樱树小姐，也许你并不像你自以为的那样老。下次再见！"

随着一片翅膀的拍击声，蝙蝠们飞了起来。尽管他们数量很多，很拥挤，却没有发生任何碰撞。樱树看着蝙蝠们飞到山洞高高的穹顶处，然后一个挨一个地挂在墙上，形成密密麻麻的一大片。

"哦，天哪！"樱树身后一个声音说道，"老翅真好，是不是？我们都爱死他了。"

樱树转过身，看见露西站在那里没走。"他很善良。"樱树说，"露西，现在我能回家了吗？"

"当然。"露西回答，"妈妈让我今晚送你回去。"

"有没有我可以自己回去的办法，我想现在就走。"

"嗯，"露西小声说，"你刚才听到老翅说了，我们还有一条路，只不过你得……爬过去。"说着，她做了一个鬼脸。

"拜托了，露西，"樱树恳求道，"我真的得回家。爬对我来说不是问题，这里太冷了，而且，我很饿，我一整天都没有吃过东西了。"

"你保证不说出去吗？"

"那是当然。"

"那我也得先带你飞一小段路。"

"好的。"樱树哄着她说。

"都是我的错，才害你来到这里。"露西说。

"露西，我很高兴来到这里。"樱树回答道。

听她这样说，露西开心地笑了："我们走吧。"

樱树躺了下来，这样露西能够更容易地抓起她。一眨眼的工夫，她们就飞了起来。在绕来绕去飞了一会儿之后，露西把樱树放到了一个角落里。昏暗中，那个角落的前方隐约有一条隧道。

"就在那儿，"露西低声说，"老翅说的那条秘密通道，我也从来没飞过。听他们说，只要一直往前走到头，就能找到回森林的路了。"

"谢谢你。"樱树有点儿担心地看着隧道的入口——里面黑漆漆的，看上去有些可怕。

"樱树小姐，"露西说，"我仍然为把你当成了飞蛾而感到惭愧。"

"没什么，"樱树说，"对于一只年迈的老鼠来说，被当成飞蛾不是件坏事。"

"樱树小姐，你看上去并不老，我真心希望能再见到你。

黄昏时我们都会飞出山洞，只要在那个时候喊一声就行。声音越大，我就越容易听到。再见，飞蛾——老鼠！"说着她扇动翅膀飞走了。

"再见！"樱树在她身后喊道，目送着小蝙蝠消失在幽暗的洞穴深处。

现在，只剩下樱树自己了。她转过身，面朝隧道。隧道的入口是圆形的，地上铺满了无数大大小小的石头，里面比她想象的还要黑。她提醒自己，她真的想回家，想看见太阳，想吃东西。

"好吧，"樱树自言自语道，"有时，上了年纪的老鼠也得做点儿年轻老鼠做的事。"说完，她钻进了隧道。

20

樱树在隧道里

隧道里越走越黑。一次，两次，樱树不时地回头看。到第三次的时候，入口已经看不见了。现在，隧道里跟她刚进入蝙蝠洞时一样，漆黑一团。樱树心里开始有些犹豫，但她还是坚持对自己说，这是回家的最好办法。于是她继续在黑暗中摸索着向前爬。

樱树一边爬，一边竖起耳朵，她抽动着鼻子，时刻留意着可能预示着危险的声音或气味。一开始，她没有察觉到任何可疑之处，但随后，她听到了一个微弱的声音。

她立刻警觉地停下来，在黑暗中瞪大眼睛，专注地听，仔细地嗅。声音再次响起，但是持续时间很短又非常微弱，根本无法辨别。她一步一步地摸索着前进。过了一会儿，声音又响起来。这一次，樱树确定，那是一只动物熟睡时发出的呼吸声。

尽管有些担心，但她还是继续往前爬，然后又停下来，用鼻子嗅了嗅。一阵微风告诉她，距离隧道出口已经不远了。但是微风中夹杂着一种动物的气味，那动物就在她和出口之间。

樱树犹豫着要不要退回去，让露西送自己回家。她回头望了望身后的漆黑，心想，就算现在回去，也不一定能找到那位年轻的蝙蝠朋友。而且，她非常饿，山洞里又没有她能吃的东西。她只好安慰自己：也许前面的那只动物没什么危险，不需要担心。

她只能爬到前面去一探究竟。

樱树深吸一口气，小心翼翼地向前走。每隔几步，就停下来看一看，听一听，闻一闻。

前方隐隐约约透出一丝光亮，樱树再次停下来。出口应该很近了。想到这里，她身上又有了力气。她很想一口气跑出去，在阳光下跳舞，但是她克制住了心底的冲动——那个呼吸声还在。"要当心！"她的本能提醒自己，"千万当心！"

　　她继续向前爬。胡须更明显地感觉到迎面吹来的风很温暖，与此同时，那个呼吸声也越来越明显。她正在逐渐靠近那个声音。

　　樱树直立起身子，抬起鼻子，还深吸了一口气。可以确定，那个气味来自一只大型动物。但究竟是什么动物呢？友不友善呢？对老鼠有没有恶意呢？这些都还无法判断。她又吸了一口气："怪了，这个气味好像有些熟悉，可是到底是谁的呢？"

樱树继续爬。越往前，越明亮，很快她就能看清路，不用再摸索着前进了。

这时，她来到隧道的一个急转弯处。她很想直接冲过去，但是理智让她躲在角落里偷偷张望了一眼。在黑暗中爬了这么久，乍见明亮的阳光，她感到有些刺眼，一时间什么也看不见。她缩回身子，使劲眨了眨眼，用爪子揉了又揉，然后又往外看了一眼。

在适应了光线之后，樱树看见了出口和外面的灌木丛，以及——就在隧道出口靠里面的地方，躺着一只块头很大的动物，身子蜷缩在一起。

让她感到恶心和恐惧的是，地上散布着许多骨头和残骸。那应该是跟她一样的小型动物的骨头。想必他们是被这只野兽吃掉的。

樱树打量着那只动物。就在这时，对方又长又尖的耳朵竖了起来，并且抽动了一下。随后，这只动物伸展了一下身子，挪了挪位置，甩了甩长长的蓬松的红色尾巴。他闭着眼，伸了一下爪子，抬起头，露出一个长长的尖鼻子，上面长着浓密的黑色胡须。他张大嘴，打了一个哈欠，露出满口尖利的牙齿，随后低下头，重又蜷成一个球。

到这时，樱树已经明确地知道他是谁了——狐狸鲁莽。

大 火

　　班诺克山上，榛子树的树枝还在燃烧，火苗不断蔓延，一直烧到了干燥的树干。有了更多的燃料，火焰越来越明亮，越来越炙热。整棵树上下一起烧起来，一缕黑烟升上了天空。

　　火很快烧到了地面，点着了枯草和落叶。

　　没一会儿，整个班诺克山顶都快要燃起火焰。一大团浓烟腾起来，天空比之前更加烟雾腾腾。

跟着，一阵微风抚过山顶，整个山顶都燃烧起来了。火势越来越猛，开始朝山下的柏油路和闪光小溪上的旧木桥方向蔓延。

　　对面就是幽光森林。

22

艾瑞斯照镜子

艾瑞斯蜷缩在空心圆木的黑暗深处，偶尔很大声地啃两口干枯的老树枝。树枝太难吃了，他经常啃着啃着就停下来，但又实在无事可做，过一会儿，又啃了起来。

"看来，筹办樱树葬礼的事只能我来张罗了，"他嘟囔道，"没一个自告奋勇的，也没一个有这个能力。他们一向如此，把所有事都推给我。幽光森林要是没有我可怎么办？就只剩下树了。"

艾瑞斯闭上眼睛，挪了一下长满刺的身体，使劲甩了甩尾巴，发出唰唰的声音。

"重要的是，"他总结说，"葬礼一定要体面，要以樱树为核心，让所有的参加者都知道她是多么伟大，整个森林再也找不出像她那样的动物了，一个也没有，包括……我自己。"

他再次闭上眼睛，试图回想他和樱树第一次相遇时的情形——那似乎是很久以前的事了。啊，对了，是一只叫鲁莽的狐狸，在追赶樱树，吓得她慌不择路地钻进了他的圆木中。"竟然会发生那种事，真是好笑。"艾瑞斯想，"她可真傻，居然会以为我要吃她，好像我会吃老鼠似的！呸，只要是肉都让我恶心。"

紧接着，艾瑞斯想到樱树活着时本应该对她说却从未说出口的那些话。

"我一直没找到合适的时间，"他嘀咕道，"她不给我机会，我又怎么说得出口呢？她总是很忙，但我从没想到她会像这样飞走，连再见都不说就……一下子消失了！这样做可不太礼貌。"

艾瑞斯越想越激动，再也没办法安静地待在窝里了。他站起身，摇摇晃晃地走出圆木。"我不能再想她了，再想下去，我就要疯了，我应该多想想自己。"

他心里这样想着，却还是情不自禁地走到樱树的树桩前，忧伤地瞪着眼，又失望地摇摇头，然后转身慢慢走进了树林里。

艾瑞斯一边走，一边抱怨：肌肉疼，食物难吃，没有盐，还有，空气那么热，跟胶水一样又稠又黏。他感到步履沉重，全身发痒。

这无疑是最热的一天，热得连森林里的昆虫都安静下来。他相信自己是唯一还在活动的动物——仅有的声音就是自己踩在枯草上的脚步声。他讨厌这种沙沙声。

"樱树不在了，一件顺心的事都没有了。"他咕哝着，"要是可以的话，我真想离开这个世界，但是又能去哪儿呢？"

艾瑞斯继续往前走，不停地哼唧抱怨着，根本不在意去

哪儿。他只想往树林深处走，远离他的窝，远离所有其他的动物。

他走到一个树木格外茂密的地方，甚至连空气好像都是由阴影构成的。他看了看四周：没有任何活动的东西，一切都是静止的。

"只有孤独的我，"他轻声说，"彻底的孤独。"

就在艾瑞斯凄凉地凝望时，他注意到地上有一块凸起的大石头。石头的一侧闪闪发光，有些晃眼。艾瑞斯好奇地走到近前，发现大石头里嵌着一块闪亮的云母。他刚想转身走开，却瞥见了自己的倒影。

艾瑞斯极少照镜子，仅有的几次都是当他低头在池塘或者小溪里喝水时。他不喜欢看到自己的样子，因此每次都会迅速闭上眼睛。

然而，这一次他没有。他久久地凝视着石头上映出来的那张脸，左看看右看看，好像在找什么。"你，"他开口说，"一点儿也不好看！全身都是刺！丑得要命！脾气又坏！一点儿也不友善！"

他气得大口大口地喘粗气，猛然提高嗓门儿大吼起来："艾瑞斯纵·多萨托姆，你就是头自私又自负的豪猪，你该为此感到惭愧，竟然还生樱树的气！想想看，她死的时候该有多痛苦！”说着，眼泪顺着他扁平的脸流下来。

他把脑袋扭来扭去，从各个角度看自己，看得眼睛都要斜了。接着他又把身体转来转去，想看到自己的全身。最后，他把鼻子紧紧贴在云母石上，直视着自己的眼睛。"你，"他好像在对陌生人说话那样的语气，"是一头豪猪，老豪猪，老得不能再老了，老掉牙了！一个史前动物！出土文物！在这漫长的一生中，你都做了些什么？"他对着自己的影子质问道。

石头当然没有回答，于是他自己回答："并没有什么。"

"你做过任何好事吗？"他继续质问自己，"有过任何建树吗？解决过任何问题吗？让任何动物感到过快乐吗？教过任何动物任何事吗？"

"艾瑞斯纵·多萨托姆，"他大喊道，"你的一生，一事无成！"

他一动不动地站在那里，注视着自己，情绪激动，喘不过气。

"你做过唯一一件有意义的事就是爱上樱树，"他叹了一口气，"可是现在她不在了，你要怎么打发剩下的生命呢？你说啊，艾瑞斯纵·多萨托姆先生！"

"你！"他对着影子训斥道，"你，要学会微笑，就像樱树一直做的那样，这将是你给她的告别礼物。从现在开始，你要微笑！像樱树那样！"

艾瑞斯后退一步，以便可以看到自己的整张面孔。"你听到我的话了吗？微笑！"他斜眼看着云母石，试图露出微笑，但是石头里的那个动物却龇牙咧嘴地瞪着他，样子难看极了。

"你看起来就像只打嗝儿的甲虫！"他嚷道，"你得笑得好看点儿才行！"他把嘴唇揪来揪去，还把一只爪子伸进嘴里，想把两边的嘴角往上拉。最后，他绝望地把一小截树枝塞进嘴里，把树枝同时往外往上拉，试图硬掰出一个微笑。

"如果樱树在这儿，她会教我怎么微笑，她会是一个好老师。现在我只能靠自己了，学不会我就不走。"

豪猪站在自己的影子前，努力练习微笑。可是最终，他无奈地叹了一口气。"微笑太难了！"他吼道，"我要是早点儿开始学就好了。"

23

狐狸鲁莽

櫻树很清楚——狐狸是吃老鼠的。她第一次去幽光森林时就遇见过鲁莽。当时，他试图捉住她，追得她钻进了艾瑞斯臭烘烘的圆木中。那是她第一次遇见豪猪。最后艾瑞斯赶走了狐狸。想到这里，她不由得笑了起来。现在——在这么多年之后——竟然又遇见了同一只狐狸！她多么希望此刻艾瑞斯能在她的身边。想到这里，她的笑容又黯淡下来。

櫻树不知道鲁莽是否还记得她，不过这并不重要。如果她想走出山洞，就必须从他身边经过。

她待在原地，不时地从拐弯处偷看一眼狐狸。鲁莽一直在睡觉，呼吸深长，几乎一动不动，好像睡得很熟。

樱树竭力回想她所了解的狐狸的习性：行动敏捷，非常狡猾，多数在夜晚猎食。这意味着她需要非常好的耐心才行——等到白天过去，鲁莽才会离开。当然，这个地方有可能是他的主窝。樱树打量着那堆骨头，认为这个可能性很大。而如果他刚刚吃过东西，肚子饱饱的——樱树又看了看骨头，可能接下来好多天他都不会离开了。

从出口吹进来的热风让樱树明白暑热仍然没有退去，这很有可能成为鲁莽待在这里不出去的另一个理由：隧道里比外面凉快多了。

在等待的时候，樱树想起不久之前还希望生活能发生一些改变，她为此感到后悔。现在她只想回家，只想一切照旧。"耐心点儿！"樱树暗暗责备自己。同时，她提醒自己："除了等待，没有别的选择。"

不过，樱树承认，跟露西一起飞翔，看到蝙蝠洞，见到那些蝙蝠，这样的经历美好而难忘。为了打发时间，她开始考虑再次旅行的可能：到一个从没去过的地方，尝试全新的事物。不过下一次——如果有下次的话——她要带上一个同伴，比如云杉。

咕咕叫的肚子打断了她的思绪，她又开始感到焦虑。"老天，我从没这样没耐心过！我只是想充分利用我的时间而已。"

她又偷看了一眼蜷成一团的狐狸，他仍在熟睡——至少看上去如此。

樱树研究了一下鲁莽所在的位置。尽管他横躺在出口，挡住了她的去路，但她注意到鲁莽身体前方的空间比身后的要大。他是故意的吗？随后，她看见距离狐狸鼻子不远处，有一块石板斜靠在墙上，倾斜的石板和隧道墙壁之间形成一道空隙，大小足以让她钻进去。她决定利用这块石板做掩护——如果她能跑到石板后面的话。

樱树几乎没怎么想就决定了——她要从狐狸鲁莽的身边溜过去。

她小心翼翼地挪动脚步，悄无声息地走到拐弯处。她把身体伏在地上，沿着墙根朝出口的方向、朝着鲁莽，一点儿一点儿爬过去。

每爬几步，她就停下来观察狐狸的反应。随着距离越来越近，狐狸的体格看上去也越来越大。她瞥了一眼那堆骨头，打了个寒战。"不要再往前走了！"心里有一个声音在警告她，但是另一个声音又在安慰她，"还很安全，狐狸几乎一动不动地躺在那里睡觉，只有尾巴尖在微微颤抖。"

　　她犹豫地停了下来。那个尾巴尖是怎么回事？难道是鲁莽设下的陷阱？难道他在装睡？

　　樱树紧张得有些喘不过气。当狐狸的尾巴不动了之后，她继续一寸寸地往前挪，每一步都很慢，很小心。她尽可能地屏住呼吸，眼睛始终紧紧盯着狐狸。

　　这时，狐狸的耳朵动了一下，樱树立刻僵在那里。她打量着那块倾斜的石板和下面的空隙——只有几步远了。她心想：最好在石板后面的空隙处休息一下，然后再一鼓作气冲出去。

　　狐狸的耳朵不动了，樱树继续向前爬。

　　狐狸打起了呼噜，樱树再次停下来。她屏住呼吸，心怦怦直跳。距离石板已经非常近了。当狐狸的呼噜声弱下去之后，她接着向前挪动。

　　倾斜的石板，还有那个可以藏身的空隙，离她只有一步之遥！樱树心想，必须跳过去！就现在！一定不能错过那个空隙！

　　就在这最后关头，她瞥了鲁莽一眼，却发现那只狐狸正双目大睁，盯着她，脸上挂着狞笑，露出满口的尖牙。

　　樱树惊呼一声朝石板跳过去，但是她慢了一拍，鲁莽

一爪子拍下来，挡住了她的去路。

"逮住了，老鼠！"他愉快地叫道，"终于逮到你了。"

24

前往闪光小溪

云杉注视着脚下的小路，他从没想过闪光小溪有这么远。不过，他很肯定，或者几乎肯定……他选的路没错。如果这条小路的确通往小溪，如果他能找到樱树奶奶，那就太好了。等他把奶奶带回家时，他会成为所有老鼠心目中的英雄。

这样想着，云杉沿着小路继续向前走。一路上，他经常停下来嗅嗅空气，抖抖耳朵。不过，越往前走，他越感到空气有些异样。

这时，有什么东西从小路另一头快速跑过来。眨眼间，

那东西跑到了近前，原来是只个头儿矮小的灰毛兔子。兔子跳跃着前进：跳三下，停一停，跳三下，停一停。

云杉站到一边，给兔子让开路。"嘿，兔子，"他叫道，"等一下。"

兔子滑了一下，站住了，四处张望。他用爪子把耷拉在眼前的长耳朵拨拉到一边，满脸惊恐，问："干什么？什么事？谁在叫我？"

"是我，我叫云杉，请问这是去闪光小溪的路吗？"

兔子瞪着云杉，鼻子抽动着，又一次把挡住眼睛的耳朵拨拉开。"闪光小溪？"兔子问，"你是说小溪吗？哪条小溪？"

"闪光小溪，"云杉重复了一遍，"这条路对吗？"

"路？"兔子念叨着，"到闪光小溪？对是对的，但是不要去了，你不会想到那儿去的，绝对不会。"说完，他沿着小路跳走了。

"为什么？"云杉在他身后喊道，"为什么我不想去？"

兔子稍微停了一下，喊道："因为那里很糟糕，非常糟糕，糟到不能再糟了！"

云杉看看前方的路，又回头看看兔子，自言自语道："可是……他到底在说什么？"

可是兔子已经跑远了。

云杉耸了耸肩，至少现在他知道了这条路确实通往闪光小溪，这让他很开心。"夹竹桃将会知道我的本事，所有老鼠都会知道。"他兴奋地想。

云杉信心大增，他加快了步伐。

能有什么糟糕的事呢？

25

樱树和鲁莽

鲁莽用湿漉漉的鼻子顶了顶樱树毛茸茸的小胸膛，咧开大嘴狞笑着，露出满口尖利的白牙。一股污浊的口气混杂着不知是什么动物的臭味，像块霉烂的破布一样，将樱树兜头罩住。

樱树吓得使劲往墙上靠，心扑通扑通地狂跳。

"怎么样，"鲁莽说，"我们俩好久不见了吧。"

樱树吓得说不出话。

"实际上，"鲁莽继续说道，"在你把那可爱的粉红色小鼻子凑到拐弯处时，我就发现你了。你在那里做什么？你是

怎么绕过我进到隧道里的？"

"我……我飞进去的。"樱树结结巴巴地说。

"飞进去？"鲁莽换了个舒服的姿势，把另一只爪子也放下来。现在，他的两只爪子分别放在樱树两侧，把樱树围在了中间。

"一只蝙蝠带我飞进去的。"樱树竭力保持镇静。她和鲁莽说的话越多，逃生的机会就越大。

"蝙蝠？你在开玩笑吧？"

"没有，我说的是真的。"樱树一边说一边偷偷四下打量，寻找脱身的机会。

鲁莽做了个鬼脸："蝙蝠很可怕的。"

"但事实上，他们很友善。"

"他们好像抓住了你，不是吗？"狐狸问。

"那是因为一只小蝙蝠把我错当成了飞蛾。"樱树解释说。

"飞蛾！"鲁莽哈哈大笑，再次露出满口尖牙。

"他们只吃昆虫。"樱树接着解释。

"你不用担心，我是不会把你当成飞蛾的。"鲁莽说，"我知道你是老鼠，而我喜欢吃老鼠，虽然小了点儿，但是味道好极了。"

"我已经很老了，肉可能很硬。"樱树说。如果能跳过鲁莽的前爪，快速跑到石板后面，她觉得还有逃生的机会。但这需要两个条件，一是趁鲁莽毫无防备，二是要能迅速钻进石板和墙之间的空隙。要知道，那个空隙非常狭窄。

"你也许是老了点儿，"鲁莽说，"但我不准备把你当正餐，只是两餐间的一顿点心罢了。"说着他抬起右爪，似乎准备朝樱树拍下去。

"我们以前在哪里见过吧？"樱树匆忙说，"我都不记得你的名字了。"其实她当然记得，只是故意这样说，好让鲁莽能多说一会儿话，说什么都行，好为自己多争取一点儿时间。

鲁莽放下爪子。"我不相信你竟然会忘了，"他说，"我叫鲁莽，我知道你叫樱树，很久以前我见过你，也抓过你，结果被你跑进一根空心的圆木里，逃掉了。"

"那时我还年轻，跑得也快。"樱树说。

鲁莽笑了一下："我们都一样。"

"但是，你为什么那么好心放走我？"樱树问道。

"事实上，圆木里有一头丑陋的豪猪。"狐狸皱着眉头说，"你确定不记得这些了吗？"

"抱歉，鲁莽先生，我真的不记得了。"樱树说，"后来发生了什么？就是我跑进了圆木之后。"

"我确实心地善良，后来我决定放你走了。不过，我真的很讨厌豪猪。"他厌恶地撇了撇嘴，粉红色的舌头耷拉下来。

"这是你的窝吗？"樱树赶忙又问，"挺不错的。"

"对一只单身的狐狸来说大了点儿。"鲁莽回答。

"你自己住吗？"樱树心里盘算着应该跳多远才能越过

鲁莽的爪子到石板后面。

"恐怕是这样，"鲁莽说，"我曾经有个妻子，一只很棒的雌狐，名叫飞跃，很遗憾她死了，因为她踩中了人类的捕兽夹。"

"那太可怕了！"樱树喊道。她知道自己只有一次逃命的机会，因此一直留意观察着鲁莽。

"的确很不幸，"鲁莽赞同地说，不过声音听上去并不是很难过，"但是我们迟早都会死，不是吗？"他又一次狞笑了一下。

"那孩子呢？"樱树察觉到鲁莽已经有些不耐烦了，她必须赶快行动，"你有孩子吗？"

鲁莽放下爪子说："有三个，都长大了，搬走了，住在幽光森林里。老实说，他们是一群忘恩负义的家伙。我为他们做了那么多，现在却很少能见到他们。我猜，这是所有父母的下场。你呢，你有几个孩子？"

"十一个，"樱树说，"还有许多孙子、孙女，连重孙都有了。"

鲁莽摇了摇头："我猜，没有一个搭理你的。"

"不是的，他们经常来看我，"樱树的后腿暗暗积攒力量，"我们的关系很亲近。"

"真麻烦，"鲁莽说着张开大嘴，长长地打了个哈欠，"我喜欢孩子，但是……"他打哈欠的时候，不自觉地闭上了眼睛。

樱树"爪疾眼快"，猛地跳起来，一个转身就跳到了鲁莽的爪子外侧，不等双脚都着地，就朝着倾斜的石板狂奔过去。她扭动身体，拼命想钻进石板与墙壁之间的那个安全的缝隙里。

鲁莽打完哈欠，睁开眼睛，发现樱树从他的两只爪子中间消失了。"哪儿去了！"他惊叫一声，到处寻找，正巧看到她在往那个缝隙里钻。

他一爪拍了下去。

樱树刚刚钻到石板后面，就被鲁莽的爪子按住了尾巴尖，一阵火辣辣的疼痛。她使出吃奶的力气，终于把尾巴拽了回来。随后，她蜷缩在石板后面，瑟瑟发抖。

暂时安全了。

26

云杉的发现

云杉迈着悠闲的步子走在路上。兔子不是说了吗，前方就是闪光小溪了。他的心情无比轻松，独自走在森林中的感觉真好。他的哥哥姐姐们都没做过这样的事。当然，兔子的警告让他有些困惑。但是，所有的动物都知道兔子一向很神经质。

能有什么糟糕的事呢？嗯，是的，酷热很难受，但是也可能……也许是狐狸，云杉想，或者猫头鹰，也许是人类，也许……什么事都没有。

"我敢打赌是兔子太胆小了，我不一样。"想到这里，云杉充满自豪感。

又往前走了一会儿，树木稀疏了许多，大半个天空映入云杉的眼帘。他越看越觉得天空灰蒙蒙的，好像起了雾似的。难道就是大雾让兔子觉得糟糕？云杉轻蔑地哼了一声。

但是，当他继续向前走的时候，他开始越来越明显地闻到空气中弥漫着一种奇怪的味道，这让他的鼻子感到有点儿发痒。这是什么气味？他很奇怪，兔子说的"糟糕"就是指这个—— 一股难闻的气味？

越往前走，那股奇怪的气味就越浓重。他先是感到眼睛刺痛，跟着喉咙不舒服，最后连声咳嗽起来。

前面的树丛之间，出现了一个缺口。云杉走累了，他希望小溪就在那里。他可以赶快走到那里，快速找一找樱树奶奶，如果找不到，他就回家。

几分钟之后，他走出树林，来到小溪的岸边。那条小路把他带到位于小溪上的旧木桥前。在幽光森林的那一端，距离云杉从森林出来的位置不远处，有一棵烧焦的老枯树，看上去像是不久以前被闪电击中过。

至于木桥，只是几条并排放在一起的已经有些腐烂的木板。在桥的另一头有一座小山，山上有一大团云样的东西在持续升腾，只不过这团"云"一直在冒烟，起伏翻腾，威力惊人。

这团"云"有的地方黑乎乎的，其他部分则是白色的。在"云"的上方，大大小小的白色颗粒旋转着，一些升到高空，另一些分散开来，漂浮在地面上。云杉注视着这团"云"，看见"云团"中一闪一闪地露出星星点点的橘红色，同时，他还听见噼里啪啦的响声和呼呼的风声。

小老鼠云杉站在那里呆住了。"云团"伸出红色、橘色和蓝色的"触手"，指向四面八方，像是要把一切都撕碎。就在这时，滚滚的热浪包围了他。那种热，比夏天最热的时候还要热出许多。热浪烧灼着他的耳朵和鼻子，烤焦了他的胡须。他被呛得不停地眨眼流泪，不断地后退。

这究竟是什么啊？云杉纳闷儿极了。

他回想起上年纪的老鼠们说过的，有关浓烟、热浪和火焰的描述，以及那些雾气腾腾的景象。老鼠们谈到这些时，语气中充满恐惧。他们把这个可怕的东西称为"火"。云杉逐渐意识到，他现在看见的一定是——肯定是——那个叫……"火"的东西。

但即便云杉已经知道眼前的是什么了，他还是站在那里一动不动地看着，既惊恐又着迷。

就在这时，火从旧木桥的对面朝这边缓缓移动过来。

闪亮的火星落在旧木板上。木板被点燃，冒出烟来，随后迸出火焰。小老鼠眼睁睁地看着火焰越过了小溪。

突然，他反应过来，他要被火捉住了。

云杉掉头就往回家的路猛跑。没跑多远，他看见一块石头下面半遮半掩的有一个洞口。他停下来，走进洞口，闻了闻，确定里面很安全，没有动物。他回头看了一眼，火还在不慌不忙地向前推进，于是他一头扎进了洞里。

之后，他转过身，小心翼翼地朝外张望，半是惊恐、半是好奇地看着火朝这边慢慢爬过来。

27

樱树逃跑

"你这只卑鄙无耻的老鼠!"鲁莽怒吼着跳起来,拼命把爪子往石板后面伸,"竟敢拿好听的话来哄骗我!"

樱树使劲往边上缩了缩。尽管站不起来,她还是设法转过身子,面向那只试图伸进来的长着尖钩的爪子。

鲁莽伸不进去,只得缩回爪子。但随即,一只喷着怒火的褐色眼睛凑了上来。"你休想逃走!"他咆哮道。说话间,眼睛闪开,爪子又伸了进来。

樱树朝空隙的另一头爬去,但是空隙太窄了,石头也粗糙不平,这让她挪动起来格外困难。好容易挪到了另一头，结果鲁莽也跟了过来，正朝里面窥探。

"投降吧！"鲁莽吼道。

樱树惊惶地爬回石板中间。她深吸一口气，尽力让自己冷静下来。鲁莽一会儿从这边出口向里窥探，一会儿换到另一边。他跳来跳去，不停地吼叫着。吼声震得樱树的耳朵嗡嗡响，简直要把她震聋了。

"我只能耐心等待了。"樱树对自己说。她抱住自己，尽力忘记饥渴。

没过多久，樱树感到石板在晃。她看看这边，又望望那边。在靠近洞穴出口这头的逃生之路，鲁莽正使劲把爪子往里塞。尽管他还是够不到樱树，但是樱树看得很清楚——狐狸在试图推倒石板。如果石板倒下来，樱树就会暴露在外。她没有别的选择，只能夺路而逃了，但是往哪个方向逃呢？

这时，石板晃得更厉害了。

"乖乖投降吧！"鲁莽吼道，"认命吧！"

樱树打定主意绝不退回到隧道中："他会追上我的，反正哪个方向都不安全，最好的选择——也是唯一的选择就是跑到外面去，至少会有躲起来的空间。"

鲁莽哼哼着，嘶吼着，咒骂着，石板开始移动了。"必须得逃了！"樱树提醒自己。她选了一个最佳位置。突然，她有了一个新的想法："如果我直接朝他冲过去，跳到他脸上，他一定完全意料不到。虽然那样做很冒险，但是……希望……"

石板又向外挪了一下。此刻，鲁莽的两只爪子都伸了进来，紧接着是他的鼻子。樱树断定，用不了几秒钟石板就会倒塌。事实上，石板现在就已经开始摇摇欲坠了。

她做好了起跳的准备。

鲁莽用力一推，把石板从墙边推开了。石板先是直立在那里，来回晃动，然后轰隆一声，向外砸到了地上。

樱树完全暴露在外，她立刻朝鲁莽的脸跳了过去。眼看就要跳到他鼻子上了，谁知鲁莽伸出一只爪子，一掌拍中了她。

樱树翻了个跟头，重重摔在地上。她头晕眼花、摇摇晃晃地挣扎着爬起来，心里明白必须要赶快逃跑。

鲁莽一时间没看清楚樱树摔在了什么地方，还在到处寻找她。

樱树趁机箭一般地冲出洞口，外面就是幽光森林了。"快跑！"她跟自己说。

然而，紧跟着，樱树就被眼前的一幕吓得呆在了原地。她一动不动地站在那里，惊恐得瞪大了眼睛——滚滚浓烟从班诺克山顶升起，浓烟之中闪耀着红色的火焰。

　　"着火了！"樱树惊叫道，"大火朝幽光森林去了！"

28

旧木桥

由于连续数周的干旱，旧木桥那几块破旧的木板早已经干透，很快就烧了起来。眨眼间，整座桥断成了几截，轰然倒塌，掉在干涸的河床上。大团的橘黄色火花和火焰，向四面八方喷薄而出。

一些火花和火焰落到旁边的一棵老枯树上。老枯树熊熊燃烧起来，放出耀眼的光芒，犹如一支愤怒的复仇火炬。它燃烧得如此之快，短短几分钟，就倒在了地上，火苗翻滚着进入了森林的茂密地区。

随即，幽光森林开始燃烧了。

29

樱树和鲁莽的选择

樱树被大火惊住了。她忘记了鲁莽，呆呆地注视着眼前的景象。班诺克山顶腾起大团大团黑白混杂的烟雾，烟雾中不时蹿出一束束的火舌，宛如蛇的芯子。大树被烈焰笼罩，野草在熊熊燃烧。

突然，鲁莽的声音让她惊醒过来，与此同时，他的爪子按住了她的尾巴。

"你这只愚蠢的老鼠！"他吼叫道，"你本来有机会逃掉的，但是现在——"

"鲁莽，"樱树边喊边用手指着说，"你看那边！"

鲁莽扭头看了一眼，惊得倒吸了一口凉气。"我的天！"他惊叫道，下意识地抬起了按着樱树尾巴的爪子，"是……是……火！"

两只动物并排站在那里，望着大火。

"森林这么干燥……"樱树的声音直抖。

"一切都会被毁掉……"鲁莽接着她的话说。

"森林里所有的动物都会被……"樱树继续说道。

"烧死……"鲁莽总结道。

"鲁莽，"樱树低声说，"我全家都还在那里。"

"我的孩子们也是。"狐狸说。

"我必须去通知他们，但是……鲁莽，"她转过身，抬头望着他，"我根本来不及赶到那里。"

鲁莽低头看看樱树，又转头看看大火。随后，他低下脑袋。"抓住我的耳朵，"他叫道，"爬上去，快点儿！我们必须抓紧时间！"

樱树抬头看着鲁莽，怀疑自己听错了。

"忘记之前的事，"鲁莽低吼道，"这是非常时期！快爬上来，不然我就不管你了！"

樱树回头看看大火，转身抓住鲁莽的一只耳朵爬了上去，趴在他的脑袋上。

"你上去了吗？"鲁莽问，"你也太轻了，我根本都感觉不到。"

"上来了，准备好了！"樱树回答。

"抓紧了！"鲁莽叫道，"你要是掉下来了，我根本不会知道。"

"走吧！"樱树催促他。

樱树揪着鲁莽的毛坐稳后，鲁莽迈开大步，几乎是翻

滚着飞快地冲下山脊。他的身子压得低低的，蓬松的红色尾巴拖在身后，他伸长脖子，用尖鼻子辨别方向。遇到低洼处，他连蹦带跳地往前冲，到了平地就甩开大步狂奔。鲁莽使出了全身的力气，用最快的速度向前跑。

樱树趴在鲁莽的两只耳朵之间，前爪紧紧抓住他的毛。迎面而来的风吹得她的胡须向后飘，耳朵倒伏在脑袋上。她不时抬起头，看看他们跑到了哪里。灌木丛、树木和岩石飞速地向后掠过去，她根本无法断定他们在朝哪个方向跑，连大致的方向都没有。她感到很惊恐，但同时也感到很刺激。

"这比跟露西一起飞的时候要快得多，"樱树心想，"也危险得多。"她更加用力地抓住了鲁莽的毛。

有那么一两次，在鲁莽急转弯或是猛地跳起来又落下时，樱树几乎要失手掉下来了。她不得不全神贯注，紧紧抓住鲁莽的毛。随后，鲁莽又一个跳跃，跳得非常高，然后扑通一下落下来，震得樱树差点儿背过气去。

鲁莽不停地奔跑着，直到他突然停了下来。他大口大口地喘着气，全身都在发抖。

樱树同样也是气喘吁吁的，她抬起头看了看。他们已经来到了幽光森林中。浓烟滚滚而来，一层压着一层，烟柱旋转着，一会儿朝向这边，一会儿朝向那边。樱树感到眼睛刺痛，肺里也进了烟，她呛得直咳嗽。浓烟带着一股木头和树叶燃烧的臭味，令她感到恶心。

"我们这是在哪儿？"在噼里啪啦的燃烧声中，樱树大声喊道。

"离……森林边……不远了。"鲁莽大声喘息着，"那边，就是小溪，你想让我把你带到哪儿？"他用鼻子指了指。

"我要回家。"

"怎么走？"

"前面是闪光小溪吗？"

"是的。"

"你把我带到那里就可以了，"樱树说，"那儿有条小路通往我家。"

"抓紧！"鲁莽喊道，转身朝着小溪疾速跑去。

没过多久，鲁莽又停下来。"樱树！"他叫道。

"怎么了？"

"我们在朝火里跑！"

樱树直起身子看了看。此刻，烟更浓了，气味更加刺鼻，噪声也更大了。她能看到火焰，能感受到那难以忍受的灼热。夏天的热浪已经够糟糕了，而这种灼热比那还要糟糕上万倍。

"这里距离小溪还有多远？"她喊道。

"就在前面不远了。"

"希望大火还没烧过小溪。"

"不知道，我尽力而为！抓牢，我们出发！"

樱树再次伏下身体，抓住鲁莽的毛。鲁莽朝前冲去。他们离小溪越近，烟雾就越浓，燃烧的声响就越猛烈，风也越灼热。

"小溪到了！"鲁莽喊着，踉跄了一下站住了。

樱树坐直身子。她感觉这好像就是艾瑞斯掉进去差点儿淹死的那个泥潭，也是她被弹到空中的地方。不过，她现在的注意力全部在小溪对岸的大火上。那里黑烟滚滚，更可怕的是大片大片的烈焰正伸长了红黄相间的爪子，疯狂地撕扯着天空。

"樱树，"鲁莽吼道，"看那边！"他抬了抬鼻子示意。

盘旋的浓烟让一切都模糊不清，当樱树终于看到鲁莽所指的东西时，她的内心感到万分惊惧：那座旧木桥已经坍塌，掉在干枯的河床上，桥板被火焰吞噬——大火已经蔓延到森林了。

灌木丛在燃烧，枯草在燃烧，整棵整棵的大树好像高

大的火炬一般也在燃烧，还有很多树闪耀着红黄色的光焰，摇晃着倒下，向四面八方喷射出火花，点燃了更多的树木。

"鲁莽，"樱树喊道，"你能看见火烧到哪儿了吗？"

鲁莽立起后腿眺望了一下，然后又放下，回答道："说不准，但是，看上去火刚刚越过小溪。"

樱树顺着他的脖子滑到地下。她朝闪光小溪对岸看了看，那里火焰肆虐，班诺克山已经不见踪影。她想到废弃的灰屋——她童年的老家，很想知道那里的情形如何了，更重要的是，亲人们是否安全。不过，她安慰自己，灰屋位于空旷的地方，住在那里的老鼠肯定早就看见火光，逃跑了。于是她的思绪回到自己的家庭，如果整个干旱的森林都着了火……

"那条就是去我家的小路，"樱树对鲁莽喊道，"我要回家了。"说着她撒腿就跑，没跑两步又停下来，掉头跑了回来。

鲁莽困惑地看着她，问："怎么了？"

"谢谢你，鲁莽！"她踮起脚尖，抱了一下他的尖鼻子，转身沿着小路向前跑去。鲁莽看看她的背影，又看看火。现在大火正迅速朝着干旱的森林蔓延。"樱树，"他大吼道，"你能跑得比火还快吗？"

她停了一下："我尽最大努力！"

"火烧得太快了，"鲁莽说，"热浪太猛了，还是我带你去吧！"

"可你还要去找自己的家人！"

"我还不知道到哪里去找他们呢。"鲁莽说，"来吧，还是到我身上来。"

樱树站在那里犹豫了。

鲁莽一步跳到她的身边。"快点儿！"他叫道，爪子不耐烦地刨着地面。

"鲁莽……"

"别废话了！"他吼着，用鼻子顶了她一下。

樱树一跃跳到他的鼻梁上，顺着他的脸爬到两耳之间刚才趴着的地方。但是这一次，她直起了身子，希望能给狐狸指路。

"抓牢了吗？"鲁莽喊道。

"是的！"

"沿着这条路直走？"

"对，拐弯时我会告诉你。"

"我们出发！"鲁莽说着开始快步向前跑。靠近大火的地方，他的毛发都被燎焦了，但他只能甩开大步，尽力飞奔。

樱树贴在鲁莽身上，她听到大火的咆哮声和巨大的爆裂声，感到背上传来强烈的灼热。她想抬头看看，但是猛烈的火焰遮蔽了一切。

"方向对吗？"鲁莽大声问道。

樱树回头看了一眼，喊道："是的。"可就在这个瞬间，她没有抓牢，一下子从鲁莽的身上滚落下来，脑袋撞到了地上。

鲁莽完全没有察觉樱树掉了下去，仍旧向前猛跑。

而樱树还躺在道路中间。

在她身后，大火在继续蔓延。

30

云杉去哪儿了

艾瑞斯告诉猪草二世，他已经为樱树的葬礼选好了一个山谷。猪草二世同意了，并且说，会有一百多只和樱树关系亲近的老鼠来参加葬礼，包括她的孩子们、孙子孙女还有重孙们，他们都非常爱她。换句话说，家族里所有的老鼠都会来。

艾瑞斯脸上挂着微笑，心想，但是最爱她的是我。

"艾瑞斯舅舅，"猪草二世提醒豪猪说，"你只是简短地讲几句开场白，对吧？我的兄弟姐妹们都想发言。"

艾瑞斯保持着微笑。

　　猪草二世有些困惑地打量着他，问道："艾瑞斯舅舅，你没事吧？"

　　"我当然没事，"艾瑞斯叫道，"为什么这么问？"

　　"因为你……在微笑。你以前从来不会微笑，所以现在看起来……有点儿怪怪的。"

　　"我才不在乎看起来怎么样，我想笑就笑！"艾瑞斯微笑着咆哮道。

"但是在这样悲伤的时刻，你为什么微笑……"

"我想在悲伤的时候微笑，谁也管不着！"艾瑞斯大喊道。他把爪子塞进嘴里，把两边的嘴角拉上去，做了一个最夸张的笑容。

猪草二世看着艾瑞斯纳闷儿地说："而且，我发现你也不说脏话了。"

"你给我听着，你这个腌——"

"腌什么？"

艾瑞斯露出一个大大的微笑："没什么。"

"好吧，"猪草二世摇摇头，"我们今天傍晚的时候举行葬礼，那时应该会凉快点儿。"

他转身离开后又回头看了一眼。

艾瑞斯朝他探过身子，对他笑了笑。

那天晚些时候，猪草二世回到家中，告诉月桂艾瑞斯为葬礼做的安排。

月桂听完之后问："猪草二世，你知道云杉去哪儿了吗？我好久没看到他了。"

于是他们俩去问孩子们。

苜蓿回答说："他去找樱树奶奶了。"

"什么？"猪草二世说，"他为什么要这么做？"

"他说樱树奶奶飞到什么地方去了。"

猪草二世叹气道:"他有没有说去哪儿找?"

"闪光小溪。"

"你确定吗?"

"开始我跟他一起去了,但后来我想回家了,他就自己走了。"夹竹桃回答。

猪草二世跟月桂商量了一下。"闪光小溪很远,"他对月桂说,"我不知道他以前去过没有。"

"二世,你知道云杉经常自己出门,我一直希望他的哥哥姐姐能像他一样独立,而且他最后总是能安全回来,不是吗?"

"但是妈妈的葬礼马上就要开始了,他还一点儿都不知道呢。"

"我们让夹竹桃留下,"月桂镇定地安排道,"等云杉回来,他们俩可以一起到山谷来。现在,你最好考虑一下在葬礼上说些什么,不要担心云杉了。"

31

营 救

云杉蜷缩在岩石下面的小洞里，害怕极了。此刻，他真希望有谁能陪在他身边，希望自己待在家里没有跑出来。他隔一会儿就凑到洞口往外张望，唯一能确定的就是外面的烟越来越浓了。

"要是走到洞的深处，也许会好一些。"他想。就在他准备往里走的时候，忽然听到有脚步声跑过去，随后是扑通一声闷响。

接着，一片寂静。

云杉吓得不敢动。"是只动物，"他想，"一只大型动物，他在奔跑。我敢打赌，他是从大火中跑出来的，兔子也是这样跑出来的。也许我不应该躲在这里，我也应该跑才对。"

他竖起耳朵，仔细地听，担心那只动物还在那里。

云杉听了一会儿，见没有动静，就爬到洞口，小心翼翼地向外张望。尽管烟很浓，但他没有看到火焰。不过，他听到了噼里啪啦的响声，大火应该离这里不远了。随后，他注意到路上有什么东西。他瞪大了眼睛——是一只老鼠。

云杉的心激动得怦怦直跳。"是樱树奶奶！"他喊道，"她降落了！"他从洞里跳出来，跑到她的身边。

"樱树奶奶，"他俯下身喊道，"您没事吧？飞行怎么样啊？"

樱树没有回答。云杉担心极了，他朝小溪看了看。火

在朝这边逼近，火苗四处蔓延，像愤怒的野兽一样吼叫着，撕扯着。

"樱树奶奶！"云杉喊道，"您必须站起来！"

樱树动了一下，终于睁开了眼睛。"云杉！"她叫道，"你在这里做什么？"

"我来找您！"云杉说。

"谢谢你，但是你为什么要找我？"

"艾瑞斯舅爷爷说您飞走了，真的吗？"

"算是吧。"樱树坐起身，看了看四周。

"鲁莽呢？"

"谁？"

"一只狐狸，是他送我回来报信的，告诉你们着火的事。"

"狐狸？"云杉叫道，"哇！您还有一位狐狸朋友？"

"可以这么说，不过我从他身上掉了下来，他可能没有发现，"她打量了一下云杉，"很高兴他没发现。"

樱树站起来，抖了抖身子，朝起火的方向望去。火焰离他们更近了。

"云杉，我们要赶快回家，去通知大家。"

"我明白，但是樱树奶奶，是我找到了您，不是吗？"

"是的，"樱树又看了一眼大火，"我们快走吧。"

"好的。"

他们沿着小路拼命地跑。中间停下来喘气的时候，云杉问："您是怎么学会飞行的？"

"事实上，不是我自己飞的，是一只蝙蝠带着我。"

"蝙蝠？"云杉的眼睛睁得更大了，"您还有一个蝙蝠朋友？！"

樱树顾不上回答，转头去看火烧到了哪里。目前他们还算安全，但是她很清楚时间紧迫。

"他们也能带我飞吗？"云杉问。

"我相信他们能，但是现在你得少说几句，我们必须快点儿跑。"

他们先跑到艾瑞斯的圆木那里。樱树转身对云杉说："快回家，告诉你爸爸妈妈着火了，我马上就到。"

云杉撒腿就跑，边跑边喊："爸爸，妈妈，所有老鼠！我找到樱树奶奶了！我真的找到了！她真的在飞，跟她的蝙蝠朋友一起！我也要飞！"

与此同时，樱树冲进了艾瑞斯的窝。"艾瑞斯，"她大喊道，"你在里面吗？快出来！"

她没有听到艾瑞斯的回答，于是跑到圆木的最里面，发现艾瑞斯根本不在家。她匆忙跑出来，看见云杉朝她跑来，夹竹桃跟在他身边。夹竹桃看见樱树，立刻惊讶得停住了。

"家里一只老鼠也没有，"云杉喊道，"只有夹竹桃，还有一个口信。"

"什么口信？"

夹竹桃两眼发呆地看着樱树说："所有的老鼠都去山谷那边了。"

"什么所有老鼠？"

"全家。"

"他们去那儿干什么？"樱树问道。

"那个……嗯……"夹竹桃结结巴巴地说，"参加……您的葬礼。"

樱树目瞪口呆地站在那里。

云杉推了她一下说："樱树奶奶，要是您的葬礼的话，您是不是应该到场？"

32

樱树的葬礼

艾瑞斯是第一个到达葬礼现场的。

"我是悼念者的头儿，"他嘀咕道，"我应该第一个到。"他打定主意，绝不在演讲这件事情上让步，任何老鼠都休想取代他的位置。他两只前爪交叉抱在胸前，注视着空荡荡的场地，又开始练习微笑。

天空变得雾蒙蒙的，并且越来越阴沉。艾瑞斯相信很快就会下雨了，只是空气中嗅不到一丝雨的气息，反而比之前还要干燥和闷热，并且夹杂着一种奇怪的气味。他说不出来那到底是什么气味。

太阳快要落山时，猪草二世和他的兄弟姐妹们——蝴蝶百合、雪果、核桃、漏斗花、檫树、马唐草、梅笠草、马鞭草、矮栎、洋槐，还有各自的配偶和孩子们，以及孩子的孩子们，都陆陆续续来到山谷。

艾瑞斯目视前方，偶尔甩甩尾巴，朝为数不多的几只认识的老鼠点点头，对大部分其他老鼠，则一律报以微笑，并且他自以为笑容非常得体。

认识艾瑞斯的老鼠不停地打量他。艾瑞斯听见他们在窃窃私语："艾瑞斯为什么在微笑？""那不可能是微笑。""艾瑞斯从来不会微笑。"

小老鼠们也抬头盯着艾瑞斯看，彼此交头接耳。

"那个就是老艾瑞斯！"

"哇！樱树奶奶最好的朋友！"

"既然他是樱树奶奶最好的朋友，为什么要在她的葬礼上微笑呢？"

"也许，他是难过得想吐。"

"嘿，你们听说了吗？云杉失踪了。"

所有这些话，艾瑞斯都听到了，但他继续保持微笑，一动不动地站在那里。

这时猪草二世爬上了岩石，凑在他耳边低声说："艾瑞斯舅舅，大家都到齐了，我们可以开始了。"

"好的。"艾瑞斯微笑着说。

"艾瑞斯舅舅，"猪草二世小声问，"你有没有在附近看见云杉？"

"没有。"

"我估计他迷路了，夹竹桃说他去找我妈妈了。"

"他永远也找不到的。"艾瑞斯笑得更加灿烂了。

"嗯，你最好开始吧，尽量简单点儿，行吗？我第二个发言，然后我的一些兄弟姐妹也想发言。"猪草二世说，"但是，艾瑞斯舅舅……"

"怎么了？"

"说真的，你为什么一直在微笑？"

"我喜欢。"

"这……好吧，这很怪。"

"不关你事！"艾瑞斯咧嘴笑着吼道。猪草二世从石头

上走下来，和他的兄弟姐妹们紧紧站在一起。

艾瑞斯立起身子。"好了，我们现在开始！"他大声喊道，整个山谷都能听到他的声音。

将近两百只老鼠不再说话，他们竖起耳朵，同时抬起头看向艾瑞斯，只有尾巴偶尔抽动一下。

"我叫艾瑞斯，"艾瑞斯开口说道，"我想你们都知道，你们应该知道，如果不知道的话，我倒要问问为什么了。话说回来，今天的主题是关于樱树……我们都知道，樱树……

但是，没有谁比我更了解她，因为——"

艾瑞斯停下来喘了口气。月桂悄声对猪草二世说："他那么说有点儿不太好。"

"重点是，"艾瑞斯接着说，"猪草二世请我说几句，我想，我可以简短介绍一下樱树的生平，关于她的父母肺草和香芹，关于她出生和成长的地方——灰屋，此外，我也会简单地说一说猪草。"

"搞不懂为什么，樱树总是认为猪草很特别。我从没有见过猪草，为此我感到遗憾，因为我很想给他鼻子来一根刺。"

梅笠草转头对马鞭草说："他说话太粗鲁了。"

艾瑞斯继续说个不停："那个猪草总是惹麻烦，甚至去世后也不消停，真不知道他是怎么搞的，但事实的确如此。"艾瑞斯自顾自地摇了摇头。

"或者，"他继续说，"我可以给你们讲讲樱树和那只猫头鹰奥凯茨的故事。当然了，要是没有遇见我的话，故事将是另一个结局了。因为全靠我的刺，还有我的建议，她才能够打败那只猫头鹰。"

"我还以为只是简短的发言呢。"月桂又凑到猪草二世耳边说。

"所以，当然了，你们都会想知道。她是如何遇见的我，我又是如何鼓励她，帮她认识真实的世界，引导她成长的。"

艾瑞斯一边望着站在石头下面一脸困惑的老鼠们，一边把爪子塞进嘴里咧嘴笑着。

"我试试看能不能让他停下来。"猪草二世说着向前走去。

艾瑞斯看见猪草二世朝他走过来，加快了语速："我还可以和你们说说，樱树是如何让我和她一起去给猪草的父母送信儿，告诉他们猪草死了。自然，我去了，也正是这场由我带领的旅行，让她遇见了黑麦，并且爱上他，嫁给了他。只不过，我不能理解，我猜是因为黑麦会写诗，我不想说那些诗歌，因为我不喜欢。"

这时，猪草二世靠近艾瑞斯。"艾瑞斯舅舅……"他悄声叫道。

"走开，毛球。"艾瑞斯嘟囔了一句，继续往下说。

"如果你们还没有听说过她跟河狸的那场伟大的战斗，我可以给你们讲讲。要是没有我，猪草全家，也就是黑麦全家，会彻底输掉那场战斗。幸好我在那里，狠狠地教训了那些河狸。这场战斗使樱树和黑麦最终走到了一起，这多亏了我。"

"艾瑞斯……"猪草二世忍不住了，"我认为可以了，你说得够多了。"

艾瑞斯把猪草二世推到一边，继续大声说："总之，在所有这些事情中，我起到了重要作用，可以说是主角，这个待会儿我也会讲到。此外，樱树和黑麦有很多孩子，在我看来，有点儿太多了。作为父母，他们太年轻，幸亏我住在附近，他们经常来向我请教如何把你们这些讨厌鬼抚养长大，我给了他们很多建议。事实上，关于如何做父母，我可以简单地介绍一下，这可能对你们有用。"

艾瑞斯深深叹了一口气，露出微笑。

"艾瑞斯舅舅，"猪草二世站到他身边说，"你真的需要——"

"刚刚讲到最重要的部分，"艾瑞斯低声咕哝了一句，"这就有必要先说说她对我的感情，毕竟，我们是最好的朋友，最最最好的朋友。这也意味着我需要谈谈我自己，我早年的生活，我是如何来到幽光森林的，自然，我会说是如何遇见樱树的，如何从一只狐狸的爪子里把她救出来。我还可以给你们讲讲那只狐狸的孩子们，我也照顾过他们，是我救了他们，没让他们忍饥挨饿。我总是这样助人为乐。"

"艾瑞斯，请你……"

"说到饥饿，我想我可以谈谈，我是怎么看待幽光森林这里的生活的，还有这场热浪一旦退去，我们该怎么做——"

"艾瑞斯，够了！"猪草二世大喊道。

"我想，作为开场白，就先说到这里。"艾瑞斯说，"当然，如果有时间的话，你们也可以说点儿什么，但是一定要简短，而且只能是关于樱树的，长篇大论地谈论自己是很愚蠢的行为，而且重点是，樱树不在了，她死了。"

"那不是真的！"突然，山谷后方传来一个声音，"我还活着呢！"

33

樱树还活着

所有的老鼠一起转过头，想看看是谁在说话。在山谷后面，站着樱树，旁边是云杉。

老鼠们陷入巨大的震惊和惊叹中。

艾瑞斯也向前探出身子，当他看见樱树后，大吼道："樱树，你这个松鼠唾沫口袋！是你吗，还是你的鬼魂？"

"你在说什么？当然是我，"樱树回答道，"要不然还能是谁？"

"但是，我看见你的鬼魂都上天了！"艾瑞斯大喊道，"你应该已经死了！"

"死？鬼魂？艾瑞斯，我从没听过这么愚蠢的话！你看看我，老天，我活得好好的！"

"那你就是假的！"艾瑞斯尖叫道，"这比死了还糟糕！"

猪草二世这时已经冷静下来，终于能开口说话了："但是，妈妈，先别理艾瑞斯，您去哪儿了？到底发生了什么？"

"二世，先告诉我这里发生了什么事？"

"艾瑞斯舅舅说，他看见您的鬼魂飞上了天。"

"没错，我的确飞上了天，但那不是鬼魂。"

"爸爸！"云杉叫道，"是蝙蝠教会了樱树奶奶飞。"

"二世，"樱树说，"看到我还活着你们不高兴吗？"

"怎么会！"猪草二世叫道，"我们当然高兴，而且非常高兴，是吧？"

"是的！""当然！""绝对！"

"我很高兴云杉跟您在一起。"月桂说。

"云杉，"猪草二世说，"我们一直在担心你，你跑哪儿去了？"

"我去找奶奶飞行后降落的地方了。"

"你找到了吗？"

"事实上，他的确找到了，"樱树说，"但是先别管我，你们知不知道发生了什么？"

"发生了什么，猴屁股脑子！"艾瑞斯恼火地叫道，"我们在为你举行葬礼，刚进行了一半！我刚做了一个关于你的动人的演讲。因为你的死，我甚至还学会了微笑，这下都白费工夫了！现在我告诉你，我再也不笑了，到死都不！"

"但是，不管你笑不笑，我们要是不快点儿的话，全部都会死！"樱树喊道，"森林着火了！"

"着火？"一只老鼠喊道。

"她在说着火吗？"另一只叫道。

"着什么火？""火在哪儿？""我没看见有什么火！"

云杉站在樱树身边大喊道："全体听着，听樱树奶奶说！森林真的着火了，我看见了。听樱树奶奶的，她知道该怎么做。"

"真的吗？"老鼠们的声音中充满了惊恐，"没搞错吧？""不是开玩笑吧？""她先是说自己没有死，然后又说我们会死？""我不明白。""到底发生了什么事？"

"的确着火了！"樱树对着七嘴八舌说个不停的老鼠们大声喊道，"我们在这里多站一分钟，大火就离我们更近一些。"

突然间，老鼠们开始尖叫、呼喊和哭泣。

"我们到哪儿去？"

"我们怎么办？"

"我的家怎么办？"

"我们完蛋了。"

"我们都会被烧死。"

"我要离开这里！"

"不是那边。"

"这边。"

"我们该朝哪个方向跑呢？"

"谁来救救我！"

"救命！"

这时猪草二世跳到岩石上，站在艾瑞斯身边，隔着满山谷的老鼠喊道："妈妈！火是从哪儿烧起来的？"

"从班诺克山！"在老鼠们惊慌失措的叫声中，樱树大声喊道，"大火已经烧过闪光小溪，朝这边来了，四面八方都烧着了。"

艾瑞斯一直愤怒又难以置信地盯着樱树，直到这时，他才抬起头来。天空黑烟滚滚，闪光小溪那边的树木之间冒出团团火焰。

"见鬼，"他喊道，"樱树说得没错！快看！整个森林都烧着了！"

这会儿，森林里各种声音已经清晰可闻——噼里啪啦的燃烧声、树枝的断裂声，还有大树轰然倒下的声音，都从四面八方传了过来。

"我们怎么离开啊？"

"我们能逃出去吗？"

"我们现在走吗？"

"我们应该留在这儿吗？"

樱树尽可能站得笔直，隔着山谷对她的孩子们大声喊："蝴蝶百合、雪果、核桃、漏斗花、檫树、马唐草、梅笠草、马鞭草、矮栎、洋槐，你们分头去查看一下，搞清楚火烧到了哪里，从哪个方向来，然后赶快回来告诉我们，看看从哪里可以逃出去。"

孩子们迅速分散开来。在他们离开之后，樱树穿过拥挤的鼠群，不断地安慰大家，告诉他们保持镇静，肯定能找到逃生的出路。云杉跟在她的身边。樱树一直走到山谷的另一头，爬到艾瑞斯站立的岩石上。

"艾瑞斯，见到你真高兴。"她亲了亲他的鼻子。

"高兴？"他擦掉那个吻，大叫道，"我想知道，你到底去了哪里？我在这里——"

"艾瑞斯，这个我们以后再说，现在得先应付大火。"

"妈妈!"山谷那头传来喊声,矮栎回来了,"那个方向,大火离这边只有几百米了!"他用爪子指了指。

　　紧接着,梅笠草从另一个方向出现了:"火在那儿!"

　　孩子们一个个都回来了。每个都带来同样的消息:四面八方,全都是火。他们被大火包围了。

34

陷入困境

樱树站在岩石上，旁边是艾瑞斯。所有的老鼠都看着她，好像她知道该怎么做，好像她有逃生的办法。

她环顾了一圈，看见火焰在山谷四周的树丛中冲撞跳跃，好像疯狂的舞者合着呼呼的风声和燃烧的声音在肆意舞动。山谷中布满了烟，空气变得令人窒息，热浪让人几乎难以忍受。

"樱树奶奶！"云杉叫道。刚才他一直在跟哥哥姐姐们讲自己的冒险经历，当他看到樱树在石头上，就跑了过来。

"云杉，我在想我们该怎么办。"

"我想到了一个办法，"云杉冲她喊道，"呼叫您的蝙蝠朋友，让他们带我们飞离这里！"

樱树睁大眼睛看着云杉说："云杉，这真是个好主意！好极了！"

"大家听我说，"她高声喊道，"有一个办法能让我们离开这里，只要我们大声喊一个名字。"

"喊谁？"有老鼠问。

"我的一个朋友，"樱树说，"她叫露西。"

"露西？"

"谁是露西？"

"这个露西能做什么？"

"管什么露西，我们得离开这里！"

"不要吵！"樱树面对吵得越来越凶的老鼠们大喊道，"这是唯一的办法，是云杉想出来的好主意，但是，需要我们一起喊，用最大的声音喊：露——西！"

说完，樱树立刻抬起头，提高嗓门儿大喊："露——西！露——西！"

云杉也跟着喊道："露——西！露——西！"

猪草二世也喊了起来，随后是月桂和他们的孩子们，接着是樱树其他的孩子们，和他们的孩子……直到最后，山

谷中的所有老鼠齐声高喊:"露——西!露——西!"

　　他们一遍遍地呼喊。可是与此同时,天空也越来越暗,大火越逼越近。

　　樱树一边喊,一边盯着高空,注视着越来越浓的烟。

　　就在这时,一个尖利的吱吱声从空中传来:"樱树小姐,发生什么事了?"这只年轻的蝙蝠一个俯冲,紧挨着樱树降落在岩石上。

"我说过，只要你一喊，我就会来，但是，老天，这大火太可怕了！"

"是蝙蝠！"一只老鼠边叫边往后退。

"它会杀了我们的！"

"我们先杀了它！"

"不！不！"樱树高喊，"蝙蝠是我们的朋友。"

"他们会教我们怎么飞！"云杉喊道。

樱树转身面向露西，用恳求的语气说："露西，拜托你，我们需要你们的帮助！请你尽快飞回洞中，多带些家人到这里来，请你们带我们飞离这个地方。"

露西看看樱树，又看看山谷中的老鼠。

"你是认真的吗？"

"是的！"

"樱树小姐，"露西说，"幽光森林到处都在燃烧，飞起来很困难。"

"求求你，"樱树恳求道，"这是唯一能救我们的办法了，请你试一试！"

"那我试试吧，我会尽快回来的。"说着露西就飞走了。

露西刚一离开，樱树就来到岩石边。"大家听着，"她大声叫道，"蝙蝠是我的朋友，也会成为你们的朋友，我相信他们一定会来帮助我们。所以当他们到来时，大家不要害怕。他们可以把我们送到安全的地方。"

"他们会教我们怎么飞。"云杉又一次喊道。

"他们会抓着你们的背飞起来。"樱树接着说，"我保证，你们不会受伤，我亲自体验过，而且这是我们活着离开这里的唯一办法。"

老鼠们犹疑地一齐望着她。

这时，樱树感到好像有谁推了她一下，是艾瑞斯。

"我怎么办？"他小声问，声音中透出掩饰不住的惊慌。

"你也可以来。"

"但是……但是，他们没法儿抓我的背。"

樱树盯着他看了几秒钟，然后说："艾瑞斯，那就只能抓你的肚皮了，你的肚皮上没有刺，很柔软。"

"我的……肚皮？"他咆哮道。

"艾瑞斯，这是唯一的办法。"

"你这个粉红泡菜罐！"艾瑞斯大喊着往后退，"我做不到，我不答应！绝对不行！抓我肚皮是对我的羞辱！那里是我全身上下唯一柔软的地方！要是被别的动物知道了，他们都会嘲笑我的。"

"不会的！"

"会的！"

"艾瑞斯，听我说，我去过蝙蝠洞，你知道那里有什么吗？"

"我不在乎！"

"你会在乎的！"

"不会！"

"那里有盐！"她喊道。

艾瑞斯立刻呆住了。他透过越来越浓的烟气望着樱树，认真地问："你是说……盐吗？"

"是的，就在那里，在蝙蝠洞里。我从没见过那么多的盐，整个沙滩都是细盐。"

艾瑞斯瞪大了眼睛，口水开始流个不停："整个……沙滩……都是……盐？"

"足够你吃一辈子的。"

"是蝙蝠！"一只老鼠喊道，"他们回来了，快看！"

樱树仰起头。上百只蝙蝠穿过翻腾的炙热的烟云，飞进了山谷。他们用翅膀拍击着空气，分开浓烈的烟雾。

"我们在这儿！我们来了！"他们用尖锐高亢的声音呼喊道。

"全体趴下！"樱树大声命令道，"快点儿！让他们抓住你们的背！快！"

一时间，很难说清蝙蝠和老鼠谁的吱吱声更响。随着蝙蝠在山谷不断盘旋、俯冲，樱树看到老鼠们一只接一只地被抓起来带走了。大多数是像她上次那样，被抓着后背带走的。不过也有几只孙辈小老鼠是被抓着尾巴飞起来的。她还听到云杉在喊："嘿，我像奶奶一样在飞！"

"樱树小姐，"露西喊道，"这只浑身长刺的大老鼠怎么办？"

樱树转身一看，二十多只蝙蝠把艾瑞斯围在了中间。他一会儿畏惧地缩起身子，一会儿不停地转圈，甩动尾巴。蝙蝠们不断地试图接近他，都被他甩动的尾巴逼到了一边。

"艾瑞斯！"樱树叫道，"停下！冷静点儿！把身体翻过来，这是他们抓起你的唯一办法！"

"脚指甲抹牙膏！"艾瑞斯吼叫着，"这是侮辱！是羞耻！"

"盐！艾瑞斯，有盐！"樱树大声地说，"想想那些盐，一辈子都吃不完的盐！"

艾瑞斯眨了眨眼，流着口水喃喃道："盐，一辈子吃不完的盐！"他在地上打了个滚儿，四爪直直地朝天竖起来。蝙蝠们立刻围在他的肚皮旁边。樱树看见艾瑞斯被肚皮朝

天地抓起来，带到了空中。

"可恶的小鸡崽儿！"艾瑞斯吼叫着，消失在上空的浓烟中，"太痒了！"

"樱树小姐，就剩你了。"樱树听到露西在她耳边说。

樱树最后看了一眼山谷。的确，就剩她一个了。大火已经烧到了岩石下方，燃烧的声音充斥着耳朵。每过一秒，空气都变得更加炙热，烤得她的胡须都打起卷来。就在她望着大火的瞬间，山谷周围的大树几乎都被火焰吞没了。

她看着露西点点头，露出自己的背。

年轻的蝙蝠俯冲下来，抓住她的皮毛。

"准备好了吗，飞蛾—老鼠？"

"早就准备好了。"樱树回答。

露西展开翅膀，奋力地拍击，盘旋着升到高空。

樱树闭着眼睛，感觉到可怕的热浪和呼啸的风，还闻到了刺鼻的树木燃烧的气味。随后，热浪和气味渐渐减退，但是眼睛仍然被浓烟熏得刺痛。终于，迎面吹来新鲜的空气。樱树睁开眼睛，低头看了看，惊得张大了嘴——

整个幽光森林都在燃烧。火焰照亮了天空，直冲云霄，似乎想把天空扯下来。黑色、灰色、白色的烟雾激烈地翻滚。大火烧过的地方，余烬未灭，大地上点缀着东一块西一块的猩红色，好像一条发光的、用碎布缝成的被子。

她抬头看向前方，成群的蝙蝠带着她的家人飞向安全地带。她看到中间有一个凸起的大块头，那是艾瑞斯。她几乎能听到他的吼叫："带我到盐那里去！"

当樱树再次低头看时，眼泪——悲伤、后怕的眼泪滚落下来。她永远也没办法知道那些眼泪有没有落到燃烧的森林上。

35

新　生

幽光森林的大火整整烧了五天，之后才逐渐熄灭。

第六天的时候，一缕一缕的烟还在袅袅上升，仿佛在诉说和回忆。被大火烧过的树犹如高大、弯曲的骷髅一般矗立在那里。所有的一切都一动不动。大地被烧得焦黑，地面滚烫，一片沉寂。幽光森林不复存在。

到了第七天，开始下雨了。雨滴轻轻落下来，好像在替天空亲吻大地。

又过了整整一个月，幽光森林的大地才彻底冷却下来。老鼠们开始陆陆续续地离开蝙蝠洞。有些去了别处，有些回到过去生活的地方。生活慢慢恢复了正常。

樱树和她最爱的家人，还有艾瑞斯，一起回到了原来的森林地区。

艾瑞斯很高兴樱树没有死，很高兴他不必再微笑，很高兴他又可以随便说脏话，很高兴知道有个地方有他一辈子吃不完的盐。

有一天，樱树坐在一块石头上，正打量着火灾后的残枝断木。狐狸鲁莽突然冒出来，在她面前坐下来。"很高兴看到你平安无事。"他说。

"我也是。"樱树回答，"鲁莽，真不知道该怎么感谢你，你带着我跑了那么远。"

"确实。"狐狸说。

"你的孩子们都没事吧？"樱树问道。

"那是当然，只不过毛稍稍被燎了一下，但都还好。你的孩子呢？"

"他们也都好，那天多亏了你，所有的老鼠才能得救。"

"很高兴听到你这么说。"鲁莽站起来，咧开嘴笑了，"嘿，老鼠，下次我一定会逮住你。"说着，他就转身跑走了。

在转弯的地方，他回过头，冲樱树挤了挤眼，摇摇尾巴，然后跑远了。

从此之后，樱树再也没见过鲁莽。

一个星期后的一天黄昏，空气芬芳而湿润，夕阳西坠，天空披着紫色和橘色的霞光，间或点缀着云朵。樱树和艾瑞斯坐在班诺克山顶，云杉也跟在旁边。他们坐在那里很久，一句话也不说。随后，樱树突然叫道："艾瑞斯，云杉，快看！"

云杉顺着樱树指的方向看过去，艾瑞斯嘴里却咕哝着："搞什么鬼，我什么都不想看。"

"不是，艾瑞斯，真的，你一定要看！"说着樱树走到几步远的地方，"到这边来。"云杉听话地跟了过去。

艾瑞斯恨恨地哼了一声站起来，很不情愿地来到樱树身边。她正低头注视着地面。"看什么呢？"他问。

"你自己看！"她坚持道。

艾瑞斯和云杉顺着樱树指的方向看去——一株不到一寸高的小绿苗从焦黑的土里冒了出来！

"万物又开始生长了！"樱树兴奋地说。

"这意味着森林会长回来吗？"云杉问。

"我想会的。"樱树说。

"那又怎样？"艾瑞斯嘟囔道，"你又不在这儿。"

"艾瑞斯，我要跟你说多少遍才行？我需要离开一段时间，我想在彻底老去之前看一看世界的其他地方，而且云杉会跟我一起去。"

"为什么是云杉？"艾瑞斯问。

"身为老鼠，就要做老鼠该做的事。"云杉回答。

"那不是你说的，是猪草说的。"艾瑞斯咆哮道，"又是猪草。"

"奶奶说您也应该一起来。"云杉说。

艾瑞斯转过身，看着樱树说："为什么你不能留在这里呢？"

"因为我在蝙蝠洞的时候，听说在幽光森林之外有一片广阔的天地，我想去见识一下。"

"你怎么去呢？"

"没了森林，蝙蝠们找不到足够的昆虫维持生存，所以他们就在距离这里几千米远的地方，另一片森林的旧矿井中找到了一个新家，我要跟他们一起去。"

"你又不是蝙蝠。"艾瑞斯说。

"我喜欢蝙蝠，他们有趣极了。"云杉说，"露西一直带着我到处飞，我们是最好的朋友，我们会一起探险。"

"艾瑞斯，"樱树说，"就像老翅说的，只要勇于尝试，你就会永远年轻。现在已经是黄昏了，露西很快就会来接我，我真的希望你能跟我们一起去。"

"艾瑞斯舅爷爷，蝙蝠答应带上您。"云杉说。

艾瑞斯摇摇头："我永远也不要再飞了。"

"那就走着去，"樱树说，"我告诉过你怎么去那里，不是很远，一直朝北走就行。"

"我老了，不想动了。"艾瑞斯拒绝道，"再说，你为我找到了那么多盐，我是不会傻到离开那些盐的。"

"那么，艾瑞斯，至少答应我，你会来看我。"

"贪心的绿鹅！我不会答应任何动物任何事的！"

"那么，我亲爱的朋友，我们只能说再见了。"

"我跟你说过一次再见，"艾瑞斯叫道，"我不想再说第二次。”

"那……我们还能说什么呢？"樱树热泪盈眶地说。

"什么都不要说！"艾瑞斯嚷道，"走吧，把我忘了！我也会忘记你！祝你过得开心，我也会很开心的！"

樱树抬起头，望着艾瑞斯的脸："艾瑞斯，我真的爱你，你是我最好的朋友！谢谢你一直坚持做自己。"

"快走吧！"艾瑞斯大喊道。

就在他们望着对方时，露西和另一只蝙蝠挥着翅膀飞了过来。

"樱树小姐！"露西喊道，"云杉！我们来了！你们准备好了吗？"

"马上就好！"樱树回答。她踮起后脚尖，在艾瑞斯的鼻子尖上吻了一下："再见，亲爱的朋友，我会永远想念你的。"

"快走！"艾瑞斯大喊着转过身，背对着她。

"我会的。"说着樱树转向露西，"我准备好了。"

"再见，艾瑞斯先生，要是你改主意了，你也可以来，我们可以带上你，"露西咯咯笑着说，"不过，要肚皮朝上。"

"永远不！"艾瑞斯吼道。

樱树趴到地上，露西尽可能轻柔地抓住她的后背，然后飞了起来。另一只蝙蝠以同样的方式带着云杉飞了起来。

"再见，艾瑞斯！"樱树和露西盘旋着上升时，喊道，"再见！"

"再见，艾瑞斯舅爷爷！"云杉喊道。

随后，他们飞走了。

艾瑞斯转身望着樱树的背影，看着他们朝北边飞去，随后消失在空中。老豪猪挪了挪脚，朝蝙蝠洞的方向看了一眼，那里有盐在等着他——一辈子都吃不完的盐，十辈子也吃不完。

他闭上眼，抬起爪子，摸了摸自己的鼻尖。

突然，他睁开眼，吼道："草包沙皮狗！樱树！云杉！你们这两个小石头脑袋！等等，我改主意了！我来了！"

说着，艾瑞斯朝北方跑去。

36

黑麦的诗

冰之叶

夏天的一片绿叶，
被冰拥在怀中，
温暖了记忆……

——黑麦

献给布莱恩·弗洛卡

POPPY AND ERETH

Written by Avi, illustrated by Brian Floca

TEXT © 2009 AVI WORTIS, INC.

ARTWORK © 2009 BRIAN FLOCA

This edition arranged with BRANDT & HOCHMAN LITERARYAGENTS, INC.

through BIGAPPLEAGENCY, INC., LABUAN, MALAYSIA.

Simplified Chinese edition copyright: 2024 Beijing Everafter Cultural Development Co., Ltd.

All rights reserved.

版权合同登记号：14-2024-0035

图书在版编目（CIP）数据

幽光森林的居民们. 森林大火 ／（美）阿维著；
（美）布莱恩·弗洛卡绘；栾述蓉译. -- 南昌：二十一
世纪出版社集团，2024.6

书名原文：Tales from Dimwood Forest

ISBN 978-7-5568-7451-4

Ⅰ. ①幽… Ⅱ. ①阿… ②布… ③栾… Ⅲ. ①儿童小
说－长篇小说－美国－现代 Ⅳ. ①I712.84

中国国家版本馆CIP数据核字(2024)第045872号

幽光森林的居民们·森林大火

YOUGUANG SENLIN DE JUMINMEN SENLIN DAHUO

[美] 阿维／著　　[美] 布莱恩·弗洛卡／绘　栾述蓉／译

出 版 人　刘凯军　　　　　项目策划　奇想国童书
责任编辑　张　周
特约编辑　郑应湘　周　磊　　装帧设计　李燕萍　程　然
出版发行　二十一世纪出版社集团
　　　　　（江西省南昌市子安路75号 330025）
网　　址　www.21cccc.com
经　　销　全国新华书店
印　　刷　固安兰星球彩色印刷有限公司
版　　次　2024年6月第1版
印　　次　2024年6月第1次印刷
开　　本　880 mm×1300 mm　1/32
印　　张　6.875
字　　数　122千字
书　　号　ISBN 978-7-5568-7451-4
定　　价　218.00元（全7册）

赣版权登字-04-2024-116　版权所有，侵权必究
（凡购本社图书，如有印装质量问题，由发行公司负责退换。服务热线：010-64049180 转805）

幽光森林的居民们

鹿鼠的抉择

[美]阿维/著　　[美]布莱恩·弗洛卡/绘

栾述蓉/译

21 二十一世纪出版社集团
21st Century Publishing Group

樱树和
黑麦的家

艾瑞斯
的圆木

幽光森林

旧果园

桥

闪光小溪

班诺克山

柏油路

灰屋

目 录

1

拜访艾瑞斯

"鼻涕虫甜汤，我不相信。"豪猪艾瑞斯垂涎欲滴地捧着一块盐，头都没抬一下。

"这是真的，"鹿鼠樱树对她的老朋友说，"我们很难过，发生了这种事，我都怀疑自己是不是一个合格的妈妈。"

樱树和她的丈夫赭鼠黑麦来到艾瑞斯家——一根臭烘烘的空心圆木中——找他商量事情。他们是最要好的朋友，共同居住在幽光森林的深处。这里空气芬芳，高大的树木遮天蔽日。

"不要自责了，樱树，"黑麦说，"我们其他的孩子都很好。"

　　樱树叹了口气说："一窝十一个孩子中只有一个不成器，确实还不算太坏。"她滚圆雪白的肚子最近变得有些丰满，本来明亮的眼睛现在却有点儿灰暗，眼神里充满忧虑，茂盛的胡须也有些弯曲。

　　"一开始就错了，你就不该给他取名叫猪草二世，"艾瑞斯一边舔着盐，一边呼噜不清地说，"大多数孩子都不喜欢这样的名字。"

　　"他不喜欢倒好了，"樱树说，"猪草二世的问题是他确实想成为第二个猪草。"

"好不了的坏疽!"艾瑞斯叫道,"所有老鼠都算上,不管是活着的还是死了的,还有比那个猪草更能惹麻烦的吗?"

黑麦说:"我猜猪草二世就是想成为猪草那样的老鼠,他听了太多关于我哥哥的故事。"

"当然,"樱树说,"猪草二世从来没见过猪草,他只知道猪草是只与众不同的老鼠。"她握住黑麦的爪子,满怀爱意地捏了捏。

"多亏了猪草,我和黑麦才走到一起,而且,"她提醒艾瑞斯,"如果不是猪草的话,你也不会遇到我。"

"我想是的,"艾瑞斯很不情愿地放下盐块说,"猪草二世这个小跳蚤怎么样了?"

"他过去很开朗、健谈,是只性格外向的小老鼠,"樱树说,"可是现在总是闷闷不乐的。"

"如果我说'是',他就会说'不';我要是说'不',他就说'是';再不然,就是'别烦我'。"黑麦捻着长长的胡须说。

"他变得非常没礼貌。"樱树补充道。

"中午之前,几乎别想把他从床上叫起来。"黑麦又说。

"我怀疑他一周才洗一次脸，提醒他也没用。"樱树自己的耳朵又大又黑，鼻子、脚趾和尾巴都是粉色的，非常干净整洁。

　　"而且现在他连模样都完全变了。"黑麦说。他的皮毛是深橘色的。

　　"什么？"艾瑞斯叫道，"一只老鼠怎么可能改变模样？"

　　"你不知道，"黑麦摇了摇头，甩了一下尾巴说，"猪草二世最要好的朋友是只臭鼬。"

　　艾瑞斯两爪一松，盐块掉在了地上："臭鼬？"

　　"是的，我们只知道他叫麦法提斯，"樱树说，"对他和他的家庭都不是很了解。我担心他对猪草二世有不好的影响。艾瑞斯，你去看看猪草二世吧。"

　　"真是牙签扎了脚指头，"艾瑞斯说，"他不会那么差劲的。"

　　"问题是，猪草二世现在到了叛逆期。"樱树说。

　　"叛逆期！"豪猪叫道，"你们这两个笨蛋怎么能让这种事发生？"

　　"是他自己的选择。"黑麦的两只小耳朵向前竖起来。

　　"那么我最好给他一点儿教训，"艾瑞斯说着站了起来，摇了摇身上的刺，"他现在在哪儿？"

"可能在树洞深处，"黑麦说，"他现在总喜欢待在黑暗中。"

"看我的，你们两个笨蛋，"艾瑞斯说，"我会'铲平'他的坏脾气，比六个车道的高速公路还要平！等着，我很快就回来，不要动我的盐，不然给你们的鼻子上来根刺。"说完，他摇晃着身上的刺爬出圆木，朝樱树家那棵断裂的枯树桩走去。

"祝你好运！"黑麦在他身后喊道。

"真希望这样做是对的！"樱树说。

"我们也没有别的办法。"黑麦说。

"你猜他会怎么做？"

"不知道，不过我猜很快就能知道结果了。"

2

猪草二世

"樱树和黑麦他们俩是自找的，非要生什么孩子。"艾瑞斯沿着去往樱树家的小路一边走一边自言自语。老豪猪艾瑞斯身上有一股臭味，扁平的脸上长着黑色的钝鼻和坚硬的灰色胡须，从头到脚都披满了刺。

"他们太年轻了，根本不适合要孩子，"他嘟囔道，"没有经验，没有严格的纪律，缺乏一致性，态度又不够强硬。他们把那些小不点儿都惯坏了，什么事都由着他们。我的意思是——狒狒玩泡泡^①——到底谁说了算？孩子还是父

---

① 原文为"baboon bubble"，没有特别的意思，只是都以字母 b 开头，是艾瑞斯随口说的顺口溜。

母？我真该教教他们怎么做父母。"

"嘿，艾瑞斯舅舅，你要去哪儿？"

艾瑞斯抬头一看，是樱树和黑麦的几个孩子正在树桩外面玩耍。雪果用小木棍在搭着什么，檫树和核桃在认真地聊天，跟他打招呼的是漏斗花。

"嘿，你哥哥在哪儿？"艾瑞斯问。

"我有好几个哥哥呢，你问哪一个？"漏斗花说。

"那个看上去像个傻瓜似的。"

"我的哥哥们大多都像傻瓜。"漏斗花笑着回答。

"给我听着，你这个苹果籽，少跟我耍贫嘴！"

其他几个小老鼠互相使了个眼色。他们都喜欢听艾瑞斯暴躁说话。

漏斗花极力忍住笑，问道："你要找我哪个哥哥？"

"猪草，"艾瑞斯说，"那个小的变种。"

"他呀，"漏斗花收起笑容，"你找他做什么？"

"我要教训教训他。"

"艾瑞斯舅舅，你想找那个坏脾气的家伙吗？他不是和麦法提斯在一起，就是在树洞的深处。"

"我才不找他，"艾瑞斯说，"也不想找你们任何一个，我只是要跟他谈一谈。"

艾瑞斯走到枯树下。对他来说，这个老鼠洞小得不可思议。他进不去，只能把嘴巴伸进去大喊："猪草二世！我是你艾瑞斯舅舅，我要跟你谈谈，就现在！"

小老鼠们放下正在做的事，等在一旁看热闹。

树洞里没有任何回应。

"猪草二世！"艾瑞斯吼道，"快把你的豆包脑袋给我露出来，不然我把你屁股拧下来！"

小老鼠们屏住呼吸等待下文。

还是没有回应。

艾瑞斯气急败坏地叫道："你没听见我说话吗？我让你出来，现在！"

"我忙着呢！"一个声音恼怒地说。

"你忙什么？"艾瑞斯说。

"很多事。"

"马上给我出来！"艾瑞斯叫道，"别惹我发火，否则叫你吃不了兜着走。"

"好，好，好，闭上你的猪嘴吧！"

艾瑞斯怒吼了一声，转头发现其他小老鼠都在围观，大声呵斥道："你们看什么看？"

"看你呀！"雪果忍不住咯咯地笑了。

　　"很好，也许你可以学着点儿。"艾瑞斯长满刺的尾巴来回摆动，扬起一片尘土。

　　所有的目光都注视着洞口。过了很长时间，一只小老鼠爬了出来。艾瑞斯吃惊地眨了眨眼——猪草二世把他原来金褐色的毛染成了纯黑色，还有一道白色条纹从鼻尖开始，在背部分成两道，一直延伸至尾巴，看上去简直就是一

只迷你版臭鼬。

"你，老兄，什么事？"猪草二世说。

"你是……猪草二世？"艾瑞斯说。

"就是我，你有什么事？"

"你怎么……这个样子？"

"哪个样子？"

"看着像臭鼬，说话像青蛙。"

"我就喜欢这样。"

"你这个满嘴粗话的臭虫，"艾瑞斯说，"不许跟我这样讲话，我是你舅舅！"

"嗯，是，如果豪猪可以做老鼠的舅舅，为什么我就不能做只臭鼬？"猪草二世说，"要是你找我只是想冲我大吼大叫的话，我可没空奉陪。"说完，他转身就要走。

"你给我站住，小耗子！"艾瑞斯叫道，"你不能这么没礼貌。你要尊重你的父母，他们抚养你长大，关心你，照顾你，给你安定的生活，你难道一点儿都不感恩吗？"

"别再说这种老掉牙的话了，"猪草二世说，"听着，大饼脸，你要想找碴儿，为什么不去找个跟你个头儿差不多的呢？噢，或者，在你自己的刺上插点儿泡菜去卖，赚几个零花钱也好。"说完，猪草二世就跑回树洞去了。

艾瑞斯被气得张大了嘴，瞪着洞口。"这个到处乱吐的吃奶娃娃！"他喊道，"真是到了叛逆期了！"

小老鼠们哈哈大笑，看着他走开。

"我们学到了什么吗？"雪果问。

核桃说："嗯，猪草二世的脾气还是那么坏。"

漏斗花补充说："艾瑞斯舅舅还是那么好玩儿。"

3

口　信

在匆忙回家的路上，艾瑞斯遇见了一只老鼠。一开始他以为是樱树，不过马上意识到这是一只陌生的老鼠。他脚下一滑，停了下来，把鼻子凑了过去。

"你是谁？"

"你好！"那只老鼠紧张地后退了一步，说，"你是艾瑞斯纵·多萨托姆吗？"

"是我，怎么了？"

"你也许认识……樱树？"

"我是她最好的朋友。"

"你好，多萨托姆先生，我叫百合，是樱树的同胞姐妹。"

"你是……什么桐还是什么包子？"

"我是樱树的妹妹。"

"妹妹？什么妹妹？你从哪儿来？"

"从灰屋，"百合说，"就是樱树在森林南边的老家，在闪光小溪对面，靠近柏油路。你知道去哪儿能找到樱树吗？我给她捎来一个重要的口信。"

"我当然知道，"艾瑞斯说，"跟我来。"

"谢谢你，多萨托姆先生，"百合说，"我本来还担心不能及时见到她。"

"及时干什么？"

"告诉她一些消息。"

"什么消息？"

"对不起，多萨托姆先生，这是……我们家的私事。"

"乡下奶酪！跟我来好了。"

艾瑞斯走到他的空心圆木入口，对百合说："她在里面。"

百合跟在艾瑞斯身后，闻到一股臭味从洞里飘出来，于是她站在洞口打量起来。圆木的树皮已经变成了铁锈色，覆盖在上面的野生菌类看起来像弯曲的天使翅膀，周围湿润的地上长满了正在腐烂的湿蘑菇。

百合皱了皱鼻子，问："是这里吗？樱树真的住在这里吗？"

"有什么问题吗？"

"这里……有一股……难闻的味儿。"

"怪味口香糖！"艾瑞斯喊道，"这是我家，樱树就在我家做客！你要么进来，要么在这里等着，随便你，虱子脑袋！"艾瑞斯哼了一声就走进圆木，把百合丢在身后。

樱树和黑麦正在等他。艾瑞斯一句话也没说，径直走到盐块那里，贪婪地舔起来，口水流得到处都是。

樱树和黑麦交换了一下眼神，然后黑麦点点头，樱树走到艾瑞斯身边。

"艾瑞斯，你见过猪草二世了吗？"

"见了。"

"怎么样？"

"不怎么样。"

"你跟他说话了吗？"

"嗯哼。"

"艾瑞斯，告诉我，你们都说了什么？"

"我跟他说，他是个傻瓜。"

"那……他说什么了？"

"他叫我大饼脸，让我收起刺滚开。"

"我很抱歉，"樱树憋住笑说，"他最近对所有人都是这种说话方式。"

"艾瑞斯，你说，我们该拿他怎么办？"黑麦问。

"要叫我说，就应该甩掉他，不要他，抛弃他，让他滚，把他踢出门，赶走、扔掉、忘记他，让他自生自灭，让他知道他根本不值得你们费心，告诉他，他就是一罐毫无用处的发霉的果酱！"

"艾瑞斯！"樱树喊道，"这种话对任何人来说都太过分了！何况猪草二世还是我们的孩子！我们不能这样对待他，我也不想这样，我们爱他。"

"爱？"艾瑞斯嘲讽道，"爱不过是自私的代名词。"

"但是他需要我们。"黑麦说。

"现在唯一需要你的，是你的妹妹。"艾瑞斯对着樱树喃喃道。

"我的妹妹？"樱树叫道，"你在说什么？"

"一个自称白盒子的，说起话来好像啃过一整本礼仪培训书似的鼠，她现在就在外面等你。"

"真的吗?"

"你耳朵长毛了吗!我不是刚说过吗!"

"艾瑞斯!"樱树忍不住冲他大叫,"有时候你真是不可理喻!"说完,她绕过艾瑞斯,匆忙走了出去。黑麦在她身后也跟了上去。

"这些臭老鼠!听蚊子哼哼都比跟他们说话有趣!"艾瑞斯嘟囔着回到盐块前。

樱树从空心圆木中一出来,就看见了妹妹百合。

"百合!"樱树大声叫道,一把紧紧搂住了她,还在她脸上亲个不停。

"你怎么到这儿来了?家里都好吗?你什么时候来的?你看起来真漂亮!你是怎么来的?百合,这是我的丈夫黑麦。黑麦,这是百合,我三十二个妹妹中最大的一个。"樱树一口气说完,又是一顿拥抱和亲吻。

"很高兴见到你。"黑麦腼腆地微笑着说,同时向他的妻妹伸出一只爪子。

"非常荣幸。"百合优雅地伸出爪子。

"你一定要见见我们的孩子,"樱树说,"说不定你已经见过了,有几个就在那边,一共十一个,都非常可爱,你一定会喜欢他们的,他们也会喜欢你的。跟我来,见到你我真

是太开心了！妈妈还好吧？爸爸呢？"

　　"樱树，能不能让我说句话……"百合无可奈何地说。

　　"对不起，"樱树笑着说，"我见到你实在太激动了。"

　　"樱树，"百合严肃地说，"是爸爸让我来找你的。"

　　樱树脸上的微笑消失了："出什么事了吗？"

　　"家里的情况不太好——当然，妈妈也想见你，但其实

是爸爸派我来的，他病得很严重，让我尽快带你回去。另外，灰屋旁边停了一个巨大的推土机，看上去人类准备推倒我们的房子。所以在全家看来，这情况实在糟糕透了。"

4

决　定

　　樱树把十一个孩子全都召集起来，让他们在家门口站好。黑麦跑到树洞深处，坚持要猪草二世也出来。等所有的孩子都到齐了，樱树把他们介绍给自己的妹妹。

"孩子们，这是你们的百合姨。百合，这是蝴蝶百合、漏斗花、马鞭草、矮栎、梅笠草、马唐草、洋槐、檫树、核桃、雪果，还有猪草二世。"

小老鼠们好奇地瞪着这位不速之客。

"孩子们，你们该说什么？"

"很高兴见到你，百合姨。"他们齐声说道。只有猪草二世没吭声，一直低头盯着地面。

"很高兴百合姨来看望我们，"樱树说，"但恐怕，她带来了一些坏消息。"

樱树的语气让猪草二世抬起了头。

"是关于我的爸爸，"她继续说，"也就是你们的外公，你们从来没有见过他。当然，我跟你们说起过他，还记得吗？他叫肺草。百合姨是来告诉我们，他的身体现在不是很好。"

百合开口说道："你们妈妈的爸爸——肺草，也是我的

爸爸，让我来这里，他需要你们的妈妈回去看望他。"

"我们可以一起去吗？"梅笠草立刻大声问。

樱树和黑麦交换了一个眼神，然后黑麦说："这个，我们还没有决定。"

"我们很快就会做出决定，"樱树说，"如果要去的话，就要尽快动身。现在，你们先带百合姨四处转转，我和你们的爸爸商量一下。"

小老鼠们立刻围住百合，把她带到树洞里，只有猪草二世没有动。

"猪草二世，"黑麦说，"你为什么不和他们一起去？"

"我要去麦法提斯家。"

樱树尽力掩饰住失望的表情："他父母在家吗？"

"别总是打听我的事，"猪草二世说，"我都快三个月大了，不是小孩子了，我能照顾好自己。"

"猪草二世，"黑麦说，"做父母的有责任随时知道他们的孩子在什么地方。"

"嘿，老爸，你难道忘了吗？你哥哥猪草四个月大的时候就离开家了，对吧？而且是永远离开了。你说过，猪草一直说：'身为老鼠就要做老鼠该做的事。'我说得没错吧？所以我觉得我也完全有能力照顾好自己，不是吗？"说完，他就转身走了。

"你什么时候回来？"樱树在他身后喊道。

"晚点儿。"话音刚落，猪草二世就从他们的视野里消失了。

"他一点儿同情心也没有，不是吗？"黑麦望着儿子离开的背影说。

"黑麦，我觉得猪草二世不喜欢我们了。"樱树说。

"希望只是年龄的缘故，过了这个阶段就好了。"

"但万一他一直这样呢？老天，自己的孩子老是跟自己作对，可真让人受不了。"

"这个我们以后再讨论，"黑麦亲了樱树一下，"你现在需要做出决定：接下来怎么办。"

"我想我没有选择，"樱树说，"看起来，他们真的需要我回去一趟。黑麦，我也很久没见过他们了，这感觉可能会有点儿怪怪的，想想看，他们谁都没有见过你，也没见过我们的孩子。"

"你从不想我们去。"

"事情太复杂了。"

"你觉得这次我们应该一起去吗？"黑麦问她。

"我很想你们都能见见我的家人，"樱树说，"但是路很远，而且，你知道幽光森林里很危险，并不是所有的动物都是友善的，你无法预料会遇到什么动物，带着这么多孩子，走路拖拖拉拉的……"

"这样的话，我和孩子们最好不去，你就可以走快一点儿，来回都会快得多。我留下照看家里。"黑麦说，"只不过，你独自出门，我有点儿担心……"说着，他亲昵地蹭了她一下。

"我又不是第一次出门，"樱树冲他笑了笑，提醒他说，"而且，也许我现在比原来又长了点儿智慧。如果百合都能自己来，我肯定也没问题。"

"我知道，但是……"

"我明白，"樱树捧起黑麦的爪子，"如果你自己出门，我同样也会担心。不过别忘了，还有百合和我一起呢。"

"但回来的路上就剩你自己了。"

"那倒是。"樱树若有所思地望着猪草二世刚才离开的方向。

"黑麦……"她有些犹豫地说，"你觉得，我带上……猪草二世怎么样？"

"我的天！你怎么会想到他？"

"黑麦，我觉得作为一个妈妈，好像已经失去这个儿子

了，也许带他走一趟，能让我们的关系重新好起来。就当作是一场冒险吧，最坏的结果无非是不顺利，和现在的情形相比，也坏不到哪里去，而如果我们能和谐相处，那将会是特别的收获。猪草二世说的没错，猪草四个月大的时候就离开了家，这或许是我跟猪草二世在一起相处的最后机会了。当然了，”她补充说，“我也得先问问他的意见，看他想不想去。”

“他可能会拒绝。”黑麦提醒说。

“我准备碰碰运气。”樱树说。

“我真佩服你，樱树，”黑麦笑着说，“我一直都很佩服你。”

“谢谢，如果猪草二世能跟我重新亲近起来，这场远行会很有意义的。”

当百合和孩子们回来之后，樱树把她拉到一边，告诉她，自己决定回灰屋一趟，第二天就动身。

"太好了，樱树，"百合说，"爸爸会非常高兴的，妈妈也会。你看着吧，你们的关系会比以前和谐得多。要知道，爸爸比以前成熟了。"

樱树没有提及猪草二世可能一起去。她想先跟猪草二世谈谈，但是又担心结果可能不尽如人意。

5

樱树跟猪草二世谈心

猪草二世直到天黑才回来。跟往常一样，他一回来就直奔树桩的窝，对于去了哪儿、做了些什么，一个字都不说。樱树跟在他身后。

猪草二世的角落还是老样子，乱成一团，树枝、叶子扔得到处都是，木屑堆成的床铺乱七八糟，樱树已经不奢求他能干净点儿了，因为他根本做不到。此刻，猪草二世躺在床上，脑袋枕在两只爪子上，闷闷不乐地看着天花板。

樱树看着他，突然有些紧张。这感觉很奇怪。她一生中经历了很多冒险，其中一些甚至非常危险，可是对于自己的孩子，她怎么会如此不自信？虽然猪草二世是她的孩子，但她感觉好像是在接近一个陌生人，一个可能会严重伤害到她感情的人。一想到这个，樱树就感到很痛苦。

"嘿！"她小心翼翼地走过去打招呼。

猪草二世看都没看她一眼："什么事？"

"你和麦法提斯玩得开心吗？"

"嗯哼，非常好。"

"那很好啊。"樱树说。

"你根本不喜欢他。"

"猪草二世，我从没那么说过，我只是不太了解他。"

"他是我最要好的朋友。"

"他的父母怎么样？"

"既然你对他的父母这么感兴趣，那就自己去找他们好了。"

"我会的，但是猪草二世，我来不是为了谈你的朋友。"

"那就好。"

"你吃饭了吗？"

"吃了。"为了证明自己的话，他还故意很大声地冲樱树打了个饱嗝儿。

"我希望你不要这么做，这样很没礼貌。"

猪草二世又打了个饱嗝儿。

樱树皱了皱眉，说："之前我跟你说过，我要和我妹妹一起回老家一趟。"

"我讨厌她。"

"为什么？"

"她不喜欢我。"

"你怎么知道？"

"我就是知道。"

"我要跟你说的话还没跟其他孩子说过，猪草二世，我爸爸的身体不太好。"

"他可真倒霉！"猪草二世嘟囔了一句。

樱树的尾巴轻轻抽搐了一下，等着他继续往下说。见他没再吭声，她深吸一口气，说道："我觉得，孩子和父母之间有一种……特殊的联系，至少，我是这样感觉的，所以，既然他是我的爸爸，我就需要回去一趟。"

"好了，妈妈，"猪草二世说，"别绕圈子了，直说吧，你想干吗？"

"你就不能体谅一下我的心情吗？"

"对不起，怎么了？"

"是这样的，"樱树努力压下火气说，"我刚才说了，我准备回去一趟，明天就走，但你爸爸和我都觉得带上全家不方便。"

樱树犹豫了一下，接着说："猪草二世，我想让你和我一起去，就你一个，我希望路上有你做伴。等回来时，有你和我一起走会好很多，因为独自穿越幽光森林是很危险的，你觉得呢？"

"你的意思是，你需要我照顾你。"

"我可以自己照顾自己，谢谢你。"樱树强忍住涌上眼底的热泪。

猪草二世没有作声。过了一会儿，他说："麦法提斯能一起去吗？"

"麦法提斯？"樱树惊呼道。

"对，麦法提斯，有什么问题吗？"

"为什么他也要去？"

"我跟你说了，他是我最好的朋友。"

"可是，我以为只有我们两个。"

"嘿，妈妈，他要是不去我也不去了。"

樱树瞪着他说："对我……也不例外？"

"不！"

"好吧，"樱树竭力掩饰住失望，勉强答应道，"那就这样说好了，我也很期待能了解你的朋友。"

她擦了一把眼泪，转身离开去找其他孩子。百合正兴奋地给孩子们讲樱树年轻时候的故事——那时的樱树是多么可爱和亲切。

黑麦把樱树拉到一边，问："猪草二世怎么说？"

"大概同意了。"

"大概？"

"他答应去，但是有一个条件，让麦法提斯跟我们一起去。"

"麦法提斯？"

"我同意了。"

"但是……为什么？"

"我就是感觉……这样做是对的。"

黑麦叹了一口气："我们为什么要给他取名叫猪草二世？也许我们错了。"

"黑麦，你记得吗？他从一出生就与众不同，总是特立独行，跟猪草一个样儿。"

"也许太与众不同对他没好处。"黑麦说。

那天晚些时候，樱树告诉百合，猪草二世会跟她们一起走，只不过她没敢说麦法提斯也去。

"不好意思，猪草二世是哪一个？"百合问。

"那个……染成黑色的。"

"噢，樱树，他为什么染成那样？"

"他希望看上去跟他的朋友一样。"

"他的朋友是谁？"

"麦法提斯，一只……臭鼬。"

"臭鼬！"

"百合，"樱树说，"我愿意尊重孩子们的选择。"

"猪草二世这个名字是因为猪草吧?"

"是的。"

"我记得那个猪草,非常讨厌,总是问问题,对什么都不满意。"

"百合,猪草二世是个好孩子。"

百合从鼻子里哼了一声:"爸爸不喜欢猪草,还有豪猪。"

"我们不要说这些了。"樱树说。

"樱树,你很清楚,爸爸对你离开灰屋一直耿耿于怀。"

樱树挺直了身子说:"但是我已经离开了。"

百合沉默了片刻,说:"樱树,你知道,猪草二世……那个样子,还有他的名字,可能会刺激到爸爸。"

"这我也没办法。"

"樱树,你有办法的,你们家黑麦就很和气,你的孩子们也都……很不错,就是有点儿太活泼了。"

"百合,我的家人里,有你喜欢的吗?"

"梅笠草,名字我没搞错吧? 就很可爱。"

"百合,不会有问题的。"樱树虽然嘴上这么说,但心里并没有底。

她想呼吸一下新鲜空气,于是要黑麦陪她去散步。森林里夜色正浓，樱树给黑麦讲了一遍跟百合的谈话。

"黑麦，我很清楚自己不赞成猪草二世的做法，坦白说，我有些不安，也有些后悔了。"

"为什么？"

"因为百合让我想起了一些事情。"

"什么事？"

"我跟父母的关系是多么糟糕。"

6

猪草二世和他的朋友

樱树走开后，猪草二世在他的木屑床上躺了一会儿。妈妈又一次让他心烦无比。她从不在意他已经不是个小孩子了——他长大了。想到这里，猪草二世气呼呼地站起来，朝洞外走。

"嘿，猪草二世，你要去哪儿？"妹妹马鞭草问他。

"不关你的事。"

"我知道你要去哪儿，"她冲他吐了一下舌头，"你要去找麦法提斯，除了这个你就没别的事了。"

猪草二世狠狠瞪了她一眼，快步朝通往麦法提斯家的

小路走去。天很黑，不过他很熟悉这条路。他慢慢走着，想尽量平息怒气。妈妈竟然要带他一起去拜访她的家人，真让人郁闷。他确信妈妈的家人不会喜欢自己，单从百合姨看他的眼神就知道了。也许是因为他将毛发染了色，而她认为这是不当行为。不过没关系，他也不打算喜欢他们。

　　事实上，樱树很少谈起她的家庭，即便偶然提起，大多也只是关于她跟兄弟姐妹或是表兄弟姐妹一起做过的事。

她很少说起父母，或是她自己，似乎跟父母之间有一些问题。猪草二世不知道是什么问题，也许都是些无聊的事。

黑麦就不同了。他经常充满感情地谈起他的家庭。而且，他们还去过他家好多次。黑麦位于小溪边的老家很有趣，有很多好玩的地方，还有一些很酷的亲戚。

而樱树来自幽光森林外一个叫灰屋的地方。在猪草二世看来，幽光森林之外的地方都很奇怪。竟然会有动物愿意住在那里吗？至少，他绝对不愿意。更何况，樱树的父母可能很老了。猪草二世不喜欢上了年纪的老鼠，觉得他们性情古怪又偏执。

突然，他停下来——他知道妈妈为什么让他一起去了——因为她不信任他，这是对他现在这个样子的一种惩罚。就是说，她还是把他当成小孩子，要时刻看着他。猪草二世觉得内心的愤怒再次升腾起来。与此同时，他有了一个主意。

等他们到达灰屋，他会和麦法提斯做一些出格的事，一些特别过分的坏事，让那家的老鼠们永生难忘。这将给他们还有他的妈妈一个教训。

快到麦法提斯家的时候，他闻到了朋友的气味。这是一种特别强烈的气味，让猪草二世很羡慕。麦法提斯只要一出现，隔很远就能闻得到。不过，猪草二世最欣赏的还是麦法提斯的自信。他从来都是想做什么就做什么，没有谁能管得住他。他也从来不抱怨自己的父母，甚至从来没有谈起过他们。

"嘿，臭鼬。"看到麦法提斯时，猪草二世招呼道。

"嘿！"麦法提斯说。

跟猪草二世相比，臭鼬的块头要大得多。他的毛皮是

深黑色的，宽宽的白色条纹从耳朵一直延伸到蓬松的大尾巴；他还长着突出的口吻和黑色的小鼻子，总是在嗅个不停；腿很短，走起路来左摇右晃，速度很慢，总是很小心——他的眼睛雪亮，这让他看上去很警觉。他好像总是在留意可能会出现的坏事。

"你要去哪儿？"猪草二世问。

"你家。"

"有事吗？"

"没什么。"

"我也是，"猪草二世说，"这儿真无聊。"

"深有同感。"麦法提斯说。

"嘿，你猜怎么着？"猪草二世说。

"怎么了？"

"我老妈要去看她的家人，要我跟她一起去。"

"为什么？"

"她不放心我。"

"去多久？"

"不知道，"猪草二世说，"但我跟她提了一个条件。"

"什么条件？"

"让你跟我们一起去。"

"我？"

"是的。"

臭鼬甩了甩尾巴说："真烦！"

"确实很烦，"猪草二世赞同道，"关键是我妈太无聊了！我的意思是，她什么都没做过，就是当妈而已。还有她的妹妹百合，就是她来找我老妈的。我要是去的话，就得跟她们两个老古董一路做伴，无聊死了。而且她们要去的那个地方也非常差劲。"

"你可真够倒霉的。"

"就是的，不过要是你来的话，就有意思了，我们可以搞些恶作剧。我老妈他们家不住在幽光森林里，所以他们没什么见识，我们可以让他们开开眼。"

"你老妈会同意吗？"麦法提斯问，"我是说，带我一起去？"

"我才没有问她的意见呢，"猪草二世笑着说，"我只是告诉她我的决定。你父母那边怎么样？你要征求他们的同意吗？"

"嘿，老兄，你知道我的，想做什么就做什么。"

"那就是说你同意去了？"

麦法提斯举起一只爪子，猪草二世跟他击了下掌。

"给他们捣乱！"猪草二世说。

"不止捣乱，老兄，要搞破坏！"麦法提斯说。

7

出　发

第二天，樱树和黑麦天不亮就起来安排家里的事情：处理梅笠草耳朵疼的问题；提醒矮栎参加合唱团；监督核桃要在功课上多花些功夫；提示洋槐别熬夜看星星。更重要的是一个特别事项：樱树什么时候能回来。

"我尽快，"她说，"我保证。"

"我在家等你，"黑麦说，但还是有些担心，"你真的要带上麦法提斯吗？"

"如果他按时到就一起去。如果没到，我是不会等他的。"

"那要是猪草二世也不去了呢？"

"至少我问过他了。"

"我知道你尽力了，"黑麦说着吻了她一下，"估计猪草二世去接麦法提斯了。"

"我觉得应该跟臭鼬的父母谈一谈。"樱树说。

"现在来不及了，不过你最好跟艾瑞斯说一声。你知道，他非常担心你。"

樱树觉得有道理。她沿着小路走到艾瑞斯的圆木前，高声喊道："艾瑞斯！你在家吗？"

"废话！"从圆木深处传来艾瑞斯的回答，"我当然在家，不然还能在哪儿？"

樱树微笑着走进臭气熏天又昏暗的圆木中。艾瑞斯正在舔一块比橡子大不了多少的盐。樱树进来的时候，他头也不抬地嘀咕着："你知道盐有多好吃吗？"

"艾瑞斯，我要离开一段时间。"

听到这话，艾瑞斯立刻抬起头："去哪儿？"

"我爸爸身体不太好，百合就是为这个来的，我得回去看看他。"

"看有什么用？"

"艾瑞斯，肺草是我爸爸，他上了年纪，现在又病了，

我一定要回去看看。要是你爸爸病了，难道你不回去看望他吗？"

"不回。"

"好吧，但我跟你不一样。"

"你以前跟我说过，你不喜欢你爸爸，"艾瑞斯说，"还记得那次吗？我们种了一棵树纪念猪草——先前的那个猪草，就在你爸爸家附近，他都没有来。"

"那是因为我爸爸不喜欢猪草。"

"还有豪猪。"

"艾瑞斯，我爸爸可能性格有些固执，但是……"

"但是什么？"

"艾瑞斯，我觉得孩子对父母也有义务，是他们养育了我，关心我，保护我，给我衣食，照顾我长大。"

"樱树，"豪猪说，"猪草二世不在这里，你不用大声嚷嚷，你跟我说过肺草让你活得很痛苦，他限制你的自由，总是想约束你，让你规规矩矩的。"

"那是过去，而且……"

"现在有什么变化吗？"

樱树耸了耸肩说："我希望有。"

"从什么时候开始，你对父母这么宽宏大量了？"

"艾瑞斯，我肯定是要回去的。"

"什么时候？"

"今天早晨，就现在。"

"现在？"

"是的，和百合一起，还有……"

"还有谁？"

"猪草二世。"

"猪草二世！棒极了！还有谁？"

"麦法提斯。"

"那只臭鼬？"艾瑞斯叫道。

樱树点点头。

"我没搞错的话，你要跟你那个说话像语法书一样的妹妹一起回家，带上你粗鲁的儿子，还有你讨厌的臭鼬小子，去看望让你无法忍受的爸爸，是这样吗？"

"是的。"樱树说。

"荒唐！"艾瑞斯大叫道，"简直比风箱口袋还没脑子！你为什么要这样惩罚自己？"

樱树闭上了眼。

"而且，"豪猪追问道，"路上谁来保护你？"

"老天，艾瑞斯，别说傻话了。"

"我跟你一起去。"

"不，艾瑞斯，你不要去！"樱树急忙说，"首先，我可以保护自己；其次，这是我的家事，我不想领着一大队人马招摇过市；再其次，你需要留在这里帮助黑麦。好了，再见，我很快就会回来的。"说完，樱树后腿直立起来，在艾瑞斯的鼻子上迅速吻了一下，就匆匆离开了。

艾瑞斯对着眼盯着自己的鼻子看了半天。

櫻树在回去的路上看见了麦法提斯和猪草二世。他们的样子很像，但个头儿相差悬殊。看着他们滑稽的样子，她差点儿笑出声来。

　　櫻树打量着臭鼬。她对臭鼬一无所知，甚至不知道他住在哪里，父母是谁，以及猪草二世是怎么和他成为朋友的，为什么会成为朋友。她曾试着跟臭鼬说话，但他似乎不习惯聊天。因为他的个头儿太大，进不去櫻树家的树洞，所以大多数时候是猪草二世待在他家。櫻树又一次后悔没有早点儿去拜访麦法提斯的父母。

　　等快走到树洞时，她看见黑麦和孩子们都站在那里准备跟她告别。百合也在那里等着，但是等櫻树走到跟前时，她发现妹妹的胡须僵硬，尾巴一直在颤抖。

　　"櫻树，我可以跟你说几句吗？"百合问道。

　　于是姐妹两个走到几步远的地方。"櫻树，"百合噘起嘴，两只爪子紧紧地握在一起，问道，"那只……那只臭鼬真的要跟着一起来吗？"

　　櫻树用眼角的余光瞥见麦法提斯在看着她们，说："他和猪草二世是最好的朋友。"

　　"说实话，"百合说，"我不觉得这是个好主意，他看上去……很粗鲁。"

　　"他不会有任何问题的。"樱树安慰道，尽管连她自己都太不相信。她离开百合，走到臭鼬身边说："麦法提斯，你是要跟我们一起去的吧？"

　　麦法提斯的尖鼻子朝向地面。他很少和樱树见面，每次碰到时都会垂下尾巴，眼睛东张西望，就是不看她。这让樱树感觉很不舒服，总觉得臭鼬好像在隐瞒什么。

"我想是的。"他对着地面小声嘀咕道。

"我很高兴你能来，"樱树勉强说，"那……你父母同意吗？"

"行了，妈妈！"猪草二世喊道，"别这么婆婆妈妈了！"他转过身，朝自己的朋友打了个嗝儿。臭鼬咧嘴笑了。两个家伙在樱树的脑袋前击了一掌。

樱树眨了眨眼，还想说些什么，但最终决定还是闭口不谈。她不想在走之前让心情更糟糕。她四下看了看，跟黑麦四目相对。黑麦冲她挤了挤眼，樱树微笑起来。

"我们该出发了。"她尽力用最清脆的声音愉快地说。

黑麦让孩子们站成一排。樱树从排头走到排尾，挨个儿拥抱、亲吻，然后又是一番叮嘱：

"梅笠草，你要帮助爸爸照顾好家里；核桃，少跟姐妹吵架；雪果，不要忘记洗脸；马鞭草，记得打扫卫生……"

黑麦站在最后。"一定要注意安全，"他一边拥抱樱树，一边凑在她耳边轻声说，"不要担心我们，一切都会很好。代我问候你的家人，特别是你爸爸。"

樱树转头凑到黑麦的右耳——小时候的一次意外，给这只耳朵留下了一个豁口，但不知为什么，樱树特别偏爱这只耳朵——她小声说："我会尽快赶回来的。"她对黑麦保证。

"记得，你的家人都在这里等你。"黑麦最后拥抱她说。

"我会想你的。"樱树说。

"我也是。"

说完，樱树转身看着百合和猪草二世，还有麦法提斯。"好了，"她的语气听起来比她心里要轻松得多，"我们现在出发吧！"

她和百合并肩而行，猪草二世和麦法提斯跟在后面。

"再见！"孩子们和黑麦参差不齐地喊道，"再见！"

他们一边喊，一边目送这几个远行者消失在树林里。黑麦最后一个转过头来。就在这时，他看见艾瑞斯从圆木那边跑过来。

"果冻胶！"豪猪喊道，"樱树已经走了吗？"

"刚刚离开。"

"往哪儿走了？"

"沿着那条路。"

"好的，我跟他们一起去！"艾瑞斯喊道，"不要碰我的盐！"说着，他就匆忙追赶那几个远行者去了。

"艾瑞斯，"黑麦急忙喊，"回来！"

但是艾瑞斯已经跑得看不见影儿了。

8

穿越幽光森林

　　樱树和百合沿着一条狭窄的小路穿过幽光森林，猪草二世和麦法提斯跟在她们身后。

　　一轮朝阳低低地挂在空中。阳光透过高大的松树缝隙，向地面和贴地生长的灌木丛上洒下温暖的橘色光斑。金色、白色和红色的花朵，就像被丢掉的硬币一样四处散落着。看不见身影的鸟儿，用婉转的鸣唱和翅膀的拍击声，宣告新一天的开始。森林里到处弥漫着醉人的芬芳，那是一种混合了生命和死亡的甜美气息。

　　百合的神经绷得很紧。一想到爸爸肺草的病情，她心里就很难受。更加让百合难受的是，爸爸选择找樱树而不是让她来解决灰屋的问题。私心里，她希望樱树不要回来，可是樱树不仅回来了，还带上了那个以猪草来命名的粗鲁小子。至于那只臭鼬，她更是万万没有想到。她尽力不去想这些，而是集中注意力采集松子，然后用一片叶子包起来。她知道爸爸喜欢松子。

猪草二世很紧张。在很短的时间里，他们已经离树桩的家很远了。他还从来没有走这么远过。森林比他想象得更大、更幽深和昏暗。他第一次意识到这里为什么叫幽光森林了。他感到了自己的弱小，对麦法提斯跟在他身边充满感激，因为麦法提斯魁梧而自信。为了掩饰自己的不安，猪草二世一直在说话，但更多的时候，他都在哈哈大笑——笑意味着一切都正常。

麦法提斯也很高兴能跟猪草二世在一起。他喜欢这只老鼠的幽默感和朗朗笑声，还有他的无忧无虑。确实，猪草二世老爱抱怨自己的父母，因为他想当然地认为父母就是用来被抱怨的。麦法提斯嘴上不说，但实际上他喜欢听猪草二世谈论他的大家庭，却并不想接近他们。他担心，如果他们了解到自己的真实情况之后，也许会禁止猪草二世跟他来往，那就太糟糕了。

樱树注视着幽光森林，情不自禁地露出微笑。回忆起第一次看到幽光森林时的那种敬畏之情，她感到有些好笑。从那以后，她不仅爱上了幽光森林，也爱上了冒险，还有冒险带给她的惊喜。这时，她注意到一张被露珠打湿的蜘蛛网，蜘蛛网纤细却结实，在清晨的阳光下闪闪发亮。她不由得想起黑麦和孩子们，还有艾瑞斯，这让她的脸上一直挂着笑容。要是身边没有其他老鼠的话，她可能会跳起舞来。

　　她和百合并肩而行。樱树大步流星，急于早点儿结束这场旅行，然后回家。百合则稳健得多。樱树听到猪草二世和麦法提斯在身后吱吱地说个不停。她听不清他们在说什么，但他们不时爆发出来的粗野的笑声却清晰地传到她的耳朵里。有几次，他们轮流打嗝儿，然后笑得更加起劲。樱树看到他们俩这样开心，既为他们感到高兴——她喜欢他们那种蓬勃的朝气，但同时也感到难过，因为猪草二世可以跟臭鼬朋友一起欢笑，跟她这个妈妈却不行。樱树记得，就在并不遥远的过去，他们也常常一起放声大笑。没什么能比跟自己的孩子一起欢笑更美好了！

　　"不得不承认，"百合的话打断了樱树的思绪，"虽然到幽光森林的短暂旅行非常愉快，但我还是很高兴能回家。我想，你肯定也为终于能回家而感到高兴吧？"

"我已经习惯把树桩当作我的家了。"樱树说。

"老天!"她的妹妹说,"就那棵枯死的老树?樱树,那上面连片叶子都没有!你可真让我吃惊,我还以为你的品位比这要高呢!"

樱树想了一会儿,开口说:"百合,那是我和家人共同生活的地方。"

"好吧,我知道了,"百合轻笑了一声,"我想你可能确实得住在那里。不过,我还是觉得没什么能比得上老家和原来的家人。不要误会,樱树,黑麦看上去对你很好,我相信他是一个好丈夫,看得出,他很和善、很宽容,但是归根到底,他是一只,嗯,赭鼠。我相信,生活在自己最熟悉、最舒服的同类——跟你一起长大的鹿鼠——中,对你来说会更好,会让你更放松。我敢肯定你可以想待多久就待多久,妈妈一直在盼你回来。不用急着赶回去,黑麦看上去很能干,应该应付得了。"

樱树拿不准百合是不是认真的,偷偷瞥了她一眼。最后,她断定百合是认真的。樱树想换一个话题:"你采松子干什么?"

"给爸爸,他觉得松子能让他平静,我喜欢为他做这些事。"

樱树见这个话题也进行不下去，又问道："你从灰屋到我家花了多长时间？"

"几乎一天，"百合说，"刚开始不好走，但是一过了小溪，就好走多了。"

"水位高不高？"樱树问。提到小溪，她想起很久以前，她第一次经过那里时的情形——从一块石头跳到另一块上，还不小心滑倒掉进了水里，差点儿淹死。

"我是从桥上过来的，"百合说，"自从那只可怕的猫头鹰——它叫什么来着？"

"你是说奥凯茨先生？"

"对，奥凯茨，自从他死了之后，出门容易多了。但是，樱树，"百合说，"我得提醒你，肺草变了。"

"怎么变了？"

"他身体十分虚弱，一天到晚几乎全部时间都待在那只旧靴子里睡觉，但他并不想放弃作为一家之主的地位。你了解肺草，对他来说，改变是最大的敌人，所以他总是发牢骚，而且特别容易激动。"

"他一直都很容易激动。"樱树说。

"我想是的，"百合说，"所以我想给你提个建议。"

"什么建议？"

"关于那只臭鼬——猪草二世的朋友，他叫什么？"

"麦法提斯。"

"嗯，名字怪怪的。好吧，我承认，我并不希望他跟我们一起来，实际上，我也认为他没必要……你知道的，没必要到灰屋去。他的到来无疑会让爸爸感到难受，也会让我们其他家人难受。那只臭鼬……他的气味太难闻了，还有，你注意到没有，他老是打嗝儿。"

樱树停住脚步，直视着她的妹妹说道："百合，虽然你是我妹妹，但我不得不说，你太以貌取人了。"

百合轻轻笑了一声说："得了，樱树，总要有人来维护旧的规矩。"

"恐怕我们俩的原则不一样。"樱树感到有点儿失望，让妹妹走在前面，自己站在原地，等着猪草二世和麦法提斯赶上来。

那两个年轻人看到樱树在等他们，立刻闭上嘴不再说话了。

"你们两个相处得如何？"

"这个问题真蠢。"猪草二世说。

樱树没理他，问道："麦法提斯，你经常出门旅行吗？"

"并没有。"他躲开她的目光回答。

"你父母能同意你来太好了，我知道猪草二世很开心。"

"嗯。"

"有机会我想见见他们。"

麦法提斯抬起尾巴，摇了摇，但是没有说话。

"你有兄弟姐妹吗？"

"应该是有。"

"应该？"

"我很久没见到他们了。"

"为什么？"

"妈妈！"猪草二世叫道，"你总是这么爱管闲事吗？"

"猪草二世，我只是想多了解一下你的朋友。"

"没关系的。"麦法提斯对猪草二世说。

"事实上，"他看了一眼樱树，然后又挪开视线，说，"我没有见过我的兄弟姐妹，因为我不住在家里。"

"你不住在家里？"

"是的。"

"那你跟谁住在一起？"

麦法提斯耸了耸肩："我自己住。"

樱树站住了："你是说，你不跟父母住在一起？"

麦法提斯点了点头。

"为什么？"

"因为他懒，被惯坏了，自私，影响了其他人，他只知道捣乱，惹麻烦，所以没谁能再忍受他。"猪草二世不耐烦地叫道。

"而且我的气味也很难闻。"麦法提斯笑着说。

樱树闭上了眼睛。

"在我看来，樱树小姐，"麦法提斯接着说，"家庭是一种过时的事物。"

"你问完了，现在高兴了吧？"猪草二世不满地说。

"可是麦法提斯，在我看来……"樱树想说点儿什么，又觉得说什么都没有用，于是她转身独自走开了，刚才的好心情消失得无影无踪。

9

意想不到

百合走在最前面，第一个意识到前方有点儿不太对。樱树赶上她时，她正后腿直立地站在那里，一动不动地嗅着空气，胡须颤动着。

"怎么了？"樱树说。

"嘘！"百合悄声说，"不知道前面有什么东西，但是感觉不太对。"

"是什么东西？

"你听。"

樱树也竖起耳朵听，她粉红色的尾巴因为紧张变得僵硬。她听到灌木摇晃和折断的声音，还闻到空气中有一股浓重的麝香味。

"你觉得会是什么？"百合说。

"我不知道。"樱树说。

"我们得绕道走。"百合边说边准备往后退。

"你不觉得我们应该先看清楚是什么吗？"樱树说。

"别傻了，樱树，"百合厉声道，"躲开潜在的危险永远是最明智的选择。我们可以走另一条路。"

"但这条不是最近的路吗？"樱树说。

就在她们争执的时候，猪草二世和麦法提斯赶了上来。"发生什么事了？"猪草二世问，"你们两个在吵什么？"

"嘘！"百合说，"前方有奇怪的东西。"

"你是说树吗？"猪草二世说。

麦法提斯看着猪草二世大笑着说："不对，是灌木。"

"哇，真是件不得了的大事。"猪草二世也大笑着说。

"非常不得了的大事。"说着麦法提斯抬起一只爪子，猪草二世跟他拍了一下，然后两个家伙又是一阵大笑。

"你们两个的表现既幼稚又没教养，"百合说，"我一步也不会再往前了。"

"那你待在这里，"樱树说，"我去看看。"

“我也去。”猪草二世说。

“不行，你留在这里，等我搞清楚是什么再说。”

“别再拿我当小孩了！”猪草二世抗议道。

“你什么时候表现得不像个小孩了，我就什么时候拿你当大人。”樱树回答，“现在给我待在这里！”

猪草二世小声嘀咕了一句。樱树很高兴自己没听到他说了些什么，但她听到百合说：“樱树，你还是老样子，总是什么都无所谓地冒险，将我们置身于危险之中。”

樱树生气了。“我就是喜欢冒险！”她大声说，“我很快回来！”走之前，她回头看了一眼，确定他们几个都在原地。

“全都这么愚蠢！”樱树大声地说，也不在乎他们是否能听见。然后，她把注意力放在了前方。

这条小路非常狭窄，在向前延伸了几米之后，绕过了一棵树，再往前，又绕着一块大石头来了个急转弯，这一切都让樱树很难看到前面的路。她只好一边小心翼翼地向前走，一边竖起粉红色的鼻子不断地嗅着。腿在往前走的同时，也做好了随时掉头逃跑的准备。

樱树越往前走，先前闻到的那种气味就越浓烈。毫无疑问，这是某种动物的气味，只是樱树无法立刻判断出是什么动物。而且，随着她不断靠近，听到的声音也越来越响。她意识到不管前面是什么动物，肯定不止一只。

她停下来想，也许妹妹说的有道理——自己是不是真的太爱冒险了？"不，"她想，"我不需要让百合来告诉我该怎么做。"

樱树下定决心，继续蹑手蹑脚地向前走。她看见路边有一排盘根错节的树根，于是绕着树根迂回地走，一直走到转弯处。在确定自己隐蔽好了之后，她才抬起头。

前面道路正中央，坐着一只熊。

10

熊

　　在樱树眼里，这只胸前长着一簇白毛的棕熊，简直称得上是庞然大物了——这是她在幽光森林中见过的最庞大的动物。在棕熊的两腿之间，一只小熊正滚来滚去，个头儿比他妈妈小很多，但也相当大。小熊顽皮地动个不停，一会儿爬到妈妈身上，滚下来，跑开，再跑回来，一会儿跳到妈妈身上，抱着她，用舌头舔她，然后再滚下来，但是他绝不会离开妈妈太远。

　　如果不是巨大得可怕，樱树可能会觉得这种母子嬉戏的场景非常温馨。樱树知道，熊很喜欢吃老鼠。

她注视熊的时间太久了，结果被小熊发现了。小熊瞪着明亮的褐色大眼睛，半张着嘴，伸出粉红色的舌头，呆呆地望着樱树，脸上一副难以置信的表情，好像他从来没见过这么小的动物。樱树被小熊幼稚、滑稽的表情吸引住了，也定定地看着他。

突然，小熊朝樱树跳过来。樱树迅速藏了起来。小熊尖叫着，喘着粗气，把流着鼻涕的鼻子伸进树根里。樱树扭着身子想躲开，结果被另一条树根挡住了。

小熊把一只爪子伸到树根里，几乎快要够到樱树了。樱树的心怦怦直跳，用尽全力把身子紧紧贴在树根上。小熊的爪子碰到了她身体侧面的毛，差一点儿就伤到她了。樱树明白，这样下去她迟早会被小熊弄伤的。

她转头看见一个小洞，立刻钻了进去，然后拼命往上爬，结果又遇到小熊呼哧呼哧的湿鼻子。她只好又跳下去，掉在三面被树根环绕的一个缝隙中。小熊激动地跳来跳去，胡乱挥舞着爪子。樱树暂时安全了，可是被困在了那里。她告诉自己要耐心，小熊很快就会厌倦，然后走开，谁知小熊开始尖声喊起来："妈妈，妈妈，快看！"

樱树惊慌地看见母熊站起身走了过来。母熊想看看是什么吸引了她的宝贝。她每走一步，地面都在颤抖。

　　"救命！"樱树放开嗓门儿尖声叫道，"救命！"她也不
知道在朝谁喊。她告诉过猪草二世让他留在原地的。

　　"好了，布鲁图，"母熊走到小熊身边说，"你发现了什么？"

"我也不知道那是什么。"小熊说。

"我看看。"说着，母熊就把大而黑的鼻子伸进树根里，距离樱树非常近，近到她臭烘烘的口气熏得樱树想吐。虽然母熊够不到她，但樱树能看到她满嘴又尖又长的黄牙。

母熊把鼻子抽了回去，对小熊说："布鲁图，你看到的是只老鼠。"

"能吃吗？"

"如果你想吃的话也可以，不过你现在只是困住了她，要捉到她才行。"

"我该怎么做？"小熊叫道，兴奋得按捺不住。

"听着，布鲁图，耐心点儿，这个小东西跑不掉了，你只要不停地用爪子抓挠，很快就能捉到她，如果她想逃跑，就用爪子拍，那会要了她的命，但照样可以吃。"

"你能给我演示一下吗，妈妈？"

"当然可以，你要做的是……哦，天哪，那是什么？"她转过头吃惊地叫道。小熊也跟着转过头去。

樱树同样吃了一惊，往外瞥了一眼。麦法提斯正快步朝这边跑来，猪草二世骑在他背上。猪草二世喊道："嘿，老妈，你在哪儿？"

"那只……老鼠是在喊你吗？"小熊问妈妈。

"不是的，布鲁图，宝贝儿，我不是老鼠的妈妈……现在跟我来。"

"为什么？"小熊问，"为什么我不能跟那个大个子一起玩？"说着他就朝麦法提斯跑了过去。

"布鲁图，不要！"母熊叫道。

可是太迟了。就在布鲁图冲向麦法提斯的时候，麦法提斯迅速转过身，两只前爪撑在地上，倒立起来，同时高高抬起尾巴，释放出一团气体，正喷在小熊的脸上。

"啊呀！"小熊尖叫道。

他试图掉头往后跑，结果没站稳，向后一跌，一个跟头仰面摔倒在地上。

"妈妈！"他大叫道，"妈妈！臭死了！臭死了！"

母熊赶忙跑过来，结果被麦法提斯发射的第二颗"臭弹"击中了。

母熊大吼一声，一巴掌把臭鼬拍到了一边，猪草二世顺势被抛向另一个方向。母熊没有停留，抱起不停尖叫的小熊，穿过树林跑走了。

樱树不顾臭鼬放出来的"臭气烟幕弹"，立刻从树根里跳出来，大喊："猪草二世，你在哪儿？受伤了没有？"

11

洗　澡

猪草二世哈哈大笑着从灌木丛中爬出来，大喊道："臭鼬，你真是酷到家了！"

"两弹全中吗？"麦法提斯咧嘴笑着回到路上。

"是的，我要谢谢你。"樱树喊道。她气喘吁吁地从头到尾检查了一遍自己的身体。

猪草二世和麦法提斯在路中间会合，互相击掌。"臭鼬，你拥有全世界最臭的味道！太酷了！"猪草二世说。

"你的气味也好不到哪里去，老鼠。"说着，两个朋友一起大笑起来。

"那只小熊差点儿抓住我，"樱树说，"然后，我以为他要抓你。"

猪草二世抽了一下鼻子，笑得更开心了。

"你笑什么？"樱树问。

"老妈，别生气，但是你身上太臭了，我是说，臭得让人恶心！"说完，猪草二世又笑起来。

樱树勉强笑了笑，闻了闻说："你闻上去也很臭。"

麦法提斯点点头说："樱树小姐，恐怕你要变成一只臭鼬了。"

"嗯，至少我没有被吃掉，"樱树说，"这多亏了你。"

"估计我的臭气什么都能赶走。"

"这位老兄，"猪草二世爬回到臭鼬背上说，"即便按照臭鼬的标准，这味儿也臭得要命了。老妈，我听到你喊救命了，幸亏我没听你的待在原地，对吧？"

"我想是的。"樱树不得不承认道。

"我就说，"猪草二世情绪高涨地说，"身为老鼠就要做老鼠该做的事！我应该做的就是保护弱小的老妈！"

这时，百合才上气不接下气地跑过来。

"老天，你们在这里，我担心死了！这到底是……哦，天哪！"她用一只爪子捂住鼻子喊道，"这是什么味儿？"

"是我朋友麦法提斯的气味。"猪草二世说。

"真……真难闻。"她匆忙越过臭鼬朝樱树走去，却猛地站住了，"樱树，我觉得你也……有一种非常难闻的……气味。"

"你难道不想知道刚刚发生了什么吗？"樱树说。

"事情明摆着，这只恶心的臭鼬朝你喷了臭气。"

"事实上，是这只勇敢的臭鼬将我从熊掌之下救出生天。"樱树说。

麦法提斯咧嘴笑了。

"熊！"百合叫道，"在这里？攻击你？"

"是的。"

"我讨厌这个森林！"百合忍不住喊出来，"还有，虽然麦法提斯救了你，但他也要多考虑一下别人的感受！真的，樱树，这太糟糕了。"

"百合，你没听到我的话吗？麦法提斯救了我。"

"俗话说得好，"百合说，"死亡不是最可怕的。听着樱树，等我们一到闪光小溪，你必须立刻把这个气味洗掉，还有你，猪草二世，彻底洗掉！你们不能——绝对不可以——带着这种气味回家。"

"哟，老妈，"猪草二世说，"我要是就这么臭烘烘地回家，你觉得怎么样？"

"你太……"樱树想不出该怎么说，转身沿着小路走开了。她一边走，一边想，这真是让人哭笑不得。

真想立刻就回家，百合想。

这个森林真危险，猪草二世想。

她夸我勇敢，麦法提斯想。

但是他们谁都没说话。

12

闪光小溪

　　樱树走在前面，百合跟在她身后，猪草二世骑在麦法提斯背上，跟在最后面。樱树和百合一直没有作声，猪草二世和麦法提斯却没过一会儿又开始大声说笑。他们大谈特谈曾经遇到过的难闻的气味，还为到底哪种气味最臭争得不可开交。猪草二世回忆起一堆腐烂的臭草，麦法提斯针锋相对地提到一窝放了两周的碎鸟蛋；猪草二世说起一个满是死鱼的臭水塘，麦法提斯则谈到一块满是麋鹿粪便的空地，比上面提到的所有东西还要臭。

　　樱树尽量不去听这种令人恶心的对话，但是有一两次，她也不由得笑起来。不得不承认，这两个年轻人有一种独特的幽默感。尽管她确定自己小时候和表弟兼最好的朋友罗勒从不谈论这样的事情。

中午，樱树终于走到森林边缘，站在闪光小溪的岸边。跟很久以前第一次经过小溪时相比，溪水已经不像原来那么湍急。现在的小溪懒洋洋地流淌着，零星地泛起一堆一堆的白色水沫；遇到岩石和木头时，水流打个转，形成小漩涡，发出汩汩的声音。蜻蜓低低地盘旋着，倏尔，又惊慌地振翅飞走，几乎看不清他们的翅膀。与之形成鲜明对比的是一只乌龟，一动不动地趴在一块洒满阳光的岩石上，做着慵懒的梦。

常年生活在幽光森林的树下，樱树已经忘记外面的生活是什么样了。炙热的阳光十分刺眼，她感到有些头晕。头顶上的蓝天、飞鸟和浮云像是来自另一个世界，就连这里空气中的气味也不像森林里的那么浓烈。微风时而把一种气味送到她的鼻端，时而又送来另一种，好像万花筒一样，变幻不停的各色气味让她的鼻子感到痒痒的。

樱树沉浸在眼前的景象里，忽然意识到，小溪犹如一个界标：这边是幽光森林，另一边则是空阔的田地——一个完全不同的世界。樱树感到一阵恐慌，这意味着小溪也宛如她过去和现在生活的分界线。她真的想回到过去吗？还来不及细想，百合就从树丛里走了出来。

自从遭遇了熊，身上变得臭烘烘之后，她的这位妹妹就一直毫不掩饰地刻意跟她保持距离，确保自己待在上风口。

"太好了！"百合大声说，"终于摆脱阴暗的森林，还有臭气了！现在只要跨过小溪，穿过旧果园，就到灰屋了。等我们过了小溪、爬上河岸之后就能看见了。"

樱树百感交集，很希望能单独待一会儿，但嘴上只是简单说了句："我不记得了。"

百合嗅了嗅，说："樱树，你不打算先洗个澡吗？"

"也许吧。"樱树说。她本来就有洗澡的打算，只不过她不想有被安排的感觉。她在水边坐下来，把爪子伸进水里，撩了两下水。"水是温的。"她说。

"你说'也许'是什么意思？"百合追问道，"樱树，你们两个不能顶着这样的气味进家门，那太有失礼节了。真的，你现在闻上去臭死了。只有我能对你这样说，谁让我是你妹妹呢。"

"百合，"樱树没有抬头，她看着水流回答，"也只有你才会说这样的话。"

这时，麦法提斯和猪草二世从树林里走出来。"嘿，一条小溪，"猪草二世说，"谁想游泳？"不等回答，他就从臭鼬背上滑下来，一头扎进了水里。

"臭小子，"百合喊道，"你把水溅到我身上了！"

猪草二世于是更加起劲地用爪子拍水。一道水柱不偏不倚地浇在百合姨身上。

百合赶忙跳到一边，喊道："樱树，快让他住手！"

樱树忍着笑轻声说："猪草二世，快停下来！"

"好的。"猪草二世心领神会地笑了笑。他开始在水里游来游去，麦法提斯也跟了过去。他们两个在水里闹起来。

百合看了他们一会儿，说："樱树，我有一个主意。"

"什么？"

"我想多走几步到河的下游去，从桥上过去，先回家。这样，我就可以通知他们你们要来了。你和猪草二世可以慢慢走。"

"你是想提醒他们当心我。"

"樱树，爸爸很容易激动。"

"那你就先去吧，让他不要激动，我们很快就来。"

"好的。"百合回答。她沿着河岸往前走，但没走多远又停了下来，转头说："樱树，答应我，你和猪草二世要洗个澡。"

"事实上，我打算让麦法提斯再给我们喷一点儿臭气！"

"樱树，你不可以这样！"百合气急败坏地叫道。

"不行吗？"樱树调皮地露出一个遗憾的微笑，"可是我喜欢。"

百合欲言又止，头也不回地走了。

看着百合的身影消失在转弯处，樱树失望地叹了一口气。她和这个妹妹性格大相径庭。不过她立刻在心里责备自己，百合有自己的个性，她得承认这一点。

"你知道你和百合让我想起了谁吗？"猪草二世看着百合离开后喊道。

"谁？"

"我和妹妹漏斗花。"

"胡说。"樱树说。

"才不，我们都一样，"猪草二世坚持说，"我和漏斗花也是互相看不顺眼。百合姨去哪儿了？"

"她要先回家，提醒他们看见我们时不要太过失望，或者至少不要表现出来。"

"他们有什么可失望的？"猪草二世问。

"这……太复杂了，很难解释。"樱树坐在那里，正在琢磨猪草二世刚刚的话，突然被水花淋了一身。

樱树吃惊地抬起头。"猪草二世！"她大吼了一声。不过，她立刻提醒自己不要动气，而且她确实也需要洗一洗。想到这里，她扑通一声跳进了小溪。这突如其来的一跳反倒让猪草二世吃了一惊，溅起来的水花一下子把他淹没了。

他气急败坏地冒出头来大喊："嘿，老妈！你在干什么？"但是紧接着他哈哈大笑起来，和樱树展开了激烈的水战。麦法提斯先是袖手旁观，在旁边笑个不停，随后他加入

了樱树的阵营。

"这不公平!"玩得兴高采烈的猪草二世抗议说。

他们三个一直玩到筋疲力尽,才从小溪里爬出来,躺在太阳底下晾着。

"嘿,妈妈,"猪草二世问,"我们还要走多远?"

"你姨说,跨过小溪,经过旧果园,就到了。"

"酷!"

樱树闭着眼睛躺在阳光下,毛茸茸的白肚皮朝上。胡须很快就晾干了。暖洋洋的感觉遍布全身,让她感到无比舒适。就在她彻底放松时,她听到麦法提斯悄悄说:"猪草二世,你妈妈很酷。"

"也许吧,"猪草二世说,"但是她遇到熊的时候,多亏了我们才得救,她太软弱了,我更喜欢她身上臭烘烘的时候。"

"这倒是。"臭鼬低声说。

樱树不想再听下去,于是站起身走开了。

"嘿,妈妈,"猪草二世喊她,"你要去哪儿?"

"我想自己静一会儿。"说着她沿着河岸往前走。

13

猪草二世和麦法提斯

"我说错什么了吗?"猪草二世问麦法提斯。

"我怎么知道?"臭鼬说,"我一点儿也不了解那些做父母的,永远搞不清楚他们的想法。"

"我也是,"猪草二世说,"我只知道我永远不会变成那样。"

"变成哪样?"

"变老,那实在太奇怪了。嘿,你听见我妈妈说的话了吗?"

"关于什么?"

"百合姨，她要先回灰屋，为的是告诉他们，看见我们时不要惊慌。"

"我听见了，"臭鼬说，"但我觉得你百合姨指的不是你妈妈。"

"没错，"猪草二世咧嘴笑着说，"她不喜欢的是我们两个。"他打了个嗝儿，举起一只爪子，麦法提斯默契地跟他拍了一下。

"事实上，"麦法提斯说，"我觉得，她不喜欢的只有我而已。"

"嘿，你是臭，但是我还粗鲁呢。你没看见我泼她水时她脸上的表情吗？"

说到这儿，他们两哈哈大笑起来。

"你身上还是很臭，"麦法提斯说，"你不再去洗洗吗？"

"我想把他们熏倒。"猪草二世说。

于是他们两个又开始笑个不停。

"不过，我很喜欢你妈妈，"等笑够了，麦法提斯说，"她很酷。"

"嗯，她还行。"猪草二世说。

"她要是我妈妈就好了。"

"那不可能，你是一只臭鼬。"

"嘿，你舅舅还是一头豪猪呢。"

说着他们又笑了起来。

过了一会儿，猪草二世说："你知道我们该怎么做吗？"

"怎么做？"

"抢在百合姨之前到灰屋去，大摇大摆地进去，就像我们是房子的主人，给他们来点儿厉害的。"

"我同意，"臭鼬说，"不过有个问题。"

"什么？"

"你的毛不黑了，你从烧焦的树上弄来的烟灰已经被水洗掉了。"

猪草二世看了看自己。"糟糕，我把这个给忘了！也许我能在对面找个合适的东西重新染一下，我可不想在那家人的面前普普通通的。"

猪草二世走进溪水里，准备过河。他先是小心翼翼地走，后来干脆游起来。麦法提斯则蹚着水走。"噢，不！"接近对岸时，他喊道。

"怎么了？"猪草二世问。

"你身上的臭味变少了。"

"那不行，你再给我喷点儿。"他朝臭鼬背过身去。麦法提斯前脚倒立，向他喷出臭气。

"怎么样？"猪草二世问。

麦法提斯闻了闻，说："棒极了！"

"走吧，"猪草二世说，"到岸上来。我记得妈妈说有一个果园，我们穿过果园去，才能到灰屋。"

"这还不容易。"麦法提斯轻松地爬上河岸。他们刚一上岸，旧果园就赫然出现在他们的面前。果园跟森林不一样，这里没有到处散漫生长的高大笔直的松树，只有几十棵苹果树，树与树的间距一致，树干歪歪扭扭，树枝低垂着。果园里的空气也不像森林里那样充满浓烈干爽的松枝的气味，而是有一种像蜂蜜一样湿润、浓稠的甜味。

"这个森林有些奇怪。"猪草二世说。

"你妈妈说这叫果园。"麦法提斯提醒他，"闻着很香。那边那个四四方方的东西是什么？"

"我想那就是他们说的灰屋。"猪草二世说。

他们俩安静地望着灰屋。

"你知道吗？"麦法提斯说。

"什么？"

"我以前从没见过房子。你家里人住在这个地方吗？"

"嘿，臭鼬，那不是我家，是我妈妈的家。除了刚刚遇见的百合姨，我从没见过她们其他的家人。噢，对了，有一次，我们来给死去的猪草大伯种树——我的名字就是为了纪念他而取的，就在旁边的那座山上。但我妈妈不想见家里的任何亲人。不过当时，我远远地看见了这座房子。"

"你大伯是什么样的?"

"听我妈妈说,他做过很多疯狂的事,我的意思是,真正很酷的事。因此我妈妈的家人,特别是她爸爸,很讨厌他。"猪草二世压低声音说,"'身为老鼠就要做老鼠该做的事',这就是猪草大伯过去经常挂在嘴边的话,是不是很酷?他只做自己喜欢的事。"

"他后来怎么样了?"

"死了。"

"怎么死的？"

猪草二世耸了耸肩："不知道。不管怎样，他不像那个百合姨那么古板。"

"可惜死了。"麦法提斯说。

"臭鼬，"猪草二世说，"如果他们都跟百合姨一样，那就太讨厌了。不过我不在乎，真的。"

"我也是。"

"在我看来，"猪草二世说，"如果他们不喜欢我，我也不会喜欢他们。所以，等下我们去捉弄他们一下。"

他们没再说话，慢悠悠地穿过果园。

灿烂的暖阳照耀着绿油油的青草，随处可见五颜六色的花，随时可闻鲜花的香气。苹果熟透了，落在地上；蚱蜢跳来跳去，翅膀窸窣作响；蜜蜂嗡嗡地叫；蝴蝶不时地翩翩飞过；松鸦、林莺和蓝知更鸟俯冲下来，张着大嘴啄食昆虫。

"这里真不错。"过了一会儿，猪草二世说。

麦法提斯咕哝了一声表示同意。

他们不急不忙地静静走着，偶尔回头看看走了多远。又过了一会儿，猪草二世说："我在想，或者我们可以回去等我老妈，那样可能更容易一些。"

"我想也是。"

"但万一我们回去了，她不在那儿就糟了。"

"也对。"

"所以，我们还是继续往前走吧，"猪草二世说，"如果我们慢点儿走，也许等我们到那儿时，她都已经到了。"

"希望如此。"臭鼬说。

他们又往前走了一点儿，麦法提斯说："喂，我想打个盹儿。"

"我也是，"猪草二世说，"而且，得保证能让我妈妈先到，对吧？"

麦法提斯没有回答，他蜷起身子躺下来，把蓬松的尾巴绕在身上，闭上眼睛。猪草二世靠着自己的朋友躺下，把头枕在麦法提斯柔软的肚子上。他伸手拔了一根柔嫩芬芳的草叶，放在嘴里漫不经心地嚼着。"嗯，这儿确实不错。"他喃喃自语。

阳光暖洋洋的，微风轻轻地吹拂着，两个好朋友很快进入了梦乡。

14

一位老朋友

就在猪草二世和麦法提斯打盹儿的时候，樱树沿着闪光小溪的河岸慢慢地走着，心情十分低落。她不时捡起一块鹅卵石，掷向水面打水漂，但总是只打出一个，石头就沉入了水底。"跟我人一样逊。"她说。

樱树对自己很失望。在生活中，她愤怒过，又恢复了冷静；恐惧过，又鼓起了勇气；经历过危险，也感受过平安的欢乐；喜爱过，也厌恶过；有时会感觉无聊，但更多的时候是兴奋和激动，可从没像现在这样悲伤过。

毫无疑问，猪草二世——一个本不该如此难搞的孩子，令她感到很挫败，同时，她对自己的妹妹也很失望。她问自己，是不是因为爸爸的衰老才这样难过？也不完全是。尽管她希望爸爸一切都好，但毕竟他上了年纪，这是自然规律，在她的意料之中。

她提醒自己往好处想——她有心爱的黑麦，还有深爱的孩子们，包括猪草二世。确实，猪草二世行为粗鲁，没有礼貌，但是他笑起来那么有感染力，能发出那种笑声的不可能是坏孩子。刚才和他的水战是多么快乐啊！她在森林里的生活，还有艾瑞斯，这些都那么美好。

然而，她心里还是很难过。她想知道，家到底是什么？为什么会让她既感到幸福又感到忧伤呢？

樱树沿着河岸继续走着。内心的沮丧和身边宁静的流水形成了反差。突然，她停下来，不敢相信眼前看到的。"艾瑞斯纵·多萨托姆！"她喊道，"你在这里做什么？"

艾瑞斯坐在小溪边，正用爪子捧水洗脸。听到樱树的大喊，他转头看了一眼，哼了一声，一句话也没说，继续埋头洗他的脸。

"艾瑞斯，"樱树喊，"回答我！"

"你跟鼹鼠一样是睁眼瞎吗？"艾瑞斯说，"你看不见我在洗脸吗？"

"我认识你这么久，你从来没洗过脸！"

"现在到了洗脸的时候了。"

"但是你为什么在这儿？"

"因为我愿意。泡菜坛子，这地方是你的吗？"

"你在跟踪我，是不是？"

"木头脑袋，如果我跟踪你，我应该在你身后。需要我提醒你一下吗？刚才是你先看见我的。"

"事情明摆着，"樱树说，"你知道我要去哪儿，我都告诉你不要来，你还是跟来了。"

"我只是在找新鲜的盐。"

"艾瑞斯，我让你待在家里帮黑麦的。"

"他自己完全应付得了。"艾瑞斯嘟囔道。

"所以是我应付不了，你是这个意思吗？"

"你需要保护。"

"谁会伤害我？"

"你的家人。"

"艾瑞斯，一切都很顺利。"

"可恶！"艾瑞斯喊道，"你到底是怎么回事？"

"艾瑞斯，我什么事也没有。我要去看我爸爸，他病了，你在这里帮不上忙。"

"腌制的臭丫头！你以前喜欢我在身边的，现在是厌倦我了吗？"

"艾瑞斯！"樱树急得几乎要哭出来了，"我爸爸不喜欢豪猪。"

"为什么？"

"不为什么，就是不喜欢，因为他无知。我替他道歉！"

"对！"艾瑞斯爆发了，"很显然，我们不想教育任何人，不想让任何人因为真相而尴尬，难道不是吗？也就是说，我可以被介绍给你的朋友，却不配被介绍给你的家人！很好，我本想站在一旁，以便在你需要的时候能及时借你一根刺，给你一点儿帮助。你知道的，老朋友总是会派上用场。但是，你这个酸泡菜，我想我错了！忘了我们一起做过的一切吧，忘了过去，别再想什么未来！再见了，毛球！这真是太好了！无论何时，只要你想再见到你最好的朋友，只要说一声，我就会立刻出现在你身边。相信我！忘了吧，蘑菇嘴巴，忘了这些！给自己煎个耳屎三明治，把它吃掉！再见！"

艾瑞斯语无伦次，还没说完，就转身朝森林摇摇晃晃地走去。

"艾瑞斯，等等！"樱树喊道，"你没明白，请听我解释！我需要跟你谈谈！"

但是太迟了，艾瑞斯已经走了。艾瑞斯在灌木丛里横冲直撞，带刺的尾巴愤怒地甩来甩去。"坏脾气的猪蹄纽扣！"他抱怨道，"鸭嘴兽的平方根——莫名其妙！"

突然，他停下来，转身朝后看去。他的眼神有些茫然，满脑子想的都是樱树。倒不是担心她有危险，只是他意识到她看上去似乎很不开心，很沮丧。"她说的肯定不是真心话，不可能是。"

"奶油水泥黄油舱，她在胡说八道！"他恨恨地说道，

"我不会听她对我指手画脚的！不用她告诉我哪里可以去、哪里不可以去！如果我想去拜访她的家人，那我就要去！"

想到这里，艾瑞斯再次掉头，朝闪光小溪和旧果园走去。

在艾瑞斯往森林中冲去时，樱树呆呆地望着他离去的身影，听着他跑过草丛时发出的窸窸窣窣声，眼泪顺着她的脸颊和粉红色的鼻子淌了下来。"这简直是，"她喃喃道，"我一生中最糟糕的时刻……我恨家人！我恨他们！"

随后，她叹了一口气："但我没有选择，不是吗？我就是这个家庭的一分子。"

樱树沿着河岸慢慢地往回走。她低着头，耷拉着尾巴，心情十分沉重。

"这太荒唐了！"她听见心里有个声音说，"简直是一场灾难！我就应该自己回来。如果灰屋的其他老鼠都跟百合一样，那就太可怕了。他们不会喜欢我，带猪草二世来就更糟了。不行，他不能跟我一起去灰屋，他得跟麦法提斯回家，我不在乎猪草二世怎么想。艾瑞斯没来最好，这件事我必须独自面对。好吧，去灰屋看看爸爸，陪妈妈待一会儿，然后我就回家。"

这样决定之后，樱树沿着闪光小溪往回走，但是当她走回到跟猪草二世和麦法提斯分开的地方时，她发现他们俩都不见了。

15

百合到达灰屋

百合沿着小溪以最快的速度走着。

"真搞不懂樱树，"她大声地自言自语道，"她怎么变成这样了？是，过去她是有点儿固执，但现在……"

百合摇了摇头。

"当然，我知道问题出在哪儿——这就是离开家庭的后果。抛弃家人，跟一只……赭鼠走了？！看看那个猪草二世，太让人讨厌了，比之前那个猪草好不到哪儿去！还有那只臭鼬，简直难以置信！这要是让爸爸看见，真不知道他会说什么。还有妈妈和其他兄弟姐妹会怎么想？真丢脸！还有那只可怕又粗俗的豪猪，要是他也来了，那真是一场大灾难！谢天谢地他没来！唉，希望这些松子能让爸爸欣慰一些。"

百合走到了架在小溪上的那座木桥前。所谓的桥，只是一排纵向搭在两岸之间的木板而已。木板之间的缝隙对老鼠来说太宽了，稍微不小心就会掉下去。百合选了其中一条木板，安全地跑了过去。对岸就是从班诺克山脚下经过的那条柏油路，她贴着路边匆忙地走着。

快走到灰屋时，百合注意到那辆黄色的推土机还停在原地。虽然这让她松了口气，但是有这样一个丑陋且凶恶的巨大机器蹲在那里，还是让她心跳加速，小圆耳朵不自觉地颤动。她扭头朝灰屋看去。屋顶上飘着一面红旗——那

是肺草制定的紧急信号。百合赶忙快步跑回灰屋。

"嘿，百合！你找到樱树了吗？"当她匆匆忙忙来到那个残破的建筑前时，一只跟她同辈的老鼠问道。

百合冷冷地看了对方一眼，没有回答。

"百合，"另一只老鼠招呼道，"樱树来了吗？"

"樱树在哪里？"

"你找到她了吗？"

"樱树会来吗？"

他们为什么一直问起樱树？百合心想。她没有回答，直接爬上门廊的台阶，往屋里走去。门口挤满了转来转去的老鼠，百合不得不边挤边说："能让我过去吗？对不起，谢谢！"她一直走到前厅的台阶后面。肺草的书房—— 一只旧靴子，就在那里。那是农场最早的主人——农夫莱蒙特很多年前扔掉的。

靴子里铺着原来装土豆的麻袋的碎片，靴面上被啃出了几个小"窗户洞"，"窗户洞"上蒙着"餐巾纸窗帘"，门口还挂着一条旧格子领带，当作门帘。

出于对一家之长肺草的尊重，现在又要看在他的年纪和病情的分上，不经肺草的妻子，也就是百合和樱树的妈妈香芹的允许，其他任何鹿鼠都不许擅自进入靴子。据百合所知，肺草的靴子是灰屋现在唯一一个真正的独立空间。

百合走到靴子边停下来，调整了一下呼吸，平静下来。她拉开窗帘，轻声叫道："妈妈，你在里面吗？妈妈，是我，百合，我回来了。"

香芹从靴子里走出来。即便在鹿鼠中，她的个头儿也算矮小的。她长着温柔的淡灰色眼睛和稀疏的胡须，一紧张就会用爪子拍耳朵，好像耳朵上有灰似的。

"啊，百合，"香芹说，"真高兴你回来了，这下你爸爸就放心多了。"

"他怎么样了？"百合问。

"还是老样子，心事重重，不停地抱怨，真可怜。"香芹朝四周看了看，紧张地拍了一下耳朵，问道，"百合，樱树在哪儿？你没找到她吗？她不回来吗？"

"不是的，恐怕她很快就来了。"

香芹眨了眨眼："恐怕？为什么这么说？"

"妈妈，樱树她……她变得……不一样了。"

香芹担心地用一只爪子捂住嘴："怎么不一样了？"

"她现在住在一个枯树桩里，有一个丈夫，还有十一个淘气的孩子。"

"天哪！"

"她不像以前那样优雅，也不像以前那样亲切了，事实上，妈妈，她现在非常的……自我。"

香芹叹了一口气说："自从那个猪草进入了她的生活，她就变了，变得……"

"俗气。"百合替她说。

"猪草很特别，可是对她没有好影响。他总是对所有的事都要问个明白，结果那么年轻就死了，太悲剧了。你知道的，我……当然，我一直为他的死感到难过。"说到这里，香芹低下头，以示尊重，然后说，"但是，百合，你也很清楚，那只赭鼠就是不肯听你爸爸的话，他是自讨苦吃，但是樱树肯定不是那样的，是吧？"

"但是妈妈，她嫁给了猪草的弟弟。"

"真的吗？"

"也是只赭鼠。"

"又是赭鼠！"

"还有，樱树给她的一个孩子取名叫……猪草二世。"

香芹吃惊地张大了嘴。

"并且，她还把那个小猪草也带来了。"

"带到我们这儿？"

百合点点头。

"但是……"香芹紧张地拍打她的耳朵。

"我不愿意说你外孙的坏话，"百合说，"但是这个小猪草，跟原先那个猪草没多大差别。先这么说吧，他把自己从头到尾染成了黑色……"

"黑色！"

"背上还有一道白色条纹。"

"我的天哪！"

"他非常粗鲁。这个猪草二世还带来了一个朋友……"

"老天！"香芹喊道，"这个时候还带朋友来！"

"这个朋友……妈妈，"百合的声音变得尖厉起来，"是……是一只……臭鼬！"

香芹两只爪子都捂住了嘴。

"妈妈，"百合又放低声音坦率地说，"我唯一能做的就是阻止樱树带她那个可怕的豪猪朋友来。"

"百合，你的意思是，我们听到的那些传言，说樱树的一个好友是……豪猪，都是真的了？"

"我跟你说过那不是传言，不是吗？如果世上有什么讨厌的动物粗鲁又霸道……"

香芹的胡须耷拉下去，尾巴不安地甩动着，每个字的音调都在升高："樱树还带了那只……豪猪来这里？"

"没有，没有，"百合说，"因为被我坚决拒绝了。"

"啊，百合，"香芹说，"千万不能当着你爸爸的面提'豪猪'这个词，你知道他是多么痛恨豪猪。"

"是你吗，百合？"靴子里传出一个虚弱的声音。

"是的，爸爸，"百合叫道，"我在这里。"

"为什么在外面跟你妈妈废话？进来跟我说。"

母女俩交换了一个同情和理解的眼神。"你赶紧进去，我没事，"香芹拉开门口的帘子，悄声说，"百合，亲爱的，跟他说话时要小心。"

"你总不希望我说谎吧？"

"不，不，当然不，但是像我妈妈以前总提醒我的，拿不准的事不要说。"

“妈妈，我心里有数。”百合举起手里的树叶包说，“我还给爸爸带了一些松子。”

“唉，百合，真希望你爸爸能明白他有一个多好的女儿。”

百合苦笑了一下，捏了捏妈妈的手表示安慰，然后穿过门帘走了进去。

16

肺 草

百合走到靴子深处。里面非常昏暗，空气里充斥着上了年纪的病人特有的酸腐味。

"到这儿来，百合！"肺草叫道，"别磨磨蹭蹭的！"

百合在靴子大脚趾的位置找到了她的父亲肺草。他正躺在乳草做的床上休息。老肺草年轻的时候很健壮，但是最近一段时间越来越瘦弱了。他身上的毛几乎全白了，尾巴也瘦得几乎变成了皮包骨，只有已经灰白的胡须还优雅地卷曲着。那个总是当帽子戴在头上、作为权威象征的象牙顶针，被搁在了他的身旁。

当百合从暗处走出来时，肺草用胳膊肘撑起身子坐了起来。百合见他极其憔悴，心里感到很难过。他的门牙原本有一点儿向外凸出，现在因为消瘦，更加明显了。他的眼神近来也开始游移不定，让人感到很不安。他还经常咳嗽，喘得很剧烈，震得他整个身子都跟着颤抖。

　　"你找到樱树了吗？"肺草急切地问。

　　"找到了，爸爸。"

　　"路上没有遇到豪猪吧？"

　　"嗯……没有，爸爸。"

"如果任由豪猪横行，他们会控制整个世界的。"

"确实如此，爸爸。"

"人类运来的那台推土机还在那里，但我怀疑这背后是一只豪猪在捣鬼。你应该注意到了，我让他们插上了红旗。樱树会来吗？"

"会的，爸爸。"

这只年迈的鹿鼠又咳嗽起来。"我希望她明白，"肺草继续说，"这是她作为一个孝顺的女儿，对我、对整个家庭承担责任的时候。跟着某个家伙离开家到别处去总是荒唐的，有谣言说，她没经我允许就结婚了，还有谣言说她跟一头豪猪做了朋友。我当然不会相信，但即便是谣言，也还是会让人不安。她难道不明白我对她有重要的安排吗？"

"什么安排？"百合问。

"那是要讲给你姐姐樱树听的，不是你。"肺草又是一阵急促的咳嗽，"家里的情况你都跟她说了吗？"

"是的，爸爸。"百合说。

"好。我会私下跟她解释所有的事，告诉她必须要做的，给她好的建议，为她指明方向，告诉她谁可以信赖。你确定这些都告诉她了吗？"

"是的，爸爸，大部分都说了。"

"好，好。当然了，我会比你解释得更清楚。现在你可以走了，如果你愿意的话，可以去跟你的妈妈聊聊。但是樱树一到就立刻通知我，我急着要告诉她我对她的安排。"

"不能先跟我说一下吗？"

"不，只能单独说给樱树听。"说着肺草又喘了起来，他不得不回到床上。

"我还能为您做些什么？"

"让我静一会儿，你可以走了。"

"爸爸，我给您带了一些松子。"百合把树叶包整个递过去。

"好，好。放在那里，去吧。"

百合擦掉眼泪，退了出去。

17

樱树回来了

发现猪草二世和麦法提斯不在时，樱树气极了。刚开始，她以为他们只是去玩了，但是过了很长时间，他们还没回来，樱树这才意识到他们可能先走了。一想到这两个年轻的家伙粗鲁地闯进她的家，她却不在现场，无法缓和气氛，她感到极其不安。

她又想到，也有可能他们回树桩的家了。这倒是正合她意。只是他们两个年纪还太小，独自穿越森林可能会不安全。

但是不管他们要做什么，都应该先告诉她才对。"太轻率了！"她挫败地叫道，"为什么猪草二世老爱惹麻烦！"

紧跟着，挫败感变成了愤怒。"不管他了！"她气得大声说，"我不能一直在这里等着！他要走是他自己的事！真希望他是回家了。"

想到这里，樱树跳进小溪里。为了彻底洗掉残留在身上的臭味，她又仔细地洗了个澡。之后，她时而蹚水，时而游泳，终于到了对岸。在那里，一眼能望见很远的地方。

"天哪！"她惊叹道。放眼望去，旧果园、灰屋、柏油路，还有班诺克山，过去生活的地方尽在眼前。这景色也意外地打开了她记忆和感情的闸门。樱树忽然咯咯地笑起来——她和兄弟姐妹们无数次在那里玩捉迷藏。有一次，表弟罗勒还被困在了荆棘丛里。忽然，她又差点儿掉下眼泪——她心爱的猪草就是在班诺克山的山顶被猫头鹰奥凯茨吃掉的。

她完全没有料到自己会有这么强烈的情绪。"为什么会这样？"她听到心里有个声音在问，"我离开了这么久吗？"紧跟着她听到自己不假思索地回答："因为我已经不是原来的我了，他们不会明白的。"

樱树坐了下来。"往好处想想，"她强迫自己，"去看望家人会有很多有意思的事情发生。"

"一定会的！通常都是这样的。"她悲观地补充道。

只坐了一会儿，樱树就注意到灰屋旁边有一辆黄色的推土机，看上去那么巨大，仿佛威力无穷。推土机停在那里一动不动。百合跟她说过，大家都认为推土机会摧毁整个灰屋。太可怕了！难怪屋顶插上了红旗。灰屋真要是毁了，全家能到哪里去呢？谢天谢地，我还有一个安全住处，樱树心想。

　　樱树知道自己耽搁了太长时间，必须要快一点儿了。她深吸一口气，告诉自己要勇敢——尽管她也不知道为什么要勇敢。那是她的老家，她即将看望的是她的家人。加油！她站起来朝灰屋走去。"怎么有点儿腿软？"她纳闷儿，心也开始剧烈地怦怦跳。樱树对自己大声说："别傻了！看望自己的家人不需要勇气！"但是，心里有个声音马上反驳说："不，需要的。"

　　尽管这样，樱树还是走进了草丛中。她被高高的草挡住了视线，一时间看不见灰屋了。不过，这毫不影响她继续往前走。她对这条路很熟悉，好像昨天才刚刚走过。但她不知道也没有看到的是，猪草二世和麦法提斯就在离她几步远的地方打盹儿。

　　快要走出旧果园时，樱树看到一簇兜兰，呈优雅的紫色、粉色、白色和蓝色，在午后的阳光中安静地轻轻晃动，散发出阵阵芬芳。樱树一直非常喜爱这种花，很想带回去给丈夫和孩子们，但是它们在幽暗的森林中是无法生长的。

突然，樱树格外地想念黑麦——他总是那么坚定、善良和可爱。还有孩子们，她太想念他们了。接下来，樱树几乎没有意识到自己在做什么——她摘下一朵兜兰，开始跳起舞来。舞步迟缓，有些生疏，舞姿也不是特别优雅，但在她心中，随着欢快的音乐起舞的欲望和从前一样强烈。她边跳边想："啊，活着真好！"

突然她猛地停了下来。"樱树，"她责备自己道，"你太荒唐了！你现在是十一个孩子的妈妈！"她自嘲地哼了一声，把花扔了，结果又立刻为自己粗鲁的动作感到后悔。她跑过去把花捡起来，心怀歉意地轻轻揉了揉花瓣，然后轻轻把花放在地上。"傻瓜！"她大声说，跟着咯咯笑起来，给了自己一个拥抱。现在，她已经准备好面对即将到来的一切了。

灰屋隐约就在眼前。樱树停下来，打量着：看上去好像比她记忆中的要小，而且更加破败，好像完全废弃了一样。

"嘿，你好！"一个声音招呼她说。

樱树吓了一跳。她看着眼前的这只鹿鼠，一时间说不出话来。

"需要帮助吗？"那只鹿鼠正说着，突然惊讶地倒吸了一口气，"老天！樱树！你不认识我了吗？我是罗勒！"他大叫起来。

"罗勒！"樱树大叫着张开爪子，抱住了这个她最喜欢的表弟。

然后就是滔滔不绝的提问和倾诉，两只鹿鼠同时说个不停："你好吗——你看上去气色很不错——见到你我太高兴了——这么多年了——你不知道我经常想你——为什么你一直不回来看看——你过得好吗——不，不，我想知道你的情况！见到你真开心——你几乎没怎么变——你也是——你应该给我捎个信——你家人怎么样？——告诉我你都做了些什么——你还好吧——一切还好吧——你一定要见见我妻子——你一定要见见我丈夫——你看起来棒极了——啊，看到你我真是太激动了！"

至于谁说了些什么，什么时候说的，对方回答了什么，

或者问了什么、解释了什么……他们通通不知道，也不在意，更不想追究，因为这并不重要，一点儿也不重要。不！是完全不重要。他们一遍又一遍地重复着同样的问题和同样的答案，但是后来速度慢了一点儿，并且多了几个新的答案。两只老鼠迫不及待地想了解对方的生活，全然顾不上说自己的情况。等终于说完了，或者说是暂时告一段落，他们再次又哭又笑地抱在一起。

最后樱树说："百合跟我说，这里的情况不是很好，所以我就回来了，罗勒，这是真的吗？"

"事实上，这里的生活跟你离开时没有多大差别。"罗勒回答说，"只不过肺草上了年纪，性情有些变了，而且，我们住得很拥挤，再就是那个东西。"罗勒指了指推土机。

"它什么时候启动？"樱树问。

"谁都不知道，"罗勒说，"可能就快了，我们都提心吊胆的。这个以后再说，我们先回家。大家都知道你要回来，至少都在这样盼着，急着要见你呢。"

樱树笑了。

他们匆忙朝灰屋走去。

很快，樱树遇见了第一个亲戚，跟着是第二个、第三个……所到之处，大家都热情而激动地欢迎她，跟她拥抱，关心地询问她："嘿，樱树，真高兴看见你！这么久不见，你去哪儿了？"她一遍又一遍地听到同样的问题。等走到房子的台阶前时，她已经被一大群老鼠围住了，潮水般的致意和问候让她几乎没法儿再往前走。樱树高兴之余，不禁问自己，为什么之前竟然会那么担心？

就在这时，樱树抬起头，看见了妈妈香芹。她站在肺草旁边，搀扶着肺草。天哪！他们两个真的老了许多。像以往一样，肺草头上戴着象牙顶针，看上去非常严肃。他一看到樱树就立刻说："你来了，樱树，为什么耽搁这么久？快过来，我有急事要和你商量。"

一瞬间，一切似乎又回到了过去——她的父亲严肃而自负地要告诉她一只弱小的老鼠应该怎么做。肺草说话的语气一点儿没变，好像时间静止在过去没有流动过，好像生活也没有改变。

但是事实上，一切都变了。

18

樱树和肺草

　　鼠群渐渐安静下来，纷纷让出了一条通道。樱树察觉到自己下意识地攥紧了爪子。罗勒在她耳边悄声说："别担心，你能应付的。"

　　樱树连点头回应都来不及，就走上了台阶。她本想给妈妈香芹一个拥抱，结果却被妈妈拉到一边。"樱树，亲爱的，"香芹皱了皱鼻子说，"你怎么老了！"听上去似乎有点儿责怪的意思。

　　不等香芹再说什么，樱树就听到肺草说："过来，樱树，别浪费时间。"他一边咳嗽，一边拉住她的爪子："我们有重

要的事情要商量。"

樱树任凭肺草把自己拉进屋子里。她看见百合皱着眉头站在那里，便朝百合笑了笑。她本想去打个招呼，却被肺草拽走了。香芹也不被允许跟着。

樱树一边跟着肺草走，一边惊讶地四下环顾：灰屋比过去拥挤许多，已经不是她记忆中的样子了。鹿鼠越来越多，却没有更多的空间，大家像游行的队伍一样挤在一起，团团乱转。就算是蜂窝也有独立空间，但这里几乎连住的地方都没有了。鹿鼠们的交流方式主要是大声喊叫，谈话、争吵、聊天的声音灌满了樱树的耳朵。此刻，樱树感觉寂静的幽光森林仿佛像月亮一样遥远。

樱树和肺草很快来到老农夫的靴子深处。在刚刚体验过明媚的阳光、家人们吵闹但热情的迎接，以及屋子里的嘈杂之后，樱树感觉靴子里愈加阴暗得令人窒息。

肺草摘下象牙顶针搁在一边，放松下来。他轻轻咳嗽了几声，气喘吁吁地爬到他的乳草床上躺下来。樱树打量着肺草：他老了许多，脸庞变瘦削了，眼睛失去了神采，呼吸也不那么均匀，看上去虚弱极了，甚至就连那个象牙顶针也失去了往日的光泽。她忍不住关心地问："你还好吗，爸爸？"

肺草举起爪子在空气中抓了一下，好像空气中有什么刺激到他了一样。"樱树，不要浪费时间说这些没用的，我不喜欢闲聊。眼下我们这个曾经兴旺的古老家族正处在一个关键时刻，一个承载过去，而且毫无疑问，也是开创未来的时刻，一个富有鲜明历史色彩的时刻。"

　　"爸爸，"樱树说，"你是指，灰屋可能会被推倒这件事情吧？"

　　"是的，这件事当然有影响，但我想说的，主要是你的未来。"

　　"我的未来？"樱树惊讶地叫起来。

"别插嘴，好好听着，"肺草摸着胡子说，"现在，你的第一个任务是为我们除掉来自'毁灭机器'的威胁，就是那辆推土机。"

"可是爸爸，我根本不知道该怎么办。"

"那你最好想个办法。"肺草说，"第二个任务是，你要想办法解决这里的拥挤问题。"

"这个确实很糟糕，我在新屋附近发现的那个地方怎么样？"

"我没去过，我喜欢待在这里，而且，我听说那个地方变得跟这里一样拥挤了。你要操心的是灰屋，这是你的老家。所以，现在，作为一家之主，是你承担起责任的时候了。"

"我？一家之主？"

"是的，你，你是我指定的接班人。"

樱树惊讶地瞪着她的父亲。也许是因为不愿去想他刚才的话，她开始琢磨另外一件事：她没在灰屋看见猪草二世。

"如果他不在这里，那会在哪里呢？"

19

猪草二世的颜色

在旧果园里，麦法提斯从午睡中醒来。他静静地躺在午后温暖的阳光里，享受那份慵懒。慢慢地，他想起来，他是来拜访猪草二世的家人的。这让他想起了自己的家。可是一想起自己的家，愉快的感觉就消失了。麦法提斯开始感到忧伤。

他转头找猪草二世。当麦法提斯发现猪草二世没有靠在自己的身上时，他忽然紧张起来。他用后腿直立起来，看到他那个最好的朋友正朝一片灌木丛走去。

"嘿，你要去哪儿？"麦法提斯招呼道。

"那边的黑莓丛，"猪草二世回答，"我可以用黑莓把自己染成黑色。那样的话，当我跟妈妈的家人说我们是兄弟时，至少外表看起来很像。"

"酷极了！"麦法提斯高兴地说。

猪草二世后腿直立，用尾巴保持平衡，摘下一颗熟透的大黑莓。

"快来！"他喊道。

麦法提斯晃悠悠地走过去。

"把黑莓汁挤到我身上。"猪草二世说。

麦法提斯接过黑莓，用两只前爪使劲挤。黑莓汁顺着猪草二世的脑袋淌了下来。他用力揉搓，让汁液充分渗透进皮毛。就这样，他们重复了好几次。

"看上去怎么样？"猪草二世往后退了一步，问麦法提斯。

"嗯……很奇怪。"

"为什么？"

"老弟，你整个成

了……红色了！"

"红色？！"

"嗯，就像个胡萝卜。"

猪草二世前后左右看了看自己，忍不住大叫："他们怎么能管这个叫黑莓？！"

"我怎么知道，又不是我起的名。"

"也许我应该到小溪里洗掉。"

"随你便，"麦法提斯说，"但我敢说，这世上没有几只红色的老鼠，明白我的意思吗？你现在的样子酷毙了。"

猪草二世大笑起来："哇！我看上去像不像在……血里泡过？"

麦法提斯也大笑着说："太像了！"

"好极了！"猪草二世叫道，"这一定会让他们的眼珠子掉出来的。麦法提斯，他们现在应该会觉得我们讨厌极了。"

"我想是的。"麦法提斯的语气似乎并不怎么兴奋。

"我太兴奋了！"猪草二世说，"我们走吧。"

他们肩并肩地穿过果园，谁都没说话。猪草二世偶尔低头看看自己的皮毛。他们离灰屋越来越近了。

突然，麦法提斯停住脚步说："老弟，我在想，也许你应该先去。"

"我自己？"猪草二世惊慌地叫道。

"没错，你可以先去了解下里面的情况，我在这里等着。如果一切顺利的话，你再来找我。你知道的啊，你百合姨不想让我来，很可能其他老鼠也是这样想。你先去看一看，我不介意在这里等着。"

"嘿，哥们儿，我们说好一起行动的。"

"是这样的，只是我晚一会儿罢了。"

猪草二世转头看了看灰屋，沉默了一会儿，说："麦法提斯，你知道吗？"

"什么？"

"我也不想去了。"

"你害怕了？"麦法提斯说。

"我是一只老鼠，老兄。"

"我以为，身为老鼠就要做老鼠该做的事。"麦法提斯说。

"我妈要是没让我来就好了。"

"是的，但是你已经来了，所以你现在没有别的选择。"麦法提斯说，"再说了，你不去，你妈妈会担心的。"

"你为什么总是这么在意我妈妈怎么想？"

"没有'总是'，不管怎样，我喜欢她。"

"哟，老兄，她就是一个妈妈而已，有什么大不了的，我跟你说吧，我妈妈再普通不过了。"说着，猪草二世望向灰屋，"如果我先去，你会在这里等着，不会离开吗？"

"是的。"

"你保证？"

"我说了我会的。"

"好吧，"猪草二世说，"我会尽快回来。"

"不要担心我。"麦法提斯说。他看猪草二世还是不动，问道："你怎么了？"

"我很后悔来这里。"猪草二世说。

"但是你必须要去，那是你的家人。"

"为什么总是说我的家人？"猪草二世说，"你的呢？"

麦法提斯耸了耸肩，说："我爸妈都生病去世了。"

"啊……"猪草二世突然不敢去看他的朋友，"你的兄弟姐妹呢？"

"只有我自己。"

"我记得你说过……"

麦法提斯又耸了耸肩。

"你曾经希望过父母还在身边吗？"猪草二世问。

“说这些太迟了。”麦法提斯低着头说。

猪草二世觉得应该再说点儿什么，可是又害怕说错话。

“嘿，我说的那些关于妈妈的话……”

“别再提了。”

“好吧。”

有那么一会儿，他们两个谁都没说话。

“你保证在这里等着？”猪草二世不放心地问。

“是的。”

猪草二世有些尴尬。他觉得自己做了一件蠢事。麦法提斯没有拦着自己，他也有点儿生气。他只想赶快离开这里，便朝灰屋匆忙走去。"回头见！"他说。

"再见。"麦法提斯看着他的朋友离开。那身鲜红色的皮毛在绿色的草丛中很显眼。猪草二世一次又一次地回头张望，最后一次，他挥了挥爪子。

当麦法提斯确定猪草二世不会再回头看时，便朝着相反的方向走了。

"没必要留在这里，"他自言自语道，"唉，除了猪草二世之外，可能再没有谁会喜欢我了。"

想到这里，眼泪涌上了眼底，他对自己说："麦法提斯，面对现实吧，谁会喜欢一只臭鼬呢？为什么你不为这个世界做件好事，跳河算了！"

麦法提斯把尖尖的黑鼻子贴在地面上，摇摇晃晃地朝闪光小溪的方向走去。

20

灰屋里的红老鼠

　　猪草二世走出旧果园，紧张地朝灰屋走去。对于朋友没有一起来，他感到很失望。他几次忍不住停下来回头张望。第一次的时候，他还能看见麦法提斯黑白色的尾巴在草丛里晃动。第二次再看时，尾巴已经不见了。猪草二世站在那里，呆呆地看着。"也许他又睡觉去了。"他羡慕地自言自语道。

　　猪草二世叹了口气，很后悔刚刚问起了麦法提斯父母的事。他不知道麦法提斯的父母都去世了。他希望麦法提斯没有因为这个生他的气。他低头看了看自己，浑身上下都是红色的。他心想，看起来像在血里泡过也许不是件好事。他用爪子搓搓肚皮，结果爪子也红了，肚皮上的颜色却一点儿也没有变淡。他躺在草地上打了几个滚儿，可是身上还是红红的。

妈妈肯定会宰了我，想到这里，猪草二世感到越来越不安。随后，他想到目前的困境并不是自己造成的，因为如果不是樱树的邀请，那么他永远不会来灰屋。"我真是犯傻，"他在脑子里翻来覆去地想，接着，他又想到，"如果他们看见我和妈妈一起，一定会以为我还是个小孩子。"

猪草二世往前走了几步，又停下来回头张望，还是没看见麦法提斯的影子。他耷拉着脑袋，眼睛盯着脚尖，继续向前走。当他终于想起来抬头看路时，他发现面前站着一只小鹿鼠。那只小鹿鼠张大了嘴，吃惊地瞪着猪草二世。

猪草二世站住了。"哦，是妈妈的家人，我想我要吐了。"他在心里说。

他垂下眼睛，身子贴近地面，提醒自己藏起内心的情绪：流露得越少，就越不惹人注目。他偷偷打量着跟前的这只小鹿鼠——看上去年纪很小，甚至比他还小。这让他感觉好了一点儿。

"嘿，你好！"小鹿鼠说。

"你好！"猪草二世回答。

"你是谁？还是别的什么？"小鹿鼠瞪大了眼睛问道。

猪草二世皱了皱眉。"我是一只老鼠，"他嘟囔着说，"不然你以为呢？"他打了个嗝儿，但立刻就后悔了。跟麦法提斯一起这样做时感觉很有趣，但现在让他觉得自己很傻。

"我就猜，你可能是一只老鼠，"那个小不点儿回答，"但我从没见过红色的老鼠。你是哪种老鼠？还是你刚刚受伤了？"

"我是赭鼠和鹿鼠的混血，满意了吗？"

"哦，当然，很好，很满意。那你是从哪里来的？"

猪草二世指了指森林的方向。

"森林？"

"是的。"

"幽光森林？"

"对。"

"哇！了不起！你为什么来这儿？"

"我的长辈过去住在这里。"

"你妈妈？"

"是的。"

"她叫什么名字？"

"呃……樱树。"

"樱树?!"小鹿鼠尖叫道。

"有什么问题吗?"猪草二世立刻后腿直立起来,爪子攥成了拳头,怒气冲冲地反问道。

"你是说,你妈妈是……樱树?那个樱树?"

"有什么大不了的?你认识她吗?"

"我当然认识!大家都认识樱树,她很有名!"

"是吗?"

"嘿,想想她做过的那些事。"

"你在说什么?"

"你装什么糊涂，比如她跟奥凯茨先生的那场战斗。"

"奥凯茨是谁？"

"你确定樱树是你妈妈吗？我是说，你一定是在开玩笑吧？你怎么会不知道猫头鹰奥凯茨先生，曾经统治这里的暴君。"

"哦……是的，"猪草二世从来没有听说过这个名字，"是那个呀。"

"你知道的，你妈妈跟他可是单打独斗，用一根豪猪刺就能对付他的利爪和尖嘴，并且还打败了他！猫头鹰被杀死后，我们就自由了！还有，她还为全家找到了另外可以住的地方——新屋；她还跟一只巨大的豪猪做了朋友……后来她去了森林继续冒险，大战河狸，好多好多了不起的事。我觉得，她一定是全世界最著名的老鼠了！而你是她的儿子，这简直酷毙了！我说，你真的不是在跟我开玩笑吧？"

"为什么你会这么觉得？"

"因为你好像不太清楚的样子……那都是多么了不起的事啊！你真幸运，可以做她的儿子！我本以为，她生活得如此冒险，不会有时间生孩子的。你叫什么名字？"

"猪草二世。"

小鹿鼠伸出一只爪子，说："你好，猪草二世，我叫蔓越莓，很高兴见到你！我是说，非常非常荣幸！哇！樱树的儿子，真的难以置信！谁都不会相信我是第一个遇见你的，但这是事实，不是吗？我真幸运，虽然可能没你那么幸运。你最好赶快来，我所有的朋友见到你肯定都会激动坏了。我是说，你妈妈，我的意思是，她……她一定是世上最酷的妈妈！"说着小鹿鼠朝灰屋跑去。跑了两步他又停下来大喊："快走啊！"

对于蔓越莓所说的一切，猪草有些反应不过来。他慢吞吞地跟在后面，蔓越莓不得不等着他赶上来。当他们走近灰屋时，猪草二世陆续看到了更多的鹿鼠。

"嘿，伙计们，"蔓越莓喊道，"猜我遇到谁了？樱树的儿子！是真的，真的是她的儿子！他叫猪草二世。我是第一个遇见他的！"

眨眼工夫，一大群小鹿鼠围住了猪草二世。他们好奇地盯着他看，粉色的鼻子不停地嗅着，胡须一直在抖动。

"他住在森林里，"蔓越莓用一种权威的口气激动地介绍，"是赭鼠和鹿鼠的混血，但你们看见了，他是红色的。"

"樱树真是你妈妈吗？"一只鹿鼠鼓起勇气问。

"是的。"猪草二世低头看着地板回答。

"她真的特别强壮吗？"

"我不……"

"那当然了，"另一只鹿鼠抢着回答说，"所有的老鼠都知道是她杀了猫头鹰，还有其他吃老鼠的巨鸟。她是个天才，对吧？"她转身看着猪草二世问。

猪草二世说："嗯，也许，但是……"

"这是千真万确的，"另一只鹿鼠说，"全世界都知道她经历了这些了不起的冒险，你怎么可能不知道？哇，有一个这么了不起的妈妈真是太棒了，是不是？"

"我想是的。"

"她没有跟你说过这些事吗？"

"没有。"

鹿鼠们难以置信地看着猪草二世。

"你说什么？"一只鹿鼠终于开口问道。

猪草二世耸了耸肩："就是没有说，有什么不可以吗？"

另一只鹿鼠问："但你知道她做的这些事吧？"

猪草二世觉得脸颊有些发热："当然，知道一些。"

"你真谦虚。"又一只鹿鼠说。

"有这么著名的妈妈，你感觉有压力吗？"

"没有。"

"能给我们讲讲她的事情吗？大家都不知道的那些。"

其他鹿鼠立刻齐声附和："请跟我们说说吧！我们不会告诉任何人的，我们保证！"

猪草二世看了看，鹿鼠们都在等着他开口。没办法，他只好讲起来："在来这里的路上，我们遭到了一只熊的攻击。"

"一只熊！"老鼠们全都惊恐地叫起来。

"不过，"猪草二世继续说，"她让我们都安全脱险了。"

"樱树总是会这么做，"一只鹿鼠说，"太不可思议了！一只熊……她是怎么做到的？"

"在一个朋友——一只臭鼬的帮助下。"

"她还有一个臭鼬朋友！"一只鹿鼠失声叫道。

"是的，她喊他帮忙，还有我，我们一起赶走了熊。"

"你也帮忙了？"

"我也很厉害的。"

"真是不可思议！"

"我听说，你妈妈有一个最好的朋友，是一头可怕的豪猪，"另一只鹿鼠问，"这是真的吗？"

"是的。"

鹿鼠们又发出了一阵惊叹声。

"太酷了！"一只鹿鼠说，"我们的头儿肺草跟我们说，永远要远离豪猪。樱树的豪猪朋友是什么样的？他凶吗？你喜欢他吗？你见过他吗？"

"当然见过。"

"他叫什么名字？"

"艾瑞斯。"

"他也是你的朋友吗？"

"他就住在我们家隔壁。"

鹿鼠们都敬畏地看着他。

"樱树会留下来吗？"一只鹿鼠问道。

"她会的，"另一只鹿鼠回答，"我相信她会的。"

"她现在正跟肺草说话，"一只鹿鼠说，"可能是在商量怎么对付推土机。"

"对她来说，那是小菜一碟。"

"真希望我妈妈能像樱树那样。"另一只鹿鼠说。

"事实上，樱树是我的亲戚，我爸爸是她的二表弟。"

"你真幸运。"

"我想，"猪草二世说，"我该去找她了。"

"我们带你去，"有鹿鼠叫道，"不过，嘿，为什么你全身都是红色的？"

"我……我喜欢。"

"酷极了！你是怎么弄成这样的？"

"用黑莓汁染的。"

"哇！我也想试试！"

"我也是！"

"我也要！"

猪草二世被一群鹿鼠簇拥着向前走。他抬起头，灰屋就在眼前，庞大而丑陋。他妈妈正站在门廊望着他，看上去一点儿也不开心。

21

麦法提斯的偶遇

　　麦法提斯垂头丧气地朝闪光小溪走去。他拖着脚步，慢慢穿过旧果园。他很后悔这趟旅行，当然这不关猪草二世的事。猪草二世是他最好的朋友。准确地说，是他唯一的朋友。只不过，他原以为这趟旅行会很有趣，会非同寻常，但关于家人的那番谈话让他感到难过，这让他想到了自己的家人——他失去的家人。麦法提斯从未感到如此孤独。

　　这是阳光明媚、温暖宜人的一天，但这一切都跟他没有关系。他从鲜花旁经过，从掉在地上熟透了的苹果旁经过，这些对他同样毫无意义。他感觉不到高大的草叶擦过他的脸庞，也闻不到那清新的芳香。他希望能有一场连绵的阴雨，让他有借口钻到岩石底下或者缩在空心木头里呼呼大睡。睡大觉比孤独感要好太多了，因为它不仅可以打发时间，还代表着生活并没有什么问题。而如果没有问题需要解决，也就不会有失败的风险。他讨厌失败。生活最好的状态莫过于呼呼大睡，一切难题就迎刃而解了。在遇见猪草二世之前，很多时候他都在昏睡。

只是现在，麦法提斯一点儿都不困。

他没有信守承诺在灰屋附近等猪草二世。对此他有些内疚。但如果那里的老鼠都像猪草二世的百合姨那样，总是抱怨他的臭味和举止，那就太糟糕了。臭鼬有时会放臭气，但这是天生的，而且也是个好事。他就是用臭气赶跑了棕熊母子，难道不是吗?

不知不觉麦法提斯走到了旧果园边上，此时，他必须要选择一个方向继续前进。他想去一个谁都不认识他的地方，一个完全陌生的地方，在那里做一个全新的臭鼬，虽然他并不清楚该如何做一个焕然一新的自己。"也许只要走得足够远，自然就知道了。"他想。

这个想法促使让他产生了另一个想法：到小溪那里去!沿着小溪走，让小溪为他引路。

这个决定让麦法提斯充满了新的力量。他加快脚步，很快就来到小溪边。他飞快地冲下河岸，差点儿一头冲进水里。

然而，已经有动物在那里了。

"当心，臭尾巴，"豪猪说，"你差点儿撞到我，这可不是个聪明的做法。"

麦法提斯认出来，这是住在猪草二世家附近的那头豪猪。他向后退了一步，小声说："对不起，我没看到你。"

"那就睁大你的眼睛。"艾瑞斯嘟囔道。

"我已经说了对不起。"说着，麦法提斯转过身，沿着小溪边向前走。

"等一下！"艾瑞斯在他身后喊道。

麦法提斯停下来。

"你是不是猪草二世的那个臭鼬朋友？"

"是又怎么样？"

"你在这里做什么？你不是跟樱树他们一起走的吗？樱树在哪儿？"

"猪草二世去他们家的灰屋了，但我不知道樱树小姐在哪里。"

"你怎么没跟他们一起？"艾瑞斯问。

"我改主意了。"

"很高兴你还有主意可改。"艾瑞斯说。

"要你管。"麦法提斯说着又准备离开。

"嘿，针眼脑袋，"艾瑞斯叫道，"你跟樱树吵架了吗？"

麦法提斯停住脚步说："才没有。"

"你对她很粗鲁？她打发你回家了？"

"我为什么要对她没礼貌？"

"因为你是个年轻人，鼻涕虫。"

　　"嘿，你怎么回事？为什么总是说难听的话？我从来没有对樱树小姐粗鲁过，相反我喜欢她。"

　　"真的吗？"

　　"是的，她对我很好，不像我认识的一些其他动物。"

　　"她对所有的动物都很好。"艾瑞斯嘀咕道。

　　"包括你？"

　　"特别是对我。"艾瑞斯说。

　　"那可真难为她了。"

"嘿，你这个臭小子，你是不是想让我带刺的尾巴给你脸上来一下？"艾瑞斯朝臭鼬迈了一步。

"你敢再靠近一点儿，针垫，我就冲你的鼻子喷臭气！"说着，麦法提斯转过身，前腿倒立，将尾部对准了艾瑞斯。

"坏脾气的家伙！"艾瑞斯大叫着后退了几步，"你不要发火，我只不过是担心樱树。"

麦法提斯放下身子，走开几步，停下来。他看了看艾瑞斯，说："说实话，是我们跟樱树小姐走散了。"

"这是怎么回事？"

"我和猪草二世先走了一步，本以为她会赶上来，但是并没有。后来猪草二世就自己去了。"

"你为什么没跟他一起去？"

麦法提斯移开了视线。

"我不属于那里，我的意思是，那是属于老鼠的地方，而且，那个百合姨也不喜欢我。"

"你竟然在意她的看法？"

"是的。"

"她也不喜欢我。"艾瑞斯说。

"没错，她确实不喜欢你。"

"她怎么说我的？"

"说你'块头大，又丑陋'。"麦法提斯噘起嘴，两只爪子交叉握在一起，努力模仿百合优雅的说话方式。

"那只老鼠，脑子比最细的针尖还小。那樱树是怎么说的？"

"她对百合说，你是她最好的朋友。"

"朋友，嗯，这就是为什么我觉得应该留在附近，以便万一她需要我。"艾瑞斯说。

"你知道吗？我还帮她赶走了两只棕熊呢。"

"你是怎么做到的？"

"用我的臭气。"

"干得好！"艾瑞斯喊道，"臭气用在合适的地方可以让这个世界更芬芳。"

"你真的这么想？"

"嘿，难道你喜欢所有的东西都是一种颜色吗？"

"不。"

"那就对了，对我的鼻子来说是臭气，但对于你的鼻子，可能就是香气。"

麦法提斯开心地笑了。"你觉得我也应该留在这里吗？"他问。

艾瑞斯看着麦法提斯说："那是当然了！我的刺加上你

的臭气，几乎没有我们赶不跑的东西。"

麦法提斯大笑起来："那太棒了！"

"只不过，我觉得我们应该离那个灰屋再近一点儿，留心那里的动静。"

"你是说我……和你一起？"麦法提斯问。

"看你对朋友挑不挑剔了。"

"猪草二世总是说起你，你说的话和做的事，你也会那样跟我说话吗？"

"你可真烦！我说话的方式没什么特别的！我跟别人怎么说话，跟你就怎么说。对了，你叫什么？"

"麦法提斯。"

"好了，麦法提斯，我们走。"

"好的，先生。"

"别叫我'先生'，叫我艾瑞斯。"

麦法提斯笑了。就这样，麦法提斯和艾瑞斯肩并肩朝灰屋走去。他们一路走，艾瑞斯一路说个不停，麦法提斯则默默地听着。

22

樱树在灰屋

在灰屋的门口，樱树站在肺草身边，身后紧挨着香芹和百合，眼前是成群结队挤挤挨挨的鹿鼠们。樱树急于弄清猪草二世在哪儿，但她刚动了一下，就被肺草拦住了。

"我要发表讲话了，"肺草说，"你必须待在这里。"

"什么讲话？"樱树说。

"我要宣布你将成为家族的新首领。"

"不要，爸爸！我从来没说过要当首领，也不想当！我不会住在这里，我另外有家，而且很快我就要回家了。"

"胡说八道！"肺草说，"我们稍后再讨论细节，我现在要告诉所有的鹿鼠，你将去解决推土机的问题。"

"爸爸！我跟你说过了，我不知道怎么办！"

百合站在她身后，悄声说："樱树，请不要和爸爸争吵，这只会让他难过。"

"可我比他更难过。"樱树回应道。

"樱树，"香芹补充说，"你知道你爸爸总是为整个家族考虑。"

"但是……"

"你就不能稍微尊重他一点儿吗？"

樱树试图回想在哪里听到过这句话，然而在鹿鼠们都聚集在门廊的当下，她不想当众争吵，于是她努力克制住了自己。

肺草走到一顶旧草帽旁边，那里一贯是他发表讲话的地方。他想自己爬上去，但是有些困难。百合和香芹急忙上前在下面推着，帮助老肺草爬上去。肺草站在上面咳嗽了两声，往下拉了拉顶针帽子，这使得他的耳朵向外凸出得更厉害了。他清了清喉咙，整理了一下胡须，开口道：

"我亲爱的鹿鼠同胞们，我一向竭力维持我们优越的生活，同时抵御变故，你们都知道，我总是把你们的利益放在心上。可是现在，我们灰屋的鹿鼠面临着一个重大危机，就

是那辆黄色的大型'毁灭机器',眼下我们都处在极度危险的状况当中。

"考虑到各方面的因素,我决定让我的女儿樱树来解决这个难题,相信你们都了解她的才能和成就。在这方面,她不愧是我的女儿。但是,我向你们保证,我当然不会完全退休,我会根据多年的经验,给樱树提供明智的意见和建议,帮助她完成这项艰巨的任务。"

伴随着各种叫喊声,鹿鼠们发出一片欢呼。"谢天谢地！""是时候了！""我们需要改变！""樱树万岁！"

肺草举起一只爪子，示意鹿鼠们安静。"听着，"他一边咳嗽一边说，"一旦樱树完成这项任务，使我们的幸福家园恢复安宁，我就会退休，躲进我的靴子里去，让樱树接过代表一家之主的象牙顶针——我一直荣幸地戴着的这个顶针。"

鹿鼠群中发出一片赞成的声音。肺草再次举起一只爪子。"不，不，"这只上了年纪的鹿鼠接着说，"改变在所难免，但只是稍微改变一点儿。从现在开始，在今后的日子里，樱树可能会需要你们的帮助，在此，我请求你们大力支持她。好了，现在让樱树来讲几句。"

樱树红着脸，往前迈了一步。

"樱树万岁！"有鹿鼠喊道。很多鹿鼠也跟着喊起来，喊着差不多的口号。

樱树感觉自己像个骗子。她从没想过有一天要成为家族的领袖，也真的不知道该怎么对付那辆推土机。回来探望家人她很高兴，只是眼下这种混乱的状况让她不知所措，而且她绝没有留下来的打算。现在，她的当务之急是找到猪草二世。

虽然心里这么想，她还是忍不住看了看那些朝她仰起

的脸——粉红的鼻子、闪亮的眼睛、纤弱的胡须，还有他们家族特有的大耳朵。这时，她注意到，站在她面前的老鼠里有一只长了一身鲜红色的毛。她还从来没有见过颜色这么奇怪的老鼠。她望着这只老鼠，心想这个可怜虫也许是生了什么病。突然，她惊得张大了嘴：那是猪草二世！他正咧着嘴笑呢。跟着，一个念头闪过她的脑海：他要打嗝儿！

"樱树万岁！"一个细小的声音让樱树恢复了理智。所有的老鼠都在等着她开口说话。

"谢谢大家，"她说，"来看望你们我很高兴，只是，恐怕我的父亲对我有些期望过高……但既然我来了，虽说不会待很久，我也会尽力帮助你们。"

"眼下，我只想向你们所有老鼠问好，那个就是我的孩子，"她指着猪草二世说，"呃……那只……红色的，他也很高兴来到这里。"

所有的眼睛立刻一起望向猪草二世。猪草二世一时间不知道该朝哪里看，只好轻轻耸了一下肩，露出一个羞涩的微笑。

"我们俩都感谢你们。"樱树最后说。

樱树在掌声里走下台阶。她父亲在后面大喊："樱树，我们必须立刻开会！"但樱树没有理睬，而是穿过鼠群，朝猪草二世走去。

她从鹿鼠们身边经过的时候，很多鹿鼠拍着她的肩膀大声说："谢谢你来，樱树！""樱树，你回来真是太好了！""我们需要你，樱树！""你会解决所有问题的，樱树！"

听到这些话，樱树心想："如果他们知道我连儿子的去向，还有他身上的颜色都搞不清楚是怎么回事，还会对我这么有信心吗？"

23

猪草二世来到灰屋

"哟，妈妈！"当樱树走近时，猪草二世嬉笑着说。他一直在盯着她看，试图在她身上看出一些蛛丝马迹，把她跟传言中做过的那些大事联系起来。

"你们两个去哪儿了？"樱树说不上来是生气还是松了口气，"为什么不告诉我到这里来了？让我担心。"

"对不起。"

"你怎么变成红色了？"

"因为我喜欢。"

樱树看了看四周，问道："麦法提斯在哪儿？"

"在旧果园等我呢。"

樱树提醒自己身边都是鹿鼠，大家都在看着他们，能听到他们的谈话。猪草二世冲她笑了笑："嘿，妈妈，这里的老鼠都喜欢你，我还听到了一些疯狂的故事，比如关于猫头鹰奥凯茨先生的，是真的吗？"

"我不知道你都听到了些什么。"

"你为什么从来不告诉我这些？"

"我太忙了，但是——"就在这时，樱树感到身后有谁拍了她一下。她转过身，是百合。

"爸爸说他必须要跟你谈一谈。"百合说。

"我这就过去，"樱树说，"猪草二世，跟我来。"

"但是麦法提斯——"

"他可以等一会儿，现在跟我来。"

"好吧。"

百合在前面带路，樱树和猪草二世跟在她身后。"说实话，"猪草二世悄声说，"那些事是不是真的？"

"现在没时间讨论那个。"樱树回答。

"这是你以前住的地方？"

"是的。"

"真逊！"

他们爬上门廊的台阶，走进屋子里。猪草二世好奇地东张西望。"哇，这个地方可真挤！"他小声说，"大家都挤在一起，这里都是这样的大房间吗？"

"对，一共有六间。"

"糟透了，"猪草二世说，"都没有独立的空间。"

"其实过去没这么糟，"说着，她看见香芹向她走过来，"妈妈，这是我儿子猪草二世。猪草二世，这是我妈妈，你的外婆。"

让樱树吃惊的是，猪草二世居然笑着说："啊呀，妈妈的妈妈。"

香芹看着这只小老鼠，紧张地连连拍打耳朵。"猪草二世？"她问樱树，"这是他的真名吗？"

"是的，妈妈。"

"哦，天哪，多么遗憾……还有，为什么……他身上是红色的？他爸爸是只红色的老鼠吗？"

樱树转身看着猪草二世，问道："你到底怎么把身上弄成红色的？"

"都怪那该死的黑莓，竟然不是黑色的。"

"'该死的'黑莓？"香芹皱起眉，"那是什么黑莓？"

"我让麦法提斯往我身上挤了点儿黑莓汁。"

"还有他身上的……气味，是怎么回事？"樱树的妈妈问道。

"嗯……"樱树说，"他有一个朋友……"她的声音越来越小，最后干脆听不到了。好一会儿，谁都没有说话。

"我的朋友是只臭鼬。"猪草二世自己坦白。

"臭鼬？"香芹惊讶地重复道。

"樱树，"百合站在靴子入口处叫道，"爸爸在等……"

"如果可能的话，"香芹说，"让猪草二世……等一等再进去。"

"为什么？"樱树问。

香芹拍了拍耳朵："樱树，亲爱的，他的颜色……名字……还有身上的气味，你知道，你爸爸不喜欢那个猪草。"

"妈妈，猪草二世的颜色没问题，他的名字也没问题。现在，他需要见见他的外公。"说着，樱树推着猪草二世往前走。两只老鼠朝百合走去。

"嘿，妈妈，"猪草二世说，"你喜欢我的新颜色吗?"

"净胡闹。"

"你知道吗? 我从没想到你也有妈妈。"

樱树站住了："为什么?"

"因为那就代表你跟我一样，也是个孩子，那感觉有些奇怪。"

"也许吧。"樱树说着拉开了靴子入

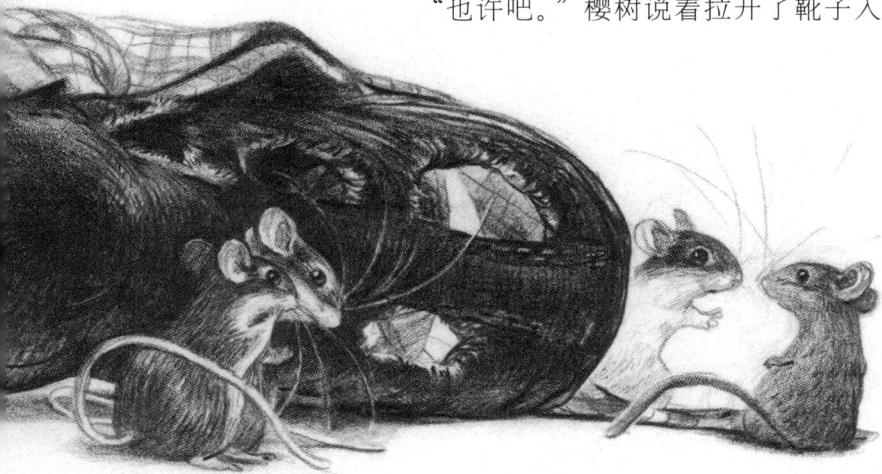

口处的格子领带，"接下来的五分钟之内，你要是能克制住不说'该死的'，我会很高兴。"

"爸爸，我们来了。"她转头对猪草二世说，"跟我来。"

"这是什么地方？"

"一只旧靴子。"

"什么是靴子？"

"不要多问，打起精神来。"

"为什么？"

"猪草二世……该死的，给我打起精神！"

猪草二世咧嘴笑了。他紧紧跟在妈妈身边，走进了幽暗的靴子，朝大脚趾的位置走去。

24

肺草和猪草二世见面

　　樱树和猪草二世走到近前，肺草从铺着乳草的床上猛地坐了起来。他瞪着猪草二世，不停地眨眼，胡子也抖个不停。

　　"爸爸，这是你的外孙。"樱树介绍说。

　　肺草没吭声，继续盯着猪草二世看。他咳嗽了两下，然后说："我的视力不行了，不过这只年轻的老鼠看上去好像……是红色的。"

　　樱树深吸了一口气："爸爸，他的红色……是暂时的。"

　　"你说他是谁？"

"你的外孙。"

"我的外孙?"

"嘿,老兄,"猪草二世说,"你就是我妈妈的爸爸?"

樱树皱了皱眉。

"是的。"肺草说。

"真该——"

"二世!"樱树喊道。

猪草二世连忙用爪子捂住了嘴。

肺草皱起眉头:"他的父亲也是红色的吗?"

"他的父亲黑麦,是只赭鼠。"樱树解释道。

"为什么他身上有一股臭味?"

"爸爸……他还年轻。"

猪草二世忍不住笑出来。

肺草还是盯着他看:"我不记得年轻就会有臭味,他叫什么名字?"

樱树犹豫了一下,就在她准备回答的时候,猪草二世脱口而出:"我叫肺草,老兄,我的全名是肺草二世,不过大家都叫我二世。"说着他伸出一只爪子:"很高兴见到你,老先生,我妈妈总说起你,说你是一只超酷的老鼠。"

樱树不敢相信地看着自己的儿子。

"好啊，好啊，跟我一个名字。"肺草喜笑颜开，他转头对樱树说，"你从来没有跟我说起过。"说着他热情地握住猪草二世的爪子。

"但是，你要记住，"猪草二世提高嗓门儿说，"叫我二世，我才会答应。"

"那就叫'二世'好了，"肺草哈哈大笑着说，"我得说，以这种方式来纪念我，我感到很荣幸。"

"现在，爸爸——"樱树开口想说话。

肺草举起一只爪子，打断她："樱树，请你让我和这只

年轻的老鼠单独待一会儿，我们有话要说。"

"但是——"

"好了，妈妈，"猪草二世笑着说，"我们两个'肺草'需要谈一谈。"

樱树不信任地看了看猪草二世，只得走了出去。

猪草二世留下来。他拍了拍肺草的背说："嘿，外公，我正想跟您这样的老先生聊一聊呢。"

"聊什么，请讲？"

"我想知道我妈妈所有的事情，她在我这个年纪做过的坏事，还有那个过去总是跟她泡在一起的猪草，他发生了什么？所有这些破事。还有你的故事，我打赌你的生活一定很精彩。"

肺草哈哈大笑。"我想，这方面我的确有很多可讲的，"他说，"确实，你和我有很多东西可聊。"

25

家庭会谈

櫻树轻松地甩着尾巴走出了靴子。百合在外面紧张地等着她。

"猪草二世呢？"

"跟爸爸在一起。"

"单独？"百合非常吃惊。

"他们很合得来。"

"真的吗？"

"我感觉是这样。"櫻树打量着她的妹妹。百合看上去非常紧张，眼里含着泪水，胡须弯曲，耳朵前后颤动。

"百合，你好像很伤心，怎么了？"

百合摇了摇头。

过了一会儿，樱树说："是你一直在照顾爸爸，对吧？"

百合擦掉脸上的泪，点点头："嗯，我和妈妈一起。"

"但他根本没当回事，是吧？"

百合听了，背过身去。樱树伸出爪子，拍了拍她："百合，听我说——"

"虽说你将成为家族的首领，"百合说，"但也不必用这种语气跟我说话。"

"百合，你要我说多少遍，我根本不打算做什么首领。"

"但是你会的，我知道你会。在这些事上，你总是有办法。爸爸一直最喜欢你。"

"百合，他最喜欢的根本不是我，我也不想成为家族首领，我要回我自己的家去。"

"为什么你会想回到那个黑暗、潮湿的森林，还有那棵枯树桩，跟那只可怕的臭烘烘的豪猪做邻居？"

"我也不能相信你愿意住在一点儿独立空间都没有的地方。"

百合抬起头说："我认为，应该对家庭保持忠诚。"

"百合，我对自己的家庭很忠诚。"樱树尽力克制地说。

"但是你怎么能……扔下这里的一切？"

"我的生活已经变了，百合。我喜欢现在的生活，我很快乐。不管怎样，这座房子快要倒了，站在你的角度，我不希望它会倒，但猪草二世说得对，你们这里都挤成堆了，完全没有独立空间，我是不会待在这里的。"

"我还是不相信你。"百合说着就走开了。

樱树本想跟上去，但是鹿鼠们嘈杂的说话声让她感到头痛，于是她不得不改主意，想找个安静的地方待会儿。

循着记忆，樱树走了很长一段路，来到屋子的阁楼。很久以前，像猪草二世那么大的时候，她发现了一个像房子似的罐头盒，上面还有一个"烟囱"，正好用来当作入口。罐头盒上贴着一个标签：木屋糖浆。她把罐头盒舔干净，铺上旧报纸，当作了自己的私人卧室。她是为数不多的希望拥有独立空间的鹿鼠。

樱树突然想起来，她当时最喜欢待在那个黑洞洞的盒子里，就像猪草二世喜欢待在树根里一样。至于为什么，她默默思索着，很快有了答案：那让她感觉那里完全是自己的世界。

但是当樱树走到阁楼里时，她失望地发现那里已经变得跟其他地方一样拥挤了。不过，那个罐头盒还在，看上去没什么变化。她使劲敲了一下,听上去跟原来一样结实。樱树激动起来,正准备爬进去时,一只睡眼蒙眬的小鹿鼠被樱树的脚步声惊醒,从烟囱里钻了出来。

"啊!"樱树惊讶地叫了一声,"对不起,我没想到有鼠在里面。"

"没关系。"小鹿鼠迷迷糊糊地说，"你是谁？找我吗？"

"不……我……只是……这以前是我的房间。"

小鹿鼠瞪大了眼睛："你是樱树吗？"

樱树点点头。

"这是你以前住的地方？"

"是的。"

"对不起，"那只小鹿鼠说着跳了起来，"这里原来是空着的，如果你想——"

"不，不，没关系，"樱树急忙后退了几步，"这已经不是我的了，是你的。"

"你确定？"

"是的。"说完，樱树匆忙走开了。

"我很荣幸拥有它！"小鹿鼠冲着她喊道。

自己过去的房间被一只小鹿鼠占了，这让樱树感到有点儿生气。一滴眼泪顺着她的脸颊流了下来。"笨蛋！"她责备自己道，"那已经不是你的房间了，而且你很久以前就离开了！"她抽抽搭搭地擦掉眼泪，又笑起来，"樱树，你要清楚自己现在的身份。"

大厅里挤满了吱吱喳喳的鹿鼠。为了躲开混乱与嘈杂，樱树走了出去，来到屋后面的台阶上。那里也很拥挤，但是鹿鼠们一看到樱树，就都贴心地让出了一条路。樱树没有拒绝这样的好意。

黄昏时分，樱树站在最高处的台阶上，望向幽光森林的边缘，那远远的就像一个窗帘。在森林上方，一轮半月正在冉冉升起。想到黑麦和孩子们晚上在家里铺床睡觉的情形，樱树就抑制不住强烈的思念。至于眼前的这座灰屋，她认定已经毫无办法拯救了。

"我刚才还在想你会不会在这儿。"一个声音说。

樱树回头看，是表弟罗勒。"我能跟你一起待会儿吗？"他问。

"当然，"樱树说，"我真高兴见到你。"

"我给你带了点儿吃的。"罗勒两只爪子捧着一些种子递给樱树。

"谢谢你，我一整天都没吃东西了。"

他们两个肩并肩地坐在那里，静静地啃着种子。

"罗勒，"过了一会儿，樱树说，"你发现了吗？小时候我们盼着长大，可是真长大了，我们又想，不如回到小时候。但是，我们怎么想的完全不重要，反正早晚都会长大。"

"噢，老天，"罗勒说，"你的情绪很低落。"

"有一点儿。"

他们沉默了好大一会儿，最后樱树说："谢谢你。"

"谢什么？我什么都没有说。"

"所以才谢谢你，"樱树说，"我喜欢幽光森林的一个原因就是它的宁静，那种宁静让我感到踏实。我都不知道过去是怎么在这里生活的，这里太拥挤、太吵了。"

"灰屋确实很吵，"罗勒表示赞同，"这么多老鼠住在这里，没有任何独立的空间。我们几个也在想，要是这座老房子真的倒了，也许并不是一件坏事，我们需要一些改变。问题是，谁也不知道该怎么提出来。"

"罗勒，大家似乎都认为我有办法对付推土机。"

"你做不到，是吗？"

"我没信心。"樱树回答。

"无论如何，我们最好在它启动之前行动，已经没多少时间了。"

"罗勒，"过了一会儿，樱树问他，"你说，为什么我们的家人会陷入这样的困境？"

"我也说不好。"

"也许，就是因为他们太习惯安逸的生活了。就像在森林里，有很多小路，沿着这样的小路走比自己踩出一条新的小路要容易得多，但是这些小路并不一定通向你想去的地方，而且过段时间，它们可能会消失，结果到最后，还是只能靠自己。"

两个老朋友轻声交谈了大半夜，说起了家里很多的琐事，关于兄弟姐妹的、亲戚朋友的，以及各自的孩子和配偶。最后罗勒离开的时候，他们还说好要经常见面。

之后，疲倦的樱树躺在台阶上舒舒服服地睡着了，直到百合的声音把她吵醒。

"樱树！"百合大叫道，"来了一个人！他朝推土机去了。"

26

德里达拆建公司（一）

　　樱树立刻跳起来，穿过空荡的屋子，跑了出去。百合紧跟在她旁边。鹿鼠们挤满了门廊，正透过倾斜的围栏往外观望；还有一些站在台阶上，因为数量太多，有几个被挤得滚到了地上。鹿鼠们叽叽吱吱叫个不停，全都盯着一个方向——那条旧柏油路。樱树挤过去，看到一辆破旧的绿色卡车停在路上。卡车一侧的车门上写着几个黑色大字：

安珀市
德里达拆建公司

一个男人正坐在驾驶室里打量着灰屋。不多时，樱树看到他从驾驶室里走了出来。这是一个大块头男人，挺着啤酒肚，头发灰白，满脸皱纹。他穿着一件棕黄色的连身工作服，头上戴了一顶鸭舌帽，脚上套着笨重的工作靴，上面印着"安珀"两个字。

这个男人站在卡车旁，看了灰屋一会儿。然后他摘下鸭舌帽，换上一顶黄色的安全帽，拉了拉工作服，朝推土机慢慢走去。

"他要推倒房子了！"一只鹿鼠惊叫道。

鹿鼠们都慌了，争先恐后地要离开门廊。

"不！等一等！"樱树喊道，"先看看他要做什么！"

鹿鼠们屏住呼吸，看着那个男人走到推土机旁，绕着

推土机走了两圈，用靴子踢了踢推土机的履带，然后爬进了驾驶室。

"他要开动推土机了！"一只鹿鼠尖叫起来。

"别慌！"樱树说。

有几只鹿鼠离开了门廊，但是大多数还留在原地。

猪草二世睡眼惺忪地走了过来。"发生什么事了？"他问。

"站到我这儿来，自己看。"樱树说。

推土机里，那个人把手伸到操纵杆下面，好像在转动什么东西。紧接着发动机发出巨大的吼声，排气管喷出一

股黑烟。

"现在！"樱树命令道，"离开门廊！离开房子！不要管财物！快跑！"

一瞬间，鹿鼠们如同开了闸的洪水般迅速四下逃散。他们惊慌地尖叫着往台阶下跑。一些鹿鼠敏捷地从门廊上跳了下去，另一些在推挤中跌倒，幸运的是没有发生踩踏，也没有鹿鼠受伤。百合和香芹扶着肺草走出来。百合边走边喊："请给肺草让一让！请让肺草先过去。"

樱树站在原地没动，猪草二世站在她身边。

"妈妈，"猪草二世说，"我们不走吗？"

"还有点儿时间，"樱树说，"从这里看更清楚一些。"

猪草二世看了妈妈一眼，她的镇定让他感到吃惊。"你确实喜欢冒险，对吧？"他问。

那个男人操纵着机器，巨大的推土铲不断抬起又落下。

"他在做什么？"猪草二世小声问。

"嘘！"

推土铲在操纵杆的控制下抬了起来，推土机的引擎发出了更大的轰鸣声。随后，推土机开始向前移动。灰屋前面的鹿鼠们四散而逃。

推土机轰隆隆地向前开了几米，一会儿向左，一会儿向右，最后对准灰屋。突然，推土铲抬了起来，推土机停了下来，引擎也没了声音。男人走出驾驶室，朝屋子的方向走来。

"我看不明白。"猪草二世说。

"注意，"樱树说，"如果他再靠近，我们就跑。"

男人在距离灰屋还有几步远的地方站住了，他似乎在打量这座老房子的结构，随后朝门廊走来。

"去那边！"樱树一边低声说，一边跑到门廊的一侧，躲在一个破花盆的后边。猪草二世紧跟在她身旁。

男人走到门廊处，摘下黄色的安全帽，挠了挠脑袋。他从门口往屋子里瞥了一眼，闻了闻，脸上露出厌恶的表情。随后，他又用脚踢了踢门框，四下看了看，还抓住门廊的旧栏杆使劲晃了一下，晃得栏杆几乎掉落。

男人慢慢走回到卡车那里，最后又看了灰屋一眼，然后放下安全帽，重新戴上鸭舌帽，爬进卡车的驾驶室，很快就开走了。

老鼠们静静地看着这一切。

"我没明白，"猪草二世悄声说，"他到底在做什么？"

"我也说不准，"樱树说，"也许是在测试机器。或者是在考虑推倒房子的最佳方案。"

"他准备什么时候动手？"

"我猜很快了。"樱树回答。

"我恨他。"猪草二世说。

"为什么？"

"这是我们的房子，不是他的。"

樱树诧异地看着他："我们的房子？"

"我说得不对吗？"猪草二世问。

"我还以为你讨厌这个房子呢。"

"我从没这样说过。"

这时，老鼠们从藏身的地方钻出来，陆陆续续地回到屋子里。他们一个个惊魂未定，吱吱地说个不停，一遍又一遍地重复着刚才看到的一切，讨论着接下来会发生什么。

"走，"樱树对猪草二世说，"跟我去看看那个推土机，也许我们能想到什么办法。另外我还有些事要问你。"

27

收 获

猪草二世跟着樱树走下台阶，心里充满了对推土机的好奇。其他老鼠看到樱树严肃的表情，默默给她让出一条路来。

"你跟外公相处得怎么样？"樱树问猪草二世。

"他超酷！"猪草二世回答道。

"是吗？"

"是的，在我这个年纪，他做过许多疯狂的事。"

"比如说呢？"

"有一次他乘船出去旅行，还加入了老鼠巡回表演团。原来他以前当过演员！为什么你从来没有告诉过我这些事情？”

"我也不知道这些事。"樱树回答。

"为什么他不喜欢我大伯，就是猪草大伯？"

"猪草经常质疑我爸爸的话。"

"为什么？"

"他认为我爸爸说的并不一定就是对的。"

"要是我也这样做，会怎样？"

樱树忽然站住了："猪草二世，麦法提斯在哪儿？我有点儿不放心他。"

"妈妈，你知道你的问题在哪儿吗？"

樱树叹了一口气："在哪儿？"

"你时时刻刻都要表现出妈妈的样子，为什么你就不能

做你自己?"

"告诉我,你朋友到底怎么回事?"

"我猜,他是怕见到我们的家人。我跟他说,他们都很和气,但他还是想让我先来,他在旧果园那里等着我。嘿,妈妈,你知道吗,他的父母都去世了。"

"两个都去世了?"

"是的。"

"什么时候?"

"不知道。"

"这真让人难过,为什么你从来没告诉过我?"

"我真是刚刚才知道。"

"刚刚才知道?"

"妈,他是我最好的朋友!谁会没事问好朋友这种不开心的私事呢!"

樱树叹了一口气,问道:"猪草二世,你是怎么跟麦法提斯成为朋友的?"

猪草二世耸了耸肩:"我也不知道,我是在森林里遇见他的,当时他孤零零的,一个朋友和亲人都没有,所以我想……我不知道。"

樱树望着猪草二世:"你的意思是,你跟他做朋友是为了给他一个家？"

"嗯，我想也许是，差不多吧。这有什么关系吗？我喜欢他，你觉得有问题吗？"

"没有，"樱树困惑地说，"一点儿也没有。"

他们默默地往前走。

"嘿，妈妈……"

"什么事？"

"你在这里真的很出名。"

"是吗？"樱树说。

"是啊，外公跟我说的。"

"真的吗？"

"我也不确定那是不是他的本意。不过，事实是，你确实很酷，很多老鼠也跟我说了一些你做过的了不起的事。"

樱树心中涌起一股骄傲："你真的觉得我很酷？"

"当然，不过是很久以前，你还年轻的时候。"

"谢谢你。"

"没什么，不过那些冒险的事……你真的做过吗？"

"我想是真的。"

"为什么你从来没有告诉过我？"

"你从来没有问过。"

"大家都说你要成为
这里的首领。"

　　"永远不会。"说着他们走
到了推土机前。两只老鼠仰头望着推土

机，闻到了一股金属和汽油混在一起的冷冰冰的味道。

"真大呀！"猪草二世低声说着，皱了皱鼻子，吸了口气。

樱树走到推土机的一条履带前，朝上面爬去，尾巴在身后晃来晃去。

"你要去哪儿？"猪草二世问。

"也许我可以在发动机上想想办法。"

"什么是发动机？"猪草二世跟在她身后问。

"就是让推土机动起来的一种装置。"

"哟，你知道的真不少。"

他们爬到推土机的履带上面，沿着履带一直跑到驾驶室。樱树猛地跳进驾驶室里，猪草二世也跟着跳了进去。樱树研究了一番操纵杆、踏板，还有挂在仪表盘上的钥匙。她仔细观察过那个男人的动作，知道推土机会动起来，可能跟这几样东西有关，但是她不知道具体每一样有什么作用。

"简直像个巨大的怪兽。"猪草二世说。

"你有没有看到能进到发动机里面的地方？"樱树说。

"没有。"

"那走吧，"樱树失望地说，"我们最好先回灰屋去。"

"妈妈，我得去找麦法提斯。"

"你的红毛怎么办？"

猪草二世咧嘴笑了："实际上，有些小老鼠还挺喜欢我的红毛呢。"

"还有你的臭味？"

"他们不在乎，外公后来也不在乎了。"

"猪草二世，"樱树说，"你真让我惊讶！"

"嘿，妈妈，你也让我很惊讶！"

"那么，我们扯平了。"樱树说，"去找麦法提斯吧。但是猪草二世，你们回来时，尽量体谅一下我的家人，他们可能从没见过臭鼬。"

"待会儿见！"猪草二世说着跳到地上，朝旧果园的方向走去。但是没走多远，他就停下来，回头喊道："妈妈！"

"什么事？"

"你是老了，但还是挺酷的！"

樱树看着他走远，摇了摇头。"还以为我开始理解他了，谁知他又变了，就像这个世界，总是变化不停。"

这样想着，她朝灰屋走去，边走边想如何才能帮家里解决推土机和房子的难题。但事实是，在她看来，也许毫无办法。也就是说，灰屋注定要被铲平了。

28

猪草二世和新朋友

猪草二世没走出多远，就有两只小鹿鼠跟他打招呼："嘿，樱树的儿子！"

猪草二世停下来，说："我叫二世，老兄。"

"对不起，我叫月桂，这位是凤梨。你是樱树的儿子，对吧？"

"是的，怎么了？"

"你可能不记得了，你刚来时遇见的那群老鼠里就有我，这真令人激动！"

"噢，没错。"猪草二世回答，尽管他根本不记得。

"我们在想，"凤梨说，"能不能问问你，你身上的颜色是怎么弄的？"

"还有你身上的气味？"

"妨碍到你们了吗？"

"不是的，相反，我们觉得太棒了！你不会相信，灰屋这里的老鼠有多乏味！每一只看起来都一样，气味也一样。"

"的确是。"猪草二世说，"在我们那儿，红色很炫。"

两只鹿鼠迅速交换了一下眼神。

"真的吗？"凤梨问。

"是的，潮鼠们都这样，你们明白的。"他忍住笑说，"我们把这种时尚叫作'臭红色'。"

"臭红色。"月桂重复了一遍，高兴地问，"你觉得，那个……我们也能染成臭红色吗？"

"像我这样？"二世问。

"你刚刚不是说，潮人都这样吗？"

"是的。"

"我们也想做潮人。"

猪草二世举起前爪，跟两只小鹿鼠击了一下掌："跟我来！"说着就跑开了。

猪草二世在前面带路。三只老鼠一口气跑进了旧果园。猪草二世来到他和麦法提斯分手的地方，却发现他的朋友不在那里。

　　"怎么了？"凤梨问。

　　"我朋友说好在这里等我的。"

　　"他也是只老鼠吗？"

　　"他是只臭鼬。"

　　"哇！他也是红色的吗？"凤梨问。

　　"他是黑色的，背上有白色条纹，长着扫帚一样的尾巴，能放出一种无敌臭气。"

　　"你身上的臭味就是这么来的？"月桂问。

　　"当然。"

　　"你觉得他会愿意给我们也喷点儿臭气吗？"凤梨问。

　　"当然！麦法提斯，"猪草二世大喊道，"你在吗？"

　　可是，没有回应。猪草二世不耐烦地使劲甩了一下尾巴，又像他爸爸那样摸了摸胡须。

　　"你在担心他吗？"月桂问。

　　"不担心，"猪草二世说，"麦法提斯能照顾好自己。等一下，他很快就会回来。我可以先教你们怎么给自己染色。"

"哇！"

猪草二世领着两个新朋友走到黑莓丛。"这就是黑莓丛，"他解释说，"我朋友的个头儿比我大很多，他可以把黑莓汁挤到我身上，让我很快变成红色。"

"也许我们也能做到。"月桂说。

"那就试一下吧。"猪草二世找了找，发现了一颗大黑莓。他把黑莓摘下来，和月桂一起举到凤梨的头上，用力挤压。红色的黑莓汁流下来，凤梨笑着把汁水抹到自己的皮

毛上。很快，他几乎全变成红色了，看起来跟二世差不多。第二颗黑莓让他彻底完成了变身。

"该我了！"月桂兴高采烈地叫道。

猪草二世和凤梨重复了一遍刚刚的步骤。

"我们看起来怎么样？"凤梨问。

"炫酷！"猪草二世说。

"我敢打赌，这将在灰屋开创一种全新的潮流！"月桂说，"染成臭红色！"

"只是还差一点儿，"凤梨说，"臭味。"

"那得等我的朋友了。"猪草二世说。

"为什么你不爬到树上找找看？"月桂建议说。

"好主意！"猪草二世找了一根低垂的树枝。他抓住树梢，后腿一蹬，把自己挂在树枝上，像树懒一样向前移动。当他爬到树枝比较粗壮的地方时，一下子翻了上去，然后沿着树枝越跑越高，一直跑到一处很粗的树枝上。在树梢尖儿上，他能俯瞰几乎整个果园。猪草二世先搜索灰屋的方向，然后又看向闪光小溪，最后看向东边，柏油路转弯的地方。终于，他看到麦法提斯蓬松的尾巴像一面黑白条纹的旗帜一样，在高高的草丛间移动。

猪草二世飞快地沿着树干跑下来。

"你看到他了吗？"

"跟我来！"猪草二世大喊着跑开了。每跑几步他就停下来喊一嗓子，"嘿，麦法提斯，等一等！"

两只小鹿鼠紧紧跟着他。

猪草二世的呼喊终于得到了一声回应："哟——"他向前猛冲，朝朋友扑过去。让他意外的是，艾瑞斯跟在麦法提斯身边。

"嘿！我以为你在那边等我呢。"猪草二世说。

"我等得不耐烦了。"麦法提斯说。

"怪不得，"猪草二世转头看了看艾瑞斯，问道，"你到这里来做什么？"

"我想去哪儿就去哪儿，泥巴腿！上次看见你时还是黑色的，现在怎么变成红色的了？"

"我改主意了。"

这时，两只小鹿鼠赶了上来。

"这两位是？"麦法提斯问。

"两个新朋友，"猪草二世笑着说，"凤梨、月桂，这就是我最好的朋友麦法提斯，那位是我的舅舅艾瑞斯。"

两只小鹿鼠瞪大了眼睛看着艾瑞斯："可他是……一只豪猪？"

"是的。"

"那怎么会是你舅舅？"

"这有什么，"二世满不在乎地说，"谁都可以当舅舅。"

"为什么这两只老鼠也是红色的？"艾瑞斯问。

"他们想看上去跟我一样。"二世瞥了麦法提斯一眼，麦法提斯心领神会地笑了。

"是这样吗？"艾瑞斯厉声问。

"是的，先生。"月桂回答。

"没脑子的黄油桶，"艾瑞斯晃着脑袋嘟囔道，"这个世

界到处都是傻瓜。对了，你那个毛手毛脚的妈妈在哪儿？她还好吗？"他问猪草二世。

"当然，"猪草二世说，"不过，有些事要告诉你们。"接着，他把推土机和拆建公司来人的事情都说了一遍。

"跟人打交道很危险，"艾瑞斯说，"我最好去看看推土机，告诉我在哪儿。"

"好的，先生，"凤梨说，"我很乐意带您去，这边来。"

艾瑞斯、凤梨和月桂在前面走，猪草二世和麦法提斯跟在后面。"嘿，豪猪怎么冒出来了？"猪草二世悄声问麦

法提斯。

麦法提斯耸了耸肩："他担心你妈妈。"

"他总是瞎操心。他冲你大吼大叫了吗？"

"没有，我们一直在聊天。事实上，他挺酷的。"

"是吗？"二世说。

"是的。"

凤梨在前面对艾瑞斯说："你真的不必担心推土机，先生，樱树小姐会有办法解决的。"

"也许吧。"艾瑞斯咕哝道。

"然后，她会留在灰屋，成为我们全族的新任首领。"

艾瑞斯猛地站住了。"冻掉眼珠子我也不信！"他喊道，"她不会答应这种事的！"

"但我说的是真的，先生。"艾瑞斯的怒气吓得月桂往后退了一步。

"谁跟你说的？"艾瑞斯喊道。

"她的父亲，肺草。"

"他以为他是哪根葱?！他可以让樱树做什么或不做什么?！他得先问问我的意见！樱树是不会待在这里的，不然我就先把灰屋推倒！"

29

德里达拆建公司（二）

樱树慢慢走回灰屋，心中暗想：推土机是个巨大的怪物，由不能接近的人类控制着，我们老鼠根本无法阻挡。

她从鼠群中间穿过，鹿鼠们纷纷问她："樱树，你想出办法了吗？""告诉我们该做什么，樱树，我们去做！""樱树，快点儿想个办法吧，那东西就要冲过来了。"

鹿鼠们越追问，樱树越觉得沮丧。

她爬上台阶，走进灰屋，香芹正在等她。"噢，樱树，你让你的父亲非常高兴。"

樱树眨了一下眼："是吗？"

"你给儿子取名叫'肺草二世',你爸爸为此很开心,你还跟我说他叫'猪草二世',原来是在开玩笑,是不是?"

"妈妈,事实上——"

"我知道,我太容易上当受骗了,"香芹咯咯笑着说,"但是如果能让你们大家开心,特别是在这种时候,也没什么大不了的。"

"妈妈,我不是——"

"樱树!"

樱树话说到一半又被打断了,她回过头去,百合正使劲冲她摇头。

"我觉得你以爸爸的名字给孩子取名,这很好。"百合严肃地瞪着姐姐说,接着就把樱树从香芹身边拉开。

"但是百合,"樱树不满地说,"你知道——"

"不必多说了,爸爸要见你。"

"百合,"她们一起朝旧靴子走的时候,樱树坚持说,"二世的名字是猪草二世。"

"我不知道谁跟爸爸说的他叫'肺草',但这显然是个好主意。"

"是猪草二世自己说的。"樱树说。

"那么他比我想的要聪明多了。"

樱树站住了。

"樱树，爸爸在等你。"

"他可以再等一会儿。"

"你这口气听起来跟猪草二世一个样儿。"

"百合，我不知道该怎么对付推土机。"

"你真的不知道？"

樱树摇了摇头。"你要做的不是为我担心，而是自己想想办法。"说着她掀起门帘走进靴子里。

"是你吗，樱树？"在她快步走进幽暗的靴子里时，肺草叫道。

"是的，爸爸。"

"你把小肺草带来了吗？"

"没有，爸爸。"

"你有个好孩子，非常好。至于他把自己染成红色，还有他身上的气味，那只是年轻犯傻而已，你不用在意。事实上，他让我想起了我在他那个年纪做过的很多事。"

"他跟我说了，我从没听你说过那些事。"

肺草咳嗽了几下，说："父母总是不好对子女说出实话，祖父母却可以。不管那些了，你想出对付推土机的办法了吗？"

"没有，爸爸。"

肺草侧身靠近女儿，低声说："樱树，你好像不明白，这件事非常紧急。"

"爸爸，我想不出办法。"

"可我找你来就是要你想办法的。"

"那么我建议你考虑一下，他们推倒房子之后让大家搬到新屋去，那样的话，至少大家都会平安无事。"

"绝不！我不会接受这样的结果，"肺草喊道，"灰屋必须保存下来！我跟灰屋共存亡！别跟我说什么为了安全搬到别处的话，一个船长永远不会弃船而逃！如果房子倒了，我会跟房子一起倒下！"

"爸爸！"

"樱树，你应该不希望对我的死负责任吧？"

"太荒唐了！"樱树说着转身要走。

"还有一件事！"肺草喊道。

"还有什么，爸爸？"樱树疲惫地问。

"你儿子跟我说，你和一只豪猪成了朋友。"

"他叫艾瑞斯，是一个特别好的朋友。"

"你这样是不对的，我把你养大不是让你喜欢豪猪的。他们不能信赖，破坏成性，而且他们吃老鼠。"

"毫无根据，豪猪根本不吃老鼠，也不吃其他任何动物。艾瑞斯吃树皮，还有盐——如果他能找到的话。爸爸，艾瑞斯连一只苍蝇都不会伤害。"

"你错了，"肺草坚持说，"我绝对不准你把他带到这里来。"

"我倒是希望能带他来，但很可惜，我已经告诉他不要来了。"

"你自己说的话要算数！"肺草几乎咳成了一团，"告诉百合，我的松子吃光了。"

樱树不知道还有什么可说的，她转身离开了靴子。

该回家了，她暗自下定决心。

30

一封邮件

致：公牛运输公司

主题：旧莱蒙特农庄

感谢你关于旧莱蒙特农庄的考察报告。

看来这是一项很容易的工程。我建议你立刻回去把它推倒。就今天！尽可能碾成小块，方便清运。

致谢！

德里达拆建公司

31

研究推土机

　　"这么大！"麦法提斯站在艾瑞斯和猪草二世中间，仰头看着高耸的推土机感叹道，蓬松的尾巴跟着抽了一下。月桂和凤梨跟他们在一起，也在仰头注视着巨大的机器。

　　"没见过世面的乡巴佬！"艾瑞斯小声说，"有的树比这大多了。"

　　"是的，"猪草二世说，"只不过大树只能待在原地，不能动，而这个'巨兽'能动。我亲眼见过，非常可怕。"

　　麦法提斯回头看看灰屋，说："这家伙真能推倒房子吗？"

　　"大家都这么说。"凤梨回答。

"真希望我们能找到一座新房子，"月桂补充说，"这里太拥挤了，没有一只老鼠喜欢这里。"

"只要樱树回枯树桩的家，其他的我才不在乎呢。"艾瑞斯嘀咕道。

"得了，艾瑞斯舅舅，"猪草二世说，"你不用担心，妈妈不可能留在这里。"

"但是肺草说她会的。"月桂说。

"肺草就是一条大嘴巴的虫子！"艾瑞斯说。

凤梨笑了起来。

"他确实挺啰唆的。"月桂表示赞同。

"也许我该去抽他一尾巴。"艾瑞斯说。

"也许吧，"猪草二世仍旧抬头看着推土机，"但我们的当务之急是想办法对付这东西。"

"我可以给它全都喷上臭气，"麦法提斯说，"你们觉得那样会有用吗？"

"你还是给我们喷一点儿臭气吧。"凤梨说。

"你们脑子抽风了吗！"艾瑞斯看了看那两只小鹿鼠，"你们真想要那种气味？"

"那样我们就跟二世一样。"凤梨说。

"染成臭红色了。"月桂解释说。

猪草二世打了个嗝儿，表示赞同。

"哇！你真了不起！"月桂羡慕地说，"能把打嗝儿也教给我们吗？"

"你们真想要我的臭气？"麦法提斯问两只小鹿鼠。

"当然！"他们异口同声地回答。

"站到那边去。"麦法提斯说。

"我可不想沾上半点儿臭气。"艾瑞斯嘟囔道。他用后腿直立起身体，抓住推土机的履带爬了上去。与此同时，两只小鹿鼠跑到几步之外，背对着麦法提斯喊道："来吧！"

"闭上眼睛。"麦法提斯命令道，于是两只小鹿鼠听话地闭上了眼。麦法提斯转过身，用前爪撑着身子，倒立起来，尾部对准两只小鹿鼠喷出一团臭雾，把他们全身都罩住了。

两只小鹿鼠咯咯笑着，揉搓全身，然后互相闻了闻。"太刺激了！"凤梨说。

"是的，"月桂喊道，"臭红色！"

"哟，兄弟，"猪草二世大笑着说，"现在你们跟我一样了，只要再学个打嗝儿就行了。"

"那个等一下再学，"月桂招呼凤梨道，"快来！还有一些兄弟姐妹们也想染成臭红色。"

说完，两只小鹿鼠跑开了。

猪草二世爬到推土机上，招呼麦法提斯说："到这上面来，也许我们可以想个办法把这东西拆掉。"

"你们不要乱动。"当麦法提斯往推土机上爬的时候，艾瑞斯警告道。

"我只是说，我们应该试试把它固定住，让它动不了。"猪草二世说。

"我说过，我希望他们把这座房子推倒。"艾瑞斯说。

"艾瑞斯舅舅，你可真笨，"猪草二世说，"如果他们推倒房子，妈妈她们全族就要搬去和你做邻居了。"

"你这条乱叫的小狗，"艾瑞斯嚷道，"我倒没想到这个。好吧，让我们来拆掉这个东西。"说着他爬进了驾驶室。

他们三个到处嗅，想弄明白那些踏板和操纵杆是怎么回事。

"金属太多了，"艾瑞斯大声说，"什么都咬不动。"

猪草二世问："这些都是什么东西？"他抓住一根操纵杆，试着往外拽，但是他的个头儿和力气都太小，操纵杆纹丝不动。

艾瑞斯继续嗅来嗅去地找。突然，他坐下来。"有盐！"他大叫道，"我闻到盐的味道了。"艾瑞斯流着口水，匆忙爬

到驾驶员的座位上。他深吸一口气，身体向前倾斜，鼻子凑到一根手柄上。"毛毛虫奶羹，这里有盐！"他激动地大声说，跟着就开始舔起来。

"那儿怎么会有盐？"二世问。

"是人类的汗，"艾瑞斯咽着口水回答，"他们身上唯一的好东西。"

麦法提斯注意到一根垂下来的链子。链子的一端连着发动机的钥匙。他往外拽了拽，没拽动。

"我来帮你。"猪草二世喊道。他抓住链子，后腿使劲一蹬，顺势就爬了上去。他来到钥匙旁边试图把钥匙拔出来，但是没拔动。

"你试试拧一下。"麦法提斯给他出主意。

于是猪草二世用两只前爪抱住钥匙，整个身子贴上去，又是踢腿又是甩尾巴。结果，由于动作过猛，钥匙朝上转了一下，把猪草二世

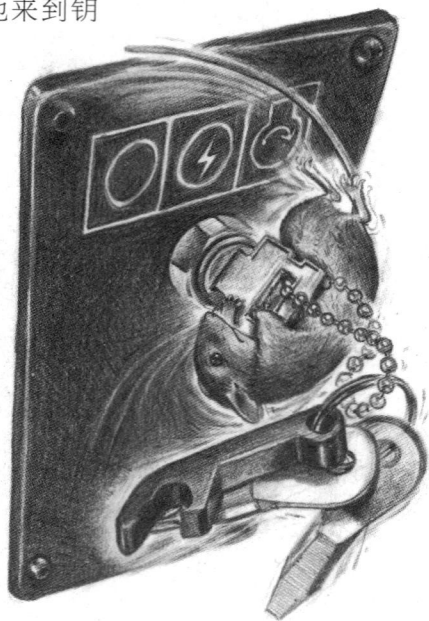

弹出去，摔在地上。

伴随着一声轰鸣，发动机震动起来。

正在舔操纵杆的艾瑞斯被巨大的声音吓了一跳，忽然重重地撞到了杆子上。操纵杆猛地被推向前，推土机启动了。

猪草二世坐在地上大喊："发生了什么事？"

艾瑞斯站稳后四下看了看："糟了，这个东西在动！"

"这到底是怎么回事？"麦法提斯也尽力站稳。

猪草二世站起来，从驾驶员座椅爬到仪表盘上。"艾瑞斯舅舅，"他喊道，"你快想想办法啊！"

"为什么要我想办法！毛球，发动机器的是你，又不是我！"

"可我不知道该怎么办！"

"你刚才做了什么？"

"钥匙，一定是钥匙！我刚才好像拧了下钥匙。"

"那就再拧回去，香蕉脑袋！拧回原位！"

"哇！这个东西走得真快。"麦法提斯说。

猪草二世迅速跳起来，抓住钥匙，把身子贴上去，想把它拧回去，但是没用。

"松饼掉进了水坑里！"艾瑞斯尖叫道，"还不快拧回去!"

"我拧不动!"二世喊道。

这时,麦法提斯爬到椅子上,坐在那里向外张望。"嘿,你们猜发生了什么?"他说。

"怎么了?"

"我们正朝着灰屋开过去呢!"

32

推土机来了

"推土机来了！推土机来了！"

樱树正在灰屋后面的台阶上跟罗勒聊天，突然听到了惊慌失措的喊叫声。

他们连忙跳起来，穿过屋子跑到前面的门廊。鹿鼠们惊慌地到处乱窜，吱吱声、哭喊声、尖叫声和嘶吼声响成一片。他们争先恐后地想逃到安全的地方，互相推来挤去，有的甚至直接从门廊上跳了下去。院子里的鹿鼠们以最快的速度跑进高高的草丛中躲了起来。

越过乱成一团的鹿鼠，樱树往远处看去。那辆巨大的黄色推土机正无情地朝着房子慢慢驶来。

"罗勒，"她在一片吵闹声中提高嗓门儿喊道，"我得去把肺草带出来！"

"我去找我的妻子和孩子们！"罗勒说着跑向远处。

樱树在蜂拥而出的惊恐万状的鼠群中逆行，拼命挤回到房子里，朝旧靴子跑去。百合和香芹正在那里试图把年迈的肺草从床上弄起来。

"发生了什么事？"肺草咳嗽着问道。他伸爪拿起顶针帽子戴到头上，只不过戴得有点儿歪。"樱树在哪儿？"他问道。

"我在这里，爸爸，"樱树叫道，"你得马上离开这儿，推土机开过来了。"

"来了？什么时候？在哪里？"

"就是现在，它要推倒房子了。"

"离这里还有多远？"百合问。

"几分钟工夫就会到，房子肯定要倒了。"

"啊，老天，"香芹哭哭啼啼地喊道，"为什么偏偏是在肺草睡午觉的时候发生这样的事？"

肺草努力站起来，挣脱了香芹的搀扶："放开我，见鬼，我又不是不能动。"

"亲爱的，"香芹重新抓住肺草恳求道，"你真的必须要离开房子。"

"绝不！"肺草喊道，"老鼠要和房子同在！樱树，你为

什么不做点儿什么？"

"爸爸！"百合大喊道，"如果您不走，会被轧死的！"

"是谁这么疯狂要来毁了灰屋？"肺草大喊。

"这不重要，爸爸，事情已经发生了。"百合说。

肺草眨眨眼，好像终于明白过来。"但是……我该做些什么？"他叫道。

"爸爸，"樱树说，"听百合的安排，她最清楚。"

肺草看了看四周，说："真的吗？"

"是的。"

肺草终于接受了她们的帮助。他们开始往靴子外面走。

"到底是谁犯下这样可恨的罪行？"快走到前门的时候，肺草问道，"究竟是什么恐怖的野兽会做这样的事？我需要一个答案。"

"求你了，爸爸，"百合说，"现在没时间说这些，我们得赶快离开这座房子。"

"但接下来我们该怎么办？"肺草说，"这是我们唯一的家。"

"这个您可以稍后再做决定，"百合说，"现在最重要的是您的安全。"

门廊空了，大多数鹿鼠都已经逃到房子外面一个安全的地方，和房子保持着一定距离。樱树看到他们分散在草丛中，用既恐惧又好奇的目光注视着巨大的推土机。

推土机尽管速度极为缓慢，但仍然在朝房子移动。它不断喷出的黑烟和发动机震耳欲聋的轰鸣，让眼前这幅景象更加可怕。

"这边，亲爱的。"香芹连哄带劝，和百合一起拽着肺草走下门廊的台阶。

樱树跟在他们身后，警惕地注视着越来越近的推土机。突然，她发现驾驶室里没有人。这让她感到非常困惑。她站在那里，瞪大了眼睛——看上去，推土机好像完全是在自己移动。

肺草在香芹的搀扶下，跟着百合从台阶走到地面上，蹒跚地来到一个安全地点。樱树跟在后面，回头张望了一眼。

再没有鹿鼠跟出来，整个房子好像已经完全被清空了。

她转身面向推土机。这台巨大的机器轰隆隆地向前行驶着，离灰屋越来越近。樱树盯着推土机，她清楚地知道，

没有任何办法可以阻止灰屋被推倒。这个只剩骨架的灰屋在劫难逃。尽管如此，她还是站在原地没动，一直在纳闷儿：为什么驾驶室里没人呢？

随着推土机越来越近，樱树告诉自己必须要离开了。就在她准备跳到一个安全的地方时，她突然看见一个脑袋从驾驶室里冒了出来。是艾瑞斯！

樱树吃惊地张大了嘴巴。紧跟着，她又看见麦法提斯抬起了脑袋，还有猪草二世。猪草二世站在驾驶室的仪表盘上，红色的皮毛与推土机脏兮兮的黄色形成了鲜明的对比。

樱树没有时间站在那里惊

讶了。她跑到门廊的尽头，跳进下面的草丛里，狼狈地摔在了地上。她爬起来，抖了抖身子，跑开几步又回头张望。

鹿鼠们的眼睛都紧紧地盯着推土机。

推土机终于朝灰屋发动了最后的"进攻"。随着一阵可怕的嘎吱嘎吱声，巨大的推土铲不偏不倚地击中了灰屋。门廊塌下来，墙倒了，玻璃窗被震得叮当作响，听起来好像发狂的风铃声。阁楼的地板也掉下来，屋顶被挤压得变了形，雪松木瓦片像湿漉漉的西瓜皮一样朝四面八方飞射出去。杂物碎片满天飞，好像燃放的烟花。灰屋上空腾起漫天的烟尘，如同一朵盛开的花。

即使这样，推土机也没有就此停下。随着一阵剧烈的颤抖，发动机的轰鸣声更响了，排气管喷出滚滚黑烟，

推土机继续向前行驶。有那么一会儿，它像绷紧的弦一样颤抖，随后，在一片震耳欲聋的咔嚓声中，这座老房子——或者说是一堆废墟的地基——彻底毁了。在这之后，推土机势头更猛了……一切变成了一堆如小山一般的废墟。与其说是一座变形的房子，不如说是一个倾覆了的巨大鸟巢，鸟巢开始整个在地面上滑动，朝着旧果园的方向滑去。

鹿鼠们站在曾经的房子前，目瞪口呆地静静看着。

推土机完全安静不下来。它轰鸣着喷出可怕的黑烟，推着那堆巨大的废墟向前移动，直到撞上一棵老苹果树，才终于在一阵剧烈的抖动中停下来。发动机喷出最后一股难闻的烟雾，火星四溅。在吓人的颤抖中，推土机发出一声打嗝儿一样的声音，终于回归深深的寂静。

随之而来的是一片死寂，所有的一切——老鼠、鸟，甚至连树叶都一动不动。

樱树目睹了整个过程，脑子里只剩下一个念头——别的鹿鼠是否也看到了驾驶室里的艾瑞斯、猪草二世和麦法提斯。

很快，答案就来了。肺草嘶哑的咆哮声打破了深沉而痛苦的寂静："是一只豪猪在驾驶那个机器！"

樱树立刻朝着推土机跑过去。

33

灰屋倒了

当推土机终于停下来时，艾瑞斯晕头转向地晃了晃脑袋。

"我简直无话可说。"他嘀咕了一句。

他和猪草二世、麦法提斯在驾驶室里呆呆地望着外面。在他们面前，曾经的灰屋变成了一大堆破砖烂瓦。一股灰尘升腾而起，像一条破烂的丝带。

"哇！"猪草二世低声说道，"这可真酷得要死！"

"棒极了！"麦法提斯赞同地说，尽量不去看猪草二世，"你听到机器'打嗝儿'了吗？"

"简直帅呆了！"猪草二世说着突然转向艾瑞斯。

"艾瑞斯舅舅。"他说。

艾瑞斯摇了摇头："怎么了？"

"请不要告诉我妈妈。"

最后，猪草二世和麦法提斯互相看着对方，忽然大笑起来，几乎停不下来。麦法提斯笑得满地打滚儿，小短腿像是飞奔一样在空中乱踢。猪草二世靠在驾驶座位上，一只爪子捂着肚子，一只爪子擦着笑出来的眼泪，兴奋地尖叫着："干得漂亮！太漂亮了！"他向麦法提斯伸出爪子，说："老兄，全宇宙都找不出比这个更漂亮的了！"

麦法提斯跟猪草二世响亮地击了一下掌，然后激动地跳到发动机罩上，前爪倒立，喷出一股臭气。臭气瞬间笼罩了推土机。

"锦上添花！"猪草二世尖叫道，"锦上添花！"他笑得全身发抖，倒在地上。

"绝对论谁都意想不到！"麦法提斯说，"绝对！"说着，他又和朋友击了一下掌。

"别闹了！"艾瑞斯气得大叫，"你们知道发生了什么吗？"

"我们……推……推倒了……房子！"猪草二世断断续续地笑着说。

"彻底……彻底把它摧毁了。"麦法提斯想忍住笑，但是失败了，"就是说什么都……都没剩下。"

"没错，连渣儿都不剩！"猪草二世大叫道。

"只希望里面没有老鼠。"艾瑞斯说。

"噢，老天！"猪草二世笑不出来了，"你觉得会有吗？"

"有这个可能。"

"那就太糟了……"麦法提斯也反应过来。

就在这时，下面传来一个声音："艾瑞斯！猪草二世！麦法提斯！看看你们用这台可怕的机器都干了些什么？"

他们低头一看，发现是樱树。她正站在推土机旁边，仰

着头往上看。

"干了什么？"艾瑞斯说，"你是怎么想的，你这个急躁的苍蝇！我一直在想办法把它停下来！"

"停下来？"樱树叫道，"你明不明白你都做了些什么？"

"我？"艾瑞斯说，"你凭什么认为跟我有关？"

"你是成年人，要负责任！"

"我吗？"

"当然！"

艾瑞斯看看猪草二世，猪草二世看看他。猪草二世紧紧抿住嘴，不让自己笑出声来。麦法提斯则把头扭到了一边。

"艾瑞斯！"樱树喊道，"你难道没看见你把灰屋彻底毁了吗？"

"嘿，妈妈，"猪草二世试图劝她，"灰屋迟早会倒的。"

"那也不能毁在你们手里！"樱树呵斥道，"艾瑞斯纵·多萨托姆，你为什么会在这里？"

"还能为什么，软糖胡子，为了保护你呗！"

猪草二世把一只爪子塞到嘴里，拼命忍住不笑出来。

樱树气得说不出话，于是她干脆转过身，望着那堆废墟。在废墟顶上，她看见了那个"木屋糖浆"旧罐头盒，它已经被轧得严重变形。

"难以置信，"她低声说，既是说给自己，也是说给艾瑞斯他们，"难以置信。"

"樱树小姐……"麦法提斯嗫嚅着说。

"怎么了？"

"我很抱歉。"

"抱歉？"樱树克制地说。

"好了，妈妈，"猪草二世维护朋友道，"你不是希望自己酷一点儿吗？你不会认为我们是故意的吧？"

这时，其他鹿鼠意识到来自机器的威胁已经解除了，他们虽然还处于震惊中，但是开始陆续聚集在废墟和推土机周围，沉默地望着眼前的一切。

"这太荒唐了，太不负责任了！"樱树看着废墟说，"这完全是一场灾难，完全不能接受！"说着，她皱起鼻子厉声问，"这臭气是怎么回事？"

"麦法提斯太兴奋了。"猪草二世咯咯笑着说。

"还敢兴奋？！"

"对不起。"麦法提斯又一次喃喃地道歉，尽力不去看猪草二世。

"你们是怎么让机器动起来的？"樱树质问道。

"艾瑞斯舅舅撞到了一个操纵杆上，当时我正好转动了钥匙，机器就动起来了，是它自己动的。"

"艾瑞斯，是这样吗？你也要对此负责，是吗？"樱树说。

"事实上，"艾瑞斯嘀咕着，声音低得模糊不清，"事实上，都怪那上面的盐。"

34

一片废墟

在确定推土机真的停下来之后，一些鹿鼠开始靠近房子的废墟，这里戳一下，那里捅一下。另一些则继续观望着，还有几个仰着头，紧张地看着艾瑞斯和麦法提斯。

肺草行动缓慢，在百合和香芹的搀扶下，最后一个来到近前。

"嘿，那是谁！"年迈的鹿鼠喊叫着，穿过围观的鼠群，"我不是告诉过你们吗，豪猪是世上最危险的动物！"

"他是谁？"艾瑞斯抬起头问樱树。

樱树叹了一口气说："是我爸爸肺草。爸爸，我给你介

绍一下，这是艾瑞斯，我的朋友。"

"朋友！"肺草气急败坏地说，"你这个所谓的朋友开着这个机器，摧毁了我们珍爱的家！他是罪魁祸首！"

樱树深吸一口气，用责备的眼神看了一眼艾瑞斯，说："我想是的。"

"外公！"猪草二世叫道。

"干什么？"

"不是艾瑞斯干的！是我，我干的！"

"不可能！你怎么能做到？"

"我转动了钥匙，真的，都是我的错。"

"请你们三个一起下来，我想我需要介绍一下，还有你们的解释。"樱树说。

艾瑞斯、麦法提斯和猪草二世不情不愿地从推土机上爬下来。鹿鼠们围过来，盯着他们看。麦法提斯和猪草二世并肩而立，不时地用身体撞对方一下，忍着不笑出声来。艾瑞斯则非常尴尬，紧绷着脸，尾巴不停地抖着。

"艾瑞斯，我想让你认识一下我的父母。"樱树开口说，"爸爸，妈妈，这是艾瑞斯。还有这位，是猪草二世的朋友麦法提斯。"

"让那只豪猪离我远点儿，"肺草边吼边后退，"豪猪是祸害，是危险的动物，是对和平的威胁，而且臭不可闻！离他远些！"

"真是条硬纸板鳄鱼！"艾瑞斯说着，满脸愤怒地转头看樱树。

"艾瑞斯舅舅，"猪草二世说，"我想他不喜欢你。"

"很好，我也不喜欢他，他就是个滴答漏水的破马桶！"

"那你又是什么东西，"肺草火冒三丈，"你……你这个又蠢又笨的破坏怪兽。"

"你听着——"艾瑞斯准备反击。

"艾瑞斯，就请你闭一次嘴吧！"樱树声嘶力竭地吼道。

"老鼠竟然和豪猪、臭鼬做朋友，"肺草喊道，"这世界疯了！我不想跟这种事有任何瓜葛！樱树，如果你以这种方式来领导家族的话，那很显然我犯了一个重大错误！难道就没有一个能理解我的吗？"

这时，百合伸出一只爪子，说："爸爸，您想来一颗松子吗？"

肺草看着她，眨了眨眼。"百合，"他喊道，"显而易见，应该由你来担任家族首领。"

肺草哼了一声，摘下顶针帽子，把它戴到了百合的头上，然后一边嘀咕着，一边脚步蹒跚地走开了。香芹和百合跟在他的身边。百合伸手摸了摸帽子，极力忍住微笑，但是最终还是没有忍住。

就在这时，一只鹿鼠失声大喊："快看，有人来了！"

所有的动物都将目光转向柏油路。果然，一辆卡车开过来，在路边停下来。跟着，一个男人从卡车中走出来。

35

意外发现

　　这个男人跟上次来的是同一个人。他仍然穿着棕黄色的工作装，顶着啤酒肚。他站在卡车旁边，朝推土机原来的位置张望，结果当然什么都没看到。他困惑地扯了扯帽檐，然后发现了倒塌的房子和挪了位置的推土机。他的眼神有些茫然，显然他更加困惑了。只见他再次拽了一下帽子，朝废墟走来。

　　动物们迅速分散开。

　　艾瑞斯和麦法提斯跑到废墟后面蹲下，樱树和猪草二世跟他们一起跑过去。

"我不知道怎么才能原谅你们做的这件事。"樱树悄声说道。

"猪肉乱炖鸡翅，"艾瑞斯说，"你在跟谁说话呢？"

"你们三个中的每一个。"

"但是——"

"艾瑞斯，就这一次闭上嘴吧！"

猪草二世打了个嗝儿，麦法提斯咯咯笑出了声，樱树严肃地瞪了他们一眼。

那个男人沿着小路慢慢走过来，好像不敢相信眼前的景象。他好几次停下来到处张望，最后来到灰屋原来的位置，盯着被铲断的地基出了神。

过了一会儿，他朝推土机和房子的废墟走来。快到近前时，他打量着这一大堆断壁残垣，突然转过身，用手捂住了鼻子。

猪草二世转头看着麦法提斯，乐得直咧嘴，悄声说："你给了他一下子，老兄。"

"嘘！"樱树说。

那个男人一只手捂着鼻子，爬进了推土机的驾驶室，转动钥匙。机器发出嘎吱嘎吱的摩擦声，却没有启动。男人沮丧地拔出钥匙放进口袋，匆忙向自己的卡车走去，边走边回头看了一眼，然后紧紧皱起了眉头。

"他要去哪儿？"猪草二世问。他们从藏身的地方走出来，继续观察。

"希望他是要回家。"樱树说。

就在那个男人朝卡车走过去时，月桂、凤梨领着一群小鹿鼠出现了。每只小鹿鼠的毛皮都鲜红鲜红的。他们对灰屋的事情一无所知，还朝着推土机原来的地方走过去。

男人走到卡车跟前，回头最后看了一眼。这时，他看见了那一大群红色的小鹿鼠，顿时惊讶得张大了嘴。小鹿鼠们集体打起嗝儿来，吓得他立刻跳进卡车里，一溜烟开走了。

猪草二世说："酷啊，我猜那些红老鼠把他吓坏了。"

"嘿，大家好！"

小鹿鼠们转过身，看见罗勒站在那堆废墟顶上。"这下，这里现在有成百上千个房间了，"他喊道，"所有的老鼠都可以有独立的空间。"

鹿鼠们爆发出一阵欣喜若狂的尖叫声，然后一齐冲向废墟，寻找自己的住所。

36

告　别

　　几个小时之后，在灰屋的瓦砾堆深处，百合为肺草和香芹找了一个适合他们的房间。樱树和猪草二世在那里向他们道别。百合也在场，头上戴着顶针帽子。

　　"爸爸，我要跟您说再见了。"樱树说。

　　"嗯。"肺草咕噜了一声。

　　"爸爸，"百合说，"这个结局真是太好了！每只老鼠都有自己单独的房间，家里的居住环境大大改善了！我们既可以住在一起，又不必挤成一团。"

　　"豪猪！"肺草低声嘟囔道，"豪猪！"

香芹给了猪草二世一个拥抱，接着又拥抱了樱树。"见到你真高兴，"她说，"你还能很快……再来吗？"

　　樱树拿不准这是请求，还是担心，只能含糊地回答说："到时再看吧。"

　　百合送他们走出废墟。

　　"樱树，谢谢你。"

　　"因为什么？"

　　"因为你坚持做自己。"

　　她们再次相互拥抱，这次是发自内心的真情相拥。

37

回　家

在幽光森林的深处，樱树、艾瑞斯、猪草二世还有麦法提斯走在一条动物踩出来的小径上。他们要赶着回家。

"砂纸熬汤——真是荒唐至极！"艾瑞斯对樱树说，"你怎么会有那样一个父亲？"

"很少有谁可以选择自己的父亲。"樱树提醒他说。

"或者母亲。"猪草二世打了个嗝儿，补充道。

"你应该为还会有母亲选择你而感到幸运，"樱树回敬道，"别忘了，你们几个毁了那座房子。"

"噢，紫色脆饼狗狗，"艾瑞斯说，"那只是个意外。"

"只是意外？"

"樱树小姐，"麦法提斯说，"真的，我们不是故意的。"

"不管怎样，最后结果很好，"猪草二世说，"他们都有了自己的房间。你不是听见了吗，他们觉得这样更好。"

"我想，家人之间有一点儿私人空间的确是件好事。"樱树赞同地说。

突然，艾瑞斯站住了。"这提醒了我，"他说，"我要去个地方。"

"去哪儿？"

"去找个安静不受打扰的地方，笨蛋！你有意见吗？"

"艾瑞斯，跟以前一样，你想做什么都可以。"

"是的。"艾瑞斯低声说。

他转头对麦法提斯说："你来吗，没人待见的家伙？"

"你们去哪儿？"猪草二世警惕地问。

麦法提斯不好意思地看了看四周，说："艾瑞斯说，我可以跟他一起住在他的空心圆木里。"

"他说的？"樱树先看了看麦法提斯，又看了看艾瑞斯。

"但是我不替他打扫卫生，"艾瑞斯说，"也不负责给他吃的，或者是教育他，照顾他，跟他说话，等等，除非我自己愿意。如果他有一次弄臭我的窝，或是打嗝儿，或是说

'该死的'，我就把他撵出去！滚蛋，完事！"

樱树忍住笑说道："那你准备和他做些什么呢？"

麦法提斯看着艾瑞斯没吱声。"你自己跟她说，臭小子。"艾瑞斯说。

"他准备教我说话。"
麦法提斯说。

樱树跑到艾瑞斯
身边，后腿直立起来，
在他鼻尖上轻轻吻了
一下。然后，她来到麦
法提斯身边，也吻了一
下："欢迎住到我们附近。"

"腻歪的油炸桌球。"艾瑞斯嘟囔了一句。他又对起眼睛，盯着自己的鼻尖，一头扎进树丛，消失不见了。麦法提斯犹豫了一下，看看猪草二世，咧嘴笑了一下说："回头见，老弟。"随后，他的小短腿以最快的速度跟在艾瑞斯身后。

"酷！"猪草二世说，"这样他就住在我们隔壁了。"

樱树和猪草二世继续向前走。路上，樱树问："猪草二世，有件事我想问你，你从没说过你对我父母的印象。"

"噢，是的。嗯，你妈妈像一朵无精打采的花，你爸爸很有趣，虽然我觉得他不是故意这样的。"

"不……我的意思是，你觉得，我……跟他们像吗？"

"你希望吗？"

"不希望。"

"你和他们不像，"猪草二世说，"就像我也不愿意像你或是像爸爸。不过，我很想再到他们那里去。"

樱树忽然停下来："你说真的吗？"

"是的，要知道，那里有只叫月桂的老鼠……"

樱树仔细地打量着猪草二世："她怎么样？"

"我说不上来，"猪草二世不敢看樱树，"挺不一般的。"

此刻，樱树确信儿子红色的皮毛颜色更深了些。

"你没事吧？"猪草二世问。他终于有勇气看自己的母亲了。

"猪草二世，我有没有告诉过你最近我有多爱你？"

猪草二世笑了起来："嘿，身为老鼠就要做老鼠该做的事！"

"嗯，我真的爱你！"说着她给了猪草二世一个拥抱。猪草二世犹豫了一下，还了妈妈一个拥抱。

38

另一封邮件

致：德里达拆建公司
主题：旧莱蒙特农庄

　　我去了旧莱蒙特农庄所在地，结果发现：推土机被移动到别处，房子已倒塌，而老鼠竟然全都变成了红色，并散发出臭鼬的味道，还在不停打嗝儿。那里有些古怪。我建议你们不要再去那里——至少有红老鼠在的时候不要去。

公牛运输公司

39

樱树回家

樱树和猪草二世到家时已经是傍晚了。蝴蝶百合、马鞭草和马唐草正在树桩前玩耍。蝴蝶百合第一个看见了樱树。

"是妈妈！还有猪草二世！"她喊道。

一眨眼的工夫，其他孩子也都从树洞里跑了出来，凑到樱树身边，争抢着去拉妈妈。黑麦站在他们后面，开心地咧嘴笑着。

"情况怎么样？"在一片欢闹声中，黑麦提高嗓门儿问道。

"非常成功。"猪草二世回答道。

那天，直到深夜，樱树才找到和黑麦单独相处的时间。她把事情的经过详细地讲了一遍。

最后，黑麦问她："你觉得这一趟值得吗？"

"值得，不过，你知道'离开'这件事最大的妙处是什么吗？"樱树反问他。

"是什么？"

"是可以回家，"樱树说，"回到你们身边，特别是你的身边。"说着她紧紧握住了黑麦的爪子。

此刻，他们俩肩并肩地依偎在一起，仰望着高挂在天空的一弯新月。朦胧的月色洒在幽光森林之上，四周静悄悄的，只有蟋蟀在歌唱。

"黑麦？"静默了一会儿，樱树说。

"什么事？"

"我觉得自己老了。"

黑麦靠过来，亲了亲她，凑到她耳边轻声说："你只是又开始了新的改变。"

献给我的家庭

POPPY'S RETURN

Written by Avi, illustrated by Brian Floca

TEXT © 2005 AVI WORTIS, INC.

ARTWORK © 2005 BRIAN FLOCA

This edition arranged with BRANDT & HOCHMAN LITERARYAGENTS, INC.

through BIGAPPLEAGENCY, INC., LABUAN, MALAYSIA.

Simplified Chinese edition copyright: 2024 Beijing Everafter Cultural Development Co., Ltd.

All rights reserved.

版权合同登记号：14-2024-0035

图书在版编目（CIP）数据

幽光森林的居民们. 鹿鼠的抉择 ／（美）阿维著 ；
（美）布莱恩·弗洛卡绘 ；栾述蓉译. -- 南昌 ：二十一
世纪出版社集团，2024.6

　书名原文：Tales from Dimwood Forest

　ISBN 978-7-5568-7451-4

　Ⅰ. ①幽… Ⅱ. ①阿… ②布… ③栾… Ⅲ. ①儿童小
说－长篇小说－美国－现代 Ⅳ. ①I712.84

中国国家版本馆CIP数据核字(2024)第045873号

幽光森林的居民们·鹿鼠的抉择
YOUGUANG SENLIN DE JUMINMEN LUSHU DE JUEZE

[美] 阿维／著　　　[美] 布莱恩·弗洛卡／绘　　栾述蓉／译

出 版 人	刘凯军		项目策划	奇想国童书
责任编辑	张 周			
特约编辑	郑应湘　周 磊		装帧设计	李燕萍　程 然

出版发行　二十一世纪出版社集团
　　　　　（江西省南昌市子安路75号 330025）
网　　址　www.21cccc.com
经　　销　全国新华书店
印　　刷　固安兰星球彩色印刷有限公司
版　　次　2024年6月第1版
印　　次　2024年6月第1次印刷
开　　本　880 mm×1300 mm　1/32
印　　张　7.75
字　　数　144千字
书　　号　ISBN 978-7-5568-7451-4
定　　价　218.00元（全7册）

赣版权登字 -04-2024-114　版权所有，侵权必究
（凡购本社图书，如有印装质量问题，由发行公司负责退换。服务热线：010-64049180 转 805）

幽光森林的居民们

豪猪的生日

〔美〕阿维 / 著　　〔美〕布莱恩·弗洛卡 / 绘

栾述蓉 / 译

21 二十一世纪出版社集团
21st Century Publishing Group

长湖

猎人的木屋

幽光森林

北 东 西 南

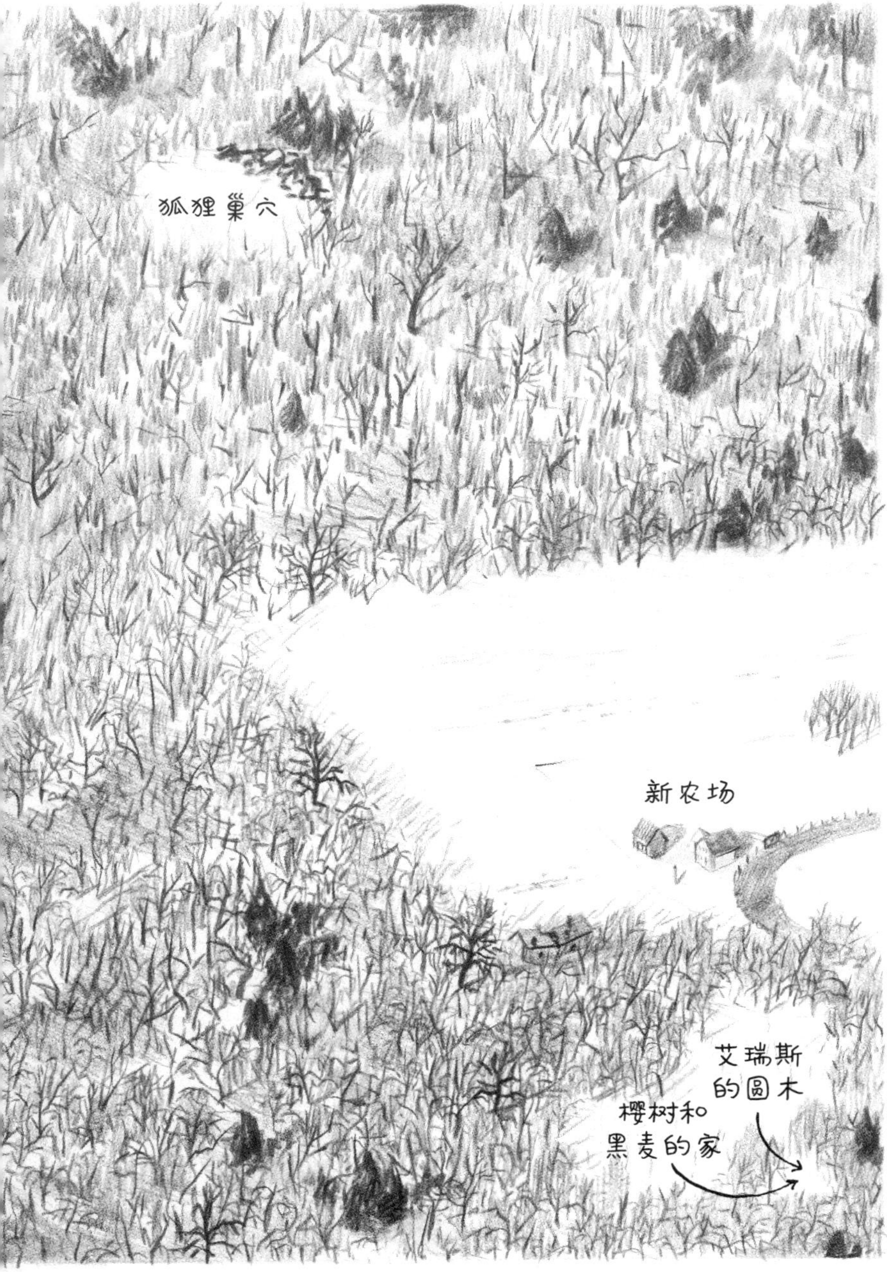
狐狸巢穴
新农场
艾瑞斯的圆木
樱树和黑麦的家

目　录

1

特别的一天

在幽光森林的深处，有一根臭烘烘的黑色圆木，那是老豪猪艾瑞斯纵·多萨托姆的家。和全名比起来，老豪猪更喜欢别人叫他艾瑞斯。

艾瑞斯长着一张扁平的脸，黑色的钝鼻，还有粗硬灰白的胡须，身上总有一股难闻的气味。此刻，刚醒来的他翻了个身，抖了抖满身凌乱的尖刺，舒展了一下爪子，打了个哈欠，皱着眉头嘟囔道："发霉的烂橘子酱。"突然，他想起了今天是什么日子，不由得微笑起来。

今天是他的生日。

对于生日这天该做些什么，艾瑞斯没怎么费心去想，因为在他看来，这一天理当别人为他忙活。他相信，他最好的朋友樱树会为他张罗庆祝的。

樱树是一只鹿鼠，她和丈夫黑麦，还有他们的十一个孩子住在一棵灰色的枯树里。准确地说，那是一个残存的树桩，侧面有一个洞。树桩离艾瑞斯的圆木很近，近到可以很轻松地把橡子从樱树家扔到艾瑞斯家门口。

一直以来艾瑞斯都在心里偷偷地爱着樱树，但他从来没有告诉过任何人，包括樱树。对他来说，能住在她附近就足够了。豪猪很确定，樱树当自己是最好的朋友，所以他猜樱树一定会为他的生日大费周章——生日晚会，自然必不可少；各种礼物，也少不了。最让他期待的，就是他将成为大家关注的焦点。

因此，那天早晨，当艾瑞斯从窝里爬出来，发现樱树并没有等在那里时，他感到非常意外。只有樱树那十一个孩子在树桩周围玩耍，吱吱吱地叫嚷着。

"为什么小孩子永远学不会安静？"失望的艾瑞斯在心里抱怨，"灰银鱼的卵袋！要是孩子一生下来就成年，会省掉多少麻烦！"

他烦躁地走到小老鼠们身边，大声说："你们妈妈去哪儿了？还有你们那个蔫了吧唧的爸爸呢？"

"他们去……找……找什么东西了。"一只小老鼠说。

艾瑞斯的心沉了下去，但表面上却装作毫不在乎的样子，翘着鼻子从小老鼠身边走开了。

一只叫雪果的小老鼠着急地看了一眼兄弟姊妹们，大声喊道："早上好，艾瑞斯舅舅！"

于是其他十只小老鼠也尖着嗓门儿参差不齐地跟着喊："早上好，艾瑞斯舅舅！"

艾瑞斯转过身，瞪着小老鼠们粗声大气地说："你们又想玩什么无聊的把戏？"

"你不跟我们一起玩吗，艾瑞斯舅舅？"雪果叫道。

"不！"

"为什么？"

"我……我很忙！"

"可你看上去不忙。"

"我在忙着找点儿清静和安宁，"艾瑞斯怒气冲冲地说，"就凭你们整天嗡嗡嗡地吵个不停，我还能做什么？"

一只名叫漏斗花的小老鼠用一只爪子捂住嘴，尽力忍住不笑出声。

艾瑞斯瞪着她说："你笑什么？"

"笑你，"漏斗花咪咪地笑着说，"你说话总是这么好玩儿。"

　　"听着，你这个拖鼻涕、流口水的小东西，"艾瑞斯吼道，"不准说我说话好玩儿！你——最好把你的小尾巴棍塞到你的细嗓子眼儿里，堵住你的嘴，不然我就把你扔到臭菘酱里，让你摔得像蝴蝶乱飞！"

　　小老鼠们不仅没被他的话吓到，反而被逗得哈哈大笑。檫树捂着肚皮倒在地上。"艾瑞斯舅舅，"他大声说，"你太

搞笑了！再给我们说点儿吧！"

"放你河狸的屁！"艾瑞斯吼道，"我不搞笑！你们这些就知道嗑瓜子、瞎咧咧的小短腿，根本不知道什么叫尊重长辈。能不能考虑一下别人的感受？我恐怕你们这些老鼠的脑子比刚生下来的蜜蜂的肚脐眼儿还小。"

"但是你确实很逗啊，艾瑞斯舅舅，"另一只叫核桃的老鼠说，"没有谁能像你这样说话。你冲我们发火、叫骂的样子，实在太好玩了！"

"我没有发火！"艾瑞斯气愤地喊道，"要是我发火，你们早就变成一摊粉色的泡菜肉酱了，快得就连闪电都只能像一条慢吞吞爬坡的鼻涕虫。所以给我听好了，你们这堆

歪七扭八的金属丝！"

这一连串搞笑的叫骂彻底让小老鼠们笑疯了。他们吱吱吱地大笑着，笑得肋骨直疼。

"艾瑞斯舅舅，"檫树笑得上气不接下气地说，"求……求你……求你……再说点儿好笑的话。你真的是全森林里最搞笑的动物！"

艾瑞斯怒视着小老鼠们。他本来想说些特别恶毒的话，比如"晃来晃去的小癞皮狗"，但是想了想，他放弃了。艾瑞斯转过身，以最快的速度朝北走去。

"艾瑞斯舅舅！"小老鼠们在他身后喊道，"求你留下再说点儿好玩的，求你别走！"

但是艾瑞斯没有停下来。

看到豪猪一头扎进森林里，檫树转过身，望着其他老鼠郁闷地说："但是我们该怎么跟爸爸妈妈交代？他们让我们留住艾瑞斯舅舅的。"

"不用担心，"漏斗花安慰她的哥哥说，"艾瑞斯舅舅会回来的。"

2

艾瑞斯的决定

"这些熊孩子，"艾瑞斯一边快步走一边嘟囔，"一个个都自以为好得不得了。事实上，他们带给父母长辈的只有艰辛的生活：要吃要喝、要这要那不算，长大后还要伤父母长辈的心，还声称所有的大人都很蠢！从小孩子那里，你能得到什么回报？什么都得不到！"

"我照看他们，听他们无休无止地讲那些无聊的故事、乏味的笑话，讲今天又学了什么新东西……听樱树和黑麦说这个孩子的问题，那个孩子的表现……参加他们的晚会，给他们准备礼物……

"结果呢，今天是我的生日，一年就只有这么一个生日，可是这些孩子意识到没有？没有！连蚂蚱吹口气那么丁点儿大的意识都没有！他们关心过我的感受、我的想法吗？连一小片树皮都没有！没错！没有孩子，这个世界将会好得多！所以，要我说，把孩子放在后座上，打开电扇，让风都给吹走好了！"

带着这样的想法，艾瑞斯走得飞快。好几次，他在路上跟兔子、松鼠或是田鼠擦肩而过。这些动物看到豪猪心

情不佳，都急忙跑开了，连招呼都不打一个。毕竟，幽光森林里的动物都非常了解艾瑞斯纵·多萨托姆。很少有动物胆敢在他心情糟糕的时候去招惹他。

那天早晨的情况显然如此。

艾瑞斯继续往前走，脑子里想的全都是不高兴的事情——被侮辱、被轻视……一桩桩、一件件，不胜枚举，结果他越想越生气，脚步也越来越快。

走了大约一个小时，艾瑞斯才停下来喘口气。因为情绪激动，还有刚才那番快走消耗了太多力气，他感到很饿。于是他找到一棵小松树，爬上去，剥下些树皮，开始啃里面那层绿色的纤维组织。

"好吃，好吃！"他一边大吃大嚼，一边嘟囔道，"嗯，这还差不多。"

突然，他抬起鼻子，嗅了嗅空气，皱起眉头："糟糕，变天了。"

的确，空气不一样了，变得有点儿干燥，还有一股浓重的咸腥味。艾瑞斯回想起来，已经有一段日子了，白天越来越短，黑夜越来越长。第一场雪应该很快就会来了。

"季节是什么，"艾瑞斯心想，"就是油锅里乱扑腾的蝙蝠——你刚习惯，它就马上全变了。为什么这世上的事就不能一成不变？呸！我讨厌改变！"

艾瑞斯有一个强烈的感觉：他得做点儿什么来纪念这个日子。但是做什么呢？一定得是特别的，为他特意准备的。突然，他想起来什么能让他开心了——盐！

一想到盐，艾瑞斯立刻被勾起了馋虫，他的口水不知不觉地开始流下来。在艾瑞斯的心目中，盐是这个世界上最美味的食物。他闭上眼睛，仿佛已经品尝到了盐的美味。啊，要是能有一小撮盐多好！就一小撮！哪怕让他舔一下，都能挽救这糟糕的一天。啊，只要能换取一丁点儿盐，让他做什么都行。

老豪猪叹了口气。既然没有谁在意，他只有自己给自己准备生日礼物了。盐是最好的选择，但是上哪儿能找到盐呢？

尽管艾瑞斯对幽光森林非常熟悉，并且准确地知道自己的位置，但要想找到盐完全是另一码事。他想起了新农场，有人把一整块盐挂在那里的草地中央。有一次，盐块掉在地上摔碎了，他痛快地吃了好几天，那味道无与伦比。不过那已经是很久以前的事了。后来，人类又放上新的盐块，在更高的位置，只有鹿才能够得着，豪猪想都别想。

"都给了那些花花鹿！"艾瑞斯不满地吼叫，"为什么就不能给我也放点儿盐？"

所以，还是那个问题，到哪儿能找到盐呢？

艾瑞斯想起来，在幽光森林北边很远的地方有一个湖，动物们把它叫作长湖。人类在湖边建了一个木屋。木屋很简陋，不是直接建在地上，而是建在一个离地面大约一米高的平台上。木屋经常空着，只有人类想打猎或是布陷阱的时候才会用到。每年都有可怕的故事传来：关于鹿、狐狸、兔子还有其他动物被人类捕杀，或是受伤致残。这就不奇怪了——尽管木屋大多数时候都是闲置的，但它对于幽光森林的动物们来说仍然是一个禁地。只要想到它，就连艾瑞斯都不禁发抖。

此外，艾瑞斯还知道，人类经常在他们使用的东西上留下盐的痕迹。虽然很多时候，只不过是留在工具手柄、船桨，或是帽边的缎带这种奇怪衣物上的一点儿汗渍而已。这些东西经常放在木屋下面的那块空地上。

尽管那上面的盐味很淡，但足以引诱艾瑞斯不时地冒险去木屋，以满足对盐的渴望。有一次，他幸运地找到了几乎一整袋很咸的薯片。那真是一个值得怀念的日子。

所以毫不奇怪，想到有可能找到盐，哪怕只是舔一下，艾瑞斯都会激动不已。

他环顾四周。头顶是高大的树木，树木的浓荫使得森林里光线昏暗，幽光森林也正是由此得名。天空灰蒙蒙一片，就连太阳也显得暗淡无光。一股股白雾从地面隐蔽的角落和缝隙里冒出来。

"冬天快到了，"艾瑞斯心想，"也许这是最后能搞到盐的机会了，错过的话就要再等很长时间。何况，今天是我的生日，我理应得到一份特殊的礼物。"他再次提醒自己。

虽然这样想着，但艾瑞斯很清楚这样做的风险，因此，他犹豫不决——跟人类打交道，特别是那些猎人，实在太危险了。

"我去它的臭虫泡！"他咒骂了一句，"就算木屋里有人又怎么样？什么也吓不倒我！"

于是，艾瑞斯朝北边的长湖木屋——盐的方向奔去。

3

渔貂马蒂

艾瑞斯从一棵巨大的橡树下经过，没注意到有两只黑色的眼睛正从上面盯着自己。那是渔貂马蒂的眼睛。

马蒂从头到尾约有一米长，直立起来也有一米左右高。他长着褐色的短毛，小圆眼睛几乎不流露任何感情。他的腿粗短有力，配合尖尖的爪子，使他可以像松鼠一样敏捷地爬上大树，还可以在树枝间跳跃。在地面上，他同样身手矫健。

马蒂唯一惧怕的就是人类，这是有原因的。

因为垂涎渔貂光滑而亮泽的褐色皮毛，猎人几乎杀死

了马蒂全家，马蒂是唯一的幸存者。这一遭遇让他的心中始终充满了愤怒。但尽管愤怒，他还是给自己制定了一条铁律：永远、永远不跟人类产生纠葛——他们太危险了。

马蒂以鸟类为食，也吃鸟类的蛋，不过他更喜欢捕杀四足动物，比如老鼠、兔子和松鼠。

他会精心挑选猎物，然后悄然无声、无比耐心地跟踪，以求一击即中。

　　一旦选定目标，马蒂就会紧追不舍，直到捕获为止。捕猎过程可能需要几个小时，也可能是几天，有时甚至几个星期。他是最有耐心的猎手，最喜欢通过巧妙的设计和欺骗，引诱猎物进入他的陷阱，趁对方毫无防备时突袭。有时，受到袭击的动物甚至来不及搞清楚攻击者是谁。

　　为了确保成功，马蒂总是单独行动。他深色的皮毛隐藏在树木、岩石和树叶之间，和周围的环境融为一体，几乎没有任何破绽。事实上，极少有动物能发现马蒂，通常当他们发现时已经太迟了。

马蒂从不夸耀和吹嘘自己，甚至连一个得意的微笑都很少有。他也从来不跟别的动物来往，单打独斗的策略几乎总能奏效。

因此，马蒂被认为是整个幽光森林里最有耐心的猎手，这丝毫不奇怪。至于他自己，更乐于把自己想象成长着四只爪子的死神。

在森林和林地的所有动物当中，马蒂最喜欢猎捕的是豪猪。这并不是因为豪猪伤害过马蒂，他们没有侮辱过他，也没跟他抢过地盘和食物，只是豪猪的虚荣让马蒂感到气愤。豪猪们相信，没有谁可以干涉他们的生活，他们想做什么就做什么。怎么能有动物如此胆大包天，居然认为自己可以逃脱马蒂的惩罚？

况且，马蒂找到了一个能够成功猎捕豪猪的办法。经过仔细观察，他发现豪猪的肚皮上没有刺。因此，肚皮是豪猪全身上下最薄弱的部位。如果马蒂能精心选好时间，趁其不备进行突袭，就可以从豪猪的肚子突袭成功。

正因为如此，每当遇到豪猪，马蒂最喜欢的莫过于一路追踪，直至最后杀死他。

因此毫不奇怪，当马蒂从栖身的老橡树上看见艾瑞斯在树下横冲直撞地走过来时，有多么兴奋。

　　"啊哈，"他自言自语道，"是艾瑞斯！如果说有哪只豪猪最自以为是的话，就非他莫属了。看他那大摇大摆的样子，好像这世上就没有他害怕的东西，好像他可以永远活着一样。好啊，让我来给他一点儿教训好了。"

　　从那一刻起，马蒂就盯上了艾瑞斯。

4

寻 找 盐

天变冷了，可艾瑞斯毫不在意。他一刻不停地赶路，完全沉浸在对盐的幸福向往里。有时，因为强烈的渴望，他想着想着就会开始大滴大滴地流口水，然后再大声地吸溜回去。

他将注意力全都集中在找盐上，完全没有意识到开始下雪了。伴随大雪而来的是无边的寂静。这寂静好像吸水的海绵一样，吸走了所有的声音，就仿佛有谁悄然而迅速地下了一个噤声令。很快，整个森林鸦雀无声。

雪下了有几厘米深时，艾瑞斯这才惊觉，因为他突然看不到自己的爪子了。他惊讶地抬起头。就在那一瞬间，艾瑞斯有种幻觉，似乎纷纷下落的不是雪，而是盐，他不由得心花怒放。但随即，一大片雪花落在他鼻子上，他打了个喷嚏，这才清醒过来。

"愚蠢的雪，"他抱怨道，"本以为它们会讲点儿情面，等我到了地方再下的。"

尽管艾瑞斯清楚，大雪将使得这场旅程变得更加艰难，但他丝毫不打算回家。"我有什么可在乎的？"他心想，"今天是我的生日，谁需要那些吵闹的老鼠？过程的艰难只会让盐的滋味更好！"

他气冲冲地晃了晃脑袋，好像这样就能摆脱掉雪似的，随后继续向前走。

马蒂悄无声息地从一根树枝跳到另一根树枝，一路跟着艾瑞斯。

漫天大雪在空中飞舞，好像从垃圾桶里撒出来的纸屑。树枝披上了银装，石头和树桩都隐没不见了。大地变得圆润而柔软，白茫茫一片连绵不断，整个世界就好像被一块巨大的橡皮擦掉了，只留下一张广阔的白纸，而艾瑞斯就如同一个在白纸上移动的孤零零的小黑点。

艾瑞斯顿觉有些疲惫。他回头看了看自己的足迹，吃惊地发现并没有留下多少。就像一个鬼魂，走过却不留痕迹。这个想法让他惊慌失措。随即，他意识到，那是因为大雪覆盖了自己的足迹。

艾瑞斯转头望向前方，在心里估算着到木屋还要走多远，答案是还有很长一段路。他沮丧地叹了口气，再次提醒自己，为了盐，一切努力都值得。

于是他继续赶路。

积雪已经很深了，保持下巴不被积雪淹没，变得越来越困难。

"可恶！"艾瑞斯咒骂道，心里第一次产生了动摇。

他回头望了一眼，就在那一瞬间，他感觉好像有什么在跟着自己。

"见鬼。"他嘟囔了一句。

他再次提醒自己美味就在前面，然后继续一步一步向前挪动。

天色越来越暗，风越来越冷，雪越积越深。他已经走了好几个小时。

"不要再下了！"艾瑞斯冲着无情的天空喊道，"难道你看不见我要去找盐吗？"

他的呼喊没有得到任何回应。

艾瑞斯停下来喘了一口气，开始怀疑自己还能不能走到木屋了。根据他的记忆，眼前的小路通向一座小山，翻过小山，才是长湖边上的木屋。

也许他应该回家。他扭头看了看，再次感到好像有什么在跟着自己，不过这种感觉一闪即逝。"你变得像上了年纪一样，"艾瑞斯责备自己，"竟然疑神疑鬼的。"他继续向前走。

马蒂躲在高高的树上。他看见艾瑞斯回头张望，急忙隐藏起来。其实他不需要担心，艾瑞斯只不过扫了一眼，就接着赶路了。

"很好，"马蒂轻声说，"我只需要耐心，非常耐心。"

"不行，"艾瑞斯边走边咕哝，"我已经走太远了，没法儿回头了。"而且，他第一万次地提醒自己今天是他的生日。回家的话，除了一帮聒噪的小老鼠，什么也没有。他宁可自个儿待着，也不想跟他们凑在一处，忍受他们的忽视。

他也想过爬到树上等着暴风雪过去，但是最后他摇了摇头，跟自己说："我离盐已经很近了。"

他没有停下脚步。

艾瑞斯眨了眨眼。他刚才睡着了吗？还是停了一会儿？还是在闭着眼睛走？如果是在走，那到底走了多远？

艾瑞斯左右看了看，找不到任何依据。跟刚才看到的一样，森林里白茫茫一片。他只知道，自己可能走了有五十米，或者一百米，又或者是睡着了，一步也没走……他回头望了望，那里有什么东西吗？

也没有，他有点儿糊涂了。

他抖了抖身上的刺，感觉能抖掉一吨重的雪，然后逼着自己继续往前，但是路越来越难走了。他鼓励自己说，也许现在正在爬山，这是到达木屋前的最后一个障碍。他有些头晕，而且老有一种幻觉，好像有什么东西在跟着自己。尽管如此，他还是像个上了发条的玩具一样，一步一步缓慢地往前走。

突然，艾瑞斯的脚下变得轻松起来，他抬头向前望去。雪花打着旋儿落在眼睛里，过了好几分钟，他才意识到自己正站在一座小山上向下望。山前是一片开阔的空地，空地边有一个大大的雪堆。雪堆上有一两处透出光来，顶部插着一根银色的管子，里面冒出黑色的烟。一股烤肉的气味随着黑烟飘了过来。艾瑞斯是个素食者，一闻到肉味他就厌恶地噘起了嘴。

摆在眼前的事实是：那处空地就是长湖，被雪埋住的是木屋，木屋里有盐，但是，里面还有人……

5

木　屋

　　在这个世界上，无论是动物，还是鸟类，几乎没有谁能让艾瑞斯害怕。就算是猫头鹰、狐狸、河狸这些猛禽或野兽，他也从不把他们当回事。确实，这些动物也很少会招惹他，他身上锐利的刺给了他最有力的保障。如果有需要，他可以轻松地竖起刺来抵御袭击，保护自己。

　　然而，人类另当别论。这些人，有时只是在森林里观看动物；有时想触摸动物；有时却被动物吓跑；但是，还有一些时候，他们会留在森林里——屠杀动物。总之，人类完全不可捉摸。

艾瑞斯疲惫不堪，此刻他最不希望的就是撞见人。如果木屋里有人，很可能是他们正在狩猎。不，这不是个好兆头。可是，那里有盐。

艾瑞斯盯着木屋，试图做出决定。

在艾瑞斯身后约三十米处，马蒂正蹲在一根高高的树枝上，困惑又饶有兴趣地观望着。他也察觉到木屋里有人。在跟着艾瑞斯一路穿过森林时，他一直在好奇艾瑞斯执意要到哪里去。现在，看到艾瑞斯的目的地，他猜出艾瑞斯想要什么了。"是盐，"马蒂自言自语道，"那个愚蠢的家伙冒着暴风雪出来，是为了寻找人类的盐。"

想到离人类这么近，马蒂感到很不安。他毫不怀疑那些是猎人。在他看来，猎人是人类中最坏的一种。他知道，猎人们也许正在到处找他，就像以前追踪并猎杀他全家一样。他想起给自己制定的铁律：远离人类，以及所有人类的东西。

"如果艾瑞斯有点儿脑子的话，就该离开那个木屋和那些人，"马蒂想，"希望他能这样做，他看起来很累，也许又冷又饿。很好！这样的话，等他从木屋那边回来时，就不会有力气抵抗我的攻击了。"

"当然，如果他实在太傻，非要进到木屋里面的话，我就等到他出来。对待艾瑞斯这样的动物，总有很多办法引他落入我的陷阱。"

马蒂舒展了一下尖爪，继续观察，等候。

艾瑞斯摇了摇脑袋。说到底，他没有选择的余地。他又冷，又累，又饿。在他看来，最好的休息处是木屋下面，相对来说那里温暖又干爽。要想找点儿吃的，那里或许也是最佳选择。当然，还有此行的目的：盐。怎么能走这么远的路，却连一口盐都吃不到呢？而且，尽管他不喜欢跟人类打交道，但他觉得他们不可能到屋子下面去。

艾瑞斯慢慢走下山，嘴里呼出的哈气凝结成一片白雾。每走一步，他都仔细观察和倾听。走到中途时，一道黄色的光线闪过，木屋的门开了，一个人从里面走出来。他穿着毛皮大衣，捂得严严实实

的，看起来更像只熊，而不是人。这人走到门廊，抱起一堆木头，又回到了木屋里。随着砰的一声，门在他身后关上了，光线也随之被关在了门里。

艾瑞斯停了停，又接着往山下走。尽管积雪很深，他的腿又粗短，但他还是以最快的速度穿过小山和木屋之间的那片空地。他的心怦怦直跳，上气不接下气，一头扎进木屋下面。

成功了！从上面房间里传下来的热量让他感到无比舒适。

艾瑞斯深吸一口气，打量起四周，这里只在北侧有一点儿积雪。他看见一把破椅子，角落里团着一块蓝色的塑料雨布，还有一叶独木舟、一辆雪地摩托和一堆长木头，木头堆上搁着一把斧子。

艾瑞斯再也无法控制自己。他冲过去，爬到木头堆上，嗅了嗅斧头柄，顿时几乎幸福地昏厥——斧头柄上残留着人类的汗渍——盐！

艾瑞斯欣喜地伸出舌头，使劲舔斧头柄，就像人类舔食蛋卷冰激凌一样。啊，美味！啊，幸福！啊，盐！这就是他所能想象到的最美好的东西！

这场雪地之旅没有白费工夫！

　　就在艾瑞斯陶醉地舔斧头柄时，从上方传来的说话声让他停了下来。

　　"我跟你说，韦恩，"一个声音说道，"我饿得简直可以吃下一只活的豪猪。"

　　"汪汪乱叫的脓包！"艾瑞斯骂了一句，"有本事来吃我的尾巴！"

　　虽然想得很勇敢，但艾瑞斯还是觉得，或许应该趁还来得及赶快离开木屋。他紧张地四下看了看，理智告诉他要赶快跑，可是想教训一下人类的念头让他难以抗拒。

　　他转回头，开始愤怒地对着斧头柄啃咬起来，一边咬

一边骨碌碌地转动眼珠，寻找其他可以破坏的东西。

艾瑞斯看到了雪地摩托，他很清楚那是什么。他体验过这种东西制造的噪声，还有启动时释放出来的恶心气体，以及它对森林地面的破坏。他从远处窥视过，知道人类怎么使用它：坐在横在中间的一个长型座位上，扭动手柄，机器就会以惊人的速度向前蹿，伴随着噪声和臭气。

尽管艾瑞斯不喜欢雪地摩托，但他知道人类喜爱这玩意儿。因此，雪地摩托成了他心目中非常合适的下一个目标。

艾瑞斯几乎把斧头柄啃成了两截，然后晃晃悠悠地走到雪地摩托那里，撑着前爪，爬到黑色的座位上。座位柔软而舒适。他扭着身子，抬起尾巴，使劲甩了几下，于是很多刺掉下来，笔直地扎在座位上。

"给他们一个教训，"他嘟囔道，"让他们吃不了兜着走。"

做完这些，艾瑞斯在高高的座位上扫视了一圈。他注意到有一个纸板箱，猜想里面可能有吃的。

于是他从雪地摩托上爬下来，走到纸箱那里，往里窥探。结果让他惊恐万分——箱子里装的是四个黑色的金属弹簧夹子，这是人类捕猎者专门用来夹动物腿的；此外还有一个捕兽笼，是用来活捉和转运体积较大的动物的。

"杀手！"艾瑞斯愤怒地低吼道，"简直是不折不扣的杀手！"

"嘿，帕克，"突然，上面有人开口说话，"劈柴不够了，你把斧头放哪儿了？"

"在木屋下面的柴堆上。"

"今晚要是不想被冻僵的话，我们最好再劈一些，这天越来越冷了。"

"我觉得也是。"

"那好，"那个声音又说，"我到木屋下面拿木柴，一会儿就回来。"

艾瑞斯几乎被吓呆了，到处寻找可以藏身的地方。就在这时，他看到角落里那块蓝色的塑料雨布。

一阵急促的脚步声从上面传来，还有开门和关门的声音。匆忙间，艾瑞斯钻到了塑料雨布底下。

6

艾瑞斯的报复

躲在雨布底下，艾瑞斯什么也看不见，但是能听到有人走到门厅，然后咯吱咯吱地走过木屋边的雪地。

紧接着，又传来哼哧哼哧的声音。艾瑞斯猜，大概是那人在搬木头。这之后，艾瑞斯只能听到呼吸声。随后，啪的一声响，接着是一声咒骂："该死的，这是谁干的？"

艾瑞斯微笑起来，他知道那人在试图使用斧子。

"一定是豪猪！"那人气急败坏地嚷道，"蠢货！"

艾瑞斯的嘴咧得更大了。

咒骂声之后，又响起了脚步声——那人走回木屋的门厅了。

艾瑞斯从塑料雨布底下伸出脑袋，仔细地听着。过了一会儿，有说话声传过来。

"嘿，韦恩，一只白痴豪猪把我们的斧头柄咬坏了。我刚一砍，手柄就断了，斧头没法儿用了。"

"啊，那怎么办？"

"老兄，天马上就黑了，气温还会继续下降，火很快就要灭了，我们最好趁还不算晚，赶紧离开这里，反正也不需要留在这里了。"

"剩下的那些夹子怎么办？"

"我们安了多少了？一共二十个，差不多安了十六个，对吧？这种鬼天气，这些够了，剩下那几个可以下次再安。"

"要走就快点儿，"第二个人表示赞同，"最好不要摸黑赶路。"

这一刻，艾瑞斯对自己满意极了。他尽可能地向后缩回到雨布下面躲好。

过了一会儿，他听到头顶上人类来回走动的脚步声，接着，脚步声到了门厅，然后有人踩着雪走过来。

"嘿，韦恩，"一个声音叫道，"来帮我推一下摩托。"

艾瑞斯听到一阵推拉、拖拽的声音。

"来吧，快上来，我们走。"

艾瑞斯屏住呼吸。

"哎哟哟！"

"怎么了？"

"我……啊！豪猪刺！扎到我屁股了！"

另一个人大笑起来："哈哈，刚才你不是还说能吃下一头活的豪猪吗？我猜豪猪听到了你的话，抢先下手了。"

"是的，没错。"艾瑞斯偷笑着点头。

雪地摩托启动了，发出巨大的轰鸣声。

"你站着还是坐着？"

"太疼了，没法儿坐。"

"行，但如果摔倒的话会更疼。我尽量开快点儿。"

噪声由近及远，雪地摩托骑走了。飘散出来的汽油味让艾瑞斯感到恶心。没多久，那机器连同人类一起消失了。

冬天深沉的寂静再一次笼罩了木屋。

另一边，马蒂在小山上看到雪地摩托渐行渐远。

惊讶之余，他十分高兴。"很好，"他心想，"人类离开了。如果现在我能让艾瑞斯离开木屋，就很容易猎捕到他。"马蒂开始思考如何引艾瑞斯回到树林中。

在木屋下面，艾瑞斯走来走去嗅个不停，希望能找点儿吃的。当他冲着木屋一角竖起鼻孔时，突然闻到一股强烈的气味——盐！这说明只有一种可能：木屋里有很多盐！他激动得开始浑身发抖。

艾瑞斯从木屋下面冲了出来，一口气跑过雪地，爬上台阶，来到木屋门口。他把黑色的鼻子从门缝伸进去，深深地吸了一口气。

"我的个乖乖！"他虔诚地说，"里面一定有一吨盐！"他兴奋得牙齿直打战。

艾瑞斯竭力克制住自己，仔细地查看木屋门。门锁住了，于是他用前额和前爪用力推，但门纹丝未动。

他怒火中烧，后退两步，研究起木屋的墙。在门的右边，距离地面一米多高的地方有一扇小玻璃窗。也许可以从那里进去，艾瑞斯想。

艾瑞斯可以轻易地爬上树，所以，顺着木屋的墙爬到窗台对他来说根本不成问题。他扒住窗台，把脸贴到玻璃窗上，往里面窥探。在房间一角有一张小桌，上面零乱地放着盘子、刀叉，还有食物。桌子中间摆着一个玻璃罐，里面装满了盐。

"盐！"艾瑞斯流着口水低声叫道，"一整罐盐！"他失控般用头疯狂地去撞玻璃窗。

艾瑞斯的动作越来越猛。他相信只要再用点劲儿，就能把窗户撞开了。"麻子脸！"他边喊边用力撞，"快开！"

就在窗户开始松动时，艾瑞斯听到身后的树林里传来一个声音——

"救命！"那个声音大喊，"救救我，求你了！"

"蚊子瞎哼哼！"艾瑞斯愤怒地嘟囔着，不去理会树林里的喊声。他全神贯注地用爪子摸索着窗框，使出全身力气推窗户。

"快开！"他大叫着。

"请救救我！"喊声又一次传来。

"不，不行！"艾瑞斯大声说，"我有更重要的事要做！"

他用头顶，用爪子推，在一番艰难的努力之后，窗户终于朝里面掉下去，砸到地板上，发出碎裂的声音。

盐的气味瞬间在空气中弥漫开来。"哦，天哪！天哪！"豪猪兴奋地叫着，"一屋子盐！我真走运，这简直是天堂！"

"救命！我受伤了！"树林里传来的哀号声比刚才更加急切。

艾瑞斯正准备跳到屋里去，听到声音，不得不回头看了一眼。

"我要死了，"又是一声呼喊，"求求你，救救我！"

"笨驴，"艾瑞斯怒视着树林的方向咒骂道，"为什么所有的动物都来找我帮忙？这个世界过去的规则是自己管好自己。没有谁在乎我的生活！"

"请救救我。"喊声在继续。

艾瑞斯沮丧地摇摇头。"真倒胃口，"他抱怨道，"这样吵吵闹闹，我永远没法儿享用这些盐。"艾瑞斯满怀挫败和愤怒，倒着爬下了窗台。

他在门厅停了一下，气哼哼地注视着仍在不停飘落的雪花。大树和灌木丛都披上了厚厚一层冰雪，树枝被压弯，矮小的灌木则几乎趴在了地上。随着黄昏的雾气越来越浓重，天气也越来越寒冷，白色的雪看上去似乎有些泛紫。

"也许这是一个阴谋，"艾瑞斯突然想到，"也许是谁想骗我离开，然后独占那些盐，或者也许……"

"有谁想引诱我进入树林。"一个想法猛地撞进艾瑞斯的脑海里。

但这个想法转瞬即逝："谁要是想惹我，不等他伸出爪子，我就会把刺扎到他的鼻子上。"

他再次回头看了看木屋，深深地吸了一口盐的气味，摇摇晃晃地走下台阶，一头扎进雪地里。

积雪比之前又深了许多。艾瑞斯不得不断断续续地跳着向前走。他每走几步，就得停下来喘口气。然而，当他一心要找到那个喊救命的动物时，喊声却停止了。

"我敢打赌，那个大叫的傻瓜现在已经好多了。"艾瑞斯嘟囔道。可能是出于不甘，他继续往前走。

"倒霉的山狗崽子，要不是因为这个白痴，我现在已经吃上盐了。但是没办法，善良的老艾瑞斯总是为其他动物着想。我真是一个老好人！一个不折不扣的笨蛋！"他边喊边愤愤地抽打着尾巴，"我从来不为自己考虑，从来没有！等我找到那个瞎叫唤的家伙，一定要给他点儿颜色瞧瞧，让他再也不会乱喊救命。"这样想着，艾瑞斯一头扎进了树丛里。

突然，他停了下来。

前方，就在被积雪遮住的地方，他听到了当啷当啷的碰撞声，还有微弱的呻吟声。随着呻吟，传来一声可怜巴巴的喊声："求求你……"

刚才那个喊救命的家伙不仅仍然陷在困境里，而且听声音似乎越来越虚弱了。

艾瑞斯抬起鼻子，使劲嗅了嗅。很快他就嗅出来，在他正前方有一只动物。问题是，他无法判断那是只什么样的动物。空气中还弥漫着另一种气味，闻上去很熟悉，只不过一时间，艾瑞斯也说不上来那究竟是什么气味。

"见鬼，"他嘀咕道，"那是什么？"

在困惑和好奇的双重刺激下，艾瑞斯又在雪地中往前走了两步。突然，他停下来，惊恐地张大了嘴。

7

艾瑞斯的承诺

一只红褐色的狐狸躺在雪地里，瘦削的身体后面拖着一条蓬松的长尾巴。她长着一张精致的小尖脸，脸的下半部分和口鼻周围都是白色的，杏核眼睛外圈是黑色的，还有鼻子和几根胡须也是黑色的。狐狸的尖耳朵耷拉着，她身边的雪地被鲜血染得通红——她的左前爪被一个金属弹簧夹牢牢卡住了。

艾瑞斯立刻明白了，她被捕兽夹抓住了。

捕兽夹由一对金属夹钳构成，一旦被触发，夹钳就会死死咬住动物的皮毛、肌肉连同筋腱。这只狐狸的爪子骨头就是这样被夹钳夹断的。一切一目了然，地上的鲜血证明这只狐狸已经被夹住很长时间了，也正是血的气味使得艾瑞斯感到困惑。

看到这种情形，艾瑞斯感到浑身冰凉，血液好像被冻住了一样。

狐狸没有意识到艾瑞斯的存在。她轻声呻吟着，试图挪动爪子。尽管已经非常虚弱了，她还是尽力把捕兽夹举起几厘米高，因为捕兽夹被一条铁链拴在了一个木桩上。随着捕兽夹的移动，金属链当啷作响。尽管狐狸的动作幅度已经很小了，但对此刻的她来说，依然无比艰难。在痛苦地挣扎了一会儿之后，她放下爪子，还有连在一起的捕兽夹和铁链，趴在地上无力地喘息着。

"该死的泥巴地！"艾瑞斯低声诅咒道。

狐狸听到说话声，慢慢抬起头来。

沾满她鼻子的血，已经凝结成了硬硬的血块。弯曲的胡须都断了，她的眼里含满痛苦的泪水。艾瑞斯不能确定她是否能看见自己。

"我……我能……帮你做点儿什么？"他艰难地问道。

狐狸稍稍歪了歪脑袋，好像那声音是从很远的地方传来的一样。这一次，艾瑞斯确定她看见了自己。

"我……我被夹住了，"她用微弱的声音说，"请……帮帮我。"

艾瑞斯勉强抑制住恶心，走到近前。血的腥味加上狐狸血肉模糊的爪子让艾瑞斯感觉有些头晕目眩。

"我……为你感到难过。"他小声说。

"是……"狐狸只能挤出这一个字。

艾瑞斯小心地把头探向前，试图啃咬铁链和捕兽夹，还有固定捕兽夹的尖钉。但是这些金属做的东西又冷又硬，

根本咬不动。

　　"你被困住多久了？"

　　"一整天。"

　　"怎么会这样？"艾瑞斯震惊地说。

　　"这一天……好长。"

　　"我明白……"

　　"一被夹住……我就知道永远也脱不了身。"狐狸虚弱地说。大雪轻柔地在树间飘舞，落在她的毛皮上，就像为她

披上了一条精致的被单。

"我就要死了。"隔了一会儿,她吃力地说。

有生以来,艾瑞斯第一次不知道该说些什么好。他希望自己能做点儿什么,却想不出能做什么。

"但是,"狐狸望着艾瑞斯说,"我想求……你……答应我一件事。"

"哦,没问题,你说,"艾瑞斯如释重负地脱口而出,"不管什么,我一定做到!"

"你……真善良。"狐狸轻声说。

艾瑞斯本想问她是怎么知道自己善良的,但最后还是忍住没问。

"我的……窝,"狐狸说话越来越困难,"离这儿不远。"

"嗯……"

"窝里有我的……三个孩子,他们只有几个月大。"

"三个孩子?"艾瑞斯重复着狐狸的话,不明白狐狸想说什么。

"两个儿子,一个女儿,"狐狸解释说,"他们不知道……我的遭遇。我出来给他们找新鲜食物,结果……踩上了这个……捕兽夹……被困住了。"

"真可恶!"艾瑞斯低声说。他不由自主地紧张起来,看了看四周，不知道是不是还有其他的捕兽夹。那些猎人说他们放了多少个捕兽夹？十六个？还是二十个？

"雪盖住了捕兽夹……"狐狸继续说，"也遮住了它的气味。"

艾瑞斯紧张地舔了舔嘴唇。

"你……能……"狐狸接着说，"你能……好心……去看看我的孩子们吗？让他们……知道我的遭遇。"

"我……我想可以。"艾瑞斯有些惊讶，结结巴巴地回答。

"他们还很小，无依无靠的，"狐狸说，"如果你能……照顾他们……"

"让我照顾他们？"艾瑞斯失声叫了起来。

狐狸双眼流泪："那样就太感谢了，知道你……会……我死也……安心了。"

"但是……唉，衣服上的虱子！"艾瑞斯喊道，"他们……他们的爸爸呢？他不在吗？"

"我不知道他在哪儿，"狐狸把头转到一边说，"他……离开了。"

"真是个花花孔雀！"艾瑞斯气愤地说，"太不像话了！这不公平！我的意思……这绝对……"

狐狸转过脸，看着艾瑞斯，眼里满是悲伤。艾瑞斯闭上嘴，很后悔刚才那样嚷嚷。

"能……求，求你，答应……照看我的孩子们吗？给他们一点儿……关怀？我爱他们，他们还太小，无法……照顾自己。"

"但是……唉，真是猴子的碎奶酪！"艾瑞斯吼道，感到非常难受，"我想我……可以暂时……但只是暂时。"他急忙补充说。

"谢谢你，"狐狸说，"他们会……非常……感激的，我……也是。你是个大好人。"说完，狐狸闭上眼睛，呼吸变得越来越困难。

"该死！"艾瑞斯眼看狐狸的状况越来越差，急得说了句粗话。

"我的窝……大约……"狐狸没有在意艾瑞斯的反应，自顾自地说，"离这儿……一千米，正东……低矮的山崖，一堆石头……后面，一块蓝色大石头……背后……"

"蓝色？"

"有……有点儿蓝。"狐狸的体力正在耗尽。

"低矮的山崖……正东……蓝石头。"艾瑞斯重复道。

"谢谢你，"狐狸喃喃道，"非常……感谢。"

"我会做到的，"艾瑞斯语无伦次地说，"但只是暂时，

你明白的，直到他们的父亲回来。我的意思是，我不想，一点儿都不想，接替亲生父母的责任——"

艾瑞斯没有再说下去，因为他再迟钝也看出来——狐狸已经死了。

艾瑞斯瞪着死去的狐狸看了很久，使劲咽了两口唾沫，深深地叹了一口气。

空气中弥漫着一股死亡的气息，这让艾瑞斯感到一阵恐慌。

"海象的烂疣子。"他咕哝了一句，匆忙离开。

他默不作声地走了一会儿，突然停下来，抬起头，大吼道："死亡，多么愚蠢的生活方式！这毫无意义！"

他对自己突如其来的发作感到吃惊。他使劲抖了抖身子，身上的刺唰啦啦作响。"这跟我没有关系，一点儿都没有！"他狂乱地补充说，"我会永远活着的！"

艾瑞斯抬头看了看天空。雪已经停了，黑色的天幕上挂着一轮暗淡的月亮，映照出飞掠而过的丝丝缕缕的云朵，使得天空看上去像一面扯破的旗子。星星也开始出现，显得遥远而冰冷。

"你们这些星星，纯粹是在浪费时间。"艾瑞斯抱怨道。

他继续向前走，不料掉进了一条沟里，积雪没过了他的脖子。

"讨厌的雪！"他怒吼道，"为什么又冷又湿？"他哼哧着爬上来，使劲抖掉身上的雪。

想起答应狐狸的事——照看她的三个孩子，艾瑞斯满心不情愿。他的心沉了下去，不禁抱怨起来。

"唉，我为什么要答应她？"他责备自己说，"我本来不是那个意思，我那样说只是为了让她好过一些。事实上，我就不应该理睬她的呼救！我这个年纪应该懂得这些道理了，帮助别人只会让自己陷入麻烦，一贯如此。我甚至不喜欢跟自己做朋友，谁料到却成了樱树的朋友，还接纳了她的丈夫，对他们的孩子也很好。我应该只顾自己的，最好是自个儿待着。"

"帮助别人，做好人，就像虱子夹心糖！"他愤懑地叫道，"唉，还要照顾三个讨厌的小东西，这可怎么办啊？"

8

继续追踪

当狐狸的喊声从树林里传来时，马蒂像艾瑞斯一样也很吃惊。他看看艾瑞斯，又看看树林，不知道该怎么办，结果艾瑞斯帮他做出了决定。当艾瑞斯从木屋跑出来，跌跌撞撞地踩着积雪，向喊声传来的方向走去时，满腹狐疑的马蒂远远地尾随着他。

马蒂看着艾瑞斯消失在一堆积雪后，随后听到了低低的说话声。

警觉的马蒂悄然而敏捷地爬到一棵树上，从一根伸展开的枝丫上往下看。当他看见受伤的狐狸时，惊讶得差点儿从树上掉下来。

在狐狸和艾瑞斯交谈的过程中，马蒂一直在暗中观察，只不过他听不到他们在说什么。过了一会儿，狐狸倒了下去，豪猪后退几步，紧接着就匆忙跑开了。

马蒂注视着树下的一幕，心中充满了愤怒。

他认识这只死去的狐狸，她叫飞跃。他也认识她的几个孩子和她的丈夫。

"人类……"马蒂愤怒地嘶嘶叫着。

随后，看到艾瑞斯离开，他更加恼怒了："瞧瞧他的样子！以为这些都跟他无关，就这样跑开了，这个自私自利的废物！"马蒂要捉住艾瑞斯的决心比刚才更坚定了。

"可能我只有一次机会，"他提醒自己，"所以，一定不能出错。只要他在树下，就跑不出我的手心。"

"耐心，马蒂，一定要非常耐心。"他在心里一遍遍想着，继续展开跟踪。

艾瑞斯踩着又厚又软的积雪，深一脚浅一脚地向前走。他一边走一边不耐烦地嘟囔："她说他们还小，才三个月大，还是婴儿，只会吃了拉，拉了吃，无助、无脑、无用，比小老鼠还要讨厌！"他鄙视地哼了一声。

"永远搞不明白为什么会有那么多婴儿，他们什么都不能做……"

"对，"他忽然停下脚步，"这就是说，我应该把这些都忘了，回到盐块那里去，做点儿对自己好的事。"

但紧接着，艾瑞斯想起来一样可怕的东西：捕兽夹。猎人们不是说在森林里放了许多吗？这么大的雪，他很可能跟狐狸一样，既看不见那些夹子，也闻不到它们的气味。这些捕兽夹可能遍布森林，他极有可能会踩上其中一个。

他越想越恐惧，于是接下来的每一步，他都走得小心翼翼。

他时不时停下来，紧张地查看自己留下的足迹——看上去好像拖了一个大布袋从雪上走过一样。"等回去的时候可以沿着足迹走。"他想，"来时安全，回去也安全。"

"但是……"他自言自语道，"得有谁去告诉那些孩子他们的妈妈出事了。如果他们出来找她……也可能会踩上夹子。"艾瑞斯不敢继续往下想了。

他还跟自己说，如果不去告诉那些孩子发生了什么事，他们也许永远也不会知道。那些愚蠢的小东西很可能会一直待在那儿等妈妈回来。他们什么也不会做，会活活饿死的。"小孩子都是这样，"艾瑞斯心想，"总是等别人给他们吃的，甚至等到死。"

想到这里，他又转过身，朝着狐狸窝的方向走去。

"当然，"他的思绪纷飞，"如果他们知道了发生的事，我的意思是，如果他们有点儿脑子的话——虽说不太可能——他们就会去找自己的爸爸，这才是他们应该做的，让爸爸照顾他们。"

"奇怪，那个当爸的去哪儿了？度假去了吗？真是，狐狸都蠢得要命。所有的肉食动物都是怪胎！"

艾瑞斯继续嘀咕着："美味的盐就摆在那里，然而……唉，不行，我太累了，我得睡一会儿。"

他回头朝木屋的方向又望了一眼。有那么一瞬间，他仿佛看到一个影子在高高的树枝间活动，不由得一惊。

"你有点儿神经质了，不对，不是神经质，"他自我纠正说，"实际是，我不想遵守自己的承诺。"

他揉揉鼻子，吸了口气："话说回来，顺道去告诉那些小狐狸发生的事，对我不会有太大妨碍，那些盐又不会自己长腿跑掉。也许我可以在他们的窝里睡上一觉——只要那里没有肉的臭味——第二天早上再回来找盐。"

"她说那些孩子在什么地方来着？"他一边四下打量一边在心里嘀咕，"从我发现她的地方向东一千米，在一座低矮的山崖附近，一堆岩石后面，一块蓝色的石头。啊，獾鼻屎！我讨厌这样！"他生气地咒骂道。

他看了看前方。大雪覆盖了一切，很难辨别出石块、岩石或者灌木，更难以确定他目前所在的方位。

从树林里出来，艾瑞斯发现面前是一片空地。地上覆盖着一层厚厚的白雪，四周一片静寂。新雪在月光下闪着寒光，没有任何被触碰或踩踏过的痕迹，看上去好像自古以来就是如此。

在空地的尽头是一个山崖，突兀而起，好像被削掉一半的小山。艾瑞斯望着山崖，能看见积雪下面有一些岩石和大方块的轮廓。

"我用花栗鼠的尾巴打赌，"艾瑞斯说，"她的窝就在那里。"

这个地方完全符合狐狸的描述，位置也非常合理——如果有谁穿过空地靠近巢穴，远远就可以看到；也不会有谁能从山崖高处跳下来，因为那里实在太陡峭了。

"但是，怎么才能在深夜找到一块被雪埋住的蓝色石头呢？"

艾瑞斯哼了一声，半是恼怒，半是疲倦。他穿过空地，突然停了下来。"生蛆的山羊腿，"他喊道，"到时我怎么对那些小东西说啊！"想到这里，他忍不住大声抱怨起来。

"直截了当地告诉他们？"他心想，"毫不掩饰地，反正他们迟早都要面对这种痛苦。这是一个残酷的世界，我不能多愁善感、拖拖拉拉的。"

"或者这样说，嗨，猜怎么着，有个消息告诉你们，你们的妈妈死了，去找你们的爸爸吧。再见！

"对，就应该这样，如果他们不喜欢，就跟我的刺打交道好了。"

艾瑞斯下定了决心，继续往前走。他一边走一边练习要说的话："嗨，知道吗，有个消息告诉你们，你们的妈妈……"

走了好一阵，艾瑞斯才来到山崖下。他一停下来，就到处寻找狐狸窝的线索。他往前探了探，发现岩壁上嵌着许多大石头，形状不一，凹凸不平。就算是在晴朗的日子，也很难发现巢穴的入口，何况现在大雪覆盖，更是难以寻找。

"如果那些小狐狸躲在窝的深处，我永远也不可能找到他们。"艾瑞斯气愤地抱怨道。

老豪猪艾瑞斯感到从未有过的疲惫。他在山崖下走来走去，希望能找到一点儿有用的线索。

突然，他听到一声短促的尖叫，似乎是从岩壁中传出来的。艾瑞斯确定，这是一只小狐狸发出的声音——他已经靠近他们的巢穴了。他屏住呼吸，希望能再次听到响动。

过了好大一会儿，艾瑞斯已经冷得发抖了，那个声音才又响了起来。这一次，尖叫声在他身后。艾瑞斯呼哧呼哧地转过身，想找到准确的位置，但是声音再次消失了。

"蠢货！"艾瑞斯气愤地叫道，"我花了这么长的时间才找到这里，他们好歹帮点儿忙啊。"

艾瑞斯往前迈了一步，停下来。几乎就在他头顶上方，一声尖叫响了起来。

他抬起头，看见一堆形状十分不规整的石头。于是，他开始顺着岩壁往上爬。当爬到第一块石头那里时，他拂开上面的积雪。石头是黑色的，但是在月光的照射下泛着蓝光。

艾瑞斯十分确定已经接近狐狸巢穴了，只是入口在哪儿呢？

他继续往高处爬。有那么两次，他脚下一滑，差点儿从岩壁上滚下去。他越找越恼火，因为看上去好像根本不存在什么入口。如果真有入口的话——当然，肯定有——隐藏得如此巧妙，他可能永远也找不到。

艾瑞斯深深地叹了口气，他又累又急，一时不知道该怎么办。"我真是昏了头，"他被冻得牙齿咯咯响，"为什么要答应那只死狐狸！为什么要离开家！啊，樱树，你为什么要抛弃我！"

他深呼吸一下，闭上眼睛。就在这时，他突然感到鼻子上挨了重重一击。

9

艾瑞斯带来的消息

"嘿，肥猪，你在找谁？"一个尖细的声音叫道。

艾瑞斯睁眼一看，一只小狐狸正歪着脑袋用明亮的橘色眼睛好奇地打量着自己。她有着红色的皮毛，鼻子和嘴巴四周是白色的，小脑袋上竖着一对大耳朵，前爪也有些过大，上面覆盖着黑色绒毛，看起来好像穿着齐膝的袜子一样。

艾瑞斯眨了眨眼。

"麻雀乱喳喳，"他气呼呼地说，"你叫我什么？"

"肥猪，"小狐狸欢快地回答，"你难道不是一只胖豪猪吗？"

"我的名字叫艾瑞斯纵·多萨托姆。"艾瑞斯骄傲地回答。

"你是男的还是女的？"

"当然是男的，尖鼻子。"

"我不叫尖鼻子，我叫灵敏，"小狐狸说，"还有，我是个女孩。"

"你住在这里吗？"

"当然了，我和两个弟弟，翻滚和蹦跳，还有我妈妈，

她叫飞跃。"

"你们有爸爸吗？"

"真傻，当然有了，他叫鲁莽。"

"我猜就是他。"艾瑞斯喃喃自语道。很明显他已经找到了狐狸的巢穴和她的三只小狐狸。

"我们听到你来的动静，还以为是妈妈回来了。"灵敏说。

"为什么？"

"她已经出门很长很长时间了。"

"哦，是的。"艾瑞斯紧张地说。

"我敢打赌你永远猜不到今天发生了什么。"灵敏又说。

"发生了什么？"

"今天来了一些人类，在空地和山崖下走来走去，忙个不停，不过我们也不知道他们在做什么。"

"捕兽夹。"艾瑞斯恐惧地想。

"那你们做什么了？"他问小狐狸。

"什么也没做，像妈妈嘱咐的那样躲起来了。不要担心，他们没看见我们。"

艾瑞斯深吸了一口气说："你知道吗？"

"什么？"

"有一个消息……"艾瑞斯说不下去了，他的舌头像打了结，最后说出来的却是，"我不是你们的妈妈。"

"我知道啊，"灵敏笑着回答，"我可能年纪小，但我不傻，你跟她的样子一点儿也不像。我是说，她非常美丽，而你，别见怪，太丑了。我绝对不会把你错当成她的，不过，你有没有凑巧见过她？妈妈今天早上出去捕猎，要给我们找些新鲜的食物，她经常这样做。只是像我刚才说的，她去了很久还没有回来，我们猜是因为这白色的东西。"

"你是指雪吗？"艾瑞斯问。

"啊，大家这样叫它吗？我们过去从来没有见过雪。"

"为什么？"

"因为我们几个月前才出生，傻瓜。"

"肺鱼唾沫！"艾瑞斯反击道。

"你说什么？"

"我说肺鱼唾沫！"艾瑞斯大叫。

灵敏歪着脑袋问："你为什么要那样说？"

"因为我愿意，豆荚脑袋！"

小狐狸目瞪口呆地望着艾瑞斯，试图搞明白他的意思。"哦，"她突然咧嘴笑了，"我明白了，你是在搞笑。"

"你这条游手好闲的虫子！"艾瑞斯咆哮道，"我没有在搞笑，我很严肃！"

接着，又有两只小狐狸从灵敏身后冒出来，一起瞪着艾瑞斯。他们长得跟姐姐很像：红色的皮毛，口鼻周围是白色的，大大的耳朵，大大的爪子。艾瑞斯很难区分他们谁是谁。他们望着艾瑞斯的时候，脸上写满了失望。

"他是谁？"其中一只问灵敏。

"蹦跳，他是一只滑稽的老豪猪，"灵敏回答说，"他名叫衣服丝·多麦。"

"不是衣服丝·多麦！是艾瑞斯纵·多萨托姆！"

灵敏咧嘴笑着说："但是，多麦，叫起来更容易。"

"他身上好臭。"另一只小狐狸悄悄对灵敏说。艾瑞斯猜那是翻滚。

"他……他看到过妈妈吗？"蹦跳问道。

"我问过他。"

"那他怎么说？"

"他没说。"

"多麦先生，"蹦跳腼腆地问，"你见过我们的妈妈吗？"

"听着，扫帚尾巴，"艾瑞斯叫道，"我叫艾瑞斯，不叫多麦！我在雪地里一天一夜了，又冷又湿又饿，你们不觉得应该有点儿礼貌，请我去你们家吗？难道你们狐狸不知道什么叫礼貌吗？"

"我们当然知道，妈妈教过我们，只是我不知道你是不是想进来，"灵敏轻快地回答，"请进，别客气。"

说完，三只狐狸一转身就不见了。艾瑞斯眼睁睁地看着，却不知道他们去了哪里。

"你们这些冰冻青蛙腿跑哪儿去了？"他吼道。

灵敏从一块石头后面伸出头："在这里，多麦先生。"

"不准再叫我'多麦'！"艾瑞斯怒吼着朝小狐狸走过去。灵敏带着一副淘气的表情，等在那里。

"我叫艾瑞斯。"

"帕里斯？"

"艾瑞斯！"

"好吧，"灵敏回答，"随便你说什么好了，小心脚下！"

艾瑞斯翻过一堆积雪，把鼻子伸进一个洞里。一股浓烈的腐肉气味从洞里飘来，让他忍不住作呕。

"你进来吗？"蹦跳招呼他说。

艾瑞斯别无选择："我当然进来。"

艾瑞斯沿着一条大约六米长的陡峭隧道吃力地往下走。隧道的尽头是一处很宽敞的空间，好像是个房间，里面很暖和，但是散发着一股陈年臭肉的气味。

艾瑞斯走进了狐狸窝。

三只小狐狸并排端坐，耷拉着舌头，歪着脑袋，用明亮而急切的眼神好奇地望着艾瑞斯。

　　艾瑞斯无法区分这三只小狐狸，于是他转头打量这个窝。在一个角落里，堆着一堆干枯的树叶，艾瑞斯猜那是睡觉的地方；在另一个角落，有一小堆啃过的骨头。从骨头的形状来看，艾瑞斯猜是田鼠或者老鼠之类的小动物残骸。那是狐狸的食物。一想到吃肉，艾瑞斯就感到厌恶和恶心。

　　灵敏说："抱歉，我们没有吃的能给你，都吃光了，所以妈妈才出门捕猎去了。"

　　"但是她随时都会回来的。"翻滚肯定地说。他看上去总是一副闷闷不乐的样子。

　　"她通常不会离开这么久。"蹦跳说。

　　"这没关系，只不过我们都很饿，"灵敏补充说，"我们都觉得，是因为这种白色的叫雪的东西把一切都盖住了，妈妈可能要走很远的路，所以她到现在都还没有回来。"她对两个兄弟解释说。

　　"你……你觉得呢？"蹦跳用颤抖的声音问艾瑞斯。

　　艾瑞斯不知道该怎么回答。他两次张开嘴，想说出早就想好的话，但是嗓子眼儿好像被什么东西卡住了。

　　"你想说什么吗？"灵敏问。

"我想说，长颈鹿放屁。"

小狐狸们困惑地交换了一下眼神。

"你说什么？"翻滚问。

"我说，长颈鹿放屁！"艾瑞斯喊道。

接下来好一会儿，谁都没有吭声，然后翻滚问道："帕里斯先生，你为什么来这里？"

"艾瑞斯！我名叫艾瑞斯！至于我为什么来这里……嗯，因为……我喜欢散步。"

"在……雪地里？"蹦跳惊奇地问。

"关你什么事，鼻涕虫？"

小狐狸们又互相看了看。灵敏咯咯地笑出声来，蹦跳

羞涩地笑了，就连翻滚——看起来比另外两只更严肃和拘谨，也露出了微笑。

"我想这不关我事。"蹦跳回答。

艾瑞斯不安地挪了挪脚。"听着，"他竭力鼓起勇气，想讲出实情，"我有事要对你们说，非常重要……的事。"

"太好了，"灵敏叫道，"我们很想听，是什么？"

"是……是……我……跟你们的妈妈交谈过。"

"真的？她在哪儿？为什么还不回家？"小狐狸们齐声喊道。

"她……她……回不来了。"艾瑞斯脱口而出。

小狐狸们茫然失措地望着他。

艾瑞斯使劲咽了口唾沫:"那是……因为……"

"因为什么?"翻滚急促地追问道。

"见鬼,"艾瑞斯喊道,"你们凭什么认定我知道?"

"因为刚才你自己说了。"灵敏指出。

艾瑞斯无奈地叹了口气。他望着小狐狸,看到他们正用期待的目光看着自己。灵敏张着嘴,紧张地喘息着;翻滚的眼中带有一丝怒气;蹦跳的眼里则蓄满了泪水。

艾瑞斯承受不了这种感情负担,他大喊了一声:"算了!"就转身朝洞口走去。

"帕里斯·多麦先生!"蹦跳在他身后大声喊道,"是不是……妈妈出事了?"

艾瑞斯猛地在原地站住,他慢慢地转过身来,望着三只小狐狸。

"我们……需要知道。"蹦跳说。

"不,你们不需要!"艾瑞斯厉声回答。

"我们需要!"翻滚坚持说。

"不!"

"为什么不?"

"因为,"艾瑞斯愤怒地喊道,"啊,蛋糕插羽毛,因为……你们的妈妈死了,这就是为什么。"

10

艾瑞斯和小狐狸

三只小狐狸难以置信地望着艾瑞斯，谁都没有说话。

最后，还是蹦跳结结巴巴地开口说："你……你能再说一遍吗？"

"对不起，"艾瑞斯含混不清地说，"我……呃……没想用那种方式说的。"他心慌意乱，往后退了一步，恨不得从这里消失，随便去什么地方都好。

"如果不是……你们逼我，我本来不会说的，我的意思是，我……很抱歉，我……"他越说声音越小。

"但是，"蹦跳哆嗦着说，"你刚才说妈妈……死了？"

"是的。"

"你……你怎么知道？"

"跟我没有一点儿关系，"艾瑞斯说，"我只是路过。"

"死了？"灵敏用颤抖的声音重复道。

"我已经说过了，不是吗？"

"但是那怎么可能？"翻滚哀号道，"妈妈……不可能死，她还要照顾我们的，永远！"

艾瑞斯艰难地开口说："那边有一个木屋，里面有盐……我的生日……不过跟这没有关系……只是，我在那儿听到了她的呼救声。她……她踩中了一个捕兽夹，拔不出来，流了……很多血。"

"你……跟她说话了吗？"蹦跳说，"在她……死之前？"

"说了。"

"她说什么了？"

"听着，我从来没……没做过这样的事，从来也不想做，可是我……啊，花生酱抹狗身上了！"艾瑞斯突然提高声音道，"我不知道该说什么！"

"我不管你说了什么，"翻滚愤怒地叫道，"你只要告诉我们她说了什么！"

"噢，好吧，"艾瑞斯喃喃道，"她……她说了……很多……多愁善感的废话，不，我不是那个意思，我是说，那个，她说你们无依无靠，没法儿照顾自己，让我找到你们，告诉你们……发生的事，让我照顾你们。这太……荒唐……我是说，伤感，我想我可以留在这儿，直到你们爸爸回家，明白吗？就待到那时候，她就是这么说的。"

过了一会儿，蹦跳问道："没……别的了？"

"嗯……她还说，她……"艾瑞斯几乎要被那个词噎住了，"她……她爱……你们。"

灵敏木然地望着艾瑞斯；翻滚把尾巴夹在两腿中间，默默地退到后面；蹦跳满眼是泪。

艾瑞斯转过身，走到一个角落。他没听到三只小狐狸发出任何声音，于是回头看了一眼。小狐狸们在他身后，注视着他的背影，仿佛不能相信他刚才说的话。

就在这时，蹦跳仰起头，闭着眼睛，张开嘴，发出一声撕心裂肺的号叫，另外两只小狐狸也跟着叫起来，顿时整个巢穴被一片凄云惨雾所笼罩。哀号声久久不绝，痛苦弥漫到他们的心间。他们不停地高声叫啊叫，艾瑞斯担心自己会被逼疯。他跳起来大喊："闭嘴，立刻给我闭嘴！"就好像一下子关上了开关，小狐狸们停止了号叫，只是坐在那里抽噎着。

"吃东西！"艾瑞斯绝望地喊道，"你们应该吃点儿东西。"

狐狸们茫然地看着他。

他说："你们刚才不是说整天都没吃东西吗？"

"那是因为妈妈……"灵敏话说了半截，停了下来。

"对，"艾瑞斯粗暴地接口道，"她出去给你们找吃的去了。现在告诉我，你们都吃些什么？"

翻滚耸了耸肩说："妈妈给什么我们就吃什么，花栗鼠、田鼠、鼹鼠，要是她运气好，还会有兔子和老鼠，老鼠是很棒的开胃点心，但是我对吃的很挑剔。"

艾瑞斯皱起眉头说："我讨厌肉食动物。"

"我们喜欢吃肉，"翻滚挑衅似的回答，"妈妈总是给我们吃肉。"

"你们还吃别的吗？"

"甲虫。"翻滚粗声粗气地回答。

"真恶心！"艾瑞斯厌恶地叫道，"你们就不能吃点儿像样的东西吗？比如蔬菜……"

灵敏皱起鼻子："除非不得已，才吃野莓什么的，别见怪，但是我们更喜欢吃肉。"

"事实上，我们讨厌蔬菜。"翻滚说。

"是的，蔬菜很难吃。"蹦跳附和说。

艾瑞斯注视着小狐狸们的脸。他们看他的神情好像他无所不能，一切问题都不在话下。

"你们能自己捕猎吗？"

"我……我捉住过一只蚱蜢，"蹦跳骄傲地说，"吃起来口感爽脆。"

艾瑞斯听了几乎要吐出来了。

"你们的妈妈是否有储存的食物？"他又问，"狐狸们都有那样的习惯，你们知道的。"

"是吗？"灵敏疑惑地转头看看她的两个兄弟，但他们看起来同样也很惊讶。

"当然了，"艾瑞斯咆哮道，"所有动物都知道这一点，她可能还有其他几个巢穴，备用的巢穴。"

"噢，那个，"灵敏回答说，"是的，在山崖往下一点儿的地方有一个，离这儿不远。"

"那里有食物吗？"

灵敏耸了耸肩，回答："妈妈只告诉我们重要的事。"

"你能找到那里吗？"

小狐狸们再次交换了一下眼神。

"是的，我想也许可以。"他们同时回答。

"那么，你们这些肮脏的小螨虫，既然这么饿，为什么不到那边找吃的？"

回应他的是尴尬的沉默。过了一会儿，蹦跳开口说："我们没有想到这一点。"

"我们在等妈妈，"翻滚挑衅地说，"她让我们等着。"

"我们总是照她说的做。"灵敏婉转地解释说。

"总之，这白色的东西来了。"蹦跳补充道。

"是雪。"灵敏提醒他。

"我想我们最好去那里看看。现在，灵敏，你来带路，你应该知道怎么走。翻滚、蹦跳你们跟上，我走在最后。来吧，我们走。"艾瑞斯安排道。

有好一会儿，三只小狐狸谁都不动，只是望着他。

最后，蹦跳说："多麦先生，你……准备从现在开始做我们的妈妈吗？"

"听着，你们这些肮脏的小袋鼠耳屎！"艾瑞斯咆哮着

说，"首先，我叫艾瑞斯，不是多麦。其次，我不是你们的妈妈，我不可能做妈妈，我也不想成为一个妈妈！我只能照顾你们直到——"艾瑞斯说到这里停了下来。

"直到什么？"翻滚追问道。

"直到你们的爸爸回来，他最好像追花的蜜蜂一样赶快回来，你们明白吗？"

小狐狸们瞪着他不说话。

艾瑞斯气呼呼地问："你们知道他在哪儿吗？"

"他正巧有事，"翻滚的口气很冲，"他有很多事要做。"

"那对不起了，是我不该问。"艾瑞斯用同样的口气回答，"现在快走，到另一个巢穴去。"

三只小狐狸在艾瑞斯的催促下变得活跃起来。他们蹦蹦跳跳地跑出洞穴，疲惫的艾瑞斯跟在他们身后。

他听到翻滚对另外两只小狐狸悄声说："他脾气可真坏，是吧？"

11

渔貂的埋伏

马蒂坐在山崖下的田野里，积雪几乎没过了他的脖子。天空已经放晴，一轮满月挂在空中，空气仿佛静止了一样，听不到一点儿声音。银白的世界在宁静中闪耀着微光。

马蒂没有留意这些，他对此压根儿不关心。他在跟自己生气——竟然让艾瑞斯溜走了。当发现艾瑞斯在往空地另一边走的时候，他想到了一个完美计划——把这只带刺的家伙堵在土墙边。他深信这个计划会奏效。但是，让他大惑不解的是艾瑞斯竟然消失了，仿佛被山崖吞没了。

"他可能是找到了一个老獾的巢穴，或者一个山洞，然后躲在里面睡到天亮。"马蒂心想。

"要等下去吗？"他琢磨着，"也许我应该明天再回来，或者忘掉这个讨厌的艾瑞斯？让他从我手心里逃掉，真是太可恨了！"

"不行，"马蒂决定，"我要再等等，等到月亮的影子从那边移到这边。"

就在马蒂左思右想的时候，三只小狐狸从山崖那里冒了出来，后面跟着艾瑞斯。

"情况不妙！"马蒂皱着眉头自言自语道，"我可以对付艾瑞斯，但是如果那些狐狸跟他一起就不好办了，虽然他们看上去还小，可是四个加在一起，就难对付了。"

即便如此，马蒂还是提醒自己一定要耐心。"豪猪和狐狸不会结伙的，"他跟自己说，"艾瑞斯迟早会再次落单的。"马蒂远远地看着他们四个，想知道他们究竟要去哪里。

12

另一个巢穴

　　灵敏带路朝另一个巢穴走去，翻滚和蹦跳跟在她身后，艾瑞斯走在最后面。看到小狐狸们走路的样子，他就明白为什么他们会取那样的名字了——他们都是轻快地在雪地里跳跃着行走的。他们精力十分旺盛，经常会跳到彼此的背上，或者撞到一起。艾瑞斯吃力地跟在他们身后，不停地喊："慢一点儿，等等我。"他非常紧张，万一哪只小狐狸踩到捕兽夹了怎么办？要是他自己踩上了怎么办？

　　每当疲惫的艾瑞斯靠近时，小狐狸们又跑开了，只留下艾瑞斯自己恨恨地咒骂狐狸和整个世界。

尽管第二个洞穴和第一个洞穴之间只有二十几米的距离，但艾瑞斯自己绝对找不到。当艾瑞斯终于赶上小狐狸的时候，他们正快速地刨着两块大岩石之间的雪。积雪被清除掉，地面上露出一个小洞，比刚才那个洞穴的入口要小得多。

　　"是这里吗？"艾瑞斯上气不接下气地问。

　　"对，这就是我们跟你说的那个。"蹦跳确认道。

　　"还有其他的入口吗？"艾瑞斯打量着狭窄的通道问道。

　　"不知道。"说着，翻滚已经匆忙钻进洞里了，灵敏跟在他身后。

　　"你……来吗？"蹦跳问。

　　"我试试吧。"艾瑞斯回答。

　　"我希望你来。"蹦跳羞涩地说，然后也钻了进去。

　　"猴子穿袍子——装模作样！"艾瑞斯嘟囔了一句。他缩起身子，跟着往洞里钻。

　　刚一进入通道，他就感觉整个身体好像都被挤住了。他哼哧哼哧地刨着土，感觉呼吸困难。"你还来吗？"他听到一只狐狸招呼道。

　　"我当然来！"艾瑞斯叫道。

　　"快点儿，这里有吃的。"

艾瑞斯继续一点儿一点儿地向前挪动。突然，蹦跳把脸凑了过来。

"需要帮忙吗？"蹦跳问。

"走开，讨厌鬼！"艾瑞斯生气地叫道，"我从来不需要帮忙！从来不！"

"对不起！"蹦跳赶忙跑开了，留下艾瑞斯自己在那儿苦苦挣扎。

二十分钟后，筋疲力尽的艾瑞斯终于挤进了洞穴。与此同时，许多石头和泥块都哗啦啦地掉了下来。三只小狐狸趴在地上，分别用两只爪子捧着骨头大嚼特嚼。

灵敏抬起头，问他："你怎么这么长时间才进来？"

艾瑞斯没有回答，只是问她："你们找到吃的了吗？"

"找到了很多，"翻滚嘴里塞得满满的，兴奋地说，"是超好吃的半只兔子。"

"你……你想来一些吗？"蹦跳问道。

"不！"艾瑞斯吼道。虽然肚子饿得不行，但他现在只想好好地睡一觉。

他上下打量着这个巢穴：比第一个要稍微小一些，但同样乱七八糟，同样充满了难闻的气味。

艾瑞斯默不作声，挪到离狐狸尽可能远的地方躺了下来。

"我要睡觉了，"他说，"我想告诉你们，这是我有生以来最糟糕的生日。"

"什么是生日？"蹦跳小声地问他的姐姐。

"就是你出生的那一天。"灵敏解释说。

"啊，这么说多麦今天刚出生吗？"

"不可能，"翻滚说，"他肯定已经很老了。"

艾瑞斯闭上眼睛，缩成一团，尽力想装出已经睡着了的样子。

"真的吗？你觉得他有多老？"蹦跳小声地问。

"从他的样子来看，我敢说他至少有两百岁了。"翻滚用一种权威的口气说。

"那就是说他很快就会死了吗？"

"有可能。"

"闭嘴！"艾瑞斯忍不住愤怒地叫道。

小狐狸们终于安静了一会儿。

"先生，"蹦跳小声地说，"帕里斯先生？"

艾瑞斯无奈地叹了一口气："我在睡觉。"

"哦。"

又安静了几分钟，就在艾瑞斯觉得即将入睡时，他突然感到有谁推了他一下。他睁开眼睛，看到三只小狐狸站在他旁边。

"怎么回事？"艾瑞斯迷迷糊糊地问。

灵敏说："衣服丝先生，晚上睡觉的时候，妈妈会让我们都靠在她身上，还会把尾巴盖在我们身上，让我们暖和点儿。"

"老牛反刍——没完没了，"艾瑞斯嘟囔道，"这一天还能不能过去了？"

"我们该怎么办？"翻滚问。

"你们见过我的尾巴吗？"艾瑞斯厉声问道。

"怎么了？"

"我哪有尾巴？我身上只有刺。"

"你全身都有刺吗？"蹦跳问。

艾瑞斯犹豫了一下。"那倒不是。"他说。

"哪里没有？"翻滚问。

"肚皮。"

"那我们能靠在那儿吗？"灵敏问道。

"不行！"艾瑞斯咆哮道。

"但是我们会睡不着的，"过了一会儿，翻滚说，"我们的妈妈……"

"我不是你们的妈妈！"艾瑞斯大叫道，转过身背对着小狐狸们，"我是一只豪猪，我只想自个儿待着，你们都滚开！"

小狐狸们定定地望了他好一会儿，然后，蹦跳转过身，耷拉着脑袋走到洞穴的另一头。他叹了口气，背对着艾瑞斯躺下，把身子缩成一个球。

过了一会儿，另外两只小狐狸走到蹦跳身边。他们挤在一起，就像一个大花苞。

尽管非常疲惫，但是艾瑞斯还是睡不着。这一天发生的事，在他的脑海里盘桓不去。"我发誓，"他嘟囔说，"我再也不过什么生日了。"

当他好不容易快要睡着时，听到了一声忧伤的叹息。他试图不去理会，但是叹息一声接着一声——小狐狸们在伤心难过。

"该死的！"艾瑞斯一边在心里抱怨，一边站起来，走到小狐狸们躺着的地方。

"让开一些，你们这些扫兴的花斑狗！"他躺下来，尽力摊开自己的刺，然后翻过身，露出柔软丰满的肚皮。紧接着，他感觉到三个小狐狸一个接一个挨过来，先是蹦跳，接着是灵敏，最后翻滚犹豫了一下，也靠在了他的肚皮上，满足地哼哼着睡过去了。

　　老豪猪躺在那里，思绪却回到了自己那舒适、私密的圆木巢穴。他想起了樱树和黑麦的孩子。那些孩子也总是让他头痛，总是不停地说话，问他花样百出的问题。"但是，"他又伤感地想到，"我从来不用管他们，反正到了晚上，他们都会离开。"

　　"真是个倒霉的生日，"艾瑞斯咕哝了一句，"我被困住了，完全、彻底、悲惨地被困住了。"随后，他沉沉地睡了过去。

13

马蒂的决心

天光放亮，就像冰一样明亮。厚厚的一层新雪让所有带棱角的事物都变得柔和起来，同时也吸收了几乎所有的噪声。一只黑白相间的小山雀擦着幽光森林的边缘，从树枝间掠过，发出高昂而清脆的叫声。这是打破山野寂静的唯一的声音。

即使这个声音很微小，也足以让马蒂从睡梦中惊醒了。在这之前，马蒂在森林边的一块石头旁发现了一堆落叶，于是他在叶子底下做了一个临时的窝，钻了进去。在睡着之前，他发誓要早点儿醒来。他跟自己保证，天亮后一定要抓到那只讨厌的豪猪艾瑞斯。

在捉豪猪这件事上，马蒂的心比之前更加坚决了。

绝不放弃！

马蒂昨晚最后一次看见艾瑞斯，是在午夜的月光下——那只豪猪跟在三只蹦蹦跳跳的小狐狸后面，沿着山崖笨拙地走着。随即，他们几个就在马蒂的眼皮底下消失了。马蒂推测，他们钻到了一个洞里或者其他什么地方。

后来，马蒂想了很长时间，为什么艾瑞斯会跟那些小狐狸凑在一起。他的结论是，这一定跟那只叫飞跃的母狐狸有关。

马蒂迅速让自己彻底清醒过来，沿着森林边悄无声息地前进。他看到一棵粗壮的白杨树，树的枝丫伸展到开阔的空地上方。于是他爬了上去，爬到最靠近树梢的地方，那是树枝能承受的最大限度。从那里

可以看到整片空地，包括那个山崖。

　　"耐心……"马蒂又一次提醒自己，"一定要非常耐心，艾瑞斯逃不掉了。"

14

小 狐 狸

在狐狸巢穴的深处，艾瑞斯从断断续续的睡眠中醒来。他不是被吵醒的，而是因为心情沉重，睡不踏实。"蛇掉进了汤碗里。"想起自己的处境，艾瑞斯不禁抱怨道。

他感到很饿，好像已经很久没有吃过一顿像样的饭了。刚想站起来，但当他试着活动麻木的腿时，却碰到了三只小狐狸的身体。

艾瑞斯不想惊醒他们，于是他慢慢地小心翼翼地脱离他们的搂抱。站起来后，他抖了抖身子，发出轻柔的唰唰声。然后，他扭头看了看三只还在睡的小动物。

"让我做他们的妈妈？"艾瑞斯使劲晃了晃脑袋，"真荒唐！我要做的是在他们醒来之前离开这里。"

艾瑞斯打定主意要在猎人回来之前到木屋那里去享受一顿盐大餐，以此来慰劳自己的辛苦，然后再回家。至于小狐狸，他们可以自己照顾自己。

艾瑞斯尽可能悄无声息地走到通道口。他站在那里望着洞口，想起进来时的艰难，突然有了一丝焦虑。就在他缩起身子准备向前走时，一阵内疚袭上心头，他再也无法挪动脚步。

他一边嘴里嘟囔着"我呸它个良心"，一边回头最后看了一眼小狐狸们——只是为了确认他们还在睡觉。让他吃惊的是，灵敏抬起了头，睡意蒙眬地看着他。

"衣服丝先生，"灵敏打了个哈欠说，"你要出去吗？"

艾瑞斯犹豫不决地站在通道口，唯一能想出来的回答是："我的名字是艾瑞斯，你个香蕉脑袋。"

"哦，我忘了。那么艾瑞斯，你要出去吗？"灵敏再次问他。

艾瑞斯不置可否地哼了一声。

"我的意思是，"灵敏问道，"你还回来吗？"

"当然了，"艾瑞斯粗暴地说，"你以为我会扔下你们吗？"

"我只是问问。"灵敏温顺地甩了甩尾巴，打了个哈欠，露出白色的牙齿和红色的舌头。

"我只想去找点儿吃的。"艾瑞斯说。

灵敏爬起来，伸了个懒腰，抖了抖身子，舒展开四肢。"帕里斯先生……不是，我是说艾瑞斯，我觉得对你来说入口太窄了一点儿，需要我挖开一些吗？我很擅长挖掘。那样的话，你来回进出就容易多了，我的意思是，当你给我们去弄食物的时候。"

艾瑞斯露出了一个痛苦的表情，但是什么也没说。

灵敏沿着通道快步跑到入口处。很快，艾瑞斯就听到她在那里使劲地又抓又刨。她边干边往后退。等她再次出现时，脸和身上的毛都沾满了泥土。

"你看！"她笑着说，"比刚才宽敞多了吧！"

"谢谢！"艾瑞斯嘟囔了一句，朝通道走去，还是有些挤，但比头一天晚上容易多了。

洞外，阳光下的积雪有些晃眼，晴朗无云的天空和金色的太阳晃得艾瑞斯睁不开眼。山崖前，空地平坦而宁静，另一边就是幽光森林的边缘。

艾瑞斯充满渴望地看了看森林。那里有让他怀念的美食——柔软的内层树皮，可是，他担心小狐狸。"真是烫手的山芋，我上哪儿给他们找吃的？"他气呼呼地想。

就在他感到很烦恼的时候，灵敏从洞里跑了出来，坐在他身旁。

"艾瑞斯，你喜欢雪吗？"

"不喜欢！"

灵敏想了想，又问："那你有喜欢的东西吗？"

"我喜欢盐！"

又过了一会儿，她继续说："艾瑞斯……"

"干什么？"

"也许我说得不对，但我总觉得你好像不想跟我们待在一起。"

艾瑞斯不置可否地哼了一声。

"你知道，如果你要走的话，也没关系，我的意思是，我觉得我们不需要你。"

"你错了。"艾瑞斯说。

"为什么？"

"因为小孩子不能自己生活，你们是索取者而不是给予者，如果没有谁帮助你们，你们会死掉的。"

"哦，好吧。"灵敏表示赞同。

"听着，大象耳朵，"艾瑞斯突然叫道，"我是一个素食者，我不吃肉，我讨厌肉，一想到吃肉我就恶心，所以我不知道怎么能搞到你们需要的食物。"

"妈妈过去常常到这片田野来聆听。"

"聆听？"

"没错，她能听到最不可思议的东西。我是说，几乎是
所有活动的东西她都能听出来，她真了不起！有松脆的田
鼠，还有好吃的老鼠……"

"住嘴！"艾瑞斯厉声打断她。

灵敏转过头来，"怎么了？"

"不能吃老鼠！"

"你觉得他们不好吃吗？"

"对于狐狸来说，老鼠是世上最糟糕的食物，或者对于
任何动物都是如此，他们百分百有毒。"艾瑞斯大声说。

"谢谢你，我以前不知道。"

他们两个并肩坐在那里，看着被积雪覆盖的田野。

灵敏突然小声说："艾瑞斯，那边有东西在动！"

"哪里？"

"在雪的下面，"灵敏说，"就在山崖底下，我听到有动
静。"她伏下身子，肚皮贴着地面。

"要是你能吃树皮，该有多好。"艾瑞斯自言自语道。

灵敏没听到他的话，开始准备向前起跳。

"我可不想看。"艾瑞斯感觉非常不舒服，就转身爬回
到洞里。

这时，其他两只小狐狸也醒了。

"灵敏在哪儿？"翻滚立刻问。

"在外面找吃的。"

"为什么你不告诉我们？"翻滚一边抱怨一边顺着通道跑出去，留下艾瑞斯跟蹦跳单独在一起。

"你不想去找吃的吗？"艾瑞斯问他。

"我感觉不舒服。"

"你怎么了？"

"我肚子疼。"蹦跳回答。

"别犯傻了，"艾瑞斯不屑地说，"你怎么会肚子疼？"

"我也不知道。"

"那就是你自己的问题，臭小子，我可没办法。"

"我能在你旁边躺着吗？"蹦跳问。

"随便你。"

于是蹦跳靠着艾瑞斯躺了下来，下巴搭在前爪上，睁大眼睛看着他。

艾瑞斯在他的注视下感到有些不自在，稍稍动了一下身子。

"艾瑞斯先生……"蹦跳说。

"什么事？"

"我……很高兴你给我们带来关于妈妈的消息。"

"哦，那个，是的……好的。"艾瑞斯不自然地回答。

小狐狸和老豪猪都沉默了一会儿。

蹦跳叹了一口气："我发现了一些事。"

"是吗？什么事？"

"你不是很喜欢我们。"

"我喜欢你们。"艾瑞斯粗声说。

"那你会留下来跟我们待在一起吗？"

"我不是说过我会留下来的吗？但是你们爸爸一回来我就离开。"

"哦。"蹦跳挪了挪身体，离艾瑞斯更近了一点儿。

"艾瑞斯先生，我喜欢你。"

艾瑞斯咕哝了一句："为什么？"

"你很善良，但是我觉得你可能不喜欢我这么说。"

"闭嘴。"艾瑞斯凶巴巴地说。

突然，翻滚从通道里冒出来，大声喊："艾瑞斯！"

"什么事？"

"灵敏没捉住那只田鼠，我们很饿，你得去给我们找吃的！"

15

分配工作

　　三只小狐狸肩并肩地坐在那里，摇着尾巴，耷拉着舌头，瞪大眼睛望着艾瑞斯。

　　"听好了，"艾瑞斯说，"事情明摆着，除了打嗝儿的傻瓜，谁都清楚有很多事要做，也就是说，你们都要干活儿。"

　　"干活儿？"翻滚的声音里带着气愤，"你在说什么？"

　　"也许你没注意到，烂泥腿，"艾瑞斯厉声说道，"我们需要采集食物，打扫这里的垃圾。看看那些骨头，扔得到处都是，还有这地上，乱成一团。我们需要清除这里肉的臭味，不然我受不了，还有你们睡觉的地方，也要弄整齐。昨晚你们靠着我睡，但是以后不能再这样了。从现在开始，只要我在这儿，你们就睡在那边，在你们自己的'床'上，听明白了吗？"

小狐狸们呆呆地望着他。

"好了，平时你们都做哪些家务？"

小狐狸们交换了一下困惑的眼神。

"听不明白吗？"艾瑞斯呵斥道，"我是在问，你们平时谁都干什么活儿？"

"我们什么活儿也不干。"翻滚轻蔑地说。

"瞎说！"艾瑞斯吼道，"我再问一遍，你们是怎么分工干活儿的？"

蹦跳说："艾瑞斯先生，我们平时就是玩，还有吃。"

"还有睡觉。"灵敏补充说。

"那么谁来干活儿？"

"是妈妈。"灵敏回答。

"是的，"翻滚气哼哼地说，"所以要想做我们妈妈的话，你就得干所有的活儿。"

"我不是你们的妈妈！"艾瑞斯高声叫道，"要是以为我会像个用人一样照顾你们，而你们什么都不用做的话，就给我从烂泥堆上滑下去好了！"

"这是你们的窝，不是我的！"他气哼哼地继续说，"这里简直脏得要死，所以你们要做的第一件事就是给我把它打扫干净。"

"我讨厌干活儿，"翻滚说，"一干活儿我就头痛。"

"听着，臭小子，"艾瑞斯说，"你想让你的鼻子变成针垫吗？"

"不想……"

"那你最好跟他俩一样去干活儿。"

翻滚怒视着艾瑞斯，但是一句话也没有说。

艾瑞斯接着问道："谁最会捕猎？"

"我！"灵敏大声说，"刚才我差点儿就抓住那只田鼠了，下次我肯定能捉到。"

"那好，打扫完卫生你就可以去捕猎了。"

"至于你，最好让洞里的地面保持干净！还有你，"他对翻滚说完，又对蹦跳说，"你要负责整理床铺！好了，现在开始干活儿！"

小狐狸们待在原地没动。

"怎么回事？"艾瑞斯问道。

"你干什么活儿？"翻滚问。

"听着，"艾瑞斯咆哮道，"你们这些没用的小东西，这是你们的窝，不是我的。"

"但是艾瑞斯先生，"蹦跳小心翼翼地问道，"你打扫自己的窝吗？"

"再多说一句废话，你们每个人的屁股上就会多出十五根刺！"艾瑞斯威胁似的甩了甩尾巴，"现在快去！"

小狐狸们连声哀叹，恨恨地看了看艾瑞斯，然后开始干活儿。

蹦跳把铺床的叶子堆在一起，再把扔得到处都是的树叶和树枝用嘴叼起来，放在那堆叶子上。灵敏搜索啃过的骨头，把它们逐根叼出洞，放在离洞口不远的地方。翻滚用尾巴打扫地上的尘土，但事实上，大部分时间他都在清理不小心粘在尾巴上的树枝、树叶和骨头渣。

艾瑞斯瞪着眼监督他们，不时地提出一些实用的建议："笨蛋，你那边漏了一块骨头！""嘿，没脑子的东西，不要忘了打扫那个角落。"

三只小狐狸慢吞吞地干着，休息比干活儿的时间还长，而且抱怨个不停。三个小家伙碰到一起就吵嘴、打架。艾瑞斯不得不一次又一次地把他们拉开。

"艾瑞斯先生？"蹦跳叫道。

"什么事？"艾瑞斯怒气冲冲地问。

"你能帮帮我吗？我没法儿把叶子堆好。"

"有什么问题？"

"它们老是往一边倒，你教教我怎么做，求你了。"

艾瑞斯哼了一声站起来，摇摇晃晃地走到蹦跳干活儿的角落。他用挑剔的眼神审视着那堆叶子。就像小狐狸说的，叶子被堆到了角落里，但仍然乱七八糟。

"果不其然，"艾瑞斯嘟囔道，"小孩子什么事都做不好。"

他从一侧归拢好叶子，又换另一侧，直到把乱糟糟的叶子整齐地堆好。他在干活儿的时候，蹦跳看着他，目露赞赏却并不帮忙。

"看！"艾瑞斯做完之后说，"看见我是怎么做的了吗？"

"哇！"蹦跳大声喊道，"你干得比我好多了，也比我快得多！"

他高兴地摇着尾巴走进叶子堆，一下子躺在中间。"啊，太舒服了。"他兴奋地叫起来，使劲往叶子底下钻，直到整个身体全都钻进叶子里，"你干得真好，你应该一直这么干！"

蹦跳抬起脑袋，对另外两个大声说："嘿，你们看！好心的艾瑞斯给我们铺的床！"灵敏和翻滚看见蹦跳舒舒服服地躺在那里，立刻冲了过来，把两只爪子插进了叶子里。

　　三只小狐狸兴高采烈地在叶子堆上打滚儿、摇晃，互相拍打嬉闹，完全不顾艾瑞斯越发阴沉的目光。很快，艾瑞斯刚刚整理好的床铺又变得乱七八糟。叶子被甩得四处飞舞，窝里比之前还要乱。

"停下！"艾瑞斯大喊，"停下！"

三只小狐狸丝毫不理会，继续打闹着。恼怒的艾瑞斯转过身，气冲冲地朝洞外走去。

"不可救药！"他自言自语道，"完全、彻底地不可救药！我做不到，根本不可能！我才跟他们待了一天！再这样待下去，用不了一个星期我就会被气死。"

16

捕　猎

艾瑞斯注视着白雪皑皑的田野，心中郁闷，举棋不定。就在这时，灵敏从洞里跳了出来。

"我准备好了。"她欢快地说。

"准备好什么？"

"你不记得了吗？你说让我去捕猎的。"

"窝里打扫干净了吗？"

"当然，"灵敏语气十分肯定，"你想看看吗？"

"不用！"

"好的，我已经准备好跟你学捕猎了。"

"羚羊他舅舅!"艾瑞斯咒骂了一句,"我告诉你,我根本不懂捕猎。"

"我会成为一个好猎手的,"灵敏说,"我妈妈就是,我爸爸就更厉害了。"

艾瑞斯四下看了看,问她:"你知道你们这个爸爸什么时候回来吗?"

"不知道,"灵敏认真地说,"他总是来去匆匆,他很忙的。"

"忙着干什么？"

灵敏眯起眼睛反问道："你是认为他并不忙吗？"

艾瑞斯决定不再继续这个话题，于是问道："你们通常去什么地方捕猎？"

"就在山崖下面，妈妈说我们不用走太远。我现在可以去了吗？"

艾瑞斯刚想点头，突然他想起猎人们放置的捕兽夹。

"我最好跟你一起去。"他赶忙说。

"好极了。"灵敏蹦蹦跳跳地跑开了。

"不要走这么快！"艾瑞斯在她的身后喊道。他的小短腿"挣扎着"带他穿过雪地，越过岩石，绕过山崖。

灵敏停下来看了看艾瑞斯，被他狼狈的样子逗得哈哈大笑。

艾瑞斯呼哧呼哧地喘着粗气，总算赶上了小狐狸。"跳蚤脑袋，你的腿比我的长多了，所以你最好走慢点儿。"

"我会的，但是——"她突然闭上了嘴。

"但是什么？"艾瑞斯问。

"我闻到了什么东西。"

"是什么？在哪儿？"

"就在那下面。"灵敏悄声说。

艾瑞斯看了看，但是什么也没看到。

小狐狸从山崖上慢慢走下去，东闻闻，西嗅嗅。

突然，她站住不动了，肚皮贴着地面，伸长了身子。

"当心！"艾瑞斯提醒她。

"嘘！"灵敏示意他不要出声。她竖直尾巴，慢慢向那个东西靠近。

艾瑞斯紧盯着灵敏，想要追上她，但是崎岖的地形让他脚下不停地打滑。他走得比刚才还要笨拙。

在他下方，灵敏正准备起跳。

突然，艾瑞斯踩到了一块碎石，跟着脚下一滑就摔倒在雪地上。他想站起来，结果却造成了一场滑坡——石头和积雪擦着灵敏的身子倾泻而下。一块石头被弹到半空中，从灵敏的眼前掉了下去。

当石头掉到雪地上时，金属夹的两只钳子突然冒出来，伴随着令人毛骨悚然的咔嚓声，扣在一起，紧紧夹住了那块石头。

"别动！"艾瑞斯尖叫道。

灵敏站起身，困惑地望着捕兽夹。

"那……那是什么？"她问艾瑞斯。

艾瑞斯的心怦怦直跳。他大喊道："是捕兽夹！千万别

碰到它，离远点儿！"

灵敏探头闻了闻。

"你没听见我说的话吗？不要命了吗？你旁边可能还有捕兽夹！"艾瑞斯万分小心地一步步朝暴露出来的捕兽夹挪动，小黑眼睛到处搜索着。

"但是……什么是捕兽夹？"灵敏问。

"是人类制造的东西，"紧张的艾瑞斯努力喘匀一口气说，"为的是……捕捉我们这样的动物……你妈妈就是被这个东西夹死的。"

"啊！"灵敏瞪大了眼睛。

艾瑞斯朝捕兽夹探过身去。这东西有一股难闻的机油味，让艾瑞斯觉得恶心。昨天晚上，他们从一个窝走到另一个，今天早上灵敏甚至还去追田鼠。一想到这些，他就不由得感到后怕。幸亏他们运气好。

灵敏再次上前嗅了嗅捕兽夹，一脸困惑地说："但是……但是它闻起来好像很好吃。"

"那是诱饵，"艾瑞斯说，"而且，另外还有十四个这样的夹子。"

"啊，天哪！"灵敏惊呼道，随后小声地问艾瑞斯，"那些都在哪里？"

"问题就在这儿，狗崽子，我也不知道它们在哪儿！"艾瑞斯沮丧地大声嚷道。

"但是……你为什么跟我生气？"灵敏吓得后退了一步。

"我没有生你的气，"艾瑞斯喊道，"我生这世界的气！"

"这……是不是意味着我们哪儿也不能去了？"

"这意味着我们去哪儿都要格外小心，这场雪让这个情况变得更加糟糕了，我们什么也看不到，必须保持警惕，明白吗？这可能是你有生以来第一次需要动一动你的婴儿脑袋！”

“我不是婴儿！”

“你是个孩子，”艾瑞斯怒气冲冲地说，“这是一回事！是我在照顾你。”

“不，你没有！”

“没有？如果不是我恰好扔下那块石头，你根本看不见那个夹子。”

“那不是你扔的！是你摔倒了，石头自己滚下去的，”灵敏指出，“不过是运气罢了。”

“别管什么运气！这周围还有夹子，随时会伤到你，如果不把它们全找出来的话，我是不会放心的。”

“但是……我们该怎么做？”

“这是问题的关键，你这个不长眼的东西！”艾瑞斯垂头丧气地叫着，“我不知道！”

他转过身，不让小狐狸看见他眼里因气愤而涌出的泪水：“我只知道必须做点儿什么，越快越好！”

17

捕 兽 夹

艾瑞斯和三只小狐狸坐在洞口旁边。

"毛球，"艾瑞斯对他们说，"我知道你们迫不及待地想出去，但是灵敏可以告诉你们，不能再傻乎乎地蹦来蹦去。灵敏，告诉他们发生了什么。"

灵敏不好意思地看了看，说："我以为闻到了田鼠的气味，正准备跳起来，就在这时，艾瑞斯踢到了一块石头，然后，那个东西——"

"捕兽夹。"艾瑞斯纠正她。

"一个捕兽夹从雪地里弹了出来，真的……很可怕。艾瑞斯说，就是那种捕兽夹……害死了妈妈。"说完，灵敏指着一个方向。

翻滚和蹦跳静静地听着，转头望着灵敏指的方向。

"记得暴风雪那天吗？还有来这里的那些猎人？就是他们在这里放了十六个捕兽夹，"艾瑞斯解释说，"从山崖到森林，一直到他们的小木屋，所有这些地方都可能有捕兽夹。我们无法判断它们的准确位置。"

小狐狸们一声不吭。过了一会儿，翻滚说："我饿了，我要吃东西。"

"马粪球！"艾瑞斯厉声说，"我知道你们饿了，但是如果你们到处乱走，很有可能会送命。"

"我不信！"翻滚说，"你就是喜欢管我们，妈妈从来不管我们，爸爸也不！"

"听着，你这个脓包，如果你想被捕兽夹夹住的话，随你的便。"

"你这个老……"见艾瑞斯瞪着自己，翻滚话没说完就闭上了嘴。

"不要管他，"灵敏对艾瑞斯说，"他脾气总是很坏。"

"我们该怎么对付那些捕兽夹？"蹦跳问道。

艾瑞斯转头望去，田野看上去很安全，但他知道雪地

下隐藏着致命的危险。

他转身看着三只小狐狸，严肃地说："我们必须把捕兽夹全找出来。"

"我爸爸很容易就能找到。"翻滚说。

"很好，蚂蚁脑袋，"艾瑞斯生气地说，"去找你爸爸，让他处理这件事。这对我来说再好不过，我会走得远远的，你们甚至都不会记得我有来过。"

翻滚后退了一步，低声说："他可能非常忙……"

"我们可以再扔些石头。"灵敏建议说。

"这个方法可以试一试，"艾瑞斯表示赞同，"但全凭运气，只要方向稍偏一点儿，就没有任何作用。"说完他再次凝视着一望无际的雪地，好像能从中找到答案。

"雪球怎么样？"蹦跳腼腆地问。

"这个想法太傻了。"翻滚立刻反对。

灵敏却问："你是什么意思？"

"我在想，"蹦跳没有看艾瑞斯，而是看着哥哥和姐姐，小心翼翼地说，"我们可以滚一个雪球，就是不停地滚动，我们在后面推。如果雪球撞到捕兽夹，对我们不会有任何伤害，而且，这样还可以开出一条我们能走的路。"

小狐狸们齐齐转身看向艾瑞斯。

艾瑞斯想了想，一个劲儿地点头说："磕头虫色拉！真是个好主意！这是这么久以来我听到的最好的主意了！"

蹦跳开心地咧嘴笑了。

"我觉得很蠢。"翻滚说。

艾瑞斯没有理睬翻滚。"来吧，"他催促道，"现在立刻做雪球，把它推下山崖。"

蹦跳很高兴自己的主意这么快就被付诸实践。他用前爪拢雪，灵敏在旁边帮忙。很快，他们就做好了一个大雪球，只不过形状不是很规则。

　　"这个永远不可能滚起来。"翻滚说。

　　"试一试。"艾瑞斯催促他们。

　　蹦跳站在洞穴的入口，用鼻子把雪球一点点顶到山崖边，把它推了下去。雪球越滚越大，越滚越快。在它经过的地方，地面露了出来，形成一条小路。一眨眼工夫，雪球就滚到了山崖最下面。

　　"看见了吗？"翻滚得意地说，"没有捕兽夹。"

　　"这正是我们希望的，河马脑袋！"艾瑞斯高声说道，"至少我们可以沿这条路走。"说完艾瑞斯走在最前面，三只小狐狸跟在后面，排成一队沿着雪球滚出来的小路往下走，一直走到最下面——雪球停下来的位置。雪球因为在滚落的过程中又聚集了大量的雪，所以变得更大了。

　　"现在，"艾瑞斯命令道，"把球推到另一个洞口处，就是我第一次遇见你们的那个。"

　　蹦跳后腿直立，前爪搭在雪球靠上的位置，灵敏也跟着摆好同样的姿势。

　　只有翻滚仍然袖手旁观："没有我的位置了。"

"使劲推。"艾瑞斯对蹦跳和灵敏说，同时自己也使出了全身的力气。

他们三个一起推着雪球向前走。这个大雪球推起来比刚才要困难得多。即便这样，雪球还是慢慢滚动起来。突然，啪的一声，雪球炸开了。两只小狐狸和艾瑞斯全都吓得目瞪口呆，向后跳了一大步。

艾瑞斯脸色紧张。他小心翼翼地探头看了一眼。在残留的雪球里，露出一个捕兽夹来，夹子的铁齿紧紧地咬合在一起。

"还剩十三个。"老豪猪说，声音里有一丝轻松，但仍然充满了担忧。

翻滚一步步挪到前面，闻了闻夹子，然后用爪子轻轻地碰了一下，一句话也没说。

"现在我们该怎么办？"蹦跳问。

艾瑞斯叹了一口气。"再做一个雪球。"他说。

听到这里，翻滚冲到前面，迅速堆了一个新的雪球，然后用鼻子推着雪球向前走。"快来！"他大声招呼弟弟和姐姐，"我需要帮手，你们不要这么懒！"

于是大家全都加入进来，沿着山崖底部推着雪球慢慢前进。雪球向前滚动时，又聚集了更多的雪。大约滚了三十米之后，又一个捕兽夹弹了出来。

"还有十二个，"艾瑞斯焦虑地望着四周说，"你们和妈妈经常在这一片活动吗？"

"是的。"灵敏回答。

"那就说明了一件事。"艾瑞斯说。

"什么事？"

"他们并不是偶然抓住了你们的妈妈，那些猎人，就是那些人类，他们就是要捕捉你们这些狐狸。"

"但是……他们为什么要那样做？"蹦跳问道，声音中充满了惊讶。

"为了你们的毛皮。"艾瑞斯难过地说。

狐狸们困惑地看了看自己身上的毛。

"好了，"艾瑞斯说，"我们再做一个雪球。这次我们要把它推回到山崖上，一直推到你们常住的那个洞穴口。"

"推上去？"翻滚叫道，"那也太难了。"

"再难也要做，"艾瑞斯厉声说，"我们别无选择。"

于是他们四个推着雪球往上走。这的确非常困难，他们不止一次遇到大岩石，不得不推着越来越重的雪球绕开；还有一次，雪球滑落，掉到了山崖底下，他们不得不从头开始。

终于，他们到达了洞穴口，但是并没有发现更多的捕兽夹。

"至少现在你们可以安全地从一个洞穴走到另一个。"艾瑞斯说。

"但是……艾瑞斯……"灵敏可怜巴巴地问，"我们吃什么呢？"

艾瑞斯叹了一口气，回头看着那片田野。他也很饿，很想不顾一切地回到森林中，因为那里有充足的树皮。可是最终，他还是说："我们先得清理出更多条路，越多越好，否则还是很不安全。"

蹦跳和灵敏都没有表示反对。

只有翻滚说："你们太慢了，我知道该怎么做。"没等他们几个反应过来，翻滚就沿着刚刚清理出来的小路，一口气跑到山崖下面。艾瑞斯和另外两只小狐狸只得看着他离开的身影。

"他脾气为什么总是这么坏？"艾瑞斯问。

灵敏和蹦跳交换了一下眼神。

"他太想念爸爸了，"蹦跳脱口而出，"当然，我们都很想，只是翻滚从来都不说，你不知道他有多盼望爸爸能回家。"

艾瑞斯闷闷不乐，只是望着翻滚不说话。

山崖下面，翻滚快速堆起一个雪球，然后用鼻子和前爪推着雪球歪歪扭扭地穿过田野，朝着幽光森林的方向走去。他显然很沮丧，到处乱走，不总是跟在雪球后面。

艾瑞斯惊慌地看着他。"那个傻瓜会把自己害死的。"说着他转头对另外两只小狐狸命令道，"待在这儿别动！"

说完，他跌跌撞撞地冲下山崖，去追翻滚。

"喂，等一下！"他喊道。

翻滚头也不回，继续滚着雪球向前走。

艾瑞斯上气不接下气地赶上小狐狸，"你这臭小子，没听见我的话吗？"

翻滚不理会老豪猪，固执地背对着他，更加用力地推那个越来越大的雪球，一寸一寸艰难地移动。

"难道你不明白吗？"艾瑞斯在他身后大喊，"这样做很危险，你会害死自己的！"

翻滚突然松开雪球，转身大声喊道："为什么不能让我安静一会儿，你这个自以为是的家伙！我受够了被你呼来喝去！你以为你是谁？你谁也不是！从一开始就没谁请你来！我们过得好得不得了，你一来就全乱了！你为什么不离开？那样的话，我们都会很高兴！"

"你以为我想留在这儿吗？"艾瑞斯也吼道，"我告诉你，你这个奶酪泡，我有的是重要的事情要做。我之所以留在这里全都是因为你妈妈求我的！"

"她没有！"

"蠢货！不然的话，我为什么来这里？她说你们无依无靠，不能自己生活，要我照看你们！"

"你撒谎！"翻滚尖叫着，眼里蓄满了泪水。他怒气冲冲地转身继续推着雪球穿过田野，把艾瑞斯甩在身后。

艾瑞斯紧紧地跟在他后面。

翻滚回头看见艾瑞斯跟在后面，大喊道："我们已经不是需要照顾的小孩子了！你到这儿来的唯一目的就是要找个暖和的地方躲避暴风雪，再就是吃我们的东西！你就是因为懒，不想回自己家！你只不过是一只又老又丑又胖又臭的豪猪！"

艾瑞斯被这些闻所未闻的话惊呆了。他站在原地好一会儿，一句话也说不出来。

"现在你知道了吧？"翻滚继续说，"你总是随便侮辱别人，但轮到你自己，你也受不了吧？"

"你听到我说的话了吗？我们不需要你！"翻滚一边说一边继续向前走，"我的姐姐和弟弟都是这样认为的，只不过他们不好意思说出来。我不觉得有什么不好意思，也不想跟你讲礼貌，我想什么就说什么，而且我爸爸很快就会回来。等他来了，你可以——"

就在这时，翻滚推着的雪球突然炸开了，雪块打到了翻滚的脸上。小狐狸吃了一惊，站在那里浑身发抖。

又一个捕兽夹，尖锐的夹钳从雪里冒了出来。

"你看！"艾瑞斯生气地说，"我不是告诉过你要小心点儿吗？"

翻滚转过身，冲着艾瑞斯嚷道："你就不能闭上嘴不说话吗！"跟着他就哭了起来。

艾瑞斯莫名其妙地眨了眨眼："这……这是怎么了？"

翻滚哭得说不出话来。

"说啊，你怎么了！"艾瑞斯叫道。

"我……我想妈妈，"翻滚小声说，"我想妈妈……我太想她了……"

艾瑞斯脸色苍白："可是……她……"

"我知道她死了！"翻滚的愤怒重新被点燃，他冲着艾瑞斯大吼道，"不要告诉我我已经知道的事情！你为什么还不走？我真受不了你还在这里！你霸道，又刻薄！但是你知道你最差劲的是什么吗？你老得脑子都发霉了！是的，你就是这样子，老东西！"说完，翻滚抬起鼻子张大嘴，嗷嗷号叫起来。

"我想爸爸！"他一遍又一遍地大叫。

艾瑞斯惊呆了。他转过头，想看看灵敏和蹦跳是不是看到并听到了这一切。还好，他没看到那两只小狐狸，这让他松了一口气。他只希望他们俩安全地回到洞里，没有看到这一幕。

艾瑞斯转身看着翻滚。翻滚坐在那里，耷拉着脑袋，一副痛苦的模样。

"翻滚……"艾瑞斯叫了一声，却不知道接下去该说什么。

"走开！"翻滚头也没抬，尖叫道，"我恨你，我巴不得你死掉！"

"我只是……"艾瑞斯又看了看四周，确定没有偷听者之后，说，"我只是想帮你们。"

"我们不需要你的帮助！"翻滚吼道。

艾瑞斯叹了一口气："总得有谁告诉你们，你们妈妈出事了吧。"

"没错，可是像你那样直接闯进来，张嘴就说，只有你这么愚蠢的动物才做得出！我的意思是，这是我们的妈妈，不是你的！"

艾瑞斯尴尬地不知怎么回答，最后他说："你们也需要知道捕兽夹的事，不是吗？"

"这个……我想是的，"翻滚抽泣着让步道，"但是现在蹦跳已经想出方法了，我们不需要你了！"

"那……吃的怎么办？"

"我们不喜欢植物，"翻滚喊道，"我们喜欢肉，你又不会打猎，你就像……像蒸熟的南瓜瓢，一点儿用都没有！"

艾瑞斯震惊地张大了嘴，说不出一句话，但随后他爆发了："够了！我不管了！想怎么做随你便好了！我才不在乎你是死是活！"说着，他推开翻滚，踩着雪趔趔趄趄地朝幽光森林走去。

翻滚低头盯着自己的脚，还有近在脚边已经暴露出来的捕兽夹。直到他确定艾瑞斯已经走了，这才抬起头去看艾瑞斯离去的背影。

"再见！"翻滚轻声说了一句，再次流下了眼泪。

　　"好心当作驴肝肺！"艾瑞斯一边穿过齐胸深的雪往森林的方向走，一边咒骂道。他非常伤心，呼哧呼哧地喘着粗气，每走一步都气得想喷火。

　　"想帮助那些傻瓜蛋，简直就是在犯傻，"他心想，"为那些熊孩子卖命，他们会先要了你的命！都是些忘恩负义、被惯坏了的小坏蛋！我呸，这些脑袋被挤扁的小破孩！他们想做什么就做什么好了，跟我没关系！"

　　他停下来，看看四周，想搞清楚自己所在的方位。

　　"我要原路返回森林去，先吃点儿东西，然后直奔木屋，痛快地吃上一顿盐。我为什么要在乎那群没心肝的笨小孩……"艾瑞斯骂骂咧咧地穿过田野。

马蒂蹲在杨树树枝上，看到艾瑞斯朝着森林走来，几乎控制不住内心的激动。

"终于来了！"他喊道，"我就知道等在这里准没错！他总算朝我的方向过来了！呵呵，艾瑞斯，渔貂马蒂为你准备了一份大惊喜。"

马蒂仔细查看了一下，估算艾瑞斯进入森林的准确位置。随后，他爬下树，迅速找了个地方躲了起来。

"终于要逮住他了！"他激动地说。

18

艾瑞斯改主意了

艾瑞斯穿过田野，正朝森林的方向走着，突然他在半路停下来。"糟了，"他惊恐地嘀咕道，"捕兽夹！我一生气就全忘了！我真是又盲目又没脑子，我现在随时都有可能踩上一个！真要是那样的话，我简直就是自残！自杀！"

他不安地转了一圈，沿着走过来的小路向后退了一步。艾瑞斯这才意识到刚才走了这么远，竟然没有踩上捕兽夹，真是幸运至极。他现在最好原路返回，沿着刚刚留下的足迹就能安全地走回去。

但是，他刚往回迈了一步就看见了翻滚。这只小狐狸正低着头沮丧地朝洞穴的方向走去。一看见他，艾瑞斯心里就充满了愤怒。

"没心肝的家伙！"他大声地喊道，"我绝对不会再回去！"说着，他又转身朝森林走去，却没了刚才的勇气。

"如果踩中了捕兽夹……对，我也做雪球，就像那些傻瓜狐狸一样。如果需要的话，我会推着雪球一直走到家门口。"

艾瑞斯开始准备堆雪球，但是他立刻意识到自己的腿太短了——他没法儿做这件事。

"太可恶了！"他愤怒地喊道，泪水模糊了他的双眼，"我到底该怎么办！"

艾瑞斯颤抖着站在田野中间，望着对面的森林。他无比地渴望进入树林，找到一条回家的路，回到自己可爱的圆木窝里，回到那个昏暗的、臭烘烘的家，在自己的粪便中打滚儿，跟樱树愉快地聊天。啊，在哪儿都好，只要离开这里。

可是他无法让自己继续前进，他太害怕了。最安全的选择是回狐狸巢穴去，但是不，他不想回去。小狐狸们恨他，他们不需要他。他转过身，站在那里，一阵微风卷起雪花吹过田野。他惊恐地看到自己刚刚留下的足迹开始消失了。如果不赶快回去的话，他就得冒着踩上捕兽夹的危险，重新开辟一条路。

艾瑞斯一会儿满怀愤怒，一会儿又感到软弱。这是怎么了？这种无助让他十分惊恐。"啊，真是一锅鸟馅儿炖菜汤，"他对着天空大喊，"我哪儿也去不了！"

突然，一个更可怕的想法掠过他的脑海，万一……万一翻滚说的是真的，哪怕有一部分是真的，怎么办？他真的这么糟糕吗？真的是坏透了吗？真的不知不觉地变老了吗？

答案让他不寒而栗。没错，是这样的，小狐狸说的都是真的。没有比他更差劲的动物了，又老，又霸道，谁都不在意他的生日，因为他根本不值得在意。更糟的是，他对此毫无办法。这些习惯已经根深蒂固，改不了了。他最好死掉算了。艾瑞斯闭上眼，不愿再想下去。

"艾瑞斯？"

有谁在喊他的名字，但艾瑞斯不能确定。紧接着，声音又一次传来，比刚才更加清晰。

"艾瑞斯？"确实是在喊他。

艾瑞斯睁开眼睛，眼前和两侧一个身影也没有。他回过头，看见了蹦跳。

艾瑞斯不由自主地皱了皱眉。

蹦跳站在不远处，不敢靠太近。

"艾瑞斯？"他又一次小心地呼唤道，听起来更像是在询问，好像他拿不准是不是可以喊这个名字。

艾瑞斯再次感到怒气上涌。"干什么？"他吼道。

"我能……跟你谈一谈吗？"

"谈什么，铃铛脑袋！"说完艾瑞斯立刻有些后悔。

"艾瑞斯，翻滚回去了。"

"那又怎么样？"

"他……告诉我们……他跟你说的那些话了，他感到很难过。"

艾瑞斯本想说"那我呢"，但是没有说出口。

"他说，他冲你大喊大叫，还说了很多……恶毒的话，说把你气走了。"

艾瑞斯哼了一声。

"我……只是想告诉你，灵敏和我……想的，跟他说的不一样。"

艾瑞斯望着蹦跳，心中泛起一种酸楚。他转过身，不再看蹦跳，而是满怀渴望地望着森林。

蹦跳靠近了一点儿，继续说："艾瑞斯，我很高兴你来我们这儿，我喜欢你。"

艾瑞斯吸了一口气。

"我……我希望你能回来……"蹦跳恳求道,"刚刚我们又找到两个捕兽夹。"

"是吗?"艾瑞斯说。

"你之前说这里有多少个?"蹦跳问。

艾瑞斯想了想说:"翻滚也找到了一个,加上你找到的和之前找到的,总共六个,还有你妈妈……那个。猎人们说一共放了十六个,如果他们说的是真的,那就说明还剩下九个。"

"我们能把它们都找出来,"蹦跳说,"我相信我们可以。但是,艾瑞斯,你不觉得最好跟我们待在一起吗?"

艾瑞斯仍然面朝着森林。也许他应该独自待着,就像在遇见樱树前的大半生那样。独居的时候,没有谁能伤害到他,也不会有谁忽视他。孤独意味着安全。

"我的意思是,也许你可以留下来,直到我们的爸爸回来。"蹦跳说。

"乱叫的鲶鱼,"艾瑞斯叫道,"你们很清楚,他可能永远不会回来了。"

"他一定会回来的,"蹦跳说,"他很在乎我们,真的,只不过他非常忙,我的意思是,他有许多事要做。"

"难道我不忙吗?"

"艾瑞斯,"蹦跳恳求道,"翻滚非常难过,我觉得他说你的那些并不是真心的。"

艾瑞斯叹了一口气。

"你听见我说的了吗？"蹦跳问。

"也许……他说的是真的。"艾瑞斯小声地说。

"就算他说的……有一点点是真的……求你，可我们还是需要你。"

艾瑞斯转身看着他："你们真的想让我留下？"

"是的。"

艾瑞斯叹气道："好吧，但是我只待到所有的捕兽夹都找到为止，或者等到你们爸爸回来。"

"哇，太好了！"蹦跳激动地说，"我这就去告诉他们两个！"说着，他转身沿着那条足迹蹦蹦跳跳地朝狐狸巢穴的方向走，没走几步，又突然停下来，转头看着艾瑞斯。

"又怎么了？"艾瑞斯问。

"我还有件事想告诉你。"

"什么事？"艾瑞斯做好了最坏的心理准备。

"我真的喜欢你，"蹦跳说，"我是说，你真的……很善良。"说完，蹦跳匆匆忙忙地朝洞穴跑去。

艾瑞斯望着蹦跳的背影发呆。他伸爪摸了摸鼻子上樱树曾经亲吻过的地方。"善良，"他皱着眉头嘟囔道，"善良是白痴和傻瓜的另一个说法……我才不是。"

"只是暂时的，"他心想，"很短的时间。"想到这里，他开始晃晃悠悠地沿着蹦跳踩出来的路往回走，毕竟这是最安全的一条路。

看着艾瑞斯掉头走回悬崖。马蒂感到极度的失望和愤恨。"他又回到他们身边了，"马蒂咬牙切齿地说，"这意味着我要再想别的办法让他落单了。"

他想了一会儿，又微笑起来。

"也许，是时候去找狐狸爸爸了，应该让鲁莽知道这里发生的事情，他自然会把那只愚蠢的豪猪赶走。"

想到这里，马蒂掉头蹿入了森林中。

19

寻找食物

艾瑞斯走到洞穴前，三只小狐狸正并排坐在洞口旁。艾瑞斯看着他们，突然感到有些不自在。灵敏和蹦跳看着他，只有翻滚回避跟他的眼神接触。

好大一会儿，谁也没说话。

直到灵敏开口问："艾瑞斯，你去哪儿了？"

"出去了，"艾瑞斯说，"去散步。"

"哦。"

"看到什么有趣的事了吗？"

"没有。"

又是一阵沉默。

终于，艾瑞斯厉声说："你们这些乏味的废话篓子，如果你们以为……"

忽然他意识到这样说话欠妥，于是他停下来，清了清嗓子，重新说："我的意思是，如果你们这些游手好闲的家伙以为我会干所有的活儿，而你们只需要像鼓眼泡的金鱼一样在那里晒太阳的话……不……不是，我不是这个意思，我是说……"

"你想让我们干什么？"蹦跳问，"做家务？捕猎？打扫卫生？艾瑞斯，不管你说什么，我们都愿意去做。"

"再多做一些雪球怎么样？"艾瑞斯性急地说，"沿着山崖底下滚着走，穿过田野，随便哪个方向都行，但一定要待在雪球后面，听明白了吗？在雪球后面！"

"如果你们和妈妈有经常走的路，就沿着那些路滚雪球，还有问题吗？困难呢？都没有？很好，那就开始吧！"

小狐狸们叽叽呱呱地叫着，沿着已经开辟出来的小路匆匆跑下山崖，堆了许多新的雪球，朝各个方向滚起来。

终于，三只小狐狸返回洞穴，回到艾瑞斯身边。他们身体十分疲惫，情绪却非常高涨。

"我们又发现了三个夹子！"灵敏一回来就高兴地大

叫道。

"不错，"艾瑞斯说，"我们进展得很快，用不了多久，就能把夹子全都找出来，只要再搜索几次就行。"

"艾瑞斯……"翻滚叫道。

"什么事？"

"我们真的很饿。"

"妈妈总是带回家很多吃的。"灵敏可怜巴巴地补充说。

"多得我们都吃不完。"蹦跳附和道。

"很多？"艾瑞斯竖起了耳朵。

"是的，有时候，她会给我们带回来一只很大的兔子，根本吃不完。"翻滚说。

"那剩下的怎么办？"艾瑞斯问道，"拖到一边，她自己吃掉吗？"他知道自己是会那样做的。

翻滚摇摇头："妈妈说进餐时间是家庭时间，躲到一边自己吃是不礼貌的，所以我们总是一起吃饭。"

"那她把吃剩下的放在哪儿了？"

小狐狸们困惑地互相看了看。

"我们也不知道，"灵敏耸了耸肩说，"她做什么都不跟我们说。"

"她会把它们藏在什么地方吗？"艾瑞斯问，"她有没有提到过另外的洞穴？类似应急仓库之类的？"

"她从来没有说过。"蹦跳回答。

艾瑞斯失望地转头望向田野。如果有一个储满食物的洞穴，情况就会大不一样了。问题是，这样的洞穴往往非常隐蔽，有可能在任何地方。

他回头对小狐狸们说："一定有的，我们最好把它找出来！因为我无法教你们任何关于打猎的事，而你们又需要食物，所以仔细回想一下，你们的妈妈有没有暗示过另外一个洞穴？"

"没有。"灵敏说。

"好吧，"艾瑞斯只好说，"现在我们已经扫出来一些小路了，先不找捕兽夹了，沿着这些路走，把鼻子贴到地面上，使劲嗅，看看能不能找到一个仓库洞穴。但是无论如何，不要偏离安全路线。如果闻到了什么，就回到这里来，我们再去一起找。"

不用更多的鼓励，三只小狐狸就分散开，蹦蹦跳跳地朝不同的方向走去。

在等待的时候，艾瑞斯又一次审视着田野，猜想如果是他的话，会在哪儿建一个秘密仓库。

他伸长脖子，转头看向身后，特别是山崖顶部，在他头顶上方两三米高的位置。他估计小狐狸们不会想到查看那里。像飞跃那样精明的妈妈，很可能把仓库建在这种偏僻的地方。

艾瑞斯仔细地打量着那片区域，想找个办法爬上去。崖顶非常陡峭，不过他在四处张望的时候，注意到不远处的崖面上有一条天然的裂缝。如果能沿着裂缝爬上去，他就可以到达山崖顶部了。

但他心中犹豫不决。捕兽夹怎么办？还有六个没有找到。到目前为止，已经找到的都在山崖底下、树林中和田野里。这说明，山崖那边也许没有。

艾瑞斯看了看田野，小狐狸们还在卖力地找着。要告诉他们自己的打算吗？不，太浪费时间了。而且，也许等他发现仓库时再告诉他们，会让他们更加惊喜——前提是他真的能有所发现。

艾瑞斯朝裂缝走过去，准备翻过山崖。路很难走，不但有积雪挡在路上，山崖表面还布满了岩石和大块石头。他走得很慢，中途不止一次地停下来休息。

终于，艾瑞斯走到了裂缝的最下端，他扒住松散的石头和积雪，开始往上爬，中间不得不停下几次，呼哧呼哧地喘粗气。等他终于爬到顶上时，发现面前是一片松树林。他激动得心跳都要停了。是食物！此刻，所有的谨慎都被抛到了脑后，艾瑞斯流着口水，径直朝着一棵松树奔去。

一来到树下，他就对松树发起了野蛮的进攻。他粗鲁地剥下外层树皮，大口大口地啃咬起甘甜的内层树皮。

艾瑞斯一口气吃了二十分钟，直到肚子里塞满了食物，才不得不停下来消化一下。这时，他才猛然记起来这里的初衷：给小狐狸们找吃的。

他坐起来，环顾四周，第一个反应是这里的树多得可以让他吃很久，这意味着他的食物问题解决了。

但是，他再次自问，如果他是狐狸妈妈的话，会把隐秘的巢穴建在哪儿呢？

艾瑞斯在树木之间搜索。地面很坚硬，虽然没有多少石头，但是土都被冻成块儿了。这里没有多少雪，走起来相对轻松些，但似乎并没有适合当作秘密巢穴的地方。

随后他注意到，在一片茂密的树林里，有一大堆石头。他走到石头堆旁，仔细打量、搜索着洞口或者类似的通道。可是他沿着石头堆转了一整圈，并没有任何发现。

他正要走开，忽然想到应该爬到石堆顶上看看，也许从上面可以看得更清楚，尽管他有些怀疑。

他费力地往石头堆上爬，累得他一边爬一边抱怨。当爬到高一点儿的地方时，他闻到一股恶臭。

艾瑞斯终于爬到顶了，肉的气味更加浓烈了。他到处找，果然发现了一个洞。洞口不大，当他把鼻子凑近时，立刻被熏得直往后退。那臭味实在太刺鼻了——是肉的气味，很多很多肉。

艾瑞斯激动地刨洞口，想把它弄大一些。洞口的边缘很快开始松动，好像本来就堆得很松散。

　　没多久，洞口变大了，艾瑞斯把脑袋伸进去。在昏暗的光线下，他使劲眨眼想努力看清眼前的东西。一堆岩石围出了一个完整的食物储藏室：吃了一半的兔子、松鼠、花栗鼠，甚至还有让他惊恐的老鼠。所有这些肉都被冻住了。

　　这跟他猜想和希望的一样：飞跃谨慎地为全家储存的应急食物足以撑过大半个冬天，没有一只小狐狸会挨饿。

　　艾瑞斯既感到无比恶心又感到异常高兴。他转过身朝山崖下的小狐狸们跑去。

　　"打嗝儿熊蹦跳！"他喊道，"我找到了，我们得救了！"
他激动极了，完全没有意识到说的是"我们"。

20

狐狸鲁莽

在幽光森林的另一头，有一个很浅的小小的峡谷。峡谷呈圆形，四周环绕着高大的黄松，粗大的树枝被落满的雪压弯了。在靠近峡谷中心的地方有一块岩石。在岩石之上，蓝天之下，一只高大俊美的狐狸正沐浴在温暖的阳光中。他就是三只小狐狸的爸爸——鲁莽。

鲁莽高昂着头，华丽的尾巴绕在身上，正舒舒服服地躺着。全身宝石红的皮毛像夏天的草一样丰厚，爪子强壮有力，高贵的尖长型面孔上长着深邃的眼睛和尖锐的胡须。

他深信，自己所在的这块岩石，甚至天空中的太阳都是专门为他而存在的，为的是更好地衬托出他的优点。唯一美中不足的是少了一池清水，那样的话，他就可以欣赏自己的影子了。

几天之前，鲁莽听到传言说，在幽光森林东边的新农场，人类建了一座新鸡舍。鸡舍里都是肥嫩的小鸡——至少他听说是这样。想到未来的无数顿美餐，他决定到鸡舍走一趟。单是那些小鸡，已经馋得他直流口水。鲁莽做事从来随心所欲，想做就做，只不过暴风雪耽搁了他的行程。

现在，尽管暴风雪过去了，他也还是准备去鸡舍，可是照在背上的温暖阳光让他迟迟不想离开。他舒服得闭上眼睛，做起白日梦。

即便闭着眼，他的耳朵仍然警惕地听着森林里的各种响动，留意着哪怕是最细微的讯号，随时准备做出反应。

这期间，他听到有老鼠在雪地下挖洞的声音。鲁莽判断这只老鼠不够肥，不值得费神。

之后没多久，他确定有一只幼兔正在岩石边蹦来蹦去。虽然很容易就可以捉到，但他还是觉得这只兔子太小了，不值得费劲。

这只幼兔让他想到了自己的妻子飞跃，虽然只是一闪而过，还有他们的三个孩子，灵敏、翻滚和蹦跳。

鲁莽对飞跃没有很深的感情。不过当他想起她时，也得承认她是孩子们的好妈妈。对鲁莽来说，这是唯一重要的。因为这样一来，他就不需要为自己的孩子操心了。反过来，他可以没有任何牵绊、自由自在地忙自己的事。事实上，他确实也是这样做的。

至于小狐狸们，他的确很关心他们。当然了，是以他自己的方式关心。他喜欢偶尔去探望他们，给他们带一点儿特别的食物——他们的妈妈没法儿冒险提供的，比如刚杀死的小鸡。他也喜欢跟小狐狸们玩些粗野的游戏，不过是为了向孩子们展示他的力量。

不过，鲁莽最喜欢的还是孩子们用崇拜的眼神望着自己。在这之后，他就会再次离开，去做自己的事。

在鲁莽看来，这是一个狐狸爸爸正常的生活方式。

所以，当他躺在温暖的阳光下，会刻意不去想家和亲人。他觉得生活如此美好，不应该被那些事情打扰。

突然，鲁莽听到某种声响，是比幼兔大得多的动物发出来的。他微微睁开橘色的眼睛，想看看是谁——峡谷旁，一棵大树的树枝上坐着渔貂马蒂。

鲁莽看到是马蒂，又闭上了眼睛。鲁莽不喜欢马蒂。在鲁莽眼里，马蒂是个讨厌的动物，狡猾、鬼鬼祟祟、不值得信赖。

"嗨，鲁莽，"马蒂打招呼道，"你知道发生了什么事吗？"

鲁莽没有出声。

"嗯，那么，"马蒂说，"我猜你可能不想知道你妻子飞跃，还有你的三个孩子翻滚、灵敏和蹦跳的遭遇。"

听到这里，鲁莽感到有些不安。马蒂提到了他家人的名字，这唤起了他的好奇心。但是鲁莽不想张口问，因为那意味着受制于人。鲁莽不喜欢那样，他习惯掌控一切。

看到鲁莽既不动，也不回答，马蒂叫道："鲁莽，真是太悲惨了，所以，你要是不想知道，我也能理解。"

"但是，"马蒂继续大声说，"既然所有的动物都知道发生了什么，我猜你肯定也知道了。是的，我猜你是第一个知道的。鲁莽，我对你深表同情。"

鲁莽按捺不住好奇，转身对渔貂说："对不起，你是在跟我说话吗？"他压制住心中的怒火，尽力不表现出来。

"我当然是在跟你说话了，"马蒂叫道，"你听到我说的每一句话了吧？你们狐狸不是以听力好著称吗？我猜，你的听力跟大多数狐狸一样好，也许比他们还要好。"

鲁莽响亮地抽了几下鼻子："说到听力，事实上，我的听力最近一直不太好，可能是因为感冒，或者其他什么原因，我想，可能是暴风雪的关系。不过，如果你有事要告诉我，我会尽力听。"

马蒂用他黑色的眼睛不动声色地研究着鲁莽的表情，他想知道鲁莽说的是不是真话，但结论是鲁莽在说谎，这让他很是气恼。于是他直截了当地说："你的妻子，飞跃，死了。"

"死了？"鲁莽吃惊地叫道，不过他仍然很好地控制住了自己，留在原地没动，"你撒谎！"

"不，我说的是真的。死在猎人的捕兽夹里，就是昨天暴风雪来的时候，在靠近长湖的木屋附近。"

"我的孩子们呢？他们受伤了吗？"

"那倒没有，他们没跟她在一起。"

"他们知道这件事吗？"

"我不知道。"

这时鲁莽开始担心起来："把你知道的都告诉我。"

"我只知道一头叫艾瑞斯的老豪猪此刻正跟你的孩子们住在一起。"

"艾瑞斯！"

"就是他，他好像搬到了你的窝里。"

"我的窝？"鲁莽叫道，"跟我的孩子们在一起？"

"我想是的。"

鲁莽认识艾瑞斯，不光认识，还很熟悉。大约一年多以前，他在森林里抓一只老鼠。老鼠跑进了一根中空的圆木躲避，那根圆木恰巧是艾瑞斯的家。鲁莽只是想吃掉那只老鼠，而且他知道豪猪不吃肉，但艾瑞斯却用尾巴抽了他一鼻子的刺，疼得要命。所以，鲁莽不仅认识艾瑞斯，而且相当恨他。

"他们是我的孩子，"狐狸低吼道，"老豪猪跟他们没有半点儿关系，他在那里干什么？"

"我猜……"渔貂马蒂说，"他把自己当成了他们的爸爸……"

"我孩子的爸爸！"鲁莽大叫道，"这些都是你编出来的吧？"

"当然不是，他们已经成了幸福的一家，我只知道这些。"说着，马蒂缩回到树枝里。他藏得很深，既不让鲁莽看到自己，又能观察到对方。

鲁莽思考着刚刚听到的消息。

"这会是真的吗？"他心想，"如果是真的，飞跃的遭遇很惨，我为此感到难过，真心实意地难过，但至少孩子们还很安全，而且还被照顾着。"在鲁莽看来，这是最重要的。至于艾瑞斯，鲁莽咧嘴笑了起来。这个爱管闲事的老豪猪是自作自受。这是多么好的报复——老豪猪帮他照看孩子，做他们的"代理爸爸"，最后再被他解雇。

鲁莽越想越高兴。他的敌人不得不为他照看孩子，真是活该。而且，这意味着他，鲁莽，可以继续他的计划，去新农场的鸡舍捉小鸡。

带着这样的想法，鲁莽飞快地从雪地上跑开了。他的全副心思都在那些肥嫩的小鸡上。

"很好，"马蒂看着鲁莽跑远了，自言自语道，"据我对鲁莽的了解，他会把艾瑞斯从小狐狸们身边赶走。等只剩下艾瑞斯自己的时候，我就在那儿等着他。"

21

发 现

自从艾瑞斯来到狐狸巢穴，已经过去了一个星期。他和小狐狸们都有了充足的食物，生活总算步入了正轨。

关于睡觉的问题，他们也达成了协议。当小狐狸们睡在自己的树叶堆上时，艾瑞斯也睡在那里。虽然有十六只爪子，四条尾巴，还有无数的刺，他们还是找到了相安无事靠在一起的方式，并且大家都睡得很香。

每天早晨，艾瑞斯第一个起床。当太阳在山崖前白茫茫的田野上洒下金色光芒时，艾瑞斯已经在树丛间狂奔了——向着那片松树林。在那里，他可以尽情地享用鲜嫩的树皮，想吃多少吃多少，满足地饱餐一顿后，再回到洞穴去叫醒小狐狸们。

要叫他们起床可不是件容易的事。

"起床了，你们这些黏糊糊的小懒虫！"他会这样大喊，或者是其他愉快又诱惑的话。

灵敏通常第一个晃晃悠悠爬起来，紧跟着是睡眼惺忪的蹦跳，至于翻滚，几乎总是被强行拖起来的。脾气暴躁的翻滚每次都表示抗议。

三只小狐狸起来后，开始不停地打哈欠、伸懒腰、争吵、打架。艾瑞斯呵斥、命令、哄劝，坚持要求他们洗脸、梳毛、理顺尾巴。在这方面，灵敏是最麻烦的一个。她坚持说，她才不在乎别的动物对她外貌的看法。她没兴致打扮，谁也不能强迫她。蹦跳则走向另一个极端，他会花很多工夫梳洗，声称就算他死了，也一定要保持最佳形象。至于翻滚，这两种态度跟他都不沾边。他只想着敷衍了事，避免招来艾瑞斯尖刻的批评。

等小狐狸们全都收拾好，艾瑞斯就从他们当中选一个到"食物储藏室"取早饭。小狐狸们把这个任务当成了一种特权。因此，艾瑞斯在选择的时候非常谨慎，根据小狐狸们的表现，有时奖励这个，有时那个。小狐狸们都认为这很公平。

被派去取早饭的那个，会带回刚好够吃的分量。这是艾瑞斯一贯的要求："只取需要的分量，你们还要靠这些食物一直坚持到冬天结束呢。"

在吃早饭的时候，小狐狸们嘴巴一个劲儿地吧嗒，把骨头咬得咔嚓咔嚓响，尾巴乱晃。每当这个时候，艾瑞斯总是躲到洞外。他试过和狐狸们一起吃饭，但是不行，不管是他们的食物，还是他们吃饭的样子都让他受不了。他认定他们不可能改变，所以抗议也没有用。

估摸小狐狸们吃完早饭了，艾瑞斯再返回洞里。接下来是每天的劳动时间。每只小狐狸都清楚自己该干什么，但这并不意味着事情会顺利开展，或是他们不抱怨。如果蹦跳负责整理床铺，翻滚和灵敏就一定会毁掉他的劳动成果；如果灵敏打扫地面，翻滚或蹦跳就会把地面踩脏；至于翻滚，当他负责清理骨头和没吃完的食物时，几乎毫无例外地会把其他两只小狐狸存起来的东西给扔掉。

"你们真是一群懒惰的蚂蟥，"艾瑞斯生气地斥责他们，"为什么总是互相争来斗去？"

小狐狸们已经习惯了艾瑞斯说话的方式和他的抱怨，所以对他毫不理会，只是哈哈大笑。有一次，翻滚还模仿艾瑞斯，叫他"罐装的豪猪枕头"，把艾瑞斯气得不得了。

"你们这些小东西！"他吼道，"一群无耻的叛徒！真该把你们在隆冬时节赶出去自己谋生，那样的话，也许，只是也许，你们就能长点儿脑子，而不是只长饭量。这个世界也会美好许多。"

小狐狸们听了只是哈哈大笑。

干完活儿之后——最后总是会设法干完，他们就会到洞外开始每日的例行搜索——寻找其余的捕兽夹。

在开始搜索之前，他们会讨论当天搜索哪片区域，以及怎样搜。他们甚至还把幽光森林列入了搜索范围。

就艾瑞斯自己来说，他一直对搜索森林心存顾虑，因为谁也不知道会在那里发现什么。他能肯定猎人没有再来田野，却不能肯定他们没有再回森林。万一猎人回到森林，安了新的捕兽夹，他们也无从得知。这是最可怕的问题。尽管艾瑞斯没有对小狐狸们提及，但是他清楚地记得在木屋下面看到的那些捕兽夹：四个弹簧夹子，还有一个专为活捉大型动物所设的捕捉笼。

艾瑞斯几次考虑独自去木屋。到了那里，他就可以很容易地判断猎人是不是回来过。这个念头对他很有吸引力。况且，他并没有忘记那些盐。

然而，盐的事让艾瑞斯犹豫不决。他不想告诉小狐狸们。事实上，他确定小狐狸们永远不会理解他对盐的感情。

接下来的六天里，他们又找到了四只捕兽夹。艾瑞斯估计，如果猎人没有说谎的话，还剩下两只捕兽夹了。

下午，艾瑞斯坚持让小狐狸们午睡。趁小狐狸们睡觉时，他会溜达出去，到松树林里再次填饱自己的肚子。

午睡之后，就该去取晚餐了。

晚餐后的时间是一天中最美好的时刻。待在舒适、温暖又安全的地下洞穴里，肚子里塞满了食物，小狐狸们终于安静下来。每天晚上，艾瑞斯都会给他们讲故事，内容大多是关于他做过的或是听说的事。小狐狸们最喜欢听的是他的朋友樱树的冒险故事。他们喜欢听关于她和艾瑞斯共同经历的许多惊险刺激的故事。每当听故事的时候，他们都把眼睛睁得圆圆的，竖起大耳朵，不放过任何一个细节。他们太喜欢这些故事了，即便艾瑞斯讲了一遍又一遍，甚至每一遍故事都变得更长、更详细，情节也更复杂，他们也听不够。

反过来，小狐狸们也给艾瑞斯讲故事，讲他们的妈妈，讲她是如何抓动物的。尽管艾瑞斯对此并不感兴趣，但是他很耐心地听着。

不过，艾瑞斯不喜欢听小狐狸们讲他们的爸爸鲁莽的故事。那些故事大同小异，都是关于鲁莽如何有力气，如何聪明，以及如何大获成功。

　　"他是世界上最聪明的狐狸。"当艾瑞斯质疑鲁莽是不是真的只用牙齿就咬开了农夫谷仓上的铁锁时，灵敏非常肯定地回答。

　　"你们怎么知道这是真的？"艾瑞斯问。

　　"因为是爸爸告诉我们的，他说的都是真的。"翻滚挑衅似的回答。

　　"你觉得他会对我们说谎吗？"蹦跳问。

　　"真是蜗牛黏汁沾上了蛇口水，"艾瑞斯说，"我只是随便问问。"

晚上，当小狐狸们都上了床，艾瑞斯终于有了片刻安宁。有时他会想，生活变化真大，又拥挤，又忙碌！

他不时也会想到家，想起樱树。他离开圆木已经很长时间了，不知道樱树是否会疑心他的行踪。她会想他吗？会为他担心吗？会后悔忘记了他的生日吗？

想到这些，艾瑞斯心情很低落。

"我最好留在这里，"他心想，"至少小狐狸们已经开始喜欢我了。"

一天早晨，艾瑞斯走出洞口，吃惊地发现田野里有两个猎人。他惊恐地看见他们沿着狐狸们扫出来的小路边走边捡起暴露出来的弹簧夹子，放进一个口袋里。

艾瑞斯想看看他们是否会拿出还没暴露的夹子，或是放上新的，但猎人什么都没有做，就回到了树林中。

对于这个发现，艾瑞斯说不上该不该高兴，他只是希望猎人没有动木屋里的盐。

回到洞穴后，艾瑞斯告诉小狐狸们关于猎人的事，他们听了都瞪大了眼睛。

"危险还没有过去，"艾瑞斯警告他们，"远远没有。"

又过了许多日子，天气时好时坏，有时寒风肆虐，有时几乎称得上温和舒适，艾瑞斯他们又发现了一个捕兽夹。艾瑞斯推测，应该只剩下一个捕兽夹了。他希望很快就能找到最后那一个。

艾瑞斯来到小狐狸们身边已经四个星期了。一天晚上，他正给小狐狸们讲小老鼠樱树大战巨角猫头鹰奥凯茨先生的那场战斗——这已经是他第十一遍讲这个故事了。就在这时，洞外忽然响起了一个声音。

"有谁在家吗？"那个声音喊道，"有谁想吃新鲜的小鸡吗？"

洞里陷入了片刻的沉默。

随后，翻滚跳起来："是爸爸！"他高喊着朝洞口跑去，灵敏和蹦跳紧跟在他身后。

"糟糕，"艾瑞斯嘟囔道，"鲁莽回来了。"

艾瑞斯感到有些紧张。

22

鲁莽归来

在地下洞穴里，艾瑞斯能听到小狐狸们在上面兴奋的叫声。他有些心动，想上去看看是什么情形。从小狐狸们那里听到关于鲁莽的许多故事之后，他对这只狐狸非常好奇，想看看他到底是什么样子，但他更担心的是那只狐狸会怎么对待他。

正在犹豫的时候，蹦跳激动地跑回洞里。

"艾瑞斯，"他叫道，"你为什么还待在这里？快上来，是爸爸，他回来了。你不想见见他吗？你猜怎么着？他带来一整只新鲜的鸡，是给我们的！太棒了，不是吗？这是我吃过的最好吃的东西了！比妈妈或是你给我们的任何东西都好吃！快来呀！"说着，他又急匆匆地跑了出去。

理智告诉艾瑞斯，鲁莽回来是件好事，但内心里他又不希望这样。艾瑞斯并不那么容易嫉妒，但现在他体会到了这种对他来说几乎是陌生的情感。他对此感到有些恼怒。

"你这个猪鼻子口袋，"他责骂自己，"你是个傻瓜！白痴！笨蛋！"

在这种自责的心理驱使下，他走到洞口，伸出脑袋往外看。

鲁莽四肢平摊躺在地上，高昂着头，尾巴笔直地拖在身后。当他看着三只小狐狸时，有一种强烈的自豪感。

三只小狐狸在他面前嬉戏打闹，兴高采烈地嗷嗷直叫，尾巴甩个不停。他们正在吃那只鸡。可以想象，他们一看到那只鸡，马上就把它大卸八块，但即便在吃的时候，他们也不安分，时不时地丢下食物，扑向自己的爸爸，用小爪子对他又抓又挠，用鼻子嗅他的毛，在他身上打滚儿，然后再赶紧回到食物边，唯恐少吃一口。与此同时，他们用塞满食物的嘴巴呜噜呜噜地说个不停，告诉鲁莽他们做过的每一件事。三张嘴巴同时对着鲁莽讲，毫不顾忌其他。艾瑞斯从没见小狐狸们这么开心过。

他们还兴奋地对鲁莽大谈特谈如何找出了那些可怕的捕兽夹。"一共有十六个，爸爸！十六个！样子特别难看，真的很可怕！"

他们还说起蹦跳是如何想出滚雪球的办法，从而安全地找出那些夹子的，还有他们如何想办法做雪球，如何控制雪球。

他们也说到那场大暴风雪，提到了飞跃悲惨的死亡，不过只是三言两语地就带过了。他们说的更多的还是如何让生活步入了正轨。"妈妈留给我们整整一个洞穴的食物，爸爸，"灵敏解释说，"所以我们有足够的食物过冬。"

"但你这个比她留给我们的所有东西都好吃得多！"翻滚含着满嘴的鸡肉插嘴道。

小狐狸们唯独没有提到艾瑞斯。

对于小狐狸们的话，鲁莽只是点点头或是嗯哼两声，表示他在听。

然后，鲁莽很随意地转过头，看见了艾瑞斯。当他们的眼神交汇在一起时，艾瑞斯立刻认出来，这就是很久以前把樱树追进他圆木里的那只狐狸。

想到这里，艾瑞斯忍不住露出了讽刺的微笑，心里暗想自己有足够的理由讨厌这只狐狸了，而且没有什么能改变他的看法。

"你好，艾瑞斯，"鲁莽用低沉而平静的语气说，"没想到在这里见到你。"

"很高兴再次见到你。"艾瑞斯回答说。他尽量想让声音听上去平和，只是并不成功。

灵敏听到他们的交谈，抬起头看了看。"哦，爸爸，这是艾瑞斯，他一直跟我们在一起。"

"是吗？"鲁莽说。

"是的，"翻滚从食物里抬起头，插嘴道，"但不用担心，现在你回来了，他就会走的，他一直这么跟我们说的。"

艾瑞斯皱了一下眉。

现在轮到鲁莽露出讽刺的微笑了："我的洞里挺暖和，是吧，艾瑞斯？"

"我一直在照顾你的孩子们，"艾瑞斯毫不客气地回答，"你跑哪儿去了？"

"哦，你知道的，艾瑞斯，"狐狸漫不经心地说，"我事情太多，总是忙得不可开交。我倒是希望能有时间到处闲逛，从不操心——就像你一样。"

接着，他微笑着补充说："只不过，在我们当中，总得有些动物要努力工作，来维持一家的生计。"

这时，翻滚插嘴道："爸爸，你想看看我们是怎么制作雪球并找到捕兽夹的吗？求你看一下嘛！这可是我们自己想出来的主意！"

"我很愿意看，儿子，"鲁莽回答说，"非常愿意。"说着，他站了起来。他的块头比小狐狸们大很多，比艾瑞斯也要高大。

小狐狸们后退了几步，睁大眼睛崇拜地望着他。

"爸爸，"灵敏敬畏地问道，"你有多高？"

"很高，"鲁莽随口道，"总有一天，你也会长到这么高的。"

"像你一样高大吗？"蹦跳惊讶地问。

"也许吧，如果你使劲吃肉的话就可以。"他看了看艾瑞斯，"我们狐狸基本只吃肉，你知道的，老鼠之类。"

"来吧，爸爸，"翻滚喊道，"我真的想让你看看我们是怎么发现捕兽夹的。"

"就来，儿子，你们先去，我跟艾瑞斯说两句话。"

"爸爸！"蹦跳叫道。

"什么事？"

"我觉得你最好走我们清理出来的路，因为还有一个捕兽夹没有找到，对吧，艾瑞斯？"他看向艾瑞斯说。

"对。"艾瑞斯闷闷不乐地回答。

蹦跳意识到有点儿不对劲。他有些担忧地看了看艾瑞斯，又看了看爸爸，然后跟着哥哥姐姐一起朝山崖下走去。

　　现在，只剩下艾瑞斯和鲁莽了。他们面对面，用充满怀疑和敌意的眼光相互打量着。艾瑞斯突然打心里希望自己能显得高大、英俊和年轻，而不是像现在这样老迈、矮小、笨拙，并且浑身是刺。这个念头让他惶恐不安。

　　"这么说来，是你一直在照顾我的孩子们？"鲁莽开口问道。

　　"是飞跃求我的。"

　　鲁莽怀疑地竖起眉毛："我想她已经死了。"

　　"在她死之前，我恰巧遇见了她，"艾瑞斯说，"她踩上了一只捕兽夹。"

　　"是的，真惨。"

　　"是她求我到这里来，告诉孩子们发生的事，并且照顾他们的。"

　　"是吗？"鲁莽再次表示怀疑。

　　艾瑞斯感到难以抑制的愤怒。"当然是了，你这个蜥蜴肺上的肿块！"他吼道，"一直照顾到你回来！"

　　鲁莽咧嘴笑道："那好，我现在回来了。"

　　"你会跟他们待在一起吗？"

"这个，艾瑞斯，我觉得跟你无关，他们是我的孩子，我想我能处理好，不用你来插手。"

艾瑞斯张嘴想说点儿什么，却发现自己气愤又伤心，以至于根本说不出话。

"爸爸！"翻滚在山崖下叫道，"你怎么还不过来？"

"马上就去！"鲁莽回答后，转头对艾瑞斯说，"听着，肥猪，我想你最好离开这里。你为什么不现在就走？我准备下去一会儿，等我们回来的时候，我希望你已经走了。"

"但是……"

"艾瑞斯，"鲁莽说，"你就承认吧，他们需要的是我——他们的爸爸——跟他们在一起，而不是你，他们根本不在乎你。你难道还不明白吗？他们已经不需要你，也不想要你了。换句话说，针垫，你被解雇了。"说完，鲁莽转身背对着艾瑞斯，甩了一下尾巴，恰好甩到艾瑞斯的脸上，然后慢悠悠地走下山崖。

艾瑞斯看着鲁莽离开，心中充满愤怒和屈辱。他的眼里满含泪水，胸口胀痛。"你这个游手好闲的臭狗屎，"他咒骂道，"烂肠子的蛀虫，没底的垃圾桶，你……"艾瑞斯气得说不下去了。

即便这样，艾瑞斯还是没有动。他望了一会儿山脚下正

在跟爸爸玩耍的小狐狸们，
然后痛苦地准备朝洞口走去，但他
突然意识到这是他最不该去的地方。

"可我不能不打招呼就这样离
开孩子们，"他心想，"我做不到，
那只笨蛋狐狸绝对不能阻止我跟孩
子们告别！"

想到这里，艾瑞斯朝山崖的裂
缝爬去。他从那里翻过山崖，来到
飞跃储存冬季食物的仓库。

一来到松树林，艾瑞斯就啃起树皮，可是很快他就失
去了胃口。于是，他爬到树上准备睡觉，希望第二天早上能
跟小狐狸们告个别——如果他们单独来的话。

23

艾瑞斯的告别

艾瑞斯已经很长时间没有在户外睡过觉了。这一晚，他几乎没有睡着，来回翻身，好几次差点儿从树上掉下来。他时不时醒来，伸长脖子张望，看看有没有天亮，可是天迟迟不亮。

他时而感到心中充满愤怒，时而又伤心得被泪水模糊了双眼。他不停地回想从前的孤独生活，在遇见小狐狸们、遇见樱树之前，在产生这些愚蠢的感情之前的生活。所有的不幸都是因为跟这些动物打交道造成的。

除了幽光森林之外，还有其他可以居住的地方，艾瑞斯心想:"我要找这样一个地方,一个谁也不会再见到我的地方。我永远不再离开家,永远,永远,永远不!"

黎明终于到来了。当东方的地平线出现一道浅粉色的光芒时,艾瑞斯从树上爬下来。他直奔石头堆——至少会有一只小狐狸来取食物。

他没有想过如果小狐狸来了,自己该怎么说,只知道必须要说些什么。他提醒自己不要说任何有关鲁莽的事,那没有任何好处,只会激怒小狐狸们,让事情更糟。他什么都得不到。

时间一分一秒地流逝,艾瑞斯极力耐心等待,却忍不住来回踱步。他绕着石头堆来回走,时不时停下来看看太阳的位置。哼!如果他还在洞里的话,小狐狸们现在早就应该起来了。

随后,他又默默地想,如果小狐狸们没来的话,该怎么办?

"不,他们会来的。"他不断给自己打气。

"但是万一他们不来怎么办?"心里另一个声音说,"难道要在这儿一直等到明天吗?不!如果过一会儿他们还没来的话,我就去做自己的事——找新家。"

大约一个半小时以后,就在艾瑞斯打盹儿,梦到自己钻进了一个黑暗又臭气熏天的圆木里时，小狐狸们终于来了。

艾瑞斯被一个声音吵醒，他晃了晃身子，看到灵敏、翻滚和蹦跳紧挨着坐在他面前。他们望着他，尾巴轻轻摆动，嘴微微张着，耳朵向前竖着。

"艾瑞斯！"蹦跳说，"我们没想到会在这儿见到你。"

"那你以为我会在哪儿，呆瓜！"

"嗯，爸爸说你想马上回家，"灵敏解释说，"所以你都没有跟我们告别。"

"他是这么说的吗？"

艾瑞斯深吸了一口气。本来他有很多话想说，到最后说出口的却只是："不是这样的，是他让我离开的。你们怎么都来了？"

翻滚回答说："爸爸说我们应该一起吃一顿丰盛的早餐，他让我们到这里来，想拿多少就拿多少，就当作是宴会，尽量多拿，所以我们就都来了。"

艾瑞斯什么都没有说。

"艾瑞斯，"蹦跳小心翼翼地问，"你要回家吗？"

"最终会回去的，"艾瑞斯回答，"但在那之前，我要留在这里。"

"为什么？"

"我……想跟你们道别。"

"哦。"蹦跳说。

"你们以为我会不辞而别吗？"艾瑞斯有些生气地问。

小狐狸们互相看了看，谁也没说话，也不再摇尾巴。

艾瑞斯看着他们，感觉他们好像有点儿伤心，或者他们只是感到困惑？又或者这只是他自己的希望？也许他们只不过有些尴尬，也许他们不希望他在这儿。蹦跳不住地回头看山崖，似乎有些期待他爸爸出现。

"听着，"艾瑞斯艰难地开口说，"我只是想说……我喜欢……跟你们在一起。"

"很……有趣。"蹦跳过了一会儿才说。

"有趣……"艾瑞斯伤心地重复了一遍这个词，然后继续说，"我……真的开始……嗯……喜欢你们，你们教会了我……许多。"

　　"教你？"翻滚惊讶地问，"我们能教你什么？"

　　"嗯……你别管了，"艾瑞斯无助地嘟囔道，"我只是想说，我很高兴来到这里，你们都非常……可爱。"

　　"我很高兴你这么想。"灵敏轻轻摇了一下尾巴。

　　"还有……那个，"艾瑞斯挣扎着说，"如果你们……需要我，无论什么时候，任何事情，都可以来找我。"

　　"你从来没有告诉过我们你住在哪儿。"蹦跳说。

　　"穿过这片田野，再穿过森林，直到长湖边的木屋，然后沿着小路向南，看到一截灰色的枯树干，里面住满了老鼠。我就住在旁边的那根圆木里。"

　　"太棒了，"灵敏说，"也许我们会去看你。"

　　"好的。"艾瑞斯回答，但听上去似乎并没有多大热情，也不抱什么希望。随后，他想到要找一个新家独自居住，没有谁能找到他，他决定不告诉小狐狸们。

　　好一会儿，谁都没有说话。小狐狸们看看艾瑞斯，然后挪开视线，低头看着自己的爪子。艾瑞斯不敢看他们，也低头看着自己的爪子。

"我得走了，"艾瑞斯突然说，"在找到最后那个捕兽夹之前，一定要当心。"

"别担心，"翻滚说，"我们会的。"

艾瑞斯还是有些不放心，"希望你们一切顺利。"

"没问题的。"灵敏说。

"好吧。"说着艾瑞斯毅然转过身，刚走了几步就撞到了一棵树上。"倒霉的麻点松树！"他大叫着退了两步，走开了。

走了十几米远，艾瑞斯停下来回头张望。小狐狸们仍然坐在原地，望着他离开的方向。

"还有！"艾瑞斯扯着嗓子喊道，"如果让我听说你们中哪个傻瓜吃老鼠，我一定会回来让你的鼻子变成仙人掌！你们给我记住了！"

说完，艾瑞斯不敢再回头，撒开腿飞快地跑走了。

24

艾瑞斯和盐

艾瑞斯漫无目的地在树林里乱走一气。他闯入灌木丛，撞到树上，不小心滑倒，又被绊倒，还掉进雪堆里。每次他都停下来先咆哮，跟着又低声咒骂几句，然后爬起来擦擦眼睛，继续前进。

直到他不得不停下来，才靠着一棵大树的树干休息。他一边大口喘着粗气，一边回头看了看走过的路，看看是不是有谁跟着他。

有那么一瞬间，他感觉有什么东西在那儿，这让他的心狂跳起来，但随即他认定那只是幻觉，这才重新平静下来。

他晃了晃脑袋，自言自语道："终于只剩我自己了。"长叹了一口气之后，他感到一种满足，可是同时又感到一种强烈的感情在心中翻滚。他控制不住这种感情，只觉得浑身虚弱无力。

"别傻了，"他嘟囔道，"我受够了这种家庭的烂事，最好还是去做我想做的，想怎么做，想什么时候做，全随自己心意。我又自由了，生活多么美好！"

艾瑞斯抖了抖身子，好像要把粘在身上的东西都抖掉

一样。"该为自己做点儿什么了,"他大声地说,"是时候去美美吃一顿盐了。"说完他大笑起来。

他湿着眼睛,四下打量了一番,根据太阳和自己在地面上的影子,确定了所在的方位。

经过仔细思考,艾瑞斯确定自己刚才是向北乱跑了一气,因此他判断,长湖、木屋还有盐应该都在南边。

他放松下来,准备先吃些东西再赶路。但是有好几次,他往周围看的时候,都感觉好像有东西藏在树林里偷看自己。

"傻瓜！"他嘀咕道，"没谁在那里，谁也不会在那里的。"不过，他还是提醒自己最好保持警惕。可是当他又一次忍不住偷偷往身后张望，却毫无所获时，便郑重发誓再也不疑神疑鬼了。

艾瑞斯重新上路，心情轻松了很多。他在心里对自己说："离开是件好事，只对自己负责是件好事。"他试图转移注意力，开始想象盐的美味，去想未来的新家——管它在哪儿呢。艾瑞斯天马行空地放飞思绪，唯独强迫自己不去想小狐狸们，只要稍微往那边转一下，他就立刻打消念头。他坚持对自己说，那些都已经过去了，结束了。不过只有一次，他违背了自己的规定。他忍不住大喊："他们甚至都没对我说声'谢谢'！"喊完，他发誓再也不说了。

过去了，结束了，完结了。

艾瑞斯在树林里不紧不慢地走着。雪开始融化，露出成片冰冷的褐色土地来。空气干冷清透，散发着松树的芬芳，令他感到愉快而充满力量。

当艾瑞斯觉得已经离开田野和山崖足够远时，就转向了西南方向。他相信，再走一段就到长湖了。

一直走到快傍晚的时候，他才再次停下来休息。天色还早，冬天的影子就像爪子一样，悄悄地将坚硬的残雪笼罩起来。

艾瑞斯迅速吃了些树皮补充能量，然后继续往前走。"长湖应该就在附近了。"他不顾疲惫，默默地给自己打气。

当他匆忙赶路时，有好几次违背了之前内心的决定——忍不住想起了小狐狸们。他们这一天都做什么了？吃得好吗？干完活儿了吗？有想过他吗？随后，他又生气地嘟囔了一句："狗拿耗子！"他强迫自己不要再去想这些，转而去想很快就会到嘴的盐。

黄昏时分，艾瑞斯到达了长湖。在薄暮的微光中，白色的湖面像冻住了一样。艾瑞斯注视着长湖，觉得冬天的长湖冰冷而荒凉。

突然，他眼里涌上泪水。"啊，我好好地为什么要离开家？"他回想起来，"因为我的生日，谁都不在意我，我是被迫离开的，为了给自己找礼物。现在好了，看看发生的这一切，唉，这将是我最后一个生日了。"

"他们会得到教训的！"他咬牙切齿地大声说。

"盐，"他绝望地低声说，"我必须搞到一些盐。"

带着对盐的迫切渴望，艾瑞斯沿着长湖左岸匆忙向前走。有的地方很低，像是沙滩，走起来很容易；有的地方泥泞不堪，长满荆棘。这时他要么费力地穿过去，要么绕道过去。

"为什么到想去的地方总是这么难？"他抱怨道。

夜色越来越浓，一轮皎洁的月亮升起来，可惜却被云遮住了。光秃秃的树枝在风里摇晃，好像风干了的骨头。午夜时分，雪花开始飘落。艾瑞斯担心自己一旦停下来，就再也动不了了，所以他逼着自己往前走。很快，雪越积越深，而他越走越慢。一直到黎明来临，天空呈现出冷峻的灰色，雪依然下个不停。艾瑞斯的身上已经落了厚厚一层雪，但他不敢停下来休息。

终于，他看见了木屋。在清晨的微光中，木屋看上去好像是积雪覆盖的大地上的一个黑色土堆。屋里没有亮灯，但艾瑞斯还是提醒自己要小心，这并不能证明猎人不在屋里。天还早，人类可能还在睡觉。

他嗅了嗅空气，想辨别出是不是木柴燃烧的气味，结果一点儿也没闻到。

艾瑞斯壮起胆子，慢慢走近木屋，他一边走一边到处张望，寻找人类的迹象。

没有脚印，但就算是有，也都被刚刚下过的雪盖住了。他试图回想上次在田野间看到猎人的时间，是两个星期以前，还是一个月之前？

天色越来越亮。他钻到木屋下面看了一圈，没有雪地摩托，这是个好迹象。

接着，他看到了那个装捕兽夹的盒子。他忍住满腹的厌恶，走到盒子跟前，直起身朝里面张望——盒子是空的。

难道人类回来过，把剩下的捕兽夹拿走并放在树林里了？还是他们只是把捕兽夹拿走了？

艾瑞斯小心翼翼地从木屋底下爬出来，往门厅走去。

他爬上台阶，把鼻子凑近门框，感到一阵激动。他闻到了浓厚的盐的气味——盐还在！他的心怦怦直跳。啊，要是能吃上几口就好了，那会是多么美好的感觉！

他爬上窗台，发现之前被他打碎的窗玻璃已经换上了新的，而且还安上了护栏。很明显，人类回来过。艾瑞斯只看了一眼，就失望地意识到他不可能再从窗户爬进去了。

他跳下窗台，用头去撞门，可是门纹丝不动。于是他气急败坏地跑下台阶，绕着木屋转圈，想找到进去的办法，但一点儿办法也没有。他甚至钻到木屋底下，希望能在那里找到入口，却再次失望了。

"我受不了啦！"他喊道，"这不公平！太不公平了！我应当得到一点儿回报的！"

艾瑞斯心里充满了对这残酷而不公的世界的愤怒。他跑回到门厅，想着也许不该那么轻易地放弃窗户。他匆忙爬上窗台，稳住身子，冒着摔下来的危险，抓住栏杆，狠命地摇晃，就像被关在笼子里想要出去一样。只可惜，栏杆很牢固。绝望中，他把爪子从栏杆之间伸进去推玻璃窗，然而，窗户一动不动。

艾瑞斯彻底失望了。他转过身，直到这时，他才看见在下面门厅那里有一只动物。他一米多长，站起来也得有一米高，褐色的短毛，小而圆的黑眼睛，看上去面无表情。

"终于逮到你了！"马蒂说。

25

木屋惊魂

艾瑞斯惊讶得张大了嘴，瞪着马蒂。

"你自以为很聪明，躲在小狐狸那里那么长时间，"马蒂讥笑道，"事实上，你愚蠢至极，竟然不知道我是世界上最有耐心的动物。我一直在等待，观察你的每一个举动。我看见你假装照顾那些狐狸，其实不过是为了躲避我。不过，你还是穿过森林，绕道回到这里。这些我都看见了，因为我一直在跟着你。我就像影子，你逃不掉的。"

"你这个胆小鬼，"马蒂接着说，"我知道你是个什么样的动物，一头又老、又蠢、又自私的豪猪。现在，你就要得到报应了！给我从那里下来！"

"但是……这是为什么？"艾瑞斯惊恐地问道，"你为什么这么这么恨我？我对你做了什么？"

马蒂生气地回答："你们豪猪自以为可以任意妄为，你们这些自私透顶的野兽！除了自己，对谁都冷漠无情，说话做事毫无顾忌，从不为其他动物着想。你们以为单凭身上的刺，就可以高枕无忧！现在我要让你看看，豪猪，没有任何动物能逃脱渔貂马蒂的手心，就连你也不行！现在给我下来！"

"但是……但是……我并不像其他豪猪那样，"艾瑞斯结结巴巴地说，"或者说，我以前是那样，但我已经改了，跟过去不同了。我有感情，我在乎其他动物的想法。"

"你撒谎！"马蒂吼道，"给我下来受死！"

艾瑞斯很清楚渔貂将如何对付自己，所以他待在原地没动。处在这样一个位置，他几乎难以展开有效的抵抗。而且，在艰难地走了这么远的路回到木屋之后，他已经筋疲力尽了。

艾瑞斯看了看四周——身后是带栏杆的窗户，没有逃生之路，左右两侧也没有。他的视线越过门厅，望向树林。那里可能要安全一些。如果他能爬到一棵树上，也许就能自保，但首先得找到一棵树。刚下过雪，地面很滑，而且有的地方积雪可能很深。

"下来！"马蒂用冷酷的眼神看着他喊道，"下来，要不然我把你拖下来。"说着，他后腿直立起来，准备发动攻击。

"真是荒唐的世道！"艾瑞斯喊道，"这对我不公平，不公平！"他看到马蒂绷紧了肌肉，知道自己别无选择，必须要跑到有树的地方。

艾瑞斯在惊恐之下，做了一个平生从未做过的动作——他后腿猛地一蹬，从窗台上飞身跳下，越过马蒂的脑袋，砰的一声落到了门厅里。

马蒂大吃一惊，立刻转过身。

艾瑞斯晕头转向地挣扎着爬起来，爪子因为刚才落地用力过猛而感到刺痛。他转过身，害怕得全身发抖，疯狂地摆动着长满刺的尾巴，准备一旦马蒂靠近，就用尾巴狠抽他的脸。

马蒂敏捷地后退了两步。

艾瑞斯看局面暂时对自己有利，想立刻转身逃离门厅。可是他忘记了台阶——他一脚踩空，大头朝下从台阶上滚了下去，一连翻了三个跟斗，最后背朝下摔在雪地上，肚皮露了出来。

　　马蒂愤怒地长啸一声，瞄准艾瑞斯，伸出爪子，从门厅一跃而下。艾瑞斯见他扑过来，就地一滚，可惜慢了一点儿。马蒂的前爪够到艾瑞斯，在他的肚皮上狠狠划了两道。鲜血流了出来。

　　"杀人凶手！"艾瑞斯叫道，"杀人了，救命！"他打了个滚儿，转身把尾巴对准咆哮的马蒂。

　　马蒂意识到危险，后退了两步。

艾瑞斯竭尽全力大步朝树林狂奔。他一路跑着，鲜血在雪地上滴滴答答地流成了一条线，好像歪歪扭扭的针脚。

渔貂很清楚艾瑞斯的打算。他以闪电般的速度超过艾瑞斯，然后来了一个 U 形急转弯，挡住了艾瑞斯的去路。

艾瑞斯趔趄了一下站住脚。他想掉头往回跑，但是立刻意识到那样做的话，就会被马蒂赶回到木屋——那是艾瑞斯现在最不想去的地方。

"投降吧，蠢豪猪，"马蒂嘲笑地说，"你逃不掉了。"

"你这个职业笨蛋！"艾瑞斯喘着粗气回敬。他的心怦怦狂跳，让他感到头晕目眩。

为了自卫，他把头埋在两条前腿之间，蜷成了一个刺球，笨拙地迈着碎步朝前挪动，逼近马蒂，但是因为脑袋埋得太低，他看不见方向。

马蒂见艾瑞斯在盲目进攻，先后退了两步，绕着豪猪迅速转了个圈，寻找下手的位置。他注意到艾瑞斯身体两侧的刺没有竖起来，于是向前一跳，伸出两只爪子，想把艾瑞斯推倒。

这猝不及防的狠狠一击使艾瑞斯翻倒在地，又一次露出肚皮。马蒂乘胜追击。艾瑞斯再次受伤，血流得更多了。

疼痛让艾瑞斯松开了身体。他要看看自己和渔貂的位置，好判断该怎么逃跑。但是他头晕得厉害，看了一圈也没有发现敌人。等他看到渔貂再次跳到面前时，已经太迟了。马蒂发动攻击，这一次，他瞄准的是艾瑞斯的脸。

艾瑞斯竭力躲避，总算躲过了最致命的一击，但耳朵还是被狠狠地抓了一把。他拼命用头去撞马蒂，希望能在马蒂身上扎几根刺。

马蒂稍稍后退了一下，冷静地判断接下来该如何攻击。

趁此机会，艾瑞斯快速扫了一眼，想确定自己距离树林还有多远。他已经跑了一半，可是剩下的距离似乎还是无比遥远。

就在艾瑞斯拿不定主意的时候，马蒂再一次对他发动了猛烈的攻击，想一举把他掀翻在地。可是这一次马蒂没有命中目标，自己反而跌倒在雪地里。艾瑞斯借机朝树林跑去，就在他以为快要到了的时候，身子左侧又狠狠挨了一击。

这一击来得如此突然，如此猛烈，艾瑞斯一头撞到了一个老树桩上，喘不过气来。

疼痛越来越剧烈，头脑越来越糊涂，艾瑞斯明白必须站起来保护自己。

但是，他根本动不了。

他尽最大的努力睁开眼，看到一个可怕的情形——马蒂蹲在几步开外的地方，脸上挂着狞笑。"现在，你是我的了！"他嘶叫道。

"救命！"艾瑞斯上气不接下气地喊道，"救命！"

"你完蛋了，豪猪，"马蒂咆哮道，"彻底完蛋了！没有任何动物能逃过渔貂马蒂的手心，一个也没有！"

艾瑞斯用尽力气又站了起来。他流了太多的血，感到无比疼痛和虚弱。"救命，"他用颤抖的声音叫道，"救救我……谁来救救我。"

马蒂准备发动最后致命的攻击。艾瑞斯绝望地闭上了眼睛。"再见，樱树；再见，小狐狸。"他轻声说。

当他睁开眼睛时，看到渔

貂正挥舞着爪子朝他扑来。

　　就在这时，一团红光在他眼前闪过。看不清红光从哪儿来的，好像到处都是。艾瑞斯以为是自己的鲜血，于是紧紧闭上了眼睛。但随后，他听到了一阵狂吠乱叫。

艾瑞斯睁开眼，惊讶得眼睛眨个不停。

翻滚、灵敏和蹦跳从树林里窜了出来，出其不意地扑向了马蒂。他们使出全身的力气，和马蒂斯打在一起。

翻滚死死咬住了马蒂的后颈不松口，一边使劲摇晃，一边不住地怒吼。灵敏抓住马蒂的一条腿，不管马蒂怎么拼命挣扎，她都紧紧抱着不放。蹦跳揪住了马蒂的尾巴，吼叫着用力往后拖。

眨眼间，马蒂四爪朝天倒在了地上。他疯狂地连踢带抓，试图挣脱开三只小狐狸。

艾瑞斯几乎快要晕过去了，他弱弱地说了一句："小东西，你们来得真及时。"

突然，马蒂猛地一使劲，挣脱了灵敏，把腿抽了出来。尽管翻滚和蹦跳仍然拽着他不放，但是渔貂还是设法站了起来。随后，他用力一甩，把翻滚甩到了一边，接着转身凶狠地扑向蹦跳。蹦跳被迫松开了马蒂的尾巴。

马蒂重获自由。他没有恋战，而是转身跳过灌木丛，朝森林深处逃走了。

小狐狸们伸长舌头，胸脯剧烈地起伏，只好眼睁睁地看着马蒂逃走。艾瑞斯也是一样。接下来，除了马蒂仓皇逃走的脚步声，四下一片寂静。

突然，他们听见咣当一声——那是金属撞击发出来的可怕声响。

26

马蒂的遭遇

艾瑞斯、翻滚、灵敏，还有蹦跳，谁都没有动。他们呆呆地望着马蒂逃跑的方向。

"发生了……什么事？"灵敏开口问道，尽管她跟其他几个一样，很清楚发生了什么。

翻滚颤抖着，开始向前挪动，同时伸长了鼻子，仔细地嗅着。

"当心！"艾瑞斯躺在地上喊道，"可能还有很多捕兽夹，我刚才检查过，木屋下面的捕兽夹都被拿走了。"

"你猜他被……夹住了吗？"蹦跳问。

谁都没有回答。三只小狐狸慢慢向灌木丛走去。艾瑞斯站起身，一瘸一拐地跟在他们身后。

"快看！"走在最前面的翻滚喊道。

另外两只小狐狸急忙赶上前，艾瑞斯紧跟在后面。

他们看见了原先放在木屋底下的那个捕兽笼，笼子里是马蒂——他还活着。他仓皇逃跑时，不小心撞进了这个笼子，笼子两边的门立刻落下来，把他关在了里面。

三只小狐狸和艾瑞斯走到近前，眼前的一幕让他们呆住了。

马蒂的脸上显出一种可怕的愤怒，眼睛里几乎要喷出火来。"不要站在那里傻看，"他吼叫道，"快把我放出来！"

艾瑞斯和小狐狸们都没有作声。

"你们不明白，"被关在笼子里的马蒂带着无法控制的愤怒吼道，"我来自伟大的渔貂家族，我们是世上最高贵的动物。人类为了我们的皮毛到处猎捕我们，就连你们这样的傻瓜也一定看得出我是多么美丽！我们渔貂太美了，所以几乎没有几个能幸存下来。被杀死或者被活捉，都会大大降低我们这个家族的生存概率。如果我被他们捉住，我们渔貂就几近灭绝了！所以现在，把笼子给我打开！"

"但是你想杀死艾瑞斯。"灵敏抗议说。

"是的，没错。"马蒂回答说。

"你为什么要那样做？"蹦跳问。

马蒂傲慢地回答说："因为只有渔貂足够聪明，知道怎么对付豪猪。好了，不要再说废话了，打开笼子！"

小狐狸们看着艾瑞斯。

"我……我不知道怎么打开。"艾瑞斯说。

"你这个头号白痴！"马蒂叫道，"你就没有一件事能做好吗？睁大你的眼睛看，顶上有一个杠杆，按下去，就能打开笼子门，你们四个很容易就可以做到。"

三只小狐狸再次看了看艾瑞斯，等着他做决定。

"烫手的山芋。"艾瑞斯嘟囔着，不知道该怎么做。

"你……能保证不伤害艾瑞斯吗？"翻滚问。

"你会离开这里，不找我们麻烦吗？"灵敏补充说。

"我从来不跟任何动物谈条件！"马蒂喊道，"快把我放出来！"

小狐狸们又一次望向艾瑞斯。

艾瑞斯深深叹了一口气，被抓伤的地方依然疼痛难忍。然而当他看着陷在捕兽笼里的马蒂时，不禁可怜起他的遭遇。"没办法，"他嘟囔了一句，"我想我们应该帮他。"

"你们当然应该这么做，"马蒂吼道，"弱者总是有义务帮助强者。我们是了不起的动物，而且，我吃了很多苦。我刚才不是说过吗，我的家族几乎要灭绝了！你们有义务帮助我！"

艾瑞斯没理他，只是笨拙地走近笼子，嗅了又嗅，仔细地研究了一番，找到了马蒂说的那根可以打开笼子的杠杆。他后腿直立，使劲压下去。杠杆动了一下，但因为力度不够，笼子没开。他看了看小狐狸们，招呼道："过来。"

"艾瑞斯，"蹦跳喊道，"你确定我们要救他吗？"

"来吧，"艾瑞斯粗声说，"帮我一下。"

于是翻滚跳到笼子上，灵敏站到一旁，蹦跳走到艾瑞斯身边。

"我数到三，我们同时压下去。"艾瑞斯说。

"你们快点儿！"马蒂吼道。

"一、二……"突然，艾瑞斯停了下来。

刺耳的呜呜声从远处传来。

翻滚竖起耳朵："那是什么？"

他们一起竖起耳朵听。

"快点儿，你们这群笨蛋！"马蒂喊道，"我要出去！"

呜呜声越来越响，很快变成了轰隆隆的声音。

"那是什么？"蹦跳问艾瑞斯。

"猪布丁，"艾瑞斯咒骂了一句，"是雪地摩托，猎人们回来了！"

"放我出去！"马蒂尖叫道，"不要让我落入他们手中！你们不可以这样做！"

雪地摩托的声音越来越响。

艾瑞斯跳到一边。"快到树林里去！"他冲小狐狸们喊道，"躲起来！快跑！"说着他一瘸一拐地跑开了。

小狐狸们紧跟在他身后。

"不要丢下我！"马蒂狂叫道，"不要让我落入他们手里！"

艾瑞斯钻到一棵树枝低垂的松树下。小狐狸们迅速躲到他身旁。

"等下会发生什么？"蹦跳惊恐地问。

"别出声。"艾瑞斯严肃地说。

他们四个透过树枝的缝隙往外张望，看到捕兽笼里的马蒂正拼命乱撞，想逃出笼子。

雪地摩托的声音变成了轰鸣声。下一刻，他们看到雪地摩托在木屋前的空地停了下来。正是艾瑞斯先前看到的那辆雪地摩托，上面坐着两个人。尽管他们裹得严严实实，看不到脸，但艾瑞斯通过他们穿的皮衣认出来，就是先前的那两个人。

果然，其中一个说："韦恩，看这儿，地上有血迹。"

坐在后座上的人跳下来，看了看雪地，说："一定是有动物受伤了。"

"那是我的血，你们这些两条腿的奶酪块！"艾瑞斯低吼道。

"别出声。"翻滚悄声说。

艾瑞斯狠狠瞪了一眼小狐狸，但是再没说话。

"不管是什么动物，它朝那边去了。"那个男人说。他顺着艾瑞斯的血迹朝木屋相反的方向走，一直来到刚刚发生打斗的树桩那里。另一个人跟在他身后。

"看这里，帕克，"第一个男人说，"这里一定发生过打斗，而且有好几只动物。"

"痕迹通向那边。"那个叫帕克的男人说完，朝捕兽笼的方向走去。

艾瑞斯和三只小狐狸大气不敢出地看着他们。

"韦恩！"帕克叫道，"我想我们捉到猎物了。"

"上帝……那是什么？"

"不能肯定，不过，看那一身上好的毛皮。它一定发疯了，当心它的爪子。"

"嘿，那是一只渔貂！"

"好极了！"

"比我们想捉的豪猪强多了！可以送到动物园，能卖不少钱。没人想看豪猪，但会有很多人喜欢看渔貂，这种动物很罕见的。"

两个人抬起笼子走到木屋门口，打开门走了进去，然后把笼子也带了进去。随后，砰的一声关上了门。

树下的动物们一开始一声没吭。后来，蹦跳首先开口说话。

他用湿润的鼻头推了艾瑞斯一下，问他："你没事吧？"

"听到他刚才说的话了吗？"艾瑞斯嘟囔道，"比豪猪要强！"

"艾瑞斯！"蹦跳又问了一遍，"你身上没事吧？"

"没事儿，就是些抓伤和擦伤而已。对了，你们从哪儿来的？"

"狐狸巢穴。"翻滚回答。

"你们的爸爸呢？"

"爸爸……"蹦跳的脸上出现一丝尴尬，"他说他有事要忙。"

"他走了？"艾瑞斯心中升腾起一股怒气。

"没什么，他问过我们是不是介意他离开，"灵敏解释说，"我们说不介意。"

"他说，他回来只是为了确认你没有找我们的麻烦。"翻滚说。

"所以你走的当天，他也走了。"蹦跳接着说。

"是很重要的事。"翻滚插嘴说，声音里还带着一点儿惯有的火药味。

"他什么时候回来？"艾瑞斯问。

"可能春天吧。"灵敏漫不经心地说。

"是的，到时他会带我们去捕猎。"翻滚说。

"他很擅长捕猎。"蹦跳补充说。

艾瑞斯想说些什么却停住了，最后说出口的只是："你们救了我的命，嗯……我没想到会再见到你们。"

"没想到？"蹦跳吃惊地问，"为什么？"

"因为……唉，牙刷上的果酱，"艾瑞斯咕哝道，"我就是没想到，没有为什么。"

"我的意思是，"灵敏说，"爸爸很有趣，但照顾我们的是你，所以你当然会再见到我们了。"

"事实是，"翻滚用一贯尖刻的语气说，"爸爸有更重要的事要做，没空儿照看小孩。但你不一样，你这么大年纪了，没有更好的事可做了。"

艾瑞斯无话可说。

"跟我们一起回去吧？"灵敏问。

艾瑞斯瞪着她不说话。

"我们找到最后一个夹子了，"翻滚说，"你不用再担心了。"

"你回来吗？"蹦跳用恳求的语气问。

"不！"艾瑞斯终于做出回答。

"为什么？"小狐狸们异口同声地问。

"我要回家，我自己的家。"

"那……我们怎么办？"蹦跳小声说。

"没我你们也能过得很好，"艾瑞斯说，"你们没有吃光妈妈留下的食物吧？"

"没有。"

"很好，那些食物足够你们度过这个冬天了。"

小狐狸们失望地看着艾瑞斯。

"可是……我们会想你的。"灵敏说。

"非常想。"蹦跳说。

翻滚也跟着说："是的，我们会想你的。"

"真麻烦。"艾瑞斯嘟囔道，他朝森林南边自己家的方向看了看。

"艾瑞斯……"蹦跳说，"你知道吗？"

"什么？"

"有件事我们忘了告诉你。"

"什么事？"

蹦跳看了看灵敏和翻滚，又看回艾瑞斯说："我们想说，谢谢你！"

艾瑞斯感到胸口一阵疼痛，几乎难以呼吸。"噢，老和尚念经。"他含糊地嘟囔了一句。

"还有一件事。"翻滚说。

"别说了，"艾瑞斯厉声打断他，"我不想听。"

"我们……喜欢你，非常喜欢。"

艾瑞斯眼睛看向一边。

"不管怎么说，"灵敏接着说，"渔貂把你弄得满身伤，我想你需要我们照顾你，对不对？"

　　"对，"蹦跳说，"这次让我们来照顾你。"

　　艾瑞斯瞪着三只小狐狸。他们坐成一排，耷拉着舌头，眼睛明亮又好奇，大大的耳朵，大大的爪子，是那样年轻而又充满活力。

　　"烂屁股的甲虫，"艾瑞斯低声说，"我永远不需要你们来照顾。"

　　"但如果不让我们试一试，"灵敏说，"你永远也不会知道，是吧？"

　　"是的。"翻滚说。

　　"烦人的蜈蚣，"艾瑞斯叫道，"我只想回我臭烘烘的窝去。"

　　小狐狸们互相看了看，然后蹦跳说："那我们跟你一起回去。"

　　"不行！"

　　"为什么不行？"蹦跳问。

　　"如果到我那里，你们吃什么？"

　　"按我们的习惯，"翻滚说，"吃肉。"

　　"听着，小鼻子，我最好的朋友就是老鼠。"

"啊……"灵敏说。

"如果你们敢碰一下随便哪只老鼠的一根胡须——一根——我就会狠狠地收拾你们，让你们摸不到东西南北！去我那里的话，你们只能吃植物……"

小狐狸们互相看了看，交换了一下眼神。

翻滚咧嘴笑着说："没问题。"

"不过只是在你那里时。"他补充说。

27

艾瑞斯的生日

艾瑞斯在前面带路，三只小狐狸迈着小碎步跟在他身旁。因为艾瑞斯走起来一瘸一拐的，所以他们也放慢了速度。小狐狸们有时会跑到前面，但不会太远，而且总是过一会儿就跑回来。

一开始，他们吵吵闹闹跟艾瑞斯说个不停，问艾瑞斯住在哪里，住得怎么样，跟谁一起，还问了无数有关樱树的问题。艾瑞斯很少回答，对大多数问题，他只是说："到时你们就知道了。"又或者说："不关你们的事，小鼻子。"

于是小狐狸们自己聊起来。他们说个不停，嗓门儿很大，时常还发生口角。艾瑞斯对此不加理会，只是慢慢地不停地向前走。

艾瑞斯从家走到长湖时只用了一整天，但是回去的这趟旅程却花了两天时间。有几次，他甚至认为也许应该跟小狐狸们一起回狐狸巢穴。不过他再三提醒自己，他想回到自己黑暗并且臭烘烘的家，还想见到樱树。

当然，他一瘸一拐地走着时，偶尔也会想起木屋里的盐，也许哪天他还会再回去。他正默默地想着究竟哪天回去时，却突然停了下来。

"怎么了？"蹦跳问他。

"我老了……"艾瑞斯低声说。尽管他还是不时地回头看，却再没开口说话。

第二天中午，他们回到了家。第一个发现他们的是漏斗花，她正在枯树脚下玩耍。

"艾瑞斯舅舅！"她兴奋地喊道，"你回来了！"

"我当然回来了，你这个笨蛋，不然我能到哪儿去？"

"但是……你走了这么……"随后，漏斗花看到了三只小狐狸。她吓坏了，连忙掉转尾巴窜进了枯树洞中。

过了一会儿，樱树跑了出来，她的丈夫黑麦和其他小老鼠们都跟了出来。

"艾瑞斯！"樱树喊道，"你去哪儿了？"

艾瑞斯很想告诉她发生的所有事，但说出口的却是："我很忙。"

"但是你走了一个月了，我们都很担心你。"

"真的吗？"

"当然了！"樱树看了看三只小狐狸，问道，"他们是你的朋友吗？"

"是的，这是翻滚、灵敏和蹦跳。伙计们，这是樱树，还有她的丈夫黑麦，另外这些小老鼠分别叫漏斗花、蝴蝶百合、雪果、核桃、马鞭草、矮栎、梅笠草、马唐草、洋槐、檫树，还有猪草二世。"

"翻滚、灵敏、蹦跳，你们好。"小老鼠们齐声说。

黑麦紧张地看着小狐狸们，问艾瑞斯："他们……他们没危险吗？"

"绝对的素食者。"

"那就好。"

小狐狸们想起了艾瑞斯讲过的那些故事，都用敬畏的目光看着樱树，心想：她的个头儿这么小，却做了那么多了不起的大事。

樱树说："艾瑞斯，你知不知道你离开的那天恰好是你的生日？”

“是吗？”艾瑞斯故意反问，尽力控制自己没有皱眉头，“我想我忘了。”

檫树跑到樱树身边，凑到她耳边说：“妈！艾瑞斯的……你知道的。”

“哦对，是的，”樱树说，“你们快去！”

说到这里，十一只小老鼠一起钻进了位于树根处的洞里。

"我和黑麦，还有孩子们，为你的生日准备了一点儿东西，"樱树解释说，"那天早晨我们就是去为你准备这个的。"

艾瑞斯觉得脸在发烧："我没想到……"

"孩子们说，他们想留住你，但是你跑开了。"

这时，小老鼠们从洞里钻了出来，推着一块巨大的盐。那盐块的体积比任何一只小老鼠身材的五倍都要大。他们齐心协力，不时有小老鼠滑倒或者摔一跤，大家叽叽吱吱地叫着，笑着。

"生日快乐，艾瑞斯舅舅！"等小老鼠们终于把盐块推到艾瑞斯面前时，他们齐声喊道。

黑麦解释说:"艾瑞斯,这是我和樱树从新农场的大盐块上弄下来的。糟糕的是,把它拖回来用的时间比我们估计的要长,而且等我们回到家时,你已经离开了。"

"我们不知道你去了哪里。"樱树补充说。

"然后暴风雪就来了。"黑麦说道。

"我们以为你出什么事了,"樱树紧接着说,"真的,艾瑞斯,我们担心极了,可是不知道去哪里找你。你走的时候应该留个信儿的,我还以为……你可能遇难了,我都难过死了。"

艾瑞斯站在那里,双眼紧盯着礼物,大张着嘴,说不出一句话来。"盐……"最终,他挤出一个字,口水滴滴答答地流下来。

"艾瑞斯舅舅,来说两句,"檫树叫道,"寿星应该说几句话。"

艾瑞斯深吸了一口气。"我……不知道该说什么,"他哽咽着,眼泪顺着脸颊淌了下来,"我只想说……谢谢你们……谢谢你们每一个。"

跟着,十一只小老鼠参差不齐地唱起了生日歌。三只小狐狸也亮开嗓门儿,加入合唱中。

艾瑞斯不等他们唱完,就迫不及待地抓起盐,幸福地舔了起来。

老鼠们欢呼起来，小狐狸们也高兴得直叫。

可能是艾瑞斯的眼泪让这盐比平常更咸。这也许就是为什么老豪猪会觉得，这是他漫长一生中吃过的最好吃的盐。

事实上，多年以后，当艾瑞斯真的老了，身上的刺变得灰白，并且也不那么尖锐的时候，回想起所发生的一切，他毫不怀疑——没有一丁点儿的怀疑——这个生日是他有生以来过得最好的一个生日。

献给伊莉斯、贝丝和露丝

ERETH'S BIRTHDAY
Written by Avi, illustrated by Brian Floca
TEXT © 2000 AVI WORTIS, INC.
ARTWORK © 2000 BRIAN FLOCA
This edition arranged with BRANDT & HOCHMAN LITERARYAGENTS, INC.
through BIGAPPLEAGENCY, INC., LABUAN, MALAYSIA.
Simplified Chinese edition copyright: 2024 Beijing Everafter Cultural Development Co., Ltd.
All rights reserved.

版权合同登记号：14-2024-0035

图书在版编目（CIP）数据

幽光森林的居民们. 豪猪的生日 ／（美）阿维著；
（美）布莱恩·弗洛卡绘；栾述蓉译. —— 南昌：二十一
世纪出版社集团，2024.6
书名原文：Tales from Dimwood Forest
ISBN 978-7-5568-7451-4

Ⅰ.①幽… Ⅱ.①阿… ②布… ③栾… Ⅲ.①儿童小
说－长篇小说－美国－现代 Ⅳ.①1712.84

中国国家版本馆CIP数据核字(2024)第045871号

幽光森林的居民们·豪猪的生日
YOUGUANG SENLIN DE JUMINMEN HAOZHU DE SHENGRI

[美] 阿维／著 [美] 布莱恩·弗洛卡／绘 栾述蓉／译

出版人	刘凯军		项目策划	奇想国童书
责任编辑	张 周			
特约编辑	郑应湘 周 磊		装帧设计	李燕萍 程 然
出版发行	二十一世纪出版社集团			

（江西省南昌市子安路75号 330025）

网 址	www.21cccc.com
经 销	全国新华书店
印 刷	固安兰星球彩色印刷有限公司
版 次	2024年6月第1版
印 次	2024年6月第1次印刷
开 本	880 mm × 1300 mm 1/32
印 张	6.875
字 数	122千字
书 号	ISBN 978-7-5568-7451-4
定 价	218.00元（全7册）

赣版权登字 -04-2024-115 版权所有，侵权必究
（凡购本社图书，如有印装质量问题，由发行公司负责退换。服务热线：010-64049180 转805）

幽光森林的居民们

河狸的野心

[美]阿维/著　[美]布莱恩·弗洛卡/绘

栾述蓉/译

21 二十一世纪出版社集团
21st Century Publishing Group

林地

通往幽光森林

老鼠的新家

老鼠的旧家

卡耐德
池塘

堤坝

河狸巢

小溪

小溪原河道 →

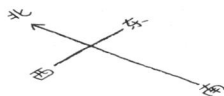

河狸主巢

北 东
西 南

目 录

1

三叶草和缬草

"三叶草！三叶草！亲爱的，你醒醒！大事不好了！"

三叶草，一只个头儿矮小、体形圆胖的赭鼠，在地下巢穴一个舒适的角落里睡得正香。听到叫声，她迷迷糊糊地睁开一双水汪汪的黑眼睛，抬起头来，顿时惊讶得倒抽了口气。

那是猪草吗，正在弯腰看她的那个？在她的六十三个孩子中，猪草是她最疼爱的。不过他去东部探险了，已经有四个月没有音信。三叶草非常想念他，一直盼着他回来。

她盯着眼前的身影，终于看清楚。

"缬草，是你吗？"她问道。

缬草是三叶草的丈夫。他是一只中年赭鼠，瘦高个儿，容长脸，橘黄色的皮毛毫无光泽，胡须凌乱，胡子根部已经发白，脸上永远挂着一副不知所措的仓皇表情。此刻，他正激动地抖动着尾巴。

"是孩子们出了什么事吗？"三叶草问。她刚刚生下一窝小老鼠——今年的第四窝。因为太劳累，她已经一个多星期没有离开窝了。

"他们都很好，"缬草安慰说，"但是三叶草，我发现了一个问题，你得来看看，这简直让人不敢相信！"

"你就不能直接告诉我发生了什么吗？"三叶草打了个哈欠回答。这段时间，她一直觉得睡不够。

"三叶草，"缬草悄声说，"我们……我们好像面临着巨大的危险。"

三叶草被吓到了，急忙环顾巢穴。这是她和缬草以及所有孩子的家。他们已经在这里幸福

地生活了六年。巢穴面积不大，但是很深，很舒适，共有三个房间，每个房间都铺着柔软的乳草。一个房间是家庭房，一个是主卧，还有一个是孩子们的儿童房，十三个孩子正在里面睡觉。刚出生的三只小不点儿，都还不到一周大，还没睁眼，也没长毛，一直跟三叶草睡在一起。

"三叶草，亲爱的，"缬草催促她说，"快起来！跟孩子们没关系，但这会影响到他们，很糟糕的影响。"

只要一提到家庭，三叶草就会强迫自己爬起来，这对她来说百试百灵。

两只老鼠沿着隧道向位于地表的洞穴入口爬去。隧道狭长而弯曲，贴着墙壁还建有好几间储藏室，一间装满干果，一间是晒干的野莓，还有一间装着种子。三叶草感到很饿。她好像总是吃不饱，不过这会儿没有时间吃东西了。

来到地面之后，缬草先伸出鼻子嗅了嗅，四下看了一圈，确定没有狐狸、野猫、蛇，或者其他任何危险之后，这才爬出洞穴。三叶草跟在丈夫的身后。

透过枝叶茂密的大树、灌木丛和荆棘的缝隙，隐约可以望见暮夏的夜空。一轮皎洁的圆月正挂在空中。微风轻轻吹拂，空气有些潮湿。吼叫声、嗡嗡声、哼唧声、鸟鸣声，各种各样的声音混杂在一起，不知从何处传来，又似乎无处不在。

鼠窝前有多条小路，呈放射状分布。缬草快步走上一条通往陡峭下坡的小路。三叶草知道，这是要去小溪。

这条被他们称为"小溪"的溪流，蜿蜒曲折，水流平缓，两边低低的河岸上长满了茂密的树木，宽阔而清浅的河面上盛开着睡莲。小溪上空，萤火虫一闪一闪地飞过；蝴蝶翩翩起舞；蚊子嗡嗡叫个不停，听上去就像古老的乐器发出的声音。河水中，水蟒匆匆经过；香蒲站得笔直，随着夜风轻轻摇摆。

小溪里没有激流险滩，几乎没有任何危险，小老鼠们喜欢在岸边玩耍。小溪里很少有超过十五厘米深的地方，他们可以放心大胆地在水里扑腾、游泳，好玩极了。有时候，小老鼠们用树皮做成木筏，在水里划过来划过去。事实上，三叶草和缬草当初选择在这个地方筑窝，养育后代，就是因为这里不但离小溪近，而且很安静。

但是那个夜晚，一切都变了。

溪水变得比以往任何时候都要浑浊，也深了很多。在小路的尽头，原本裸露着整整一米见方的空地——那是孩子们的沙滩，此刻已经被溪水彻底淹没，睡莲叶子和香蒲都不见了，水面上看不到一只水蟒，到处漂浮着碎木片。

"你看！"缬草指着小溪下游，用嘶哑的声音说。

一开始三叶草什么也没看到。过了一会儿，她才注意到那里堆着一大堆木棍和树枝，还有横跨在整个河面上的木头。

"啊，天哪！"她倒吸了一口凉气，"是……是水坝，但……这是怎么回事？"

缬草又指了指水边。

"你让我看什么？"三叶草困惑地问道。

"你看水里，"缬草悄声说，"看仔细点儿。"

三叶草目不转睛地盯着水面。突然，她打了一个哆嗦，往后跳了一步。"缬草，"她叫道，"水面在上升！"

"一点儿也没错。"

"但它要是一直以这个速度上升，我们的家就会被……被淹了啊！"

缬草点了点头，说："三叶草，亲爱的，恐怕整个周边地区都会被泡在水里。"

"但……但是，"三叶草结结巴巴地说，"谁会做出这么可怕的事？"

"你再朝那边看。"缬草指向小溪的对面说。

三叶草顺着他手指的方向望过去。一开始，她以为看到的是一个浮动的褐色土堆，或是木头堆。但随即，她惊恐地意识到，那是一个正在水上游动的动物。

一个块头很大、体形肥胖的家伙，一身油光水滑的厚厚的皮毛，黑鼻头，两只圆溜溜的小眼睛。他那两颗巨大的橘色门牙好像凿子一样从嘴里突出来，在月光下闪闪发亮。

"是……河狸！"三叶草失声叫道。这下她全明白了，是河狸来到小溪，在这里筑起了堤坝。

正当三叶草和缬草站在那里看的时候，那只河狸也看到了他们。他抬起湿漉漉的脑袋，冲他们龇着牙露出了一个大大的微笑。

"上天保佑我的牙齿和尾巴！"河狸用刺耳的声音大声招呼道，"你们一定是我的新邻居了。朋友，晚上好！亲爱的！见到你们我太激动了！我叫卡斯特·普·卡耐德，不过大家都叫我卡斯。"

说着，他又咧嘴笑了一下："嘿，就像一个老哲学家说的，'所谓陌生人，就是还没见面的朋友'。"

他继续说："自我介绍一下，我是在这儿施工的建筑公司——卡耐德公司的头儿，我们的口号是——'进步，但绝不制造痛苦！'"

"但是……但是……你们……正在毁掉我们的小溪。"

三叶草好不容易把话说出口。

"放松点儿,亲爱的,放轻松。"卡耐德先生以惯有的好脾气大声说。

"俗话说得好,没必要把鼹鼠丘当成大山——小题大做,你说对吧?哈哈哈,或者就这个事来说,不要把小水坑当成大海。"他一边说一边笑得肚皮乱颤。

缬草和三叶草一句话也没再多说，匆忙顺着小路往回走。

"祝你们过得愉快！"虽然是午夜，河狸依然在他们身后这样叫道，"这是我诚心诚意的祝福。"

回家的路上，三叶草唯一的想法就是："啊，猪草，快点儿回家吧！我们需要你！你在哪儿啊？"

2

樱树和艾瑞斯

幽光森林里非常凉爽。阳光透过高高的树冠，在地面上洒下点点金斑。但是在一根中空并且已经开始腐烂的长圆木里，却是肮脏不堪，臭气熏天。

"真是乱弹琴！"住在圆木里的老豪猪讥讽地说，"是谁的脚底长癣痒痒了吗，闲得没事儿去关心猪草一家？我敢说，他们就是那种长在鼻子上的让人讨厌的疙瘩！"

豪猪的全名是艾瑞斯纵·多萨托姆，但他坚持让别人叫他艾瑞斯。艾瑞斯身上总是臭烘烘的，扁平的脸上长着黑色的钝鼻，还有坚硬的灰色胡须，整个后背上都覆盖着锐利的刺。

此刻，他正在跟一只名叫樱树的鹿鼠说话。

樱树长着柔软的橘黄色皮毛，只有圆滚滚的肚皮是雪白的，非常可爱。她还长着一个小巧的粉红色鼻子，鼻子上是浓密的胡须。她的脚趾很小，尾巴却很长，耳朵相对来说又大又黑，左耳上还戴着一只耳环。说是耳环，其实只不过是一根细链子上面拴着一颗紫色的塑料珠。

"艾瑞斯，"樱树解释说，"要是你的一个孩子出了事，难道你不想知道究竟发生了什么吗？"

"听着，鼻涕虫脑子，"艾瑞斯不耐烦地说，"我以为你喜欢住在我附近，以为你是我的朋友，但你要是想卷铺盖走人，想忘记我而去结交新朋友，开始新生活，随你便！我还有许多事要做。"

"比如呢？"樱树问道。

"比如吃，"艾瑞斯气冲冲地回答，"还有睡觉。"他抖了抖身上的刺，朝圆木深处走去。

"艾瑞斯，"樱树跟在他身后恳求道，"让我再解释一遍，猪草是只赭鼠，跟我遇见过的任何一只老鼠都不同。当他来到这里之后，我就爱上了他。"

"爱！"艾瑞斯不屑一顾地说，"你可以把爱放在蜂窝里，然后慢慢嚼着吃了。"

"可我确实爱他，"樱树坚持说，"而且我们……我们当时都准备结婚了。"

"结婚！"艾瑞斯嘲笑道，"你还不如一头扎进马桶里算了！记得带上两个通马桶的搋子。"

"但是，"樱树继续耐心地说，"那只猫头鹰，奥凯茨杀了他，而且还……"

"樱树，打住吧！这个烂故事我已经听了上百遍了！"

"我不过是想把猪草的遭遇告诉他的父母，"樱树气恼地说，"你不觉得他们应该知道这件事吗？而且，我想把这个给他们，这样，他们就能有一件猪草的纪念品了。"说到这里，她摸了摸耳环。

"听着，大嘴巴，"艾瑞斯说，"相信我，他们跟我一样，根本不会在乎猪草发生了什么。学聪明点儿吧，你要是连这也不知道的话，就真是蠢到家了。"

"是这样的，艾瑞斯，"樱树坚持说，"如果你跟我一起去的话，这趟旅行会愉快得多。那将会是一场冒险，我们可以一起去看世界。"

"啊，你这个顽固不化的冷冻青蛙卵！"艾瑞斯大叫道，"我不想看世界，我讨厌到处走，我讨厌做任何事！我就喜欢自个儿待着！最重要的是，我对有关猪草的事已经听够了，听恶心了！所以去他的吧！"说完，艾瑞斯继续朝圆木尽头走去。

樱树懊丧地叹了口气，她轻轻摸了摸猪草的耳环，走到圆木的出口，凝视着幽光森林。

这片巨树参天的

森林是她的家，这里一会儿昏暗，一会儿被阳光照亮，总是那么平静，却不乏生命的喧嚣。尽管樱树热爱这片森林，舍不得离开，但她觉得这趟出行是必须的。

樱树不得不承认，艾瑞斯没有理由跟她一起去，他从来没见过猪草。况且樱树并不清楚猪草的家到底在哪儿，猪草从没详细地跟她说过。他提到他家所在的地区时，用的是"林地"这个说法，说那个地方距离幽光森林有几千米远。

有一次，猪草告诉她，他家的巢穴就在一条小溪的岸边。他把那里简单地称作"小溪"。

"那是个很不错的地方，"猪草说，"但是，你明白吗？无聊，极度无聊。在那里永远也不会有任何变化。"

"跟我说说你的父母吧。"樱树曾要求过。

"我妈叫三叶草，我爸叫缬草，"他说，"作为父母来说，他们相当够格。但是，我要去看这个世界，所以就离开了他们。"

"他们同意你离开吗？"樱树被猪草的故事吸引住了，情不自禁地问道。她不但从没有出过远门，而且她相信自己的父母永远不会同意她那样做。

猪草笑了起来，说："不同意，他们很难接受我的决定，特别是我老妈。但是，小姐，身为老鼠，就要做老鼠该做的事。"

"以后你会回家吗？"樱树很好奇。

"当然，有朝一日。嘿，到时我会带你一起回去的。"猪草许诺说，"我保证你会喜欢我的家人，他们都会觉得你非常可爱的。"

"为什么？"

"因为你是我最心爱的姑娘啊！"

樱树还记得，猪草说完后，以他特有的滑稽方式冲她挤了挤眼。

可是现在，猪草死了，樱树希望能把这个不幸的消息告诉他的父母。也许，她沉思着，她是想以这种方式，跟自己曾经爱过的鼠做最后的告别。

虽说如此，要独自走那么远可不是一件容易的事。

樱树并不害怕路远，也不害怕单独行动。她只是单纯地想找个同伴。当然，她有许多姐妹兄弟，还有表亲，但是对她而言，最好的朋友豪猪艾瑞斯，才是这趟冒险旅程的最好伙伴。可是，艾瑞斯拒绝了她。樱树叹了口气。有那么一会儿，她觉得也许艾瑞斯是在嫉妒猪草。

随后，樱树想到，可能只是因为艾瑞斯觉得自己老了。他生性骄傲，所以不会服老的。想到这里，她有点儿后悔自己刚才那么逼他。

不管了，樱树下定决心，既然想去，就自己去好了。

"我在路上肯定会遇到有趣的伙伴的，而且，等我到了猪草说的小溪时，一定会感到愉快和平静。"回想起猪草对小溪的描述，她不禁微笑起来。"到时我可以享受一下无聊的生活。"她心想。

樱树回到圆木里，去跟艾瑞斯告别。艾瑞斯坐在最里面臭烘烘的地方，像小孩舔棒棒糖一样在舔一块盐。

樱树尽量屏住气，开口说："艾瑞斯，我是来跟你说再见的。"

艾瑞斯满不在乎地哼了一声。

"还有……艾瑞斯，我想跟你道歉。"

"为什么？"

"我不该要求你一起去。"

艾瑞斯停下来，不舔盐了，乜斜着眼，气呼呼地看着樱树追问："为什么？"

"我应该想到的，你太老了，不能再这样长途跋涉了。"

盐块啪嗒一声从艾瑞斯的爪子上掉到地上。

"太什么？"他大声问。

"那个，你明白的，"樱树小心地选择措辞，"上了年纪。"

"你是说我老了？上了年纪？"艾瑞斯叫道，浑身上下的刺唰唰响，"你是蜜蜂乱放屁！我想做什么就做什么，想去哪儿就去哪儿，想什么时候去就什么时候！你是想让我把你拍扁吗？"

"但是，艾瑞斯……"

"听着，你这个腌黄瓜尾巴的长毛鼻屎球！我随便哪天走都不会比你慢，晚上也是！你这个滑不溜丢的松鼠球！"他咆哮着说。

"你是说，你跟我一起去？"樱树忍不住笑着大叫道。

"找个桶装你的大鼻涕吧！"艾瑞斯吼道，"你还没搞清

楚吗？不是我跟你去，是你跟我去！"

　　说着，艾瑞斯从樱树身边冲过去。他跑得又急又猛，身上的刺像梳子一样在樱树的肚皮上划过，把她肚皮上的毛划成了整齐的二十七排。

　　樱树大笑着追了上去。

3

夜晚的思绪

艾瑞斯走得非常快，樱树不得不小跑着追赶他。

她不停地喊："慢一点儿！等等我！"但是艾瑞斯根本不理会。当跑到幽光森林最深处时，艾瑞斯才停了下来。

樱树终于赶了上来，看见艾瑞斯正在平静地咀嚼着从树上剥下来的嫩树皮。

这是一个昏暗的地方，高大的树木挡住了阳光，可是却挡不住炙热。空气黏稠得好像糖浆一样，散发出臭菘和腐烂的蘑菇气味。

"这是哪里？"樱树气喘吁吁地一边问，一边坐到地上休息。

"森林。"艾瑞斯得意地回答。

"太不可思议了!"樱树一边说一边四处张望。以前她知道幽光森林很大,但直到现在她才真正体会到过去的所见所闻是多么有限。

"现在说正事,"艾瑞斯说,"你之前说我们要去什么地方?"

樱树还没有缓过来,气喘吁吁地回答:"一个叫小溪的地方。"

"什么?你这个糊涂虫!"艾瑞斯吼起来,"这个森林里可能有上百万条小溪,别跟我说这是你知道的唯一的名字!"

"艾瑞斯,猪草只跟我说过它位于森林的西边。"樱树解释道。

"你这个没脑子的蟑螂脚!"艾瑞斯抱怨道,"照你这么说,我们根本没法儿确定具体位置。"

"可以的,"樱树说,"不是东边,不是北边,也不是南边,是西边。"她抬头看看天空,尽管茂密的树叶挡住了太阳,但仍然能够确定太阳在天空中的位置。

"现在是下午,那个方向一定是西。"樱树指着一个方向说。

"好吧，"艾瑞斯让步道，"但我们怎么才能知道是哪条小溪呢？"

"艾瑞斯，我们不用立刻知道所有的答案，不是吗？只要往前走就好了，反正也不着急。"

"但是如果我们能早点儿到，就可以早点儿回。"艾瑞斯回答。

樱树站起来继续赶路。这次，她走在了前面。艾瑞斯跟在后面，嘴里嘀嘀咕咕，不停地抱怨猪草。

两个朋友肩并肩地赶路。他们一直向西走，几乎不怎么说话，直到暮色降临才停下来。一路上，一条小溪都没有看到。

"我觉得我们最好先找一个地方过夜。"樱树提议说，她累坏了。

"旅行的时候，我都是在树上睡觉。"

"我没问题，"樱树回答，"你喜欢就好。"

"不是随便什么树都可以，一定要舒服才行。"

"明白。"

"高度要合适。"

"好的。"

"气味也要合适。"

"赶快选一棵，艾瑞斯！"樱树不耐烦地叫道。

艾瑞斯嘴里嘟囔着，步子沉沉地走来走去，仔细检查经过的每一棵树。樱树跟在他身后，不时停下来吃几颗路边找到的种子。她不在乎睡在哪儿，只要有艾瑞斯陪着，就觉得很安全。没有人敢招惹艾瑞斯和他的尖刺。

终于，艾瑞斯选中了一棵树干很粗的落叶松——枝干粗壮，味道浓烈。

艾瑞斯笨拙地从一根树枝爬到另一根上，樱树跟在他身后。

爬到一半，艾瑞斯认准了一根特别粗的树枝。那根树枝从主干斜伸出来，宽而平稳，就像一个平台。

"我觉得这里不错。"他一边说一边趴在上面。

"你不介意我离你近一点儿吧？"樱树问他。

"近一点儿？"艾瑞斯嘲讽地说，"你怎么不干脆说，'你不介意我枕在你身上吧？'"

"我还是更喜欢说'近一点儿'。"樱树笑着说。她在艾瑞斯的两只前爪之间蜷成一个球，放松地做了一个深呼吸。

尽管空气中松树的气味有些刺鼻，樱树还是能闻到附近的花香。这让她很开心，因为她喜欢花，不管什么品种的都喜欢。

　　森林里的夜晚充斥着各种各样的声音。她听见不知什么动物轻轻走过的脚步声，蛇滑过的声音，蛙鸣声，蟋蟀的叫声，还有微风不时吹过树叶发出的沙沙声。

　　是黑夜在跳舞，她在心里默默地想。

　　星星看上去那么遥远，樱树很想知道还要走多远才能到达。

　　她满足地喟叹了一声，靠艾瑞斯更近了一些。她很清楚艾瑞斯并不是一个容易亲近的伙伴，但他是她的朋友，她喜欢他的善良和鲁莽。而且，不管艾瑞斯是有意还是无意，他有办法让她不总去想这趟旅行的终点，即她将要面对的伤心一幕——跟猪草父母的会面。

到目前为止，这趟旅行跟她预期的完全一样。她感到自己的痛苦有所减轻，而且她相信，等见到猪草的父母，把这个伤心的消息还有猪草的耳环送达之后，她就可以回家继续自己的生活了。这个念头让她感到安慰。不知不觉，她开始昏昏欲睡。

这时，艾瑞斯打破了沉寂。

"樱树，"他粗声大气地说，"在你将猪草的遭遇告诉他的父母时，我是不会在场的。"

"为什么？"樱树打了个哈欠，问道。

"因为这属于家庭事务，我讨厌这一套。"

"艾瑞斯，随便你怎么做都行。"

"我就是这样的，一贯如此。"

"好的。"

樱树又打了一个哈欠，闭上眼睛。

艾瑞斯接着说："那都是些愚蠢的感情，我们豪猪从来不讲什么感情。"

"一点儿感情也不讲吗？"

"对盐……也许有一点儿。"

樱树没有回答，艾瑞斯补充说："这样最好不过了。"

"为什么？"樱树迷迷糊糊地问。

"啊，花栗鼠奶酪，没……没有为什么。"

樱树太困了，没有继续争辩下去。她在想：该怎么对猪草的父母说？他们会不会因为猪草的死而责怪她？樱树打了个哈欠，把尾巴放在鼻子下，很快进入了梦乡。

艾瑞斯注视着黑暗，自言自语道："这真够蠢的，我就不应该来。猪草，除了猪草再没别的了！总是想着那只老鼠！"

4

溪水上涨

随着河狸的堤坝越建越高，河水一寸寸地上涨，贪婪地舔舐着低矮的河岸，几乎要把它们整个吞掉；接着到处漫延，渗入每一处裂缝；在动物们的小道上流淌，直到彻底冲掉道路的痕迹；吞噬花朵和草地，把它们变成浑浊的泥浆；冲刷着灌木和树林，树根、树叶和树枝统统被淹没……山丘变成小岛，无数的巢穴浸泡在水中。

没有什么能阻止河水的肆虐。

三叶草和缬草眼睁睁看着河水上涨，却无能为力，对于巢穴面临的厄运，感到难以接受。毕竟，他们在这个地方生活了好多年。在这么漫长的时间里，经过了多少场风暴，多少次干旱，多少个严冬？所有这些问题的答案都一样：许多，许多，许多。

"河狸们为什么要这样做？"孩子们问。

"公平地讲，"缠草的喉咙有些发紧，脸上一副受伤的表情，"小溪并不归我们所有，不是吗？你们不认为河狸跟我们一样有权住在这里吗？"

"但是他们的池塘越来越大，挤占了所有的地方。"一个孩子抗议道。

缠草叹了一口气："也许我可以跟他们谈谈。"

他尽力把灰白的胡须梳理整齐，然后忧心忡忡地走到刚刚建成的池塘边。

原先，小溪两岸树木成荫，可是现在，新池塘的四周到处都是带着牙印的被啃断的树桩。过去的小溪非常宁静，现在到处充斥着河狸们干活儿的噪音。站在那里只一小会儿工夫，他就听到了又一棵大树倒下的声音。

缠草皱了皱眉，冲着池塘喊道："喂，我能跟你们哪位谈一下吗？"

一只河狸停下来看了看他，说："嘿，老伙计，你好吗？"

"我很好，谢谢。"缠草礼貌地回答。

"你是谁？"那只河狸问道。

"我……我就住在这里。"

"是吗？不错啊，有什么事吗，老兄？"

"我想跟卡耐德先生谈一谈。"

"卡斯？他可能正在忙，我去看一下。"说完，那只河狸潜入水中。

缬草不安地走来走去，尾巴紧张地抖动着。

过了一会儿，卡耐德先生浮出了水面。"嘿，老兄！很高兴再次见到你！"他叫道，"你叫什么来着？"

"我叫缬草。"

"缬草，我记起来了。有事吗，老兄？"

"是这样的，先生，这个……你们的池塘……"

"很壮观，不是吗？"卡耐德先生大声说。

"是的，但是我在想……我的意思是，小溪不归谁独有，所以，自然……我们理当共享，但是我们……嗯……我们想知道到底……那个……你们想建多大？"

"多大？"卡耐德先生叫道，"跟你说，老兄，好戏还在后面呢！我们要建的是国际一流的池塘，完美组合，顶级水平，了不起的杰作，巨型工程！嘿，老兄，卡耐德公司出手可都是大手笔。"

"但是，"缰草可怜巴巴地说，"如果你们建得太……太大，就会把我们这些住在附近的居民……赶跑的。"

"听着，老兄，"卡耐德先生说，"这么跟你说吧，你要是留下我会很高兴，你看起来很体面，衣着整洁，举止文明，不是那种惹是生非的人，是吧？"

"是的，先生。"

"好极了！我很高兴跟你做邻居。我们的口号是：'进步，但绝不制造痛苦！'但是如果你要搬走，也没问题，祝你们旅途愉快，一帆风顺。再见！幸会！"

"我们不能找一个折中的方案吗？"缰草恳求道，"这样，我们就都能留在这里了。"

"老兄，这个问题我仔细想过了，我的答案是，河狸要做河狸该做的事。你看，你的问题我已经回答了，这一切再

清楚不过了。嘿，很高兴跟你谈话，老兄，非常愉快，真的。祝你有美好的一天，我是诚心诚意的。"说着，他一个猛子潜回了水中。

缬草回到巢穴，比去的时候更加灰心丧气。

"他们怎么说？"孩子们问。

"我们得搬家了。"

于是，缬草和三叶草开始忙乱地寻找别的适合居住的地方，但这并不容易。即便是在时间允许的情况下，也很难找到好的巢穴。而且他们拖的时间太久，其他面临同样困境的动物大多已经搬走了。不过，他们终于在山上找到了一个勉强可以容身的新家。新家在山脊顶上，是一个狭小潮湿的洞穴，可以俯瞰到新建的池塘。洞穴的上方有一块岩石可以当作屋顶。

岩石立在山顶，看上去岌岌可危。缬草打量着它，很担心要不了多久它就会滚落山崖。想到某个夜晚，岩石轰隆隆滚下去，孩子们却毫无防护，这对他来说犹如噩梦。

三叶草叹了一口气说："看样子，能凑合着住。"

"我想应该可以。"缬草表示同意，尽量不流露出自己的担心。

把十三个孩子塞进一个潮湿阴冷的洞穴不是一件容易的事，但他们两个对此闭口不谈。

即便找到了新的住处，他

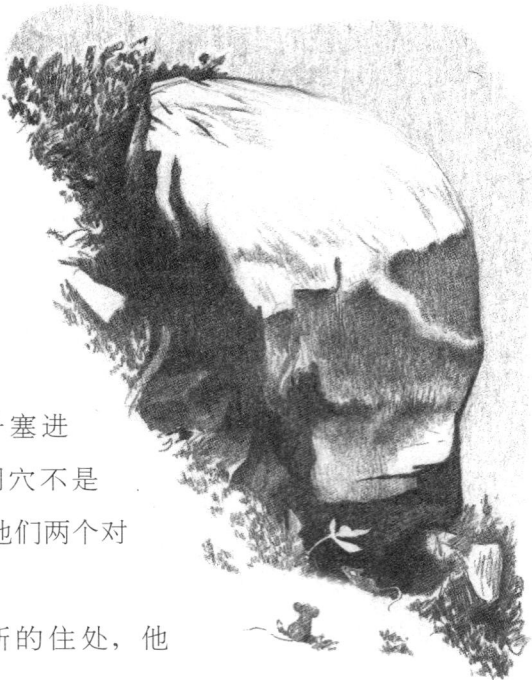

们还是一再推迟搬家的时间，因为那实在太痛苦了。直到水开始涌进巢穴长长的通道，主卧室几乎变成水洼的时候，他们才开始打包行李。

所有的物品都浸了水，发霉了，很容易就能堆到一起，被拖出通道。难的是说服孩子们搬家。

"我们非搬不可吗？"一个抱怨说。

"但是妈，我的朋友们怎么办啊？"另一个问。

"这水也没有那么糟糕，"第三个说，"我们可以做筏子，或者建一个船屋，再不然就从一个房间游到另一个房间，这不是很酷吗？"

第四个则说："你们真的、真的、真的能保证，等水退了之后，我们还回到这里来？"

"亲爱的孩子们，"三叶草说着，眼泪止不住地流下来，"我们也是不得不离开这里。"

在这些留在家里的孩子中，黑麦是最年长的一个。像所有的赭鼠一样，他的皮毛是土黄色，尾巴不是很长，耳朵又小又圆。他的嘴巴上刚长出柔软的胡须，右耳有一个小小的缺口，是小时候一场意外事故造成的。

黑麦从没离开过家。他声称自己留在家里是为了帮父母照看那些小不点儿，其他老鼠却认为那是因为他喜欢做老大的感觉——猪草离开之后，他就成了老大。

"黑麦！"缬草说，"带上几个弟弟妹妹，去找家里其他亲戚，跟他们说，我和你妈妈要搬到高地去，顺便告诉他们我们新家的地址。"

黑麦感到非常自豪。在家里发生变故的紧要关头，他被选中去通知分散在外的家人。

他的同胞妹妹奶蓟尖声问道："每个都要通知到吗？"她甚至不清楚自己有多少个兄弟姐妹。

"当然，"缬草坚持说，"所有的。"

"赶快去吧，黑麦，"三叶草说，"时间紧迫。"

黑麦、奶蓟，还有弟弟羊蹄草，听出父母声音中的焦急，迅速按要求分头行动。

当天晚些时候，全家开始搬迁。

当孩子们都走出洞穴，三叶草和缬草握着彼此的爪子，肩并肩站在一起，一个矮小肥胖，一个身材瘦长。他们站在旧家前，留恋地看了最后一眼。

突然，三叶草想起来："缬草，猪草怎么办？"

"什么怎么办？"

"谁去告诉他我们的新住址？"

缬草扯了扯胡须说："三叶草，亲爱的，要我说，如果猪草回来的话，他会明白发生了变故。"

"你说'如果'是什么意思？"三叶草哆嗦了一下。

"我就是随口一说。要说我们的孩子中哪个聪明，非猪草莫属，等他回来，他一定会找到我们的！"

说完，三叶草和缬草匆匆走出巢穴。

几个小时之后，旧家完全被水淹没了。

5

争 执

搬家之后的一天，黑麦、奶蓟和羊蹄草趴在一处黑莓树丛下，眺望着池塘。

"来了一只。"黑麦低声说。

在池塘中距离大坝不远处有一个特别大的木头堆，一只肥胖的河狸爬到上面，把烂泥涂在木头堆的顶部，然后抹平。

"那是他们的主巢。"黑麦用一种权威的口气说。事实上，这个消息是缬草头一天告诉他的。

"他们怎么进到里面呢？"羊蹄草问。在全家所有老鼠中，羊蹄草的个头儿相对矮小，而且像他的母亲一样圆滚滚的。

　　"水下有一条通道，"黑麦回答说，"得潜入水里很深的地方才能进去。"

　　"真酷！"奶蓟低声说。她身材细长，胡须斜向后，耳朵窄窄的，擅长游泳。

　　"这不叫酷！"黑麦厉声说，"他们没有权利来到这里霸占一切！看看我们的巢成了什么样子，完全被毁了！你还把这称为酷？"他抬起一只爪子，朝水面挥了一下。

　　奶蓟畏畏缩缩地辩解说："我的意思是，河狸们的家很……别致。"

　　"快看！"羊蹄草悄声说。

　　三只河狸在靠近岸边的地方浮出水面。他们翻来滚去，用巨大而扁平的尾巴击打着河水。

"他们块头可真大!"奶蓟的声音中充满敬畏。

"他们看起来玩得很开心。"羊蹄草羡慕地说。

"开心!"黑麦压低声音愤怒地说道,"我恨他们! 我倒是很想拿他们开开心!"

"等猪草回来了,会教训他们的,"羊蹄草说,"猪草谁也不怕。"

"猪草走了,"黑麦粗暴地打断羊蹄草的话,"而且,谁需要他? 我不怕他们!"

奶蓟睁大眼睛,吃惊地瞪着她的哥哥:"你是说,你准备……跟他们谈判?"

"这没什么大不了的。"黑麦答道。

"只不过猪草做事不会声张,"羊蹄草哧哧笑着说,"通常他会直接去做。"

黑麦觉得浑身燥热:"我也能做到。"

"我打赌你不敢,"羊蹄草故意刺激他,"你肯定不敢。"

黑麦突然有些紧张:"要是你们跟我一起,我就去。"

"你先去。"奶蓟说。

黑麦重新打量了一下那些河狸。

"看吧,"羊蹄草说,"我就说你不能跟猪草比!"

黑麦狠狠地瞪了羊蹄草一眼，爬出灌木丛。为了平复怦怦直跳的心，黑麦扯了扯胡须——他总希望自己的胡须能更黑、更硬一些，又舔了舔胸口的毛，然后夹着尾巴，两腿哆嗦着朝池塘走去。

走到半路，黑麦停了下来。"你们到底来不来？"他回头喊道，希望自己的声音听上去很自信。

奶蓟急忙走到黑麦身边，然后他俩一起回头看。

"你怎么回事？"黑麦问道。

羊蹄草磨磨蹭蹭地跟上来。

三只赭鼠慢慢靠近水边河狸嬉戏的地方，河狸们没有理睬他们。

"去，告诉他们你的想法。"羊蹄草边说边推了一下黑麦，"你知道猪草会怎么做的。"

黑麦紧张不安，但他别无选择。他用两只前爪做成喇叭状，放在嘴边，让声音听起来更响亮。

"嘿，你们几个！"他喊道。

河狸们停止玩耍，四下望了望。水珠从他们的鼻子上啪嗒啪嗒地流下来。

"你在跟我们说话？"一只河狸问道。

"是你们破坏了我们的小溪，不是吗？"

河狸们互相交换了一下眼色，其中一只游到赭鼠身边。
她长着巨大的橘色门牙，吓得三只赭鼠倒退了好几步。

"我叫克莱拉，克莱拉·卡耐德，你叫什么名字？"

"黑麦。"

"黑麦，你有什么问题吗？"

黑麦深吸了一口气，说："你们河狸闯进了我们生活的地方，还……还……霸占了一切！毁掉了小溪！毁掉了土地！毁掉了我们的巢穴！你们既自私又贪婪！"

"嘿，伙计！"克莱拉回敬道，"建池塘是一种进步。"

"进步？"黑麦喊道，"对你们来说也许是进步，但是其他动物怎么办？说到底，有谁邀请你们来的？"

"没谁邀请我们，"克莱拉回答道，"难道这条小溪归你们赭鼠所有吗？"

"嗯……不是。"

"有没有牌子写着'只限赭鼠使用'？"

"没有，不过……"

"这是一个自由的国家，是不是？"

"我想是……"

"既然这样，你不觉得我们有权在这里建造住宅吗？"

"但这是不对的！"黑麦困惑地叫道，"你们毁了我们的巢穴。"

"嘿，很抱歉听到这个消息，"克莱拉回答说，"但是进步总是要付出代价的。"

"但……是谁付出了代价？"黑麦愤怒地喊道，"是我们！是住在这里的动物！你们只是让水不停地上涨！上涨！上涨！"

"嘿，要是你有点儿礼貌的话，我会很高兴跟你多说两句，"克莱拉答道，"但要是你只会大吵大嚷，我就没有必要听下去了。"说着她转身游走了，尾巴高高抬起，重重击打了一下水面，溅起一股水花，把赭鼠们浇了个透湿。

赭鼠们湿淋淋地跑开了。奶蓟跑了几步又停下来，回头朝河狸们大喊："你们等着！等我哥哥猪草回来，他会收拾你们的！"

6

黑 麦

在河边与河狸们的会面让黑麦感到既羞辱又愤怒。让他难受的不只是河狸，还有那些谈到哥哥猪草的话。

黑麦爱这个哥哥，很爱，羡慕他，也尊敬他。但是，猪草在家的时候，对黑麦不是戏弄就是教训，告诉他怎么做最好，说他哪里又做错了。黑麦讨厌被如此对待，打心眼儿里反感。

所以，有时黑麦认为自己恨猪草。似乎不管他怎么做，全家上上下下——妈妈、爸爸、兄弟姐妹们，都觉得只有猪草才是最棒的。黑麦认定他们总是拿他跟猪草比较，认为他不如猪草。在黑麦看来，这不公平。

"我不是猪草，"他总是提醒他们，"我就是我。"

黑麦和猪草长得非常相像，不过这并不能改变黑麦的处境。黑麦比猪草小几个月，跟猪草一样身材瘦长，有着同样敏锐深邃的眼神，还有引人注目的鼻子。家里大多数鼩鼠区分两兄弟的办法就是看黑麦右耳朵上的那个小缺口。

猪草生性鲁莽，狂妄自大；而黑麦则被认为更爱沉思默想，有点儿像个梦想家。

"一个浪漫主义者。"三叶草曾经伤感地摇头叹息。

黑麦经常在草地附近散步。他喜欢躺在花朵下，梦想着浪漫的冒险。

等他拿着花回到家，别人问他都做了些什么，他会回答说："没做什么，想了些事情而已。"

"你都想什么了？"

"今天吗？想想天空，云，还有……花朵。"

只有当猪草离开家之后，黑麦才感觉活出了自我。现在他是家里最大的孩子，比他小的敬重他，父母倚重他，他的意见被听取，他的话也受到重视。

但即便如此，黑麦还是担心一旦猪草回来，一切又会恢复如初。他试图跟河狸谈判的时候，羊蹄草说的话不就说明了一切？

所以一点儿也不奇怪，对黑麦来说，有时候他希望猪草再也不要回来。当然，这样的话他不会说出口。而且，他也为自己有这样的想法而感到羞耻。这似乎很不正常，还有些不道德。

在冲河狸吼叫谩骂结果却被浇了一身水之后，黑麦满腹郁闷地回到新家。更糟糕的是，似乎没有谁理解他为什么闷闷不乐。

"黑麦是怎么回事？"一个弟弟问奶蓟。

"做白日梦呗。"

"他总是在做白日梦。"

当天晚些时候，缬草出门找食物，招呼黑麦跟他一起去。黑麦很不情愿地起身跟了过去。

父子两个走在岩石后面的一条小路。这条路通向一片向日葵地。这些向日葵是几年前人类种植的——至少老鼠们这样认为，从那以后，年年都长。巨大的黄色圆形花盘，就像许多个被绳子拴住的太阳，不断起伏和晃动。更妙的是，对老鼠们而言，这里是采集葵花子的天堂。

黑麦和缬草采集了一堆葵花子。突然，缬草问："黑麦，你怎么了？有些无精打采的。"

"哦……没事。"黑麦嘟囔着说。

"真的?"

"真的。"黑麦觉得要说出心里话很困难。一直以来,他都认定没有谁会乐意听他说话。在这一点上,他希望自己能像猪草那样。猪草总是可以对任何人讲出自己的真实想法。

缬草倚着一个树桩坐下来,嘴里叼着一片草叶,胳膊枕在脑后。"河狸们的工程,小溪,还有他们所做的一切实在令人烦恼,真是的!不过,全家状况暂时都还不错。当然,你妈妈很了不起,她向来如此。你知道你有一个多么棒的妈妈,是吧,儿子?一个可爱的生灵,"他喃喃地说,"真的可爱。"

"我想是的……"黑麦说着在父亲身边坐了下来。

"事实上,"缬草伤心地摇了摇头,继续说,"我们几乎无能为力。河狸们高大强壮,根本不听我们说什么,我只希望他们能不要再建下去了,现在,当然……"缬草的声音低了下去。

"当然什么?"黑麦问。

缬草扔掉草叶,把手伸向那堆葵花子。他看了看,选了一颗葵花子,在胸口擦了擦,咬了一口。

"说啊。"黑麦催促道。

"哦，"缬草终于开口说，"你妈妈没有直说，但她的话中时不时透出那个意思，我相信她是认为一旦猪草回来，所有问题就会迎刃而解了。"说完，他打量着手里的葵花子。

黑麦身体变得僵硬起来："你也是这样认为的吗？"说着，他还准备站起来走开。

"不是的。"缬草回答。他又咬了一口葵花子，若有所思地嚼着。

"你不这么认为？"黑麦惊讶地问道，"为什么？"

缬草没有回答，只是默默地注视着远处，时不时咬一口葵花子。

"儿子，外面的世界很大，有各种机遇，也有许多危险。你哥哥不知畏惧，喜欢尝试新事物。在我看来，他要回来，早就回来了。"说到这里，缬草的声音有些颤抖。

黑麦震惊地问道："你……你的意思是……他出事了吗？"说这话时，他感到世界的一角仿佛塌了。

缬草无言地点了点头。过了好一会儿，他才开口说："我不能确定，但是很明显，不是吗？"

他又停顿了一下："可是，我有这种……不祥的预感。"

"但……那太可怕了。"黑麦注视着父亲悲伤的脸。然而，他心里不是就希望这样吗？

"是的，很悲惨，没错。"他的父亲说。

"你觉得，我该去找找他吗？"

"不，"缬草说，"谁也不知道猪草去了什么地方。要是他想回来，到时会自己回来的，而且我们不希望你也消失。"

黑麦犹豫了一下，还是忍不住问道："为什么？"

"我们需要你，黑麦，"缬草说，"非常需要。"

黑麦激动得几乎要流泪了，但是他紧接着问道："这是不是意味着如果……如果猪草回来，你们就不需要我了？"

"儿子，我要说的是，我觉得猪草不会回来了。"

黑麦意识到父亲并没有正面回答他的问题。如果猪草回来，他又将处在什么位置呢？他感到很失望，但是并没有追问下去。他的脑子已经够乱了。

那天晚上，黑麦失眠了。他跟全家共同挤在一个没有隔断的巢穴里，不断地回想和父亲的谈话。

猪草到底发生了什么事？这个哥哥会回来吗？如果他回来了，会怎么样？黑麦特别想知道如果猪草回家，自己会怎么样，还会继续被忽视吗？

黑麦越想越觉得自己不受重视。他忘记了父亲跟他推心置腹谈话时那种满足的感觉。他想的只是："爸爸不想我离开，仅仅是因为猪草走了。"

跟着，黑麦又想："有谁在意过我吗？"对此，他立刻给出了自己的答案：没有，谁也没有。

　　他想，也许去找猪草对自己来说是件好事。等找到猪草，黑麦会告诉猪草家里需要他，而黑麦自己则会离开家，去冒险。

　　另一方面，黑麦想，就算没找到猪草，但如果能知道猪草出了什么事，把消息带回家也是好的，这样不仅能让大家不再担心，而且他从此就可以永远占据长子的位置了。

　　已经是午夜了，除了黑麦，大家都睡熟了。黑麦蹑手蹑脚地爬起来。他没有特别需要或想带的物品。不过，他想最好还是给父母留个字条，说明他的去向。也许他们会认为他的行为很勇敢，而且对全家都有帮助。

他找到一片浅色的叶子，写了一个便条道别：

亲爱的爸妈：

　　再见！

　　我到广袤的世界寻找猪草去了。

　　别担心，我会回来的！

爱你们的儿子

黑麦

黑麦深吸一口气。夜晚的空气甜美而芬芳，这是植物生长时散发出来的气息。月亮静静地挂在黑色天鹅绒一般的夜幕上，青草踩上去软软的。整个世界显得安宁而圆满。

黑麦瘦削的胸膛激动地一起一伏。啊！他终于要做一件大事了。他将受到众人瞩目，他们会纷纷对他说："黑麦，见到你真是太高兴了！"

但是，黑麦又止不住地想，这样做对吗？然后他又自我安慰道，我这么做是为了全家，跟我自己没有一点儿关系。

带着这个坚定的想法，黑麦动身了。

他朝东走去。

7

卡斯特·普·卡耐德公司

　　河狸的巢穴是一种巨大的拱形结构，用树枝、木棍搭成，上面涂抹着烂泥。河狸们要进入巢穴，需要从一个水下通道游过去，就像缬草告诉黑麦的那样。

　　拱顶上方有一个通风的小洞，新鲜的空气能够从这里进入巢穴。尽管如此，巢穴里面仍然闷热又潮湿，仅有的一点儿微光还是零星几只萤火虫发出来的。那是河狸们特意捉来放在巢穴里的，为的就是照亮巢穴。

　　卡斯特·普·卡耐德先生站在巢穴最里面。他将爪子交叠放在圆滚滚的肚皮前，满意地四下打量着。眼前的一切让他备感舒心：一大家子，十二只河狸，盘坐在尾巴上，专注地望着他。不管是妻子、孩子、表亲，还是兄弟姐妹，他都一视同仁。换句话说，他是所有河狸的头儿。想到这里，他咧开嘴露出一个大大的微笑。

卡耐德先生的一只爪子抓着一根树枝。那是他的教鞭。他旁边是一大块固定在墙上的树皮，上面画着河狸们刚建造好的池塘。

"好了，"卡耐德先生用树枝敲了敲"树皮图纸"，开口说，"这里是我们已经建成的堤坝。我得说，这是一座很结实的大坝。是的，各位，卡耐德公司建造大坝，从来不会拖拖拉拉，对不对？"

"说得对，卡斯！"几只河狸用尾巴拍打着泥巴地板，嚷嚷着表示赞成。

"是的，"卡耐德先生继续说，"所有的旅程都始于第一步。显而易见，我们要建造这个地区最大、最好、最有用的池塘。相信我，千真万确，我们能做到！一位老哲学家曾说过：'如果你见树不见林，那就把树砍倒。'"

"听着，有好消息也有坏消息。好消息是，到目前为止，我们的池塘建造工作完成得很出色，非常棒，"卡耐德先生用小棍敲了敲树皮，"坏消息是罗马不是一天建成的，我们要做的还有很多。"说完他咯咯地笑起来。

"这提醒了我，谁能为这个工程想一个好名字？当地人把这里叫'小溪'，这名字听起来太乏味了，叫这样的名字，我们一间住宅也卖不出去。在我看来，这个名字没有任何特色。"

"嘿，卡斯，"一只河狸喊道，"叫'湿地仙境'怎么样？"

"或者，叫'水世界乐园'。"另一个提议说。

"泥巴公寓。"第三个说。

卡耐德先生对所有的建议都报以微笑。"很好，很好，"他说，"继续开动脑筋，这些都不错，但我们需要的是能让人怦然心动，具有震撼力和冲击力的超级名字。要能一箭穿心，一杆入洞，一拳倒地！我实实在在告诉你们，我最欣赏的就是独创性，当然前提是符合要求。

"所以，当然，我也开动脑筋，想了一个名字，听了会让你们惊掉下巴——卡耐德可爱公寓！来，一起大声念出来——卡耐德可爱公寓！怎么样，是不是很吸引人？这可是真正的创意！"

回应他的是一片尾巴拍地的声音。

"好！我们一致赞同！从现在开始，这个工程就叫作卡耐德可爱公寓。"

"现在，"卡耐德先生用小棍指点着继续侃侃而谈，"从这里的这个堤坝开始，卡耐德可爱公寓要继续扩建，这里，这里，还有这里，伙计们，你们觉得怎么样？"说到这里，他咧嘴笑起来，橘色的门牙全部露出来。

　　又是一阵拍打尾巴的声音。

　　"至于巢穴，我们把它们建在这里，这里，还有这里，

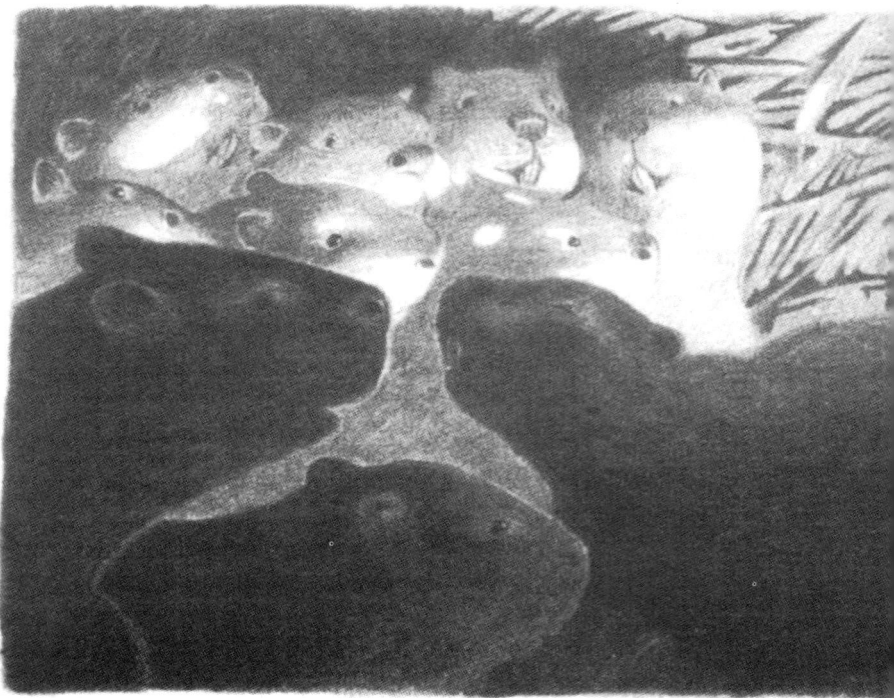

那边再修几条水渠。"卡耐德先生指着树皮上不同的地方说。

　　"我知道这个工程量很大，但不要忘记龟兔赛跑的故事。我们不想让脚下长草，我们想要的是脚下涨水，越多越好。我能告诉你们的是，'卡耐德可爱公寓'肯定是湿漉漉的。"

　　"我忠实而勤奋的员工们，"卡耐德先生说，"我们是最

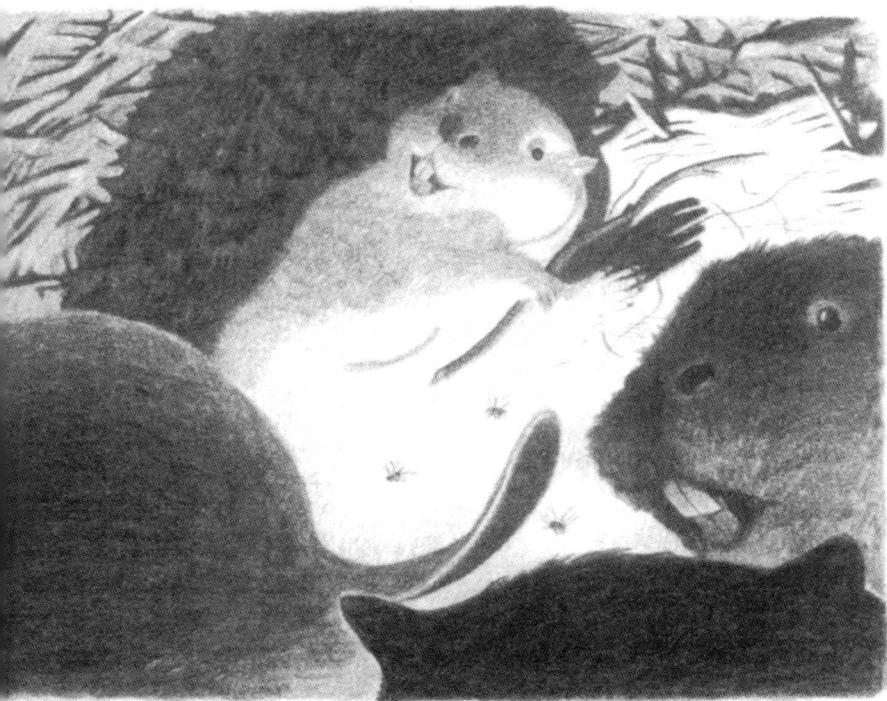

有创造力、最有热情的河狸，我们卡耐德公司从不畏惧困难，永远不会！是的，各位，如果有谁能建造更好的池塘，那一定是卡耐德公司！好了，你们有什么问题要问吗？"

一只河狸举起爪子。

"说吧，克莱拉。"

"我收到一起对我们所作所为的投诉。我得说，对方措辞相当不客气。"

卡耐德先生点点头，说："很难相信，亲爱的，但是确实有一些动物希望生活一成不变，他们不能接受进步，甚至抗拒进步。"

"好吧，让我们体谅这些动物，怜悯他们。他们不明白自己正挡在通往未来的道路中间。总之，对他们要有耐心，但是不能停下我们的工作，可以理解他们，但一分一毫都不能让步，继续宣扬我们的理念：进步，但绝不制造痛苦！直到他们相信为止。不管怎样，这些小人物不会对我们造成任何妨碍，就像不可能命中的远射，近射也不行。"他咯咯笑着补充说。

"他们要是来找麻烦怎么办？"一只河狸问。

"听着，我在池塘周围转过好几次了，光说没用，行动胜于雄辩，尾巴狠狠一甩可以解决大部分问题，嘿，别忘了，我们的屁股要大得多。"

巢穴里响起一片笑声，中间夹杂着拍打尾巴的声音。

"好了，"卡耐德先生总结说，"我想不需要提醒了，还有活儿等着你们呢，我也会和你们一起。不要让我看到有任何一只河狸无所事事。坚持到底，要像雏菊一样，充满朝气！当进程变得艰难，那就艰难地推动它。最后，我从心底、心上、心的四面八方、心正中，诚挚地、真切地祝你们今天过得愉快！"

8

草地上的舞蹈

樱树和艾瑞斯继续朝西走。尽管有许多小路可以选，却没有清晰的路标可以参考。樱树只能保证他们两个不偏离方向。至于艾瑞斯，他骄傲地拒绝向任何动物问路。

"但是为什么啊？"樱树感到难以理解。

"问路就意味着你承认自己很无助，"艾瑞斯说，"我知道回去的路，这就足够了。"

所以当他们遇到其他的老鼠、田鼠、獾，甚至还遇到了一只带着小鹿的母鹿时，都是樱树上前去打听消息。

"我们在找'小溪'，"她说，"你知道在哪里吗？"

　　旅途中偶遇的这些伙伴都非常热心，如果谁恰巧知道一条小溪的话，就会耐心地告诉他们怎么走。樱树和艾瑞斯确实找到了几条小溪：有一两条很大，另外三条要小得多，但是，这些地方都没有赭鼠居住。

　　"艾瑞斯，"樱树不得不说，"看来我们离猪草家还是很远，你觉得有没有可能是他搞错了方向？"

　　"有可能吧。"艾瑞斯嘟囔道。

　　"老实说，"樱树承认道，"我心里有点儿没底了，不知道还要走多远。"

　　艾瑞斯猛地停下来，说："好啊，那我们回家吧。"

樱树听出他声音中的焦虑，若有所思地打量着他："你近来特别安静，有什么烦心事吗？"

"啊，你这个麻雀脑子，"艾瑞斯吼道，"难道我想什么事，都要跟你说吗？"

"当然不是。"

"听着，樱树，"艾瑞斯说，"我不习惯跟别人一起，我说过多少次了，我就喜欢自己待着。"

"没问题，"樱树回答说，"我只是有点儿纳闷儿。"

"哼，不要那么好奇了，毛球！"

"不过森林确实没那么茂密了，"樱树说，"也许我们离林地不远了。"

艾瑞斯四下看了看说："可是我更喜欢待在暗处。"

樱树叹了口气："我要再往前走走。"

"想做什么随你便！"艾瑞斯粗声粗气地回答。

到了中午时分，树木越来越稀疏，阳光越来越强烈，热得他们难以继续往前走。艾瑞斯说他要小睡一觉。不等樱树回答，他就哗啦哗啦地晃着满身的刺离开大路，在一棵树上找了一处阴凉的地方，蜷成球状，说睡就睡起来。

樱树打了个滚儿，也趴在地上，摘了一片草叶，若有所思地咀嚼着。

她眼前是一小片草地，草地三面被树木环抱，给人一种封闭、安全的感觉。草长得很矮，零星点缀着一些花朵。她注意到有黄色的三色堇，有勿忘我和风铃草，还有鲜红色的赛葵。

一只黑黄相间的蝴蝶，像个慢动作的舞蹈演员一样，扇动着翅膀飞到近前。随后，一只圆滚滚的蜜蜂，腿上沾满了金色的花粉，嗡嗡叫着在花间飞来飞去。蜜蜂跳的是快速舞，樱树心想。

看着看着，樱树心里突然一动。她意外地感到一阵孤独和空虚，但同时又觉得充实和满足。她纳闷儿，为什么会有这样矛盾的感觉呢？

这时，一只蜻蜓快速飞过，樱树想起自己已经很久没有跳舞了。

在她年轻的时候——也就是几个月以前，她对跳舞还很是着迷，甚至想过要当一个舞蹈演员。

想到自己从没跟猪草跳过舞，樱树遗憾地叹了一口气。他们本来有这个打算的。现在，她又有了跳舞的冲动。

她紧张地看了一眼艾瑞斯，确定他还在睡觉之后，就站了起来。

因为担心被艾瑞斯嘲笑，樱树又看了一眼，确定自己的朋友是不是真的还在熟睡。见艾瑞斯一动不动，她举起了前爪，像要从天上摘太阳一样，尾巴也有节奏地晃动起来，嘴里还哼起了小调，听起来像在吹口哨，又有点儿像唱歌。也不是什么有固定旋律的曲子，不过是她即兴编的。

她向前踏了一步，再一步，开始翩翩起舞。在她的想

象中，自己的舞姿无比优雅。她的心情随着舞步变得越来越轻松。

櫻树在草地上舞动着，脚步轻盈地滑来滑去，弓身弯腰，旋转再旋转，脑子里几乎什么都不想，只感到身上的皮毛被太阳晒得暖暖的，脚下的草凉凉的，擦得脚心直发痒。啊，她多么热爱跳舞！多么热爱生活！

櫻树几乎完完全全地沉浸在这份强烈的喜悦中。她闭上双眼，旋转，弯腰，不停地跳啊，跳啊……等她再睁开眼睛时，赫然发现眼前站着一只老鼠。

櫻树瞬间惊讶得喘不过气来。在那难以形容的瞬间，她以为那是猪草。眼前的这只老鼠有着跟猪草一样橘黄色的皮毛、整齐的胡须、不长的尾巴和小而圆的耳朵。她几乎

要脱口而出"猪草"了，但不知为何却发不出声音。

随后，她注意到这只老鼠的右耳有一处缺口——他不是猪草。但她好像被钉在了原地，动弹不得，只能呆呆地望着，心跳快得像无数蜂鸟在急速地呼扇着翅膀。

那只陌生的老鼠也一动不动地站着，凝视着樱树，仿佛被催眠了一般。

就在刚刚，樱树睁开眼睛时，一个旋转的舞步刚做了一半，胳膊和爪子伸向前，腿在后。她就保持着这个姿势，傻乎乎地看着眼前的老鼠，一动不敢动。

陌生的老鼠伸出爪子，没有说话，只是轻轻地握住了樱树的爪子。在两个爪子触碰到的一瞬间，樱树感到一股电流传遍全身，浑身酥痒。好像一根羽毛，从她的尾巴一直扫到鼻子。

有那么一小会儿，时间仿佛静止了，两只老鼠深情地注视着对方的眼睛。

他小声地问："我可以请你跳舞吗？"

樱树动了一下，作为回答。不是挪开，也不是后退，而是往侧面踏了一小步。

两只老鼠握着彼此的爪子跳了起来，跳得是那么默契。他们在草地上跳了一圈又一圈，爪子始终握在一起，四目

对视，胡须偶尔交相摩擦，不断地转身、点头、弯腰、抬举，姿势优雅至极，比老鼠中的任何一对舞蹈组合所跳出的、能够跳出的、希望跳出的，都要优雅。

樱树想问他："你是谁？你从哪里来？"却张不开口，也找不到任何措辞表达她的感受。她只知道眼前发生的不是坏事，并且恰恰相反，这是一件非常美好、无比奇妙的事情。

突然，樱树脚下绊了一下，她的爪子从陌生老鼠的爪子中滑脱，身子向后，跌倒在地，但他们的目光仍然停留在彼此身上。

那只陌生老鼠脸红了。他转过身，朝西边跑去，消失在草地边的树丛中。

樱树目瞪口呆地望着他的背影，那些疑问又涌上心头："你是谁？你是做什么的？你从什么地方来？"但那只老鼠已经消失不见了，樱树无从得到答案。

她从地上爬起来，一股强烈的感情在她心中激荡。她跌跌撞撞地回到艾瑞斯睡觉的地方。而艾瑞斯沉睡未醒。

她在树下坐下来，闭上眼睛。难道刚才的一切是在做梦吗？还是真的发生了那样美妙的事？

她没办法确定。

过了一会儿，樱树感到有谁在粗暴地摇晃自己的肩膀，同时听到艾瑞斯在她耳边说："起来走了，臭脚！我们越早到，就能越早回家。"

而那只跟樱树跳舞的老鼠，正是猪草的弟弟黑麦。他到底怎么样了？

从草地跑开后，黑麦跟樱树一样也有点儿恍惚。一路上，他不时地停下来，惆怅地回头张望。"你是谁？你是干什么的？"他在脑海中问樱树，"你叫什么名字？你从什么地方来？要到什么地方去？"他不明白自己为什么要跑掉，实际上，他心中真正所想是回去跟她一起跳舞，直到永远。

和樱树一样，黑麦也在问自己，那场美好的共舞到底是真的，还是短暂的幻觉？

他想问题想得出神，完全忘记了自己离家出走的事。等他回过神来，已经回到新家位于岩石下的入口了。

"算了，"黑麦迷迷糊糊地想，"我还是在家待着好了。"

而家里也没有任何老鼠发现他曾离开过。

9

下雨了

　　樱树和艾瑞斯闷头赶路，谁也没说话。樱树的脑海完全被刚刚和自己跳舞的那只老鼠占据了，对她来说，此刻的安静再好不过了。

　　他跟猪草是多么相像，可又是多么不同！尽管他们外貌酷似，但她所认识的猪草鲁莽固执，这只陌生的老鼠却温柔和善得多，而且，显然也浪漫得多。到底是不是梦？樱树不停地问自己。如果只是个梦的话，那么这就是她做过的最美的梦了。梦虽美，她却希望他是真实的。

　　如果她的舞伴是真实的，怎么才能再找到他？当然，他绝不可能是猪草，不过他也确实是一只赭鼠。既然这个地方有一只赭鼠出现，那么很可能还有其他赭鼠。难道，已经接近猪草的家了？

樱树边走边哼着刚才跳舞时随口编的曲子。

她完全沉浸在自己的思绪中，没有注意到艾瑞斯的眉头比之前皱得更紧了，抱怨得也更凶了。

"什么声音这么吵？"他突然问道。

"是我在哼歌。"

"我不想听到音乐。"

"为什么？"

"我……算了，当我没说。"

樱树停下来，仔细打量她的朋友。在他的眼里有一种她以前从来没见过的东西。"艾瑞斯，你怎么了？"她敏感地问。

艾瑞斯有点儿局促不安地说："我……嗯……你这个多嘴的大黄蜂，别管闲事！"

樱树担心地看了他一眼，没再继续追问。她的心思再次回到刚才的舞蹈上，于是她又开始哼起曲子来。

两个朋友继续向西走。路上遇到一只鼹鼠和一只河鼠，樱树问他们是否听说过小溪。他们热心地为她指明了方向。

果然，她又找到一条小溪。那是一条静静流淌的小溪流，几乎跟樱树想象的一样。但让她失望的是，小溪周围并没有赭鼠居住。

住在那里的一只水獭告诉樱树和艾瑞斯，在不远处，仅仅两座小山之外，还有一条美丽的浅溪，就在"那个"方向，水獭指的是西方。

"我敢打赌这次一定是我们要找的那个。"再次动身的时候，樱树满怀信心地对艾瑞斯说。

然而，艾瑞斯的脸色却越来越阴沉。

早上天气还很晴朗，此刻天空却开始变得灰暗，阴云密布，空气也变得沉重起来。树冠在潮湿的微风中摇来摆去，鸟儿飞得又快又高。显然，一场暴风雨即将到来。

在新的急迫感的驱使下，樱树和艾瑞斯加快脚步，朝第二座小山爬去。

"也许等我们到了山顶，就能看到水獭所说的小溪了。"樱树说道。

"一到山顶，我就回家。"艾瑞斯宣布说。

"为什么？"

"我走够了。"艾瑞斯回答。

他们站在山顶俯瞰山谷，看到谷底有一个池塘。

"没有小溪，"艾瑞斯用一种明显如释重负的口气说，"我们回去吧。"

"嗯，"樱树指出，"应该是有一条小溪流进池塘，然后又流走了。"

艾瑞斯含混不清地嘟囔了几句，说："就要下雨了。"

"艾瑞斯，"樱树说，"下雨对我们没什么妨碍，我想去小溪那里看一下。"

正当他们站在那里时，雨落了下来。刚开始雨点还很稀疏，随着远处传来的电闪雷鸣，雨骤然变得细密起来。

艾瑞斯转身朝一处树丛走去。

"你要去哪儿？"樱树喊道。

"我还能去哪儿，讨厌的癞蛤蟆？当然是去避雨了。"

"艾瑞斯，我想去小溪那里看看。"

"榆木脑袋。"艾瑞斯咕哝了一句。

樱树看着艾瑞斯走开，在他身后喊道："答应我，待在那里等我回来。"

"我从来不会答应任何事。"

"那我怎么知道你在哪儿？"

"看我的脚印。"

艾瑞斯走到一棵三叶杨前，开始往树上爬。樱树一直看着他，暗暗记下树的位置，然后匆匆往山下走去。雨哗啦哗啦下个不停。

艾瑞斯在树上望了一眼，看清了樱树选的那条路在山的另一侧，然后他紧紧蜷缩成一个球，闭上了眼睛。

"我真不该来，"他自言自语道，"猪草，她心里除了猪草再没别的了，我还以为我才是她最好的朋友呢。"

此时樱树已经接近池塘了。在半山腰上，她已经看出这个池塘是河狸修建的。在池塘的一头有一个堤坝，樱树看到一群河狸正在埋头干活儿，有几只在池塘水面上游来游去，另外几只忙着修建巢穴，还有几只在加高主堤坝。

在池塘的另一头，一只块头特别大的胖河狸正在啃咬一棵桦树的树干。随着刺耳的断裂声，桦树折断，狠狠地砸在地上。

听到响声，池塘里的河狸们同时转头望向这边。他们看到一棵树倒下之后，纷纷用尾巴拍打着水面表示庆祝。

樱树站在雨中看着这一切，突然听见一个声音说："可恶！真是可恶！"

她转过头，看到一只赭鼠坐在一个大蘑菇下避雨。

樱树的心怦怦直跳。她率先想到了跟她跳舞的那只赭鼠，但随后她看清了，这只赭鼠虽然也是又瘦又高，却是一只母鼠。

"你好！"樱树招呼说。

那只赭鼠目光掠过樱树，望向她身后，说："哦，你好。"听声音，她好像很不开心。

"你住在这附近吗？"樱树问她。

"是的。"

"你们……这里有很多你们同类吗？"樱树问道，"我是说……赭鼠。"

那只赭鼠低头看了看自己，好像以前从来没有考虑过这个问题："我想有很多。"

"我叫樱树，我是一只鹿鼠。"

"我叫奶蓟。"那只赭鼠回答道，"你为什么站在雨里？"

"哦，对，我没注意，我能跟你一起避雨吗？"

"当然可以。"

樱树急忙躲到了蘑菇底下。奶蓟挪了挪，给她让出位置，然后问她："你从哪里来？"

"从东边，你身后，幽光森林那边。"

"从没听说过。"奶蓟以一种礼貌却冷淡的口气回答。接着，她又转头注视着池塘。雨水从蘑菇的四边滴答坠落，好像破碎的帘幕。

"我恨河狸。"奶蓟说。

"为什么?"

"他们建的这个池塘毁掉了我们的一切,要知道,小溪过去是那么好!"

樱树的心猛地一颤。"你刚才叫它什么?"说话时,她的声音有些发抖,"是小溪吗?"

奶蓟点点头。"你想象不到它原来多么小,多么宁静,可是看看现在,成了什么样子!"她难过地说。

紧接着，她补充道："我们家原来就在小溪岸边，现在没有了，被冲垮了，我们也不得不搬家了，都是因为他们！"

　　樱树竭力抑制住自己越来越快速的心跳。

　　"奶蓟……"樱树紧张地问。

　　"怎么了？"

　　"你听说过……猪草……这个名字吗？"

　　奶蓟本来一直忧郁地注视着池塘，听到这个名字猛然转过身，高声叫道："猪草？！那是我哥哥！你认识他吗？你见过他？你知道他在哪里吗？他要回家了吗？天哪，我简直无法形容我们有多么需要他！"

　　樱树没有回答奶蓟连珠炮似的问题，反问道："你父母是不是叫三叶草和缬草？"

　　"你怎么知道的？一定是猪草告诉你的！那就是说你认识他！啊，天哪！你一定要见见我父母，我们家离这不远。"奶蓟说，"来吧，请跟我说说猪草的事。他现在在忙什么？你不知道我们多想他！你知道他什么时候回来吗？我们真的需要他回来！我有一大堆兄弟姐妹，但猪草是最棒的那个。"

　　樱树勉强控制住自己的情绪，用很不自然的声音说："我想我最好先跟你父母谈一谈。"

奶蓟一个箭步蹿到雨中，说："跟我来，你刚才说你叫什么名字？"

"樱树。"

"樱树，你想象不出我父母见到你会多么高兴！"

两只老鼠冒雨沿着小路从池塘往山上走。奶蓟不时回头张望一眼，确保樱树能跟得上她。可是，越往前走樱树却越紧张。

"就在那里！"奶蓟不时地喊道。

她们来到一块裸露在地表的岩石前。岩石边生长着一些灌木和花草。在雨中，这些植物看上去好像在瑟瑟发抖。

樱树自己也已经全身湿透，不住地颤抖。身体湿透是因为雨水，颤抖却是因为心中翻腾的情感。奶蓟也一样淋得透湿，只不过她太激动了，没有注意到樱树的异常。

"跟着我就好了。"奶蓟一边说一边快步走到石头下，钻进一个被玫瑰花遮住的小洞。

樱树在洞口停了一下，试图鼓起勇气。

"我到底是怎么想的？竟然要来做这个！"她自问道。

这时，奶蓟从洞里又跑了出来。"快进来！"她喊了一句，又钻了进去。樱树很不情愿地跟在后面，不管她有多磨蹭，还是很快进到了洞里。

樱树一眼就看清了洞内的情形：一个简陋的房间，挤满了赭鼠。赭鼠的个头儿普遍比鹿鼠大很多，樱树第一感觉就是他们不仅数目多，而且都很高大。

樱树一点儿也不怀疑眼前就是猪草的家人——他们长得和猪草惊人地相似。她感觉好像面对着一屋子"猪草"，心里一阵阵发虚。

房间里有两只年长的赭鼠，就是三叶草和缬草，还有他们的十三个孩子。这些孩子中，既有已经成年的老鼠，也有吱吱叫的幼鼠，其中一只被三叶草抱在怀里，打着饱嗝。

樱树走进来时，赭鼠们都竖起耳朵，瞪大眼睛盯着她。

"她叫樱树。"奶蓟激动地宣布。

"你好！"高瘦的缬草边说边捋着胡子，他的声音听上去有些颤抖。

三叶草面色苍白，一句话也没说，睁着大大的黑眼睛注视着樱树，胡须一直抖动。

奶蓟喊道："她知道猪草所有的事，是不是，樱树？"

强烈的情绪让樱树有些哽咽，她只能点点头，并逐一扫视着那一张张面孔。突然，她停下来。在挤挤挨挨的群鼠后面，她看见了跟自己跳舞的那只，同一张甜蜜、温柔、高贵的面孔，同样有缺口的右耳。

他们的视线在相遇的瞬间定住了。樱树心跳加速、忧伤、喜悦、轻松、悲哀，百感交集。太复杂的感受让她糊涂了，说不清自己到底是什么感觉。

樱树垂下了眼帘。

缬草用嘶哑的声音开口说道："亲爱的姑娘，你有我们儿子猪草的消息吗？"

"是的……"樱树勉强回答说。

"他……发生什么事了？"三叶草脱口而出，"什么……什么时候他能回家？"

樱树无法开口，不由得用眼睛搜寻着她的舞伴。他们的目光又一次相遇了。她多么希望他不在场，多么希望不必由自己说出那不得不说的话。

"求你，"她听到三叶草在恳求她，那声音仿佛来自遥远的地方，"我必须知道。"三叶草说话时，站了起来，怀里仍然抱着那只幼鼠。她伸出一只爪子去够缬草，好像需要缬草扶住她。她短粗的腿看上去似乎无法支撑她滚圆笨重的身体。

樱树转向三叶草，说："我恐怕猪草……"说到这里，她卡住了。她无法说出那个字，可是又必须强迫自己把那个字挤出口。

"猪草……死了。"
她终于说出来，声
音细不可闻。

一片沉默。

"死了？"一
只年幼的赭鼠用细
小的声音重复道。

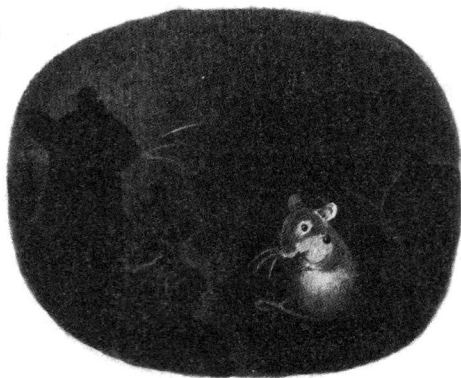

"死了？"三叶草重复了一遍。

樱树只能点点头。

缬草清了清嗓子。"但……这是怎么回事？"他艰难地
问出口。

"他被一只猫头鹰杀死了。"

"一只猫头鹰……"一只赭鼠说道。

接着又是一阵沉默。

突然三叶草跌坐在地上："我可怜的孩子。"她抽抽搭
搭地哭了起来。

"能跟我们讲得更详细一些吗？"缬草哽咽着说。

樱树闭上眼睛。等再次睁开眼睛时，她试图寻找跟她
跳舞的那只赭鼠。她看到他的脸上写满了哀伤。

"我们……我们……很相爱，"樱树说，"本来我们是准

备结婚的。"

"哦！天哪！"三叶草喃喃地说道，用一只爪子捂住了颤抖的嘴唇。

缬草艰难地咽了一口唾沫，清了清嗓子说："樱树……我……我们谢谢你能来……告诉我们。"他擦了一把脸上的泪，然后又一把。

"我猜你们可能想知道，"樱树轻声说道，"所以我就来了。"

赭鼠们瞪着樱树，好像她说的是一种奇怪的语言。三叶草发出一声低低的尖叫，她抚摸着怀里的幼鼠说道："孩子死在自己前面，真是件可怕的事。"

缬草努力挺直身子说："樱树，难为你走这么远来告诉我们……这个消息。你一定很累了。"

"我没事。"樱树回答说。

"欢迎你来我们家，你想待多久都行。"接着，他补充说，"不过这里不是……猪草长大的地方，我们现在遇到了困难。但是……我们的家就是你的家。"

"河狸们盖巢穴，导致河水上涨，淹没了我们原来的巢穴。"一只小赭鼠嚷道，跟着所有的小赭鼠都开始叽叽吱吱地说起来。

"樱树，有件事我要问你……"三叶草突然说。整个巢穴又一次安静下来。

"请说吧。"樱树回答。

"我希望你很爱我的儿子。"三叶草说。

樱树没有立刻回答。她低头看了看自己的脚趾，然后抬起头寻找跟她跳舞的那只赭鼠的面孔。他注视她的目光中充满了痛苦。

"你爱过他吗？"三叶草追问道。

"是的，"樱树回答，"我的确爱他，非常爱。"

"哦，我的孩子……"三叶草痛哭起来。三叶草把怀里的孩子塞到缬草的爪子里，快步来到樱树身边，紧紧地抱住了樱树。樱树也给了她一个拥抱。

就在这时，樱树眼角的余光看到，和自己跳舞的那只赭鼠带着满脸的悲伤，从她身边飞快地跑了出去。

10

艾瑞斯的想法

　　艾瑞斯蹲在白杨树上，闷闷不乐地看着下个不停的雨。闪电在他头顶划过，雷声轰隆隆地炸响，仿佛全世界都浸泡在水中，一片灰暗。

　　"我讨厌水，"艾瑞斯自言自语道，"事实上，我讨厌一切。"

　　他一次又一次地希望回到幽光森林的家，回到那根臭烘烘的圆木中。那里干爽又安静，只有他自己，没有任何事、任何动物打扰他。

　　"到底为什么我要来这儿？"他不断地自问，"是樱树！

是她强迫我来的……这只愚蠢的老鼠……双料的蠢货，最蠢的蠢货！"他恨恨地说。

这时，就在艾瑞斯头顶正上方，一片树叶中积攒的雨水哗啦一下全都洒在他的脸上。

"我受够了！"艾瑞斯愤怒地晃着脑袋喊道，"我要回家！"地面泥泞不堪，他站在那里犹豫了一下。大风似乎更猛烈了，雨下得更大也更急了，要是走回去，肯定会被浇透。就在这时，一阵疾风吹得树晃动起来，又一大捧水浇在艾瑞斯的头上。他忍不住惊叫了一声。

看来，就算待在这里，也会被淋透。那只愚蠢的鹿鼠去了哪里？自己到底为什么要费事跟她一起来？

"如果我走了，可以给她一个教训；但如果我给她一个教训，她就会生我的气，"他暗自想，"如果她生气了，就会责备我，那样的话，我心里会不好受……不对！我为什么要在乎这个？她只是个朋友罢了。"

"不，"他很快又否定了自己的想法，"我没有朋友，不想要朋友！我跟樱树只是认识罢了，一个过客而已。"

"樱树！"他喊道，"你在哪儿？你为什么不回来？我需要……"他把后半句话咽了回去。

"讨厌鬼，跟蜘蛛唾沫一样，"他大声咒骂着，"黏不拉叽，滑不拉叽，赖了吧唧的蜘蛛唾沫！"

艾瑞斯气冲冲地从树下跳了出去，谁知却陷进了齐膝深的烂泥中。他骂骂咧咧地把爪子从烂泥中拔出来。"也许樱树正朝这边来，"他想，"也许我在半路上会碰见她，催她快点儿回去，让她不要再提猪草，猪草……我恨猪草！"他愤愤不平地嘟囔道。

他匆匆忙忙地跑到小路上。他记得之前樱树走的就是这条路。雨越下越大，雨水浇在他的脸上，让他感觉自己像个腐烂的蘑菇。"愚蠢的暴雨！"他对着雨水喊道。

艾瑞斯朝前面望去，前方好像只有雨水和雾气，地上除了烂泥还是烂泥。艾瑞斯浑身颤抖，身上的刺像一口袋陈旧的骨头一样哗啦啦作响。

"还是回到树下，在那儿等她的好，那里要干爽一些。"

他准备原路返回，却突然停了下来。

"这边不对。"他愤怒地叫道，转来转去，朝另一个方向走了几步，试图嗅到来时留下的气味。可是，气味消失了，被雨水冲掉了。

迷路的艾瑞斯越来越沮丧。他一会儿试试这条路，一会儿又试试那条，还试图找到那棵白杨树。可是他通通失败了。

"鸭子的斑纹！"他冲着乌云大喊，"快放晴！"

雨仍然下个不停。

艾瑞斯的心情恶劣到了极点。

终于，他在朦胧的雨雾中看到一排树，感觉可以避避雨，于是急忙跑了过去。

他没费什么事就跑到了树跟前，但是哪棵树合适呢？愤怒让他有些头脑不清，他从一棵树跑到另一棵。

第一棵太小，第二棵太细。看了七棵树之后，他终于找到一棵喜欢的——树皮粗糙，树叶茂密。艾瑞斯匆忙抓着树枝一级一级往上爬，第一级，第二级，第三级……

"这个应该可以。"他嘀咕着，瞄准了一根特别粗大的树枝。

爬到树枝上坐下后，他尽力缩成一团，但即便这样，滂沱大雨还是不断地浇在他身上。

"愚蠢的鹿鼠……"他嘟嘟囔囔地说，"不，她不是愚蠢而是卑鄙。什么样的朋友会把我丢在这种鬼地方？她抛弃了我，离开了我。我是她真正的朋友，唯一的朋友，而她满脑子想的只有那只死赭鼠猪草！至于我，她只会不停地说我老了，老了！我根本不老！不是我在照顾她、帮助她、爱……"

他猛地打住了。"爱……"他喃喃重复道，"我不爱樱树……我讨厌樱树！我讨厌爱！"最后他大叫起来。

艾瑞斯满腔愤怒，猛地蹿下树，开始狂奔。他不知道自己去往哪个方向，也不知道从自己脸颊滑落的是雨水还是其他什么……

11

卡耐德先生的计划

大雨一直下个不停。在池塘中央，卡耐德先生用长蹼的脚稳健地划着水，飞快地游过水面。游泳真的不错，可以保持身体健康。

他不时抬起头，让雨水把自己淋得更湿。

"祝福我的牙齿，保佑我的尾巴！"他自言自语道，"我太爱水了！"他搜肠刮肚地想找精彩的字眼来表达自己的感受。一番冥思苦想之后，他终于想出来了："事实就是，不下则已，一下就是场大的！"

卡耐德先生把这句话大声地念出来，念到最后一个字，干净利索地结束，露出巨大的橘色牙齿。他对这句话非常得意，于是又重复了一遍："不下则已，一下就是场大的——大的！"

"我一定要用上这句话，"他心想，"也许在下一次的公司大会上。他们一定会钦佩万分，一定的。"

他用强有力的爪子爬上岸，抖了抖身上的水，不管不顾地溅得到处都是，转身就去视察河狸们的工作进展。

在卡耐德先生的印象中，小溪流经的那个小山谷是一个单调而乏味的地方，没有什么入眼的东西，只有一条涓涓细流，既不壮观也没有气势。河床太浅，简陋而倾斜的河岸非常荒芜，而且河水既没有质地也没有颜色，一眼就可以见底。

平静的水面上长满了郁郁葱葱的睡莲，还有毫无用处的菖蒲。河岸上那些无所事事的动物——赭鼠、田鼠、水獭和蟾蜍，全都微不足道。在卡耐德先生看来，这是一个过去或将来都不值一提的地方，纯粹是一片荒地。

但是现在，河狸们给这个地方带来了多么大的改变。每天，池塘都在变宽、变深，变得更加壮观。河水呈现出明显的烂泥的颜色。这里成了夜以继日地工作着的河狸们的家园。

"这个，就是进步。"这只骄傲的胖河狸想到这里心情格外畅快，他又使劲儿地重复了一遍，"进——步！"

但他不得不承认，到目前为止，他和他的公司创造的只是一个池塘而已。

当然，他在心里说，池塘没什么不好，能建造好池塘已经足以骄傲了。但是"池塘"这个词有点儿小家子气，这样的小规模工程对一些河狸来说可能不差，但是对卡斯特·普·卡耐德这样的大公司来说却远远不够。他们不仅能够做得更好，而且也应该做得更好。在卡耐德先生看来，他们要建造的不是池塘，而是一个大湖。

这只河狸用他敏锐的工程师眼光望着小山谷。如果要建造大湖，那么他们需要在更高处再建一座堤坝。

他打量着山谷，发现小山顶上有一块突出的岩石。岩石体积很大，嵌在隆起的泥土和石头中，被花朵和灌木半遮蔽着。卡耐德先生意识到，这块看似毫无用处的岩石用来固定新堤坝再好不过了。一座巨大的堤坝。在那个地方建一座堤坝，就能建造一个大湖。

这将是他的巨大成就，一座丰碑！

老实说，还有比"卡耐德湖"更好的名字吗？卡耐德先生对这个名字非常满意，忍不住重复了好几遍。

紧接着，他兴奋地搓了搓后腿，提醒自己应该停止做梦，立即将蓝图付诸实施。迎难而上，准备作战，挥起大旗，开始行动。

　　就在他一边观察一边计划时，一只赭鼠从岩石下面爬出来，匆忙跑远了。

　　看来岩石下住着赭鼠。据卡耐德先生所知，这些老鼠是唯一还留在小溪附近的动物，其他的动物都已经搬走了。整个过程没有遇到任何阻力，这一点真叫人畅快。当然，滞留不走的这些赭鼠很快就会明白，抗拒未来是毫无希望的。但是，如果他们执迷不悟呢？

　　他可以赶走他们。这些赭鼠微不足道，把他们赶跑非常容易，但是这个想法让卡耐德先生有些不安。他并不霸道，只是追求进步而已。他希望大家都能因为他的善举而感激他。他需要做的是想办法劝这些赭鼠离开——自觉自愿地离开。那样，他才会满意。没有比实现他们的口号更重要的了——进步，但绝不制造痛苦！

　　卡耐德先生一个猛子扎入池塘，朝着主巢游去。在离主巢不到一米远的地方，他一口气潜入水底，从水底下游到主巢的入口。

　　卡耐德先生开始实施他的计划——在树皮上先勾勒大

的方位，绘制细节：岩石在这儿，新的堤坝在那儿，湖……整个地方都是。

随后他沉思起来："如果我可以建造一个湖，那么，祝福我的牙齿，保佑我的尾巴，为什么不能建一片海呢？"

这个想法让卡耐德先生大笑起来："不下则已，一下就是场大的！看我的吧！"

他开始聚精会神地考虑如何说服最后剩下的那些赭鼠搬走。

12

鼠窝里

三叶草和缬草的窝位于岩石下，窝里弥漫着绝望的气氛。樱树带来的猪草的死讯让整个家庭受到了毁灭性的打击。

河狸的到来，池塘的建造，家庭的变故，所有这些都令人难以忍受，但是至少全家还有一个共同的信念——不管是公开谈论还是藏在心里——等猪草回来，他会有办法解决这些问题。可是，樱树带来的悲惨

消息让他们清楚这个期待不可能实现了。

眼下，状况已然糟糕到了极点。

三叶草忧郁地坐在角落里，目光呆滞地盯着一个方向，谁也不知道她在看什么。偶尔，她发出一声深沉的叹息，动一下身子，好像在挣扎着呼出最后一口气。她的黑眼睛里没有泪水，却充满了深不见底的痛苦，这让她的孩子们惊慌不已。

当有孩子从她身边经过时，三叶草总会伸出爪子轻轻碰一下，有时还会抚摸一下，但是她的爪子几乎没有温度，也仿佛不带感情。

缬草跟三叶草一样悲痛，但他还是打起精神，花了很多时间试图安抚孩子们。

"妈妈不会有事的，"他不停地说，"她现在只是伤心而已，而且这件事也确实令人伤心。"

孩子们注意到缬草时不时地用爪子背擦擦脸颊，或者使劲儿抽抽鼻子，声音响得就像大雁的叫声。

"夏天感冒真讨厌。"他重复地说。小赭鼠们都知道，在听到樱树带来的消息之前，他没有任何感冒的症状，但谁也没有说出口。

对猪草有清晰记忆的那些孩子，有的抽搭着鼻子在角落哭泣，有的互相回忆着有关猪草的往事。他们都试着藏起悲伤，或者装出一副勇敢的样子，但大都以失败告终。

随后，他们意识到，他们的父母才是最需要安慰的，可是他们也不知道说什么才好，只好干完父母吩咐他们做的，甚至没有吩咐的所有活儿。他们急着想安慰父母，所以就快速地干活儿，快到几乎绊倒自己。他们不停地做清洁，打扫整个大厅，照顾幼鼠，准备食物，竭尽所能地给父母一丝宽慰。

整个巢穴里，到处都是忙碌的身影，甚至一度出现一阵轻微的骚乱，所有的老鼠都神经紧张。

要是哪两只不懂事的小赭鼠发生争吵，他们的哥哥或是姐姐就会过来干涉，制止他们的争执。

他们小声说"听话，三叶草很伤心"或者"别吵了，缬草在哭"。这些话都让小赭鼠感到不安，他们比平常更加依赖父母。

至于樱树，她不知道该说什么或者该做什么。没有谁要求她做什么事，也没有谁要求她离开。相反，所有的老鼠都说她应该留下。因为她和猪草的特殊关系，她带来的猪草死亡的悲惨消息，这一切都使她显得与众不同，所以很受瞩目，但是没有谁问过她的感情，她的生活。她觉得自己就像一条多出来的尾巴，毫无用处。

她找了个空当，把奶蓟拉到一边问："我拿不准，但我好像在这里看见你一个哥哥，他的右耳有一处缺口。当时他站在最后边，在你们所有老鼠后面，后来他似乎跑走了。"

"你说的一定是黑麦。"奶蓟回答说。

"黑麦。"樱树重复了一遍。至少现在，她知道了跟自己跳舞的老鼠的名字，对此，她心生感激。

"你知道他……去哪儿了吗？"问这话时，她觉得脸上有点儿发烧。

奶蓟把头歪向一边，若有所思地打量了一下樱树，然后平淡地说道："黑麦一直都有点儿怪。"

"怪？为什么？怎么怪？"

"他总是有点儿想入非非，呃，就是老是沉浸在自己的世界里。"

"为什么……你觉得这次他为什么会跑走？"樱树想知道，尽管她心中已经有了答案。

"他很情绪化，"奶蓟说，"他爱猪草，但也不是很爱，要是你明白我的意思的话。"

"我不明白。"

"他比猪草小一点儿。"奶蓟悄声说，好像这一点足以解释问题。接着，她又补充说，"嗯，猪草比他也大不了多少，但没有胆量承认黑麦在一些方面比他强，相反，总是刁难黑麦。另一方面，黑麦，嗯，他嫉妒自己的哥哥，因为猪草受到大家的爱戴。"

"你觉得……黑麦……会回来吗？"

奶蓟耸了耸肩："是的，当然。"

樱树想帮忙做点儿什么，于是去照顾幼鼠。不过她在这方面不是很擅长，而且，那些年幼的赭鼠总爱拿眼睛瞪着她，好像她是个怪物。作为鹿鼠，樱树的个头儿比他们都小，而且皮毛的颜色也不一样。

樱树心里很清楚，她在这里耗时间，只是为了等黑麦回来。一想到他会回来，她就感到紧张。她说不准心里怀着的是一种什么样的感情。到时候，该对他说些什么呢？

就在这时，三叶草让缬草把樱树带到她跟前。这打断了樱树的思绪。

"我想，再问你一些猪草的事。"三叶草对樱树说。

"只要我知道，您尽管问。"樱树回答道。

三叶草和缬草问了樱树许多问题，比如她是怎么遇到猪草的，她所住的幽光森林在什么地方，她家里都有谁，都做些什么，她和猪草是不是已经结了婚……

樱树把这些事情原原本本地告诉了他们。她是如何长大，如何跟全家在幽光森林边上一个农场生活的，又是如何遇见并且爱上了猪草，一直到那只猫头鹰——奥凯茨先生杀死了猪草。她还告诉他们，自己是如何战胜了奥凯茨先生。包括最后，她想把猪草的消息告诉他的家人。

　　在讲述时，她不时用眼角的余光找寻黑麦的身影。她最不希望他此刻突然出现，听到她的这些讲述。

　　"我们想让你知道，"在樱树讲完后，缬草开口说，"虽然你和猪草没有结婚，但我们会把你当女儿一样看待。"

　　"我们真是这样想的。"三叶草说，声音有些哽咽。

　　"这个家现在不太像样子了，"缬草继续说，"但这是我们拥有的全部，欢迎你住下来。"

　　"谢谢！我很感动，"樱树说着伸出爪子，摘下猪草的耳环说，"我把这个带回来给你们，这是猪草的，我想应该交给你们。"

　　她把耳环递过去。紫色的珠子闪闪发光，细小的链子也亮晶晶的。

　　"是他给你的？"三叶草问道。

　　"算是吧。"樱树说。

　　三叶草柔声说："不过他离开家时没戴什么耳环，这一

定是后来的事，在跟你相识之后。"

"我不清楚他的耳环是从哪里来的，"樱树对他们说，"我遇到他时，他就戴着了。"

"那你知道在遇见你之前，他都经历了什么吗？"缬草问道。

樱树摇了摇头，说："他从来没有说起过，但他满怀感情地谈到过家人。"

三叶草用爪子托着耳环，仿佛那是个有魔力的东西。她叹了口气，把耳环交给缬草。缬草默默打量着它。

随后，他把耳环还给樱树："我觉得它应该归你所有。"

樱树看看三叶草，三叶草点头表示赞成。

樱树犹豫了一下，接过耳环，戴回到耳朵上说："我会在这里再待几天。"

櫻树知道自己留下来的原因是想跟黑麦说话。跟猪草的一切都已经过去了。事情发生了，结束了，画上了句号。她会记得过去，但不能一直活在过去。她要等的是黑麦。

可是黑麦一直也没有回来。家里的赭鼠对此似乎都不在意，只有櫻树忍不住想他究竟会不会回来。她一时怀疑，一时害怕，也许他不会回来了。

13

黑麦的遭遇

当黑麦听到樱树谈起猪草时，他的脑子里几乎一片空白。他感到困惑、沮丧和羞愧。猪草总是碍他的事，活着的时候是这样，现在死了，仍然是这样。

然而……

黑麦清楚地知道，猪草的死是一个悲剧，他为此从心底感到难过。

然而……

自从在草地上跟这只优雅的鹿鼠——这只名叫樱树的鹿鼠跳舞的那一刻起，他就深深地爱上她了。他希望她对自己也怀有相同的感情。可是现在，她发现了自己是猪草的弟弟，还承认爱猪草。显然，黑麦认定自己没什么可指望了。

然而……

他不由自主地想，既然猪草已经死了，也许樱树会考虑他。

然而……

黑麦感到十分惭愧——他是多么地自以为是，多么地自私。这么可怕的想法！这么卑鄙！这么恶劣！樱树永远不会在他身上看到任何优点。

但紧接着，他又想："我不是一只坏老鼠，不是的。"

黑麦从家里跑出来时，脑子里装满了这些乱七八糟的想法。他没有走远，因为他无法摆脱这些情感。更重要的是，他不想离开这只名叫樱树的鹿鼠。

等他回过神来时，发现自己已经来到了河狸的池塘边。雨不停地下着，单调而乏味。这世界就像他的心情一样，灰暗而潮湿。他是一只渺小、无用、糟糕的老鼠，一文不值。

他盘腿坐下来。那种被整个世界轻视的感觉，让他失去了力量。他又冷又湿，浑身颤抖。

"世界这么大，哪里才是我这种可怜虫的容身之所？"

他默默地想着，回头看了一眼，想知道是不是可能有谁——他没有勇气说出名字——在跟着他。可是身后空无一人，他恨自己竟然还有这样的妄想。

黑麦悲伤地望着池塘。水面上升起一层雾，好像在冒烟一样。几只河狸正在忙碌地工作。黑麦注意到，池塘的水位比之前又高出了许多。

怒火在他心中熊熊燃烧。这些河狸太可恨了。他们不断地加高堤坝，全然不顾他所承受的不幸。他们没有半点儿心肝吗？他们永远都不会停了吗？

黑麦看着看着，心中突然有了个主意。如果他能想办法阻止河狸的行动，也许可以一改现状。毫无疑问，如果能阻止河狸继续加高堤坝，甚至逼他们搬走，那他会成为全家的英雄。他要单枪匹马地打败他们！到那时，也许连樱树都会对他刮目相看。

黑麦打量了一下池塘。河狸的主巢离堤坝不远。他记得父亲说过，河狸是通过一个水下通道游到主巢的。如果他能进入主巢，也许……事实上，黑麦也拿不准自己能做些什么。他想，也许等进入主巢之后，就知道该怎么做了。现在最重要的是如何进去。这个他肯定办得到，因为他跟所有的兄弟姐妹一样，也是个游泳好手。

黑麦一口气跑到池塘边。

原先小溪水流呈 V 字形，河狸的堤坝就建在水流最窄的地方。堤坝是用糊满泥巴的木棍、树枝和整根木头搭建而成的，大约二十米长、三米宽。沿着堤坝走过去，可以更接近河狸的巢穴。

当黑麦走到堤坝的一头时，一只河狸正在上面干活儿。河狸先弄来一大堆泥巴扔在堤坝边，然后再用尾巴把泥巴抹平整。

黑麦耐下性子等待时机。要知道，河狸只需甩一下尾巴，就能将黑麦打得粉身碎骨，更别提他那大牙的威力了。

那只河狸最后拍了几下泥巴，又检查一番，咕哝了几句，迈着笨拙的步伐走到堤坝边，一头扎进水里，游走了。

黑麦爬上堤坝。横七竖八的木棍和树枝挡住他的去路。当他终于靠近河狸的巢穴时，身上已经糊满了泥巴和碎树叶。

黑麦顾不上形象好不好，蹲下身子贴近水面。他有些犹豫，但随即脑海中浮现出樱树的样子。如果成功了，就会成为英雄。在这个想法的激励下，黑麦用一只爪子捏住鼻子，猛地往水里跳去。

随着啪嗒一声，他的身体落入水中。挣扎两下之后，他找到了平衡，紧接着甩了甩眼睛和胡须上的水，朝河狸的巢穴游过去。

在离巢穴一米远时，黑麦踩着水停了下来，紧要的关头到了！入口在哪儿？

他突然之间意识到之前忽略的问题：他只知道入口在水下，但并不清楚究竟在什么地方。也许就在这下面，也可能是在对面。他只能凭运气了。

黑麦深吸了几口气，潜到水底。

灰色的水面之下，越往下潜光线越昏暗。河狸的巢穴影影绰绰地出现在前方，看上去像个土包。巢穴建在池塘的底部，向上凸起，形成一个巨大的圆丘，大得几乎难以逾越。

黑麦继续稳稳地划着水前进，从他紧闭的嘴里冒出一小串水泡。慢慢地，他看到一个像黑洞的地方。会是入口吗？

黑麦一口气憋得肺几乎要爆炸了，他必须迅速做出决定。如果判断错了，他就会被淹死。

"但至少我尽力了。"他自我安慰道，"再见，樱树！再见，我的爱！再见，世界！"

随后，他后爪猛蹬，前爪拼命划水，一头扎进了洞里。

眼前顿时一片黑暗，四周仿佛没有月亮的黑夜一般。

黑麦不再往巢穴深处游，他在水里拼命挣扎，只求能保住自己的性命。终于，他再也憋不住气，猛地向上一蹿，总算呼吸到了空气。他一边大口大口地喘着气，一边有气无力地挥动爪子，好让身体漂在水面上，然后再去靠近一个滑溜溜的泥泞的平台。他伸出爪子想爬上去，却几次滑落下来，之后终于爬到了那个窄窄的平台上。他紧闭双眼躺在那儿，又是咳嗽，又是吐水。

最后，他睁开了眼睛。

此时，黑麦已经来到了河狸的巢穴中。在离他几步远的地方，正坐着一只体格庞大的河狸，眼睛一眨不眨地看着他。

"啊，保佑我的牙齿，祝福我的尾巴！"卡耐德先生咧着嘴，龇着橘黄色的门牙笑着说，"很高兴你能来，老兄！陌生人就是未曾谋面的朋友。嘿，我是说真的，真心的。"

14

艾瑞斯被困

艾瑞斯在树丛间来回奔跑。他使出全身解数左躲右闪，心怦怦直跳，身上的刺唰唰啦啦地响，就像在逃脱某个大型野兽的追捕。

事实上，他要逃脱的是自己的情感。他爬到树上，躲到灌木后面，但都没有用，仍然感到痛苦万分。他找到一根中空的旧圆木，一头钻了进去。圆木里，腐烂的木头散发着恶臭，还长着很多蘑菇。他坐下来，呆呆地注视着外面的大雨，心里没有感到半点儿轻松。他还从来没有这么痛苦过。

风暴渐渐减弱，雨也停了，水珠一颗一颗地滴落。地面上起了一层灰蒙蒙的雾，萦绕在黑乎乎的树干之间，好像不可告人的思绪一般。

艾瑞斯爬出圆木，抖了抖身上的水。"振作起来。"他自言自语道。

他回到山脊处，寻找樱树离开时自己爬过的那棵白杨树。这次他找到了。但当他来到树下，发现樱树并不在那里时，他又一次感到了绝望。

"她在哪里？"他喃喃道，"她为什么要离开我？她算是哪门子朋友？难道她不知道我需要她吗？她应该在这里帮助我的！"

艾瑞斯这样想着，忽然转过身，快速走到小路上。他记得樱树就是从这条路离开的。他沿着小路从山脊上走下来，也没有看到樱树的身影。眼前只有一个池塘，还有在池塘边干活儿的河狸。

艾瑞斯恶狠狠地盯着他们。这些河狸彼此之间似乎配合很默契，时不时互相报以微笑。"一个家庭，"艾瑞斯厌恶地哼了一声，"一个幸福的家庭。"

"但愿他们的鼻孔都长草，"艾瑞斯咒骂了一句，"我要回幽光森林去。"说着他又掉头朝山上走去，再次急匆匆地穿过树丛。没多久，他就来到了一处开阔的地带。在他眼前的是一片低洼的草地，长满了带刺的野莓丛，还有开花的藤萝。

艾瑞斯没仔细看路，只顾着往灌木丛最茂密的地方钻，结果钻进了一个异常茂盛的灌木丛。植株都纠结在一起，他不得不分开这些交缠的枝丫。他艰难地走到一半，被迫停了下来，因为他身上的刺跟藤蔓和荆棘死死地缠在了一起——他被卡住了。

虽然不能动弹，但筋疲力尽的艾瑞斯却感到很高兴——终于可以踏实地休息一下了。

"我将永远待在这里，"他叹息了一声，"直到死亡。这

样最好，而且这也用不了多久。樱树说得对，我老了，非常老。"

他闭上眼睛，开始想家，想樱树。有那么片刻，他感到愤怒，但又不得不承认是自己让樱树走开的。也许她离开他——有那么一丁点儿——是他自己的错。

艾瑞斯叹了一口气。越是回忆，就越思念樱树。她总是那么好脾气，那么善良、勇敢。她是他最好的朋友。也许有朝一日，应该找个机会让她知道自己的想法。

可是他又摇摇头，咕哝着："真是泡菜吃吐了。"还是不让她知道的好，他想，反正说了也没什么用，她只会取笑自己，开自己的玩笑，一遍又一遍说自己"老了"——真讨厌这个词。不过，或许可以再帮她找一两颗种子，放在她能找到的地方，就像偶然遇到的，仅此而已。如果一头豪猪不能保持冷酷，那算是哪门子的豪猪！

艾瑞斯坐了下来，对于被卡住而什么也不能做这一现状，感到如释重负。这样最好，再好不过了。他不需要去思考，或者去感觉任何事……就这样死去好了，在她的面前，艾瑞斯心想。

15

黑麦成了囚犯

黑麦游进河狸的巢穴时，已经筋疲力尽，对卡耐德先生几乎没有任何反抗的力量。等他恢复力气时，为时已晚。那只河狸用枫树树枝和糊得很结实的泥巴做了个笼子，用尾巴把瘫软无力的黑麦赶进去，锁了起来。

黑麦成了河狸的囚犯。

"好了，伙计，"卡耐德先生以他惯常的诚恳口气说道，"我是卡斯特·普·卡耐德，叫我卡斯好了，你叫什么？"

可怜的黑麦透过笼子的栏杆，悲哀地看着这只大块头河狸，回答道："黑麦。"

"非常高兴见到你，伙计，"卡耐德先生咧嘴笑着，热情地说，"你住在哪里？"

"我原来住在小溪边上。"

"后来搬走了，是吧？"

黑麦眼含愤怒的泪水说："都是你逼的！"

"我？逼你们？不是的，你们可以留下来的。"

"那我们就会被淹死。"

"伙计，那是你们自己的选择。生活并不处处公平。没人可以许诺你永远生活在玫瑰园中。事情总是有好有坏，有甜蜜也有忧伤，但问题总有法子解决。"卡耐德先生又一次龇牙笑起来。

"好了，"他继续说，"让我们开门见山地说吧，你为什么到这里来？"

黑麦怒视着这只体格庞大的河狸说："为了除掉你们！"

"嘿，伙计，你很暴力啊！这让我很紧张。"卡耐德先生笑着说，"你现在住在哪儿？"

"山上一块岩石边。"

"岩石边？不会吧？具体是哪里？"

"在山脊上，可以俯瞰池塘。"

卡耐德先生的心怦怦直跳，问："是不是正好在山脊上的一块岩石，旁边还长着一丛灌木？"

"是的。"黑麦回答。

"啊，保佑我的牙齿，祝福我的尾巴！"卡耐德先生兴高采烈地说，"这可真走运，你自己住在那里吗？"

"我们全家都在那里。"

"你们全家！"卡耐德先生意外地大声说，"这就更好了！我也是个重视家庭的人，我热爱家庭！今天可真是个好日子！"

卡耐德先生在心里快速地盘算着："这大概是那个老鼠家庭的代表，一个暴力型的年轻人。既然他闯到这里来，那我就要利用他去劝他们主动离开，这有利于维护我的名誉——进步，但绝不制造痛苦。"

"为什么这是个好日子？"黑麦警惕地问，"你准备对我们家做什么？"

"嘿，伙计，"卡耐德先生喊道，"别担心，不管是对你，还是你们家，我都没有任何恶意。你不会有事的，一切都会很圆满，我一向都是诚实坦率的。"

黑麦怒视着河狸说："你毁掉了我们的一切，还好意思说这样的话？"

"不是一切，伙计，"卡耐德先生哈哈大笑着说，"太阳还在照耀，是吧？月亮也在发光，对吧？生活在继续，我们只是改变了一些事情而已。伙计，等你不再自私地看待世界，等你的视野更宽广，你就会承认，我卡斯特·普·卡耐德说得有道理了。"

"现在，请原谅我先离开，我要召集全家开个会，研究如何处置你。"说完，卡耐德先生从入口游了出去。

黑麦独自沮丧地坐在笼子里，爪子下意识地抓着树枝做的栏杆。他恨卡耐德先生，但更恨自己。他不但没有达成目的，反而被关了起来！他相信，这对他的父母来说将是沉重的打击。至于樱树，如果她知道自己的所作所为，毫无疑问会把他当成傻瓜。没错，他就是个十足的傻瓜。

黑麦试着想掰断笼子的栏杆。他使劲儿摇晃栏杆，用牙齿去咬，但栏杆是枫木做的，短时间内很难咬断。他又试着挖糊在栏杆上的泥巴，想挖个洞逃出去，可是也行不通，因为卡耐德先生的泥巴砌得非常结实。黑麦无计可施，只能等待河狸们的处置。

没过多久，卡耐德先生和他的家人们就来了。他们仔细地打量着黑麦。

"看上去真讨厌。"一只河狸说。

"原来是这么个小得可怜的东西。"另一只说。

"真好奇他想怎么对付我们。"第三只咯咯笑着说,"一个这么软弱的家伙。"

黑麦缩在笼子的一角,愤怒极了。

卡耐德先生站在笼子旁,命令大家安静下来。

"这是一个千载难逢的机会,"他开口说道,"是命运召唤我们河狸去做出一番丰功伟绩!如果有谁能够承担这样的使命,那就非卡耐德公司莫属。"

"对,对!"一只河狸在下面附和道。

　　"好样的，卡斯！"另一只河狸说。

　　"好的，"卡耐德先生接着说，"我们准备继续扩张，把卡耐德可爱公寓扩建成更宏伟的工程！我们把它建成一个湖怎么样？"

　　"哇！"

　　"棒极了！"

　　"酷毙了！"

　　卡耐德先生兴奋地继续往下说："当然，我们将把它命名为'卡耐德湖',这是工程计划。"他边说边朝树皮上的图指了指。

"要建造这个湖,我们需要在这块岩石的位置上筑造一座堤坝,不过,这块石头底下住着一窝赭鼠。当然,我们完全可以置之不理,直接开建,他们就会被冲走。

"但这不是我们的风格,卡耐德公司向来以富有同情心而著称,我们要保持这个声誉,所以,我们需要让这些老鼠自愿离开。"

说完,底下响起一片拍打尾巴的声音。

"问题是怎样劝这些赭鼠离开,不过现在,这个已经不是问题了,幸运总是眷顾勤奋者,天才是百分之九十的汗水加百分之十的灵感,好在这些我都百分之百地拥有了。我们有一个客人,一只很年轻的赭鼠,"卡耐德先生敲了敲笼子说,"他叫黑麦,他和他的家人就住在我们看中的那块岩石下面。"

"说下去,卡斯!"一只河狸用尾巴拍打着地面大声说。

"我准备到山上走一趟,跟那些赭鼠谈一谈,告诉他们这位老兄在这儿……在我们家……做客,还有,"卡耐德先生咧嘴笑了笑,补充说"如果他们还想见到他,最好赶紧搬走。嘿嘿,你们知道俗话怎么说?走路要轻,但是记得叼一根大棒子。"

"你说过不会伤害我！"黑麦喊道。

"冷静点儿，老兄，我可没说要伤害你。但是你别忘了，是你闯进我们家的，所以你是个暴力分子。我只是警告你家的赭鼠们，他们需要以搬家作为补偿，否则就再也见不到你了，明白了吗？决定权在他们，我说的是真心话，真心实意。"

全体河狸热烈地拍打着尾巴，卡耐德先生咧着嘴笑容满面。

16

樱树得知消息

鼠窝里非常安静。

三叶草在一个角落照顾着她最年幼的三个孩子。樱树待在另一个角落，给大一些的孩子们讲幽光森林的居民们。

奶蓟和羊蹄草也在其中。

缬草在屋子中间，给围在身边的一群孩子教授种子的知识。

"这种特别有营养，"他举起一颗饱满的葵花子说，"味道也好，葵花子怎么样都好。我和黑麦知道一个特别棒的地方，可以找到大量葵花子。"说到这里，他停下来，抬头看了看四周。

"黑麦在哪儿?"

听不到任何回答,缬草大声喊了起来:"谁知道黑麦在哪儿?"

樱树听到黑麦的名字,立刻竖起耳朵,四下看了看,一句话也没说。

只听奶蓟喊道:"他出去了。"

"知道去哪儿了吗?"

"不知道。"

缬草耸了耸肩,继续讲他的课。

樱树侧身悄声问奶蓟:"黑麦会很快回来吗?"

"黑麦的事,谁也说不准。樱树,再给我们多讲点儿幽光森林吧!"奶蓟越来越喜欢樱树了。

樱树继续讲,但是很快就神游了,因为她无法集中注意力,对黑麦的思念占据了她整个头脑。而且,地底下的空气热烘烘的,拥挤的环境也开始让她难以忍受。

"我想呼吸一下新鲜空气。"她解释道。

她答应小老鼠们很快就回来,然后独自走到地面上。暴雨已经平息,黄昏也降临了,空气变得闷热而潮湿。樱树倚着岩石坐下,向远处望去。

西边的天空点缀着一条粉色和紫色相间的彩带，东面，一轮淡黄色的月亮正缓缓升起。天色越来越黑，不时有萤火虫一闪一闪地飞过，好像黑夜的脉搏在跳动。

樱树静静地坐着，茫然地看着眼前的一切，心突地一跳，然后想起了艾瑞斯。她没有回到艾瑞斯那边去，他的脾气一直暴躁得出奇，还总是不断地强调喜欢独自待着，于是樱树决定留在鼠窝过夜。就让艾瑞斯多等一会儿吧。

抛开艾瑞斯，樱树尽情地去想黑麦。她想知道他去了哪里。至于他为什么离开，她几乎可以肯定，是因为关于猪草的那番话——她多么爱猪草，还差一点儿跟他结婚，等等。在讲这段往事时，她看到黑麦的脸上清清楚楚地流露出痛苦。

然而，樱树默默地想，猪草已经不在了，怀念过去毫无意义。她想起来这趟旅行的目的，就是要给那段生活做一个了结。如今，这个目的已经达到了。她轻轻抚摸着猪草的耳环，意识到自己是多么迫不及待地想要开始新的生活。

此刻，她有了一个很大胆的想法——跟黑麦共度余生。

樱树叹一口气，注视着山下的池塘。就在这时，她看见一只河狸从水中爬出来，抖了抖身上的水，弄得水花四溅，然后他开始笨拙地朝山上正对着她的方向爬过来。

櫻树警惕起来。她还从没见过河狸，但是因为从愤怒的赭鼠们那里听来的控诉，她对河狸没有好感。看得出，跟自己相比，河狸算得上庞然大物了，尤其是走过来的这只——巨大的橘黄色门牙让他看起来格外凶猛。

她隐约想起来，河狸和赭鼠是同族，好像是隔两辈的表亲。但是眼下，她丝毫感觉不出什么亲缘关系，只觉得自己非常渺小。

那只河狸走到近前，身上有一股明显的麝香味。

樱树有些不知所措地环顾四周，想着万一这只河狸对她不利的话，她可以夺路而逃。

在相距大约几步远的地方，河狸站住了。

"你好，亲爱的，我叫卡斯特·普·卡耐德，朋友们都叫我卡斯。像哲学家所说，陌生人就是未曾谋面的朋友。所以，朋友，你叫什么名字？"

"樱树。"

"很好，亲爱的，非常好，我正想跟你谈一谈。"

"跟我？"樱树问道，心里很纳闷儿。

"你就住在你靠着的那块岩石下面，是不是？"

"确切地说并不是，"樱树开口想解释，"我只是刚刚——"

"嘿，亲爱的，不必多说，"卡耐德先生打断了她，"我都知道，你们以前住在别的地方，刚刚搬到这里。"

"实际上——"樱树试图打断他。

"行了，除非我搞错了，但是我很少出错。听着，有个叫黑麦的老鼠也住在这里，对吧？"

樱树一听就跳了起来："黑麦？是的，他是住在这里。"

"很好，我喜欢开门见山。我不会说客气话，只会直截了当。"

"是黑麦……出了什么事吗?"樱树结结巴巴地问。

"那小子好着呢,安然无恙,一切完好。"卡耐德先生安慰她说,"除了一点,他擅自闯进了我们家。"

"擅自闯进?"

"是的,我跟你说得很清楚,你听到我说的了,他闯进了他无权进入的地方。我的意思是,河狸的住所神圣不可侵犯,所以那个黑麦惹了大麻烦。"

"大麻烦?什么样的大麻烦?"樱树失声叫道,她有些发蒙,只能下意识地重复听到的字眼。

"冲动、鲁莽、冒险,我不得不说,黑麦是个暴力分子。但是不要担心,他被关在我家的笼子里,很安全。"卡耐德先生指了指池塘中的一个土丘说,"就在那儿。"

"但……那太糟糕了!"樱树瞪着河狸的巢穴说。

"这正是我想说的,他不应该那样做,"卡耐德先生说,"现在,我跟你坦白说吧,我们想在这个地方建一座堤坝。长话短说,如果你们全部搬走,对我们大家都好,动作迅速点儿,不要闹事,你们就能再见到黑麦,一根毫毛也不会少他的。"

"但是……"

"当然，如果你们不搬……"

"会怎么样？"樱树叫道。

"听着，亲爱的，这么说吧，我不喜欢绕圈子，这是生死攸关的事，决定权在你们手里，这是个自由的地方。"

"但是假如……我们不搬呢？"樱树叫道。

"亲爱的，实话跟你说，我不希望发生那样的事，如果你们不搬走，恐怕将会大祸临头。要么游泳离开，要么沉到水底，因为你们的新家会被淹没，那些小的恐怕会被淹死。而且，如果你们拒绝搬走的话，将会激怒我的家人。你要知道，我不能保证他们会怎么对付黑麦。好了，希望我没有打扰你，决定权在你们。记得，我们不想强迫你们做任何事。不管怎样，很高兴跟你谈话，亲爱的，祝你有美好的一天，我是说真的，真心实意的。"

卡耐德先生说完转身往回走。

樱树目瞪口呆地看着他的背影，一时回不过神来。她第一个反应是追上去，威胁他，让他立刻放了黑麦。但是卡耐德先生好像读懂了樱树的心思，狠狠地甩了一下宽大的尾巴，发出咚的一声巨响，整个地面似乎都摇晃起来。

樱树只好留在原地，直到看见河狸跳进池塘游走之后，才从入口跑进了三叶草和缬草的窝。

17

营救黑麦

"我知道黑麦下落了！"樱树冲进鼠窝大喊，"是盖池塘的河狸捉住了他！更糟的是，那只河狸跟我说，不会放他走，除非你们全家从这里搬走。"

这个消息让赭鼠们目瞪口呆，一时间，鼠窝里鸦雀无声。等他们回过神来，顿时响起一片叽叽吱吱的讨论声。三叶草两只爪子捧着脑袋哭喊道："他们太过分了！"

缬草也喃喃地说："我受不了了，实在受不了了！"他的话犹如洪水开了闸，让小老鼠们失去了控制。

他们绕着圈子疯狂乱跑，嘴里大喊着："太过分了！太过分了！"大一点儿的赭鼠们则蜷缩在角落里，不停地嘟囔着："真是可怕！真是可怕！"

混乱持续了很长时间，缬草终于站起身来，高声喊道："大家请安静！"

鼠窝立刻安静下来。

"樱树，你是怎么得知这个消息的？"缬草问她。

于是樱树把刚刚跟卡耐德先生的对话复述了一遍，最后提到了河狸的威胁：要是大家不肯搬走的话，黑麦将会一直被囚禁。

"或者可能更糟。"她补充道。

三叶草的黑眼睛睁得大大的："你说更糟是……是什么意思？"

"我想，河狸是在威胁你们……可能会伤害黑麦。"

"可是为什么，"缬草恼怒地叫道，"那孩子为什么要跑去干这种事？"

"我敢打赌，"奶蓟莽撞地插嘴道，"他是想证明给大家看，他跟猪草一样能干，一定是这个原因！"

听了奶蓟的话，樱树垂下头盯着自己的脚尖不说话。

"这真是好极了！"缬草少见地发火了，"如果他是那样打算的话，那么他不仅心愿落空，而且还连累了我们大家。"

缬草的话使得鼠窝里再次乱成一团。所有的赭鼠立刻议论纷纷,却都不知所云。

三叶草细小而尖锐的声音压过了其他的噪声。

"我亲爱的家人,"她大声道,"我们无法再忍受这样的生活了,我们需要安宁。我想,我们最好彻底离开这个地区,重新开始,让河狸们霸占小溪好了。"

樱树不知该说些什么好。她感到自己对所发生的事多多少少负有责任。

"可是,"她怯生生地说,"我们不能做些什么吗?"

"做什么?"缬草转过身,眼里满是痛苦,"樱树,我试图和他们沟通,寻求一个折中的方案,但是他们根本不理睬。三叶草说得对,要想保住这个家,我们别无选择。"

"我很抱歉。"樱树喃喃地说。

"樱树小姐,"三叶草的声音因为紧张而变得格外尖细,"你是好心到这里来,告知我们有关猪草的不幸消息。黑麦的问题我们来解决,跟你没有关系,让我们自己处理好了。"

"但是三叶草,"樱树尽量温柔地说,"即便你们搬走,也不能肯定他们会放了黑麦。"

"但是你刚才不是说，卡耐德先生答应如果我们搬走，他就放了黑麦吗？"三叶草喊道，"除了相信他们，我们还能怎么办？"

"三叶草说得对，"缬草赞同道，"我们需要保护这个家，不要再多说了。"

缬草一说完这番话，赭鼠们就开始匆忙行动起来，分门别类地整理他们的物品。樱树意识到，对于这个家庭来说，她是一个碍手碍脚的局外人。她感到很受伤，也不希望给他们增添更多的麻烦，于是悄悄地从窝里溜了出来。

夜幕降临，月亮倒映在池塘的水面上，宛如一个金色斑点。樱树能辨别出被黑沉沉的河水包围的河狸巢穴的顶部。

一想到黑麦在河狸的巢穴中饱受折磨，她就感到心痛，同时也更加思念他。她忍不住深深叹了一口气。

"别担心，"从她身后传来一个声音，"这不是你的错。"

樱树转过身，看到说话的是奶蓟。

"你不要往心里去，"奶蓟继续说，"我们家这个夏天过得很艰难。"

"我知道。"

两只老鼠肩并肩沉默地坐在一起。

　　"但是我知道黑麦为什么那样做，"停顿了良久，奶蓟说道，"我打赌。"

　　"是吗？"樱树犹豫了一下问道，"为什么？"

　　"樱树，"奶蓟有些羞涩地说，"你来这里之前就认识黑麦吗？"

　　"算是吧，你怎么知道的？"

　　"嗯……"说话间，奶蓟有点儿窘迫，她不敢直视樱树，

"是在你提起猪草的时候。那时你刚来，我注意到你们两个看见彼此时的神情，黑麦看上去好像快死掉了一样，而你也比他强不了多少。"

樱树转身面朝池塘，注视着那座巨大的河狸巢穴。"那样说来，他落到这个境地都是因为我。"她喃喃道。

"樱树……"奶蓟叫道。

"什么事？"

"不是你让黑麦那样做的，那是他自己的主意，跟你没有关系，不要做傻事。"

"我不会的。"樱树回答。

"你还好吧？"奶蓟轻轻碰了一下樱树说。

"我没事，"樱树回答道，"只是想自己待一会儿。"

"好吧。"奶蓟答应了一声，就回巢穴去了。

樱树独自留在那里，黑夜让她感到一丝安慰。她几乎是下意识地朝着池塘走去的。

"要是我能告诉黑麦……"她停顿了一下，猛然记起她跟那只赭鼠之间甚至没有交谈过一次。然而，然而，她感觉却好像已经跟他说了很多的话。

这种感觉——无与伦比。

樱树提醒自己，她并不一定非要和黑麦在一起。毕竟，有生以来的六个月，她都过着没有他的生活。但是此刻，她想跟他在一起。她心里很乱，理不清自己的思绪。

樱树走到水边，注视着河狸的那些巢穴，尽力回想卡耐德先生所说的话，想确定关押黑麦的位置。当目标确定时，她开始目不转睛地盯着看。她觉得离黑麦好像近了一点儿，这使她心里好受一些。她真希望自己是个游泳高手。

樱树漫无目的地沿着池塘边走了一会儿，希望能想出一个办法。走着走着，她踩到了一块碎木片。她拾起木片，用爪子掂了掂，心想："用来做桨应该不错。"

这个念头刚从脑海中闪过，她就清楚地知道自己要找什么了—— 一块可以当木筏的木片，让她能漂在水上。这样就能去关黑麦的地方了。

樱树紧紧抓着准备当桨的木片，开始搜索。在一棵被咬断的树墩附近，她发现了一片薄而宽的木头——木筏也有了。

樱树连推带拽地把木头弄到池塘边，把它滑进水里。木头轻松地漂了起来。樱树跳上去，木头晃了几下，很快重新平稳下来。

她漂在水面上了。

18

进入河狸巢

　　樱树用捡来的木片当船桨，把木筏划离岸边。木筏剧烈地晃动着，她尽力让它稳定下来，跪在上面，把船桨伸进黑乎乎的水里。木筏开始动了。

　　空气中回荡着蟋蟀单调的叫声。不知从什么地方传来狐狸的狂吠，夜间出没的鸟在啼叫，还有青蛙在呱呱叫。在樱树看来，头顶上满天的繁星好像洒满了田地的闪亮的种子。月亮看上去也好像在跟她一起飘动。

　　樱树四下望了望，想弄清自己的方位。她努力回想河狸巢穴的位置。可是从池塘中央看起来，一切都不一样了。

月光下，她分不清哪里是河狸的巢穴哪里是岛屿，它们看起来几乎完全一样。她不知道该往哪个方向走了。

樱树继续向前划了一会儿。她清楚必须要找一个落脚点，于是随便选了一个小岛。

黑暗中，水花溅起的声音惊得她跳了起来，木筏立刻剧烈地摇晃起来。樱树紧紧抓着木筏，勉强让它没有翻倒。

当水面恢复平静之后，她在黑暗中紧张地张望，想知道刚才那声音是从哪儿发出来的，但是她什么也没看见。万一那是一只河狸，他会不会发现自己？樱树胆战心惊。

她隐约看到左手边有一个很小的岛。这么小的地方，搜索起来应该很容易。但是当她又划了几下之后，小岛似乎动了。樱树感到有点儿难以置信，瞪大了眼睛看着。一点儿没错，就在她盯着看的时候，那小岛又挪动了一点儿位置。

她又加速划了几下。突然，小岛彻底动起来，并且还……还抬起了"头"！樱树惊得倒吸了一口凉气——原来是一只河狸。她差点儿就把木筏划到了河狸的身上。

随即，她右手边的水面上鼓起了一个"包"，又一只河狸探出头来。樱树被夹在中间，多亏夜幕遮挡了她。

"是你吗，茱蒂？"后面那只河狸问。

"是我，"第一只闷声闷气地回答，"你是哪位？"

“我是乔。”

“你在做什么？”

“游泳凉快一下，巢里太热了。”

“确实很难睡着。嘿，你看见那只赭鼠了吗？”茱蒂问。

“是卡耐德捉到的那只吗？”叫乔的那只河狸问，“我就睡在他的笼子旁边，怎么了？”

“真是个讨厌的东西！”

“要是我的话，就直接狠狠给他一尾巴。”

"嘻，你知道卡斯的要求：'进步，但绝不制造痛苦。'"

"是的，当然，"乔说，"好了，我要回去了。"

"好吧。"

"再见！"

那只叫乔的河狸游开了。樱树尽力划着木筏跟在他身后。

突然，乔一个猛子扎到了水下。樱树等着他再次浮出水面，但是河狸再没有出现。樱树明白过来，河狸乔一定是通过某个水下通道进入了巢穴。

她四下打量了一番。果然，就在不远处的水面上有一个大土堆。樱树猛划了几下，撞到那个大土堆，然后她敏捷地从木筏跳到土堆上。可是这个动作无意中推开了木筏。她伸手去够，木筏却已经漂远，够不到了。

樱树没办法，只好先转头仔细地打量起周围。河狸的巢是由一大堆树枝、木棍、树叶、藤蔓紧紧压在一起，用烂泥加固而成的。这让她联想起倒立的鸟巢。

黑麦应该就在这里的某个地方。

樱树再次体会到一种紧张感。她回到水边，暗自思忖着自己有没有勇气游到水下，寻找河狸巢穴的入口。想到自己差劲的游泳技术，她放弃了，开始围着巢爬来爬去。她必须找到另外的进入办法。

在巢穴顶部的烂泥和树枝之间窥视、摸索时，樱树发现了一个洞。她把鼻子凑近洞口，确定在流动的空气中闻出了河狸的气味——或者至少是卡耐德先生的气味。这很可能是个通风口。

她仔细检查，发现洞口的大小足以让她爬进去。或许她可以通过这个洞进入巢穴。她紧张地大头朝下，从洞口爬了进去。洞里一片漆黑，脚下是又黏又滑的烂泥，还散发着令人作呕的腐烂气味。

往前爬了一点儿之后，她停了下来。这个洞有多长？她心想，万一遇到危险，我能快速退出来吗？洞的尽头是什么情形？我真的要这么做吗？一个名字回答了她所有的问题：黑麦。樱树确定，她一定要到黑麦的身边。

于是她继续向前爬，爪子紧紧抓着滑溜溜的洞面，以免掉下去。她不停地爬呀爬，这洞长得似乎没有尽头。

樱树爬得太聚精会神了，以至于当她终于到达尽头时，竟然没有意识到。好在她及时收住了脚步，接着她低头朝巢穴里偷偷看去。

巢里透出一丝微光，那是萤火虫偶尔发出的光亮。一开始，樱树以为自己看到的只是凹凸不平的地面。慢慢地，她看清楚，在她的下方是一间屋子，躺满了熟睡的河狸。

她倒吸了一口凉气。

这么多的河狸！有的仰躺在地，下巴朝上，橘色的牙齿亮闪闪的，好像还没完全熄灭的火焰；有的压在别的河狸身上；还有一些趴着的，尾巴不时地摆动几下，犹如松垮的旗子。他们睡得很不老实，不停地翻身、呻吟、嘟囔、低吼，看上去就好像一大堆烂泥巴活了一样。

樱树从高处搜寻着卡耐德先生所说的笼子——关黑麦的笼子。很快，她发现角落里有一个。她好像已经看见黑麦了——他蜷缩成一个球，正在熟睡中。

该怎么下到他身边去呢？她不敢跳，因为那就正好落到那些河狸中间了。她不敢冒这个险。随后，她想起在巢穴顶上看到的一个东西——藤蔓。也许可以顺着藤蔓爬下去，但必须要抢在河狸醒来之前，所以得快点儿行动。

樱树重新爬回巢穴顶去找藤蔓。她发现有两根藤蔓缠在一段树枝上，于是选择了长的那根。她迅速把藤蔓的一头缠在树枝上，另一头咬在嘴里，又爬回洞中。在到达尽头时，她把藤蔓垂了下去，但是她看不清藤蔓另一端的情形，会不会太远？还是不够远？

樱树也无法判断。

我为什么要拿自己的性命冒险？樱树又一次问自己，答案跟刚才一样：为了黑麦。

她深吸一口气，强压住怦怦乱跳的心脏，用前爪紧紧抓住藤蔓，后腿和尾巴也盘在藤蔓上，头朝下顺着藤蔓爬了下去。

可是藤蔓太短了，在距离河狸大约三十厘米的地方就没了。樱树只能跳下去，落到某只河狸的鼻子上。想到这个可能，她不禁全身发抖。

就在樱树试图做出决定的时候，她感到肩膀隐隐作痛。要么松手，要么原路返回。她抬起头，通风口看上去很远；她又低头看，河狸们体格巨大而且孔武有力。如果落到他们身上，他们会怎么对待自己呢？

樱树越来越紧张，爪子汗津津的。她轻轻挪动了一下爪子，藤蔓跟着轻微摇起来。她试图让藤蔓停下来，结果却晃得更厉害了。突然，她有了一个主意。

樱树小心翼翼地转了个身。现在，她只用爪子抓着藤蔓，后腿和尾巴都悬在了空中。她使劲儿蹬后腿，这样一来，藤蔓晃得更厉害了。她前后摇晃，像钟摆一样，直到晃出一个很大的弧度。樱树的心，随着每一下晃动，也跳得越发剧烈。

　　当弧度达到最高点——离黑麦最近的位置时，她松开了爪子。她的身体从空中滑过，掠过熟睡的河狸，落到了黑麦笼子旁边松软的烂泥上。

　　她躺在那里，心脏狂跳，大张着嘴，拼命地喘气。大功告成了吗？她抬起头，几乎不敢看。当她看到自己离河狸有一段距离了，这才如释重负地放下心来。现在，她和笼子之间没有任何障碍，一目了然。她无声地爬过去，朝笼子里窥视。

　　一只萤火虫一闪而过，她看见黑麦了。黑麦果然蜷缩成一个球，正在熟睡。

　　樱树把爪子伸进栏杆去够他，但是太远了够不着。

　　"黑麦！"她轻声喊道，"黑麦！"

　　黑麦迷迷糊糊地抬起头，在黑暗中张望。借助萤火虫的光亮，他看见了樱树的脸，不由得大吃一惊。他眯起眼，一时间不知道自己是在做梦还是在现实中。

　　樱树开口说："黑麦，真高兴见到你！"直到这时，黑麦才确定在自己眼前的，真的是樱树，千真万确。

19

樱树和黑麦

在萤火虫闪烁的微光中，樱树和黑麦望着对方。

在黑麦的心目中，从没有任何一只老鼠拥有比樱树更美丽的胡须和粉嘟嘟的鼻子。

同样，在樱树眼里，黑麦长着橘色茸毛的脸显得那样高贵，他的耳朵也是那样英挺，右耳的缺口更显出了他的个性。

"你……"黑麦的声音有些哽咽，"到这里做什么？"

"我来看看你，你还好吗？"

"可是……为什么？"

　　"因为……你……你的舞跳得那么好。"说这话时，樱树的胡须微微颤抖。

　　"谢谢，而你跳舞时……好像……好像踩在月光上。"

　　"黑麦！"

　　"什么事？"

　　"我确实爱过猪草，"樱树说，"这一点我永远也不能否认，但是……他已经不在了。"

　　黑麦低下头："我明白。"

　　"但是黑麦……你要知道，我从没跟猪草跳过舞。"

　　黑麦抬起头，他的胡须颤抖着。"樱树，你是最善良、最无私的女孩！"他轻声说，"你真是了不起。"

两只老鼠沉默了一会儿。

樱树再次开口："黑麦，你为什么要到这里来？"

"我想对付河狸，想除掉他们，但我没有切实可行的计划。事实上，樱树，我是想……向你证明自己，只不过还没等行动，就被他们捉住了。"

"卡耐德先生说你成了他们的俘虏，"樱树说，"他说，要是你们家不搬走的话，他就永远不会放了你。"

"永远？"黑麦吃惊地重复说，"但是樱树，即便是这样也值得。"

"为什么？"

"因为……你来过了。"

"你不想离开这里吗？"樱树问道。

"我当然想，但我想我把事情搞砸了。"

樱树把爪子从栏杆的空隙处伸进去，拍了拍黑麦的肩膀，说："但至少你努力过了，我认为你很勇敢。"

黑麦握住樱树搭在他肩膀上的爪子，轻轻吻了一下，低声说："你说的这些话比……比……一辈子都吃不完的葵花子还要珍贵。"

他们深情地凝视着对方。

黑麦问道："对了，你是怎么进来的？"

"那上面有个洞，我拉了根藤蔓，顺着爬下来的。"

"你真了不起！"

樱树羞红了脸，但心里很开心。

黑麦突然担心起来："那你怎么出去？"

樱树本想说"跟来时一样"，可是话到嘴边，她意识到那根藤蔓已经用不了了。此刻，藤蔓高悬在那些河狸的头顶上方，她根本够不到。于是，她只得说："我不知道。"

黑麦告诉她："我是从一个水下通道游进来的，河狸都是这么进来的，不是很费事，你可以试一下。"

"但是我不太会游泳。"

"好吧。"

"别担心，我再想想别的办法。"

两只老鼠又沉默下来，借着萤火虫微弱的光亮凝视着对方。

"黑麦，"樱树知道这里不能久留，于是她直接问，"你试没试过咬断栏杆？"

"试过，太硬了。"

樱树也试了试，随即放弃了："确实太硬。"

"我怕，我真的要永远被关在这里了……我猜我会老死……会后悔。"

"黑麦……"

"怎么了？"

"我知道栏杆很硬，但拜托，你还是要不停地啃。我想办法先回你家，让他们知道你平安无事。要是我能找到一根长一点儿的藤，能垂到这里，就可以把你弄出去了。"

"你……你觉得能行吗？"

"可能吧。"她开始倒退着往回走。

黑麦抓住笼子的栏杆喊了一声："樱树！"

"怎么啦？"

"真心感谢你能来，但是……也许你还是不要再回来的好，我不想让你因为我……拿生命冒险。"

"但是黑麦……"樱树边说边走，离笼子又远了几步。

"什么？"

"我还想……和你再跳舞。"

"樱树！"黑麦忍不住喊起来，"我也想！跟你一起！"

"嘘！"樱树一边往后退，一边示意他当心。可是她无法把视线从黑麦身上移开，结果踩到了一只熟睡的河狸的尾巴，差点儿被绊倒。

樱树吓得立在原地不敢动，黑麦也万分惊慌。好半天，他们俩一动不动。那只河狸翻了个身，滚到一边，继续呼呼大睡，自始至终都没有醒来。

樱树这才小心翼翼摸索到墙边。脚下的路非常泥泞，她紧紧贴着墙，绕过了一只正在熟睡的大块头河狸，走到水门旁边。

她站在那里，盯着浑浊的水沉思了一会儿，然后四处打量，想看看有没有办法能够到那根藤蔓，结果发现不可能。她别无选择，无奈地又回到水边。一想到要游泳，她心里就开始打鼓。她抱了抱自己，让自己冷静下来，然后深吸一口气，扑通一声跳进了水里。

在巢穴的另一头，卡耐德先生坐了起来，四下张望。刚才好像听到了什么声响，他吸了几下鼻子，捕捉到一丝不同寻常的气味。他四周看看，除了那些睡觉的胖河狸，什么也没有。一切看起来都很正常，但是刚才那到底是什么声音？

他又嗅了一下。这一次，他察觉到，那一丝微弱的气味是……小老鼠的！难道那只小老鼠逃跑了吗？

"凡事小心为上！"想到这里，卡耐德先生站起来，朝关黑麦的笼子走过去。他在黑暗中睁大眼睛努力想看清楚。一开始，他没看见黑麦，但是他侧耳细听，听见了咬东西的声音。

他凑到笼子跟前一看，赫然发现黑麦正在笼子的后面

啃咬一根栏杆。

卡耐德先生大笑起来。"啊,保佑我的牙齿,祝福我的尾巴,"他嘲弄地说,"你是想变成河狸吗?"

黑麦吃惊地抬起头来。

"别妄想咬断栏杆逃出去,老兄,我们需要你一直待在这儿。"

黑麦怒目而视,一句话也没说。

"给我离栏杆远点儿,老兄,你应该不会想越界,逼我动爪子吧?要是你非逼我做坏人,那可是你的错。"

黑麦只好走到一边。

"很好，听着，老兄，"卡耐德先生接着说，"我准备就睡在你旁边，接下来的几天都会如此。我可不想丢了马之后才想起锁马厩的门。"

卡耐德先生正准备重新入睡，突然又想起刚才把他吵醒的声音。如果这只小老鼠没逃走，那刚才的声音又是谁发出来的？他仔细回想，那好像是……水花溅起的声音？

他再次坐起来，点了点河狸的数量——所有河狸都在。他又检查了一下笼子周围，在泥地上发现了爪印。

"有谁来看过你，是不是？"这只河狸失声叫道。

"别烦我！"黑麦嚷道。

"没关系，"卡耐德先生冷静下来，"事实胜过雄辩，你的一个同伴来过这里。"

这只河狸仔细检查了整个巢穴。借着一道萤火虫的光亮，他发现了从屋顶上垂下来的藤蔓。卡耐德先生哼了一声："原来是那个通风口。"

他走过去把藤蔓一把扯了下来。

"最好糊些泥堵上那个洞。"他心想，"我随时可以在其他地方再开几个洞，隐蔽的那种，不能再让任何老鼠来捣乱。"

20

樱 树

冰冷的水，还有无边的黑暗，都让樱树惊慌失措。她没有游动，也不知道该往哪个方向游。她的身子旋转着沉了下去。再不赶快采取行动，她就要淹死了。

她开始胡乱扑腾，可是没有用，身子还在下沉。她尽力让自己冷静下来，四肢终于协调了。跟着，她撞到了几根树枝，于是赶紧伸出爪子抓住树枝。

此时，樱树憋气已经憋到了极限，她不得不松开树枝，拼命向上挥舞爪子划水，暗暗希望已经逃离了河狸的巢穴。

就像从瓶口弹出的橡皮塞一样，樱树猛地从池塘水面冒出来，溅起大片的水花。她大口大口地呼吸着新鲜的空气。

好容易喘过气来之后，樱树抬起头，透过眼前的水雾，她模模糊糊地看到亮光。一开始，她以为是萤火虫的光，随后意识到那是星星的光亮。她从没见过如此美丽的星光。终于逃出来了！

现在，樱树无论如何都必须回到岸边。可是她对自己的游泳水平毫无信心。她挪动了一下身子，想搞清楚自己所在的方位。她感觉好像看到了河狸其他的巢穴。一定要躲开。

她在水里挣扎时，感到脑袋上挨了一下。她转过身，准备还击，结果发现只是一片木头。她急忙抓住木头，让自己浮了起来。

在木片的帮助下，樱树使劲儿蹬着后腿，开始朝岸边移动。

她移动得很慢，力气也快要用光了，要不时把头搁在木片上歇一歇。她强迫自己去想还被关在河狸巢穴里的黑麦。"至少我是自由的。"想到这里，她责备自己的软弱，又开始蹬水。

二十分钟后，她好像撞到了什么上。她晕晕乎乎地抬起头，发现眼前是一片陆地——终于靠岸了。

筋疲力尽的樱树从水里跌跌撞撞地爬上岸，她使劲儿抖了抖身体，感觉好像抖掉了一吨重的水，顿时感到轻松很多。她躺在地上，用爪子抱住头，这时，她才感觉到有多么疲惫。她发誓再也不回水里去了。

樱树躺在那里，想着被囚禁的黑麦，又把自己的计划从头想了一遍。她要再弄一根藤蔓，比之前那根还要长，从通风口垂下去。她要再次下到河狸巢穴里，想办法把黑麦救出来。除此之外，别无选择。而且她得尽快行动。

樱树匆匆忙忙地往山上爬。

当她走到那块大岩石的时候，太阳从东边的地平线上绽放出淡红色的光芒。鸟儿开始叽叽喳喳地叫起来，好像沉默了一夜憋得难以忍受，急切地要把失去的时间补回来一样。

她又打量了一下池塘。就在这时，一群河狸从囚禁黑麦的巢穴里钻了出来。她愤怒地瞪着他们。这些河狸的块头是那么大，那么粗壮有力，还有他们的牙齿和巨大的尾巴……

樱树匆忙钻进鼠窝。

赭鼠们非常忙乱，走路的样子好像背负重担一样。没有赭鼠到处张望，也极少互相交谈。他们全神贯注地做着一件件琐碎的事情——全家上下都在为搬家做准备。

"我回来了。"樱树大声说。

赭鼠们停下手中的活儿，齐齐看过来。

"啊，樱树，"缬草忧伤地说，"我还以为你走了。"

"我没走，我去看黑麦了。"

"什么?!"

"你是怎么做到的? "羊蹄草叫道。

于是樱树把她如何进入河狸的巢穴，又如何跟黑麦见面的经过讲了一番。"他情绪很低落，"她说，"不过安然无恙。"

"但是……他为什么要到那里去? "三叶草问道。

"他想教训一下河狸。"

"他做到了吗? "

"没有。"

缬草气愤地甩了甩尾巴，说："我不能理解这小子为什么总是想显示自己的能耐。现在可好，成了俘虏，还要我们去赎他，代价就是我们搬走。没错，我们正在尽快搬。"

"我有一个计划可以救他。"樱树自告奋勇地说。

鼠窝里瞬间一片寂静。

缬草直起身，严肃地说："樱树小姐，从你来到我们家，你的所言所行都令人惊叹，我们丝毫不怀疑你是一只出类拔萃的老鼠。但也许是因为我们一直住在河边，过着简单平静的生活，所以面对困难时有些惊慌，还有那些河狸也让我们惊恐不安，因此，我们最好还是让步。"

"你都不想听听我的计划吗？"

缬草叹了一口气："我们可以听一听，不过你不要指望我们能做什么。"

樱树局促不安地站在鼠窝中央。黑麦全家竖着耳朵，呆呆地看着她。樱树感到有些愤怒。当初她告诉这些老鼠猪草的死讯时，他们都表现得悲伤不已，而现在，当她提议采取行动营救生命受到威胁的黑麦时，他们却表现得如此冷漠。

"我进入了河狸的主巢，"她再次告诉他们，"是用一根藤蔓从通风口爬下去的。可惜，黑麦和我都没办法弄破那个笼子。我需要更多的赭鼠帮忙，至少几只赭鼠跟我一起，带一根更长的藤蔓再去那个巢穴。"

"去河狸的巢穴？"赭鼠们吃惊地叫道。

"没错，像我那样。"

"那岂不是太危险了？"一只赭鼠说，"那些河狸块头那么大，他们只要甩一下尾巴……"

"还有他们的牙齿……"另一只赭鼠说，"被咬一口就……就完蛋了。"

樱树举起一只爪子示意他们安静："我有一个朋友，我最好的朋友，他跟我一起从幽光森林来到这里。"

"也是只赭鼠吗？"一只幼鼠问。

"不，他是一头豪猪，名叫艾瑞斯。豪猪的刺非常锐利，我朋友身上的刺经常掉下来，我先去收集一些，等我们去河狸巢穴时，每只赭鼠都带一根刺来防身。"

"一根刺就能对付所有的河狸？"另一只赭鼠问道。

"当然。"

"你的朋友在哪儿？"有赭鼠问。

"在山脊那边等我呢。"

缬草清了清喉咙说道："樱树，你需要几只赭鼠和你去救黑麦？"

"我算一个，"她回答说，"另外还需要两三只。"

没有一只赭鼠吭声。

这时，三叶草开口说："樱树，也许你能救出黑麦，可是你考虑过那些河狸吗？他们会继续建造下去的，我们大家会怎么样？"

"我不知道，"樱树老实承认，"但我必须救黑麦。"

"我亲爱的樱树，真希望我能相信你的计划是行得通的，我真的希望。可是，不，我做不到……"三叶草转头看向缬草，问道，"你呢？"

"我感觉太冒险了，"缬草盯着自己的脚尖，然后抬起头忧心忡忡地说，"而且毫无疑问，会给我们其他赭鼠带来更大的危险。"

所有的赭鼠都沉默不语。过了一会儿，樱树轻声说："但是，据我了解，你们没有做过任何抵抗他们的努力。"

又是一阵沉默。

缬草再次清了清嗓子，说："樱树，这件事涉及我们全家的利益，我觉得我们需要私下商量一下。"

"好吧，"樱树尽力掩藏起失落，"我去找我朋友，拿一些刺回来，等我回来之后，再告诉我你们的决定。"

"这样再好不过。"缬草表示同意。

樱树忍着气从通道跑出来，她再次低头看了看池塘和关着黑麦的河狸巢穴，然后匆忙跑上了山脊。

她毫不费事地找到了那棵白杨树。当时她看见艾瑞斯爬到了这棵树上。

可是眼下，到处都看不见豪猪的身影。

21

艾瑞斯的心思

艾瑞斯深陷在灌木丛中，一动也不能动，于是他陷入沉思："也许我不应该对樱树这么苛刻，她不过是只小老鼠，没什么本事，爱唠叨，整天傻乐，没心没肺的。

"话又说回来，她没见过什么世面，不像我到处走，她需要被保护。事实上，她身边没有谁比我更能胜任她的守护者。我以前保护过她，我也可以继续保护她，我知道这个世界是怎么回事儿。可她一点儿都不理解我！她是怎么说我来着？老了？！

"我才不老……好吧，也许看起来有些老，但从内心来说，我还年轻，跟她一样年轻！比她还要年轻！我长得也很英俊，魅力独特，还有美丽的刺，而且我很聪明，非常聪明。

"真想知道她对我是什么看法，真实的想法，想知道她是否喜欢我，真心喜欢我，像我喜欢她一样……我想，我可能确实喜欢她，非常喜欢。这一点……我承认。

"关键是我能为她做许多她想都想不到的事，带她见识这个世界，教她生活的道理。

"可是眼下她自个儿跑出去，害我一直为她担心。要是跟我在一起，她永远不会有危险。

"我想，只是猜想，她会不会，嗯……她就知道爱情，还有那个猪草。他知道什么是爱情吗？说不定她也不知道，还跟我说他爱她。爱！这些年轻的家伙认为只有他们才会爱。呸，他们压根儿什么也不懂！

"不过，如果她愿意的话，我可以不计较地爱她，她可能会喜欢那样，前提是她给我机会。

"如果我向她暗示或者提议，她会说什么？我的意思是，也许我会说，我……爱你，嗯，就一次，不会大声，就稍稍一说，让她明白，我不会再说第二遍的。

"她会喜欢的，然后我们会结婚，可能有人会说闲话，因为她很年轻，而我……年纪大她很多，不过，我们不会在乎这些，她很有主见，我也是。

"我敢说她会很激动。我魁梧、强壮、聪明，能给她很多好的建议，而她也是个很好的听众。我那个臭木头窝能有个年轻的妻子是件好事。她可以打扫我们的窝，稍微打扫一下，不用太多。嗯，她会喜欢的。好吧，等再见到她时，就告诉她，找一个合适的方式……"

22

樱树下定决心

櫻树在白杨树旁边等了一会儿，但是艾瑞斯一直没回来。她知道这位朋友的性情难以捉摸，所以她也不知道还要等多久。说起来，她和那些赭鼠在一起的时间比预计的要长很多，艾瑞斯肯定生气了。

她开始想，艾瑞斯该不会真的像他威胁的那样，独自回幽光森林了吧？不过，她还是愿意相信，这位朋友只是在附近的某根空心木头中打盹儿呢。

换作从前，櫻树会有足够的耐心等下去，但是现在，她急着去救黑麦，必须得快点儿采取行动。

没办法，樱树开始在白杨树周围搜寻从艾瑞斯身上掉下来的刺。结果她一根都没有找到，这让她很沮丧。她可不想连一根防身的刺都没有，就偷偷溜进河狸的巢穴。

没找到刺，樱树在不安之余也有了一些犹疑不定：她还能再进入河狸的巢穴吗？黑麦的笼子能弄开吗？万一自己或者黑麦受伤了怎么办？他们能离开河狸的巢穴吗？如果营救黑麦的行动真的给其他家庭成员带去更大的伤害怎么办？或许缬草和三叶草说得对，这样做太过危险了。

樱树越想越怀疑自己的计划。

突然，樱树感到一股强烈的冲动，她想马上回到幽光森林躲起来。在那个熟悉和热爱的地方，她会很安全，不会受到任何伤害。想起这场旅行，一种苦涩的甜蜜涌上心头，

她开始想要一段平静的时光。也许艾瑞斯是对的，独自待着最好。

可是，她爱上了黑麦，还答应要救他，如今怎么能抛下他不管呢？她不能那样做，也不能放弃自己的感情。

樱树越发焦虑不安，无法再等下去了。她匆忙跑下山，回到鼠窝。鼠窝里非常拥挤，大约有五十只甚至更多的赭鼠，大多数她之前都没见过。

她抓住奶蓟问："这是怎么回事？"

"家里其他的赭鼠也都来了，"奶蓟解释说，"缬草让他们来听听你的计划。"

"他们是同意还是反对？"樱树问。

"他们拿不定主意。"奶蓟坦白说，"樱树，我觉得应该

按你说的做，只要我们有防身的刺。"

"奶蓟，我没有拿到刺。"樱树也坦白道。

奶蓟脸色变得苍白："为什么？"

"我的豪猪朋友不见了。"

"就是说我们没办法救黑麦了？"奶蓟失望地说。

樱树察觉到这只年轻赭鼠的失望，不知道该说些什么好。她只能回答："我也不知道。"

这时缬草走了过来，说："樱树，我把你的想法告诉了家里的所有成员，此次事关重大，我觉得所有的赭鼠都应该参与到这个决定中来。"

跟樱树说完，他转头对赭鼠们喊道："请安静！"

赭鼠们停止了讲话。

"你们当中可能还有不认识她的，"缬草介绍说，"这是樱树。她从东边来到我们这里，她是猪草的一位特殊的朋友，就是说，她也是我们的好朋友。"

赭鼠们纷纷表示认可。

"你们都听说了黑麦的遭遇，还有我们要做出的选择，"缬草接着说，"搬到别处去——希望他们能放了黑麦，或者我们自己去营救黑麦，至于河狸会把我们怎么样，就全看我们的运气了。"

樱树又一次面对一大片严肃的面孔。她想说出自己的忧虑，却担心一旦这些赭鼠知道了她那么紧张，就更不会帮她了。于是，她只是简单解释了一下营救黑麦的计划。

　　"你拿到那些刺了吗？"等她讲完，一只赭鼠问。

　　"还没有。"

　　赭鼠们开始不安地窃窃私语。

　　"我需要几个志愿者跟我一起去。"樱树有些胆怯地说。

　　羊蹄草腼腆地举起爪子，自告奋勇道："我去！"

　　"还有我！"奶蓟也加入进来。

　　"其他的呢？"樱树问，"你们同意吗？"

　　缬草咳嗽了一声，说："樱树，如果你不介意在外面等候片刻的话，我想我们会更容易做出决定。"

　　樱树沮丧地离开了鼠窝。

　　她走到外面，望着山下的池塘和关押黑麦的河狸巢。

　　"就把它当成另一场舞蹈好了。"她默默地想。

　　正在这时，奶蓟和羊蹄草从窝里钻了出来。

　　樱树期待地看着他们。

　　奶蓟开口说："他们认为你的决定是错的，但是不会阻止你。他们准备搬走，所以我们只能靠自己了。"

　　樱树打量着这两个年轻的朋友，提醒说："你们自告奋勇加入，这很勇敢，但你们要想清楚，这件事做起来会很困难，也可能根本做不到，所以如果你们改变主意的话，我完全理解。"

"不！"奶蓟坚定地说——她说话的口气让樱树想到了猪草，"我们跟你一起去。"

"那好，"樱树干脆利落地回答，竭力振作起来继续说，"我们要做的第一件事就是找到一根长藤，你们知道哪里能找到吗？"

两只小赭鼠交换了一下眼神，羊蹄草提议说："也许，在山上的蓝莓树丛那边能找到。"

羊蹄草在前边带路，三只老鼠一起往山上爬。他们一路小跑翻过了山脊。山脊的另一边是一个阳光灿烂的山谷，山谷中是一片茂密的蓝莓树丛，还有盛开的野金银花。空气中散发着甜美的气味。

"我们能在那边找到金银花藤，"奶蓟说，"金银花藤又长又结实。"

没多久，三只老鼠就走到了灌木丛深处。那里凉爽又潮湿，充满着蓝莓浓烈又有些黏稠的香甜气味。

"这根怎么样？"羊蹄草揪住一根绿色的藤蔓问。那根藤蔓在他们头顶上蜿蜒扭曲，看不清伸向了哪里。

"我们需要足够长和足够结实的藤，"樱树强调说，"要能让我们进到河狸的巢穴，然后再出来。"

"这根看起来不错。"奶蓟在另一边叫道。

其他两只老鼠赶忙跑过去。

"把它拽过来。"说着，樱树开始啃藤蔓的根，另外两只老鼠忙着解开纠缠在一起的藤蔓，然后开始往外拽。

"卡住了。"奶蓟说。

"可能缠在什么东西上了。"羊蹄草说。

不管三只老鼠如何用力，还是拽不动藤蔓。

"我们顺着藤看看。"樱树提议。

羊蹄草一马当先，奶蓟走在中间，樱树殿后。他们顺着藤蔓往前走，拉开的距离越来越大，已经看不到彼此的身影了。

突然，从灌木深处传来了羊蹄草惊慌的尖叫。

"救命！"他大喊，"快来！快！"

樱树和奶蓟丢下藤蔓，飞奔向前。羊蹄草惊恐地蜷成一团，趴在地上。

在他面前的是一个可怕的身影——艾瑞斯。

"艾瑞斯！"樱树失声叫道。

"樱树！"艾瑞斯粗声粗气地说，"是你这个讨厌的鼻涕虫！你跑哪儿去了？"

樱树咧嘴笑着回答："我忙着呢！但我一直在找你，你在这里做什么？"

"你别管！快把我从这里弄出来，我被卡住了！"他来回挣扎，但是身上的刺使他被藤蔓缠得死死的。

"艾瑞斯，"樱树说，"这是奶蓟和羊蹄草，他们是猪草的弟弟和妹妹。"

"又是猪草……"艾瑞斯说，"我听够了！快把我弄出来！我要跟你谈谈。"

"谈什么？"

"先把我弄出来再说！"

樱树转头面向一脸困惑的羊蹄草和奶蓟，解释说："没事的，他很善良。"

"你这个蜜蜂膏子！"艾瑞斯大吼道，"我不善良，我脾气坏得很！我说话恶毒！我是个自私透顶的老傻瓜！我想干什么就干什么，根本不在乎别人怎么看！"

"他真的很好。"樱树说。

"不要听她的，我坏透了！"艾瑞斯狂叫着。

无论如何，三只老鼠开始啃咬缠住艾瑞斯的藤蔓。性急的艾瑞斯不断地扭动、拉扯，试图挣开。终于，啪的一声，

他恢复了自由。

"听着，"艾瑞斯说，"让你那些朋友闪开，我有重要的事要跟你说。"

"我想他们可以听。"

"事关隐私，你这个糨糊脑袋！"

樱树看了看奶蓟和羊蹄草，他们俩会意地走开了。

"我也有事要告诉你。"樱树说道。

"你先听我说，"艾瑞斯坚持道，"我在想……"说着，他突然感到有点儿害羞，舌头像打结了，支支吾吾说不出话来。

"想什么？"

"就是……我想……嗯，你知道，樱树……我……希望……我希望……有块盐！算了，先告诉我你想说什么。"

"你确定？"

"有屁快放，别惹我发火！我刚说得不是很清楚吗！"

"嗯，那好。"樱树带着喜悦和羞涩说，"艾瑞斯，我想……我坠入爱河了。"

"你……你说什么？"艾瑞斯惊讶得倒吸了一口冷气。

"我坠入爱河了。"

"跟……谁？"他怒气交加，不由得浑身发抖。

樱树露出微笑，说："我知道这听起来很奇怪，是这样的，我遇见了……嗯，他是猪草的弟弟，叫黑麦，还有……你怎么了？"

"小偷！骗子！"艾瑞斯愤怒地吼叫起来，"我要刺穿他！狠揍他！把他捣烂！捣成臭狗屎！"

"艾瑞斯，你在说什么啊？"

"你就是觉得我太老了！"艾瑞斯咆哮着，身体不停地发抖，好像被蚂蚁咬了一样，"太傻！块头太大！太刻薄！太……太有个性了！"说完，他突然转身跑开了。

"不是你说的那样，"樱树在他身后叫道，"不是的！你到底想跟我说什么？"

"不说了，"艾瑞斯回头说，"我要走了。"

"你要去哪里？"

"回幽光森林，你这个菜籽！"

"艾瑞斯！"樱树高声喊，"你别走，我需要你！"

"自己想办法吧，你这个叛徒！"艾瑞斯大喊着跑远了。

樱树困惑地望着他的背影，这位朋友今天太过古怪了。她叹了口气，希望能多了解他一点儿。

她左右看了看，发现艾瑞斯在盛怒之下掉落了很多刺，这大大减轻了她的焦虑。她把刺收起来，然后匆忙去找奶蓟和羊蹄草。

23

开始营救

"我们怎么去河狸的巢穴呢?"羊蹄草问。

在解决这个问题之前,樱树先教会了他们怎么使用豪猪刺。

"我们俩会游泳,你会吗?"

"我不行,"樱树老实承认,"我先前到河狸巢穴,是坐在一片木头上漂过去的。"

"河狸把碎木片丢得到处都是,"奶蓟说,"我们肯定能找到一块大的,能坐得下我们三个。"

三只老鼠蹑手蹑脚地走到池塘边,几只河狸正在附近忙碌着。

"别让他们发现我们。"樱树提醒道。

老鼠们蹲下来，躲在灌木丛后面。在樱树确定河狸没有发现他们之后，他们才开始搜寻木片。

奶蓟在一个被啃断的木墩旁边找到一块。他们一致认为这块薄薄的方形木片足够坐下他们三个。

他们迅速把木片拖到灌木丛后藏起来，跟着又找了小木条当桨，随后回到山顶。

"我们先休息一下，等天黑了再行动。"樱树提议。

她认为一切都准备好了，却不知道已经引起河狸们的注意。克莱拉·卡耐德早就看见他们在池塘边转悠了。她疑惑地盯着老鼠们，拿不准他们在做什么。

随后，她把自己看到的汇报给卡耐德先生。

"你怎么看？"她征询卡耐德先生的意见。

"不知道，几只老鼠而已，不值得大动干戈。不过，你说得也有道理，这些老鼠有些得寸进尺了。"

"我看见那些老鼠好像在找什么东西。"

"他们在找什么？"卡耐德先生问。

"我不能肯定，你把通风口堵上了吗？"

"那还用说，小菜一碟。"

"另外又开了一个口吗？"

"是的，非常隐蔽。听着，亲爱的，麻烦的确越少越好，我们的进展一直很顺利，我不想在这个时候出现任何意外，所以如果你愿意继续监视的话，对我们来说，就像蛋糕上抹奶油——再好不过了。"说完卡耐德先生游走了。

"虽然我不喜欢这样，"克莱拉·卡耐德对自己说，"但今晚得在池塘边巡逻。"

当天晚上，奶蓟和羊蹄草与家人告别，过程简短但很让人难过。年长的赭鼠表面上和颜悦色，可是掩饰不住他们的焦虑。两只年轻的赭鼠试图表现出勇敢的样子，心里却也紧张不安。

樱树感到很不自在，很明显，全家赭鼠并不赞成这次行动。她远远地躲在了一边。

当三只老鼠向池塘出发的时候，天已经黑了。樱树把藤蔓盘成卷，挂在脖子上，好像挂了个救生圈一样。

他们找到事先藏好的木片，把它推进水里，然后跳了上去。很快，他们就漂在了水面上，缓慢朝河狸的巢穴漂过去。三只老鼠跪在木片上，稳稳地划着水。奶蓟和羊蹄草在前，樱树在后。她不时地站起身，在黑暗中张望，确保方向正确。河狸的主巢隐约可见，但距离还远。

"向左，向右。"她指挥着。

奶蓟和羊蹄草按照她的指挥划桨。

除了夜间常有的声音，四下里非常安静。月亮不时钻出云层，北边吹来阵阵微风，隐隐带着初秋的气息，吹得池塘的水面泛起涟漪。

黑暗中，奶蓟突然低声说："我好像听到了什么声音。"

老鼠们停止划桨，樱树竖起耳朵。她也听到左侧传来一声微弱的水花声，但不是很确定。而那声音消失后，就再也没响起。

"应该没什么事。"她低声说。

三只老鼠又开始继续划水。

当他们靠近河狸巢穴时，羊蹄草悄声问："是这里吗？"

"是的，没错。"樱树回答。

"我们该停在哪边？"奶蓟问道。

"没什么区别，"樱树说，"我们要爬到顶上的通风口上去。走吧，说话小声点儿。"

他们撑着桨，继续向前划。就在这时，木筏被一股水流猛地托起，迅速向后倒退，就像从山上滑下来一样。

紧接着，克莱拉·卡耐德龇着闪亮的橘黄色大牙，出现在他们眼前。

"我听到动静了，"她大声说，"你们在这里干什么？你们想干什么？"

"快向后划！"樱树惊慌地喊道，同时把桨深深地插入水中，好像这样就能摆脱危险一样。奶蓟试了一下，也没有用。更糟的是，当她把桨往回拉的时候，因为用力过猛，桨断成了两截。羊蹄草也拼命地划，却只是搅起了一堆泡沫。

木筏猛烈地颠簸起来。奶蓟滑了一跤，急忙用爪子抓住木筏的边缘，吊在那里，十分危险。羊蹄草见状，想把她拉上来，但是翘起来的木筏让他失去平衡，他越过奶蓟的头顶，扑通一声掉进了水中。

"羊蹄草！"当奶蓟惊叫着回头看时，羊蹄草已经没了踪影。

与此同时，河狸克莱拉·卡耐德转过身，抬起了她的大尾巴。

"当心！"樱树喊道。

樱树看到奶蓟松开爪子想拔出豪猪刺，结果仰面朝天掉进水里，也消失不见了。

樱树无计可施，只能死死地抓住木筏。这时，克莱拉·卡耐德一尾巴拍在木筏的前端。木筏就像跷跷板一样翘起来，把还在上面的樱树甩到了半空中。

樱树伸开后腿，扑通一声，肚皮朝下地落在了水上。她昏头昏脑地趴在水面上，多亏了套在脖子上的藤蔓，她才没有沉到水里淹死。

克莱拉·卡耐德四下看了看，发现樱树脸朝下趴在水里，以为她死了。至于另外两只老鼠，连影子都看不见，她相信他们肯定也死了。

她满意地咕哝了一声，潜入水下，朝巢穴的入口游去。

过了一会儿，樱树清醒过来，她抬起头，晃了晃脑袋，吐出几口水，用微弱的声音呼唤道："奶蓟！羊蹄草！"可是，没有任何回应。

她看到河狸的巢就在眼前，便有气无力地蹬腿划了几下，靠了过去。她伸出爪子抓住上面的几根树枝，把身体紧贴在巢上。休息了一会儿，直到完全恢复力气，她才从水里爬到河狸巢顶上，然后回头望向池塘。

"奶蓟！"樱树再次呼喊道，"羊蹄草！"

她似乎听到有回应，但只响了一下就没有声音了。她不得不相信，那两个年轻的朋友已经淹死了。

樱树全身湿透，孤零零地坐在地上，摆弄着身旁那团藤蔓。突然，她想起来身上的豪猪刺——也不见了！这意味着她没有自卫的武器了。一切都糟糕透了。

　　现在该怎么办，她默默地问自己，要不要回去把发生的一切告诉缬草和三叶草呢？想到这里，她不禁痛苦地叫出声来，为什么她总是带去坏消息？这太可怕了。

　　随即，樱树意识到自己没有可能回去了——木筏不见了，她无法游到岸边。她别无选择，只有硬着头皮向前，设法营救黑麦。至少要试一试。

　　樱树举起藤蔓。她不顾沉重，用力往后一甩，套在脖子上，开始沿着河狸巢的一侧往上爬。

她一边爬一边哭，为什么猪草会死？为什么黑麦要逃跑？为什么艾瑞斯、缬草、三叶草都生她的气？为什么奶蓟、羊蹄草会淹死？这难道都是她的错吗？她真的快要承受不住了。

尽管心中万分悲痛，樱树却没有停下来。她爬得很艰难。巢穴粗粝的表面，她内心的沮丧和挫败感，所有这些都变成了她的痛苦，但她还是不停地爬。脚下总是打滑，不是撞了脑袋就是撞了膝盖。她偶尔停下来喘口气，让自己保持冷静。就这样，她在树枝、木棍和整根的木头之间爬上爬下，脚下的烂泥很滑，像胶水一样粘在她身上。这些痛苦让她忍不住哽咽起来。

终于，她爬到了巢穴顶部，可是通风口不见了！她简直无法相信！她在顶上爬来爬去，但除了烂泥就是烂泥。情况不对，发生了变故。

樱树慢慢想明白了。上次她来看黑麦时，从通风口垂下来的藤蔓被留在下面，一定是河狸们发现了，所以他们用烂泥堵上了通风口。如果是这样的话，不善于游泳的她无论如何也进不去河狸巢了。

樱树灰心丧气极了，孤单无助地坐在巢穴顶。艾瑞斯回幽光森林了，奶蓟和羊蹄草也淹死了，黑麦被囚禁着。黑麦！他就近在咫尺却无法靠近。她的整个计划彻底泡汤了。

樱树躺下来，几颗稀疏的星星不时从浮云后探出脑袋，眨着眼睛。樱树望着星星，心想，也许现在唯一能做的就是等着上天堂了。

樱树又难过又沮丧，感到筋疲力尽。尽管她不断跟自己说不能睡着，必须要做点儿什么，但是漫天袭来的疲惫和悲伤混在一起，她还是不知不觉睡了过去。

24

缬草和三叶草

鼠窝里，物品全部打包完毕，但缬草和三叶草还是决定等到第二天早上再搬。虽然没有明说，但他们俩谁都不想从此彻底远离黑麦、奶蓟和羊蹄草。不管怎样，夜深了，孩子们都睡着了，最好不要惊动他们。

他们肩并肩地坐着，握着彼此的爪子，抬头望着不时被掠过的乌云遮住的月亮。他们翘起鼻子，闻了闻随风飘来的气味，聆听着夜晚的嗡嗡嘤嘤的声响。他们不时地低头望一眼池塘和河狸巢。黑麦被囚禁在那里。

"也不知道樱树和那两个孩子现在到哪儿了？"缬草喃

喃地说。

"我只希望他们平安无事。"三叶草回答。

"樱树很坚强,亲爱的,"缬草尽量让自己的语气听上去令人信服,虽然他自己也不太相信,"我不赞同她的办法,但如果说有谁能救出黑麦,还能安然无恙地回来,也就只有她了。"

"我们只能坐在这里等着。"三叶草说。

缬草点了点头。

突然,三叶草叹了一口气。

"缬草,"她低声说,"当我看到全家的脸,感到我是那么爱他们,每一个都爱。我想保护他们,这并没有错,对吧?"

"当然没错,"缬草柔声回答,"我也是同样的感觉。"

他们沉默了一会儿。

三叶草又叹了一口气,问道:"缬草,我们在一起有多久了?"

"六年了。"

"多么漫长的时光,"三叶草说,"幸福的时光,幸福的生活。这么多孩子,都是好孩子,至少大多数都是。他们来来去去,而我们一直在这儿。有时候,缬草,我觉得对我们来说,唯一的变化就是你毛发白了一些,我胖了一些,还有，我们俩都没以前那么精力充沛了。"

"但你仍然是我的最爱，三叶草。"缬草轻轻捏了捏她的爪子，低声说。

"缬草……"三叶草好像没有听到他的话，自顾自地说，"我想，有时候我们是当局者迷，旁观者清，我在想樱树说的话，她说得对，我们甚至都没有试图反抗过河狸。我一直……太害怕我们当中有谁会受到伤害……甚至更糟，但是跟你一起，坐在这里，看着这一切，我……"

她停下来，深吸了一口气，艰难地咽了一口唾沫说："缬草，我恐怕樱树是对的，我们对河狸的所作所为不能逆来顺受，那样只会更糟。缬草，我希望我们能做点儿什么，随便什么。"

三叶草说完，把脸埋在缬草的肩膀上开始抽泣。

缬草温柔地拍着她说："三叶草，亲爱的，你有什么计划吗？"

"只有我想到的那些，"她抽抽搭搭地说，"真不明白河狸为什么要建那个堤坝。"说完她又把脸埋了起来。

缬草低头注视着堤坝，然后看了看岩石，又转头去看堤坝，然后再看岩石。

"也许……"他轻声说，"我们可以……破坏它。"

三叶草吃惊地抬起头来，
叫道："破坏他们的堤坝？"

"是的，"缬草说，"也许
我们没有权利不让他们在
这里建堤坝，因为小溪不归
我们所有，但是他们霸占了整个小溪，
霸占了一切。如果我们破坏了堤坝，池塘的水就会流走，所
有动物就能重新使用小溪了，像从前一样。"他一口气说完。

"可我们是赭鼠，缬草！"三叶草急切地说，"我们个头
儿很小，堤坝巨大，河狸块头也大，我们怎么能做成那样的
大事？"

缬草四下看了看，点点头说："我告诉你怎么做……就
利用我们窝边的那块岩石。依我看，它很可能会自动滚下
去。听着，亲爱的，如果我们在它的周围和下方同时挖掘，
把土挖松，然后推一把，让它从山上滚下去，就正好砸到河
狸的堤坝上。我拿一堆橡子跟你打赌，它准能在堤坝上砸
出一个巨大的洞，水立刻就会流光。"

"但是……"三叶草听得目瞪口呆，"你怎么能保证它按
你需要的方向滚下去？"

缬草再次研究了一会儿岩石、小山还有池塘，然后说：

"我们可以在岩石前挖一条沟，就像一条滑道。当然，滑道要对准堤坝，如果方向准确，就肯定能击中。"

三叶草睁大眼睛，崇拜地看着她的丈夫："缬草，你……你觉得我们真的可以做到吗？"

缬草越说越激动："我们把全家都召集在一起了，不是吗？如果每只赭鼠都参与进来，一起努力，我想我们可以做到，但是我们必须要立刻行动，赶在天亮前，否则我们一开始行动，就会被那些河狸发现。"

"我也想一起干，"三叶草坚定地对他说，"我们俩一个负责挖石头，一个负责挖沟。"

"对！"缬草喊道，"但是像我说的，最好马上行动。"

"但是黑麦、奶蓟、羊蹄草怎么办？还有樱树呢？"

"我想这对他们没有任何坏处，可能还会帮到他们。如果计划奏效，那些河狸可能都会离开。"

"永远离开。"他补充说，语气中充满一种从未有过的坚定。

三叶草望着他，突然叫起来："啊，缬草，我真高兴爱上你！真的！"她伸开双臂和缬草紧紧地抱在一起。

随后他们匆忙回到巢穴。

"都起来！都起来！我们有活儿要干了！"

赭鼠们全都惊醒了。缬草和三叶草把计划告诉他们。小赭鼠们被父母的激情所感染，摩拳擦掌地行动起来。

很快，在三叶草的指挥下，大约三十只赭鼠开始从岩石下挖土。尽管他们的爪子细小，一次只能挖一点儿，但是他们全都满怀信心地投入到工作当中。一时间，岩石附近尘土飞扬。

与此同时，缬草率领另一队赭鼠，对准堤坝的方向，在岩石前挖沟。

缬草关心的只有一件事：他们能否尽快完成？

25

在河狸巢里

在河狸巢的顶部，樱树突然惊醒，不知道自己睡了有多久。她站起来，朝东边眺望。那里显出一丝黎明即将到来的迹象，这让樱树的心猛地一颤。她知道，随着黎明的到来，河狸们就会醒来，而一旦河狸醒来，她将彻底失去拯救黑麦的机会。她已经浪费了太多的时间。

她匆忙爬到巢顶通风口所在的位置。跟之前一样，只有烂泥。只是这一次，她不顾一切了。她把藤蔓放在一边，开始挖烂泥。尽管烂泥又沉又厚，但还挖得动。樱树疯狂地挖起来。

一个小洞慢慢露出来。在她的努力下，力量似乎又回到了她身上。她干得更起劲了。突然，一丝河狸的气味冒了出来，樱树兴奋得几乎喊出声来——通了！原来那上面只糊上了一层烂泥，而且糊得很潦草。

樱树加快速度，把整个通风口彻底挖开。之后，她坐在地上，累得喘不过气来。现在，没有什么能阻挡得了她。至少她可以到黑麦身边，打破笼子，放他出来。原本让奶蓟和羊蹄草同来，就是为了让他们帮忙对付笼子栏杆。现在她也没有别的办法，只能硬着头皮自己上了。她和黑麦只能靠自己的努力来获得自由了。

此刻，樱树仿佛无所畏惧。她把藤蔓的一头拴在一根木棍上，用嘴叼着另一头，爬进了通风口。

尽管她如同上次一样爬，却感觉这次的耗时好像长了很多。而且，还有很多烂泥从顶上塌下来，她需要不时地把烂泥清理掉，推到一边。

她一路向下，终于到达尽头。她向巢穴里面偷偷张望。让她惊慌的是河狸们没有睡觉，他们正在开会。

卡耐德先生站在家人面前，旁边站着他的女儿克莱拉·卡耐德。她正兴奋地给他们讲池塘外边发生的事。

"我认为一个生还的都不可能有，"她骄傲地说，"我只不过用尾巴抽了一下。"

其他河狸用尾巴拍打着地面，连卡耐德先生也加入进来，为她喝彩。

"好了，伙计们，我刚刚出去检查了一下，克莱拉的确做得非常好！看来，搬到山上岩石边的那些老鼠确实麻烦，我们要在那里建一座新堤坝。

"克莱拉的发现证明，老鼠们暗藏诡计，也许他们想蒙骗我们。好吧，我要说，是我们全力以赴的时候了！停止'怀柔政策'，给他们点儿颜色瞧瞧，让我们采取一些严厉手段，打垮他们。

"让我们去给他们点儿教训，用尾巴铲平他们！谁愿意跟我去？"

下面立刻响起一片热烈的响应声。

"很好！"卡耐德先生很激动，"我们现在就动身，我亲自带路。"

"您觉得，我们是不是需要在水路设几个岗哨？"克莱拉·卡耐德问道，"以防他们再耍什么花招。"

"想得很周到，真是虎父无犬女！作为河狸，你无可挑剔！我们在这儿留几个哨兵，以防万一。"

这番对话，樱树在通风口的通道里听得清清楚楚。河狸们的离开让她感到一丝轻松，但是又为鼠窝即将面临的危机感到担忧。

她看着那些河狸争先恐后地走出主巢，不一会儿，只剩下了两只。

樱树本来打算沿着藤蔓爬下去，就像上次那样。但那次河狸们都睡着了，而这两只河狸不但没睡，其中一只还走到了关黑麦的笼子边。

"你在干什么？"另一只河狸喊道。

"看一下这个家伙是不是还在。"

"在吗？"

"那当然。"

于是两只河狸晃晃悠悠地从笼子边走开，在主巢的水路入口边躺下看守。

樱树紧张地看着他们。此刻他们背对着她。

昏暗中，萤火虫不是很活跃，樱树确定看见黑麦了。他在笼子的一头紧紧地缩成了一个球。就在这时，黑麦爬了起来，轻手轻脚地靠近后面一根栏杆，趴下来。要是樱树没看错的话，他正在啃咬栏杆。

看到黑麦的努力，樱树心中充满了爱意。她的疑虑消失了——只要他们齐心协力，一定能让他从笼子里逃出来，重获自由。樱树激动得心怦怦直跳。

她扯了扯藤蔓，确定足够结实之后，开始慢慢把它放下去，一边放，一边盯着两只河狸。要是让他们看见可就糟了。樱树紧张得屏住了呼吸。

藤蔓一寸一寸地落下去。

一只河狸转了个身，抬起一条后腿使劲儿挠痒痒。樱树顿时僵在那里。那河狸的脸皱成一团，似乎挠得非常惬意，没有注意到任何异常。

樱树又往下放一段藤蔓。她本来以为尺寸估计得很准，正好可以垂到地面，但是她错了。她把藤蔓放完，离地面还有一段距离。樱树推算，这个距离比她站直时的身高还要高出一倍。她有些沮丧，不过很快就释然了。无论如何已经足够近了。

不过下一步要困难得多了。要落到地面上的话，是头向下还是尾巴向下？她扫了一眼两只河狸，他们没有注意这边。最好是尾巴向下，要是逃跑的话，头向上爬比倒着爬要容易，也要快得多。

樱树在身上擦了擦汗津津的爪子，抓住藤蔓，开始颤颤悠悠的一截一截地向下滑。

她刚一离开通风口，藤蔓就摇晃起来。爬得越远，藤

蔓摇晃得就越厉害。这让她先是头晕，跟着是一阵恶心。这时，她才后悔没有像第一次那样头朝下爬。

樱树闭上眼，继续往下爬。可是闭着眼睛让她感到恐惧，比头晕还糟糕。她急忙又睁开眼睛，挂在那里。藤蔓剧烈地摇晃起来，晃得她更晕了。停了一会儿，她咬咬牙，强迫自己继续爬下去。

她一边爬一边用眼睛偷看河狸。他们一直安静地躺在那里，但是当樱树爬到一半的时候，河狸动了。

其中一只站起来，弯了弯腰，然后转过身，吓得樱树几乎要昏过去了。幸好，那只河狸又转了回去，继续看守通道。樱树第一次为自己个头儿小得不起眼而感到庆幸。

她努力控制住内心的紧张，加快动作。心情稍稍平静一些之后，她继续向下爬。

终于，她爬到了藤蔓的尽头，悬在地面上方。她挂在那里，前后摇晃，心跳得像打鼓。再次看了一眼河狸之后，她松开爪子，落到地面上。

刚一落到地面，她就把身体紧紧地蜷成一个球，然后小心翼翼地抬头查看河狸的动静。还好，他们都没有注意到她。

她急忙站起来，朝笼子跑去。"黑麦！"她握住笼子栏杆，悄声叫道。

黑麦抬起头一看："樱树！"他惊讶得张大了嘴，几乎跌倒。

"嘘！"樱树示意他当心。

"你总是这么了不起，让人意想不到！"

樱树忍不住笑起来。

"樱树……"

"嗯。"

"我……我在写一首关于你的诗，你想听吗？开头是这样的：

　　啊，甜美的老鼠，优雅的姿态！
　　她把心和尾都交付于我，
　　而我的……

"黑麦！"樱树打断他，"诗很美，但现在不是读诗的时候，我得把你弄出来，越快越好。"

"你说得对，"黑麦说，"我一直在啃这根栏杆，但是很难对付，跟写诗一样难，而且他们一直盯着我。不过我在这两方面——诗和栏杆，都取得了一些进展，也许我们可以一起完成剩下的工作。我是说，栏杆。"

"哪一根？"

"这里，"他走回到笼子后面，"这根。"

樱树从笼子外跟过去。她看了看那根树枝，已经快啃到中间了。

"我牙都啃酸了。"黑麦说。

"你抓住上半截，"樱树提议，"我抓住下半截，我们往相反的方向拉，或许可以把它拉断。"

"试一试。"

他们按樱树的提议试了一下。

"拉！"樱树喊口令，两只老鼠同时用力。栏杆动了一下，不过没有断。

"再试一次。"黑麦说。

啪！树枝发出一声断裂声，尽管没有完全断成两截，但也弯了很多，露出的缝隙大得足以让黑麦钻出来。他立刻跳出来，给了樱树一个热烈的拥抱。

"你想听听诗的后半部分吗？"

"先离开这儿再说。"

"对，我真蠢！你是怎么进来的？"

"还是通风口，而且新的藤蔓比上次长很多。"

樱树带路，两只老鼠在河狸巢的地上匍匐前行。

爬行的时候，樱树不时地瞄一眼河狸。

黑麦跟在樱树后面，心里赞叹不已："她可真了不起，真与众不同！"

就在他们距离藤蔓还有一半的距离时，一只河狸突然转身发现了他们，大喊道："不好！老鼠跑了！"

26

岩石之战

另一边，奶蓟和羊蹄草发生了什么事?

在河狸的攻击下，奶蓟松开了握着木筏的爪子，沉到了水下。幸亏她水性很好。她很明智地快速从翻倒的木筏旁游开，也远离了河狸。她一直潜在水底，直到肺部再也受不了才浮到水面上，大声呼喊:"羊蹄草! 樱树!"

可是没有回应，四周漆黑一片，什么也看不见。

奶蓟非常沮丧，绕着圈子来回游，寻找她的伙伴。这时，她听到了一声微弱的拍水声。

"谁?"她喊道。

"是我，羊蹄草，你是谁？"

"奶蓟。"

"你在哪儿？"

"这边，继续说话，试着朝我这边游，我也试着朝你的方向去。"

终于两只赭鼠在池塘中间相遇了。

"樱树在哪儿？"羊蹄草一见面就问。

"我还以为她跟你在一起呢。"

"我没看见她。"

"她不会有事吧？"

"不知道。"

"听！"

不知道哪里隐隐约约传来一声微弱的呼喊。

"我们在这儿！"奶蓟大声回答。

"嘘，别让河狸听到。"

可是，奶蓟的回答并没有收到回应。

"羊蹄草？"

"什么事？"

"你记得吗，樱树说她不擅长游泳。"

"你……你是觉得……"羊蹄草结结巴巴地说，"你觉得她……会淹死吗？"

奶蓟没有回答他的问题，而是说："我们最好先回到陆地上。"

"朝哪边？"

奶蓟试图确定他们的方位，她用鼻子指了指，说："我想那个方向最近。"

两只赭鼠默默地向前游，一直游到岸边。上岸后，他们不约而同地回头看了看身后的池塘。

"你看到什么了吗？"奶蓟说。

"没有。"

"我们该怎么对爸妈说？"

"最好如实说。"羊蹄草回答。

"你觉得……事实到底是怎么样的？"

"她很可能淹死了……"

奶蓟难过地摇了摇头。

羊蹄草说："她自己说过不会游泳，我们也没有听到她的动静，是吧？"

"也许她已经到了河狸巢。"

"奶蓟，即使她到了那里恐怕也没什么用，她不是说需要我们的帮助才能救出黑麦吗？"

"但是……那样一来……黑麦怎么办？"

羊蹄草没有回答。

奶蓟突然说："羊蹄草，爸妈今晚搬家，我们都不知道他们要搬去哪儿。"

"也许他们会给我们留个字条。"

说着他们匆忙往山上跑去。

当奶蓟和羊蹄草带着坏消息跑到山顶的时候，已经筋疲力尽了。

东方的地平线开始透出微弱的亮光，但是太阳还没升起来。他们看到全家都在热火朝天地工作，不由得大吃一惊。一半的老鼠在岩石前忙着挖沟，另一半则以最快的速度忙着把岩石底下的土掏空。围绕着岩石的大部分泥土都已经被清理干净了。在奶蓟和羊蹄草看来，岩石底下好像什么支撑都没了。

"爸！"羊蹄草叫道。

缬草转过身来，吃惊地张大了嘴："怎么……你们两个在这儿干什么？你们救出黑麦了吗？樱树在哪儿？"

"爸，"奶蓟回答说，"我们快靠近河狸巢时，在木筏上，被一只河狸发现了。"

"啊！"

"她用尾巴袭击了我们，"羊蹄草接过去说，"木筏翻了，不过我们俩……我和奶蓟……水性都很好。"

"你是说……樱树……"

"我们不能肯定，但是……她可能……淹死了。"

缬草大张着嘴，竭力控制住自己的情绪。他转过身，望了望岩石、沟渠还有池塘。

"爸，"奶蓟问道，"你们在干什么？"

缬草尽最大努力做了解释。

"你们要破坏堤坝？"羊蹄草听完这个计划惊呼道。

"我们准备试一下。但我想现在最好跟你们的母亲谈一谈，把你们的消息告诉她。"说完他匆忙走开了。

三叶草带着三只幼鼠正坐在岩石后面，监督她那一组的挖掘工作。

看见缬草过来，她站了起来，问道："怎么了，发生什么事了？你的脸色不对。"

"是奶蓟和羊蹄草……"

三叶草闭上了眼睛。

"他们乘坐木筏接近河狸巢的时候，木筏被一只河狸掀翻了，他们就掉到了水里。"

"缬草……孩子们……怎么样了？"

"奶蓟和羊蹄草回来了，他们水性很好……只是樱树……他们不知道樱树的下落。"

"就是说，他们没有救出黑麦？"

"没有。"

"缬草！"

"三叶草，"缬草问，"你觉得我们该怎么做？"

三叶草低下头，艰难地咽了一口唾沫，然后抬起头说："缬草，你先前说过，樱树很机灵，也许她安然无恙，也许不是……但不管怎样，我觉得我们都应该按原计划让岩石沿着沟滚下去，我们必须要做点儿什么！"

　　"但是三叶草，要是黑麦还被关在河狸巢的话……这样做可能会让事情更糟。"

　　两只赭鼠对视着。

　　"缬草，"三叶草强忍住眼泪低声说，"我还是觉得我们必须要试一下，我真的这么认为。"

　　"我想你说得对，"缬草严肃地转过身去，"沟已经快挖好了，还要多久可以把岩石推下去？"

　　三叶草拍了拍怀中一个打嗝儿的幼鼠说："只需要再稍微挖一下就……"

　　三叶草的话被从另一侧传来的叫喊声打断了："河狸！河狸们来进攻我们了！"

　　"啊，天哪，你们快点儿挖！"缬草催促三叶草说，"我们尽量拖住他们。"他匆忙拥抱了一下三叶草，然后转身前去查看情况。

　　十三只河狸大摇大摆地从池塘里走出来。他们排成一队，身上滴着水，宽大的尾巴拍击着地面，发出刺耳的声音。

从侧面看上去，他们的牙齿简直就像一排橘色的尖头篱笆。

卡耐德先生站在队伍中间，瞪着那块岩石。老鼠们的工作已经进行了一大半，卡耐德一眼就看明白了老鼠们的目的。

"真是气炸了我的肺！"他勃然大怒，"他们要把那块石头推下来，如果石头滚下来的话，正好会砸在堤坝上！太不讲理了！可恶至极！这是生死攸关的大事！"

他后腿直立，大吼道："容忍是有底线的，为了卡耐德可爱公寓的荣誉，我们誓与堤坝共存亡！河狸，全体出击！不惜一切代价，战斗到底！冲啊！"

河狸们步调一致，摇晃着肥大的身子向山上冲来。

正在岩石和沟渠边忙碌的赭鼠们吃惊地停下了手里的活儿。他们惊恐万分，呆呆地看着越来越近的河狸大队，不知道怎么办才好。

这时缬草跑了下来。

"反击！"他喊道，"哪怕坚持几分钟也好！我们只需要再多几分钟！"

赭鼠们立刻又振作起来，他们四散开，跌跌撞撞地一边跑一边收集木棍、石头和土块。

"拿好你们的武器！"缬草高喊道，"朝他们的牙齿缝出击！"

河狸们甩着尾巴，向山上逼近。单单是他们巨大的身躯，就足以把一些老鼠吓跑了。

羊蹄草再也控制不住自己，他两只爪子各抓一块土块冲了下去。

"来吧！"他高喊道，"不要呆站着，进攻！"

奶蓟第一个响应，抓起一根尖头木棍，跟他并肩站在一起。

在距离河狸足够近的地方，羊蹄草把土块投向河狸。土块碰到河狸的身体就弹开了，对河狸没有造成任何伤害。羊蹄草找来更多的土块，继续投掷。

河狸不为所动，继续前进。"你们听好了！"卡耐德先生对着赭鼠们怒吼道，"别想打那块岩石的主意！"

与此同时，缬草手忙脚乱地把他的儿子、女儿和孙子孙女们编成三个纵队。

"听我的命令，"他喊道，"第一队跟我来，一次对付一只河狸，这是唯一可行的办法，其他两队见机行事。现在，抬起下巴，竖起胡子，鼻子动起来！让他们见识见识我们老鼠的厉害！"

他挥舞着一根树枝冲下山去，孩子们紧紧跟在他身后。

奶蓟和羊蹄草单独作战，用树枝不断地去戳或者扎一只河狸的脚。那只河狸发疯一般地乱转，乱甩尾巴。兄妹两个毫不留情，加紧攻击，打得那河狸转身逃回了池塘。

缬草和他的队伍围住另一只河狸。他们先向她投掷泥球，接着用树枝向她进攻。河狸用爪子还击，抓起他们，抛到一边，同时用尾巴胡乱抽打。

一些赭鼠受了伤，不得不撤退。

第二队赭鼠有十五只之多，他们身强力壮，疯狂地吱吱叫着，一窝蜂冲下山。

"赭鼠们，冲啊！冲啊！"他们齐声呐喊，攻势异常猛烈，木棍、石头和土块一起上，一时间压制住了河狸的进攻。一只赭鼠对准一只河狸的鼻子，用树枝狠狠一击，疼得那只河狸转身朝池塘逃跑了。

卡耐德先生直起身子，拦住了他的去路。"你竟然胆敢逃跑！"他边喊边推搡着那只惊慌失措的河狸，逼他掉头回山上，"他们只不过是些赭鼠，河狸永远不会逃跑！我们还没开始战斗呢！展开旗帜，永不放弃！牢记卡耐德可爱公寓！你们是在为我的荣誉而战！"

第三队赭鼠看到前两队的成功，备受鼓舞，高声呐喊着，如潮水一般冲下山。

"自由属于赭鼠！""自由属于赭鼠！"他们激愤得无法

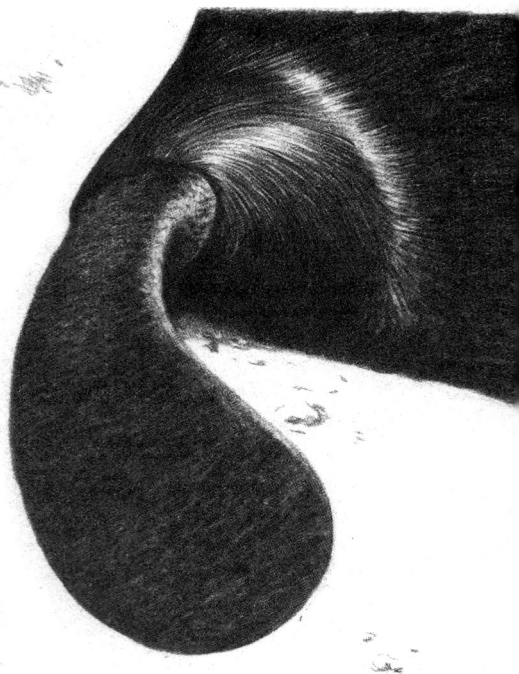

统一行动，分散着对身边的河狸发起攻击。

　　奶蓟和羊蹄草一起对付卡耐德先生。卡耐德吼叫着，试图撕咬他们。他用尾巴猛扫，扫得两只赭鼠大头朝下摔倒在地。他们摔得头晕眼花，好在没有受伤，接着迅速爬起来，继续战斗。

　　嗖！嗖！

　　卡耐德先生的尾巴甩来甩去，两只赭鼠闪来闪去。

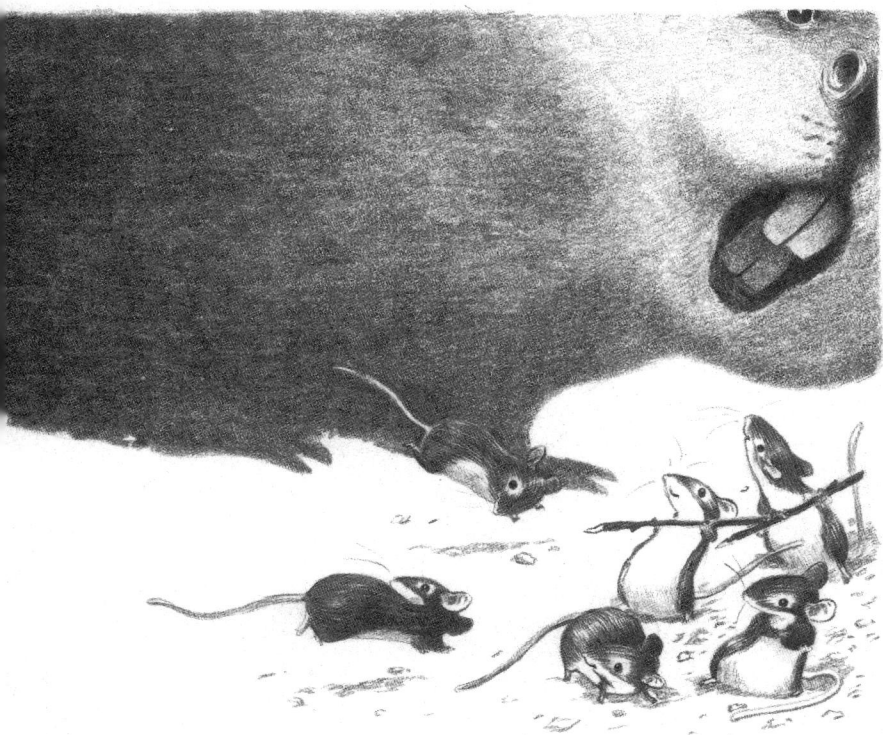

　　赭鼠们成功地削弱了河狸的进攻。在赭鼠的包围下，河狸们被迫单兵作战。然而，尽管赭鼠们不停地勇猛奋战，河狸们还是逐渐逼近了山顶。赭鼠们被迫撤退，虽然没有溃散，但士气逐渐下降。

　　缬草一直在跟一只个头儿特别大的河狸搏斗。他两次被河狸打翻在地，每次爬起来时，都往山顶张望一眼。他看到三叶草和其他赭鼠仍然在奋力挖掘沟渠，于是放心地重新投入战斗。

三叶草同时关注着岩石的挖掘和山下的战斗，二者都在紧张地进行。终于，她向山下的缬草高喊道："完工了！"

缬草被河狸的尾巴逼得一直后退，差点儿摔倒。听到三叶草的喊声，他勉强站稳。

"赭鼠们，撤回到岩石！"他大喊道，"撤回到岩石！"

于是赭鼠们开始有秩序地撤退。河狸们看到胜利的曙光，加紧攻势。他们橘黄色的大牙磨得咔嚓咔嚓响，尾巴无情地到处乱扫。

"把他们给我赶走！"卡耐德先生吼叫着，"绝不留情！踏平他们！把他们踩成肉饼！"

河狸们的攻击奏效了，老鼠们的队伍被打散。他们开始着慌，四下奔逃，有秩序的撤退变成了混乱的溃败。

"打倒他们！"卡耐德先生高喊，"碾碎他们！踩平他们！"

缬草朝岩石方向狂奔，

却遭到了卡耐德先生的袭击。缬草向后倒去，像个陀螺一样
转了一圈，最后惊慌地跪倒在地。

　　卡耐德先生后腿直立，拍打着胸脯。

　　"我们打败他们了！"卡耐德先生以胜利者的姿态高喊，
"趁热打铁！迎头痛击！胜利不是一切，是唯一！"

　　突然，从岩石后面传来
一声怒吼："这些脓包赭
鼠在干什么?

樱树在哪儿？别挡道，毛脸！滚开，大板牙！"

啪，随着响亮的一声，一只河狸的鼻子上扎满了刺，他哀号着朝山下逃去。

"谁是管事的？"艾瑞斯吼道，"那个小傻瓜樱树跑哪儿去了？滚开，扫帚尾巴！"

砰！另一只河狸连滚带爬地逃下山。

"滚远点儿，大板牙！"

奶蓟走到他身旁，赞叹道："你真棒！樱树没说错！"

"别跟我说好听的，你这个短尾巴毛球，这里发生了什么？为什么这么混乱？你又是谁，铲子嘴？"艾瑞斯转头问卡耐德先生。

"我叫卡斯特·普·卡耐德，叫我卡斯好了，我们交个朋友吧。你没听一个哲学家说吗，陌生人就是从未谋面的朋友。我是真……"

"见你的鬼，谁要跟你交朋友！"艾瑞斯怒喝道，"我谁的朋友也不是！"说着他用长满刺的尾巴狠狠扇了一下卡耐德先生的脸。

可怜的卡耐德先生鼻子上立刻扎满了刺。他呆呆地望着艾瑞斯，目光中充满震惊、害怕和痛苦。紧接着，他转过身，朝池塘仓皇逃去。看到领袖屈辱地逃窜，其他河狸也灰心丧气，全都跟着逃跑了。

"推石头！"缬草喊道，"快！"

赭鼠们重新结队，迅速跑到山顶。大约四十只老鼠，包括三叶草，后爪蹬地，前爪放在岩石上，摆好了架势。

"推！"三叶草一声令下。

岩石动了一下。

"再推！"三叶草继续下令。

岩石摇晃着挪动了位置，开始向前滚去。它速度越来越快，势头越来越猛。在赭鼠们一片尖叫欢呼声中，岩石滚进了事先挖好的沟渠中。随后，它开始向山下冲去，速度越来越快。在下落过程中，岩石撞上了另一块石头，高高地弹起来，越过溃逃的河狸的头顶，在他们惊讶的目光中落了下去，正好砸在堤坝上。

随着砰的一声巨响，四下一片沉寂。突然一阵轰隆声，池塘里的水顺着堤坝的裂缝流走了。

不管是河狸还是赭鼠，都没有发出任何声音，全都呆呆地注视着这一幕。

最终，艾瑞斯打破了这令人窒息的沉默，大喊道："那个蝙蝠球樱树到底跑哪儿去了？"

27

河狸巢

听到第一只河狸的惊呼，第二只立刻跳了起来。

"快跑！"樱树一边喊一边朝藤蔓跑去。黑麦紧跟在她身后。

樱树先跑到藤蔓下边。她猛地跳起来，一把抓住藤蔓。藤蔓剧烈晃动了一会儿，然后慢慢平稳下来。于是她开始两爪交替向上爬。爬了一阵，她停下来，回头看黑麦。

结果她惊恐地发现黑麦没有跑过来。一只河狸抢先跑到了巢穴中央，挡住了他的去路，而另一只河狸正从他身后包抄过去。

"有一只在你身后！"樱树喊道。

黑麦猛地转过身，看见了河狸，拔腿朝巢穴边跑去。

与此同时，在藤蔓下方的那只河狸突然直起身来想要抓樱树。

慌乱中，樱树又向上爬了几下，躲开了河狸的爪子。气急败坏的河狸抓住藤蔓，又拽又拉，结果把藤蔓连带樱树一起扯了下来。

樱树扑通一声摔在了柔软的地面上，头晕目眩地躺在那里。

黑麦见樱树掉了下来，惊呼了一声。他不顾另一只正朝他扑来的河狸，来了一个 U 型急转弯，掉头朝樱树跑去。追他的河狸扑了个空，被甩在一边。

黑麦靠近第一只河狸，见他仍然在和藤蔓纠缠，便径直越过他，跑到了樱树身边。

樱树挣扎着想站起来。黑麦扶住了她。

"跟我来。"他领着樱树朝那个破了的笼子跑去。

被藤蔓缠住的河狸挣脱开，匆忙跑到另一只河狸身边。两只河狸一起搜寻着樱树和黑麦的踪迹。他们确定樱树和黑麦无路可逃，就展开了仔细的搜索。为了不错失机会，他们放慢脚步，蹑手蹑脚地向前。

"你没事吧？"黑麦悄声问樱树。

"应该没有。"

"我们该怎么办？"

樱树转过头，两只河狸正在靠近。"我假装受伤。"她紧张地低声说道。

"为什么？"

"骗他们靠近，然后我们再跑开。"

"朝哪个方向？"

"随便哪个。"

"樱树，他们会包围我们的，我们最好分开跑，你往右，我往左，我们在水下通道的入口会合，然后从那里游出去。"

"黑麦！"樱树叫道，"我不会游泳，上一次能活着上岸纯粹是侥幸。"

"别担心，有我在。"

"黑麦……"

"没有别的出路了，"黑麦坚持说，"我们俩一起。"

"但是……"

"他们来了！"

樱树和黑麦背靠后面的墙，屏息等待着。樱树揉着腿，

装出受伤的样子，同时眼睛警惕地盯着河狸。黑麦则假装
在照顾樱树。

河狸慢慢走近，一路搜索，以防老鼠跑掉。

"你想清楚了吗？"黑麦悄声对樱树说，"能行吗？"

"能行。但是黑麦，游泳……"

"嘘！他们过来了。"

河狸越走越近，黑麦和樱树背靠在墙上。

"别妄想逃跑！"一只河狸叫道，"回到笼子里去，你们
两个一起！乖乖的话，我们就不会伤害你们。"他们笨重的

身子凑上前来。

就在两只河狸要捉他们的时候，黑麦大喊："快跑！"一瞬间，两只老鼠朝两个方向分头跑去。

两只河狸吃了一惊，向前扑去，却扑了个空。

黑麦和樱树兵分两路，跑到了远离墙的一边。紧跟着，他们抄近路跑到悬挂在水下通道处的架子旁。

黑麦准备跳下水，樱树却畏缩不前。黑麦向身后看了看，两只河狸因为再次被赭鼠捉弄而怒不可遏。他们发现了黑麦和樱树，于是朝这边冲过来。

"快跳！"黑麦喊道。

"我不行，"樱树喊道，"我会淹死的，我很清楚。"

"你必须跳！"

樱树没办法，她鼓足勇气准备跳下去。她知道自己别无选择。

就在这时，从河狸巢的外边传来砰的一声巨响，整个巢穴摇晃起来。

樱树、黑麦和两只河狸都停了下来，四下张望。

"怎么回事？"黑麦惊讶地问道。

"不知道。"樱树同样很吃惊。

紧接着，就是轰隆一声。樱树和黑麦低下头，看着水下通道，他们万分惊奇地看到水迅速流光了，只剩下一堆烂泥。

"水干了！"樱树叫出声来。

她从架子上纵身跳下去，落到烂泥上，然后沿着通道拼命向外跑。

黑麦紧跟在她身后。

两只河狸跑到架子上，吃惊地看着干涸的水道。"来吧，你记得卡斯怎么说，'扎入水中'。"

"但那只有烂泥。"

"他们要逃走了！"

于是，两只河狸跳了起来。他们的身体比樱树和黑麦要大并且笨重得多，结果深深地陷入了烂泥中。

"救命！"两只河狸呼喊道。

他们越挣扎就陷得越深，他们被吓得不敢再动，只能眼巴巴地看着樱树和黑麦蹦蹦跳跳地奔向自由。

28

告 别

堤坝被毁之后，没用多久，小溪就恢复了往昔的平静和悠闲。河水恢复清澈，被淹没的河岸露了出来。几乎一夜之间，绿色的植物就生长起来。水面很快又长满了睡莲，蝴蝶和蜻蜓又开始在平滑如镜的水上自在地飞来飞去。

河狸们退回到小溪上游，从此再没见过他们半点儿踪迹。不管是牙齿、尾巴或是他们的堤坝，一点儿都没有。

一周之后，樱树和黑麦在赭鼠们的旧家结婚了。是的，水退了之后，缬草和三叶草又搬了回去。

按照传统，缬草和三叶草主持了婚礼。奶蓟和羊蹄草在新婚夫妇的头顶举着一个野花编织的华盖——老鼠们的另一个传统。全家族的赭鼠齐聚一堂，又叫又笑，叽叽吱吱地说个不停。婚礼上，黑麦朗读了他写给樱树的三十二节诗。

樱树被深深地感动了。

婚礼开始前，樱树请求艾瑞斯担任伴郎，但是艾瑞斯躲在山脊一侧的树丛中，愤怒而粗暴地拒绝了。

"我宁愿在这里等着！"他嘟囔道。

"你在场对我意义重大。"樱树恳求他。

"你不到场的话，对我的意义更重大。"艾瑞斯反驳道。

樱树仔细打量着他："艾瑞斯，你还没告诉我，之前在灌木丛那里，你想跟我说什么？"

"不要再提了。"他喃喃地说。

"艾瑞斯，"樱树说，"我知道你不想，但你真的是最伟大、最善良的豪猪，只有最好的朋友才能像你这样回来找我。"

"我回来只是因为找不到回幽光森林的路了，"艾瑞斯摆出一副不屑的表情，"我需要你带我回家。"

"可你做了一件大好事，"樱树坚持说，"要不是你回来，河狸就会打败我们了。"

"河狸……"艾瑞斯哼了一声,"一群毛脸的凿子。"

"嗯,我还是希望你能来参加婚礼。"没等艾瑞斯反应过来,她走到他身边,在他的鼻子上亲了一下。

"黏糊糊的臭老鼠……"艾瑞斯嘟囔道。等樱树走开,他开始想把那个亲吻擦掉,却不知道为什么改了主意。他坐在那里,好大一会儿,对着眼,盯着自己的鼻子看。

婚礼刚一结束,黑麦就宣布他和他的新娘要离开小溪,到位于幽光森林里的樱树的家去。这对新婚夫妇邀请全家

都去做客，还说好一有机会就回来看望他们。

樱树作了告别致辞。

"我两次坠入爱河，两个都是你们的儿子。"她对缬草和三叶草说，"你们是优秀的父母，我们最大的希望就是能像你们一样。"

他们逐一拥抱家里所有的赭鼠。这么大的家族，他们抱了很长很长时间。随后，黑麦和樱树肩并肩跑上了山。

艾瑞斯在那里等着他们。

"你们俩是给绑在一起了？"他酸溜溜地说。

"婚礼棒极了！"樱树说，"真希望你在场！"

"爱情，"艾瑞斯嘲讽地说，"那个破玩意儿，越少提越好。走吧，我们回家。"

他们一起没走多久，就来到了樱树和黑麦初次见面并一起跳舞的草地。

黑麦和樱树互相对视了一眼。不需要说一个字，两只老鼠的爪子握到一起，开始在草地上跳了起来。他们侧腰、跳跃、摇摆，不停地转啊转啊……

艾瑞斯远远地躲到一边，看着他们。不管他多努力克制自己，脸上还是流露出一丝难以察觉的微笑，并滚落了一滴泪珠。他察觉到自己的失态，皱了皱眉，转身背对着那

对情侣。

"爱情，"他不痛快地抱怨道，"就像鼻涕虫和癞蛤蟆的黏液！我呸！"

可是，艾瑞斯一直都没舍得洗鼻子。

献给我们

POPPY AND RYE

Written by Avi, illustrated by Brian Floca

TEXT © 1998 AVI WORTIS, INC.

ARTWORK © 1998 BRIAN FLOCA

This edition arranged with BRANDT & HOCHMAN LITERARYAGENTS, INC.

through BIGAPPLEAGENCY, INC., LABUAN, MALAYSIA.

Simplified Chinese edition copyright: 2024 Beijing Everafter Cultural Development Co., Ltd.

All rights reserved.

版权合同登记号：14-2024-0035

图书在版编目（CIP）数据

幽光森林的居民们. 河狸的野心 / （美）阿维著 ；
（美）布莱恩·弗洛卡绘 ；栾述蓉译. -- 南昌 ：二十一
世纪出版社集团，2024.6

　书名原文：Tales from Dimwood Forest

　ISBN 978-7-5568-7451-4

　Ⅰ.①幽… Ⅱ.①阿… ②布… ③栾… Ⅲ.①儿童小
说－长篇小说－美国－现代 Ⅳ.①I712.84

中国国家版本馆CIP数据核字(2024)第045875号

幽光森林的居民们·河狸的野心

YOUGUANG SENLIN DE JUMINMEN HELI DE YEXIN

[美] 阿维／著　　　[美] 布莱恩·弗洛卡／绘　栾述蓉／译

出 版 人	刘凯军		项目策划	奇想国童书
责任编辑	张　周			
特约编辑	郑应湘　周　磊		装帧设计	李燕萍　程　然
出版发行	二十一世纪出版社集团			
	（江西省南昌市子安路75号 330025）			
网　　址	www.21cccc.com			
经　　销	全国新华书店			
印　　刷	固安兰星球彩色印刷有限公司			
版　　次	2024年6月第1版			
印　　次	2024年6月第1次印刷			
开　　本	880 mm×1300 mm　1/32			
印　　张	7.25			
字　　数	129千字			
书　　号	ISBN 978-7-5568-7451-4			
定　　价	218.00元（全7册）			

赣版权登字 -04-2024-112　版权所有，侵权必究

（凡购本社图书，如有印装质量问题，由发行公司负责退换。服务热线：010-64049180 转 805）

幽光森林的居民们

猫头鹰的秘密

[美] 阿维/著　[美] 布莱恩·弗洛卡/绘

栾述蓉/译

二十一世纪出版社集团
21st Century Publishing Group

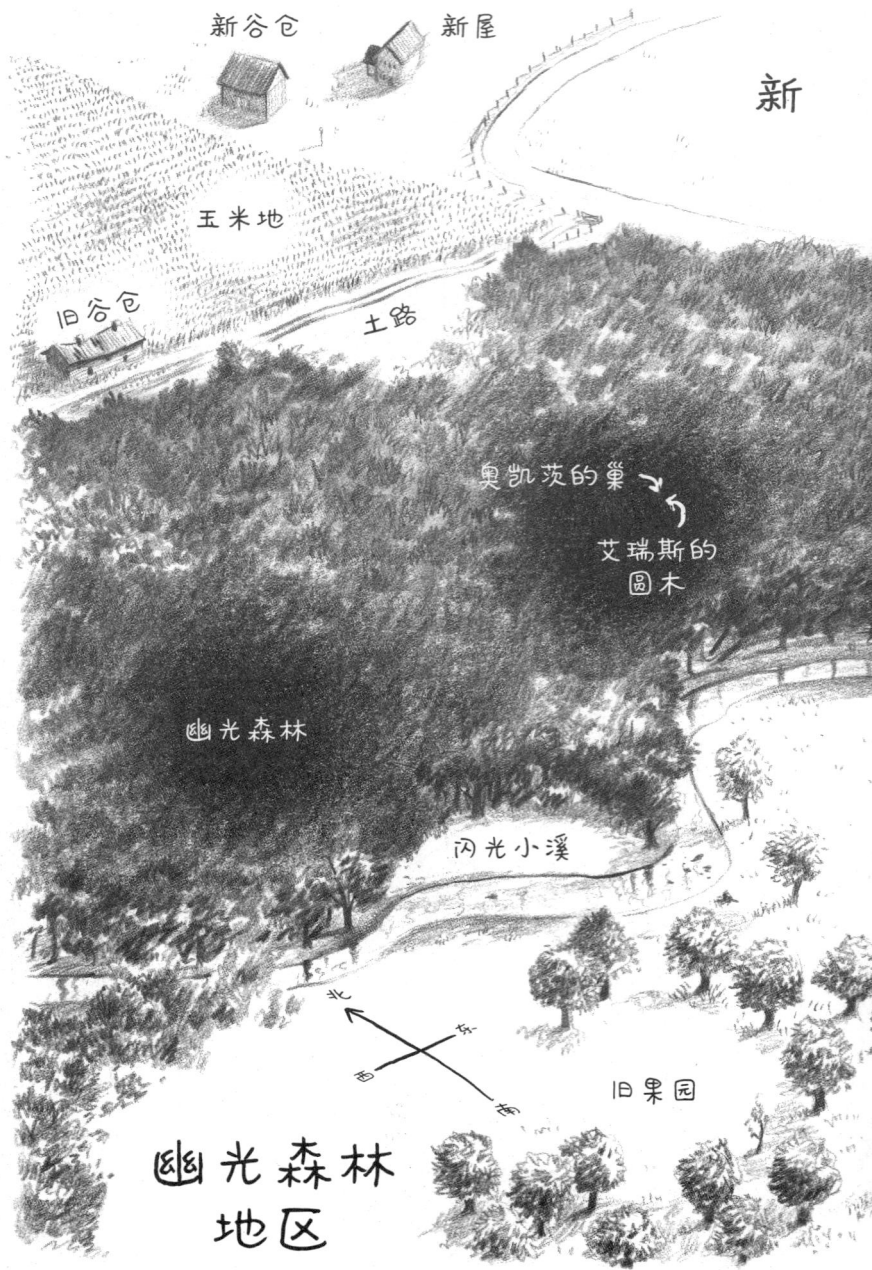

新谷仓　新屋

新

玉米地

旧谷仓　土路

奥凯茨的巢

艾瑞斯的
圆木

幽光森林

闪光小溪

北
东
西
南

旧果园

幽光森林
地区

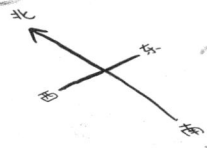

松鸦林

沼泽地

奥凯茨的
瞭望树 ↘

小桥

班诺克山

柏油路

灰屋

农夫莱蒙特的农田

目 录

1

奥凯茨先生

一弯新月高高地挂在天空，将淡淡的银辉洒向幽光森林，群星闪耀，阵阵微风吹过草地和山岗，带来夏夜花草馥郁的芬芳。整个幽光森林地区笼罩在夜色中，四下寂静无声。

在森林的边缘，耸立着一棵被烧焦的老橡树，树上蹲踞着一只巨角猫头鹰。这只猫头鹰就是奥凯茨先生，看起来就像死神的化身。

奥凯茨先生的眼窝浅得跟脸齐平，圆圆的眼珠是黄色的，瞳孔又大又黑，这让他能看到很多别的动物看不到的东西。哪怕是在微弱的月光下，他一样可以看得清清楚楚，跟在日光下没什么差别。

奥凯茨先生用敏锐的目光审视着自己的领地，观察动物的行踪。他将那些动物视为自己的臣民和食物：闪光小溪里的鱼是最佳开胃小菜；经常在柏油路上蹦来跳去的兔子，味道鲜美无比；松鸦林里，有时可以在黎明之前看到肉嘟嘟的花栗鼠飞速窜过。他可以转动脑袋巡视，在泥沼里寻找可口的青蛙，在新田里寻找美味的田鼠，还有农民莱蒙特过去住的灰屋，然后是旧果园。有时，他还会紧张地偷瞄一眼新屋。但是今晚，到处都没有可以吃的东西。奥凯茨先生非常懊恼——今晚可能要饿肚子了。

终于，在靠近班诺克山顶的地方，他发现有动物的身影在活动。

山顶上，原来的黄松被砍伐殆尽，只剩下几棵弱不禁风的小树苗和一些灌木丛。虽然他的食物只是隐约一闪，但足以让他那颗急于猎食的心怦怦直跳，让他乌黑的尖嘴咔嗒作响，让他头上角状的羽簇高高竖立起来。

奥凯茨先生前后左右转动了一下脑袋，终于看清楚是两只老鼠。在所有的猎物中，他最爱的就是老鼠。老鼠的味道无疑是最好的，而且最妙的是他们的胆子也最小。奥凯茨先生最喜欢让猎物害怕。从猎物的畏惧中，他能得到极大的满足。眼下，在等了将近一整夜之后，他终于等到了两个肥美的猎物。在用餐之前，他准备先尽情地吓唬他们一番。

两个猎物中有一只鹿鼠，正小心翼翼地蜷伏在一块腐烂的树皮之下；另一只是赭鼠，后腿直立，站在开阔的地方，短尾巴翘得笔直，以保持身体的平衡。赭鼠的左耳上还戴着一只耳环，两只前爪捧着一颗榛子。

"我可不是没有警告过这些老鼠，"奥凯茨先生低语道，"如果他们未经我的允许就擅自外出活动，后果自负。"说着他向前俯下身子，仔细聆听动静。他的两只大爪子各长着四根爪尖，爪尖上带有如钢针般锐利的漆黑爪趾。此刻，他的尖爪紧紧地掐在他栖息的那根树枝上。

"捉这两只老鼠一定很有趣。"奥凯茨心想。

在班诺克山顶，赭鼠转头看着胆小的同伴说："樱树，丫头，这颗榛子像骨头一样硬，我估计这里肯定还有很多，出来挖吧！"

"猪草，"樱树紧张地四下嗅嗅说，"你答应过我的，我们是来这儿跳舞的，但是不能在这样一个没遮没挡的地方跳。另外，我也准备好回答你的问题了，所以求你下来，到我这儿来吧。"

猪草大笑着说:"嘿,伙计,别以为我像睡鼠那么笨,你不过是想吃我的榛子罢了。"

"我一点儿也不想要你的榛子,"樱树坚持说,"我只想告诉你我的答复,还有跳舞,这不才是我们来这座山上的原因吗?你那里太不安全了。"

"哦,你倒是说说看,怎么不安全了?"

"你听到我爸爸的警告了,"樱树继续说道,"要当心奥凯茨先生,他可能正在监视和偷听我们。"

"得了吧！"猪草嘲笑她说，"你老爸总拿奥凯茨那家伙说事，不过是为了吓唬你，控制你。"

"猪草，"樱树叫道，"你太荒唐了！奥凯茨先生的确是幽光森林的统治者，我们必须征得他的同意才可以到这里来。可是我们俩从没跟他申请过，你知道的。"

"丫头，这辈子做什么有趣的事都要先征求一只老猫头鹰的意见，我可没这打算。明白我的意思吗？这是属于我们的时刻，难道不是吗？既然我挖到了这颗榛子，我就要好好享用它。再说了，现在这么黑，那只老猫头鹰看不到我的。"

"樱树，猪草，"猫头鹰奥凯茨暗暗地嘲笑了一声，"老鼠们的名字还真够蠢的。现在，只要那只鹿鼠再稍稍往外走一点儿，这两只老鼠就一只也逃不掉了。"

想到即将得到双份的收获，奥凯茨兴奋地发出嘶嘶声。随后，他磨了磨嘴，展开双翅，飞到夜空中盘旋着，波形的飞羽无声地拍打着空气。

他在班诺克山上空俯视。那只捧着榛子吃的赭鼠仍然站在开阔处。如此鲁莽！如此愚蠢！然而，奥凯茨决定再稍

等片刻，看那只鹿鼠是否会出来。

"猪草，"樱树恳求道，"求你下来吧！"

"丫头，"猪草回答说，"你知道你的问题是什么吗？你习惯了夹着尾巴逃跑，太胆小了。"

樱树感到自尊心受到了伤害。为了证明自己不是个胆小鬼，她把鼻子和胡须从树皮下伸了出来。

"猪草，"她慢慢往开阔处爬，但是仍然坚持自己的意见，"掉以轻心是一种愚蠢的行为。"

她的朋友又咬了一口榛子，心满意足地叹了一口气，说："樱树，或许你是我遇到的最好的女孩，但说实话，你不知道如何像我这样生活。"

樱树爬出树皮，又向前爬了两步。

就在这时，奥凯茨先生突然收起翅膀，一个俯冲，转眼就来到两只老鼠头顶后方。紧接着，他张开翅膀控制速度，头向后仰以保护眼睛，同时张大像钩子一样的利爪，准备出击。

就在这时，樱树看见了他。

"猪草，小心！"她惊惶地尖叫一声，回身就往树皮底下窜，"是奥凯茨！"

但是奥凯茨先生已经朝他们扑下来了。他右爪先落下，

抓破了樱树的鼻尖；紧接着左爪落下来，成功地抓住了猪草的头和脖子，他的双爪像铁钳一样。

猪草当场毙命。

眨眼间，奥凯茨先生又飞到空中。毫无生气的猪草被吊在猫头鹰的左爪上，紫色的耳环在月光下闪闪发光。那颗榛果像一块冰冷的小石头一样掉在了地上。

奥凯茨先生悠闲地拍打着有力的翅膀，飞回他的瞭望树。刚落到树上，他就用嘴叼起死去的猪草，一口吞下了肚。老鼠，连同耳环，顺着他的喉咙一起滑下去，消失不见了。

奥凯茨先生吃饱了，往后仰了一下头，他满怀胜利的喜悦，发出悠长而低沉的叫声："咕——咕——"

樱树没有听到他的叫声。她吓昏过去了，毫无知觉地躺在那块烂树皮的下面。

奥凯茨先生并没有太介意。一只老鼠已经让他很满足了，他决定等会儿再抓第二只。事实上，奥凯茨先生对于樱树的逃脱并不感到十分遗憾。他知道她被吓坏了，这一点更让他满意。而且，他确定很快就可以捉到她。

"嗯，是的，"他自言自语道，"捉老鼠最有乐趣了。"

随后，奥凯茨先生做了一个对猫头鹰来说很罕见的表情——微笑。

2

樱树的回忆

　　鼻子上火辣辣的刺痛感让樱树清醒过来。她摸了摸受伤的地方，皱了皱眉，张望着黑暗的四周，然后困惑地晃了晃脑袋。这是在哪里？一块烂树皮下。那烂树皮又在哪里？在班诺克山上。她在这里做什么？她是跟猪草一起来的。但是猪草在哪儿？

　　想到这里，刚才发生的那可怕的一幕立刻浮现在她的脑海。猪草死了！可能已经被吃掉了。樱树闭上眼睛。这个想法带来的恐惧让她感到难以呼吸。

　　随后，她记起来，自己差点儿也遭到同样的厄运。她检查自己的身体，看是否还有其他的伤口。

樱树全身的皮毛呈橘褐色，只有圆滚滚的肚皮是白色的，大大的耳朵，圆溜溜的黑眼睛，长长的胡须，小巧的鼻子，粉色的脚趾和尾巴。即便是鹿鼠普遍矮小，樱树也是其中的小个子。仔细检查后，她发现除了鼻子，所有部位看上去都完整无缺。

她从烂树皮底下偷偷向外望了一眼，开始考虑此刻的处境。她独自在班诺克山上，而且未经允许。唉，她多希望自己是老实待在家里的。

从她幼年起——算起来也不过是几个月圆之夜以前，她的父母就向他们这些小孩子灌输有关奥凯茨先生的事了。她记得，当时他们十二个兄弟姊妹排成一排，听父母讲。

"奥凯茨先生在这里已经很多年了。"她的父亲肺草用最严肃的声音训示说。肺草体魄强健，有着优雅、卷曲的胡须和略微突出的门牙。他最引以为豪的是一个象牙顶针。自从发现这个东西，他就把它当作帽子戴在头上了。"奥凯茨先生在这里的时间之久超出了任何一只老鼠的记忆，"肺草说，"整个幽光森林地区都归他所有，奥凯茨先生就是国王。"

"而且他也保护我们，"肺草的妻子，也就是樱树的妈妈香芹说，"这是最重要的一点。"

香芹的个头儿在鹿鼠中也属于矮小的一类，她长着柔和的浅色眼睛。香芹有一个习惯，一紧张就会用爪子呼扇耳朵，好像上面有灰似的。

"他怎么保护我们？"樱树记得猪草这样问道。作为一只赭鼠，猪草喜欢跟这一大家子鹿鼠待在一起。他总是问个不停：为什么鹿鼠住在这里而不是那里？为什么你们吃这个而不是那个？为什么你身上的毛上面是黑的，底下是白的，而我的是金黄色的？为什么不能倒过来？

尽管这些接连不断的问题有些讨厌，但樱树不得不承认，她也时常在心里琢磨这些问题的答案。只可惜，她的父母不喜欢孩子有好奇心。所以樱树反而很佩服猪草的执着提问。

"奥凯茨先生保护我们避免被一些动物吃掉，"肺草严肃地回答，"浣熊、狐狸、臭鼬、黄鼠狼、白鼬……"他一一展示这些动物的图片，然后说："最最重要的是，他保护我们不被豪猪吃掉，就像这一只。"他举起一张可怕的图片，上面画着一只巨大的黑鼻子野兽，野兽周身披着可怕的尖刺，长满獠牙的嘴边似乎正在滴血。

小老鼠们吓得倒吸了一口凉气。

"豪猪是我们最凶恶的敌人，"肺草强调说，"他们为了捉住我们老鼠不择手段。"

"那他们会怎么对付我们？"樱树的一个妹妹橡子声音颤抖地问。

"他们会先把带倒钩的刺扎进你的身体。"肺草回答。

"然后把你踩到脚底下。"香芹接着说。

"最后，"肺草总结，"把你掰成小块儿，吞下肚。"

所有小老鼠都被吓坏了，只有猪草除外。

"肺草，"他问道，"除了那张图片，你见过豪猪吗？真的豪猪。"

"准确地说还没有，"肺草厉声说，"不过，猪草，让我告诉你一点，要是一辈子见不到豪猪，我再高兴不过了。话又说回来，奥凯茨先生见过豪猪，而且不止一次。在跟我私下的交谈中，听好了，这个千真万确是我亲身经历的，他告诉我，豪猪不仅极其危险，并且非常阴险狡猾。"

"注意，这是一只强大的食肉猛禽给出的判断。我要说的是，奥凯茨先生保护我们免遭豪猪的毒手。事实上，是他出于善心，提醒我们提防豪猪，这些图片也是他提供给我们的。"

"既然这样，你为什么还要担心这个叫奥凯茨的家伙？"猪草紧逼不放。

肺草尽力压住怒火。他扶正滑落到前额的象牙顶针帽子，气呼呼地回答说："只有接受奥凯茨先生作为我们的统治者，他才会保护我们不受凶恶豪猪的伤害，这就是原因。他唯一的要求就是，任何时候，如果我们想到灰屋以外的地方，必须先征得他的同意。"

"从旧果园到闪光小溪之间，我们可以自由行动，在农夫莱蒙特的农田也可以。当然了，风险我们要自己承担，不过生活总是充满风险。除了这两个地方，我们要到别处去的话，必须得到奥凯茨先生的批准才行。"

"他凭什么这么要求？"猪草坚持说。

香芹抖了抖耳朵，生气地叹了一口气。她怎么也没法儿理解自己的女儿樱树会喜欢这样一个没有教养的浑小子。尽管心中不耐烦，她还是回答说："猪草，奥凯茨先生耐心地给我丈夫解释过，我们外出需要让他知道，这样他就不会把我们误当作豪猪了。为了我们自身的安全考虑，征求他的同意没什么大不了。"

肺草点头表示赞同。"那只猫头鹰有着非同一般的超强视力，还有听力，什么都逃不过他的眼睛和耳朵，哪怕是在黑暗中。这对我们来讲，也是件好事。据奥凯茨先生说，豪猪在夜间捕猎，行动像闪电，不由分说就射出身上的箭，是个冷酷无情的杀手。所以说，孩子们，不要跟奥凯茨先生争执，他是我们的保护者，如果我们不服从他的命令，破坏他的规矩——这点我也不会怪他——他会不高兴的。"

"要是不经过他的允许，他会怎么做？"那个叫橡子的小鹿鼠又问。

"他会吃了你，"肺草一边收起豪猪的图片一边简洁地回答，"而且这种事时有发生。在过去一年中，我们失去了大约十五个家族成员，他们应该都是没有事先征得奥凯茨先生的同意就到处乱走。"

孩子们全都吃惊得说不出话来。

只有猪草又一次开口问道："嘿，老爹，你刚才不是说豪猪个头儿很大吗？"

"是的，你刚才也看过图片了。"肺草回答说，"还有，别叫我老爹，太粗俗了。"

"所以，豪猪的个头儿比我们大，是吧？"

"大很多。"香芹接口道，特意在"很"上加重了语气。

"那么，老妈，"猪草接着说，"既然那边儿上的豪猪个头儿这么大，而我们这么小，并且猫头鹰那家伙视力又贼好，他怎么会把我们老鼠和那边儿上的鬼豪猪搞混呢？你明白我的意思吧？"

香芹气呼呼地转头看着她丈夫不说话了。

肺草结结巴巴地说道："猪草，提醒你一下，按照语法，正确的说法应该是'那些豪猪'，而不是'那边儿上的豪猪'。还有我在想，你要是打算追求我女儿的话，我希望你早上起床后能把毛发梳理整齐，至于你的那只耳环，我很不喜欢，非常不喜欢。我们家族以维护老鼠传统为己任，反对任何愚蠢的问题。"

　　说完，肺草气愤地甩着尾巴大步走开了。

　　在班诺克山上，樱树想起了这一切。她还记得猪草坚持他们两个一起上山，但坚决拒绝征求奥凯茨先生的同意。那么，也许，刚才的遭遇——尽管如此可怕，也是猪草咎由自取了。此时此地，樱树发誓再也不要离开家了。

　　但问题是，此刻，她远离温暖的家，孤单又惊恐。

3

孤单的樱树

樱树朝东边望了一眼。地平线上现出一条淡红和深红相间的光带。这是黄昏还是黎明？要是入夜，猫头鹰应该醒着；要是快天亮了，猫头鹰该睡觉了。但是现在完全没办法判断时间，而且没有谁知道奥凯茨先生在幽光森林的什么地方睡觉。那是他的秘密。反正不是在他的瞭望树上。

樱树盯着森林，就好像能找出那个秘密巢穴一样，但是她所能看到的只是一大片黑乎乎的树。难怪这个森林被冠以"幽光"二字，想到这里她不由得哆嗦了一下。

樱树在心里估算着从这里——班诺克山北侧，到她家灰屋之间的距离，大约有四个玉米地那么远。樱树想，最好是贴着地面从一个隐蔽处迅速跑到另一个。

她从烂树皮下偷偷向外张望。前方有一截掉落的树枝，但是上面没有叶子，所以没法儿用来当掩护。不过，她注意到树枝旁边有一块岩石，上面有一个缺口，大小刚刚可以让她的身子挤进去。樱树决定把它当作第一个隐蔽处。

她警觉地竖起胡须，深吸一口气，试图嗅出哪怕一丁点儿的危险气息。随后，她从藏身的烂树皮底下悄悄爬了出来。但愿，但愿，她不断地给自己打气——但愿奥凯茨先生不会看到我。

但是奥凯茨先生恰恰就看到了。他大睁着双眼，悄无声息地蹲踞在一根枯枝上，一刻也没有放松对樱树藏身之地的监视。如果说，有什么比不经允许就擅自在他的领地活动更让他痛恨的，那就是这个动物竟然还逃脱了应该为此受到的惩罚。如果让一只老鼠这样逃掉，那他还怎么吓住其他的老鼠！不行，绝对不能让这只叫樱树的老鼠逃走。

奥凯茨先生打了一个嗝，吐出一小堆没消化的东西。那是猪草的骨头、皮毛，还有耳环。

他来回转动脑袋，不断调整视线，专注地监视着。樱树粉红色的鼻头从躲藏的地方刚一露出来，他就发现了，眼看着她飞速地向岩石跑去。这只老鼠终于行动了。奥凯茨高兴地咔嗒了一下尖嘴，呼地展开翅膀飞起来。

樱树大口大口地喘息着。凭借岩石的遮掩，她局促地扭动着身子，四下嗅着看有没有危险，结果什么也没有嗅到。

等喘过气来，她就从躲藏的缝隙处稍稍探出身，打量着周围的地形。就她视力所及，最近的可以隐蔽的地方是一株灌木。灌木的根半露在外面，底下形成了一个空隙，大小足以让她躲进去。不幸的是，从她现在的藏身之处到灌木那里必须经过一片开阔的空地。这一段距离颇为遥远，事实上，比樱树有生以来一口气跑过的最远距离还要远。她沮丧地叹了一口气。

随后她又看了一眼。这一次，她发现从藏身处到灌木之间的半路上，有一块长方形的木头向上翘起，撑在一块石头上。樱树心里盘算着，如果累了，或是遇到危险，可以躲在木头下面。

她紧张地又看了看东面的天空。天空比刚才亮了一些。已经是白天了吗？奥凯茨先生现在睡着了吗？

奥凯茨先生高高地游弋在班诺克山西边的天空。他缓慢地挥舞着翅膀，将气流降到最小。他知道鹿鼠很敏感。

他一面飞，一面紧紧盯着樱树所在的岩石。这只鹿鼠的跑动把她的目的暴露无遗：从一个隐蔽点跑到另一个隐蔽点。奥凯茨很清楚，他领地上最大的鹿鼠家族——由那个老傻瓜肺草率领的——住在灰屋。这个樱树很可能就是想回到那里。那么，她会怎么走呢？

奥凯茨先生留意到山南坡的一株灌木。虽说灌木离岩石有点儿远，但是作为老鼠的下一个隐蔽点合情合理。要比谁能先到达灌木那里，奥凯茨先生自认胜负完全可以预料。他满意地发出一声嘶嘶声。

樱树从岩石的小洞里一下子跳出来，但着地时不太利落，溅起一团尘土。她敏捷地站稳，身体压低，尾巴像钉子一样直，耳朵折向后面，腿像活塞般急速地运动，箭一般朝着开阔的空地跑去。

盘旋在空中的奥凯茨一眼就看见了樱树扬起的尘土。紧接着，他就看见了樱树。他迅速估计了一下她的速度和方向，确定好捕捉的准确地点。随后，他扇动强健敏捷的翅膀，只扇了四下，就升到了所需要的高度。从那里，奥凯茨一头俯冲下去。

樱树在地上飞快地跑着，她感到心脏都快要跳出来了。好在距离灌木只剩下一半的路程，她马上就要经过那块木头了。

奥凯茨先生迅速降到樱树身后接近她头顶的地方。他展开翅膀，头向后仰，爪子伸向前。想到即将到口的美餐，他的尖嘴不由得咔嗒了一下。

　　樱树听到咔嗒声，闪电一样回头瞥了一眼——奥凯茨先生就在她身后，可怕的铁爪眼看就要落了下来。看到猫头鹰离得这么近，一阵惊惧过电般传遍樱树的全身。她后腿猛地一蹬，身子如同子弹一样射了出去。她在空中翻了个跟头，肚皮朝下掉在木头的一头。

　　樱树敏捷的弹跳让奥凯茨先生吃了一惊。当他下落时，

樱树的身子正好腾空而起。奥凯茨先生意识到会错过目标，赶忙调整姿势，爪子上抬，左翅下沉，尾巴翻转。然而，这突如其来的猛转使他的身子歪斜着越过目标，摔在地上，跟樱树一样掉在木头旁边，不过是在另一头。

　　奥凯茨先生砸下来的重量把轻如鸿毛的樱树弹到了空中。樱树在划了一个大大的弧线之后，不偏不倚刚好跌落在那丛灌木下面，她慌忙伸出爪子，连滚带爬地钻进事先瞅准的空隙中。

　　奥凯茨先生转动脑袋，这边看看，那边瞅瞅，寻找他的猎物。但猎物似乎消失了。

他懊恼地振翅飞起来，沿着班诺克山低低地盘旋了一圈，可是一无所获。他窝着一肚子的火飞回了幽光森林。这只老鼠——这个樱树——竟然敢逃走！而且还是两次！从没有任何老鼠做出过这样的事！奥凯茨先生很想回到瞭望树上，等着那只胆大妄为的老鼠再次现身，但他很快放弃了这个念头。他累了，天也亮了，早过了他该睡觉的时间。而且，他已经吃过了东西。

虽说如此，当奥凯茨先生钻进他位于幽光森林深处的秘密巢穴时，他还是发誓要一雪前耻。而且，一旦老鼠开始有了能逃脱他的念头，麻烦就会没完没了。

樱树躺在灌木丛下的空隙中，从耳朵到尾巴都在痛。过了很久，她的呼吸才恢复正常。至于急促的心跳，则过了更久才平复下来。

等完全恢复了，她试着活动了下腿和脚趾，一切都完好无损。她小心翼翼地爬到空隙边，偷偷张望了一眼。尽管没有看到奥凯茨先生的身影，她还是匆忙缩了回去，紧张得什么也不敢做，只有躲着。

过了好一阵子，樱树才又往外看了一眼，然后又看了一眼，还是没有看见奥凯茨先生。她犹豫不定，因为她知道，奥凯茨先生有着无比的耐心。

就这样，直到太阳高高地挂在空中，樱树才终于鼓起勇气从空隙中钻出来。按照快跑加找掩体的计划，终于从班诺克山上跑下来，回到了灰屋。

根据老鼠家族流传的故事，一个叫莱蒙特的农夫曾经住在这座房子中。当他和家人离开后——据说是很多很多个冬天以前，房子开始倾颓，白色的墙壁变成了灰色，房顶中部塌陷下来，窗户纷纷掉落，农夫遗弃的靴子、旧家具、杂志……通通破败不堪。一句话，这里成了樱树一家完美又安全的住所。

当樱树走近房子时，她注意到房顶上挂着一面小红旗。她猛地停住脚步——红旗是她父亲召集整个家族举行紧急会议的讯号。

樱树的第一个念头是家里已经得知猪草的死讯了。随后，她意识到这绝不可能，一定是另有严峻的事情发生了。

4

紧急会议

　　樱树沿着倾斜的门廊跑进客厅。果然，全家都聚集在一起。樱树的父亲头上戴着象牙顶针，按照惯例，他高高地坐在一顶旧草帽上，已经开始对大家讲话。樱树刚一进屋，就被他看见了。

　　"樱树，"他叫道，"你迟到了，不过至少来了。"

　　所有的老鼠，乌压压一片的耳朵、眼睛，还有粉红的鼻头和胡须，一起转过头来看着她。

　　"猪草怎么没来？"肺草质问道，"他没跟你在一起吗？抛开礼节不说，你不觉得在这样的危急时刻，但凡他有点儿教养，就应该来跟我们一起开会吗？还是说，他根本就打算置身事外？"

众目睽睽之下，樱树一句话也说不出来。

"怎么回事，樱树？你那位朋友呢？"肺草问。

樱树结结巴巴地回答："我能在散会后再告诉你吗？"

肺草哼了一声，不情愿地嘟囔着："好吧，不长脑子的孩子，赶快坐好。"

樱树一声不吭地走到前面，在她最喜欢的表弟罗勒身边蹲下来。

"你们俩去哪儿了？"罗勒小声问道。

"外面。"樱树心虚地回答。

"你看起来脸色很不好，你鼻子怎么了？"

"我现在没法儿跟你说。"

"猪草在哪儿？"

"回头再说。"樱树坚持道。

罗勒狐疑地看了一眼他的表姐，闭上了嘴巴。

坐在农夫草帽顶上的肺草，探身弹了一下自己的象牙帽，举起一只爪子，示意大家安静。"为了樱树，"他开口说，"我再重复一遍我刚才讲过的话。我们家的成员数量增长了很多，事实上，已经多到在附近找不到足够的食物吃了。"

"而且，毋庸置疑，我们的家族还在不断扩大。"他朝妻子香芹点了点头，后者苍白无力地微笑了一下，对他的话表示赞同。"比如，"肺草接着说，"我们夫妻已经有了七十五个孩子，这些孩子给我们生了四十个孙子和外孙，二十个重孙，还有十二个玄孙。"

这番话获得了热烈的反响。在座的老鼠们起劲儿地用尾巴拍打着地板。

肺草点了点头表示感谢，然后继续往下说："我计算过，根据我们目前的繁殖速度，除非在接下去的几天立刻采取措施，否则我们将面临严重的食物短缺、疾病，还有，是的，死亡问题。"

整个房间立刻陷入一大片吱吱叽叽声。

"真是糟糕！"

"太可怕了！"

"我们现在该怎么办？"

"谁想得到啊！"

肺草提高声音，压过嘈杂声："住在露天行不通，太危险了，所以，我们需要另外寻找住所：附近要有充足的食物，但是又不能离灰屋太远，这样可以维护现有家族的领导制度。当然，第二个住所也必须安全。"

"幸运的是，我的一个朋友，老麻雀艾比克利斯先生告诉我，在我们这片地区有一栋新房子。"

又是一阵交头接耳。

"在哪儿？"

"你看见过吗？"

"什么样子？"

"在幽光森林北边，叫作新屋，离这儿有半天的路程。"

"那太远了。"

"几乎是另一个地方了。"

"我从来没有离开过家。"

"我敢打赌肯定比不上这里。"

肺草举起一只爪子，大家安静下来。"新屋就在新田旁边，沿着柏油路走，过了桥就是，听说那里有充足的食物。"

"让别人去好了。"

"我想知道那边都有什么食物？"

"我觉得那边不会适合我。"

"当然，我需要仔细考察一下新屋。"

"我可以单独住一个房间吗？"

"我可以继续跟爱菊住一起吗？"

"他们永远别想让我去。"

"我可不想跟糠皮睡一张床。"

"接着就要整理和打包东西。"

"我一想到打包就烦。"

"我东西太多了，没法儿搬。"

"我刚刚收拾出一间新房间。"

"不过，"肺草继续说，"我们需要选一个代表团先去向奥凯茨先生正式提出申请，请求他准许我们搬家。"

这次，肺草的话换来一片沉默。除了樱树，所有的眼睛要么看着地面，要么左右乱瞄。樱树惊讶地盯着自己的父亲，不理解他怎么能提出这样的建议！

"听着，"肺草严肃地说，"奥凯茨先生一直都很通情达理，我想，不需要再提醒你们，是他保护我们免遭豪猪的毒手。我们都了解豪猪，不是吗？这一点再清楚不过。这些年来，我们在附近看见过一头豪猪没有？从来没有。这足以证明奥凯茨先生履行了他的义务。只要我还是这个家族的族长，就希望大家也能履行我们一方的义务，并且征求奥凯茨先生的批准，也是为了大家的幸福而付出的微不足道的一点儿代价。"

"我的话就说到这里，"肺草环顾左右总结说，"谁还有问题？"

如果猪草在这里，樱树不知道他具体会说什么，但她相信他一定会提出疑问。

"很好，"肺草说，"感谢大家的参与，现在散会吧！跟以往一样，有消息我会及时通知你们。樱树，你先别走，我要跟你单独谈谈。"

老鼠们一边吱吱地咬耳朵一边走开了，只剩下樱树、她的父母，还有罗勒。

"现在能告诉我发生了什么事吗？"罗勒问道，"你看起来真的很不好。"

樱树闭上眼睛，不知道该怎么对父母讲猪草的事。

罗勒推了她一下："樱树，猪草出事了吗？"

樱树点了点头。

"到底怎么回事？"

"樱树，"肺草从客厅一头喊道，"我在等你呢！"

樱树睁开眼睛，转头看着罗勒，悄声说："离我近点儿，我需要你。"

樱树慢慢走近她的父母，罗勒跟在她身后。

看到樱树走过来，肺草很庄重地坐直身子，说："樱树，我想应该感谢你能抽时间来参加家庭会议。"

"爸爸，"樱树开口道，"你知道……"

香芹突然插嘴问："樱树，你的鼻子怎么了？"

"是……"

"稍后再谈她的鼻子不迟，"肺草打断她们说，"我首先想说的是，樱树，我关于搬家的讲话，你都听到了吧？"

"是的。"

"我说要组织一个代表团去奥凯茨先生那里，你的兄弟姐妹没有一个看着我的眼睛，他们好像都很害怕，我对此感到很难过。但是，樱树，你表现得就很坚定，你的眼睛一眨不眨，坦率而忠实，这对一只年轻的老鼠来说，十分难能可贵，我很欣赏你这一点。

"因此，作为对你的奖励，我选择你——这是无比的光荣，孩子她妈，你说是吧？"

香芹摸了摸耳朵，勉强地微笑了一下。

"这就对了，"肺草继续说，"樱树，你和我一起去见奥凯茨先生。"

"你说什么？"樱树失声惊叫道。

"我知道这份荣誉出乎你的意料，你没听错，我会带你一起去见奥凯茨先生。"

"但是……但是……"樱树不知该怎么开口。

"但是什么？"

"但是奥凯茨先生刚刚吃掉了猪草！"樱树终于忍不住，脱口而出。

几只老鼠震惊得说不出话来。

"吃掉了猪草？"香芹终于喘上一口气，声音呜噜不清，又带着某种尖利，"我没听错吧？"

樱树点点头，竭力忍住眼泪。

"什么时候的事？"肺草尖声问道，"怎么回事？你为什么不告诉我？"

"我刚回来，"樱树抽泣着说，"我走进来时，大家正在开会，我没法儿说……我做不到。"她用爪子擦去脸上的泪，轻声补充道。

"但是……被奥凯茨先生吃掉，"肺草有些语无伦次，"甚至没有告诉我……"

香芹突然转身对她的丈夫喊道："别说没用的了，我们得知道到底发生了什么。樱树，你说下去。"

樱树怀着沉重的心情，结结巴巴地说："我们……我是说，我和猪草……昨晚我们去了班诺克山，我们以前从来没去过。那么美丽的夏夜，我们觉得会很浪漫，一切都很美好，他刚刚向我……"樱树停下来看着她的父母。她相信他们并不同情她，于是决定略过这部分不提。

"然后猪草找到了一颗榛子，"她继续说，"他喜欢……喜欢坚果，就吃了起来。我跟他说要他到下面躲起来再吃，他不听，就在那时，奥凯茨先生突然不知从哪里冒出来，扑向我们。我什么动静都没听到，他就猛地出现了，抓住了猪草，也差点儿抓住了我。"樱树指了指自己的鼻子低声道，"太可怕了！"

香芹疾步向前，抱住了自己的女儿，轻轻拍着她的背安慰她。肺草有些不自在，一个劲儿地清喉咙，摸胡须。

"然后，"樱树稍稍平静了一下，继续说，"我开始往家走的时候，奥凯茨先生又想要抓我，但是我设法逃了回来。"

肺草摇了摇头，拖长声音道："我——不得不问一句，上山之前，你办理手续了吗？"

"我，这个，我们……"

"行了！"肺草的焦虑变成了愤怒，再也按捺不住，"你

上山之前到底有没有征得奥凯茨先生的同意？回答我！"

"没有。"樱树坦白道。

"那么，"肺草说，"如果猪草的死可以给家里其他成员一个惨痛教训的话，这个事也许就有其意义，正所谓'塞翁失马，焉知非福'。"

"猪草没做坏事！"樱树抗议说。

"我没说过他做了坏事，但是毫无疑问，他的想法有问题，他粗鲁、不动脑子，又固执，跟我们不一样。说实话，要是你的朋友循规蹈矩、安分守己，听我规劝的话，他现在应该还活得好好的。"

"这么短暂悲惨的一生！"香芹叹了一口气。

"樱树，我警告过他的，"肺草声明，"我的的确确说过，所有老鼠都可以作证。虽说他不是我的孩子，但我对他尽到了义务，只可惜他根本不理会，我们应该从中吸取教训。"

樱树试图辩驳："但是我和猪草……"

肺草又一次打断她："樱树，两件事，首先，我要你告诉家里其他成员关于你朋友的不幸遭遇，你要说清原因，是你们没有征得奥凯茨先生的同意。我不希望这样的悲剧再发生在我们家任何一只老鼠身上，明白吗？"

"明白。"樱树回答。

"其次，关于我说的，带你一起去见奥凯茨先生，请求他批准我们搬家一事，希望你的到场能够让他相信，你对自己的行为很抱歉，以后不管去哪儿，都会先征得他的同意。"

说完，肺草就拉着香芹走开了，只剩下樱树和罗勒。

樱树久久地注视着他们的背影，直到罗勒伸出爪子碰了碰她，问："樱树，你没事吧？"

"罗勒，"樱树的声音中交织着悲伤和愤怒，"猪草既不坏也不悲惨，他不是那样的，也许他有时有点儿自以为是，但我爱的恰恰就是他这一点，我是真的爱他。"眼泪又一次从她的面颊滑落。

"樱树，你真的要去见奥凯茨先生吗？"

"我好像没有别的选择，难道不是吗？我只是好奇，如果他认出我来会怎样？"

罗勒瞪大了眼睛问："他认得出来吗？"

樱树指了指鼻子上的伤说："怎么可能认不出？就是他弄伤的我。"

5

离开灰屋

接下去的两天，肺草一直把自己关在书房里，专心酝酿着去见奥凯茨先生的陈情词。所谓书房，不过就是农夫莱蒙特留在前厅台阶上的一只旧靴子。肺草把装土豆的袋子铺在靴子里，又啃出几个窗口，还用一条格子领带当作入口处的门帘。

他时不时地拿几张纸出来，看见家里年纪大一点儿的老鼠，就会拦住他们说："你们来听一下。"

在读完一两段之后，他坚持要听众谈谈想法。听到赞扬，他会说："不，我不需要恭维，这对我没有任何帮助，我需要的是毫不留情的批评。"而当真的听到批评时，他又会争辩说他的方式是最好的，然后气哼哼地走开，对草稿再做一些修改，但这跟表扬或是批评没有任何关系。

就在肺草准备陈情词的时候，一群老鼠在忙着做白旗。谁都不知道这是肺草的主意还是奥凯茨先生的要求。不管怎样，用年轻老鼠们的话说，每当有这样的代表团，就会打出一面新的旗帜。这样一来，奥凯茨先生对老鼠们的意图就不会有疑虑了。樱树的任务就是举着白旗，跟在父亲身旁。

与此同时，樱树按照吩咐，把猪草死去的实情告诉了全族。每只老鼠听到这个消息都惊慌不安起来——被奥凯茨先生吃掉是大家共同的噩梦。而且，这种事情一直在有规律地发生着。老鼠们吱吱叽叽地交头接耳，很是骚动了一番。然而，尽管每只老鼠都表示难过，樱树却怀疑没有谁真的感到伤心。最难以忍受的是他们的话："嗯，如果必须有谁要为此牺牲……"

"我不明白他们为什么这么讨厌猪草，"在她即将去见奥凯茨先生的前夜，樱树伤心地对罗勒抱怨，"猪草怎么惹着他们了？"

"我能想到三个原因。"罗勒说，"第一，他是只赭鼠，而不是鹿鼠；第二，他不是本地的；第三，他说的一些话他们不喜欢听，比如，'如果你没有不惜生命代价追求过什么，就不算真正地活过'。还有，记得他怎么说老李子的吗？'大肚便便，草包一个'。"

"但我就是喜欢他的与众不同，"樱树坦白说，"他爱冒险。我永远忘不了他最后对我说的话，真是个极大的讽刺。"

"什么是讽刺？"

"就是实际的意思跟字面的意思几乎完全相反。他最后对我说的是，'你不知道如何像我这样生活'。"

"这怎么成了讽刺？"罗勒问道。

"下一秒钟，奥凯茨先生就杀死了他。"

"啊！"罗勒哆嗦了一下。

"听着，樱树，"出发前，她的母亲一边说一边最后一次帮她梳理毛发，"一句话，一切都要听你父亲的安排。"

"如果奥凯茨先生注意到你，你要表现得恭恭敬敬的；如果没有，也不要担心，那是因为你父亲吸引了他的注意力，奥凯茨先生对你父亲很尊重的。

"他没跟你说话，你就不要乱张嘴；他要跟你说话，你要谦逊，回答要简洁。

"记住老话说的，'做老鼠的应当和善'。千万千万不要忘了把白旗举得高高的。"

"最重要的是，"香芹最后强调说，"记住，选中你是你的荣幸。"

"知道了，妈妈。"樱树回答。尽管母亲的话让她非常不自在。

这时，肺草来了。他的毛梳得光溜溜的，胡须卷得整整齐齐，粉色的尾巴擦得闪闪发光，象牙帽子端正地戴在头上。

"她准备好了吗？"他问自己的妻子。

"我想是的。"

肺草用挑剔的眼光打量了一下自己的女儿。

"不错，"他说，"好的开端意味着好的结果。好了，孩子他妈，我们要出发了。"

香芹用鼻子蹭了肺草一下，轻声说："千万小心。"

"我一贯都很小心。"肺草向她保证，领头向门廊走去。全家老小都聚在那里为他们送行。他们采集了很多萤火虫，此时一起放飞，竟让这一刻有了节日的气氛。樱树举着旗站在门廊台阶最下面。

肺草疾走几步，来到门廊的旧围栏边，面对大家站立。

"我的老鼠同胞们，"他开口道，严肃地注视着家族的所有成员，两爪交握，自然地放在圆滚滚的肚皮前，"我就要去会见奥凯茨先生了，我想，不用提醒，你们也知道这个代表团的重要性，这是值得所有老鼠铭记的一刻。"

　　樱树不太理解这些话的意思。她没有听下去，而是在

鼠群中寻找罗勒的身影。

"放心，我会时刻把你们的利益放在心上，我已经准备了一番精彩的陈词，相信能说服奥凯茨先生，让他考虑我们的需要。"肺草举起用树叶包起来的一卷纸，继续说，"希望可以带回奥凯茨先生的批准，那样的话，至少有一半的老鼠可以搬到新家，这对我们大家来说将是一个伟大的开始。"

说到这里，他低头看了一眼樱树。

"樱树，"他大喊道，"把旗子举高！"

"什么？"

"旗子，樱树！旗子！"

"噢！"樱树这才反应过来，赶紧把白旗高高举起来。她看着旗子，感觉那是投降的标志。

当肺草走到她前面时，一只老鼠喊了起来："万岁！"

"乌拉！"其他老鼠喊道。

"万岁！"

"乌拉！"

"出发！"肺草叫道。他冲樱树潇洒地点了一下头，然后和她一起往外走。老鼠们继续为他们欢呼。樱树不得不承认，这个场面确实很隆重。当她瞥见罗勒在拼命挥手想引起自己的注意时，她甚至真的感到了一丝骄傲。

但是没过多久，一切就全变了。灯光明亮的灰屋还有那群送行者消失在身后，月亮被乌云完全遮住了——要下雨了。天上看不到一颗星星，空气里浸满了水汽，感觉像湿羊毛一样沉甸甸的。黑暗中，樱树不知道他们在朝哪个方向走。

　　"我们到哪里跟他见面呢？"

　　"幽光森林边上，"她的父亲回答说，"就在闪光小溪上那座桥的另一头，奥凯茨先生的瞭望树那里。大多数的夜晚他都在那儿，一眼就能看见，一棵巨大的枯死的橡树。"

　　"为什么会枯死？"

　　"被闪电劈中了。"

　　"奥凯茨先生当时在树上吗？"

　　肺草咯咯笑了，说："樱树，有传言说就是奥凯茨先生制造了闪电，他也的确有那样的能力。现在，亲爱的，你一定要把旗举高点儿。"

　　樱树尽力举起旗。她很想知道，在一只可以制造闪电的猫头鹰面前，他们请求成功的概率能有多大。

　　走在道路中间让她感到紧张，奥凯茨先生肯定能看到他们。他会认出她吗？如果被认出来了，她该怎么办？逃跑吗？往哪儿跑呢？樱树为自己的恐惧感到羞耻，她决定把这些恐惧藏起来，所以一声没吭。但是，要高举那面沉重的旗，对她来说并不容易。

"举高！"肺草走在她的身后，不断地冲她喊。

他们走了很长时间，期间只说了一两句话。突然，"呜哇——呜哇！"夜晚的沉寂被一声鸟叫打破了。

樱树吓得猛地停下脚步。肺草毫无准备，一头撞在她身上，撞得象牙帽子和陈述稿都掉在了地上。旗子也掉了。

"快把旗捡起来！"她的父亲一边喊，一边在黑暗中摸索着找象牙帽子和陈述稿，"旗丢了，我们就完蛋了。"

"你觉得他看见我们了吗？"

"当然，否则你以为他为什么叫？"肺草厉声说。

樱树汗毛直立。让她感到害怕的不是猫头鹰的叫声，而是她听出父亲的声音中充满了恐惧。她偷偷瞥了他一眼，他看上去似乎并不是很害怕。樱树这才放心地长舒了一口气。她觉得刚才一定是自己的想象在作怪，把自己的感觉安到了父亲身上。

鸟叫声又一次传来："呜哇——呜哇！"

樱树的心怦怦直跳。

"还要走多远？"她问。

"还有一段路。"肺草小声回答。

他们又一次侧耳聆听，鸟叫声再也没响起。肺草正了正帽子，很不自然地干笑了一声说："事实上，我猜刚才的叫声是他在跟我们开玩笑而已。"

"爸爸？"

"什么事？"

"我很高兴你在这儿。"

"嗯。"肺草简单回应了下，没有说话，但樱树察觉到他为此很得意。她感觉舒服了一些，可是肺草随后又说："千万把旗举高。"

猫头鹰的叫声又响了起来。樱树再次站住，她的父亲也停了下来。他们一起凝神听了几分钟。然后，肺草悄声说："跟我想的一样，他在开玩笑，放松点儿，孩子。"

他们继续往前走。

樱树不想顶撞父亲，但是她不相信奥凯茨先生的叫声是在开玩笑。她更倾向于认为奥凯茨先生是想恐吓他们。至少在她身上，他成功了。

天开始下起了雨，一开始还不大，但是当一个霹雳在他们头顶炸响，吓得他们跳了起来之后，细雨开始变成瓢泼大雨。眨眼工夫，他们全身都湿透了。路上到处是积水，旗子变得更加沉重，上面溅满了泥点。

"抖抖旗子，"肺草叫道，"一定要保持白色。"

樱树试图按他的要求去做，但是很难做到。

他们艰难地向前挪动脚步。借着闪电，樱树看到了左手边幽光森林里那些高大的树木。跟其他老鼠一样，尽管她对幽光森林耳熟能详，却从来没有进入过森林。谁会想到森林里去呢？她听说过太多有关森林的可怕传说：广袤无边，黑暗恐怖；而且奥凯茨先生的秘密巢穴也在森林里；此外，令她和其他老鼠同样害怕的是，幽光森林里还有很多猎食老鼠的动物，比如豪猪。

樱树强迫自己朝另一个方向看。

"快要到了。"肺草说，声音听上去很紧张。

樱树竖起一只耳朵。在噼里啪啦一刻不停的雨声中，她听到了闪光小溪哗哗的流水声。紧接着，柏油路陡然转向左边。他们来到了小桥前。

所谓的桥，不过是草草搭在小溪上的几排笨重的木板。木板之间的缝隙很宽，老鼠很容易从缝隙中掉下去。肺草选择了中间的木板，樱树跟在他的身后。

尽管樱树极力控制自己，却还是忍不住低头看。平常日子里，闪光小溪很平静。然而夏天的雨水让水位暴涨，水流湍急，连连发出咆哮声。

樱树紧张地看了一眼父亲。他停下来，扯着自己的胡须。她从没见父亲这样不安过，她突然开始怀疑他是否有能力保护自己。这是以前从没有过的，从来没有。这个念头让樱树感到难过。她试图从父亲那里汲取力量，但是此刻，她看到的却是父亲的脆弱。她明白了，父亲跟她一样害怕。这让她的胃由于紧张开始作痛。

肺草瞥见了她的目光。"旗子！"他边喊边朝前走。

樱树一走下桥，就尽力挥举起白旗。随着她的动作，空中传来奥凯茨先生又一声怪叫："呜哇——呜哇！"

"他在那儿！"肺草惊呼一声。

樱树抬起头。一道闪电划过，紧接着一声惊雷，那棵枯掉的橡树仿佛要朝他们扑过来似的。在黑漆漆的幽光森林中，她看见一根树枝像鬼爪一样探了出来。奥凯茨先生就蹲在上面，头上的角羽笔直地竖着，看上去就像魔鬼。

　　"不要怕！"樱树全身颤抖着，拼命地给自己打气，"不要怕！不要怕！"

6

与奥凯茨先生会面

头顶巨大的橡树叶子为奥凯茨先生挡住了雨水，樱树和她的父亲却浑身都淋透了。奥凯茨先生把脑袋缩在翅膀里，奇大无比的眼睛一眨不眨。这让樱树感到不管她做什么，哪怕只是动个心思，都能被他发现。对樱树来说，他就是绝对权力和暴力的化身。

她转移视线，眼睛望向奥凯茨先生所在的大树底下。那里似乎有一堆小卵石。渐渐地，她意识到一个可怕的事实——那些小卵石是奥凯茨先生吐出来的还没消化的食物残渣——动物的皮毛和骨头。这幅景象吓得她全身血液几乎凝固了。直到当她听到奥凯茨先生轻蔑的说话声时，才恢复警觉。

"你想做什么，肺草？"奥凯茨先生查问道，爪子在树干上不停地伸缩。

肺草像拿空桶一样拿着帽子，开口道："奥凯茨先生，请容许我向您致意，祝您夜晚愉快。"

"这个夜晚不是很愉快。"奥凯茨先生厉声回答。

"噢，是的，您说得完全正确，奥凯茨先生，"肺草尽力让自己的声音听上去很自信，"但是就像歌中所唱，四月的细雨，带来了五月的鲜花，我……"

奥凯茨先生不耐烦地咔嗒了一下嘴："肺草，现在是夏天，你到这里来是要给我唱这些愚蠢的歌，还是有什么重要事情要讲？"

"嗯，事实上，我确实……"

"有话快说，我还没吃晚饭呢。"

"是的，当然，"肺草说，"我非常理解。"

肺草急忙把帽子扣到头顶，仓皇间没有注意到帽子里灌满了雨水。等他发现时已经太迟了，帽子里的水全部浇到了他的头上。他紧张地哆嗦了一下，手忙脚乱地想展开陈述稿。还没等他拿出稿子，奥凯茨先生瞪大了眼睛。

"那是谁？"他一边问一边转动脑袋想看得更清楚。

"请原谅，"肺草连忙说，"我失礼了，这是我的一个孝顺女儿。樱树，上前来，抬起头，这才是有礼貌的老鼠。奥凯茨先生，请容许我向您介绍樱树。"

在父亲的催促下，樱树小心翼翼地走向前。她只能看见奥凯茨先生的眼睛。那双眼睛紧紧盯着她，好像要把她生吞了一样。

"樱树？"他低吼了一声，"我想我们已经见过面了。"

"这是我最懂事的一个孩子。"肺草介绍说。

奥凯茨先生没有理他的话，而是问樱树："你的鼻子怎么了，小姑娘？"

"我……我……自己抓破的。"

"是吗？那还真是好险。"

"是的，先生。"

"作为一只小老鼠，理当更小心一点儿。"

"是的，先生。"

"你明白我的意思吗？"

樱树有种想转身逃跑的冲动。

肺草推了她一下："樱树，亲爱的，奥凯茨先生在问你是否听懂了他的话。"

"是的，先生，我明白。"樱树连连点头，小声回答。

"那就好，"奥凯茨先生说，"现在做个懂规矩的小姑娘，在我跟你父亲说话时，你——站到我的树底下来。"

樱树恼恨自己表现得如此胆怯，一想到要走近那堆呕吐物就感到恶心，她求救似的看了父亲一眼，然而肺草只是一个劲儿地点头。

"快过来！"奥凯茨先生厉声说。

樱树扭头不看那堆呕吐物，磨磨蹭蹭地朝树下走去，旗子拖在身后。当她走到树下时，她抑制不住好奇，不由自主地打量起那堆可怕的东西。当视线一落在上面，她就看见了一个闪闪发光的东西。

"好了，肺草，"奥凯茨先生说，"现在我们来听听你要说什么。"

"谢谢您，先生，谢谢。"肺草捧起他的稿子。刚才一帽子的水再加上雨，纸稿已经完全湿透了，但他还是努力地捧着，大声读起来：

"兹有奥凯茨先生，伟大的巨角猫头鹰，幽光森林的统治者，以他的仁慈和智慧，庇佑着鹿鼠家族的所有成员；

"而上述居于灰屋的鹿鼠一家，为回报奥凯茨先生的庇佑，承诺无论何时，凡欲出行，务须请求他的批准。

"现鹿鼠一家，兹因数目增长迅速，急需第二处居所，以获取足够食物，用以维持和改善生活，因此……"肺草停下来甩了甩纸。

"因此什么？"奥凯茨先生质问道。

"纸有点儿湿了。"肺草抱歉地说。

"跟你一样，软塌塌的，"奥凯茨先生讽刺道，"快点儿说下去。"

肺草清了清喉咙，继续往下读："鉴于奥凯茨先生，鹿鼠的保护者，以仁慈、慷慨和博爱而名扬四海，因……"

"停！"

"怎么了？"

"重复一遍！"

"什么？"

"关于我的那句。"

"以仁慈、慷慨和博爱？"

"是的，我喜欢这句，写得很好。"

"是的，谢谢您，我自己写的。鉴于奥凯茨先生，鹿鼠的保护者，以仁慈、慷慨和博爱而名扬四海，因此，上述居于灰屋的鹿鼠一家，谨向奥凯茨先生提出卑微的请求，请求……求……"

"你说话能不能别啰唆！"奥凯茨先生恼怒地叫起来。

"对不起，"肺草说，"雨水把后面的字都冲掉了。"

"那就扔掉，直接说你想要什么！"猫头鹰大吼道。

"我们……我们卑微地请求您批准——"肺草终于说出来，"我们搬家。"

"搬家？"

"是的。"

"为什么？"

"像我说的，我们家的成员数量太多了，我们需要更多的食物。"

"你们想搬到哪儿？"

"新屋。"

奥凯茨先生眨了眨眼，转动着脑袋，先是皱着眉瞪着肺草，接着低头看看樱树，随后又看向肺草。最后，他终于开口说："你是说，沿着柏油路往前，在新田另一头，那个新建的地方？"

樱树在奥凯茨先生的声音中听出了某种异样。她试图分辨那到底是什么。

"是的，先生。"

奥凯茨先生犹豫了一下。

"嗯……这个……你去过那里吗？"

现在樱树可以确定，她听到的是疑虑。

"你去过那里吗？"奥凯茨先生厉声追问道。

"事实上，"肺草回答说，"我的朋友……"

"有还是没有？"猫头鹰喊起来。

"没有，确切地说，没有，但是我的朋友告诉我，那里可以为我们家一半的成员提供丰富的食物，而且……"

"肺草！"奥凯茨先生打断他的话，"我禁止你们搬到新屋！"

"什么？"肺草惊得张大了嘴。他用爪子抹了一把脸上的雨水，喉咙像是被噎住了一样，一句话也说不出来。

"请求被驳回，肺草，你们不能搬到新屋去。"

"但……但是，为什么，先生？"

"因为我说不行。"

"但……但是灰屋一带没有足够的食物了，形势非常危急，我们必须搬走一些成员，才能生存和……"

"不许去新屋！现在我要去吃晚餐了，所以你最好赶紧给我闪开。除非，你要想取悦我，就把你女儿留下，那么……"猫头鹰咯咯笑起来，"也许我会重新考虑。"

"但是……"

奥凯茨先生向前探出身子。"呜哇——呜哇！"发出低沉又瘆人的叫声。

声音如响雷一般在他们耳边炸响。樱树用爪子捂住耳朵，从树底下朝父亲跑过去。而肺草仍呆呆地站在原地，自言自语着："但……但是……"

"好了，爸爸。"樱树催促他，试图让他转过身来，"我们最好快走吧。"她费力地让他转了过来。

"肺草！"奥凯茨先生猛地大喊道。

肺草嗖一下又转回身，因为速度太快，头上的象牙帽子掉了下来。他满脸堆笑，连连鞠躬，说："您刚才是在开玩笑，是……"

"听着，肺草！"奥凯茨先生喊道，"我另有两件事要告诉你。第一，告诉你的亲戚朋友，我在幽光森林附近新发现了一头豪猪。"

"豪猪？"肺草木然地重复道。

"特别凶恶的一头，不过，不用担心，我会保护你们。第二，是关于你的这个女儿，如果你想知道我拒绝你的原因，就问问她我是怎么遇见她的。"

"问她？"

"她没有得到我的许可就跑到山上去了。这就是你们不能搬到新屋去的原因。"

"是的，但是……"

"住嘴，肺草，快滚吧！"

"好了，爸爸，我们最好赶快离开这里。"

肺草四下打量，寻找他的象牙帽子。象牙帽子滚到了一边。樱树把象牙帽子捡回来，帮他戴到头上。肺草垂头丧气，心灰意冷，任由樱树领着他离开。之前的尊严此刻荡然无存，脸湿漉漉的，上面滚落的不是雨水，而是眼泪。

樱树没有再费事把旗举起来。当他们拖着沉重的脚步往回走的时候，樱树时不时偷看一眼自己的一只爪子，里面紧紧握着她从奥凯茨先生吐出来的食物残渣中偷拿出来的一样东西——猪草的耳环。

7

回到家中

在回家的路上,樱树和父亲没有任何交谈。偶尔,她提醒一句"爸爸,当心水洼",或是"快到了",仅此而已。

肺草一直低着头,眼睛盯着脚,边走边不停地叹气,还时不时伸出爪子摸摸象牙帽子,确保象牙帽子还在头上。有一次,他偷偷瞄了一眼樱树,轻轻叹了口气。

樱树脑子里满是疑问,却不敢开口问父亲:如果奥凯茨先生拒绝他们搬家的请求(事实上他已经拒绝了)而他们又没有足够的食物(照父亲所说,也是明摆着的现实),全族该怎么办?他们中的一些老鼠要到远处或者露天的地方去寻找食物吗？那意味着他们的生死将完全掌握在奥凯茨先生手中。那将是不折不扣的灾难。

樱树又偷看了一眼猪草的耳环。她不断地责问自己，为什么要不经允许就和猪草一起跑上山？她明知这样做的后果。看看她惹出来的麻烦。此时，她开始恨自己爱上了猪草。但是这种悔恨又让她心痛不已。

当他们回到灰屋时，雨仍然下个不停。两只老鼠浑身湿透，筋疲力尽，曾经洁白的旗子拖在泥水中。

一大群老鼠在门廊转来转去地等着，期待着好消息。自然，当樱树和肺草出现时，大家欢呼起来。

这声音让肺草僵在原地。这只年迈的老鼠茫然地注视着眼前一排排急切的面孔。老鼠们再次欢呼起来，但是很快他们察觉出了异样，欢呼声停了下来。

肺草沉着脸，一言不发，躲开大家殷殷盼望的目光，艰难地爬上灰屋的台阶。所有的老鼠都警觉地默默给他让出一条路。

樱树看见她的母亲挤了进来。

"肺草！"她喊道，"亲爱的！发生了什么事？"

肺草抬起头，满眼忧伤，继续沉默地往屋子里走去，一直走进他的旧靴子书房，拉上身后的帘子。香芹不知所措地望着丈夫的背影，随即也快步走进靴子里。

这时，其他的老鼠才注意到樱树。她一直孤单地站在一边，几乎被遗忘了。老鼠们把她围在中间，连珠炮般问个不停。

"发生了什么事？"

"出什么岔子了吗？"

"肺草怎么了？"

"奥凯茨先生说了什么？"

樱树不知道该如何回答，只好一声不吭。最后，她举起一只爪子，这是她父亲的一贯动作。老鼠们像往常一样，也安静下来。

樱树艰难地咽了口唾沫，说："奥凯茨先生拒绝了我们搬家的请求。"

就像气球泄了气一样，老鼠们集体发出了一声叹息。随之而来的就是暴雨般连串的问题。

"奥凯茨先生是怎么说的？"

"肺草没有解释吗？"

"我们现在该怎么办？"

"那只猫头鹰给出理由了吗？"

樱树又一次举起一只爪子。等老鼠们安静下来，她轻声地坦白道："奥凯茨先生说，是因为猪草和我没经允许就上了班诺克山……"

她希望能听到大家——或者至少一只老鼠的安慰，"这不公平！"或是"这太荒唐了！"，但是没有一只老鼠这样说。

樱树吃惊地四下打量。一些老鼠躲开了她的眼神，另外一些露出难过的表情，甚至还有几只愤怒地瞪着她。

"对不起，我现在要走了，"她没底气地小声说，"我得去把身上的水擦干。"

老鼠们让出一条狭窄的通道，让她挤过去。当她走进屋里时，不知是谁从背后推了她一下。她惊得跳了起来，是罗勒。

"到这边来。"他小声说。

罗勒把她带到一个单独的房间。

"把身上擦干，我给你弄点儿热乎的东西吃。"

樱树把猪草的耳环放到一边，开始舔干身上的毛。等她收拾完自己，罗勒端着一个橡子壳走进来，里面盛着还冒着热气的燕麦糊。尽管心里难过，樱树还是狼吞虎咽地吃了起来。食物的热量温暖了她的身体，也让她心里充满了感激。

罗勒专注地听着樱树向他讲述跟奥凯茨先生的会面情况。

"看，我找到了什么！"她举起猪草的耳环。

罗勒小心地接过去："在哪儿找到的？"

"在奥凯茨先生吐出来的一堆东西里。"

"真恶心。"他嘟囔了一句。过了一会儿，他又问："樱树，接下去会怎么样？"

樱树叹了一口气，说："猪草死的时候，我还觉得不可能有比那更糟糕的情况了，可是我错了，现在的感觉更糟糕。也许，许多老鼠会因此受苦，你说，这是谁的责任？是我！"

樱树疲惫地向阁楼走去。她想独自待会儿。

不久前，樱树在农夫莱蒙特留下的一大堆杂物中发现了一个房子形状的锡罐，上面的标签写着"木屋糖浆"。她把里面打扫一新，又铺上自己最喜欢的旧杂志碎纸，然后把罐子当成了自己的独立房间。

她拍了拍用一卷薄蕾丝做的枕头，钻进毯子（一块钩织的桌垫）里，爪子缩起来，尾巴缠到身上，尾巴尖挨着鼻子，整个身体紧紧地蜷成了一个球。她从来没有感到这样疲倦过。

尽管这样，她还是睡不着，奥凯茨先生的话不断地萦绕在耳边。他拒绝这个家族的成员搬家是因为他们——她和猪草——没有征求他的同意就去了班诺克山。

还有他的暗示：如果她肯牺牲自己的话，他有可能改变主意。樱树很庆幸没有跟家里提到这件事，因为她猜一些老鼠可能真的会要她这样做。想到这里，她感到无比的恐惧，把身体蜷得更紧了一些。

更难忍受的是她内心的声音。这个声音坚定地说，如果她和猪草的行为真的使得其他老鼠无法搬家，面临生存危机的话，也许她应该牺牲自己。一滴泪从脸上滑落，滚到胡须边上，滴落在枕头上。

唉，她不由自主地想，要是猪草在就好了，他一定会说些什么的。

会说什么呢？樱树尽量打起精神，凝神思考着。他很可能会提出问题，一个反问。就像上次他问肺草，奥凯茨先生怎么可能把巨大的豪猪和瘦小的鹿鼠搞混一样。

在她回想猪草的疑问时，樱树意识到她的父亲根本没有给出答案。她也想知道是为什么。

樱树强迫自己回到眼前的问题上。奥凯茨先生拒绝他们的申请是因为她和猪草的行为。要是猪草的话，他会怎么处理这件事呢？

樱树几乎能听到猪草的回答："拒绝你们对奥凯茨有什么好处？"

樱树思考着这个问题，忽然感受到了某种鼓励，心理负担减轻了很多。那么，拒绝我们对奥凯茨先生来说有什么好处呢？

樱树尽力回忆当她父亲终于切入正题，请求奥凯茨先生批准他们搬家时所发生的情形。

慢慢地，她清楚地记起来：当肺草提出请求时，奥凯茨先生显得很慌乱。他好像对某件事拿不准，跟新屋有关的某件事。这就是为什么他没有询问肺草有关搬家的事，而是问他是否去过新屋。事实上，他重复问了两遍，或许是三遍。关键在于，当肺草回答没有去过新屋时，奥凯茨先生立刻做出了否定的答复。

但是樱树记得他的回复不是"你们不能搬家"，而是"你们不能搬到新屋去"。

那么，拒绝申请对奥凯茨先生有什么好处呢？好处就是他可以让老鼠们远离新屋。

樱树坐了起来。有没有可能那里有什么东西——在新屋那里——奥凯茨先生想藏起来不让他们知道？那会是他拒绝申请的真正原因吗？

这个想法让她激动万分，她想立刻就跑下楼去告诉肺草。但她站起身，又停了下来。

如果说她想到了奥凯茨先生拒绝他们的真正原因，那么只有一个办法去证实。她必须要到新屋那里查看一下，看看那里到底有什么。然而，她不可能指望奥凯茨先生会允许她这么做。

"我不在乎，"樱树把爪子攥成拳头，大声对自己说，"我要这样做，我会做到的！"

她精疲力竭地叹了口气，终于进入了梦乡。但是她睡得并不踏实，不断地做梦，梦见自己迷了路。更可怕

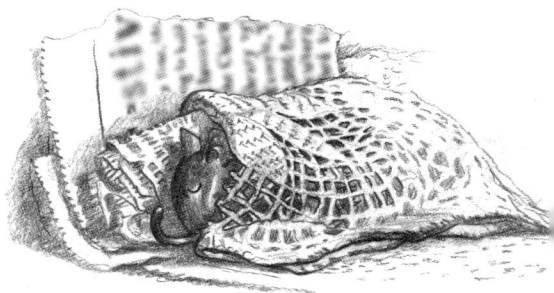

的是，不管她转向哪里寻求帮助，看见的只有一双眼睛——奥凯茨先生的眼睛时时刻刻在她头顶上方或是身后盯着她。

8

樱树和爸爸

自从拉上旧靴子书房入口处的门帘，肺草就再没出来过。当有老鼠前去询问时，香芹会把帘子拉开一条缝，飞快地探出头来说一句"他不舒服"，然后又把帘子拉上。

现在，樱树站在书房前，鼓起勇气准备跟父亲谈一谈。她不断地自问——已经问了上百遍——是否真的想去新屋。答案简单直接：不想！甚至是想一想都让她感到害怕。但是，她确信这是唯一能证实她和猪草并不是奥凯茨先生拒绝申请的真正原因。尽管如此，她仍然担心一旦告诉父亲自己的真实意图，他就会生气。

樱树叹了一口气,打起精神,叫了一声:"爸爸!"

母亲香芹从帘子后探出头来:"他不⋯⋯啊,樱树,是你。"

"妈妈,我能跟爸爸说几句话吗?求你了。"

"好吧,如果有谁⋯⋯时间不要太长。"

樱树走进靴子里,悄声问道:"他还是很难过吗?"

香芹点点头说:"我从没见过他这个样子,一直躺在那儿抽泣,时不时摇摇头,呜咽一句'我们该怎么办',要不就是'现在我们全完了'。"

樱树的心一下子沉到了谷底。

"樱树,"香芹继续说,"我希望你能跟他说点儿让他振

作起来的话。"

"我不知道能不能行。"樱树老实承认。

她的母亲擤了一下鼻子，说："好吧，那样的话，你最好知道他另外还一直在说什么。"

"说了什么？"

"他说，'要是猪草和樱树请求过批准就好了'。"

樱树的心情更加沉重了。

"我得承认我同意他的说法。"香芹继续说，"好了，如果你坚持要见他，那就进来吧。"

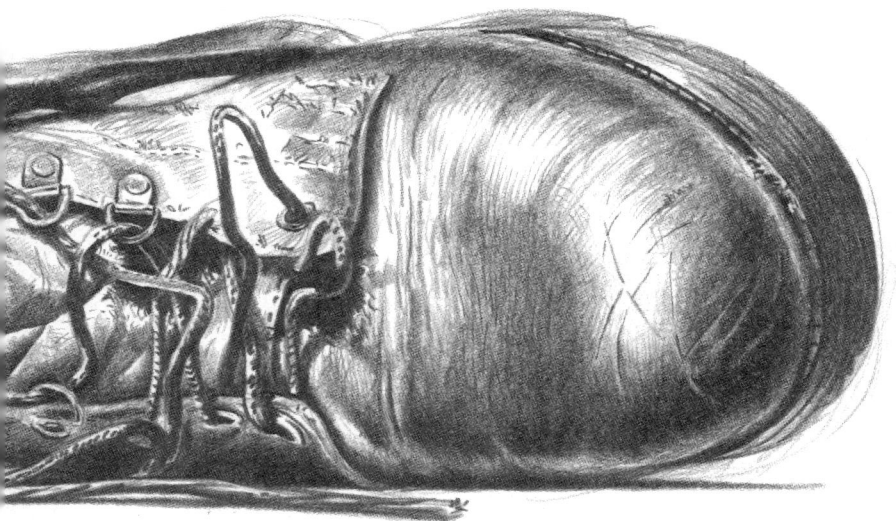

肺草蜷缩着身子，把自己完全塞进靴子的指头处，那里是整只靴子最阴暗的角落。他把尾巴缠在脚上，胡须弯曲，两只前爪不停地在动，好像在挤海绵一样。樱树感觉他的皮毛也变得更加灰白了。

香芹弯下腰，对他说："肺草，亲爱的，樱树过来看你了。"

肺草晃了晃脑袋，嘴里嘟囔着，好像在自言自语。

樱树走上前叫了一声："爸爸。"

肺草抬起头，呆呆地瞪着他的女儿。

"完蛋了。"他伤心地说。

"谁？"

"全家。"

"但是……"

"如果不遵守规矩，"他说，又停下来摇摇头，"不，是我的错。"

"您想说什么？"

"如果我教育得法的话，你永远不会不经允许就上班诺克山的，那么这一切就都不会发生了。我应当对此负全部责任。"他焦虑地摆动着尾巴，两只爪子又开始动起来。

樱树向香芹求助地看了一眼，但是她的母亲只是满脸怜惜地望着肺草。

"爸爸，"樱树说，"我有一个想法，奥凯茨先生拒绝我们可能另有原因。"

肺草用鼻子哼了一声："你还没到有想法的年纪。"

樱树没有争辩，只是继续说下去："我认为奥凯茨先生之所以拒绝我们的申请，是由于新屋的某样东西，某样他不想让我们知道的东西。"

肺草琢磨了一会女儿说的话。突然，他竖起胡须，露出门牙。

"都怪那个猪草！"他愤怒地吼叫着，"他把你的脑子都搞歪了！他是所有麻烦的根源！"

樱树如遭雷击一般向后退了几步。尽管如此，她还是挣扎着说："我准备去查明真相。"

"你怎么查？"

"我要到新屋去。"

"为什么要告诉我？"他耸耸肩说，"你从来不在乎我的想法，反正你打定主意要去了。"说着，肺草又把身子蜷了起来。

樱树想说几句劝慰的话，却不知该说些什么。在难受的沉默之后，她转身准备离开。

肺草突然叫道："樱树！"

"什么事，爸爸？"

"当心豪猪！"

樱树躺在木屋糖浆的房间地板上，研究本地的一张地图。据她的理解，有三条路可以到达新屋。最便捷的一条是沿着柏油路走，但是这条路太开阔，毫无遮挡，很不安全。因此，她把这条路排除在外。最长的一条路会绕过沼泽，但那意味着要翻越班诺克山，这会勾起太多有关猪草的痛苦回忆，还有恐惧。不，樱树不准备再到那里去。至少目前不。

第三个选择是幽光森林。很少有老鼠冒险进入森林后还能活着回来。虽说如此，但幽光森林似乎有很多有利之处。她可以在中午赶路，哪怕是在大太阳底下。那个时候，奥凯茨先生和大多数其他动物都在睡觉。如果有需要的话，借着太阳光，她也能找到藏身之处。樱树猜想，森林里应该有无数可以藏身的地方。她准备选这条路。

樱树只把自己的计划告诉了罗勒。如果能够成功发现奥凯茨先生拒绝申请的真正原因，再告诉其他老鼠也不迟。而如果她什么也没发现，谁又会注意到，或者，谁又会在乎她的消失？

她让罗勒第二天中午在灰屋后面台阶那里跟她见面。

那天早晨，她跟大家待在一起，这样就不会有老鼠察觉到她将要做的事。不过，许多老鼠认定她是造成眼下危机的根源，他们流露出来的敌意让她几乎等不及要离开了。距离她和罗勒约定的时间还有一会儿，但她已经在屋后台阶上来回踱步，准备出发了。

"我这就要走了。"罗勒刚一出现，樱树就立刻说。

"你忘了一样东西。"他说。

"什么？"

"这个，"罗勒把猪草的耳环递给她，"希望它能给你带来勇气。"

樱树一动不动地站着，任由表弟轻轻帮她戴上耳环。她晃了晃脑袋，耳环让她的耳朵微微有种刺痒感。"抱抱我。"她说，心中百感交集。

他们互相拥抱时，罗勒突然悄声对她说："我可以跟你一起去。"

樱树挣脱开他。"只能我自己去。"说着，她就从楼梯上跳下来。

"为什么？"

"如果说我是造成问题的原因，那么只能我自己来解决。"她大声说。

"祝你好运！"罗勒在她身后喊道。

樱树跑远了。她不想回头，怕自己会失去勇气。

9

在 路 上

樱树经过生锈的水泵，接下来要穿过旧果园了。这段路程不必征求奥凯茨先生的同意。更让她高兴的是，枝干盘曲的老苹果树下生长着茂密的青草，能够很好地遮挡住她。果园里到处盛开着美丽的枸兰，野莓枝上沉甸甸地缀满了果实，蓝知更鸟、松鸦和林莺轻快地掠过，蚱蜢欢快地跳跃着。

"天哪！天哪！"樱树在半路上停下来休息时，不断地自言自语，"这么美好的一天，不该浪费在忧虑和伤心上。"她坐在一丛雪果的阴影里，啃着一根柔嫩的蒲公英茎，抬头看着蓝天，几朵白云高高地飘在天空上。

飘逸的云朵唤起了樱树内心一个隐秘的渴望。这个愿望她从没告诉过任何人，就连猪草都没有，因为担心他会取笑自己。

　　有一次，在灰屋的阁楼上，她正在啃一些旧杂志，意外看到了琴吉·罗杰斯和弗雷德·阿斯泰尔这对交谊舞老搭档的一些照片。照片中的两个人侧倾，托举，旋转。樱树看入了迷。从那一刻起，她最大的渴望就是成为一名交谊舞舞者。啊，和一只英俊的老鼠优雅地翩翩起舞！

　　一时间，樱树忘情地采了两朵杓兰，套在自己的脚上。花瓣凉爽、柔软、娇嫩，让她感觉好像有谁在亲吻自己的脚趾一样。

　　她跳起舞来，双臂高举，爪子收拢，无比优雅地——至少她希望如此——略略后仰，眼睛眨眨，模仿照片上的动作

旋转起来。她转了一圈又一圈。

突然，仿佛有个声音在她耳边响起，是香芹无数次叮嘱她的话："唯一能活着的老鼠是时刻警惕的老鼠。"

樱树猛然警觉起来。她感到有些惭愧，于是迅速踢掉枸兰，躲到了一丛灌木底下，抬头查看天空。是的，她必须时刻警惕，哪怕奥凯茨先生此时已经睡熟了。

奥凯茨先生并没有睡觉。他正朝着班诺克山的方向飞越沼泽上空。尽管他不喜欢在白天活动，但是他确信有这个必要。自从肺草请求允许老鼠家族的一些成员搬到新屋开始，奥凯茨先生就感到很不自在。他一直在想着那些老鼠。他们是否跟他有了同样的发现？是不是他们知道了什么，而自己还被蒙在鼓里？他知道他们要搬到新屋的理由，但是谁知道他们有没有撒谎呢？

还有肺草的女儿樱树，从他的手掌心逃脱了两次，真是胆大妄为。她是怎么做到的？奥凯茨先生不断地在心里琢磨。难道她有什么特异功能？肺草为什么带她来见自己？是为了取笑自己吗？她会接替那个老傻瓜成为族长吗？

为什么新屋的事和樱树的事会同时发生？这仅仅是巧合吗？两者之间是否有某种联系？不对，这里面一定有阴谋！猫头鹰考虑得越多，就越觉得紧张不安。

不管真相如何，奥凯茨先生决定要保持警惕，少睡觉，多巡逻，就像他妈妈常说的那样："只有警惕的猫头鹰才能吃上饱饭。"他特别要留意那只老鼠，那个叫樱树的家伙。

樱树从一丛灌木蹿到另一丛，没多久就到了闪光小溪边。她站在那儿，紧张地望着对岸高耸的树木——第一个任务就是要想办法过河。

从她的位置看过去，闪光小溪的河面跟灰屋一样宽。溪流通常很平静，但现在却不同。尽管比起暴风雨那个晚上，闪闪发亮的闪光小溪水流速度慢了许多，但是依然汹涌奔流，迂回转折，在河床的岩石边激起白色的泡沫。樱树意识到她根本不可能游过去。

不过她可以沿着闪光小溪往下游走，从桥上过去。但是那座桥正好位于奥凯茨先生的瞭望树旁边，她绝对不想再经过那个地方。

在樱树看来，唯一可行的办法就是踩着小溪里的石头跳过去。于是她爬到一个树桩上仔细查看了一番，开始琢磨路线。研究了一会儿之后，她找到一条路，一共需要跳十四次。唯一的问题在第九跳上——一只乌龟正在那块石头上睡觉。不过，她觉得石头上的地方足可以让她落一下脚然后马上跳开，也许乌龟甚至都不会发现。

樱树站在溪边，蹲下来，准备开始第一跳。即将跳起来的瞬间，她又停了下来。过去之后，她还能回来吗？

就在她犹豫的时候，一阵微风吹动了猪草的耳环。耳朵上的刺痒感让樱树想起此行的目的，于是她再次下定决心。樱树猛一跳，轻巧地落在第一块石头上，接着是第二块、第三块……她不停地往前跳，越跳越有信心。在第八跳之后，她不得不停下来。下一跳就是乌龟趴着的那块石头了。可是由于乌龟挪动了位置，石头上没有足够的地方让她落脚了。

"喂，乌龟！"樱树喊道，"能麻烦您让一下吗？"

乌龟继续睡他的觉。

樱树只好另找别路。她注意到上游不远处有一块又矮又小的石头，上面覆盖着青苔。要跳到那块石头上很困难，但也不是不可能。而且，她别无选择。

樱树深吸了一口气，后腿使劲儿一蹬。她跳得很高，也足够远，不幸的是石头上的青苔又湿又滑，她刚落到上面，就滑了一跤，扑通一声跌入了水中。

樱树一边咳嗽着往外吐水，一边用爪子划拉着浮到水面上。顺着水流，她开始漂向下游，接着一个浪头把她托起来，她撞到了一块石头上。

"救命！救命！"她大喊道。紧接着，又一个浪头把她冲走了。

这时，奥凯茨先生正在农夫莱蒙特的农田上空盘旋，他听到了樱树的呼救声。他判断声音来自西边，于是一个回旋，掉转方向，朝闪光小溪这边飞来。

樱树拼命地划水，竭力让鼻子露在水面上。但是不管她怎么挣扎，仍然摆脱不了水流的控制。她像旋转木马一样不停地在水里打着转，被冲向下游。突然，她被夹在两块石头之间，水淹没了她的头顶。她大口喘息着，意识到如果待着不动的话，被淹死只不过是时间问题——很短的时间。

她腾出一只爪子，摸索着想抓住什么。她摸到一棵睡莲滑溜溜的根，想尽力抓牢，但是根却从她手里滑脱了。

她再次伸出爪子，这一次成功抓住了睡莲的茎。樱树一边使劲儿攥鼻子，尽量不让鼻孔和嘴巴进水，一边用力拽着睡莲茎，一点点把自己拉出水面。

闪光小溪的水流中有什么东西吸引了奥凯茨先生的视线，他看到一只老鼠正抓着睡莲挣扎。

樱树竭尽全力想爬高一点儿。现在，她肚脐以上的身体已经浮出水面，再努力几下，她就安全了。

奥凯茨先生在小溪上空盘旋着，他看到那只老鼠在挣扎着往石头上爬。他准备等老鼠一爬到石头上就冲下去。

谁知，樱树的脚刚刚触到石头，睡莲茎就啪的一声断掉了。她忽然失去平衡，一个跟头又滚落到水中。就在她的身体接触到水面的瞬间，一个浪头猛地拍下来，把她整个拍进了水中。

奥凯茨先生正俯冲下来，突然看见那只老鼠又掉回到水里，再没浮上来，他猜想老鼠应该被淹死了。他已经耗尽了耐心，于是鼓起翅膀，乘风而起，掉头朝新屋飞去。已经一天了，他还没去过那里，他得再去查看一下。

櫻树憋得喘不过气，像个软木塞一样浮在水面上。水流又一次席卷而来，她的力气越来越小。绝望中，她还在寻

找可以抓住的东西，但是什么也没找到。樱树彻底被冲向了小溪下游。

河面变宽了，水流开始变得平缓。樱树意识到这可能是她自救的最后机会了。她用尽全身力气，拼命地游泳。终于，她艰难地摆脱了水流的裹挟，撞到一块石头上，跟着又被弹到一处平静的水流中。她的脚向下踩了一下，触到底了。

樱树半爬半游地上了岸。当爬到草地上时，她一头倒了下去，猛烈地咳嗽不止。

樱树肚皮朝天，闭着眼睛，只剩下呼吸的力气。她躺了很久，然后翻了个身，把呛进肚子里的最后一点儿水吐了出来，这才终于舒了一口气，颤抖着发出一声呻吟。

在幽光森林的北端，奥凯茨先生挑了一根视野很好的树枝落在上面——在这里可以看见新屋而不被察觉。他的视线掠过一条土路、一座旧谷仓、一片玉米地、一块供动物舔食的盐块，还有一片草坪。他要找的是另外的东西——上次在房子旁边的新谷仓看见的。等再次看见那个东西时，他倒吸了口凉气——那东西还在。"他肯定是住在那里。"奥凯茨先生心想，暗怀的希望彻底落空了。

　　櫻樹睜开眼睛。透过头顶雏菊的花瓣，她模模糊糊地看到了天空。她认定这是有生以来见过的最美丽的花。

　　她坐起来，四下张望，急于弄清楚自己所在的位置。直到这会儿，她才意识到自己被冲到了闪光小溪对岸的木桥边。她满心欢喜，连周围的树木看起来都分外美丽。

　　但紧接着，櫻樹的喜悦消失了，因为她发现自己来到了这个世界上最不愿意来的地方——奥凯茨先生那棵枯死的橡树旁。

10

幽光森林

櫻树绝望地寻找着可以躲藏的地方。可她身后是闪光小溪，前方是幽光森林，几乎毫无选择的余地。她只好一头扎进阴暗的树林中，疯狂地奔跑，唯一的希望就是远离奥凯茨先生的树，越远越好。

没跑多久，櫻树就筋疲力尽，不得不停下来。她的两肋隐隐作痛，全身忽冷忽热，心脏好像要跳出胸膛一样。她张大嘴喘息着，钻到一片叶子底下，从下边偷偷地四下打量，想看看自己到了什么地方。

太阳好像消失了，只有细绸带似的光线透过绿色的空

气柔和地照射下来，空气中混合着松树、越橘和杜松的香气。在如同铺了绿色地毯的大地上，长满了绵延不绝的卷叶凤冠草，巨大的冷杉和松树犹如柱子一般矗立着，托举起一片看不见的天空。与高大的树木相称的深沉的寂静，笼罩了一切。

樱树敬畏地注视着眼前的一切。她之前听说过幽光森林的样子，只是从来没想到它是如此广袤、如此茂密，又如此黑暗。此情此景让她感到自己格外孤独和渺小。这种渺小感让她融入所见的一切中，由此产生了一种更加苍茫无垠的感觉。一种极度自相矛盾的感觉。

一声刺耳的敲击声打破了寂静。樱树急忙躲起来，但好像什么事也没发生。紧接着，从另一个方向传来一声刺耳的尖叫。樱树禁不住打了个寒战。近一点儿的地方更让她感到紧张，却又什么都看不到。树木响动的嘎吱声，树枝折断的噼啪声，匆匆经过的细碎的脚步声……樱树的心跳也跟着快起来。

她只能猜测会是什么动物发出这样的声音，很自然，她第一个想到了豪猪。她父亲给全家看过的那张可怕的图片，此刻栩栩如生地出现在樱树的脑海里。奥凯茨先生不是发出过特别警告吗？说他最近在森林里看到了一只嗜血成性的豪猪。他确实是那么说的。想到这里，樱树更加紧张了。她需要找个地方让自己平静下来。

樱树焦虑地四下环顾，想找个安全的地方。她看到一块巨大的岩石，顶部有一半的地方被深绿色的青苔覆盖，下半截则嵌在泥土里。在岩石的下方有一个坑。

樱树猛一下跳到岩石边。近看那个坑更像是个洞穴，洞穴深处笼罩在一片黑暗中。里面会是什么？她仔细地一点点往前嗅，一股明显的动物气味让她浑身紧张。她无法判断那是什么，于是拼命呼扇着耳朵，留意捕捉动静，但是什么动物也没看到，什么声音也没听到。她继续缓慢地往前爬，最后完全进到了洞穴里。有谁在里面吗？

直到确认洞里什么也没有，她这才开始清理自己。

奥凯茨先生躲在幽光森林边上的一个隐蔽处，全神贯注地观察着新屋的谷仓。抓着树枝的爪子神经质地一会儿握紧，一会儿放松。刚开始，他还试图掩盖内心的恐惧，但是随着恐惧感的迅速增长，他不得不承认：他，奥凯茨，伟大的巨角猫头鹰竟然也会感到恐惧，这一点让他异常恼怒。恐惧这东西是给其他动物准备的，绝不应该是他。

"这不公平！"他发出低沉的嘶嘶声，"太不正常了！"

听到自己愤怒的声音，他突然警觉起来，紧张地环顾四周，唯恐被别的动物听见或者看见。无论如何，他绝对不允许任何动物发现他的恐惧。他展开翅膀，无声地朝远离新屋的方向飞走了。

在气愤中，他想起在闪光小溪看到的那只老鼠，也许老鼠的尸体已经被抛上岸了。此刻，他心情糟糕到不管什么都能吃，哪怕是动物的尸体。

飞到闪光小溪时，他降低高度，贴着水面飞行。

樱树清理着自己的皮毛，时不时地停下来朝外面的森林张望一眼，心里嘀咕着，幽光森林这个名字并不合适，应该叫黑暗森林才对。她纳闷儿自己当初是怎么想的，竟然认为可以从这么可怕的地方通过。随着时间的流逝，她生存的可能性变得越来越小。尽管眼下她感觉还算安全，但是她依然担心距离奥凯茨先生的瞭望树不够远。但是该走哪条路呢？她连自己现在在哪儿都不知道。她很清楚——她迷路了。

想起在班诺克山上曾发誓再也不离开家了，樱树开始考虑不如回去算了，但是她随即又想到，如果这样回去，就没办法告诉父亲任何有关奥凯茨先生的事，那将会是什么后果?

无疑是悲惨的生活。

樱树叹了口气。做一个勇士真难，做一个胆小鬼也难。不管是继续前进还是原路返回，似乎都一样可怕。什么都不做可能要容易得多，但是如果她什么也不做，肯定也不行。到底该怎么办才好呢?

她尽力保持冷静，提醒自己，坚持下去至少有机会改变全家的命运。要是知道朝哪个方向走能到新屋就好了。

奥凯茨先生推断，他在溪流中看见的那只老鼠已经被水冲走了，他没发现任何那只老鼠存在的迹象。不管怎样，在新屋所见的一幕让他非常沮丧，他发现自己很难集中注意力搜寻。他开始头痛，唯一想的就是睡上一觉。奥凯茨先生准备回家了。

他朝着北边——幽光森林的深处飞去。

樱树从岩石底下紧张地向外张望。"如果现在是正午，那夜晚的森林肯定恐怖得难以想象。"她自言自语道。

她打算待在这里睡一会儿，但是一股明显的动物气味让她紧张不安。虽然很明显那动物现在不在附近，但要是她睡觉时，那动物回来了怎么办？那样太冒险了。如果想睡觉的话，得找一个更安全的地方。

樱树四处查看了一番，还特别留意了阳光斜射的角度。她知道青苔长在树的北侧。根据这些，她可以大致判断出哪边是东。她就是从东边来的。

樱树回忆着地形，想起新屋在北边。这样的话，她就要往北走。希望判断没错。

奥凯茨先生停在一株灰色枯树残存的树干上，这就是他的巢穴。树顶已经被削掉了，剩下的部分距地面有蓝莓丛两倍那么高，在树干的顶部有一个洞，可以通向中空的树干。

奥凯茨先生在自己的巢穴边坐了一会儿，郁闷地呆望着前方，回想在新屋见到的景象。

一想起这些他就感觉紧张，他觉得自己面临着巨大的危机。问题在于，这个危机到底是什么？他会因此失去食物吗？他将要面临生存的挑战吗？如果真是那样，他知道自己很可能会被打败。要是失败了，他会被迫迁到另一个地区吗？在这种情形下，他能做些什么？

思考这些难题真是太痛苦了！

奥凯茨先生焦躁地扫视四周，特别留意到一根很大的中空的木头，就在离他巢穴不远的地面上。那木头已经有年头了，厚厚的树皮呈现铁锈色，长满了天使翅膀一样的黄色菌菇，旁边的腐土中则长出了一丛白色的蘑菇。一想到最近住进这根木头里的动物，奥凯茨先生就很生气。他感觉整个世界都在跟他作对。

不过，他现在太累了，没法儿考虑这些。他掉头钻进自己的巢穴。巢穴带来的安全感让他很快进入了睡梦中，可惜即便是在梦中，他仍然烦躁不安。

樱树在森林中一路向北小跑前进，只希望方向没错。她偶尔停下来吃点儿东西，但是因为感觉不安全，所以她从不会停留太长时间。她一直赶路，脚趾疼得要命。

一个小时以后，樱树停下来。在啃一个松子的时候，她注意到一根半陷在地里的巨大圆木。木头被一层黄色的菌菇所覆盖，看上去好像已经在那儿很久了，而且里面好像是空的。

樱树想，如果这根木头没有被别的动物占据，那对她

来说，就是可以用来休息的最安全的地方。

随即，她又注意到一棵只剩半截的灰色大树，树冠已经没有了，树的一侧有个洞，那应该比这根圆木还安全。但是研究了一会儿之后，樱树认为那个洞太高了，她爬不上去，还是圆木更适合她。

她疲惫地向前挪去。越靠近圆木，一股不熟悉的气味就越浓烈。她意识到有麻烦了。就在她辨别气味的时候，身后传来树枝断掉的声音。她猛地转身，吓得张大了嘴。

一只红狐狸，毛茸茸的长尾巴来回扫着，尖鼻子嗅着地面，正朝着她的方向快步跑来。樱树立刻明白了，这只狐狸是顺着她的气味追来的。

樱树转身奋力一跃，正好落在圆木的入口处。狐狸听到声音，随即看见了她，狂吠着越追越近，咧开的嘴里露出尖利的牙齿。

樱树浑身发抖地站在圆木前，本能警告她不要进去。可当她回头看时，那狐狸几乎要扑上来了，她没有时间再耽搁，一头钻进了入口。

在她身后，狐狸把鼻子伸了进来，狂吠声好像炮击一样在她身边炸响。为了尽可能躲远一点儿，樱树朝着散发着臭味的黑暗深处走去。突然，她停了下来。她听到在圆木的另一端有一个很明显、很粗重的呼吸声。正如她之前担心的，圆木已经被另一只动物占据了。

于是她急忙朝入口转身。可是已经来不及了，狐狸耷拉着的红舌头和白森森的尖牙阻断了她的退路。

樱树注视着圆木的黑暗处。呼吸声和咯噔咯噔的走路声越来越近，她陷入了进退两难的困境。

11

艾瑞斯纵·多萨托姆

在昏暗的圆木中，樱树紧张地缩成一团。一只面孔扁平、黑色钝鼻上长满灰色尖锐长须的动物，从黑暗深处拖拖拉拉地走出来。他的眼睑低垂着，好像刚刚醒来。他迈着沉重的脚步，摇摇摆摆地走着。他身上难闻的气味让樱树忍不住用爪子捂住了鼻子。

那动物看见樱树，笨拙地停下来，眼睛直眨巴。

"见鬼，你在这里做什么，毛球？"他咆哮着说。

樱树真希望自己能知道面对的是什么。眼下，她只能小声回答说："是我，先生。"

"我叫艾瑞斯，"那动物粗暴地打断她，"艾瑞斯纵·多萨托姆，大家都叫我艾瑞斯。还有，我脾气很坏，你刚刚吵醒了我，别以为说几句好话我就会放过你。"

"我很抱歉吵醒了你，艾瑞斯先生。"樱树说。

"你脑袋上长的是什么？"这野兽吼道，"是耳朵还是撒了气的皮球？我说过了，我叫艾瑞斯，艾——瑞——斯，给我闭嘴，不准再叫'先生'了！"

"是……艾瑞斯，但不是我在吵。"

"不是你，那是哪个没脑子的东西？"

"是一只狐狸，在圆木的入口那里。"

"是你的傻瓜朋友吗？"

"不，先生，他不是我的朋友。"

"见你的鬼，你到底是谁？"艾瑞斯突然问道，"这么小，我几乎都看不到你。"

"我是一只鹿鼠，一只雌鹿鼠。"

"我没问你是什么东西，我才懒得理那个，我是问你叫什么名字。"

"樱树。"

"樱树？怎么会起这样一个白痴的名字？"

"请您别这么说，这是我们家族的传统，以植物的名称来取名。"

"我的名字叫艾瑞斯纵·多萨托姆，我猜是拉丁语。你们这些家伙现在已经不学拉丁语了吧？"

"我不知道什么是拉丁语，先生，我是说，艾瑞斯。"

那动物的鼻子响亮地哼了一声："整个森林到处都是傻瓜，跟那只狐狸一样。"

就在他们说话的时候，那只狐狸一直不停地号叫着，还不时愤怒地抓挠圆木的入口。

"缨子！绳子！草鞋子！"艾瑞斯吼道，"随便你叫什么白痴名字，去告诉那只狐狸让他闭嘴！"

"我叫樱树，我可以告诉他，但是他不会听我的。"

"为什么？"

"他想吃掉我。"樱树小声地回答。

"吃掉你？"

"是的。"

"混球！"艾瑞斯轻蔑地说道，"所有的食肉者都是混球！你没发现吗？我是说，你见过哪个食肉者不是又吵闹又霸道的？不是吗？算了，给我出去，不要打扰我。"

"我不能出去！"樱树叫道。

"为什么不能？"

"我刚刚跟你说过，"樱树恳求道，"如果我出去了，他就会把我吃掉。"

"听着，"艾瑞斯叫道，"管你叫什么白痴名字，你都没有胆子的吗？"

"拜托，我叫樱树。"

"啊，你这只呆老鼠，我才不在乎你叫什么！我只想说，如果一只动物照顾不好自己，也没权利溜进我家里！大白天的吵醒我这样一个老糊涂，还要找我帮忙！"

"我从来没要你帮忙！"樱树气恼地回答，"你怎么还不明白呢？是那只狐狸要抓我！你以为我喜欢在这里吗？臭死了！"

艾瑞斯眨了眨眼，粗声说："哼，好吧，我想最好让那

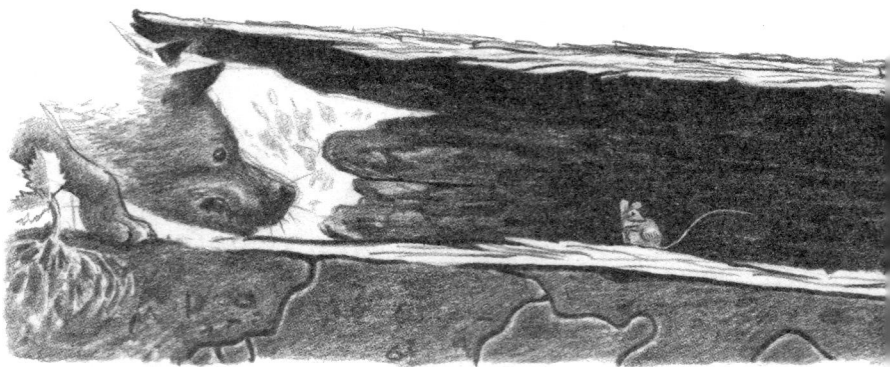

个吃肉的家伙放聪明点儿，别在这里给我碍事。"他一边吼着，一边蹒跚地往前走，跟着又说："要是你被我的刺扎着的话，那也是你自己不小心，跟我没关系。"

樱树一听，心瞬间缩成了一团。

"你……你是说……刺？"她结结巴巴地问。

"我说的当然是刺，毛球。"

"是的……但是……"

"但是什么？"

樱树吓得失魂落魄。她膝盖发软，喉咙发紧，几乎无法呼吸："你……你是谁？"

"你没长眼吗？"艾瑞斯用刺耳的声音说道，"还是你脸上长的是两个扣子？我是豪猪。"

"豪——猪——"这两个字瞬间让樱树僵住了。她感到透不过气来，大脑一片空白。

"油酥或者桃酥，"艾瑞斯怒吼道，"把你跳蚤般的小身板儿给我闪开，别挡道！"

樱树使劲儿往后退，身子紧贴在烂兮兮的圆木壁上，给艾瑞斯让出一条路。即便如此，当豪猪蹒跚走过时，他那像生锈的梳子一样的刺，还是从她的肚子擦了过去。尽管先前经历了很多危险，但樱树还从来没有像现在这样恐惧过。

艾瑞斯继续迈着沉重的脚步朝入口走去。那只狐狸还在那里又吼又叫。

樱树确定这个长刺的怪物打发走狐狸之后，就会朝她下手。他会先用刺刺中她，然后捅进她的胸膛，把她串在刺上，再把她切成小块吃掉。

甚至有那么片刻，樱树考虑是不是让狐狸吃掉更好一些。如果要她选择是被狐狸一口吞下肚，还是被这头豪猪慢慢折磨死，很明显她宁愿死在狐狸之口。

樱树注视着圆木的黑暗处，心想，也许会有小洞可以逃跑。但是她被自己的可怕处境吓傻了，站在那里一动不能动。她望向入口，认定将会目睹一场凶残的屠杀。

不出所料，当艾瑞斯走到圆木的入口处时，樱树听到他尖声呵斥道："蠢狐狸，你这个贱骨头，在这儿乱叫什么？难道一个老家伙在自己家里都不能得到一点儿安宁吗？"

"对不起，艾瑞斯，"狐狸用一种像是哭泣的声音回答说，"我不知道您在这里，我只是想抓那只老鼠当点心，不料她跑进了您家里。我没别的意思，没想打扰您，更没想伤害您，就是想来份中午的点心而已。"

"少拿点心的事烦我，你这个笨蛋！"艾瑞斯吼叫着，"我说要你滚，你就给我快点儿滚开。"

"听我说，艾瑞斯，让——"

没等狐狸说完，樱树就听到艾瑞斯怒喝道："我说了，滚！扫帚尾巴！"

只听砰的一记重击声，随即响起痛苦的号叫声，伴之以四爪疯狂踢踏的声音，紧接着，号叫和哀鸣声以不可思议的速度消失了。

樱树确信狐狸被豪猪一口吞掉了，但更让她感到恐惧的是，豪猪此时转过身，摇摇摆摆地朝她的方向返回了。樱树吓坏了，她转身朝唯一的逃生希望——圆木的另一端奔去。

她越往前奔，臭味就越浓重。更糟的是，她越来越看不清前面是哪儿了。终于，她到了圆木的另一头，然而那里并没有逃生的出口。

樱树吓得目瞪口呆，浑身发抖，心跳快得几乎要把胸膛炸裂开。她转过身，面对豪猪，唯一的希望是从这只野兽身边溜过去，尽管她知道这样很可能会被撕成碎片，但无疑这也是她最后的机会了。

"酥茶，奶茶，牛轧糖，"豪猪大叫着，"你跑哪儿去了？给我从里面出来！"

樱树大口地喘息着，身子紧紧抵住圆木的后壁，做好了逃跑或是被撕碎的准备。

艾瑞斯的脸从黑暗中探了过来，大笑着叫道："樱树，你这个可怜的鼠崽子，真是见鬼，干吗要躲在我的厕所里？"

12

惊人的发现

"不要刺我……"樱树牙齿咯咯打战，哆嗦着说，"不要杀我……"

艾瑞斯眨了眨眼问："你说什么？"

樱树跌跌撞撞地双膝跪倒，两只爪子高高举起，低头哀求道："不要吃我。"

"你脑子坏了吗？胡说八道些什么？"艾瑞斯很困惑。

樱树眼泪汪汪地抬起头看着他："如果你要杀我的话，就请快一点儿，不要折磨我，求求你了。"

"我为什么要折磨你？"

"你们豪猪捉住老鼠时不都是这样吗？先是百般折磨，然后再把他们吃掉。"

"吃老鼠？"艾瑞斯惊叫起来，"我简直要吐了！我最讨厌肉，见了肉就恶心，反胃！我是素食主义者，蠢货！我吃树皮。"

"树皮？"

"你怀疑我在说谎吗？"艾瑞斯愤怒地咆哮起来。

"不是的，只是……"

"没有只是，我善良、和气，而且年纪大了，只想自己过安静的日子。"

"你不会吃我吗？"

"我说了不吃老鼠！"艾瑞斯冲着樱树大吼道。

樱树如释重负地喘了一口气。她开始觉得自己很蠢。

她有点儿牵强地解释说："大家都那样认为的。"

"这样说起来，大家都在乱放屁！"

"真的吗？"

"我要跟你说多少遍，"艾瑞斯不耐烦地叫起来，"我不吃老鼠！"

"但……但是，"樱树结结巴巴地说，"你刚才不是把狐狸吃了吗？"

"你是疯了还是怎么的？我只是用尾巴抽了他一下，谁要是对我无礼，我就会这么做。"

"那你会像射箭一样射出刺，或者……或者用刺刺穿别的动物吗？"樱树问。

"你都是从哪儿听来的这些胡言乱语？"

"我……我学到的。"

"樱树，你叫这个名字，是吧？刺是我的毛发，带钩的毛发，我根本没办法把它们射出去，尽管它们很容易脱落。这些刺扎到你身上的唯一可能是当我抽你的时候，你要是再惹我发火，我就会那么做的。听好了，当刺扎到你身上，它就会膨胀，你越想收缩肌肉把刺挤出来，刺上的钩就会扎得更深，让你疼得火烧火燎，你想试试吗？"

"不要，求求你！我相信你！"樱树喊道，"我原来不知道这些，真的，我很抱歉！"

"也许这不是你的错，"艾瑞斯咕哝了一句，声音柔和了许多，"我想你是在学校里学到的那些垃圾。"

"我们都是在家里上的学，"樱树解释说，"听课，还有考试。"

"那个告诉你豪猪吃老鼠的大傻瓜是谁？"

樱树正想说是她的父母，但突然之间，她明白了一件事，这是她以前从未想到过的。她想回答，却因为害怕说出那个名字而退缩了。

"说啊，"艾瑞斯追问道，"是谁？"

樱树身子探向前轻声说："奥凯茨先生。"

"奥凯茨！"艾瑞斯意外地叫了一声，"那只巨角猫头鹰？是他？"

樱树点了点头，说："是他告诉我父母的，我父母又告诉了我。"

"奥凯茨……"艾瑞斯重复了一遍，大笑起来。

"你笑什么？"樱树问道。

"我先再确认一下，"艾瑞斯说，"是奥凯茨告诉你们，说豪猪吃老鼠？"

"是的，奥凯茨先生保护我们不受豪猪伤害，这有什么可笑的？"

"樱树，"艾瑞斯大笑着说，"他才是吃老鼠的那个！如果那只混账猫头鹰有任何害怕的东西，那就是我。"

"怕你？"樱树惊讶地叫道。

"听着，樱树，没有谁敢惹艾瑞斯纵·多萨托姆，谁也不敢，想跟我玩花样，小心脸上中我的刺。那只老猫头鹰躲我都来不及，要知道，他根本不敢离我太近，我可能又老又胖，有口臭，气味也不好闻，但是我能用尾巴抽他的脸，也能抽你的，想试一下吗？"

"不用，"樱树急忙回答，"我相信你，艾瑞斯，我真的相信。"

"保护你们不受豪猪的伤害……"艾瑞斯轻蔑地说，"一派胡言！不过你既然真的相信那些话，又见鬼地跑到我这里做什么？"

"我想到新屋去，"樱树解释说，"说实话，那只狐狸确实在抓我。"

艾瑞斯哼了一声："你是说奥凯茨告诉你要当心我的，对吧？"

樱树点点头。

"樱树，跑到这里来是一个很聪明的行为。"

"真的吗？"

"当然！实话实说，要是我在那儿的话，你尽可以走在没有任何遮挡的湖边，那只混账猫头鹰最多只能干瞪眼地看着你。"

"真的？"樱树感到如释重负。

"除了身体肥胖、举止粗鲁、满身是刺之外，我最喜欢的就是可以去别人不想让我去的地方。事实上，我才是幽光森林中少数几个可以保护你的动物。我敢说，这就是那个家伙要说我坏话的原因。

"至于新屋，不用告诉我你要去，直接去就好了。我要做什么，从来不会告诉任何人。"

"你有家人吗？"樱树问他。

"曾经，我曾经有过父母，有过妻子，也有过孩子，很热闹的一大群，不过他们都走了，现在我们各过各的，就是这样。"

"你不想他们吗？"樱树又问。

"我喜欢自个儿待着。如果我看到一棵树，想爬上去，我就会爬上去，嚼点儿树皮，然后睡觉。"

"这世上有你爱的东西吗？真正的爱。"

艾瑞斯一听到"爱"这个字，脸上显出一种做梦的神情。他叹了口气，承认说："是的，当然有。"

"是谁？"

"不是谁，樱树，是盐——我永远也吃不够！它能让我发疯！为了盐，我几乎可以去死。我听说，这是因为我的肝的缘故，但我不在乎，我爱它！岩盐、海盐、汗水结晶的盐……什么盐都行！"说着他舔了舔嘴唇，"你不会身上恰好带着盐吧？"

"对不起，我没有。"

"你刚才说到新屋，你知道在哪儿吗？"

"我正想弄清楚呢。"

"我告诉你那里有一样东西。"

"什么?"

"一大块盐,跟我的个头儿一样大,是人类放在那里给鹿吃的。你能相信吗?鹿!放在一根高高的铁杆上,所以我够不到。多么浪费!啊,我做梦都想得到它!真的!"说着他闭上了眼睛。

"我想猪草一定会喜欢你。"樱树由衷地说。说话间,她感到一阵极度的疲劳袭来,"对不起,艾瑞斯,你不介意我打个盹儿吧?"

"樱树,随便你想做什么。但我要是你的话,我不会睡在那里。我告诉过你,那是我的厕所,连我自己都嫌臭。"

13

清　晨

　　樱树在圆木入口不远处，找了一个柔软的地方。她把身体紧紧蜷成一个球，尾巴尖正好抵在鼻子下方，安心地睡着了。她睡得很香，睡了很久。醒过来时，周围漆黑而安静。她慢慢站起身，抻了抻酸痛的肌肉，寻找艾瑞斯的踪影，可是没有看到那只老豪猪。他永远地离开了吗？樱树知道那不可能，但也许至少会离开好几个小时。

　　她小心翼翼地来到圆木的入口处。现在是夜晚，但她既看不到天空也看不到星星。银色的月光像是给树冠镶了一层蕾丝边，而地面则像铺了一张灰色的天鹅绒地毯。她深吸了一口气，从混杂着松树和冷杉的浓烈气味中，闻到了食物的气味：是坚果、野莓、芬芳的花朵和柔软的根茎所散发出来的美妙气味。她忽然觉得很饿。

她还听见各种各样的声音：树木发出的嘎吱嘎吱声，

动物突然的尖叫声，不时飞过的昆虫发出的嗡嗡声。

樱树感到无比惊奇。幽光森林不再是个可怕的禁区，而是一个美丽绚烂、充满生机的地方，一个她从没见过和梦想过的世界，一个让她情不自禁想跳舞、想探索的天堂。

樱树激动得浑身发抖，正准备离开圆木时，无意中抬头看了一下。在几步之外，那棵侧面有一个洞的灰色枯树上，蹲着一只似乎正在沉思的猫头鹰。

看到猫头鹰，樱树立刻掉头蹿回安全的圆木中。她躲在里面，心怦怦直跳。猫头鹰看见她了吗？好像是没有。那是奥凯茨先生吗？如果是的话，他是怎么追踪到她的？不过，也许那是另外一只猫头鹰。这个要搞清楚。

不管怎样，刚才的兴奋劲儿都消失得一干二净。这个森林不适合她。她害怕地叹了口气。

樱树尽力让自己镇静下来。她先思考了一下自己的发现：奥凯茨先生在豪猪的事上撒了谎。至少，她不需要害怕豪猪。当她想到艾瑞斯的时候，忍不住笑出了声——真是个既讨厌又可爱的家伙。

她想起艾瑞斯还说过，奥凯茨先生其实非常害怕豪猪。一想到那只猫头鹰也有害怕的东西，樱树就觉得很开心。说不定，他害怕的东西还有很多。

樱树又回忆了一下之前关于新屋的猜测，也许里面有什么东西让奥凯茨先生感到不安。但愿如此！要是能证实就好了。

樱树感到又有了希望，她回到圆木入口处等艾瑞斯回来。她想再看一眼猫头鹰，却没有勇气。于是她坐在那里凝望着美丽的森林，心里十分快乐。

樱树看到的那只猫头鹰，的确就是奥凯茨先生。他蹲踞在巢穴入口的上方，不断地屈伸着尖爪，阴沉地注视着森林深处，时不时转动脑袋，眨巴眨巴眼睛，嘴里发出咔嗒声。他忍着饥饿，希望能有什么东西——任何东西都行——在移动时暴露自己。

有那么一瞬间，他用眼角的余光看到离他栖息处不远，那根旧圆木的入口处似乎有什么东西在动，但是很快就不见了。他没办法确定自己有没有看错。

是那头豪猪吗？希望不是。他恨艾瑞斯。一想到艾瑞斯，奥凯茨立刻一头扎进自己的巢穴中——最好是坐在黑暗中听动静，不要跟那个家伙打交道。如果有动物靠近，凭借听力他就可以发现。

"你准备什么时候去新屋？"艾瑞斯问樱树。这只老豪猪在日出之前回到了住处。他的嘴巴、脸还有胡须上，星星点点地沾了些树皮碎屑。

"应该很快。"樱树含含糊糊地说。

"很好，"艾瑞斯说，"你是个懂事的家伙，只是我喜欢自己待着。"

"艾瑞斯，"隔了一会儿，樱树开口说，"我知道你希望我离开，我也想，但是我刚才往外看的时候，好像是看到了一只猫头鹰。"

"你是说在我门口的那棵枯树上？"艾瑞斯问。

"你说什么？"

"那棵树冠被削掉的老树。"

樱树点点头，说："有只猫头鹰蹲在那里。我听说奥凯茨先生也住在幽光森林里，会是他吗？"

艾瑞斯哼了一声："跟我来。"

樱树有些紧张地跟着豪猪走出圆木。

"这就是你之前看到的吧？"艾瑞斯指着枯树问。

"是的。"

"那就没错，奥凯茨就住在那里。"

樱树猛地跳了起来："你说什么！"

"千真万确。"

"你不介意吗？"樱树低声问道，身子离艾瑞斯更近了一些。

"当然不，他是个混球，但他不敢靠近我。"

"但是他统治着这片区域。"

"他统治？胡说八道！"

"但……但这是真的。"

"樱树！"艾瑞斯不屑地说，"森林里住着许多动物，其中一些像奥凯茨一样，很卑鄙；还有一些跟我一样，很善良，但是这里没有统治者。"

"可他说自己是。"

"哈，你可真是个呆瓜！你不能因为害怕某个家伙就相信他所有的话。"

艾瑞斯转身面句枯树。

"奥凯茨！"他大吼道，"奥凯茨！"

"不！"樱树叫道，"不要！"

可是太迟了。

奥凯茨先生从枯树上的洞里冒出头来。惊慌之下，樱树匆忙躲到艾瑞斯的尾巴后面。

"你想干什么？"奥凯茨先生问道。

"我这里有一只叫樱树的老鼠，她说你自称是幽光森林的统治者，是真的吗？"

奥凯茨先生没有回答，而是转动脑袋，想找到樱树。当他看见樱树正胆怯地从艾瑞斯的尾巴后偷偷张望时，他向前伸出头，瞪大了眼，嘴里发出凶狠的嘶嘶声。

艾瑞斯大笑起来："她还告诉我，是你说豪猪吃老鼠，而你则保护他们免遭我的毒手。奥凯茨，你是真的相信这

些鬼话呢，还是你天生就喜欢说谎？"

奥凯茨先生的眼睛陡然眯了起来，跟着他冲着樱树大叫道："小妞，你是从哪儿弄到那只耳环的？是被我吞掉的那个吗？"

樱树吓坏了，开始向后退。

"我吞下去的就是我的！小妞，我的！"奥凯茨先生尖叫道。

"听着，奥凯茨，"艾瑞斯打断他说，"这只老鼠跟你一样，有权去做她想做的任何事，去她想去的任何地方，我希望你不要找她麻烦。"

奥凯茨先生对他的话不加理会，只是冲着樱树大喊："樱树，你给我听着！我不知道你在这儿干什么，但是你最好知道，如今，你回到灰屋的唯一方式，就是我把你的尸体扔在你家的门廊上！"说完，他的尖嘴发出咔嗒一声，然后他就钻回了树洞。

樱树又惊又气。她将爪子攥成了拳，跑过去使劲儿敲打艾瑞斯的鼻子。

"你这个笨蛋！"她叫道，"你这个木头疙瘩！你这个大嘴巴豪猪！"

艾瑞斯只是龇牙咧嘴地笑。

"你为什么要把我的事告诉他！"樱树大喊，"你难道没听见他的话？他要杀了我！"

"哎呀，他除了会瞎吵吵，什么本事也没有，我根本不把他放在眼里。"

"那是因为你有刺。"樱树抗议道。

"嫉妒可不是件好事，丫头。"

"艾瑞斯，"樱树哀求说，"我必须要到新屋去，这件事关乎我全家的生死。"

"你这么小的个子，当不了英雄。"

樱树低头看着自己的脚趾说："这不是我要去新屋的唯一原因。"

"噢？"

"还为了猪草。"

"谁？"

"猪草，他是……是我的朋友。"樱树抽搭了一下鼻子说，"是这样的，他本来想在班诺克山上向我求婚，说那是附近最浪漫的地方。"

"我确实想嫁给他，就答应他去了，但是去那里要先经过奥凯茨先生的同意才行。可猪草说，'要是经过批准才行的话，还有什么浪漫可言？'"

"所以我们没有申请就去了。当我和猪草到了山顶的时候，他真的向我求婚了，可我还没来得及答应，奥凯茨先生就杀了他。后来，那只猫头鹰说，就是因为我和猪草没向他申请，擅自到山上去，所以不准我们家搬去新屋。当他们听到这个消息，家里很多——好吧，其实大多数老鼠都责怪我。"

樱树抹了一把眼泪继续说："所以，我一定要到新屋去，这样才能证明奥凯茨先生的拒绝和我们到山上去没有关系。如果我不能证明这一点，我们家就不能搬到新屋去，那我们就完蛋了，我也完蛋了。所以，我必须去。但是现在你告诉了奥凯茨先生我在这里，他就会一直跟着我，阻止我发现真相。所以，艾瑞斯，你得跟我一起去。"

艾瑞斯摇摇头："对不起，丫头，这是你的事，跟我没关系。不管怎样，我要睡觉了。"他打了个哈欠，转身走向圆木。

"艾瑞斯，"樱树喊道，"要是你陪我一起去新屋，我……我就想办法帮你弄到那块盐！"

艾瑞斯猛地站住。他转过身，眼里浮现出一种梦幻般的神情。

"那个给鹿舔舐的盐块？新屋的那块？一整块？你可以吗？真的吗？"

樱树把一只爪子放在胸口说："我发誓。"

艾瑞斯咧嘴笑起来，说："既然你这么说，丫头，我们走！"他没有片刻迟疑，大踏步地朝森林中走去。

在曙光中，樱树抬头看了一眼枯树，然后跟在艾瑞斯身后向前奔去。

他们俩刚刚离开，奥凯茨先生就从树洞里钻了出来。他听到了刚才樱树和艾瑞斯的全部对话，现在他说不出自己是什么感觉。是愤怒，还是恐惧？他只知道必须阻止樱树。于是他展开翅膀，飞向了天空。

14

去 新 屋

出乎樱树的意料，艾瑞斯走得很快，身体左摇右摆，身上的刺像小军鼓一样唰唰响。

艾瑞斯选的路很窄，但很平稳，没有小山包、灌木丛，或者倒下的树。樱树时不时会看到一些动物，黄鼠狼、浣熊、雪貂，甚至还有一只熊。这些动物一看到艾瑞斯，都匆忙跑开了。

樱树蹦蹦跳跳地跟在艾瑞斯身后，不时地停下来，兴奋又惊讶地注视着魅力无穷的森林。在低矮的地方，地面附近的薄雾渐渐消失了，而在上方，在高大的树木之间，晨光在墨绿的树叶上洒下点点金斑。但是有那么一次，当樱树瞪大眼睛盯着一棵高耸的大树时，余光瞥见了一个褐色的身影从空中俯冲而来，并迅速躲在一棵松树间。她的快乐顿时消失了。

"我想奥凯茨先生在跟着我们。"她对艾瑞斯说。

艾瑞斯却只是咕哝了一声，继续快步向前。

樱树追上他，并且从那时开始，尽量紧贴着他走。每走两步，她就回头张望一眼。终于，她清楚地看见了奥凯茨先生。他在他们头顶上空，像个无声的幽灵一样，擦着树冠滑翔着。

"他在跟踪我们！"樱树失声喊道。

"没脑子！"艾瑞斯嘟囔道。

这之后，不管樱树的目光再怎么搜寻，脖子都快扭断了，也没再看见奥凯茨先生的踪影。她推断，奥凯茨先生已经离开了。她感到轻松许多，又开始不时地停下来欣赏森林的景色。

正当她驻足嗅一朵金雀花的时候，奥凯茨先生突然从天而降，张着利爪，朝她猛扑下来。

"奥凯茨！"艾瑞斯立刻怒喝。樱树没有回头，而是狂奔向艾瑞斯寻求保护。

尽管身体笨重，艾瑞斯却灵活地挥动尾巴，并且直竖起尾巴，准备用刺出击。奥凯茨先生一个急刹车，嘴里发出

嘶嘶声，又飞回高处，消失不见了。

"好险！"樱树一边大口喘气，一边看奥凯茨先生往哪个方向去了。

"你是怎么发现他的？"

"樱树，要是你以为会有任何东西能阻止我得到那块盐，那就是你还不了解我。"说完，艾瑞斯再次转身上路了。

"艾瑞斯，"樱树上气不接下气地拼命跟上他，"我确定奥凯茨先生是要阻止我到新屋去，那里一定有他不想让我看到的东西。"

艾瑞斯猛地停下脚步，从鼻孔里哼了一声："樱树，有些动物不值得你去了解。如果他们招惹到你，照我的话就是，用尾巴狠揍他们一顿。"

"艾瑞斯，不是所有的动物尾巴上都长刺。"

"你这话有道理，不能因为你的尾巴没刺而怪你。"说

着他继续往前走。

过了一会儿，樱树又说："艾瑞斯，如果我能查明奥凯茨先生到底害怕什么，然后告诉我全家的话，我不在乎自己会遇到什么危险。"

艾瑞斯讥讽地笑起来："哪怕送命？"

"嗯，不，但是——"

"樱树，你要是死了，就只能成为一堆生蛆的粪土，什么事也做不了。"

他们不停地往前走，樱树发现树木越来越稀疏，花的种类却开始多起来，眼前也越来越明亮了。她猜他们已经到达森林北部的边缘了。

"艾瑞斯，等我们出了树林，还往哪儿走？"

"先是一条土路和一个旧谷仓，然后是一片玉米地，玉米地另一头是低矮的草地，接着就是人类的房子，那里还有一个新谷仓，是人类用来养鸡的。"

"人类长什么样？"樱树问道。除了杂志上的照片，她还从没有见过任何一个真正的人类。

"我不跟他们打交道。"

"他们经常跳舞吗？"

"什么是跳舞？"

"就是跟你喜欢的人一起滑行、旋转、弯腰、移动。"

"你可真够奇怪的。"艾瑞斯说，"好了，不要分散我的注意力。在草地上，离玉米地不远的地方就是盐块了，你想出帮我拿到盐块的办法了吗？"

"艾瑞斯，我还没看见盐块呢。"樱树回答。

"它太美了，樱树，"艾瑞斯低声道，"真的美极了。"

说话间，他们已经到达了幽光森林的北端。越过最后几棵树，樱树看见一条土路。再远一点儿，有一个废弃的谷仓，比灰屋小一点儿，也旧很多，就在玉米地旁边，稍稍有些倾斜。一眼望去，玉米地里到处是高大的茎秆，玉米秆上结着饱满的穗子。一阵微风吹过，成排的玉米窸窣作响，听上去沉甸甸的。

艾瑞斯快步跑上土路。

"跟上，走快点儿。"艾瑞斯回头看见樱树还在对面，语气有些责备。

"我在查看奥凯茨先生的踪迹。"樱树从对面喊道。事实上，自从上次奥凯茨先生想捉住她的企图失败之后，樱树就再没看见他。她猜，他要么已经离开，要么就是躲了起来，于是她匆忙穿过土路跟艾瑞斯会合。

"我们走！"说着艾瑞斯一头扎进玉米地，在笔直的玉米秆之间拱出一条路来。在他的身后，撒着很多掉落的玉米粒。樱树不时停下来吃几粒。

和灰屋附近几乎找不到食物的荒地相比，这里食物充足得简直是个奇迹。在灰屋那边，要花很长时间才能找到食物，并且少得可怜，而这里的食物足以养活两倍的老鼠。难道奥凯茨先生想隐瞒的是这块丰饶的田地？他想让她全族挨饿吗？在露天寻找食物确实会让老鼠们更容易受到攻击。

"在那里！"当他们终于穿过玉米地来到另一头时，艾瑞斯大喊道，"快看！"

樱树直起身来。在她眼前的是一块修剪整齐的草坪，不远处竖着一根光滑闪亮的铁杆，跟玉米秆一样高。杆子顶端插着很大一块白色的盐块。

"是不是很棒？"艾瑞斯开心地小声说。樱树瞥了一眼她的朋友，发现他的口水正滴滴答答地往下流。

这下樱树终于知道她答应了艾瑞斯什么，她的心瞬间沉了下去。她怎么可能做到呢？很明显，就算她有办法从杆子上把盐块弄下来，她也扛不动啊。

盐块太大了，这是最根本的问题。樱树叹了一口气，越过杆子往远处看，她看见了一座白色的房子。那房子跟灰屋有些像，但是粉刷得很新，窗户上都挂着新窗帘。这些迹

象表明有人类在里面生活。奥凯茨先生不想让他们知道的，是这座房子吗？

　　樱树转头看向左边，那里有一个新谷仓，比白色的房子要大很多，却只有为数不多的几扇窗。谷仓的屋顶是斜坡式的，铺着钢板，正面探出来一些，形成了一个门楼。

突然，樱树惊讶得倒吸了一口凉气——

就在探出来的屋檐下，靠近一扇关着的大窗处，蹲踞着一只猫头鹰——体形比奥凯茨先生要大出一倍。

15

重归孤独

艾瑞斯轻轻叹了一口气。

"这难道不是世界上最美味的东西吗？"他凝望着盐块喃喃自语。

樱树死死地盯着那只巨大的猫头鹰，几乎说不出话来。"太可怕了。"她终于挤出了一句，声音细不可闻。

艾瑞斯转身看着她问："你说什么？"

"你看！"樱树颤抖着指着谷仓上的猫头鹰让他看。

艾瑞斯转头看了一眼，嘟囔了一句："以前从来没有注意到。"

樱树惊叹道："奥凯茨先生只有他一半那么大。"

艾瑞斯耸了耸肩，转过身继续盯着那盐块，说："丫头，你想出办法帮我拿到那块盐了吗？"

樱树还没有从震惊中回过神，只是摇了摇头。

艾瑞斯充满向往地最后看了一眼盐块，转过身来说："你知道在哪儿能找到我，不要让我失望。"说完，他就要往回走。

"艾瑞斯！"樱树回过神来，急忙叫道，"等一下。"

艾瑞斯急躁地四下看了看，嘟囔道："又怎么了？"

"你不会把我扔在这里不管了吧？"

"你还想要我做什么？"

"帮助我。"樱树小声说。

"樱树，我们说好了的，我把你带到这里，你给我弄到盐，我说的已经做到了，现在该你了。"

"但是——"

"没有什么但是。"艾瑞斯生气地甩了一下尾巴。

樱树后退了一步。

"现在我要回家了，但是我会等你的消息。"他最后看了一眼樱树说，"小毛球，记得遵守承诺。"然后就转身走开了。

樱树在他身后追上去，但是脚下被什么东西绊了一下，摔了个结结实实。等她站起身来，艾瑞斯已经消失在玉米地中了。

樱树快快不乐地拍打着身上的土。绊倒她的是艾瑞斯尾巴上的一根刺，一定是刚才他甩尾巴时掉下来的。

樱树小心翼翼地捡起那根刺。她还从来没有这么近距离地看过豪猪的刺。那根刺近乎全黑，由长长的毛发构成。就像艾瑞斯说的，刺的一端是钝的，另一端是尖的，呈象牙白色。樱树好奇地检查上面的小倒钩，还好奇地摸了摸，那钩子确实尖锐得可怕。

她正准备扔掉刺的时候，忽然想到一个主意。她抓住那根刺钝的一端，挥舞了几下，就像在挥舞一把剑，很是

好用。

　　樱树摘了一棵高一点儿的草，当作腰带系在腰间，然后小心地把那根刺别到腰带下，很合适！接着她试了几次，完全可以轻松地把刺抽出来。尽管只有一根刺，不像艾瑞斯那样全副武装，但是也算一件武器了。她只希望最好永远都不要派上用场。

　　樱树满心不情愿地把注意力转回到谷仓上的那只大猫头鹰身上。他蹲在那里，一直没有动，大大的眼睛注视着远方。樱树很庆幸猫头鹰没有朝她这边看。

　　想到那猫头鹰随时可能转头发现自己，樱树赶紧退回到玉米地里，不过没有往里走太远，这样还可以偷偷观察外面的情形。藏好后，樱树试图想清楚自己的处境。

　　她顺利地来到了新屋，但是仍然没有搞清楚到底为什么奥凯茨先生不允许他们搬到这里。到目前为止，只发现了那只巨大的猫头鹰。难道奥凯茨先生的拒绝跟这只猫头

鹰有关系?

　　樱树试着分析，这么大个头儿的猫头鹰一定很凶猛。也许奥凯茨先生担心他会抢走自己的食物，因为很明显他的食量很大。

　　事实上，樱树不得不承认，这只巨型猫头鹰彻底让搬家成为不可能的事。奥凯茨先生已经够坏了，而这只猫头鹰看上去只会更坏。

　　随即，樱树有了一个新的想法：也许奥凯茨先生真的在努力保护她全家? 难道是自己冤枉他了?

　　不过，也许这只猫头鹰并不住在新屋? 仅仅是看见并不能证明任何事。他也许只是路过，也许只是在这里过个夜。

　　太阳升起来了。樱树决定先安顿下来，等着看会发生什么事。

16

真相大白

　　过了一段时间，樱树察觉到新屋里有动静。二楼的蕾丝窗帘背后模模糊糊地有影子在晃，然后影子来到了楼下的窗户。前门打开，一只公猫探出头来，四下看看，然后走了出来。门在他身后关上了。

　　这是一只个头儿很大、瘦骨嶙峋的橘猫。那种消瘦是上了年纪造成的。他一只耳朵耷拉着，一瘸一拐地慢吞吞地走着，不时抬头看看太阳，似乎是在估算太阳的热度。虽然如此，他的尾巴一直翘得高高的，保持着一份尊严。

　　橘猫漫不经心地继续朝谷仓走去，中间停下来一两次，笨拙地搔了搔下巴。当他走到谷仓后，径直在猫头鹰下方坐下来，先是眯着眼睛看了看太阳，然后闭上眼睛躺下来。自始至终，猫头鹰一动都没动。

这没有道理。樱树继续观察，猫睡着了，猫头鹰还是一动不动，玉米地窸窣作响。

房门又一次打开了。这次出来一个人，是一个男孩。他手里拿着一根长杆子，上面绑着一个小钩子。他在门口站了一会儿，好像在听屋里的人说话，随后他点点头，关上房门，沿着橘猫走的那条路，朝谷仓走来。

樱树从来没见过一个真正的人，不禁好奇地注视着他。她心想，猫头鹰看见这个人走来，肯定会立刻飞走。虽说猫头鹰个头儿很大，但是这个男孩个头儿更大。

可是男孩越走越近，猫头鹰却仍然呆立不动，他睁得大大的眼睛好像凝固在远处的某个物体上。

男孩走近橘猫，弯下身，拍了拍他。橘猫摇了摇尾巴，继续睡觉。男孩随后抬起头看着，似乎毫不惊讶那里有一只猫头鹰。紧接着，他放下杆子，走进了谷仓。

谷仓的门开了，几只鸡摇摇摆摆地走出来，在地上四处啄食。他们对猫还有猫头鹰都毫不在意。猫头鹰也表现得同样的淡然。

　　樱树大惑不解——究竟是什么东西能让猫头鹰看得如此目不转睛?

　　接下来的景象更让她吃惊了。谷仓上面紧挨着猫头鹰的那扇窗户被那个男孩打开了。但即便如此,猫头鹰还是一动未动。更惊奇的是,那个男孩还伸出手,把猫头鹰转了一下。现在,猫头鹰面朝着一个新的方向了。

　　樱树从来没有如此惊讶过。难道这只巨大的猫头鹰不是真的,是一只假鸟?看上去显然如此,但是,且慢,这只是她的判断,她还需要证据。要得到证据,她必须在新屋这里等着,继续观察。

　　樱树待在玉米地边上,但是她并没有一直等在那里。她太兴奋了,以至于没办法待在原地不动。她侦察玉米地另一头——土路边上的旧谷仓。作为灰屋的备选,那是一个很不错的地方。至于食物,她从来没有吃得像现在这么好过。跟她原来想的一样，这片地里有足够的食物可以养活她全家。事实上，家里所有老鼠都可以搬到这里来。

在接下来的几个小时里，樱树没有遇到其他任何一只小动物。开始她还很困惑，后来想到，一定是因为那只假的猫头鹰太逼真了，所以吓跑了所有的动物。

樱树一直没把豪猪刺做的剑摘下来，她很警惕地始终戴在身上。

有一次，她甚至差点儿用到了那把剑。

当时是正午，她疲倦得正准备打个盹儿，突然听见身后有什么东西正从玉米地穿过。她吃惊得跳了起来，躲到一棵玉米背后，拔出豪猪刺，准备自卫。

结果那是三只鹿，一只母鹿带着两只幼鹿。尽管那两只幼鹿还是小不点儿，但对于樱树来说，也高得惊人了。不过这些鹿对她丝毫不感兴趣。他们穿过玉米地，小心地靠近盐块。母鹿站在一边警戒，两只小鹿舔了几下美味的盐块，随着一个无声的信号，他们又迅速跑开了。

樱树把刺又插回腰带里。她突然想到，也许可以让鹿帮忙搞到那块盐，但是看上去鹿也很喜欢盐，可能不太情愿把盐送给豪猪。不行，她得另想办法兑现自己的诺言。此刻，关于谷仓那只猫头鹰的问题更紧急。据樱树观察，那猫头鹰一下都没动过。尽管她已相当肯定那是只假鸟，但还是证实一下最保险。

下午的时候，樱树想到一个办法来证明猜测。那只老橘猫仍然在早上的那个地方活动。樱树越观察就越确定，这只猫老得不足以构成威胁。她决定去问问这只老猫关于猫头鹰的事。这个想法让她有些紧张，不过她安慰自己，只要随身带着剑，就有足够的安全保障。

她小心翼翼地爬出玉米地，眼睛一直注视着谷仓的猫头鹰——以防万一，但是猫头鹰始终没动。最后，她终于站在了那只还在睡觉的老猫跟前，近得能感觉到他的呼吸，闻得到他嘴里发出的鱼腥味。老猫在打呼噜。樱树紧紧抓住豪猪刺，用最友好的语气喊道："喂，您好！"

老橘猫睁开了一只眼睛。

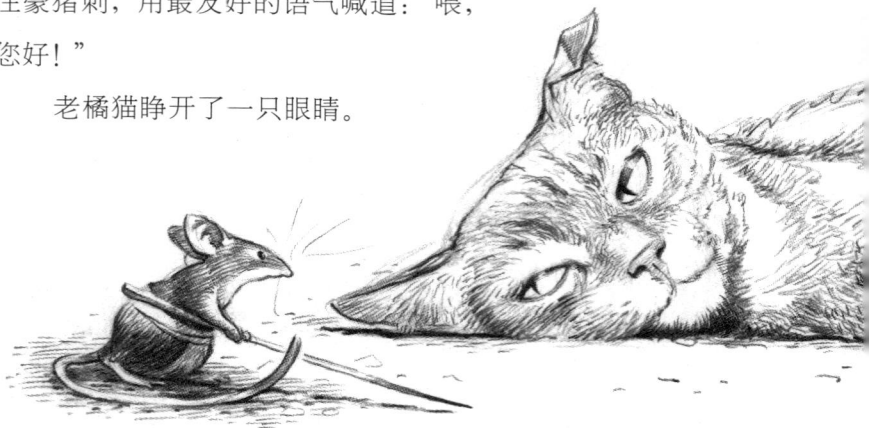

"嗨!"他轻声回了一句,睁开两只眼,但身体却没有动。

"我叫樱树!"

老橘猫轻轻打了个喷嚏。

"祝您一切安好。"樱树说。

"谢谢!"老橘猫回答道,"我叫乔治。"

樱树点点头说:"您这个地方真不错,乔治。"

"的确很舒服。"乔治赞同道。

"呃……那个……显然那只猫头鹰让这里很安静。"樱树说。

"猫头鹰?"

"谷仓上的那个。"

"啊,是的,那只是假的,"乔治说,"不过很管用。"

"管什么用？"樱树竭力抑制住心中涌起的兴奋，谨慎地问道。

"吓跑所有动物，甚至是其他猫头鹰。"

"您怎么知道？"

"大约两个星期前，住在这里的人养了一些鸡。有一天，一只个头儿很大的老巨角猫头鹰叼走了一只，第二天，就有人安上了那只假猫头鹰。两天以后，我亲眼看到那只真猫头鹰又想来捉鸡，他冲下来，看见了那只假猫头鹰……"

"然后呢？"樱树追问。她屏住呼吸，等待回答。

"那只猫头鹰来了个急刹车，因为动作过猛，整个身子翻了个个儿，他一定是给吓坏了。"老猫说着咧嘴笑了起来。樱树看到他嘴里的牙齿几乎都掉光了。

"那是我见过的最可笑的事了。我跟你说，打那以后，我再没在附近看见过那只猫头鹰。"说完他又闭上了眼睛，自言自语道，"真是太可笑了。"

樱树也情不自禁地想笑，不过她忍住，说："很高兴和您聊天，乔治。"

"祝你愉快。"老猫叹了一口气，又开始打起呼噜。

樱树脚步轻快地回到玉米地。她非常兴奋，终于证实了谷仓的猫头鹰是假的，但她还是尽力让自己冷静下来，思考清楚。

猫头鹰是假的，但是奥凯茨先生却以为那是真的。他之所以会害怕一个同类，可能是因为担心自己不能再继续统治老鼠了。但是据艾瑞斯所说，奥凯茨先生并不是真正的统治者。他在说谎，就像他说他保护老鼠免遭豪猪的伤害一样。其实，是他自己怕豪猪。事实上，奥凯茨先生很怯懦。

突然，一个全新的想法出现在樱树的脑海里：有没有可能，奥凯茨先生所谓的保护老鼠，实际上是想有机会吃掉他们？这个想法很可怕，但樱树越想越觉得可信。这样一来，一切就都解释得通了——奥凯茨先生拒绝让老鼠们搬到新屋，跟她和猪草的所作所为没有任何关系，他拒绝是因为他不想让老鼠们知道，他是多么害怕失去食物。

如果是这样的话，那么不管奥凯茨先生愿不愿意，老鼠们都可以来到新屋。因为老鼠们有权自己选择住在哪里，而奥凯茨先生没权阻止。啊，讽刺的是，如果老鼠全家都搬到新屋，假猫头鹰将会"保护"他们。

樱树确信自己发现了真相后，激动得后腿直立，高高地连着跳了两下。落下来时，她软软地缩成一团，心满意足地叹一口气，闭上眼睛，沉入梦乡。

多么美好的一天！

就在樱树睡觉的时候，奥凯茨先生落在幽光森林边缘的一根树枝上。他透过茂密的叶子，愤怒地注视着谷仓上的假猫头鹰。

17

意想不到的谈话

　　樱树醒来后感到充满了活力。她静静地躺了一会儿，陶醉在惊人的发现中。她想象着向全家揭穿奥凯茨先生的伪善面目，那该是多么激动人心的时刻啊！是的，该回家了。

　　樱树觉得很饿，她先款待自己吃了顿大餐——专挑最饱满的玉米粒吃。这难道不是她应得的奖赏吗？

　　她不急不忙地边走边吃，一直来到紧挨着幽光森林的土路。她嘴里填得满满的，肚子鼓鼓的，凝神望着对面成排的松树和冷杉。她以前害怕森林，但是现在熟悉了以后，能想起的都是森林里幽暗的美丽和无穷的魅力。

不过，幽光森林也让她想起对艾瑞斯许下的诺言。该怎么做才能给他弄到那块盐呢？樱树一筹莫展。她发誓，等她回家后会再回来，也许和表弟罗勒一起，就能想出好办法。

樱树也想到了奥凯茨先生。要是告诉他自己的发现，会不会很有趣？想到这里，她忍不住咧嘴笑了起来。那个骗子！恶棍！就在这么想的时候，樱树看见了他。

奥凯茨先生停歇在幽光森林边的一棵小树上，被树叶遮挡得很严密。要不是斜射的阳光，樱树可能根本不会留意到他。是他眼睛的反光，引起了她的注意。

樱树慢慢向前爬行。当她来到最靠近幽光森林的那排玉米时，再次抬头察看。

奥凯茨先生闷闷不乐地注视着玉米地另一头的谷仓。他不停地前后左右转动脑袋，嘴里发出嘶嘶声，不时还咔嗒一下。他黑色的爪子神经质地握紧树枝，要不就竖起羽毛，抬起翅膀，头埋得更低一些。樱树看得出，他情绪很低落，应该是攒了一肚子闷气。

樱树想到第一次在雨中看到他在瞭望树上的样子，和现在的样子差别很大。樱树感到十分惊奇。当时，凶狠的眼神和嘶嘶声让他显得很可怕，可现在看起来，他不过是个被吓破了胆的恶棍。想到这里，樱树感到很开心，要不是及时用爪子捂住了嘴，她差点儿就笑出声来了。如果能羞辱他一顿，该多有趣。这个念头给樱树带来了力量。

她无法控制住取笑他的冲动，于是脱口而出："嘿，奥凯茨先生！"

猫头鹰吃了一惊，转动脑袋，上下左右地搜索。

"这里！"樱树喊道，"在玉米地里！是我，樱树！"

奥凯茨先生弯下身子，朝她的方向看过来。"出来！"他粗暴地说。

"我就在这儿待着，谢谢你。"樱树回答道。她挤在玉米秆中间，感到很安全。她知道这个位置猫头鹰够不到她。

"奥凯茨先生，"她喊道，"你是在看谷仓上的那只猫头鹰吗？"

"关你什么事？"他吼道。

"你怕他，对吗？"樱树追问。

奥凯茨先生张开嘴，却没发出任何声音，只是盯紧着玉米地看。

樱树继续说："害怕的滋味不好受吧？"

"你想说什么？"

"我想说，害怕的感觉很不好，是不是？"

奥凯茨先生一声不吭。

"我可以告诉你一点儿关于那只猫头鹰的事。"樱树喊道。对于自己掌握的信息，她有点儿飘飘然。

"一点儿……什么事？"奥凯茨先生问道。

"你想谈一谈吗？"说到这里，樱树竭力压抑住笑意，"而且，我还准备把要告诉你的事也告诉我全族。"

奥凯茨先生在树枝上不安地动了一下："我可以跟你谈一谈。"

紧接着，他补充道："如果能让我看到你的话，谈起来会更容易些。"

在樱树听来，奥凯茨先生的声音有些变化，不再像以前那样充满敌意。这只是幻觉吗？她能相信他吗？她在心里这样想着，同时又在想，要是告诉他那只吓得他要死的鸟是假的，他会是什么表情？不过最终，她大声说道："你真想和我谈一谈吗？"

"是的，"奥凯茨先生回答，"你看起来是只非常聪明的老鼠。"

樱树的脸红了，还从来没有谁称赞过她聪明。她得承认，奥凯茨先生现在的这种态度出乎她的意料。猪草任性地顶撞过他，至于自己的父亲，一直表现得很怯懦。也许猫头鹰对一个礼貌但态度坚决的对手会表现出尊重。

"你真的认为我聪明吗？"她问。

"当然了，"奥凯茨先生说，"也许我们两个可以坐下来好好聊一聊，我们都很聪明，说不定可以找到解决问题的办法。"

樱树一阵激动。她，樱树，可以用一种极其理智的方式跟伟大的奥凯茨先生谈话；她，凭借着新的知识，获得了力量。也许，她要做的不是羞辱他，而是理智地解决问题，让老鼠们都能够搬到新屋。这难道不是一个可以带回家的最好的胜利吗？想到这里，她从藏身处走出来，来到土路上。

"是的，"奥凯茨先生和气地说，"让我们两个好好谈一谈，我想我们能够找到合理的解决办法。"

　　"好的。"樱弑说着又往土路上走了几步。她抬起头，但是奥凯茨先生不见了。

　　"你在哪儿？"她喊道。

　　就在这时，奥凯茨先生从她身后俯冲下来。

18

战　斗

是猪草的耳环救了她。

奥凯茨先生扑下来时，如疾风般卷起了一股气流。这股气流使耳环晃动起来，就像一根细小的手指轻轻敲击着樱树的耳朵，让她及时察觉到，并迅速转过身。就在最后一刻，她看见奥凯茨先生扑过来，于是猛地一跳，侥幸逃脱了。

但是紧接着，她就意识到自己犯了一个可怕的错误——她并没有跳回到玉米地，而是跳到了开阔的土路上。

奥凯茨先生站在路上，堵住了她回玉米地的路。无奈之下，她朝幽光森林蹿去，但眨眼间，奥凯茨先生就飞了起来，落在另一边，又一次截住了她的去路。

"其实你也并不怎么聪明。"他讽刺地说。

"听着，我想要的，从来不会放弃，"奥凯茨先生对她说，"我要的是，你永远不能活着回家！"

说完，他朝左猛扑，樱树立刻跳到右边，但是奥凯茨先生抢在了她前面，迅速地转过来对着她。樱树不得不狼狈地停下来。她手足无措地站在那里，喘着粗气，一时不知该往哪个方向逃。

奥凯茨先生居高临下地对着她，大笑道："我告诉过你，如果再被我逮住会怎么样，对吧？不过这一次，不会再有那只胖豪猪来帮你了。"说着，他用嘴朝她啄下来。

说到艾瑞斯，这倒提醒了樱树。她向下伸手，从腰带上拔出那根刺，像挥剑一样在眼前挥动。

奥凯茨先生眨了眨眼，咻咻地笑起来："你不会真以为区区一根豪猪刺就可以挡住我吧？"

"谷仓上的那只猫头鹰……"樱树上气不接下气地说，"是假的！你被一只假猫头鹰吓破了胆！"

奥凯茨先生惊得张大了嘴。一时间，他犹豫不决。樱

树意识到可以趁机逃脱，但她忍不住嘲笑他："你也不是什么伟大的猫头鹰，就是个没胆子的小鸡崽儿！"她以胜利者的姿态喊道。

在这一刻，他们两个，猫头鹰和老鼠，面对面对峙着。猫头鹰的脸上露出一种狂怒的表情。樱树知道她又犯了一个错误——她失去了刚才那瞬间逃生的机会。现在，猫头鹰会不择手段杀了她，而她只有拼命抵抗。

樱树颤抖着挥舞着刺。奥凯茨先生的反应是张开双翅，狠狠地拍击着地面，搅起一团尘土。

樱树几乎无法呼吸，更看不清楚。她向后退了一步，只听见身后有声音。她困惑地转过身。奥凯茨先生借着尘土的掩护，又一次跳到她身后，尖嘴朝她啄过来。樱树本能地挥刺反击。

奥凯茨先生看见豪猪刺，意识到这东西对眼睛的威胁，就退了回去。他怒视着樱树，嘴里咔嗒咔嗒作响。

樱树也冷峻地瞪着他，嘴里喘着粗气，不停地挥舞着豪猪刺。

"就算耗上一整夜，我也要把你拖垮！"奥凯茨先生嘶声说，"只要你出一下错，你就完了，小命就没了！"他向前作势佯攻。樱树敏捷地跳了回去。

奥凯茨先生再次出击，这次不是用嘴，而是用爪子。

樱树高举着豪猪刺，迅速往旁边一闪，躲开了爪子的攻击。她很清楚，唯一的希望就是跑回玉米地里躲起来。否则，猫头鹰会轻松地杀了她。

她留意着脚下，开始往幽光森林方向退去。跟她希望的一样，奥凯茨先生飞起来，落在她和树之间。她抓住这个时机，迅速转身往玉米地狂奔。

奥凯茨先生同样反应敏捷，瞬间明白了她的意图，没等着陆，他就一个飞跃向前，挡住了她的去路。

他开始疯狂进攻，又吼又叫。樱树拼命挥舞着豪猪刺防卫。她朝奥凯茨先生的脸刺出一剑，但只碰到了他的羽毛。这一击不但没有造成任何伤害，反而彻底激怒了奥凯茨先生。

奥凯茨先生步步紧逼，脑袋前后左右地晃动。樱树有些迷惑。紧接着，奥凯茨往后撤了一下身。樱树闪电般地从他的翅膀下滚了出去。现在，她终于来到奥凯茨先生的身后，在土路靠近玉米地的一侧。她撒腿就往玉米地里跑。奥凯茨先生头转了半圈，看见了她，他整个身子转过来，右边翅膀完全展开，翅膀尖斜擦过樱树的脑袋。

樱树仰面朝天跌倒在地。

奥凯茨先生趁机猛扑上来，张开大嘴，伸出舌头，嘶嘶直叫。樱树朝空中刺了出去，刺尖扎中了猫头鹰的舌头。他愤怒地啸叫一声，退了回去。

樱树趁这个空当站了起来。她又一次握着刺，正对着奥凯茨先生。

恼羞成怒的奥凯茨先生忽左忽右地逼近，一边晃动脑袋，一边发出凶狠的咔嗒咔嗒声。

樱树越来越疲惫，不得不一步一步倒退，最后浑身瘫软，跪在了地上。这正是奥凯茨先生一直等待的时机。他猛一蹬腿，扬起左爪，爪趾大张着击向樱树的脑袋。

眼见着爪子落下来，樱树只得用两只前爪紧紧握住刺，高高举起。就在奥凯茨先生的爪子落下来的一瞬间，她用尽全力刺了出去。

奥凯茨先生一声惨叫，跌倒在地，开始疯狂地打滚儿。樱树害怕丢掉刺——她唯一的武器，于是用尽全力想把豪猪刺拽回来，但是豪猪刺上的倒钩钩得死死的，她拔不出来。结果她被拖着，也跟着在地上翻来滚去。

奥凯茨先生尖叫着，疯狂地拍打着翅膀飞了起来。还没等樱树反应过来，她已经被带到空中了。她想松手放开那根刺，可是等明白过来，为时已晚。奥凯茨先生已经飞得

很高，这时松手必然会摔死。她只能抓着刺挂在那里，除此之外，别无办法。

奥凯茨先生尖叫着，嘶吼着，像着了魔一样在空中疯狂地乱冲乱窜，忽上忽下，不停地绕圈、疾速俯冲、上升、旋转，用尽方法，想把那根豪猪刺从爪子上弄下来。可他越是收缩，豪猪刺上面的倒钩就扎得越深，带来更大的疼痛。

而樱树仍然挂在豪猪刺上。

奥凯茨先生拖着一只爪子，下面还挂着一只老鼠，这让他的飞行大大受阻。他飞得更加狂乱了。此刻，他只想不顾一切地消除痛苦，已经顾不上看路了。

结果他朝着玉米地一头扎过去。到了玉米地上空，他故意放低挂着樱树的左爪，把爪子往玉米秆上撞，希望能把豪猪刺碰掉。樱树被撞得晕头转向，但每次她想要松开刺的时候，猫头鹰就又升到高处，她只能更紧地抓住刺。

樱树知道自己坚持不了多久，她必须得尽快想个办法。奥凯茨先生正低低地擦着玉米秆飞，越过玉米地之后，开始朝地面飞去。

松手！樱树心想，松手！但是她太虚弱了，以至于肌肉完全不听使唤。

接下来，她明白了奥凯茨先生的意图。盐块！他正在加速，准备用爪子疯狂地撞盐块。樱树清楚地意识到，如果她撞在坚硬的盐块上，就真没命了。

松手！松手！她又一次命令自己。这一次，她成功了，总算掉了下去。

就在樱树掉下去的同时，奥凯茨先生先升高，然后又下降。他失去控制，一头撞在盐块上。这一撞非常猛烈，盐块四分五裂，奥凯茨先生则羽毛爹开，大头朝下翻着跟头掉了下去。在连着翻了三个跟头之后，他像一麻袋土豆一样，极不体面地摊在地上。

另一边，樱树落在了草上。好大一会儿，她躺在那里，目瞪口呆，筋疲力尽，晕头转向。她抬头看看天空，什么也没看见，她又望向草地另一边——奥凯茨先生肚皮朝上躺在地上，一动不动。他的爪子稍稍蜷着，搁在胸前，左爪上还扎着那根豪猪刺。地上到处都是羽毛，中间还夹杂着碎成小块的盐。

樱树摇摇晃晃地站起来，朝玉米地颤巍巍地走了几步，然后停下来回头望了望。奥凯茨先生仍然没动。她紧盯着他，内心犹豫不决。

随后，她慢慢朝那只可怕的猫头鹰走过去。每走两步，她就停下来，看一看，嗅一嗅，但是猫头鹰仍然没有反应。

樱树走到奥凯茨先生的脑袋旁边。她又一次停下来。奥凯茨先生的大眼睛睁得圆圆的，瞪着天空，嘴张着，那簇魔鬼般的羽毛弯了下来。樱树看着他，他的嘴无力地动了一下。

"奥凯茨先生？"

没有回答。

她又向前迈了一步。

"奥凯茨先生?"

他的脑袋微微转了一下。在这一瞬间，他的眼睛似乎在凝视樱树。

"有时……"他自言自语道,"有时,我纳闷儿……纳闷儿……为什么我要费事……去保护……你们。"说完,他的嘴最后咔嗒了一下,眼睛也闭上了。

奥凯茨先生死了。

19

回　家

　　樱树久久地看着奥凯茨先生僵硬的身体，她本以为会感到胜利的喜悦，哪怕只是单纯的高兴。事实上，在她小小的身体里，确实涌动起某种骄傲之情，但这种骄傲被她深埋了起来。樱树真正的感觉是疲倦。过去的一个小时里，她好像经历了四季一般。她感到自己老了。

　　在她面前的草上，落着一根奥凯茨先生的羽毛。樱树从来没有真正看过猫头鹰的羽毛。这根羽毛的样子很可爱，通体呈斑驳的褐色，顶端带一簇白色的绒毛，像婴儿的呼吸那么柔软。她捡起这根羽毛，微风中，羽毛轻轻地颤抖。

樱树叹息了一声，把羽毛插在腰带上。她转身望着玉米地。天在慢慢变黑，她很想躺下睡一觉，但随即意识到这时还不能睡。她要把自己的发现和所发生的一切告诉其他老鼠。

她穿过土路，走在森林的边上。豪猪留下的气味足以让她找到回艾瑞斯家的那条路。第一次，对那个老家伙的臭气，她充满感激。樱树微笑了一下。

樱树径直走进幽光森林。她走得很慢，有条不紊，不急不忙地做好警戒，还不时地停下来欣赏美丽的风景。

月光透过芬芳的空气洒下来，辉映着一株高大的树，一棵格外秀美的冷杉，还有一丛丛果实累累的蓝莓树丛，上面的蓝莓果几乎有她的脑袋那么大。

当樱树走近艾瑞斯的圆木时，她站了很长时间，打量着已经失去主人的奥凯茨先生的枯树。她好奇地想，未来谁会住在里面呢？

"艾瑞斯！"她站在入口处对着圆木里面大声喊道，"你在家吗？艾瑞斯！"

作为对她的回复，圆木深处传来抓挠和哼唧声。

"是你吗，艾瑞斯？"

"是哪个不开眼的讨厌鬼？"一个怒气冲冲的声音回答，"就不能让我有点儿私人空间！要是不想尝豪猪刺的话，就快给我滚开！"

　　"艾瑞斯，是我，樱树！"

　　"谁？"

　　"你不记得了吗？樱树。"

　　"樱树！"那个声音重复了一遍这个名字，听起来比先前热情了许多，接着是一阵窸窸窣窣声。随后艾瑞斯长满灰白毛发的大扁脸从黑暗中探出来，"真的是你吗，丫头？东西呢？"

　　"什么东西？"

　　"盐！你没带来吗？"

　　"艾瑞斯，我是来告诉你关于奥凯茨先生的，他——"

　　"我一根跳蚤毛都不在乎那个混蛋猫头鹰！你答应我的盐在哪儿？"

　　"在那边，在新屋旁边，整个儿都碎在地上了。"

　　"在地上！"艾瑞斯尖叫道，"放地上干吗？"

　　"艾瑞斯，我拿不动，而且——"

　　"在地上！我的老天爷！那会化得一干二净的！"

　　豪猪呼一下冲出来，速度快得樱树不得不跳到一旁躲开。下一秒，他已经沿着小路狂奔而去了。

"我能睡在这里吗？"樱树在他身后喊道。

"随你便，我没时间管你！"说话间，艾瑞斯的身影已经消失不见了。

樱树走进圆木里面躺下来，立刻睡着了。

她一直睡到日上三竿，醒来时，艾瑞斯还没有回来。她出去找了一些种子吃，然后又回到圆木里继续睡觉，直到黄昏降临。这次醒来时，艾瑞斯已经回来了，正在嚼着一块盐，像喝醉了一样，口水横流。

"嘿！"樱树招呼道。

"好吃！这是我吃过的最好吃的盐。"艾瑞斯舔着嘴唇，头也不抬地说，"太棒了！"

"这么说，你吃到了一些？"

"一些？是全部！我都快站僵了！这是最后一块了，全是纯净的，好到不能再好的盐！太好吃了！你无法想象，简直就是奇迹！"

"艾瑞斯？"

"什么事？"

"你看到奥凯茨先生了吗？"

"嗯，看到了，已经死了。这是怎么回事？"

樱树把经过讲给他听。艾瑞斯尽管忙着吃盐，还是放慢了速度听着。樱树讲完之后，问艾瑞斯："你怎么想？"

艾瑞斯摇了摇头，说："没想到，真没想到，居然多亏了那只猫头鹰的硬脑袋，但要是你说的是真的……"

"千真万确。"

"好吧，感谢它撞碎了这块盐！樱树，这真是不可思议的好东西，你想尝一尝吗？我是说，给你尝一点点。"

"艾瑞斯！"

"又怎么了？"

"我现在要回家了，我能再回来看你吗？"

"当然，樱树，当然，任何时候，记得带些盐来。"

"我这就走了……"

"樱树！"

"什么事？"

"你是这世上的盐！"

樱树走上木桥，过了闪光小溪。之后，她沿着柏油路走。等她到达灰屋时，天色已经很晚了。她注意到的第一样东西是一面飘扬的红旗。

她慢慢爬上门廊的台阶，没有急着进去，而是先往里看了一眼。全族都聚集在前厅，肺草站在那顶旧草帽上，很显然正在讲话。

　　"所以说，亲爱的朋友们，我们这个家必须要分开了，是的，分开，各走各的，自己去找食物，这里没有足够的食物给大家了。但是首先，我希望先举行一个简短的悼念活动，悼念我们这个大家庭……这是……樱树？是你吗，樱树？"

这时樱树走进屋，所有的老鼠都转头望着她。

樱树平静地注视着他们，然后从腰间拔出羽毛——奥凯茨先生的羽毛，举得高高的，让每只老鼠都看得见。

"奥凯茨先生死了，"她严肃地说，"我能告诉你们的是，新屋就在一大片玉米地旁边，那里永远有充足的食物给我们吃。"

"天哪！樱树！"肺草以一种胜利的语气叫道，"我早说过不是吗？只要你听我的建议，一切都会顺利的！"

20

新的开始

    距离奥凯茨先生杀死猪草那个夜晚，已经过了将近十三个满月，樱树和她的丈夫黑麦（至于他们怎么相遇并结婚的，那是另一个故事了），带着他们的十一个孩子，站在班诺克山顶的一棵小榛子树下，排成一排。豪猪艾瑞斯站在一轮金色的满月下看着他们。

    "这棵树，"樱树对正在打闹嬉戏的孩子们说，"从某种程度上说，是我故去的好友猪草种下的。"

    "虽然我不能确定这棵树就是他掉的那个榛子长出来的，但我愿意这么想。尽管这棵树现在还很弱小，但有朝一日，它会长成大树。我想把这个，"说到这里，她掏出那只耳环，挂到一根高高的树枝上，"挂在这里。这样，随着树的生长，它就会在天空下闪闪发光，我们也都能看得见。"

"嘿，妈就爱长篇大论，你说是不是？"一个小不点儿对她的兄弟姐妹小声说道。

"过去，班诺克山顶上的这个地方，"樱树接着说，"是我们不得涉足的禁地，尽管当时我们也住在幽光森林附近。但是现在，这里将成为我们的舞场。不管你跳得怎样，我的孩子们，是慢是快，平缓还是激烈，只要你可以在月光下、在天空下自由地跳舞，一切都会很好。现在，艾瑞斯，如果你愿意……"

老豪猪艾瑞斯尽管嘴里低声嘟囔着"老鼠渣"，但还是摇晃起他满身的刺，发出有节奏的沙沙声。跟着，十一只小老鼠也跳起来，抖动、跳跃、托举、转圈……樱树和黑麦则庄重地跳起了华尔兹，在月光下不停地旋转，旋转……

在月光的映照下，挂在榛子树上的那只耳环闪闪发光。

献给表妹艾米

POPPY

Written by Avi, illustrated by Brian Floca

TEXT © 1995 AVI WORTIS, INC.

ARTWORK © 1995 BRIAN FLOCA

This edition arranged with BRANDT & HOCHMAN LITERARYAGENTS, INC.

through BIGAPPLEAGENCY, INC., LABUAN, MALAYSIA.

Simplified Chinese edition copyright: 2024 Beijing Everafter Cultural Development Co., Ltd.

All rights reserved.

版权合同登记号：14-2024-0035

图书在版编目（CIP）数据

幽光森林的居民们. 猫头鹰的秘密 /（美）阿维著；
（美）布莱恩·弗洛卡绘 ；栾述蓉译. -- 南昌 ：二十一
世纪出版社集团，2024.6

书名原文：Tales from Dimwood Forest

ISBN 978-7-5568-7451-4

Ⅰ. ①幽… Ⅱ. ①阿… ②布… ③栾… Ⅲ. ①儿童小
说－长篇小说－美国－现代 Ⅳ. ①I712.84

中国国家版本馆CIP数据核字(2024)第045874号

幽光森林的居民们·猫头鹰的秘密
YOUGUANG SENLIN DE JUMINMEN MAOTOUYING DE MIMI

[美] 阿维 / 著　　[美] 布莱恩·弗洛卡 / 绘　栾述蓉 / 译

出 版 人	刘凯军	项目策划　奇想国童书
责任编辑	张 周	
特约编辑	郑应湘　周 磊　**装帧设计**　李燕萍　程 然	
出版发行	二十一世纪出版社集团	
	（江西省南昌市子安路75号 330025）	
网　　址	www.21cccc.com	
经　　销	全国新华书店	
印　　刷	固安兰星球彩色印刷有限公司	
版　　次	2024年6月第1版	
印　　次	2024年6月第1次印刷	
开　　本	880 mm×1300 mm　1/32	
印　　张	5.75	
字　　数	102千字	
书　　号	ISBN 978-7-5568-7451-4	
定　　价	218.00元（全7册）	

赣版权登字 -04-2024-113　版权所有，侵权必究
（凡购本社图书，如有印装质量问题，由发行公司负责退换。服务热线：010-64049180 转 805）

幽光森林的居民们

猪草的历险

[美]阿维/著　[美]布莱恩·弗洛卡/绘

栾述蓉/译

21 二十一世纪出版社集团
21st Century Publishing Group

安珀市

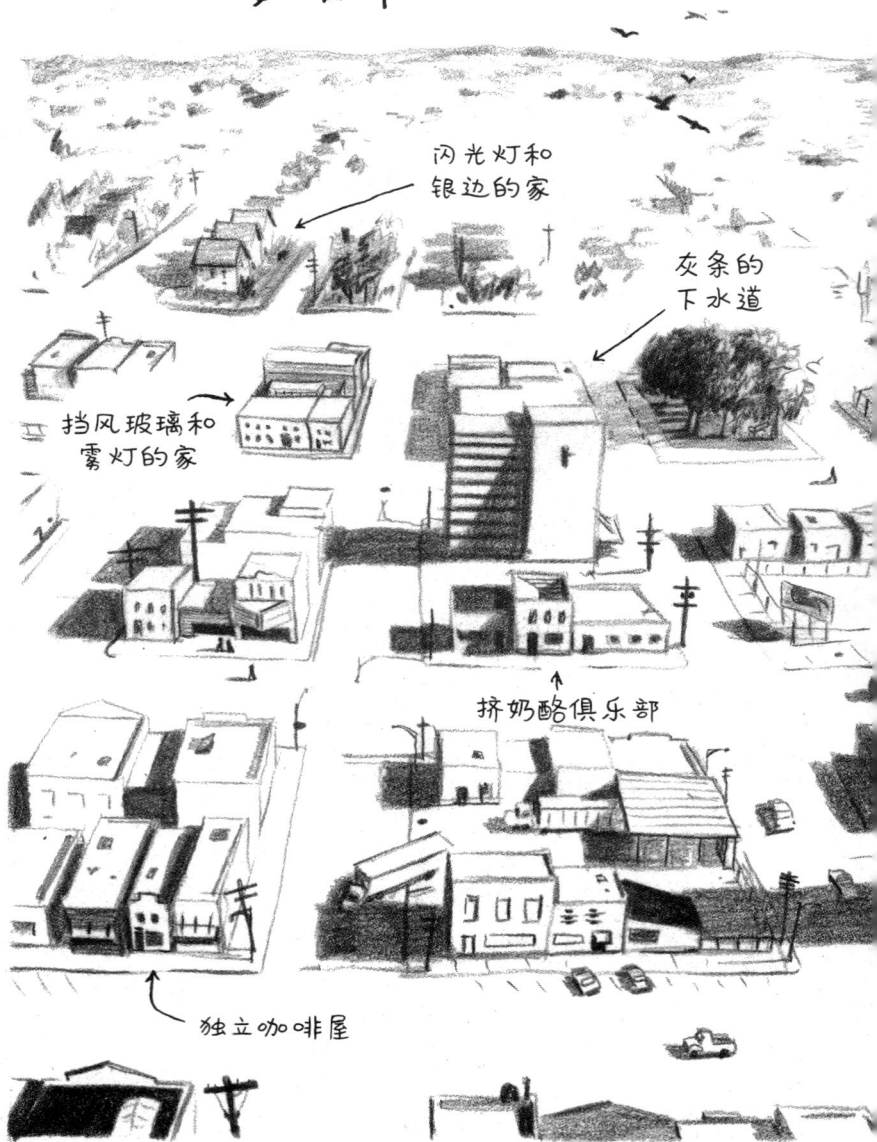

闪光灯和
银边的家

灰条的
下水道

挡风玻璃和
雾灯的家

挤奶酪俱乐部

独立咖啡屋

通往林地和
幽光森林

北
西 —— 东
南

离合器的家

德海姆街

老鼠镇

韦尔街

目 录

1

猪 草

"妈,身为老鼠就要做老鼠该做的事。"

这是猪草,一只深橘色的赭鼠,耳朵圆圆的,身后拖着一条不算长的尾巴,正在跟他的爸爸妈妈还有五十个兄弟姐妹告别。他们一家住在小溪附近的一处高地,此刻全都聚集在家门口。

"是……是因为我们,你才要离开家吗?"他的妈妈三叶草眼泪汪汪地问道。她个子矮小,身子圆滚滚的,长着一双温柔的黑眼睛。

"哎呀,妈,不要胡思乱想了。"猪草嘴上这样说,心里却在盼着能避免这样郑重其事的告别，"我就是想出去看看，我都快四个月大了。我的意思是，小溪很好，但是，毕竟它不是整个世界。"

猪草的爸爸缬草有一张长脸，瘦高个儿，乱蓬蓬的胡须已经有些花白。他把猪草拉到身边说："好了，儿子，没必要笑话我们这些守在家里的人。"

"对不起，爸，我没有笑话你们的意思，我只是想在安家之前出去探索一番未知的世界，而且我不会去很久的。"

"你保证一定会回来？"三叶草问。尽管猪草已经仔细地梳理过毛发，周身干净又整洁，但还是被妈妈发现耳朵边有一撮毛翘了起来。说到底，三叶草对猪草总是格外在意。

"当然会的。"猪草一边安慰妈妈，一边试图躲开她的爪子。

"还有……还有……要是你遇见了哪个年轻的女孩，"三叶草柔声补充说，"又对她产生……呃……好感的话，一定要确定她对你是真心的。"

猪草脸红了。

"妈，那种事对我来说还早了点儿。不说了，我要想想今天到什么地方去，现在就得动身了。"

三叶草听他说马上就要走，双爪立刻抱住他，鼻子贴

在他的右耳边蹭了蹭。"一定，一定要小心！"她轻声说，"答应我。"

"我保证。"猪草回答。

三叶草这才依依不舍地松开了儿子。

缬草伸出爪子，说："猪草，你是一只头脑清楚、心地坦诚、勤奋努力的年轻老鼠，我为你感到骄傲。"

猪草握住爸爸的爪子，回答道："爸，我要是能像你一样棒就满足了。"

"谢谢你，儿子。"缬草的声音有些沙哑。

这样煽情的场面让猪草有些难为情，他有点儿害羞地看了看自己的兄弟姐妹。在所有还留在家里的孩子中，他是年纪最大的一个，但即便是那些就住在附近、比他年长的孩子现在赶回来，猪草也是第一个离开小溪地区的。正因为如此，他们看他的目光中充满了艳羡和敬佩。

临出发之前，猪草朝只比他小几个星期的弟弟黑麦走过去。

黑麦跟猪草长得很像，只是由于一场意外，右耳边留下了一处缺口。

"好了，黑麦，"猪草边说边开玩笑地在弟弟的肩膀上捣了一拳，"你现在是家里最大的孩子了，你要照管好家里的一切。要是没做到的话，看我回来怎么收拾你！"

"知道了。"黑麦笑着回答，掩饰住心中的不满。他不喜欢猪草摆出哥哥的姿态告诉他什么该做什么不该做。

跟着，猪草对他最喜爱的小妹妹奶蓟挤了挤眼。"回见了，小不点儿！"他大声说。

"猪草，我会想你的！"奶蓟边喊边冲上前，用鼻子使劲蹭了蹭猪草。

猪草打定主意要轻松愉快地离开。他向后退了一步，潇洒地和全家挥挥手，跟着就转身上山，大步流星地朝可以俯瞰到小山谷的山脊走去。半路上，一块巨大的石头拦在路中间。猪草停下来朝山下看了看。家人们还站在原地目送着他离开。虽然还是想前进，但猪草察觉到自己犹豫了一下。

春天的空气中洋溢着一种淡淡的甜蜜。头顶上方，蓝天一望无际，阳光照在身上，暖洋洋的。花朵在青苔和野草中间蓬勃生长，带着一种青春的冒失气息，跟山下那条古老清浅的小溪形成了鲜明的对比。溪水在树木成荫的低矮岸间慵懒地流淌，宽宽的水面上盛开着粉色和白色的睡莲。环绕在小溪四周的高大树木长着初生的新叶，看上去像是笼罩在一层淡淡的绿色薄雾中。

在猪草脚下的，不仅仅是一片美丽的景色，还是他的家园，有他的家，还有彼此爱护的家人。

"希望我的决定是对的。"他叹了口气，心想。他大声提醒自己："身为老鼠就要做老鼠该做的事！"猪草朝家人最后挥了挥手，继续沿着山脊向上爬。

他不知道自己要去哪里，没有得到过别人的建议，也没有做任何计划。"跟着心走就行了。"他曾对黑麦这样说。

猪草一边走，一边哼着一首老歌。他有一副好嗓子，是

老鼠中罕见的低音，并且他喜欢唱歌。此刻，他唱的是和家
人郊游时经常唱的一首歌：

> 一只老鼠，自由漫步，
> 走过林荫和卵石小路，
> 走过高山，还有低谷，
> 阳光灿烂，鸟儿唱歌。
> 世界处处是老鼠，啊！
> 世界处处是老鼠，啊！

他一路哼着歌，一直走到另一座小山的山顶才停下来。

脚下的道路似乎一直延伸到了远处的地平线。这番景象让他感到难以言喻的激动，仿佛一切都有可能。他深吸了一口气。啊，自由是多么美好！自己的生活自己做主又是多么痛快！直到此刻，他才充分体会到成长和独立的快乐。这感觉就像电流一般传遍全身，让他兴奋不已。

　　猪草感到浑身充满力量，他大踏步地朝前走去，不时地放开嗓门吼上一句："世界处处是老鼠，啊！"

2

田鼠的建议

　　猪草走了一上午，来到一个岔路口：一条向东，一条向南。这是他离开家之后，第一次面临方向的选择。

　　他打算先休息一下，然后再从容不迫地做出决定。这时，猪草想起来，从出门到现在，他还没吃过东西。于是他用鼻子到处嗅，很快找到了很多榛子，足够他饱饱吃上一顿了。而且，猪草最爱吃的就是榛子。

　　正当猪草啃榛子的时候，一只上了年纪的田鼠从一丛灌木后面蹒跚地走出来。这只田鼠拖着一条短尾巴，长着一对大耳朵，背上的毛是红褐色的，鼻子扁平，胡子都白了。他近视得很厉害，鼻子几乎贴在地面上，一个劲儿地嗅着什么，可太过专心，结果一头撞到了猪草身上。

"啊，天哪，天哪！"田鼠慌乱又尴尬地嚷道，"真是对不起，年轻人，我没看见你。真是的，我这是怎么回事，竟然撞到别人身上了！唉，恐怕我的视力大不如前了，请你原谅。"

"没关系，先生，"猪草轻松地说，"也许是我不该在这里乱闯。我是从小溪那边过来的，在这里随便走走。我想你也许没有听说过小溪吧？"

"恐怕是没有。"田鼠面带歉意地说。

田鼠的回答让猪草感到很兴奋。按照猪草的理解，这说明他已经走得很远了，远得都没人知道小溪了。因此，他说了一句："那样更好。"跟着他又问："你住在这附近吗？"

"是的，而且很久了，"田鼠回答，"连我自己都记不清到底多少年了。你又为什么到这里来，年轻人？"

"我要去看世界。"

"看世界？"田鼠重复了一遍猪草的话，语气中流露出向往和遗憾，"不错，这个世界很大。"

"你去看过吗？"猪草急切地问。

"我也只见过冰山一角，"田鼠摆出一副谦卑的姿态，却分明让人感到他只是谦虚而已，"当然，那是我还年轻的时候，这个世界可真是奇妙！"

猪草不禁对这只田鼠刮目相看。显然，对方的阅历非常丰富。"先生，那你知道这两条路都通向哪里吗？"猪草问。

"我还真知道。"田鼠回答时带有一丝骄傲，"想当年，年轻人，这两条路我都走过，它们分别通向完全不同的地方。朝东的那条通向一个森林，准确地说，是幽光森林。那真是一个令人惊叹的地方，黑暗、奇特而美丽。你真应该去看看，不过要当心猫头鹰。"他补充说。

"我肯定会喜欢那个地方。"猪草对田鼠的警告毫不在意，"另一条呢？"

"朝南的那条通往一条铁路。"

猪草眨了眨眼："什么是……铁路？"

"抱歉，"田鼠说，"我没有解释清楚，铁路是人类建造的，你知道人类吧？"

"知道。"猪草回答。尽管他还从来没见过任何一个人。

"嗯，是这样的，人类制造火车，火车在铁轨上跑。具体地说，就是两条轨道，能让火车通往远方。整个设备无比庞大，火车经过时会发出震耳欲聋的响声，速度快得惊人，而且也非常危险。我这话一点儿都不夸张。"

"你说人类可以利用火车到达任何地方？"猪草神往地问道，"都是什么地方？"

"乡镇，城市。"

"这些地方我都不知道是什么样。"猪草老实地承认。

"这个……你还年轻，不是吗？"田鼠说。

猪草红着脸回答："我只有四个月大。"

"你很快就会长大了。"田鼠为自己的幽默呵呵笑起来，"听着，年轻人，乡镇和城市是大量人类聚居的地方。人类会建造非凡的巢穴，巨大的建筑高耸入云，至于城市的样子，看到那边的那些树了吗？你想象一下，人类的一个住宅就好比一棵树，设想有一千个那样的住宅，两千个，不，两万个！一百万个！那就是城市了！"

"哇！"猪草惊叹道，"那里有什么有趣的事吗？"

"有趣的事！"田鼠重复了一遍，用爪子捂住胸口说，"年轻人，你要是在这里待上一年，我也许能给你稍微讲一些发生在城市里的惊心动魄的故事。要知道，城市里什么事都有可能发生。但是，当心，对于你我这样的动物来说，那是个危险的地方。"

"但是很刺激？"

"刺激？"田鼠眨了眨眼，轻声说，"那个地方简直就是这个词的发源地。"

"听起来那正是我想去的地方，"猪草说着跳了起来，"谢谢你的建议。"

"我可没觉得给了你什么建议，"田鼠怅然若失地说，"事实上，我认为你应该先去幽光森林。"

"为什么？"

"那里要安全一些。"

"下次再说。"说完，猪草就匆匆忙忙走上了通往铁路的方向。

"啊，天哪！"田鼠看着猪草蹦蹦跳跳地离开，不由得嘀咕了一句。忽然，他想起来一件非常重要的事还没说，于是高声喊道："年轻人！到了城市，一定要当心猫！城市里到处都是猫！"

可是猪草已经走远了，没有听到田鼠的警告。

整个下午，猪草都在忙着赶路，刚好在黄昏时来到一个深沟旁边。他往沟里看了一眼，看到了一个以前从未见过的东西——火车。猪草注视着火车，被它巨大的尺寸惊呆了——那火车不仅高得出奇，而且长得两边都望不到头。

还有车轮——巨大、闪亮的钢铁轮子，但是它们没有转动。猪草对老田鼠的话深信不疑：火车会去往城市。只是他无法想象，这个大家伙是怎么办到的。

实际上，猪草看到的那部分只是一节货车车厢，暗红色波纹钢的车厢两侧

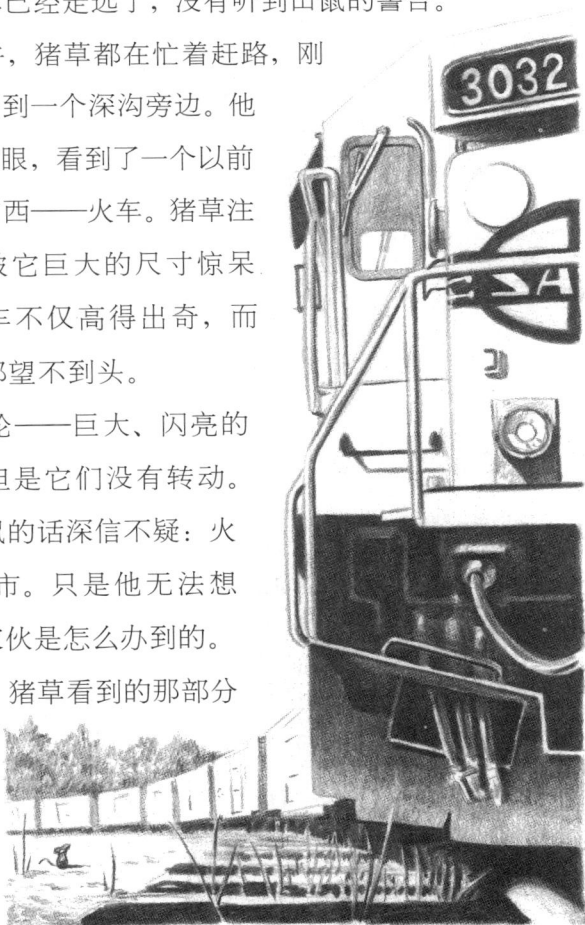

写着"大西铁路"几个大字。猪草被吸引住了,他联想到伟大的冒险历程。更妙的是,车厢的门居然是开着的。

在探险欲望的驱使下,猪草匆忙跳进深沟里。在靠近铁轨的地方,他看到一个连接着两节火车厢的车钩低垂着。于是他跳到车钩上,顺着车钩爬上去,再沿着车厢侧面的雨水槽一路小跑,一眨眼就钻进了车厢里面。

一眼看过去,车厢是空的。猪草注意到角落里有一个敞着口的袋子,上面写着"麦片"。他不知道麦片是什么,不过闻上去好像味道很不错,而且他肚子很饿。这一天的确过得很精彩,不过折腾了这么久,猪草也累坏了。

"这才是生活。"他自言自语着,把鼻子伸到麦片里狼吞虎咽地吃起来。可还没等他咽下去,火车猛地动了一下。

"嘿!怎么回事?"猪草大叫。他跑到车厢门口,吃惊地发现车厢在动。一开始速度不是很快,但是没几分钟,火车就开始呼啸向前,快得超乎想象。

猪草震惊地意识到,他在小溪的家已经快速地消失在身后了。他感到心像被攥住了一样紧张起来。现在,他真的要去看世界了,而且没有退路。

这只年轻的赭鼠用混杂着喜悦和忧伤的声音喊道:"城市,我来了!"

3

银边

银边不是普通的白猫，她脾气非常暴躁。在她看来，世界变得如此糟糕，老鼠是罪魁祸首。

作为猫来说，银边的个头儿很大。她刚七岁，正值壮年，有着黄色的眼珠和雪白的毛，脖子上戴着一个粉色的塑料项圈，上面镶着钻石般闪亮的小圆片。项圈上挂着银边的城市执照——"安珀市的猫30"——让她非常自豪的一个标签。安珀市的猫非常看重数字编号——排名越靠前，就代表身份越高。

在银边还是只八周大的小奶猫时，她被带到了一个人类家庭，从那时起就一直住在那里。不过最近，她在这个家里的独立住所被挪到了地下室一个轰隆作响的壁炉后面，带着她的小毯子。家里人很少会经过这个温暖安逸的地方。这就意味着，这些日子里，银边大多数时间都是自己待着。

对此她感到很不高兴。

在过去的岁月里，银边一共生了十二只小猫，并独自把他们抚养长大。照顾小猫是一件很辛苦的工作，需要持续不断地努力，才能把他们教育成体面、勤劳，并且思想端

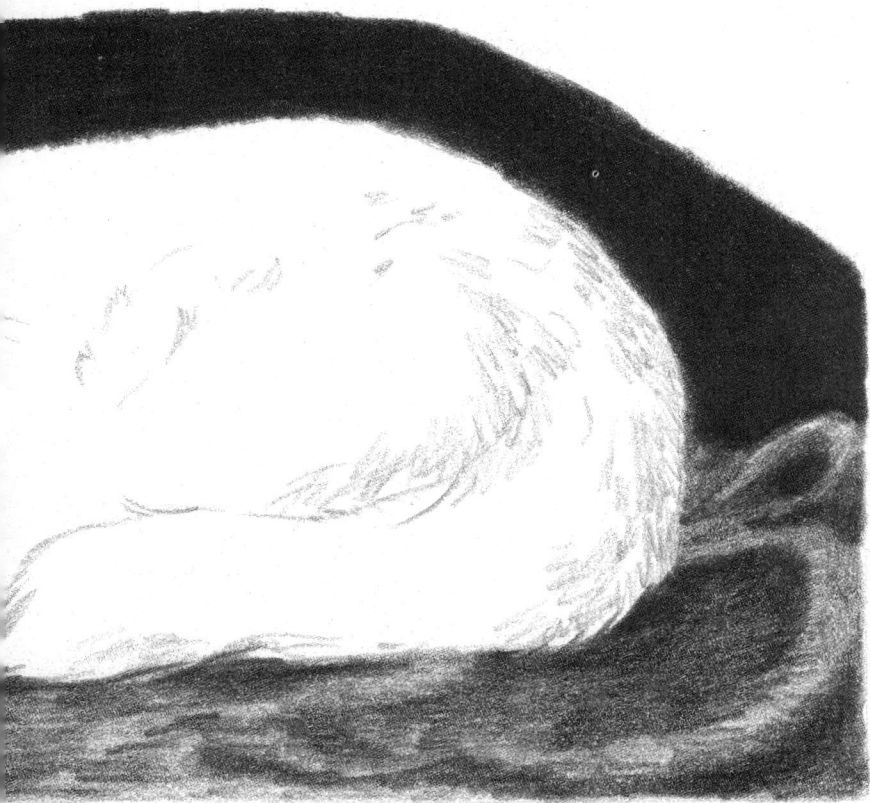

正的猫。她自认为做得非常成功。现在，小猫们都已经长大，离开了她，有了各自的家。她甚至已经当上了祖母。

银边偶尔能见到一些后代，比如某个夜晚，在自己的领地或是公园巡逻时。她总是为他们担心，因为安珀市的生活不再像以前那样了。

在银边小时候，安珀市是一个繁荣、整洁、生机勃勃的城市，很少有老鼠。可是现在，她不知道为什么，对维护环境负有主要责任的人类好像不再在意安珀市了——社区日益凋敝，最糟糕的是整个城市老鼠成灾。而且，这些老鼠跟老一辈的老鼠不大一样。

银边记得，在过去的黄金岁月中，老鼠都很懂规矩，而且很自觉地控制繁殖数量。他们胆小怕事，毕恭毕敬，满怀感激地靠食物残渣度日，进到房子里的时候，总是躲躲闪闪，而且只敢从后门或者建筑的缝隙进入。

这些老鼠很少会招摇过市，因为那就是在拿自己的性命冒险。对于这一点，老鼠和猫各自心知肚明。

偶尔出现一两只叛逆不守规矩的老鼠，安珀市的猫也很清楚该怎么对付它们。不自量力的老鼠会被逮住，然后……被解决掉。

没有争议，没有混乱，不需要一句废话。

　　可是现在，安珀市的老鼠不仅数量大增，而且开始变得肆无忌惮，一副他们也有权待在安珀市的样子，有的甚至还占据了城市的一部分——靠着铁路边，被人类废弃的区域——作为他们的地盘。他们称那里是老鼠镇，还选出了自己的镇长，建了自己的学校和俱乐部。

　　一开始，银边试图对这些新来的老鼠们视而不见。可是每只老鼠的存在都是对她的侮辱，这让她感到无比恼怒，也提醒她生活不再像以前一样了。

　　接下来，发生了两起重大事件——

　　有一天，银边家的那个女孩竟然带回来一只老鼠！一只毛色雪白、眼睛粉红的老鼠！她不仅把他养在卧室里，还给他取了名字，叫"闪光灯"。这个可爱得让人作呕的名字对银边来说简直就是一个巨大的刺激。而且，这老鼠的皮毛竟然跟她的一样白，这就让她更加愤怒了。

过去，银边一直都在女孩的枕头上睡觉。就算不在枕头上，也会在女孩床腿边的地毯上。然而现在，女孩把所有的爱都给了那只老鼠。她爱抚、亲吻那只叫闪光灯的老鼠，走到哪儿都带着他，还让他在房间里自由活动。最可恶的是，女孩不允许银边继续待在房间里了。

正因如此，银边睡觉的地毯被挪到了地下室。

为此，银边感到了巨大的羞辱。一连几天，她都躲在壁炉后面，沉思默想，闷闷不乐，沮丧到了极点。她宁肯待在黑暗的地下室，守着气味难闻的猫砂盆，也不想跟家里家外的任何生物打交道。

偶尔，银边会出门看望她已成年的孩子，还有孙辈。在一次探望时，银边遭到了第二个打击。这一次的打击彻底改变了她的生活轨迹。

在所有的孙辈中，银边特别喜爱一只叫加斯波的小猫。他全身乌黑，长着蓝色的眼睛，胸脯上有一撮白毛，是一只感情丰富的小猫。

一天，银边去看望加斯波，结果发现他竟然在屋前的草坪上跟一只……一只老鼠在玩耍。银边的第一个反应是震惊，紧接着是愤怒。

她猛地跳上前，狠狠扇了老鼠几巴掌，吓得老鼠连滚带爬地逃走了。然后，她给了外孙一记响亮的耳光。

"你怎么敢这样！"她咆哮道。

银边愤怒的样子让加斯波又害怕又难过，一时不知道说什么好。

"那是我最好的朋友。"他可怜巴巴地嘀咕道。

"朋友?!"银边尖声喊道，"真不知羞耻！难道你就找不到一只体面的猫跟你玩吗？难道你不知道就算是最下等的猫也比身份最高的老鼠高贵得多吗？你妈妈在哪里？我要教训教训她！"

加斯波战战兢兢地回答说："我妈妈出去了。"

"去哪儿了？"

"我不知道，好像是去工作了。"

"工作?!"银边高声叫道，"一个妈妈的工作就是待在家里，确保她的孩子不会交上坏朋友！我简直不敢相信，这个城市竟然堕落到了这等地步！"

说着，她又在外孙屁股上扇了一巴掌，然后竖起尾巴走开了。

这件事彻底改变了银边的生活。她愤怒极了，决心采取行动。她必须要解决安珀市的鼠患问题。

那天晚上，她在城市的大街小巷游荡，到处寻找老鼠，不是因为饿，而是为了报复。

毫无悬念地，银边遇到了两只老鼠。第一只落荒而逃，第二只跑得慢了一点儿，落了个悲惨的下场。银边把老鼠的尸体放在女孩房间的门口，以示挑衅。

银边突然意识到，她无法独自解决这个城市的老鼠问题。于是她创建了一个协会，目的是保证猫族高高在上的地位，人类其次，老鼠则永远处于最底层。银边给她的协会取名叫作"猫科动物致力消灭啮齿类动物协会"，简称"消灭协会"。她还为协会设计了一个口号：猫科动物至上。

银边试图邀请其他的猫加入"消灭协会"，但是大多数猫都不感兴趣。他们耸耸肩，说什么"我不需要加入协会，也能捉老鼠，我喜欢单干"，或者是"我喜欢周围有很多老鼠，这样抓起来更容易"，甚至还有的说"我只管吃饱肚子，至于老鼠们守不守规矩，跟我没关系"。

结果，在安珀市所有的猫中，银边只招募到了一个会员。这样一来，"消灭协会"的全部成员就只有两只猫，银边是协会主席，另一只叫灰条的猫是副主席。

灰条是只流浪猫,一身脏兮兮的灰毛,身体瘦长。布满伤疤的身体充分显示了他凶狠好斗的天性。他的一只耳朵残缺不全,一条腿瘸了,显然是某次打斗的结果,他为此感到非常自豪。

那是一次三对一的打斗,他以一敌三,最后获得了胜利。灰条把这些伤疤看作是他勇敢的证据。

"想知道我对老鼠的看法吗?"当银边邀请他加入"消灭协会"时,灰条问她。

"说来听听。"

"只有死老鼠才是好老鼠。"

"很好，你就是我要找的猫。"银边回答说。

银边听说乡下老鼠通常会乘火车进城。火车就停在老鼠镇附近，老鼠们会在那里下车。因此，银边和灰条的第一个行动就是在旧铁路附近巡逻。刚进城的老鼠一般都畏缩胆小，很容易成为猎物。

银边和灰条捉住这样的老鼠时，会恐吓他，警告他再也不要回来，然后把他扔回到火车上。得到这样"待遇"的老鼠算是幸运的。

4

进　城

　　整个夜晚，火车都在轰隆隆地前进。猪草兴奋得无法入睡。他待在敞开的车厢门口，欣赏着路上的风光。一幕幕的风景呼啸而来，又呼啸而去，在他眼前快速地变换着，看得他眼花缭乱。刚看到一个有趣的事物，他还没搞明白是什么，就消失不见了，取而代之的是另一个同样有趣的新事物。在这纷繁的变化中，唯一不变的是月亮。它就像一个老朋友，一直挂在夜空中。

　　一路上，开始时还能看到许多树木，随着火车的行进，树木越来越少，建筑越来越多，灰暗而庞大，跟田鼠对人类巢穴的描述完全一致。有些建筑里还会透出一些微弱的光。有一次，猪草依稀看到一个人的身影，在一种像是窗户的东西前踱步。可惜这场景一闪而过，他也拿不准自己是否看清楚了。

有时候，人类的这些巢穴聚集成一片。猪草回忆起老田鼠的话，断定这些成片的巢穴就是城市。

他想知道火车的目的地是哪里。当然，他是不会在火车运行时下车的。那样太不明智了。但是如果火车停了，他是立刻跳下车呢，还是等着去下一站呢？

想到这里，猪草嘲笑起自己的愚蠢，因为他突然意识到，在哪里下车根本不重要，一切对他来说都是崭新的。这

实在是太棒了！这正是他所追求的生活。猪草坐在那里，满怀期待，目不转睛地看着车外的一切。

整整一夜，火车在铁轨上奔跑着，有节奏地发出咔嚓咔嚓声，时不时还会鸣响汽笛，笛声悠长、深沉、悦耳。猪草从未听过如此动听的声音。他觉得这就是火车之歌，一首流浪者之歌，一首远离家园去探索与冒险的勇敢者之歌。他忍不住和着汽笛声哼了起来，把火车之歌变成了自己的歌。

天快亮的时候，火车逐渐慢了下来。猪草好不容易刚睡着，可是火车一减速，就把他惊醒了。他紧张而警惕地观察着周围的环境。

这会儿，他能看见更多的人类巢穴了。它们一排排整

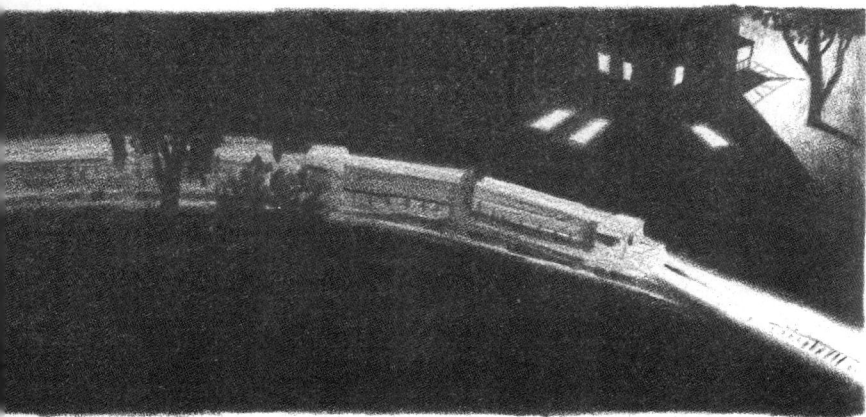

齐地排列着，前面有整洁的草地，还零星地长着几棵树。"多么有秩序啊！"猪草惊讶地感叹道。他断定自己一定是来到了某座城市。果真，没过多久，他就看到一块大牌子，上面写着：

欢迎来到安珀市！
一个整洁、优美的生活和工作之地。

猪草第一次清楚地看到人类。他们的身材巨大，身上覆盖着一大堆五颜六色的东西，而且每个人的色彩组合都不同。猪草惊讶极了。他还看见一些类似小型火车的东西，看上去像是"金属盒子"。每个盒子里都坐着人，盒子前面还有两盏闪亮的灯。这种盒子数量很多，而且移动速度很快。

猪草激动得心怦怦直跳。他慢慢挪到车厢门口，把鼻子探出车门，低头看了看。车厢距离地面很高，他做好了跳下去的准备。

不过火车没有停，继续稳稳地向前行进，以这个速度来看，提前跳车会很危险。

又有一些人类的巢穴从车厢外闪过。过了一会儿，巢穴变少了，猪草看见一些破烂不堪、快要坍塌的建筑，还有更多的金属盒子。只不过这些盒子没有移动，好像是被废弃了，一副快要散架的样子。甚至有那么一两个还翻了个个儿，轮子朝天，就像死掉的动物一样，原本鲜亮的颜色变成了一种黑褐色。

火车还在放慢速度，好像在爬行，在一阵颤抖和颠簸后，终于停了下来。汽笛发出绵长、低沉而忧伤的声音，听起来像是在告别。

猪草注意到，在离火车不远处，有许多残破的人类巢穴，似乎早已废弃不用了。荒芜的灌木丛中露出更多快要散架的破烂金属盒子。

再近一点儿的地方，乱七八糟的垃圾堆成了小山，里面有食物残渣、酒瓶、罐头盒、废纸——这些东西有时会神奇地出现在猪草家乡的小溪。此外，还有许多猪草叫不出名字的东西。在垃圾山旁边，好像还有一堆白石灰块。眼前的一切都给猪草一种毫无生机的阴沉感。

猪草低下头，看了看脚下的土地。一只白毛野兽坐在沙砾地上，蓬松的长尾巴气势汹汹地甩来甩去。

猪草长这么大，还从未见过猫，但是跟所有的老鼠一样，他听过太多有关猫的可怕故事，可谓耳熟能详。所以他一看到银边就知道那是猫，他的敌人。

　　果然，那只猫用尖锐且愤怒的声音叫道："老鼠，我要是你的话，我就会识相地走开，安珀市不欢迎陌生来客，至少不欢迎老鼠，这是一个体面、整洁的地方。"为了证明自己的话，银边张开大嘴，露出粉红的舌头和黑洞洞的喉咙，还有尖利的白牙。

　　猪草吓坏了，不知道该说什么，也不知道该怎么做。

银边正好相反。她呜噜呜噜地叫着，朝猪草啐了一口唾沫。上一秒她还坐在下面，眨眼间就跳进了车厢里。她本来可以跳到猪草身上的，但是猪草惊慌失措之下，失足摔了出去。

猪草落在铁轨旁边的沙砾上。他惶恐地缩成一团，抬头一看，那只白猫正在车厢里愤怒地盯着自己。

"老鼠，你要是想打架的话，算你来对了地方。"银边说着，绷紧了肌肉，准备再次扑过来。

猪草片刻不敢耽误，猛地跳起来，拔腿狂奔。他听见身后的脚步声，不用回头也知道那只猫在追赶自己。

"入侵者！"银边叫骂道，"乡巴佬！"

猪草一边飞跑，一边绝望地寻找可以躲藏的地方。他扭头看了一眼，白猫脚步轻快，紧追不舍，脸上还挂着狞笑，似乎很享受这种追逐。

"从这个城市滚出去，老鼠！"银边吼道，"猫科动物至上！这是消灭协会的规矩！给我乖乖地滚开，不要等着被拖着尾巴甩出去。"

猪草慌不择路，跳进了在火车上看到的那个垃圾堆里。他爬进一个罐头盒，不料却陷入了齐膝深又黏糊糊的红色酱汁里，一股恶臭熏得他几乎晕了过去。他急忙跳出罐头盒，又被一堆乱七八糟的铁丝绊住了。等他好不容易挣脱开，侧耳侦察动静，赫然发现那只猫就在身后。

猪草赶忙钻到铁丝边一摞发霉的废纸下面，绕过几个散了架的纸盒子——其中一个写着"玉米片"，接着他又从一堆变质的泡菜和臭气熏天的腐烂食物上爬过去，一直爬到垃圾堆的另一侧。

他探头张望，在前面十五米外有几个快要倾塌的人类巢穴。巢穴前有一个巨大的锈迹斑斑的金属盒子。那盒子破烂不堪，轮子深陷在泥地里，几乎没顶了。就在靠近猪草的这一侧，盒身与地面齐平的地方有一个小洞。猪草相信，如果他能从那个小洞钻进去，就可以摆脱掉那只猫。

猪草蹲下身，仔细听着，以判断猫的位置。他听到有东西被推来拖去的声音，知道那猫仍然跟在身后，而且越来越近。猪草明白自己别无选择，待着不动意味着必死无疑。他只有豁出去了。

"永别了，妈妈！永别了，爸爸！"他悄声说道。

说完，他从垃圾堆上纵身一跳。几乎与此同时，在他身后响起了一声可怕的怒吼。不用回头猪草也知道那猫已经靠得更近了。

这一次，银边不打算留任何情面。

猪草连滚带爬拼命地朝着那个金属盒子跑去。眼看越来越近了，可就在他跑到跟前的时候，他惊恐地发现那个洞被一块木头从里面堵上了。

他绝望地对着木头又抓又挠，可是木头纹丝不动。他惊恐地回头看，那猫就蹲在他身后几步远的地方，弓着身子，肚皮贴着地面，黄色的眼珠紧紧地盯着他，目光锐利得像匕首。她脖子上的亮片一闪一闪，爪子一张一缩，屁股扭动着，尾巴甩着，准备发起致命的一击。

5

离 合 器

猪草紧紧贴在那个被堵住的洞口上。就在这时，洞口突然打开了。一只爪子从里面伸出来，抓住猪草的肩膀，迅速把他拖了进去。就在银边扑上来的瞬间，堵在洞口的那块木头唰的一下又回到了原处。银边一头撞到了木头上。

目瞪口呆的猪草躺在一块脏兮兮的垫子上大口喘息着。过了好一会儿，他才回过神来，发现一只母老鼠正低头打量着他。

她又高又瘦，像根竹竿，但不是弱不禁风的那种，而

是很结实有力的。她的毛是灰褐色的，只有头顶处染成了绿色；鼻子扁平，胡须乱糟糟的，左耳上戴着一个小环，上面还挂着一颗紫色的塑料珠。

"嘿，老兄，你怎么样？"

猪草眨了眨眼，问："你说什么？"

"银边差点儿掐死你吧？"

"银边是谁？"

"嘿，难道你没看见那个蠢货朝你扑过来吗？"

"你是说……那只猫？"

那只老鼠笑了起来，说："不是猫，还能是汽车吗？"

猪草听不懂她在说什么。他打量了一下这个地方：屋顶很高，周围是一圈窗户，在房间的尽头有一个圆盘和一根伸出来的杆子，地板上还插着一些棍子似的东西。

"这是……什么地方？"猪草迟疑地问道。

"福特野马，"那只老鼠得意地说，"66款，金属顶，怎么样，很结实吧？"

"哦。"猪草应了一声，但其实并不明白。

汽车里异常杂乱。在车厢的一侧，有一块被揉成一团的破布，猪草猜那可能是床。到处都是食物的残渣，还有满地的碎纸屑，一块带四个轮子的木板被扔在了角落里——猪草猜不出那是什么。一把一头窄、一头宽的大木勺子挂在墙上，木勺两头之间缠着几根细绳。

"老兄，怎么称呼你？"那只老鼠问道。

"猪草。"

"酷！"那只老鼠说，"有什么含义吗？"

"含义？嗯，我想大概是某种植物的名字，不过我从来没想过这个问题。"

"有意思。"那只老鼠说着伸出一只爪子。

猪草赶忙也伸出自己的爪子。但是那只老鼠并没有和猪草握爪，而是拍了他一巴掌。"幸会！"她说。

"可以告诉我你叫什么名字吗？"猪草礼貌地问。

"离合器。"

"离合器？"

"对，离合器，老兄，就像车里用的那种。"

"嗯……什么是……车？"猪草问道。

离合器大笑起来："老兄，你现在就在一辆车里。车就是这种带轮子的巨大的金属盒，它还有发动机，会冒臭气，还会发出巨大的噪音，能载着人类到处跑。"

"这样啊，对了，谢谢你救了我！"

"别客气！哎，我说，那个银边是城里的猫，她和她的爪牙——灰条，正到处乱转，跟警察似的。凡是掉到他们脚边的肉，无论多小他们都要千方百计地吃掉。明白我的意思吗？他们俩坏透了。"

猪草颤抖了两下，说："明白。"

"我跟你说，她成立了一个协会，叫什么'猫科动物致力消灭啮齿类动物协会'，简称'消灭协会'，说是要保持城市的纯净和整洁。他们不喜欢任何流氓痞子——就是我们老鼠——来到这里。能留在这里的，必须是正派、体面、受尊重的，我是说，在他们看来正派、体面、受尊重，你明白我的意思吗？"

"啮齿类是什么意思？"猪草问她。

"那是对我们老鼠的一个古怪叫法，"离合器回答，"嘿，老兄，你来这里多久了？"

"我……刚下火车。"

"从乡下来的？"

"你怎么知道？"

"你这样的我见多了。火车开过来，伙计们从车上下来，附近随便转转，明白我的意思吧？想开始新生活，对吧？还想见识一下世界。但是，你也太嫩了点儿，比青草还嫩。"

"哦。"猪草说。

"但不管怎么样，欢迎你到这里来，老兄。你要是想干一番事业，算是找对了地方。老鼠镇虽然不漂亮，但是够酷，够炫，是个逐梦天堂，只要你跟得上这里的节奏，包你天天高兴，超级棒，你就等着瞧好吧！"

猪草眨了眨眼："我不太明白。"

"就是说，这地方太带劲了，"离合器接着说，"迷人，可爱，时尚，虽然不在市中心，但是很热闹，没有比这里更好的地方了。老兄，你要是够酷，跟我混怎么样？"

"事实上，我感觉很热①，"猪草困惑地说，"为了躲开那只猫，我一直在拼命跑。"

离合器大笑道："嘿，老兄，你可真是老土，我说的'酷'就是'好'的意思，懂了吗？就是带劲。"

"带筋？"

"不是'带筋'，老兄，换句话说就是棒极了！"

"哦，好的，是的，谢谢你，我希望，我多多少少……'带筋'。"猪草结结巴巴地说，"你就住在这里吗？"

"没错，老兄，这是我的窝。也许我还能找到更好的车，但是我自己住，习惯了随遇而安。为了自由，一切都值得，这感觉棒极了。我的伙计们有时会来这里聚会，放松消遣一下，明白我的意思吗？但大多数时候，这里只有我自己。我热爱自由。而且我总是心血来潮，想做什么就做什么。"

"那……你到底是做什么的？"猪草问她。

"嘿，老兄，我是这么想的，这世上做什么都离不开声音，明白我的意思吗？所以，我是个音乐家，制造声音，拨弄弦子的，就是那个，我的家伙，看到了吗？"离合器朝挂在墙上的那把木勺示意。

---

① 原文中，离合器说的是"cool"，刚从乡下来的猪草以为是"冷"的意思，所以他回答时用的是"warm"。

"那是什么？"猪草问。

离合器瞪大眼睛惊讶地看着他，说："那是吉他啊，老兄！我说，你可真够土的。"

"什么意思？"

"没什么，"离合器笑着说，"我最爱两样东西，一个是音乐，具体说是摇滚；再就是滑板，我有个滑板。另外我还有一个超炫的乐队，叫'漏气轮胎'，酷吧？对了，说起来，我们还缺一个成员。你知道吗，猪草？我恨死银边了！上周她把消音器给吃掉了！明白我的意思吗？她说她不喜欢听消音器唱歌，说什么只有猫才能唱歌。这话让我恶心得想吐。"

"消音器是谁？"猪草问道。

"我们的主唱。喂，老兄，你会唱歌吗？"

"我？我也不知道。"

"真可惜，我们还需要一个主唱。不管怎么样，老兄，你想在这里待多久都随你便，把这儿当自己家好了。只不过，你千万要小心，要随时留意银边和其他猫的动静，明白我说的话吗？"

"不是很明白。"猪草坦白说。

"嘿，管他呢，你跟我一伙儿了！老兄，那个，给我你的爪子。"

"干什么？"

"击掌啊！"离合器举起她的爪子。

猪草伸出爪子准备跟她握手，离合器却在他的爪子上拍了一下，笑道："嘿，老兄，我觉得我好像在欢迎克里斯托弗·哥伦布。我是说，欢迎他来到新世界，就像是：'我们早就到了，你怎么那么久才来？'"

"我有点儿困了，想睡觉。"猪草感觉头昏脑涨的。

"好吧，放松，平静一下，好好睡一觉，我经常这样放松自己，但现在我还有些事要忙。无论如何，千万不要让银边进来。"

猪草紧张地环顾四周："她能闯进来吗？"

"老兄，那只猫特别麻烦，所以我才给外面的洞插上了闩，"离合器说，"要是银边想除掉你，她是不会轻易善罢甘休的，除非你死了，明白我的意思吗？能应付得了吧？扛住压力，冷静对待！"

"我想可以。"猪草嘴上这样说，心里却不由自主地想，为了不浪费时间，也不浪费性命，是不是应该坐下一班火车离开安珀市？

6

消灭协会

　　银边没有抓住猪草。她满怀愤怒和挫败感，垂头丧气地往家走，希望能在家里得到一点儿安慰，最好是有人能给她挠挠下巴，揉揉耳朵。

　　她用脑袋顶开后院猫洞的活动板，进到房子里，钻进了女孩的房间。可是女孩不想搭理她。又是老鼠！又一次，这只叫闪光灯的老鼠妨碍了她。

　　好多次，银边确信，只要她用利爪掐住那只可恶的白鼠，就能扭转这个世界的不公，自己的生活也能重回正轨。不幸的是，那个女孩总是把白鼠保护得非常严密。

银边跟自己说，她宁愿独自待着。她吃了两口猫食盘里又干又硬的食物，喝了几口放了几天的水，回到壁炉边的垫子上。

她想休息，心情却难以平静下来。猪草从小洞钻进车里的情景一遍又一遍地在她脑海中回放。要不是另一只老鼠横插一脚，她本可以逮住他的。可惜她只看见另外那只老鼠顶着一头绿毛，除此之外，什么都没看清。

整整一下午，银边都气哼哼地躺在垫子上。傍晚，她实在憋不住了，觉得必须得做点儿什么，不然就要气炸了。她想到了楼上的那只白鼠，闪光灯。要是运气好的话，也许可以捉住那个害人精，或者至少折磨他一番。

想到这里，银边爬起来，从后楼梯蹑手蹑脚地上到顶楼，悄悄走到女孩的房间门口。她惊喜地发现门半开着。

银边轻轻推门，溜进房里。尽管房间里光线很昏暗，但是她的视力非常好，而她的嗅觉比视觉还要好。她闻到房间里充满了老鼠的气味——闪光灯就在附近。银边默默地想，要是能逮住他，把他从女孩的房间拖出去，那该有多开心。只要不弄出声响，谁也不知道发生了什么。

银边用鼻子嗅着，悄悄地向前挪动。她只用了几秒钟就搞清楚了白鼠的位置——在女孩的床上。

　　银边直立起来，伸长脖子看过去。果然，闪光灯正在枕头上睡觉，离女孩的金发只有几寸远。那本来是银边睡觉的地方。想到这里，银边的愤怒达到了极点。

　　她悄无声息地跳到床上，用肚皮贴着床向前挪动。在距离闪光灯只有一步远的地方，银边绷紧后腿，屁股来回扭动。默数到三时，她猛地跳起来……不料，后爪刮到了女孩的毯子。

闪光灯听到了这个细微的声音。他猛地睁开眼睛，看见银边正朝自己扑过来，顿时吓得吱吱叫起来，一头钻进女孩的头发底下。女孩被惊醒，晃了晃头。

银边知道闪光灯逃脱了，可是她来不及收住身体。她落下来时，不偏不倚刚好坐在了女孩的脸上。

女孩尖叫着坐起来，一把抓住银边，把她扔了出去。银边在空中翻了个身，脚刚沾地，就急忙从屋里窜了出去。她在走廊里仓皇逃跑的时候，还听到女孩大吼："滚出去，你这只讨厌的猫！"

银边的怒火更加难以遏制。她一口气从房子里跑了出去。一开始，她不知道该去哪里好，过了没多久，她转身向灰条的住处走去。那个消灭协会的副主席就住在几条街以外一个臭烘烘的下水道里。她很快就走到那里。

灰条正在吃着一堆捡来的鸡内脏和骨头。"嗨，伙计，"看见银边走过来，灰条招呼说，"来得正好，一起吃点儿！"

"我不饿。"银边回答。对于灰条的很多习惯，比如从垃圾堆里捡食物，她打心眼里看不惯，却不得不容忍。

"气死我了。"

"能有什么大不了的，"灰条满不在乎地笑了笑，残缺的耳朵跟着抽动了一下，"你就爱生气，这次谁又惹你了？"

于是，银边把猪草如何从她手心里逃脱，以及闪光灯的事都讲了一遍。

灰条同情地点点头说："你注意到没有，那些老鼠都不是靠自己逃脱的，他们总是互相帮助，合起伙来对抗我们。”

“他们太狡猾了。”银边赞同地说。

“不过，你清怎么着？”灰条把一根鸡腿骨嘎巴一声咬成两截，接着说，“我有一个好消息。”

“快说！”

“我发现了他们的一个俱乐部，叫‘挤奶酪俱乐部’。”

银边的沮丧一扫而空，激动得爪子直抖：“在哪儿？”

“在德海姆衖，以前是一家擦鞋店，我们可以去那儿看看，找点儿乐子，怎么样？”

“求之不得。”银边说。

“好的，等我吃完鸡心，我们去抓两只老鼠当点心。”

7

闪 光 灯

闪光灯——银边恨得牙痒痒的那只白鼠，原本是实验室做研究用的。他全身雪白，尾巴光滑无毛，鼻子和脚趾都粉嘟嘟的。他的眼睛也是粉红色的，似乎有些血丝，很怕见亮光。一旦在亮光底下，他的眼睛就总是眨个不停。他还天生胆小，稍有响动就会吓得跳起来。

命运对他这样一个娇弱的生物还算仁慈——没有成为实验品，而是被送进了宠物商店。幼小的他被银边家的女孩买下来。闪光灯这个名字也是女孩给他起的。

女孩很关心闪光灯，为他买了带运动轮的笼子，还有矿泉水和整袋的鼠粮。笼子底部还铺着气味芬芳的香柏木屑。她定时给他喂食，定期给他更换新鲜的水和木屑。每天放学回家之后，她都要跟闪光灯亲热一番，亲吻他，跟他说话，把他放在手心里、肩膀上，甚至带在口袋里走来走去。她还经常给他带一些餐桌上剩下的美食：糖果、胡萝卜粒和方糖。

按理说，闪光灯应该被关在笼子里，但女孩总是打开笼子门。她唯一不允许闪光灯做的就是离开房间。

"你是我的爱眨巴眼的小老鼠，我不想让你被那只顶顶讨厌的猫吞掉，"女孩细声细气地对白鼠说，"所以，你一定要待在我们自己的房间里。"

闪光灯很快就意识到女孩的规定是多么明智——每次跟银边相遇都很危险。虽说闪光灯不明白银边为什么这么恨自己，但事实就是如此。

可是女孩要上学，而且还热衷于各种运动，所以大部分时间，闪光灯都只能自己待着。房间门关着的时候，他会长时间地坐在窗边，看着外面的世界。这只小老鼠的全部生活天地，只限于女孩的房间和在宠物店时的短暂时光。外面的世界对他来说神秘而充满吸引力，尽管他看到的只是一条街道、一个公园、一些房屋，以及许多人和车而已。

他从来没看见过其他任何一只老鼠。

　　所以，毫不奇怪，闪光灯认为所有的老鼠——如果还有其他老鼠的话——都跟他长得一样：同样的毛色，同样的生活，同样会孤独地长时间坐在一个房间的窗户前。

　　随着时间的推移，闪光灯渴望女孩会让他见识一下外面的世界。可是，她从来不肯，一次都没有。

　　有时候，闪光灯会奇怪，为什么自己会那么渴望离开这个房间和这栋房子？他心想，这种探索的渴望也许是不正常的。难道他不是已经拥有所需要的一切了吗——在房间里走动的自由，可以吃的食物，还有一个带运动轮的干净笼子。

毕竟，他从没看见过其他老鼠，那他到底为什么想要出去呢？他愧疚地惩罚自己在轮子上多跑了好几圈。就这样，徘徊在渴望和愧疚之间，闪光灯保持着苗条、匀称的健康身体。

突然有一天，女孩郑重其事地对他说："闪光灯，学校让每人写一份报告，我就准备写你。我需要做一个关于老鼠的详细介绍，说明为什么你是世界上最特别的生物。"

很快，女孩就抱回家一大摞书：《牛津图解老鼠史》、玛莎·斯图尔特的《房屋与老鼠》，还有《世界老鼠大全》，此外，还有关于老鼠的小说，比如《坏老鼠的故事》《逃跑

的拉尔夫》《小不点儿司多特》《阿贝尔岛》《红墙》等。

闪光灯没读过什么书，他对女孩的书通常都不感兴趣，除了偶尔啃啃书皮，一般都不碰。但是这一次，他没有选择的余地。女孩不仅对着他大声朗读，还坚持要他陪在旁边和她一起读。

闪光灯一开始很不情愿，但很快，他就被那些关于老鼠的书深深吸引住了。女孩睡觉之后，他还在那里聚精会神地读着。女孩上学后，他读得就更多了。

这些书彻底改变了闪光灯对世界的看法。他发现世界上有许多不同品种的老鼠；大多数老鼠并不住在房间里，而是住在外面的世界；老鼠们都有家庭，他们大多过着自由和独立的生活。总之，闪光灯惊讶地发现，自己的生活方式是罕见的例外。

他继续阅读女孩房间里能找到的所有书籍。读书增长了他的见识，使他看待事物的方式发生了很大的变化。他意识到，自己是这个世界的一部分，开始觉得自己有权去探索世界，有权决定住在哪里。这个房间不过是一个大笼子，他所谓的行动自由也不过是在这个笼子里转圈。而现在，他渴望走到门外，渴望得到真正的自由。

闪光灯非常清楚女孩有时会忘记关门，他只要耐心等待。而当这个机会真的到来时，他不断地问自己，究竟该不该逃跑？毕竟，还有银边这个大威胁。如果获得自由只会走向死亡，那要自由又有什么意义呢？

因此，对于闪光灯来说，那个夜晚永远改变了他的生活。那天晚上，银边溜进房间，跳到女孩的床上，只差那么一点儿就抓住他了。女孩把银边赶出房间的时候，砰地关上了门，但因为还没完全清醒，她没有检查门是不是关严了。

经过这场袭击，闪光灯吓得瞪大了眼睛，一直睡不着。他不安地在房间里走来走去。没一会儿，他就发现门还开着一条小缝，可是不知道银边去了哪里，这让他不敢掉以轻心。于是他爬到窗户边，看向外面的世界。

月光照着窗外空荡荡的街道，树木显得高大庄严，春天早开的花——水仙和番红花好像在闪闪发光。

突然，大街上窜出来一只白猫。闪光灯眨了眨眼，再定睛一看，是银边。

闪光灯眼看着银边跑远了，突然意识到自己可以自由地离开房间了。想到自由，这只白鼠激动得浑身发抖。

他回头看了一眼，女孩已经睡着了。他几乎不假思索地跳到地上，快步走到门边，只一眨眼工夫，就跨过了门槛。

他一溜烟跑下楼梯，在楼梯口焦急地寻找出去的路。

很不幸，所有的门都关着，窗户也是。好在他发现了后门的那个猫洞。

闪光灯没有力气，个头儿也太小，所以推不开盖板，但他很聪明。他发现那个盖板的活动原理之后，就开始像推秋千一样去推那块盖板。眼看盖板越荡越高，等盖板到达最高处时，闪光灯拖着尾巴跳起来，像子弹一样从洞口蹿了出去。

闪光灯出去了！他自由了！

8

挤奶酪俱乐部

猪草累坏了，一整天都在睡觉，中间醒来一两次，啃了几粒过期的面包屑，然后倒头又睡着了，直到离合器把他叫醒。

"喂，老兄，你还没睡够吗？"

"已经早晨了吗？"猪草打了个哈欠。

"你们这些乡下老鼠到这儿后的第一件事就是睡上一星期。"

猪草腾地坐了起来："我睡了那么久吗？"

"睡了一整天好吗？现在已经是晚上了。你有什么日程安排？"

"什么叫日程安排？"猪草慢慢站起来，伸了个懒腰。

"我是说，你有什么要做的吗？"

"没有。"

"那跟我去俱乐部怎么样？"离合器提议说，"见见我的乐队，认识一些酷老鼠。"

猪草叹了一口气，老实承认："我不知道什么是乐队，也不知道什么是俱乐部。"

离合器笑起来："你知道我最喜欢你什么吗，老兄？"

"不知道。"

"大多数家伙对于不知道的事情都不敢承认，但你不一样。你就像个柴油机，有什么说什么，我的意思是，这很了不起。是这样，乐队就是几个伙计凑在一起玩音乐，俱乐部就是朋友聚会的地方，听听音乐，来点儿面包渣和奶酪打打牙祭，还可以跳舞放松，我们叫它'挤奶酪俱乐部'，还有……"

"离合器！"猪草打断了她的话。

"怎么了？"

"我……我不知道什么是柴油机、打牙祭，还有奶酪。"

离合器吃惊地张大了嘴，盯着猪草看了好半天，说：

"你在跟我开玩笑吧，老兄？"

"我说的是实话。"

"真有你的！"顶着一头绿毛的离合器喃喃道，"你可真是与众不同。听着，柴油机就是发动机，知道吗？劲儿很大，打牙祭就是吃东西的意思，奶酪嘛，嗯……就是一种特别好吃的食物，相信我，是用牛奶做的。我说，你到底去不去？"

"去！"

"不过就一件事，记住我之前跟你说的话，睁大眼睛，小心银边。我们不想跟她或是她的爪牙灰条打交道。要知道，我们这个俱乐部一直都是保密的，不能让猫发现，你明白我的意思吧？"

"明白。"

离合器从墙上摘下吉他，又拿起那块前后都有小轮子的浅色木板。

"那是什么？"猪草问。

"猪草，说句老实话，"离合器笑着说，"你可真是个老掉牙的呆子！这是我的滑板，我的轮子。老天，你一直都住在什么地方？"

"乡下。"

"好吧，欢迎来到城市。"说着，离合器把堵住汽车入口的木头拔出来，凑到洞口查看外面的情况。在仔细查看了一番之后，她说："很好，猫不在。"

于是两只老鼠来到车外。离合器回身用木头把洞口重新堵上。

"你要是自己进去的话就敲敲这里，"离合器在木头的右上角拍了一下，木头立刻弹开了，"要不然拔不出来。"说完，她又把洞口封上了。

猪草点点头。

"我们走吧。"离合器把滑板放到地上，一只脚踩着，另一只脚在地上猛一蹬，抱着吉他就冲了出去。滑了几步远，她连同脚下的滑板一起跳到空中，然后又平稳地落回地上，发出很大的响声。离合器的脚一直稳稳地踩在滑板上。紧接着，她再次跳起来。这一次，她在半空还转了个身，下落时，正好脸对着猪草。

"哇！这可真……棒。"猪草本来想说"酷"的，可是没好意思说出口。

"一百八十度回旋。"离合器笑着解释说。滑板擦着人行道的边缘，发出刺耳的声音。离合器在做了个九十度转身后突然加速，在空中做了一个动作，落下来。

"这叫豚跳，老兄。"说着，她又蹿了出去，一脚踩滑板，一脚蹬地，然后又转了个身。猪草不得不跑步才能跟上她。

一路走过来，猪草对安珀市有了进一步的了解——至少对老鼠镇这部分。天太黑了，挂在长杆上的灯并不是很亮，能看见的视野有限。那些东西大多都很破烂：已经荒废的人类巢穴，碎裂的窗户，快要倒掉的门，满是尘土的宽阔大街，还有扔在街上的纸屑、金属和木头，以及随处可见的废弃汽车。唯一有生命力的是野草。它们在人行道的裂缝处肆意生长蔓延。显然，这里曾经是人类生活的地方，只不过已经成了过去。

走过两条街之后，离合器说："我们到了。"

他们站在一个快要散架的矮小建筑跟前，门已经不见了，门框上方挂着一个破破烂烂的牌子，上面写着"山姆擦鞋店"。

离合器弹起滑板，一把接住，扛在肩上走了进去。猪草紧跟在她身后。

不管建筑的外部如何，里面已经完全坍塌了。断裂的横梁和墙板构成了天花板，距离老鼠们的脑袋只有不到十厘米。离合器在前面带路，忽左忽右地迂回前进。

"我们是故意把这里弄得很窄的，"她解释说，"为的是让猫就算能找到也进不来。当然，我也不相信他们能找得到这里。"

两只老鼠走到通道尽头，从墙上的一个洞钻了过去，来到一个开阔的房间。这里的天花板是一个生锈的隔板，房间的另一头有一个柜台。柜台后面站着一只异常肥胖的老鼠，灰褐色皮毛，长着一对大耳朵，还有一条乱糟糟的尾巴。此刻，他正在把饼干屑和奶酪递给别的老鼠。

"他是老鼠镇镇长，"离合器冲胖老鼠点了点头介绍说，"叫散热器。"

这个地方挤满了颜色、形态、个头儿各不相同的老鼠。猪草注意到有赭鼠、鹿鼠，还有几只短尾的食蝗鼠，更多的是跟离合器一样的家鼠，而在这中间，竟然还有一只草原跳鼠。他从来没有在同一个地方见过这么多不同种类的老鼠。

有几只老鼠独自坐着，其他大多数都围着一堆面包屑和奶酪成群地坐在一起。他们高谈阔论，吱吱叽叽，猪草听不太清他们在说什么。

"老兄，到这边来，"在一片嘈杂声中，离合器大声喊猪草，"来见见我乐队的伙计！"

离合器从成堆的老鼠中间穿过去。老鼠们纷纷跟她打招呼。"你好，老兄！""最近怎么样？""在忙些什么？""嘿，宝贝儿，你好吗？"

跟她比起来，猪草就显得笨拙许多，不断撞到其他老鼠身上。"对不起！抱歉！""请原谅！真是万分对不起！""谢谢！"在其他老鼠的注视下，他感觉自己跟这里格格不入。

"喂，伙计们，最近怎么样？"离合器走到房间另一头的角落里，跟两只老鼠大声地打招呼。那两只老鼠坐在一堆饼干屑旁边，外表看起来差别很大。"这是我新认识的朋友，"离合器向他们介绍猪草，"他刚刚才进城。"

　　两只老鼠很随意地抬头看了看，没有露出任何表情。

　　"这位是油尺，"离合器继续介绍，"他是只食蝗鼠，鼓打得超棒。"

　　"过奖。"油尺点点头说。他背上的毛呈黄棕色，肚皮雪白，尾巴尖也是白色的。

　　"这位老兄是螺母，是只侏儒鼠。"

　　螺母的皮毛是灰褐色的，个头儿只有猪草一半高，爪子纤细柔弱，耷拉的眼皮让他看起来好像总是在打瞌睡。"他是个贝斯手，"离合器解释说，"弹得棒极了！"

"你好，老兄。"螺母说话慢吞吞的，声音非常轻柔。

"很高兴认识你们两位。"猪草说。

"别客气，"油尺说，"坐下吃点儿东西。"他指了指那堆食物。

"谢谢。"猪草坐下来，出于礼貌拿了一点儿吃的。

"什么时候到我们上场？"

"快了。"

猪草迟疑了一下问道："什么是'上场'？"

油尺翻了翻眼珠，螺母难以置信地看了猪草一眼，又看了看离合器。

"嘿，要知道，他刚进城不久。"离合器说。

"好吧，"螺母低声跟猪草解释说，"'上场'就是上台表演，每晚我们会表演三首歌。"

这时油尺跳起来说："你们想喝点儿什么？"

离合器看了看猪草。

"都有什么？"猪草问道。

"花露、蜂蜜、水。"

"我要点儿水，谢谢。"

"你们呢？"

离合器和螺母都摇了摇头，于是油尺走开了。猪草打量着房间里的老鼠。他们看上去好像在争吵，但是并没有生气。他很纳闷，怎么有这么多要争论的东西，但随后他明白过来，这些老鼠只是喜欢吱吱叽叽地说话而已。这让他觉得很有趣。

离合器凑近螺母，指着猪草说："这位老兄刚下火车，你猜就碰上了谁？"

螺母看着猪草问："灰条？银边？"

离合器点点头。

"那两个混蛋！"螺母低声骂了一句。

油尺举着一个装满水的瓶盖回来了，递给猪草，然后对大家说："散热器说该我们了。"

离合器和螺母站起来。离合器对猪草说："欣赏一下我们的音乐，顺便帮我看着板。"

"什么板？"猪草问道。

"滑板。"

"啊，好的。"

螺母难以置信地摇摇头。三只老鼠从鼠群中穿过时，猪草听见螺母对离合器说："你那个伙计真是个傻帽儿。"

"嘿，他很特别。"离合器回答说。

"嗯，是挺特别。"油尺附和道。

猪草叹了口气，把滑板拉到跟前，喝了口水，准备观看表演。好大一会儿，他看不到那几个新朋友，随后发现他们出现在房间的另一头，好像站在一个小平台上。

油尺坐在几个金枪鱼罐头盒中间，螺母扛着一把用红塑料勺和绳子做的贝斯。他的贝斯比离合器的吉他大出许多，显得他更加瘦小了。离合器站在他俩前面，调试着吉他的弦。

这时，一直站在柜台后面的散热器摇摇摆摆地也走到台前。

"嘿，伙计们！"他对着一群老鼠喊道，"很高兴你们今晚来到挤奶酪俱乐部。接下来，我们俱乐部的乐队——漏气轮胎将为你们表演。请按照挤奶酪俱乐部的方式，鼓掌欢迎这些炫酷的家伙！"

说完，台下响起了一片参差不齐的鼓掌声，还夹杂着吱吱的尖叫声。

离合器向前迈了一步，大声说："大家还好吗？"

"给我们来点儿乡村爵士乐！"

"没问题！"离合器回答说，"不过我们今晚少了一只老鼠，很遗憾地告诉你们，消音器被银边吃掉了。"

台下的老鼠们发出阵阵叹息。

离合器接着说："我们都知道做老鼠不容易，可是我们别无选择，只有好好生活下去。消音器要是还活着，他也会希望这样，对吧？所以，让我们跟着音乐摇摆起来！今晚的演出是献给消音器的，开始吧！"她转身面向自己的乐队，晃了晃绿毛脑袋，喊道："一，二，三！"

音乐立刻响了起来。

猪草惊呆了，他从未听过这样的声音。那种重复的沉重节奏来自油尺。他用几根小棍敲打着锡制罐头盒，制造出巨大的轰鸣声。当敲到特别强烈的音时，他甚至还会一下子蹦到鼓的上空。瘦小的螺母躲在红色的贝斯后面，闭着眼睛，跟着节奏摇头晃脑，用力拨动着琴弦，尾巴激动得乱摆。离合器一边弹，一边不停地上下晃动脑袋，头顶的绿毛格外显眼，耳环跟着摇来摆去，尾巴同时在打着节拍。她用嘶哑的声音开口唱道：

盒子中的老鼠，

以为自己是狐，

心中充满愤怒，

被艰辛的生活所苦。

因为世界不是奶酪，

不能说要就要！

嘿，天上不会掉馅饼，

当心，那是一个陷阱！

因为世界不是奶酪，

不能说要就要！

因为世界不是奶酪，

不能说要就要！

当心，兄弟，那是一个陷阱！

…………

　　最后一句她翻来覆去地唱了好几遍，油尺和螺母也不时地加入和声中。

　　与此同时，很多老鼠站起来，开始在地板上跳起舞来。他们旋转、扭动。一些老鼠高高举起爪子，弯腰、摇摆、跳跃、不停地甩尾巴；一些老鼠甚至跳到鼠群头顶上，吱吱叽叽地叫着往下掉。

　　猪草注意到，几乎没有老鼠在笑。跳舞的也根本不看对方，他们似乎更关注音乐而不是舞伴。一些老鼠闭着眼睛，还有一些盯着天花板，或是自己的脚。

　　离合器演唱的时候，猪草情不自禁地偷偷用脚趾打着节拍。

就在这时，轰隆一声巨响，音乐家们吓得立刻停下来，跳舞的老鼠也停了下来。俱乐部里，所有的老鼠同时转头朝声音传来的方向望去。

一时间，空气仿佛凝固了。紧接着，一面墙轰然倒下，银边的脸露了出来。

"老鼠们，晚上好啊！"她咧开大嘴，露出满口的尖牙，狞笑着说，"消灭协会驾到。"

9

俱乐部遇袭

老鼠们惊慌失措地看着银边。紧接着，对面的墙也塌了，灰条的眼睛和胡须露了出来。顿时，全场一片混乱。

老鼠们四处逃窜。他们吱吱尖叫，失声惊呼，连滚带爬，齐齐冲向俱乐部唯一的出口，但是那个出口过于狭窄，根本容不下蜂拥而来的鼠群。老鼠们推来搡去，互相践踏，只有少数几只侥幸逃了出去。

剩下的老鼠试图另寻逃生之路，却被两只猫迎面截住。银边和灰条大喊道："猫族做主！消灭老鼠！啮齿动物滚出去！猫科动物至上！"

最初，猪草被吓呆了，他看着眼前的混乱局面，完全不知道该怎么办。当灰条跳到溃散的老鼠当中，开始又扑又咬的时候，猪草胆战心惊地躲进了一个角落。

他从藏身的地方看向刚才漏气轮胎演出的舞台。油尺在那里一个劲儿地蹦高，尖声诅咒着两只猫；螺母蜷缩在他的贝斯后面，把贝斯当成盾牌，用来躲避攻击；离合器一脸英勇，高举着吉他，显然打算把吉他当武器了。

两只猫对决四五十只老鼠。

虽然老鼠数目众多，但是袭击来得太突然，猫又如此凶狠，以至于老鼠全都被吓破了胆，几乎没做任何抵抗，只是绝望地想逃命。两只猫狞笑着，得意地叫着，肆意地捕捉或抛甩老鼠。一爪下去，一只可怜的老鼠就被拍倒在地，或者像个装豆子的口袋一样被凌空甩了出去。

但是并非所有的老鼠都这么软弱。当离合器看到银边踩住一只小老鼠的尾巴，像钓鱼一样一点点把猎物拖到身边时，她猛地从舞台上跳下来，冲过去救那只小老鼠。当跑到银边跟前时，她抢起吉他，使出全身的力气，不偏不倚地砸在银边的鼻子上。只听嘭的一声，吉他弦断了，琴身散了架。

银边大吃一惊，下意识地松开猎物，摸摸自己的鼻子。

小老鼠重获自由，匆忙逃走，消失在鼠群里。

银边震惊地忍着疼痛，寻找袭击她的老鼠。不过不需要多费神，怒气冲冲的离合器就站在她面前，两爪高举着已经散了架的吉他。

"嘿，你这个混蛋，为什么不去找跟自己个头儿一样大的动物打架！"离合器尖声大叫，完全忘了自己的危险处境，"我们跟你一样有权在这里生活，明白我的意思吗？"

"不，我不管你在说什么！你这个满嘴废话的害虫！"
银边回敬道。她伸出爪子，狠狠扇了离合器一巴掌，把这只顶着绿毛的老鼠拍到了墙上。离合器先是重重地撞到墙上，紧接着又摔到地板上。她双眼紧闭，躺在那里一动不动，只有她的耳环像个钟摆一样前后晃动。

猪草目睹了这一幕，吃惊地张大了嘴。他认定离合器被打死了。

但银边好像不这么认为。她弓起身子，准备跳到离合器身上，给离合器再来个致命一击。

离合器吃力地晃晃脑袋，睁开眼睛。她努力想站起来，但显然使不上力气。银边冲她狞笑着，准备扑上去。

看到离合器还活着，猪草第一反应是松了口气，但他看到即将来临的危险，不由得大惊失色。他来不及考虑，立刻抓起离合器的滑板，冲到这个刚刚认识的朋友身边。

银边朝离合器猛扑过去。她的嘴张得大大的，连喉咙都露了出来。猪草把滑板高举过头，用来保护自己和朋友。当银边张着大嘴扑过来的时候，猪草的耳朵几乎能感觉到她嘴里呼出的热气。他把滑板猛地塞进银边的大嘴里。银边想合上嘴，却完全合不上——滑板把她的嘴卡住了。

银边惊慌失措，从喉咙里发出一声尖叫，在地上打起滚来。她拼命地又踢又蹬，想把滑板从嘴里弄出来，但滑板卡得死死的。

灰条在屋子另一头看到银边在地上打滚儿，立刻扔下老鼠，跳到同伴身边。

"嘿，宝贝儿，怎么回事？你想说什么？"

"我……组……卡……"银边挣扎着吐出几个字。

灰条不明白发生了什么事，只是觉得好笑。

"我……组……卡！"银边尖叫道。

灰条终于明白过来。他赶忙蹲下，试图把滑板从朋友的嘴里弄出来。

看到两只猫一时间无暇顾及他们，猪草晃了一下离合器的爪子，大声说："快走！我们快逃！"

离合器摇摇晃晃地站起来。猪草扶着她，两只老鼠从乱作一团、拼命想逃出房间的老鼠群中挤了过去。幸运的是，被猫撞倒的墙打开了新的逃生通道，老鼠们陆续逃离了险境。

猪草拽着晕乎乎的离合器，从一个墙洞钻了出去。

10

闪光灯历险

在安珀市的另一边，一轮圆月高高地挂在夜空，轻柔的晚风中飘荡着浓郁的春日芬芳。闪光灯粉红色的鼻头微微颤抖，鼻头两侧的胡须纤细而整齐，粉红色的眼睛眨个不停。他沉浸在这个比他房间要大得多的世界中，贪婪地嗅着，看着。

"噢，我的天，"他在快乐的惊奇中语无伦次，"这么多声音……这么多气味……这么多新鲜的事物！"如同失灵的指南针一样，闪光灯摇摇晃晃地在原地直转圈，转得头都晕了。

闪光灯定了定神，开始往前走。穿过房前的草地时，小草扫过他的脚心，痒得他好几次忍不住笑出声来。他不时把鼻子凑到地上，呼吸那麝香般甜美的气味，结果蹭了一鼻子的尘土，害得他不停地打喷嚏。

"如此——阿嚏——奇妙，"他呼哧呼哧地说，"如此美——阿嚏——好！"

他有些忘乎所以地在草地上打起滚儿来，粉色的脚在空中踢来踢去，好像在月球上行走。随后，他又踢了一下，就势跃起，拔足狂奔。

他跑到房子前面的人行道上，一只爪子放在水泥路的路面上。

"天哪，真硬！"他喃喃自语，好像在使用一种新学的语言，"但是非常酷！好极了！是的，就是这样！"

他沿着人行道一边走，一边东瞧西看，每走几步，就直起身子到处张望。

"啊！"他惊喜地喊道，"我在月光下的影子，多么轻柔，多么……神秘。"

闪光灯紧贴着人行道的路边走，低头注视着排水沟里的积水。"嗯，我相信那是水！而且是自由的水！没有被装在瓶子里或玻璃杯中。"他专注地盯着积水，身体不自觉地向前倾斜，结果扑通一声，一头栽倒在水洼中。

闪光灯全身都湿透了。他坐起来，扮了个鬼脸，朝四周看了一下，忍不住大笑起来。"太好玩了！瞧我，这么……无助，就像个婴儿！对，这就是我，一个纯粹的婴儿，一个光着身子、对世界一无所知的婴儿！这可真傻，哈哈哈！但是，我想知道……"他笑得太厉害，都说不下去了。于是他慢慢从水里爬出来，浑身湿淋淋地准备过马路。

突然，一道雪亮的光一闪而过，晃得他睁不开眼。随后，他听到一声"吼叫"。有生以来，他还从未听到过这么大的吼声。一时间他看不见，动不了，脑子也不转了，完全被吓呆了。紧接着，发出吼声的东西几乎擦着他的身子冲了过去，带起一阵风。他惊恐之余，连连咳嗽。

"那是什么？"他心里纳闷，望着那个东西远去的方向，眼前只剩下越来越远的红灯。"汽车……"他用颤抖的声音自言自语道，"我忘记汽车这回事了。"

闪光灯用两只前爪紧紧捂住胸口说："差点儿就……就没命了。"

他匆忙退到排水沟边，准备爬到马路边的台阶上，可是台阶又高又滑，他爬不上去。没办法，他只好沿着排水沟走，一直走到这条街的尽头才停下来。闪光灯想回家了，但是心里有一个声音指责他太软弱了，还命令他鼓起勇气，继续去探索世界。

最后，他选了一个折中的方案：趁夜色继续前进，尽可能多地探索世界，等天一亮就回去，回到自己安全的小窝里。

这样一来，闪光灯感到安心许多。他准备再次冒险穿过马路。只不过这一次，他先左右两边都仔细查看了一番，确定没有危险后，才匆忙穿过马路，走进了一个公园。

他久久地抚摸着一棵大树粗糙的树皮。当他看到满地的百合花时，那浓郁的香气和白色铃铛状的精致花朵让他欣喜若狂。

闪光灯不停地走着，被一个又一个惊奇的发现深深吸

引。先是一条潮湿、蠕动的虫子；接着是一个松果；跟着是一颗光滑的卵石，亮得好像能反射月亮的光辉。此外，还有人类留下的各种痕迹：垃圾箱、成堆的报纸、长椅……这一切对于闪光灯来说，都好像是罕见的奇观，而他是第一个发现者。"真的太不可思议了！"他不停地感叹，"真的，真的，真的不可思议！"

他走了很久，偶然抬起头来。黑暗逐渐褪去，取而代之的是灰蒙蒙的柔和的光亮。他出神地注视着那光亮。"啊，"他叹了一口气，"连天空都变了。"

他想起之前说好的：天亮就该回家了。

于是闪光灯转身往回走。他有些遗憾，不过同时也感到了某种轻松。可是突然，他发现自己忘了记路——他完全不知道自己现在在哪儿，更不知道该怎么回家。

他四下张望，眼睛眨个不停，尾巴一个劲儿地抽搐。几分钟之前，眼前的景象还美丽无比，此刻却仿如一片迷雾。

他朝一个方向跑去，认定那是来的方向，但很快，他就发现走错了。他惊慌得直哆嗦，不得不停下来——他迷路了。

"镇定，闪光灯！"他一边安慰自己，一边借着越来越亮的晨光查看四周的环境。

此刻，他正站在一条人行道上。跟他所住街区的房子比起来，这里的建筑显得黯淡得多。一些房子的玻璃都碎了，门也歪歪斜斜的。比起晚上，现在经过的汽车更多了。这些汽车体积巨大，不断发出的轰鸣声，还有释放出来的气味，都让他感到惊恐不已。

　　就在闪光灯站在那里思考自己的困境时，他听到一个奇怪的声音。他丝毫不知道这个拖着长长尾音的尖锐哨声是怎么回事，但他意识到这有点儿不同寻常。

　　"我必须回家了。"他心里这样想着，继续往前走。每走几步他就停下来，后腿直立，到处张望，嗅来嗅去。每经过一个角落，他都希望能看到一些熟悉的迹象，但是什么熟悉的迹象都没看到。于是他糊里糊涂地朝着哨声传来的方向奔去。

　　就像奔向一座灯塔。

11

挡风玻璃和雾灯

猪草带着离合器从被摧毁的挤奶酪俱乐部逃了出来，一直跑到一个安全的地方才停下来。

"你还好吧？"他问离合器。

离合器无奈地摇了摇头，回头看了一眼俱乐部。"唉，老兄，你说，那些猫为什么这么恨我们？"说着，她的眼泪流了下来，"我们怎么得罪他们了？你明白我的意思吗？他们又高大又强壮，我们能拿他们怎么样？毫无办法。"

猪草不知道该怎么回答。

离合器深吸了一口气，擦掉眼泪，说："不过，老兄，你还真不简单，你救了我的命，真是太厉害了。"

"以前你也救过我，所以我们扯平了，"猪草说，"而且我觉得我们不应该站在这里说话，我们得找一个更安全的地方。你确定没事儿吗？"

"没事儿，我好着呢。"离合器回答。突然，她转过身，朝俱乐部的位置又看了一眼："油尺和螺母呢？你看到他们了吗？"

"好像没有。"

离合器使劲咽下一口唾沫，问猪草："我的吉他呢？"

"你用它砸了银边的鼻子，结果散架了。"

"哦，对，没错，那我的滑板呢？"

"在银边的嘴里。"

离合器用爪子捂住了眼睛："真是一团糟，太惨了。"

猪草轻轻碰了碰离合器的肩膀，迟疑了一下，说："呃……老兄，你已经尽力了。"

"是的，也许吧。"

离合器突然咧嘴笑了一下："嘿，那应该算是致命一击吧？正中银边的鼻子！"

说完，她又严肃起来："你说，我的伙计们……是不是完蛋了？"

"我不知道。"

"老兄，挤奶酪俱乐部是个酷极了的地方，明白我的意思吗？也许我该回去看看他们的情况。"

"离合器，"猪草恳求她说，"你不觉得我们现在应该找个更安全的地方吗？"

"安全？对，没错，我们最好赶快走，跟我来。"

两只老鼠匆忙穿过人行道。猪草注意到那不是他们来时的路。"我们是不是走错路了？"他问。

"现在回我的窝不安全，说不定银边会找到我们，她在那里追过你。听我说，要在这个地方混，你得有点儿街头智慧。"

"什么是街头智慧？"

"就是要随机应变，随时做好脚底抹油的准备，明白我的意思吗？"

"明白了，我们现在去哪儿？"

"去我老爸老妈家，离这儿不远，他们会让我们待到风头过了为止。"

他们走了两条街，随后离合器飞快地跑进一条小巷，从一面下缘包着旧橡胶的金属墙下钻了进去。

在墙的另一边，有一个长长的金属大盒子，盒子上有

一长排很脏的玻璃窗。在猪草眼里，这个盒子奇大无比。它就"躺"在瘪掉的轮胎上，盒身上的黄色油漆已经斑驳。在盒子的一侧写着"安珀市立学校"几个字。

"这是什么？"猪草问。

"旧校车，老兄，我爸妈就住在这里。"

猪草不知道什么是校车，但他觉得现在不是提问的时候，于是跟着离合器顺着一个活动梯爬上了校车。

在活动梯尽头，离合器停下来，说："我爸妈都很酷，老兄，你不用紧张，保准没问题。"

校车内部的车厢上贴满了画在废纸上的画儿，纸的边缘还有牙齿咬过的痕迹。

"哦，天哪！"猪草小声惊呼道。

"看到了吗？我老爸是个艺术家！"离合器自豪地说。她停下来，让猪草好好欣赏那些作品。

猪草觉得那些画儿很难看清楚。一开始，他以为是车里太昏暗了，但随后意识到不是光线的原因，而是画儿本身就过于模糊。那些画儿大多是各种颜色的漩涡和奇特的形状。他不明白都代表什么，或许什么都不代表。

"我老爸叫挡风玻璃，但我们一般都叫他大风，他对奶酪极其着迷，"离合器解释说，"那是他绘画的主题。"

"他画的是奶酪？"猪草困惑地问。

"这么说吧，他画的不是奶酪本身，而是对奶酪的印象，明白我的意思吗？看，这幅是有名的《黄色奶酪下楼梯》，创作于蓝纹奶酪时期，那边那幅是《美国奶酪》，还有那幅，看起来空白的画儿，实际上并非空白，那是瑞士奶酪上的

一个洞。怎么样，不可思议吧？你不觉得吗，只有……呃，只有非同寻常的脑袋才能想出这样的空白。我打赌你永远也猜不到他是怎么画出来的。"

"嗯，确实猜不到。"猪草老实承认。

"用他的尾巴。虽说他是我老爸，但我也不得不说，这家伙实在是个了不起的天才。"离合器满脸自豪地说。

"你妈妈也画画儿吗？"猪草问。

"你是说雾灯？"离合器说，"不，她是个诗人，正在创作一部老鼠史诗，题目叫《草的奶酪》。那将是一部了不起的作品，一部传世杰作。她已经写了几个星期了，随时就会完工。嘿，老兄，来吧，我给你们介绍一下。"

离合器带着猪草走到汽车中间，两边是成排的破椅子，到处都挂着画儿。猪草一眼就看出其中有一些画的是奶酪，应该都是离合器爸爸画的，还有一些画的是老鼠、风景、人类的巢穴和街道。除此之外，还有各种扭曲变形的事物，这让猪草联想起铁路边他曾藏身的垃圾。

"我爸妈有很多艺术家朋友，所以他们卖不掉的作品就互相交换。"离合器小声解释，"大风！雾灯！你们在做什么呢？"

在旧汽车的前半部分有两只老鼠，块头大的那只非常胖。猪草猜他就是离合器的爸爸挡风玻璃。他的毛皮跟他女儿的一样，都是灰褐色的，但是邋里邋遢的，而且溅上了斑斑点点的颜色，看起来好像一个斑点动物。在他旁边是一排瓶盖，每个瓶盖里都装着不同颜色的颜料。此刻他正在创作一幅画儿。猪草注意到他的尾巴尖是绿色的，跟离合器头顶的毛发颜色一模一样。

另一只老鼠个头儿瘦小，正咬着一支笔，全神贯注地俯身在纸上写东西。尽管离合器高声招呼她，但她似乎根本没有听到。

离合器的爸爸则完全不一样。他一听到声音就立刻转过头来。

"离合器!"他瓮声瓮气地叫道。猪草从没听到过这么低沉的声音。

"你太让我惊喜了!"大风跳上前来,用鼻子热情地蹭了蹭自己的女儿。离合器也同样热烈地回蹭他。

"嘿,大风,"离合器介绍说,"这是我新认识的朋友,猪草,他刚进城。老爸,他刚刚还救了我一命。"

"救了你一命?"胖老鼠惊呼,明亮的眼睛充满兴趣地看着猪草,"先生,那可真是太谢谢您了!"他热情地用力握住猪草的爪子。

"显然,年轻人,你的人生哲学跟我的一样——胸怀宽广,勇于行动,还有乐于奉献!"他紧紧握住猪草的爪子不放,"很高兴见到你,不,纠正一下,见到你实在万分激动!欢迎到我家做客!"他一边说一边握住猪草的爪子不停地晃。

"谢谢您。"猪草有些腼腆地说。

"你听到了吗,雾雾?"大风转过身,冲着他的妻子说,"这个可爱的年轻人救了我们女儿的命。"

　　"非常感谢!"离合器的妈妈回应道,"稍等,我马上就好了。"她说得很真诚,但还是一直埋头工作,丝毫没有停下来的意思。

　　大风则不一样。

　　"到这边来,离合器,见到你真高兴!我喜欢你这个发型!要知道——"说着他突然停下来,后腿直立,好像在致辞一样,"在我看来,当一只老鼠拯救了另一只素昧平生的老鼠的性命时,我们就到达了一个重要的转折点——这意

味着老鼠们开始互相帮助了。"

"这是时代的潮流！"他大声说着，一只爪子激动地来回挥舞，"这件事将会对其他老鼠产生影响，接着他们又会影响到更多的老鼠。这场运动将不断扩大，全世界的老鼠都将因此而改变！这是一场革命！"

"大风，"离合器打断他，"能先给我们找点儿吃的吗？"

"当然，"挡风玻璃和善地说，转头冲着妻子喊，"雾雾，要不要一起来？"

"马上。"雾灯头也不抬地回应。

"我妻子是个了不起的作家。"挡风玻璃自豪地对猪草解释，"你知道怎么区分专业作家和业余作家吗？"

"不知道。"

"业余作家在动笔前担心，专业作家则在完成后担心。"

挡风玻璃把两只年轻的老鼠领到一个车座底下，那里胡乱地堆着很多食物。

"亲爱的朋友，随便吃好了。现在，猪草，告诉我事情的经过，不要漏掉任何细节。你是怎么救了我女儿的？我想听你原原本本地讲来。"

"事情发生在挤奶酪俱乐部……"猪草开口说。

"挤奶酪俱乐部，"挡风玻璃打断他，"这些年轻人聚会的地方很重要。我年轻那会儿，跟现在很不一样。那时候我们都很孤单，不过今天，一种新的情感诞生了——归属感。这个俱乐部就是一个转折点，一股潮流！世界在改变，革命即将爆发！"

"大风，"离合器打断他，"你想知道发生了什么吗？"

"当然。"

"银边和灰条袭击了俱乐部。"

"这两个残忍可恶的东西！"挡风玻璃立刻大喊道，"他们迫害全镇的老鼠，镇压我们，但是我们的时代会来到的！"他一只爪子攥成拳头，高高举起，继续说："我们老鼠会再度崛起！"

"这是什么意思？你说详细点儿。"离合器问。

"永远不要灰心丧气！"挡风玻璃坚决地说，"记住，我们处在一个转折的关头，一种全新的情感已经出现了，一种归属感，这将是一场革命。"

"嘿，老爸，"离合器语带敬意地说道，"这话你刚才已经说过了。"

"是吗？"艺术家很惊讶。

"至少说过一遍。"

"嗯，重复证明我的真诚，说出内心的想法很重要。这是一个转折点，一股全新的——"

"大风！"离合器打断他。

"挡风玻璃先生，有什么办法能对付那些猫吗？不能让他们再伤害你们。"猪草开口问道。

听到这话，挡风玻璃似乎有些泄气。"嗯，这样说的话，暂时还没有，但是，年轻人，艺术的力量将会——"说到一半他停下来，"我想起来了！"他从座椅底下冲出去，跑到汽车的后部，继续画画儿去了。

猪草看了看离合器，问："艺术的力量将会怎样？"

"不知道，"离合器笑着说，"我老爸说话一直是这种风格。他总是天马行空，总是在做梦，只不过，大多是白日梦，明白我的意思吗？"

"离合器，真的没有办法对付那些猫吗？"

离合器叹了一口气说："老兄，实话实说，我们是老鼠，他们是猫。我们没做错什么，但他们就是恨我们。这么说吧，我们输了，彻彻底底地输了，现实就是这样，我们永远也摆脱不了痛苦，认命吧！"

"但是，"猪草结结巴巴地说，"这么活着太难受了。"

"老兄，你才来多久？一天？两天？而我一生都在小心翼翼地提防那些猫，所以，请你冷静，明白我的意思吗？这就是生活，直到我们死亡为止，没有别的选择。该来的总会来，我们毫无办法，但是，嘿，你要是带着遗憾生活，你的生活就会在遗憾中结束。"

12

银边回家

对于和灰条在挤奶酪俱乐部造成的破坏，银边感到很满意，只是嘴里留下了一股怪味儿——一只赭鼠把滑板塞到了她的嘴里，让她吃尽了苦头。这一事件给那个夜晚蒙上了痛苦和耻辱的阴影。

灰条小心翼翼地把滑板从银边的嘴里取出来。这位消灭协会的副会长觉得这件事很搞笑。

"你是说，你被一只老鼠把滑板塞进了嘴里，而你竟然没有把他咬成两截？"灰条毫不掩饰地嘲笑她。

"等我看见时已经来不及了，"银边解释说，"我当时正准备对付一只绿毛老鼠。”

“绿毛的老鼠？下嘴之前你就应该看仔细的。”灰条讥笑道。

“你说得倒容易。”银边回敬他。

“袭击你的那只老鼠长什么样？”

“是一只赭鼠。”

“是今天早上从你爪子下溜走的那只吗？”

银边皱了一下眉说：“是的。”

“你本来可以逮住他的，真不应该错失良机，”灰条哈哈笑着，“你最好尽快解决掉他。”

银边心里恨恨地想着再也不跟灰条合作了，但是嘴上却说：“不用担心，我会的。”

老鼠们都已经逃掉了，两只猫唯一可做的就是彻底、全面地毁掉俱乐部。结果让他们很满意——这里永远不可能再被修复了。

“明天有什么计划？”离开之前，灰条问银边。

“我有点儿事要处理。”银边找了个借口。事实上，她需要一些时间思考一下。

“去找绿脑袋和赭鼠算账？”灰条咯咯笑着问。

银边没有回答，竖起尾巴转身离开了。

"回见！"灰条冲着她的背影喊道。

银边忍着嘴巴的疼痛和满身的疲惫，从后门的猫洞回到家中，准备睡觉。可是刚一进家门，她就突然停住了——空气中充满一种异乎寻常的气味。她很快反应过来：是老鼠的气味——在她外出的时候，有老鼠进来过。想到这里，她的怒火重新被点燃了。

银边气冲冲地深吸了几口气，这让她有了更加重要的发现：这个气味是闪光灯的。

她明白了，是那只可恶的老鼠离开了女孩的房间。那么，如果此刻他还在外面的话，就意味着他将得不到任何保护。复仇的机会近在咫尺，银边感到一阵激动，疲惫一扫而空。

银边以极高的效率，悄无声息地迅速搜索了整个房子。她检查了每个房间，每条走廊，每个柜子，沿着气味走到女孩的房间。门开着，银边走了进去，但是没有任何发现。

银边有些困惑，她掉过头来，顺着闪光灯的气味反方向搜索：从女孩的房间到房子后门的猫洞，一路来到后院。事实很明显——闪光灯离开了这个房子。

"那可怜的笨蛋竟然跑了！"银边洋洋得意地想，"胜利是属于我的！"

银边回到她的毯子上，长长地伸了个懒腰，活动了一下爪子，喉咙里发出惬意的咕噜咕噜声。

事实证明，这个夜晚成果卓著，未来会重现光明。银边在这个家里的生活将恢复正常，她和女孩会和好如初，满足感也将回归。银边快乐地打了个哈欠，现在，就只剩下嘴巴的疼痛了。

不过，疼痛让银边想起了那只赭鼠——那只带给她两次耻辱的老鼠。对，还有那只绿毛老鼠。如果能除掉那两只老鼠，美好的旧时光将会彻底重现。

银边又伸了个懒腰，打了个哈欠，开始一下一下地舔身上的毛。这个机械重复的动作让她昏昏欲睡。最后，她终于陷入了沉睡中。

"你把我的宝贝老鼠怎么了？"

银边猛地惊醒过来，发现已经是早上了。女孩抓着银边的脖子，把她揪了起来，愤怒的脸上满是泪水。

"你这个讨厌的家伙！"女孩冲银边大吼，"一定是你对我亲爱的闪光灯下了毒手！我知道是你干的！说！他现在在哪儿？"

银边被女孩拎在半空，毫无抵抗的能力，只能愤怒地瞪着这个人。说起来，银边很厌恶人类的脸——没有毛发，

过于情绪化，没有尊严。

这只白猫打定主意坚决不告诉女孩任何事。

"你到底做了什么？"女孩继续咆哮道，"快说！"

银边竭尽全力才勉强克制住没有对那个女孩发出警告的哈气声。银边真希望自己对闪光灯做过些什么。

"你必须给我找到他！"女孩尖声命令道，"就算是尸体，也要带来见我，明白吗？你这只讨厌的猫！不管是死是活，我都要他回来！不然，你别想再待在这个家！"

"你这只蠢猫！"女孩看银边一声不吭，毫无反应，气急败坏地叫起来。

"你这只可恶的猫！"她哭着说，"不把闪光灯带回来，你也别回来！"说完，她把银边扔到后院，砰地关上了门。

银边呆呆地望着房子，心中的怨恨达到了极点。她看了看周围，现在正是清晨，从西面吹来一阵微风。她抬起鼻子，深深嗅了一下，想从无数的气味中辨别出闪光灯的气味。她试图把这个气味同其他气味分开，就像从一团线球中扯出一根线一样。

对银边来说，这足以让她找到白鼠了。一捉住他，就杀了他，然后把血肉模糊的尸体给女孩带回去。女孩不就是这样要求的吗？在这之后，她就去抓那只赭鼠，还有那只一脑袋绿毛的老鼠，把他们也干掉。

　　银边把鼻子贴在地面上，开始追踪闪光灯的气味。那气味虽然微弱，却清晰可辨。

13

猪草犹豫了

　　睡在旧校车里的猪草很早就醒了，但是挡风玻璃比他起得还早，已经在那里专心致志地画画儿了。这只胖老鼠经常陷入沉思，长时间地盯着自己的画儿，一动不动，只是偶尔看一眼装颜料的瓶盖，然后又把视线移回到作品上，似乎是在想象中作画。有时，他会突然忙乱起来，把尾巴尖伸入一个个瓶盖蘸取颜料，肆意地涂抹到画作上。

　　没多久，油尺和螺母来了。离合器在睡梦中被叫醒。

　　漏气轮胎乐队的三个成员互相热烈地拥抱。

　　"嘿，伙计们，你们都逃出来了！太好了！酷极了！"

离合器喊道。

"真庆幸我还活着！"油尺说，"要知道，那两只猫弄死了大约二十只老鼠。"

"啊，老天！"离合器叫了起来，"他们实在太可恶了！"

"俱乐部被毁了，彻底消失了，过去的好时光一去不复返了。"

"我的贝斯也丢了，"螺母还是一副睡眼惺忪的模样，"油尺的鼓也丢了，你的吉他怎么样？"

"砸到银边的鼻子，散架了，"离合器说，"还有我的滑板。"她还告诉朋友们，猪草用滑板救了她的命。

"了不起，老兄。"他们两个异口同声地说，看猪草的眼神里充满了前所未有的敬意。他们还一起举起爪子跟猪草击掌致意。这让猪草感到很自豪。

"但是，伙计们，糟糕的是，"油尺说，"我们现在没有地方演出了。"

乐队成员彼此交换了一下眼神，沮丧地点点头。

"真是糟透了！"螺母说。

"太不幸了。"油尺附和道。

大家沉默了片刻。离合器换了一副轻松的口气说："嘿，伙计们，想吃点儿东西吗？"

"嘿，老兄，我饿得简直可以吞下一只猫了。"螺母赞同道。

说着，他们三个一起去拿食物，而猪草没有动。他感觉自己像个局外人，那三个乐队成员应该是想单独待一会儿。

就在他犹豫时，挡风玻璃来到他的身边。"乐队这么团结，真是太棒了，是吧？"这位艺术家朝三只老鼠的方向点点头，热情洋溢地说。

"在我看来，年轻人，"他接着说，"这代表了一种新的潮流！老鼠们团结起来共同面对……啊，这提醒了我……"还没说完，他就再次跑回他的作品前。

猪草在旧校车里漫无目的地走着。当他来到离合器的妈妈雾灯身边时，感觉好像从上次看见她起，她就没有移动过，她仍然在埋头创作，手里的笔都快被咬秃了。

雾灯抬头看了看猪草，眼里充满了困惑。

"你是离合器的朋友吗？"她问。

"嗯，那个……事实上……是的，"猪草有些结巴，"我是昨天来的……离合器跟您介绍过我。"

"离合器的朋友可真多。"雾灯回答。从她的眼神可以看出，她对猪草根本没有印象。

"你知道有什么词可以代替'勇敢'吗？"

"无畏?"猪草认真地说。

"要是这么简单就好了。"雾灯嘟囔了一句,又开始冥思苦想。

猪草一头雾水地回到三只老鼠那里。他们正在边吃边高谈阔论。

"嘿,伙计们,我得走了。"猪草说。

"回见!"离合器冲他喊道。

猪草摆摆手,走了出去。其实,要是他的新朋友们邀请他加入三鼠组合的话,他会很高兴地改变自己的计划。

他走到外面，眯眼看了看太阳。他几乎已经忘记日光了。想到这里，猪草突然有点儿想家了。在他的家乡小溪，大家对时间总是很敏感；而在城市里，显然很少有谁在意是白天还是黑夜。

"这里完全不一样。"猪草无精打采地嘀咕了一句。

他不想独自回离合器的窝，于是就沿着人行道，贴着墙根和人类的旧巢穴往前走，时不时猛蹿几步，然后停下来，直起身子，四下张望，主要是查看有没有猫。确定没有之后，他继续往前走，漫无目的地溜达。

人类的巢穴那么巨大，让他感到无比敬畏。在他眼中，

这些巢穴几乎跟天空一样高。汽车从他身边驶过，释放出烟雾、尾气和噪声，把他吓坏了。他知道应该尽可能地躲开那些玩意儿，只是它们的数量实在太多了。

时不时地，猪草也能看到一些人类。他们同样个头儿高大，但通常都不会注意到自己。有那么一刻，猪草很想知道人类到底能不能看见他。终于，有一个人发现了他。那人猛地停下来，叹气似的嘟囔了一句，然后远远地绕开了。

"这个城市确实不喜欢老鼠。"猪草心想。

尽管如此，城市仍然深深地吸引着猪草。这里有无穷无尽的新鲜事物，有五彩斑斓的颜色，很像挡风玻璃的画儿，可以引发无尽的联想。此外，城市里几乎所有的事物都有着笔直的线条和锐利的棱角，这一点也让他着迷。而在乡下，很少能见到一条直线，哪怕是最高、最直的树也有一些弧度。而在城市里，尽管也有弧线的存在，但要仔细搜索才能找到。

还有，城市里的气味变幻无穷，有的闻起来很美妙，有的很糟糕，不过大多数说不上好坏，只是飘在空气里。猪草猜想，要分辨出所有的气味，可能要花上一辈子的时间。

同样，也很难辨别出城市里的各种噪音分别来自哪里。这些声音跟乡下那种微风吹拂的窸窣声完全不同，听起来更像漏气轮胎乐队演奏的音乐。

猪草继续向前走。突然，他听到一个有些熟悉的声音。过了一会儿，他才反应过来，那是火车的汽笛声。在他听来，这就好像一个老朋友的呼唤。原来，他不知不觉地走到了铁路边。

此刻，他站在路的尽头，对面就是铁轨。离合器的车就在另一边的角落里，他甚至能看见车的入口。

两种选择摆在猪草面前：登上火车离开安珀市，或者等他的新朋友回来。

他又一次想起被摧毁的挤奶酪俱乐部和许多老鼠惨死的情景，不由得叹了一口气。他不得不承认，老鼠们有理由灰心丧气，跟消灭协会抗争并不值得。

"也许，城市生活就是如此。"他心想。但是，如果真要离开的话，是不是至少该和离合器解释一下？

"不要再找借口了！"猪草在心里说，"趁还来得及赶快走吧！承认吧，老兄，城市生活不适合你。"

猪草向铁轨走近一点儿，看到了那个垃圾堆。刚到这里时，为了躲避银边，他曾钻进去过。因此，尽管明知道气味不好闻，他还是决定在那里躲一会儿，直到火车来。

猪草一头扎进垃圾堆深处。"呸！"他抱怨道，"臭死了。"

他绕过一堆旧罐头瓶，找到一个又高又干爽的地方。在那里还能清楚地看到铁路。

"到底该朝哪个方向走呢？"猪草在地里徘徊着。经过一番思考，他打定主意让命运替自己决定——他准备跳上第一趟开过来的火车，火车去哪儿他就去哪儿。

"只除了一个地方——小溪！我不回家，"他在心里对自己说，"还不到回家的时候，那样太不酷了。"

下定决心之后，猪草蹲下身子，紧紧盯着铁路，等待火车的到来。

他刚待了一会儿就开始走神。这时，他发现了不远处的银边。她正蹲在一堆脏兮兮的白石灰旁边。

"真倒霉！"猪草嘟囔着，"又碰上她了，她在这里做什么？"

猪草小心地挪动位置，避免惊动白猫。他爬到垃圾堆更高一点儿的地方，想看得清楚些。

这时，他看明白了是什么吸引了银边的注意力。

在那个白石灰堆的顶部，离银边七八步远的地方，有一只老鼠。猪草惊讶地发现，那只老鼠竟然是纯白色的。

在这之前，猪草从没听说过，更没见过纯白色的老鼠。他第一个念头是见鬼了。他死死地盯着那只老鼠，终于确定是活的，而且还被吓破了胆。

汽笛声打断了猪草的思考——火车来了。

"真倒霉，我只是想离开而已，"猪草暗自嘀咕道，"不过是一只怪猫追一只怪老鼠，我管不了，也不想再招惹那个银边了。"

可是虽然心里这么想，猪草还是无法袖手旁观。银边离白鼠越来越近。白鼠则不断抬起脑袋，然后又蜷缩着躲起来。猪草看出来，白鼠还没发现银边。

"嘿，老兄，"猪草低声说，"再不赶紧跑，你就……真的成鬼了。"

14

猪草的决心

火车的汽笛声越来越响，同时，银边也在不断地向前挪动，离白鼠越来越近。

猪草被眼前的一幕吓坏了。他不知所措地立起身子。而银边的注意力全部都在白鼠身上，完全没有发现猪草。

巨大的火车进入猪草的视野。前灯闪烁，铃声叮当作响，引擎发出震耳欲聋的轰鸣声。每隔几秒，火车就会鸣响汽笛，声音孤独而忧伤，久久不散。猪草看到很多车厢的门都敞开着。

火车的速度越来越慢，最后，就像上次一样，砰的一声停了下来。现在，猪草很容易就可以爬上火车了。

此时，猪草的心中升起一股强烈的渴望——他想回家了。他真傻，竟然离开了家。他本来可以在干净的小溪边和兄弟姐妹们一起自由玩耍，如今却不得不躲在肮脏的垃圾堆里。安珀市对他来说有什么意义？这里只有污垢、危险、无休止的闲谈，还有那个可怕的消灭协会。

他朝石灰堆看了一眼，那只白鼠对即将到来的危险依然毫无察觉。

"嘿，老兄，"猪草自言自语道，"那是他自己的事，你可是要离开这里的。"虽然嘴上这么说，可是猪草的脚还是站在原地没动，眼睛一眨不眨地盯着前面。

终于，猪草强迫自己转过头，不去看那即将注定发生的"屠杀"。他朝火车跑去。跑到半路，他停了下来，回头看了一眼。

银边身子压得低低地，屁股抖动，后腿绷紧，即将发动攻击。

猪草感到胃里一阵翻涌，心跳加速。这一切太可怕了。他再次朝火车跑去，没跑多远又停了下来。难道就这样离开，任由那只陌生的白鼠遭遇厄运？"不！"他大声说，"我不能这么做！这太可耻了！如果不为那只老鼠做点儿什么的话，我永远不能原谅自己。"

他快速朝四周看了看，确定自己所在的位置足以引开银边，又能安全地跑到火车那里。

于是，他高高地直起身子，两只爪子拢成喇叭状，放在嘴边，大喊："嘿，老兄！最近怎么样？"

闪光灯吃了一惊，仓皇地朝周围看了一眼。直到这时，他才发现银边。对此毫无准备的闪光灯一时间惊恐万分。

银边同样吃了一惊。她猛地抬起头，四下张望，想知道是谁在大喊大叫。

"我在这儿呢，老兄！"猪草用嘲弄的口气说，同时紧张地回头看了一眼，确保到火车的那段路畅通无阻。

"还记得我吗？我刚进城时从你眼皮子底下溜走了，后来还把离合器的滑板塞到了你嘴里，记得吗？哈哈，你捉不到我！"猪草讥笑道。

银边反应过来，是那只可恨的赭鼠。她立刻抛下白鼠，朝猪草这边靠近。

"嘿，白毛儿，"猪草朝白鼠喊道，"还愣着干吗？快逃啊！"

可是闪光灯被吓傻了，只知道眨眼和喘气。

银边则反应迅速，朝猪草扑了过去。

猪草早有准备。他看银边冲过来，马上一个转身，朝火车狂奔而去。就在他奔跑的时候，突然传来一连串响亮的砰砰声。那是车钩绷紧的声音，火车要启动了。

这下猪草慌了。他孤注一掷，奋力跳起来，希望能抓住连接车厢的挂钩，但很可惜，他没抓着。火车开始加速，他不敢再来第二次了，因为钢铁的巨轮很可能会把他压得粉碎。

猪草错过了火车。

他听到身后的动静，旋风般转过身，正好看见银边朝他扑过来。白猫的黄眼珠里怒火熊熊，镶着亮片的项圈闪闪发光，粉红色的嘴巴大开，露出满口白森森的尖牙。

"真倒霉！"猪草哭丧地说，"被她逮住了。"

银边在空中一个鱼跃。

就在银边扑下来的瞬间，猪草从她下方蹿了过去。仗着个头儿小，速度快，他从银边的身子底下溜走了。就在千钧一发之际，猪草几乎能感觉到银边肚皮上的毛从他的背上划过。不管怎样，等银边落地时，猪草不但已经逃脱了，而且正朝着石灰堆没命地奔去。

银边落地后，完全被搞糊涂了，不知道猪草去了哪里。她找了半天，最后回头一看，才发现正在逃跑的猪草。她喵地大叫一声，转身就追了上去。

猪草朝白鼠的方向拼命跑。闪光灯目睹了眼前发生的一切，几乎呆住了，眼看着猪草朝自己跑来。

"朝垃圾堆跑，老兄！"猪草大叫道。

闪光灯唯一能做的就是睁大眼睛。

猪草跑到闪光灯的身边。他顾不上礼节，抓住闪光灯的一只爪子，使劲一拽，把那只吓呆了的老鼠拽了个转身。

"要想活命就赶快跑！"猪草大喊。

震惊不已的闪光灯这才回过神来，跟在猪草身后仓皇逃窜。

银边紧紧跟在他们身后，离他们越来越近。

"快点儿！"猪草大喊，"再快点儿！"他连跑带跳，几步跑到了垃圾堆上，毫不犹豫地一头扎进那堆臭烘烘的垃圾中。他拼命用爪子乱扒，直到半个身子钻进垃圾里。这下安全了。猪草回头一看，发现那只白鼠还在挣扎。他抓住闪光灯的爪子，一把拉到自己身边。

他们刚躲好，就听到垃圾堆外传来银边懊恼的叫声。

"我们安全了，"猪草说，"至少目前是这样。"

那只白鼠虚弱得几乎快要晕倒了。

"谢谢……你……你救了我的命，我……压根儿没……想到……你……是谁？"他问。

"我叫猪草，你呢？"

"闪光灯。"

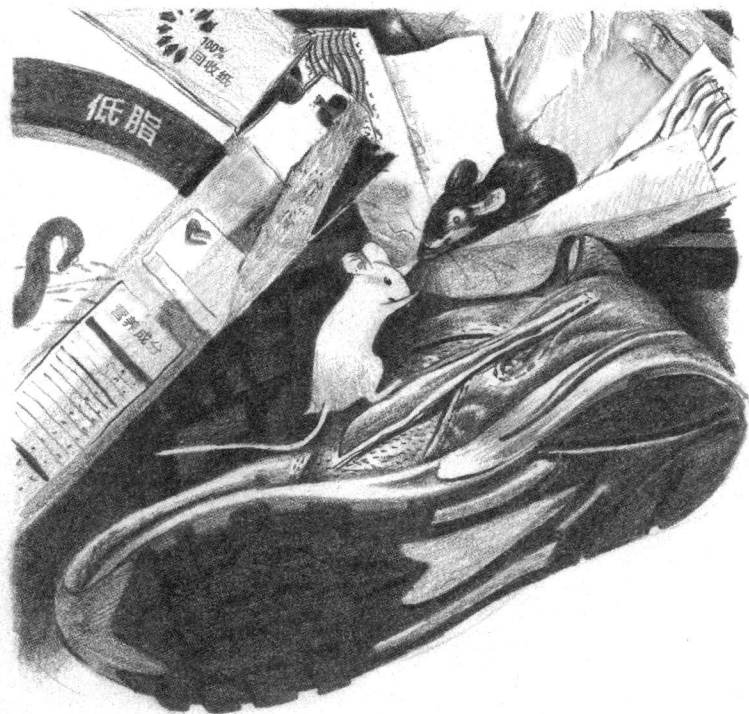

"酷!"

闪光灯看了看垃圾堆,问:"你……你住在这里?"

"这个垃圾堆?才不呢,老弟,事实上,我根本不是本地的,我只是路过这里,你又是从哪儿来的?"

"我……我就住在……银边住的地方。"

猪草吃了一惊:"住在她的窝里?"

闪光灯忧伤地点点头。

"你和她是朋友吗？"

"不是，根本不是，"闪光灯向猪草保证，"而且恰恰相反。"

"那你是……从她身边逃跑的？"

"也不是那么简单。"闪光灯叹了一口气。

猪草瞪着闪光灯，心想：真是一只古怪的老鼠。"你待着别动，冷静一下，"他说，"我去看看那只猫，她别又突袭我们，然后你再跟我讲你的故事。"

"你不会扔下我吧？"闪光灯着急地喊道。

"嘿，相信我！"

猪草从垃圾堆里拱出来，伸着脑袋四下打量。

他看到银边正坐在几步远的地方，两眼冒火，死死地盯着垃圾堆。

猪草回到闪光灯身边说："我估计她会一直守在那里等我们出去，所以，我们得在这里待上一段时间，避避风头，你能坚持吧？"

"我可以。"

"好，来吧，"猪草说，"给我讲讲你的故事。"

"并不是很有趣。"

猪草耸了耸肩："你照实讲就行。"

于是，闪光灯从头讲了一遍，从女孩把他从宠物店买回家，一直讲到他如何逃跑。

"我还以为你想搭火车呢。"等闪光灯讲完，猪草说。

白鼠忧伤地摇摇头："我只想回到我的笼子里去，我永远不会再离开那里了。"

"为什么？"

"这个世界对我来说太大了，它是很奇妙，但是……也很可怕。你呢？"闪光灯问，"你既然不是本地的，为什么来这里？"

"老弟，"猪草回答说，"我的生活跟你的完全不同。"于是他给闪光灯讲了一遍自己是如何来到安珀市的。

"你说话的方式，很……与众不同。"闪光灯说。

猪草很高兴闪光灯注意到了这一点，他咧嘴笑了，骄傲地说："城里老鼠都这样讲话，老弟。"

闪光灯叹了一口气："我们俩过着截然不同的生活。比方说，你有家庭，而我，对父母或是兄弟姐妹没有任何印象。我家的那个女孩告诉我，我出生在一个老鼠工厂里，可是你在小溪边的家听上去那么美，那么宁静。"

"是还不错，但是很无聊，你明白我的意思吗？那里什么都不会发生，至少跟这里相比是这样。"

"啊！"闪光灯发自内心地喊道，"要是我有那样的一个家，我肯定永远也不会离开。"

说完，他难过地补充道："可是，我们的生活如此不同，现在却陷入了同样的困境，我们不会就在这里度过余生了吧？"

"嘿，老弟，这不可能。"猪草安慰他说，"听着，我再去查看一下银边的动静，也许她已经离开了。"

猪草再次往垃圾堆上方钻过去。他爬到顶上，小心翼翼地把几张发霉的报纸拨到一边，偷偷向外张望。银边仍然坐在刚才的地方，只不过现在不光是她一个——灰条也坐在她身边。

15

垃圾堆遇险

猪草溜回垃圾堆里，闪光灯正紧张不安地等着他。

"她走了吗？"

"没有。"

"那她在干什么？"

"等我们出去，老弟，更糟的是，她的朋友灰条也来了。"

"我从来没听说过灰条。"闪光灯低声说。

"我想你不会想知道的，"猪草警告他说，"撕裂的耳朵，满身的伤疤，瘸着腿，一看就是个好勇斗狠的家伙，明白我的意思吗？那个灰条坏透了。"

"我能想象得出。"闪光灯灰心丧气地回答。

猪草四下看了看，拿不定主意该怎么办。往坏里说，他们被困在臭气熏天的垃圾里；往好里说，到处都是能吃的东西。这意味着，如果别无选择的话，他们可以一直待在这里。但这也只是暂时的，他们迟早要离开这里。

很快，猪草知道该去哪儿了——离合器的福特车。车子离这里不远，如果能设法去到那里，他们就安全了。问题是，怎么才能从垃圾堆跑到福特车而不被捉住呢？一只猫已经很难对付了，何况两只？几乎毫无逃生的机会。

猪草真希望离合器在这里。他相信在这些事情上，离合器远比他有经验。想到这里，他意识到自己是多么地佩服离合器。

"很抱歉拖累了你，"闪光灯说，"本来你都要走了。"

"也许吧，"猪草回答，"但是我自己选择了留下来帮助你，所以不要再谈这个了。我们还是有机会跑赢他们的。你能跑多快？"

"我说不好。"闪光灯回答。

猪草想了想说："不急，我再去看一下。"

猪草又一次爬到垃圾堆顶上。这一次，他发现旁边有一个大塑料瓶，几乎是空的，好像随时会倒下来。瓶子上贴着一个奇怪的标贴——"胡椒博士"。猪草小心地避开瓶子，以免它从垃圾堆顶上掉下去，发出稀里哗啦的动静。然后，他看了看四周。

银边还在原地没有动，眼睛一眨不眨地盯着垃圾堆，只不过现在又只剩下她自己了。

猪草并没有感到轻松。当他转过身时，发现最担心的情况成了现实——灰条在另一边，就蹲守在垃圾堆和离合器的福特车之间。更糟糕的是，他和银边一样，充满了耐心。

猪草回到闪光灯身边，告诉他："银边还在，她的朋友灰条也在，我们被包围了。"

"老天，"闪光灯长叹一声，擦去一滴眼泪，"离开我那安全的房间真是一个天大的错误，我本应该满足于已有的东西的，看看我都做了些什么啊！"

"听着，老弟，你已经尽力了，明白我的意思吗？你想清楚，要么坐在这里抱怨，要么想想下一步该怎么办。"

"你说得对，"闪光灯尴尬地说，"可是我想不出该怎么办，我像是被卡在瓶子里了。"

猪草一下子坐起来，兴奋地说："嘿，这也许是一个脱身的办法！虽然可能有点儿冒险，但是，老弟，咱们也想不出别的什么法子了。"

"我……我会照……你说的做。"闪光灯结结巴巴地说。

"好，跟我来！还有，不要说话。"

猪草爬到垃圾堆顶上，来到那个开口的大塑料瓶旁边。闪光灯跟在他身后。

"现在保持冷静，"猪草小声说，"首先，你钻到那个瓶子里，但是不要有多余的动作。进去之后，待在靠上的那侧，那样瓶子就不会翻倒，明白吗？"

"明……明白，那你呢？"

"我会跟在你后面，好了，"猪草催促他，"去吧。"

闪光灯颤抖着胡须，把脑袋伸进瓶口，然后整个身子钻了进去。他很瘦，所以没费什么劲儿。一眨眼，他已经踩在了褐色的液体里。瓶子摇晃了一下，但是因为他待在靠上的一侧，所以瓶子没有倒。

轮到猪草了。他收紧肚子，尽量放慢速度往瓶子里钻。他先把两只前爪伸进去，这样既可以节省空间，又使得上劲儿。

猪草比闪光灯胖，所以对他来说瓶颈有些紧。他不得不又推又踢。可即便是这样，他还是被卡住了。最后猪草使出全身力气，才终于扁着身子通过了瓶颈的最后一寸。可是，他的动作使瓶子摇晃起来。

闪光灯不敢动，只能担心地看着他。

两只老鼠终于都钻进了瓶子里。他们挪了一下位置，以保持平衡。

"我们成功了。"猪草悄声说。

"我很高兴。"闪光灯回答。可他的语气听上去却不是这样。他惊恐得眼睛睁得大大的，牙齿咯咯打战。瓶子里很潮，弥漫着一种很浓郁的甜得发腻的气味。

"我猜我们是在一个可乐瓶里。"

"我也不确定，"猪草说着舔了一下，"还真甜。"

"我们……我们现在该做什么？"闪光灯问。他的声音伴着回声，好像在空井里说话一样。

猪草试图透过瓶壁朝外张望，但是弧形的瓶壁扭曲了他的视线。

"嗯，我们这样，听我口令，我们一起跳到瓶子那头，爪子向上，就像这样。"他伸出爪子演示。

"如果我们动作标准，瓶子就会从垃圾堆上滚下去，就算被猫看见也没关系，他们抓不到我们。要是我估计得没错，瓶子滚下去的地方应该离我朋友离合器的窝很近。进到车里，我们就安全了。"他看到闪光灯焦虑的眼神，补充了一句，"老弟，相信我。"

"我尽力吧。"白鼠用微弱的声音回答。

"你准备好了吗？"猪草问。

"准备好了。"

"好的，我说跳，老弟，你就跳到另一头，咱俩得一起跳过去。"

"我明白。"闪光灯说。

"准备好，"猪草深吸了一口气，开始数数，"一，二，三！跳！"

话音未落，两只老鼠同时跳起来。瓶子猛地晃了一下，就沿着垃圾堆滚了下去。猪草站不稳，跟着瓶子滚起来。而闪光灯习惯了笼子里的运动轮，随着瓶子的滚动奔跑起来。即便如此，两只老鼠浑身上下还是都湿透了。

瓶子从灰条蹲守的一侧滚下来。灰条被吓了一跳，慌忙躲开。

猪草在滚动的瓶子中不停地翻跟头，而惊慌不已的闪光灯继续原地跑步。终于，瓶子落到地上后还继续滚动着——这要归功于闪光灯的跑动，但是同时瓶子也旋转起来。闪光灯站不稳，滑了一跤。他和猪草在瓶子里东倒西歪的，身上浸透了黏糊糊的液体，直到瓶子慢慢停下来，他们才站稳。

"我们这是在哪儿？"闪光灯晕头转向地问。

猪草平静下来，弯腰从瓶口往外张望。"酷！"他说，"我看见离合器车上的洞了，正对着那个方向就是，离我们只有几步远，而且没看见猫，这也太容易了！老弟，干得漂亮！"

"我吗？"闪光灯说。

"对，继续厓你的脚跑起来，给我们再来点儿动力！你从哪儿学会这招儿的？"

"我以前经常踩轮子。"

"踩轮子？"

闪光灯跟猪草解释了一下他笼子里的轮子。

"听上去真够怪的，不管怎么样，结果不错。不过现在我们得离开这儿，你先走，我跟在后面。"

"如果被猫看见怎么办？"

"如果情况不妙，你就别管我，照顾好自己，往离合器的窝跑。"

"真希望没离开我的房间。"闪光灯自言自语道。

"我们得行动起来，老弟。"

"我尽力。"闪光灯不自信地说。

"坚持住。"猪草鼓励他。

"好的。"闪光灯小声回答。说完，他就从瓶口挤了出去。

来到外面，他转过身，小声招呼猪草说："一切顺利！他们还在那边，一直在盯着垃圾堆。"

"太棒了！"猪草在瓶子里回答。他把后腿从褐色的液体中拔出来，身体凑近瓶颈，开始挣扎着往外爬。但是，他立刻意识到自己犯了一个严重的错误——他忘了先把前爪伸出去。结果现在，他两只前爪贴在身体两侧，一点儿也使不上劲。幸运的是，湿漉漉、滑溜溜的皮毛帮了点儿忙。他扭动着身体，一点儿一点儿向前扭动，终于把脑袋伸出了瓶口。

闪光灯紧张地等着。"快点儿。"他悄声说。

"我正在努力，老弟。"猪草低声回答。但接下来，他

就不动了。

"怎么了？"闪光灯小声问道。

"闪光灯，"猪草的声音中第一次流露出惊慌，"我卡住了，动不了了，你得帮帮我，把我拉出来。"

闪光灯想去拽猪草的爪子，却扑了个空。"可是……我怎么才能拉你出来？"他着急地叫出声来。

"耳朵！"猪草喊，"抓住我的耳朵。"

"可那会弄疼你的。"闪光灯胆怯地说。

在他们身后，银边和灰条喵地叫了一声。

"他们看见我们了！"猪草冲闪光灯吼道，"快把我拉出去，不然他们会咬掉我脑袋的。"

"我会弄疼你的。"闪光灯吱吱地叫着说。

"别管疼不疼了！"猪草尖叫道，"保住命要紧。"

说话间，两只猫已经逼近了。

闪光灯抓住猪草的耳朵，开始往外拉。他脚趾抓地，身体拼命向后用力，使劲地拉啊拉。猪草的身体开始艰难地向外移动。

"再使点儿劲！"猪草不顾耳朵的剧痛大喊道。

砰的一声，猪草从瓶子中弹了出去。闪光灯猝不及防，向后摔倒。猪草从闪光灯头顶掠过，狠狠地摔在地上。

离合器的窝就在不远处。

就在这时，两只猫朝他们这边扑了过来。

猪草跳了起来。"快跑！"他高喊着，朝离合器的窝冲了过去。猪草不停地撞那个门，可那块木头牢牢地卡在那里。突然，他想起离合器的话。猪草朝木头的右上方猛击了一下，木头掉了，他也跟着掉了进去。他一落地，马上跳起来，回身张望。

闪光灯正慌张地朝着洞口跑来，两只猫在他身后紧追不舍。

猪草冲出去，抓住闪光灯的爪子，一把把他拖进洞，随即迅速把木头塞回洞口，正好打在猫的脸上。

"嘿，老兄，干得漂亮！"一个声音在他们身后说。

16

新的决定

"发生什么事了?"离合器打了个哈欠,懒洋洋地问道,"我刚回来,见你不在,就睡觉了。"

"银边……"猪草上气不接下气地说,"还有灰条。"

"嘿,我还当是什么新鲜事呢!"离合器漫不经心地回答。她指了指闪光灯,问道:"这位白老弟是谁?"

"哦,对了,"猪草一边揉还在疼的耳朵一边说,"他叫闪光灯。闪光灯,这是离合器。"

"很高兴认识你。"闪光灯细声说。

"我也是。"说完,离合器盯着他,"嘿,老弟,你身上的毛皮可真好看。"

"谢谢。"一身雪白的闪光灯脸红了。

"是真的吗？"

"什么真的？"

"我是说，你的毛皮是不是染的？"

"恐怕我天生如此，"闪光灯有点儿歉意地说，"我……喜欢你头顶的绿毛，还有你的耳环。"

"我这个是染的，耳环是塑料的。"

"但是很好看。"闪光灯说。

"离合器，"猪草插嘴说，"闪光灯跟银边住在一个窝里。"

离合器顿时瞪大了眼睛："什么！这是真的吗？"

"是的。"闪光灯承认说。

"这是怎么回事？"

"跟她讲讲你的故事。"猪草催促道。

离合器聚精会神地听着，偶尔自言自语一句"酷！"或是"棒极了"。等闪光灯讲完，她转身看着猪草问："你们两个是怎么认识的？"

"在铁轨旁边，"猪草说，"呃……当时我正准备离开这里。"

"离开这里？"离合器叫了起来，"为什么？"

"离合器，"猪草说，"我来这里多久了，两天对吧？可是我已经被猫追过多少次了？"

离合器咧嘴笑了起来。

"有什么可笑的？"

"老兄，你说话的样子超可爱，说得可真地道，"她转头对闪光灯解释说，"我是说，这位赭鼠朋友学得可真快！"

猪草很得意，但是没有表现出来，只是说："我是认真的，离合器，留在这里有什么意义？我迟早会完蛋的。"

离合器若有所思地摸了摸她的耳环，说："嘿，老兄，没有谁要逞能当英雄，但是，你不能总是夹着尾巴生活，对吧？我的意思是，很多老鼠觉得城市生活吃不消，这个世界可去的地方确实很多，可我敢跟你打赌，危险无处不在。只不过你刚来到这里，这种感觉格外强烈罢了。我知道，谁都不愿意听别人告诉自己该怎么生活，但是你总得在某个地方扎下根来，对吧？这么说吧，身为老鼠，在哪里都不容易。但是，嘿，老兄，你要是想走，我不拦你，随便你。"

猪草被离合器的话刺痛了，一声不吭地瞪着她。

忽然，闪光灯拍了下巴掌，激动地说："啊，说得……说得真是太有道理了！要么保护自己，要么逃走，我要记住这一点。我的知识大多来自书本，但是你，你们两个才算真正地活过！我太佩服你们了！这番鼓舞人心的话拯救了我！谢谢你们！"

离合器笑着伸出爪子说："击掌，老弟！"

闪光灯笑着照做了。猪草没有想到这只白鼠的感情竟会如此丰富。

离合器把闪光灯拉到一边，一起吃起面包渣。她边吃边讲了很多自己还有朋友们的生活。闪光灯睁大眼睛，听得入迷，偶尔插嘴感慨："真了不起！不可思议！太佩服你了！遇见你真是我的荣幸！"他的赞美让离合器非常开心，离合器更加滔滔不绝起来。

猪草的心境完全不同。他独自待在房间另一头，越想越觉得离合器说得有道理。身为老鼠，确实意味着必须格外努力才能生存下去。

这就是渺小的代价。

当初，他离开家去探索世界的时候并没有想到这一点，但这确实是真理。

这只年轻的老鼠叹了口气。事实上，尽管到目前为止，他还没做过什么大事，却也有了不少收获，包括结识了这个非常特别的新朋友——离合器。假如一直待在小溪，他永

远不可能遇见这样一只老鼠。只不过，她现在对闪光灯那么感兴趣，这让他心里很不舒服。

　　还有在火车上以及安珀市里见过的那些事物。是的，猪草积累了很多奇妙的经历。

　　但是，在安珀市里始终有一件事让他感到烦恼，那就是所有的老鼠都认为拿消灭协会没有办法。也许生活到处充满危险，但不管是在城里还是乡下，他都不能认同那种看法。

　　"如果有办法……"他透过车窗玻璃望着外面的天空，默默地想。

　　突然，他听到离合器说："嘿，老兄，你在想什么？表情很奇怪。"

　　"离合器，"猪草宣布，"我想好了。"

　　"是吗？好啊！你要怎样？"

　　"我准备在这儿再待一段时间，但是你知道我要做什么吗？"

　　"做什么？"

　　"我要对付消灭协会。"

　　离合器吃了一惊。"挑战消灭协会？"她叫道，"你……你疯了吗？"

　　"也许是吧，"猪草笑着回答，"但是，老兄，身为老鼠就要做老鼠该做的事。"

17

银边的决心

"又是那只赭鼠？"灰条对窝了一肚子火的银边说。

这两只猫还死死地守在离合器的福特车旁边。

"对！"银边干脆地回答，气得浑身发抖。

"这是他第三次碍事了吧？"灰条故意刺激她。

"是。"

"嘿，也许你年纪大了，干不了这个了。"灰条说。

"不管多大年纪，我都杀得了老鼠。"银边咬牙切齿地说。

她继续沉默地盯着离合器的窝。

"我知道这是谁的地盘。"灰条说。

银边转头看了看灰条。

"一只叫离合器的老鼠，很时髦，爱玩滑板，还把头上的毛染成不同的颜色。"

银边猛地转过身问："绿色的？"

"我记得是，我敢打赌，在那个俱乐部里给你鼻子来了一下的就是她。"

银边对此当然记得很清楚，但是她没吭声。

灰条继续说："说到颜色，如果我没看错的话，还有一只白老鼠，是吧？"

银边哼了一声。

"你认识他吗？"灰条问道。

"不认识。"银边回答。

"随你怎么说。"灰条说。

银边转身走开了。灰条一瘸一拐地跟在她旁边。"那只赭鼠总是跟你过不去，不是吗？"他带着一丝讽刺地说。

"是。"

"那你打算怎么办？"

"不知道，"银边老实承认，"我得想一想。"

"我们本来可以一直守在离合器的窝旁边，"灰条建议说，"不过，我敢说那辆旧车不止一个出口，老鼠们在这方面都很狡猾，你永远不可能相信他们。"

银边又哼了一声。

"嘿，想吃点儿东西吗？"灰条问，"我这儿还有几个鱼头，才放了三天而已，美美吃上一顿，保证你的心情会好起来的。"

"不了，谢谢，"银边回答，"我要回家了。"没等说完，她就想起女孩的话——不管是死是活，除非她带回闪光灯，否则不准回家。想到这里，银边懊恼地把牙齿咬得咯咯作响。

"又怎么了？"灰条问。

"没什么，"银边坚持说，"回头见。"说着就走开了。

银边满怀烦恼和愤怒，感觉整个世界都在跟自己作对。她在大街上漫无目的地游荡。没过多久，她发现已经不知不觉走到家了。她想，也许可以从猫洞偷偷溜进去，女孩不会注意到的。再说，这会儿，女孩很可能已经去上学了。

银边渴望能回到自己的羊毛毯上，好好睡一觉。哪想到，当她绕到房子后面，用脑袋去顶猫洞的活动门时，她吃惊地发现，活动门只能打开几厘米的缝隙，她根本钻不进去。银边再次用脑袋去顶，可还是打不开。突然，银边意识到，一定是女孩从里面把门闩上了，那个缝隙是给闪光灯留的，不是给她留的。

银边再也无法控制自己的情绪。她用脑袋狠命地去撞门，结果只是撞疼了自己的脑袋。

突然之间，她的愤怒消失了，一股痛苦和悲伤之情涌上心头。事实摆在眼前：她最恨的三只老鼠结成了一伙；而她因为一个莫须有的罪名被关在了家门外，无法回到睡了七年的床上去；还有她的孩子、孙子们，全都抛弃了她。他们有一次想起她吗？有回来看过她吗？或者跟她保持联系？没有！没有谁关心她或是在意她。她孤苦伶仃。这一切都是老鼠的错，都是他们的阴谋！

银边的胸脯剧烈地起伏，眼泪涌出眼眶，顺着圆溜溜、毛茸茸的脸颊流到地上。她孤独又凄凉地抬起脑袋，发出一声长长的哀号："没有谁在乎我，一个都没有！"

这时，一扇窗户打开了，女孩探出头来，大声喊："滚开，你这只可恶的猫！去把闪光灯给我找回来！"

银边瞪着女孩，心情再次发生了变化——她的怒火被重新点燃了。她暗暗发誓，要抛开所有软弱的情感。要是做不到这一点，那就是怯懦，跟鼠辈一样怯懦。如果这世上只有一件事值得为之努力，那就是向三只老鼠复仇：赭鼠、白鼠，还有顶着绿毛的那只。等除掉那三只老鼠之后，她就永远地离开安珀市。

银边下定决心，便一把将她的城市执照从脖子上扯下来，丢在女孩家的后门门口，然后高高地竖起尾巴离开了。

18

猪草的计划

在离合器的家中，猪草、离合器、闪光灯三只老鼠团团围坐，吃着面包屑。离合器同时在啃一根雪糕棍，准备用它做个新滑板。大部分时间都是猪草在讲话，闪光灯瞪大眼睛听得很专注。

"要知道，"猪草说"我们要做的就是要让那些猫明白，他们不能再这样恐吓我们，我们有权过自己的生活，明白我的意思吗？"

"当然。"离合器说着，吐出几粒木屑。

"那好，"猪草继续说"我们必须保卫自己。从现在开始，我要为自己定一条规矩：任何老鼠都没资格决定我做什么，或者不能做什么，谁也不行，绝对不行。句号。"

闪光灯在开口发表意见之前看了离合器一眼，想先看看她的态度。

"这个……主意很好，"他有些腼腆地说，"但是老鼠怎么能做到呢？你不觉得我们太弱小了吗，就像离合器刚才所说的？"

"嘿，老弟，"猪草的语气里充满了勇气，"我们可能弱小，但是我们数量多啊！"

离合器咧嘴笑起来，对闪光灯说："你听他讲话的口气，就像动画片里那个会说话的甜筒冰激凌。"说完，她放声大笑起来。

"离合器，"猪草坚持道，"难道你想一辈子都在逃跑和躲藏中生活，做个失败者吗？你不想自由地弹奏你的音乐吗？"

"当然想。"

"那好，要我说，是时候把这些想法付诸实施了。"

离合器笑着说："你现在说话的腔调跟我老爸简直一模一样。"

"我说实话，你别介意，"猪草说，"我不是说大风做得不对，但他除了画画儿和空谈，并没有什么实际行动。"

"听着，猪草，"离合器懒洋洋地伸爪又拿了一块面包屑，丢进嘴里咀嚼着，然后若有所思地说，"你说得不过分，但是就在不久之前，你还准备搭火车离开这里呢，怎么突然就变了？"

猪草有些恼怒："我只想让你知道我们能做些什么，就这么简单！"

"嗯，好吧，"离合器说，"那你说说，你到底打算怎么做？"

猪草看看离合器，又看看闪光灯，随后又把视线落回到离合器身上。他凑到近前，顿了顿说："我的计划是，建一个新的俱乐部。"

离合器听了，立刻放下滑板惊讶道："你不是开玩笑吧，老兄？"

"听着，要让那些猫知道你们没有被打倒，最好的办法就是成立一个新的俱乐部。新俱乐部会让你们这些城里老鼠重新振作起来，帮你们找回勇气，让你们放松，找回力量，这就是对猫的反击。但是，新俱乐部一定要大，大到足以容纳超多的老鼠，这样在遭到攻击时才能进行反击。"

"太酷了！"离合器赞同地说，"漏气轮胎能在那里演出吗？"

"这还用问吗？"

"我说，你是认真的吗，猪草？不是说着玩吧？"

"离合器，"猪草严肃地说，"我长这么大还从没有这么认真过。我在想，让你老爸画些画儿挂在墙上，再让你老妈朗读她的史诗，让漏气轮胎乐队演出，明白我的意思吗？这将是属于你们的俱乐部。"

离合器看着猪草，欢呼道："嘿！老兄，你学话学得可真快！这真是好主意！我喜欢！击掌！"她伸出一只爪子。猪草跟她击了下掌。

闪光灯还没搞明白到底是怎么回事，但也跟着笑起来。

在稍稍平静之后，猪草接着说："现在，我们首先要找一个适合建新俱乐部的地方。离合器，这件事你来负责。"

"为什么？"

"就像你说的，我是新来的，对这里不熟悉，根本不知道该去哪里找。"

"也对，那好吧。"

"要找一个跟挤奶酪俱乐部不一样的地方，"猪草说，"一个猫很难进入或者摧毁的地方。而且一定要大，这很关键，这样就可以容纳很多很多的老鼠。明白我的意思吗？"

"明白，"离合器想了一会儿，说，"我知道有个地方也许合适，在人类的旧城区。那里所有的东西都被废弃了，其中有一家书店，以前是卖精品图书的，里面很宽敞，也许能行。"

"我们能去看看吗？"猪草问。

"没问题，老兄，但我们要从排气管出去，万一消灭协会还在附近的话，走那里会比较安全。"

离合器用爪子抓起新滑板，领着朋友们从一个狭长的管子钻了出去。外面天已经黑了，一轮月亮低低地挂在空中，旁边稀疏地点缀着几颗星星。

离合器仔细查看了一番，确保路上安全之后，把滑板放在地上，蹬着跑起来。

"这是什么？"闪光灯跟着她边跑边问。

"我的轮子，老弟，一个滑板。"

"真有趣，你……你能教我吗？"

"没问题，老弟。"离合器回答。

"非常感谢。"闪光灯小声说。

猪草没有吭声，心里很后悔自己没想到要请离合器教自己玩滑板。

三只老鼠沿着迂回曲折的道路穿过老鼠镇。大街小巷上都看不到猫和人类的踪迹，甚至也看不到其他老鼠的踪迹，只是偶尔能听到一个空瘪的铝罐被风吹得在地上翻滚，发出坏了的拨浪鼓一般的声音。

走了大约十五分钟后，离合器说："我们到了。"

他们进入了一条狭窄的小巷。巷子里很黑，只有几盏街灯闪烁着昏暗的光。一个生锈的垃圾桶摆在路中央，桶里堆满了破旧的书。他们所在的位置是一座建筑物的后墙，墙上有一扇带纱窗的窗户，纱窗后面的玻璃已经碎了。墙上还有一扇紧闭的铁门，上面挂着一把生锈的大锁。

"我们怎么进去？"猪草问。

"门边原来有一个小洞。"离合器回答。

她顺着门框摸索了一会儿，大声说："太好了，洞还在。"她把滑板竖起来，靠墙放好，从洞口钻了进去。闪光灯和猪草跟在她身后。

三只老鼠来到一个昏暗的走廊，走廊里到处扔着纸张，还有成堆的破烂不堪的书。地面上积满尘土，墙上挂着残破的海报。一个巨大的轮子挂在墙上很低的位置，轮子下方挂着一大卷东西。猪草还以为那是蛇，吓得都呆住了。

"那是什么？"他紧张地问离合器。

"我也不清楚。"她回答说。

闪光灯打量了一下，说："我在一本书里见过，这东西叫作水龙带，可以喷出水，是人类灭火用的。"

"嘿，这位老弟懂得可真多。"离合器说。

闪光灯不好意思地笑了笑。

三只老鼠继续向前走，在一个大房间的门槛上停了下来。房间的三面墙都立着书架，有些书架上零星地放着几本书，更多的书堆在地上。几乎所有的书都残缺不全。房间里到处是纸张和破盒子，木地板肮脏不堪。

离合器扫视了一圈，说："真够乱的。"

"是的，"猪草说，"但是如果我们能打扫干净，你觉得这个地方行吗？"

离合器又观察了一番，说："我从没见过这么大的俱乐部，几乎能装下全城的老鼠了，不过最重要的是，我们得想办法让猫进不来，明白我的意思吗？这里可能是我们最好的选择，也可能是最糟糕的。"

"后墙的窗户上有纱窗，"猪草指出，"另外，入口的洞很小，猫进不来，还有，后门是锁着的。"

离合器走到店铺的前半部分，检查了一下前门。前门关得紧紧的。

"这里也有一个洞，"猪草叫道，"大小刚好够我们进出，

但是猫进不来。"

只见店铺前面有一扇大玻璃窗，几乎占了整面墙的三分之二。窗玻璃上有裂缝，但一个洞都没有。

玻璃上印着几个字，猪草大声读出来：

最后的独立书店

"这是什么意思？"他弄不明白，只得问另外两只老鼠。

闪光灯专注地盯着这些字研究着。

离合器只对房间感兴趣，她转过身继续打量房间。

"你觉得怎么样，老兄？"猪草问她。

"把这个地方清理出来需要花很多功夫，"离合器看着这个宽敞的房间说，"但是这里很酷，我们最好抓紧时间赶快干。"

"能多找些老鼠来帮忙吗？"

"没问题，"离合器说，"我朋友多极了，可以叫他们来帮忙。嘿，我们给这个地方取个名字吧？"

"我想不出来。"猪草说。

"我知道玻璃窗上那些字的意思了，"闪光灯说，"我们看反了，实际上是'最后的独立书店'。"

"不错，"猪草说，"也许我们可以把这里叫作'独立俱乐部'。"

"酷！"离合器说。

"在书里，更文雅一点儿的说法是独立咖啡屋。"闪光灯怯生生地插了一句。

"太帅了！"离合器嚷道，"我的意思是，这简直酷极了！"

"那就叫独立咖啡屋好了！"看离合器这么兴奋，猪草开心地说。三只老鼠鼓掌一致赞成。

19

聚 会

猪草和闪光灯开始清扫房间。离合器踩着滑板先离开了，她要去发布关于俱乐部的消息。

每遇到一只老鼠她都直截了当地说："我们正在组建一个超酷的新俱乐部，棒极了，明白我的意思吗？我们需要一些老鼠来帮忙。"

她首先通知的是油尺和螺母。两位音乐家热烈响应，答应立刻赶去旧书店。

"伙计们，路上当心猫！"离合器冲他们的背影喊道。

随后，离合器把计划告诉了她的父母。挡风玻璃正在画一幅画儿，准备送给猪草。他听了这个计划之后，特别兴奋。

"建立新的俱乐部，"他激动地说，"这预示着我们老鼠已经到达了一个新的高度，这是一个重大的转折点，这意味着老鼠们开始有群体意识了。接下来将要发生的事会影响到许多老鼠，这些老鼠又会影响到更多的老鼠。这一场运动将不断扩大，整个老鼠世界将为之改变！"

"说得对极了，大风，"离合器强忍住笑说，"对了，猪草想让你在俱乐部的墙上画一幅大型壁画。"

"太好了！"大风激动不已，"太伟大了！这是一个巨大的转折点！老鼠为艺术献身，艺术为老鼠服务，这是……这是一场革命。"说完，他匆忙去找他的绘画材料了。

"还有，老妈，"离合器对雾灯说，"猪草特别提到你，他希望你能在我们的开业典礼上朗读一段你的作品。"

"我的《草的奶酪》？"

"可以，你看着办吧。"

"离合器，"雾灯郑重地说，"你要知道，那是一部非常严肃的作品。"

"我知道。"

"你觉得你的朋友们会欣赏它吗？"

"当然会了。"

雾灯高兴地涨红了脸："开业典礼在什么时候?"

"等我们把那里打扫干净,大概几天后吧。"

"我很荣幸,"雾灯再次郑重其事地说,"但是,我需要再润色一下。"说完,她匆忙去拿自己的作品。

就在离合器忙着发布消息的同时,银边离开了女孩的房子,朝老鼠镇走去。她并没有什么明确的计划,只是想随便搜寻一下,希望能有所收获。或许,这次能交上好运,毕竟生活亏欠她太多了。

她在街道上晃荡了好几个小时,从一条街悄无声息地溜到另一条街,在城市的角落里,还有废弃的建筑物边来回转悠。乌云笼罩着月亮,让这个世界看上去不太真实,更像个幻影。

银边悄声地走在路上,偶尔停下来,嗅一嗅空气或是盯着某个特别黑暗的地方看。突然,她嗅到一股很明显的毛皮、面包屑、奶酪和小爪子的气味。是老鼠!只要一闻到他们的气味,她就感到无比愤怒和厌恶。

为了找准气味来源,银边一会儿靠左边走,一会儿靠右,然后又回到左边。她扇动耳朵,仔细地听着,不放过一丝一毫的线索。

她继续悄悄地朝前走,老鼠的气味越来越浓。她停下来，看看周围。此刻，银边所在的地方曾经是一条繁华的商业街，如今已经废弃了。这里有一家空荡荡的杂货店、一家文具店、一家玩具店、一家饭店，还有一家书店和一家药店。所有的店铺都有不同程度的损毁，没有一家店铺显出一丝生机。那些店铺橱窗的玻璃不是碎了，就是裂了，还有的店铺连大门都没有了。

银边深吸了一口气，老鼠的气味非常浓烈。她断定附近不止一只老鼠。她又嗅了一下，是的，有两只，也许是三只。又或许，她发现的是一个老鼠窝。

她朝四周看了看，没有发现任何异常。于是，她跳到一个高高的窗台上。站在那里，整条街一览无余。银边蹲在那儿等待着。

半个小时后，耐心有了回报。她察觉到在商业街的另一头，一个废弃的建筑物对面有动静。好像有什么东西正在悄悄靠近那个建筑物。银边睁大眼睛，留意观察着。

果然，她看见两只老鼠鬼鬼祟祟地走过去。

银边冲动得想立刻跳下窗台，捉住他们，但在最后一刻，她克制住了。直觉告诉她，这后面还有好戏。她决定先盯着这两只老鼠，看他们要做什么。

两只老鼠在其中一间废弃的店铺前停下来。窗玻璃上

印着店铺的名字，曾经鲜艳的颜色如今已经变得暗淡：最
后的独立书店。

　　银边听到两只老鼠在吱吱地交谈。她只听清了一句话，

"她说让咱们暂时先把乐器放在家里"。跟着，两只老鼠钻进一个小洞，消失不见了。

有那么几分钟，银边后悔自己没有采取行动——这两只老鼠也许是独立行动。"不，"她又自言自语道，"要相信自己，你闻到的不止这两只，耐心点儿。"

当又出现了两只老鼠时，银边知道自己的判断是对的。对此她感到非常满意。这两只老鼠沿着一堵黑墙的墙根匆匆忙忙地向前奔，其中一只肥胖的老鼠一直在激动地说个不停。他声音很大，银边隐约听到一些。

"一股崭新的潮流……一个转折点……一场革命……"

两只老鼠在书店门口停下来，然后像前面的老鼠一样，钻进洞里消失了。

"天哪，我的天！"银边心想，"这里要出事，出大事了！"她满怀期待和喜悦地伸了伸腿。

在银边等待和观察的时间里，越来越多的老鼠出现了，并且全都进了那家书店。有独自来的，有三三两两结伙来的。银边看着这些老鼠，心里越来越激动。

接下来，又过了很长时间，再也没有老鼠出现了。

银边很满意，心想："他们进去了就会再出来。"

她双爪交叉放在胸前，静静地等待着。

20

书店大清扫

凌晨两点，油尺和螺母到达书店。

"嘿，老兄，"油尺对猪草说，"我们来帮忙了。"

"太好了！"猪草表示欢迎。

"这位白老弟是谁？"油尺小声问猪草。

"他叫闪光灯，是我和离合器的朋友。"猪草郑重地介绍说。

闪光灯有些害羞，不自在地看向别处。

猪草让两位音乐家先打扫大厅地板上的垃圾。他们俩连拖带拉，干得热火朝天。

挡风玻璃和雾灯随后也赶到了。挡风玻璃把猪草拉到一边，跟他说这个新俱乐部的成立意义多么重大。猪草尽量耐心地听他讲，但终于不得不打断他说："挡风玻璃先生，那个，我得干活儿了。"

"当然！"挡风玻璃叫道，"劳动是构成老鼠生活经验的核心！它让我们老鼠变得高贵，在所有老鼠之间建立了一条共同的纽带！"

"我们需要在那面墙上画一些东西，明白我的意思吗？"猪草解释说，"要很带劲的那种，可以吗？"

听到这话，挡风玻璃的眼睛里像是有两团火苗在跳动，他激动地说："就画老鼠从出现到今天的整个历史，如何？"

"你看着办吧。"

"找我你是找对了，"挡风玻璃说，"而且，你，这位先生，我要第一个告诉你，这将是我最杰出的作品！"

接下来的几个小时里，大约上百只老鼠赶到这个旧书店。几乎所有的老鼠都从前门悄悄溜进来，找到猪草，低声说："老兄，是离合器让我来的，你知道的，过来帮忙。"

猪草给所有的老鼠都分配了任务。

很快，整个书店里到处都是忙碌的老鼠。

挡风玻璃盯着一面空白的墙，构思他的画作。雾灯独自待在另一个角落，一脸严肃地认真修改她的诗歌。

与此同时，闪光灯鼓起勇气也加入清扫工作，他开始清理散落在地板上的书页。他很想努力干活儿，却总是忍不住停下来，打量周围忙碌的老鼠们，心情异常激动。在他眼里，这些老鼠都很了不起。猪草勇敢又强壮，而离合器……她实在魅力无穷，可以说是所有老鼠中最有魅力的一个。

尽管如此，闪光灯还是不情愿地意识到，他想回家。"他们不是故意对我无礼，只是总偷看我而已，"他安慰自己，"这都是因为我跟他们长得不一样，我是个怪胎。可我能怎么办呢？我改变不了我的性格或者相貌。我就应该待在自己的家、自己的房间、自己的笼子里。我不属于这里。"虽然忍不住这样想，但闪光灯还是没有走，努力在干活儿。

很快，老鼠们发现，清洗脏地板是最首要的任务。可是不管多少老鼠擦洗，事实明摆着，要想让地板干净到可以在上面跳舞，他们至少还要花上好几天的时间。

于是闪光灯走到猪草身边，小声说："我可以提一个建议吗？"

"当然了，老弟。"

"后面走廊上用来灭火的那个水龙带，"他怯怯地说，"我们也许可以用它来冲走尘土。"

"这太酷了！但是，那东西怎么用呢？"

于是闪光灯向猪草解释了阀门和水龙带的工作原理。

猪草立刻意识到这个建议简直太厉害了。很快，书店里的所有老鼠都被他召集到一起。先是尽可能多的老鼠爬到水龙带上，一起托举、推拉，把水龙带展开，铺在地板上，然后再拖到大厅门口。最后，老鼠们回到水龙带的轮盘处，一起紧紧抓住轮盘。

"用力！"猪草喊着口号，"拉！"

老鼠们齐心协力使劲拉，轮盘动起来。随着轮盘转动，一股细细的水流开始从喷嘴里冒出来，很快变成汩汩的水流。老鼠们继续转动轮盘，喷出的水流越来越急。

"抓住轮盘，降低压力，"猪草喊道，"水流太猛了！"

于是，老鼠们立刻调整阀门。

压力控制好之后，老鼠们从轮盘上跳下来，围在喷嘴旁边，用爪子抓住喷嘴，对准脏地板。喷射而出的水流冲刷地板，迅速冲走了尘土。他们不断调整喷嘴的方向，使尘土沿着书店后面的台阶一路被冲到了地下室里。

没一会儿，地板就干净了，这一下就省了几天或者至少几个小时的工作。老鼠们兴奋极了，他们不等把水龙带重新盘好就围住猪草，称赞他想出这么一个绝妙的好主意。

猪草本想说明那其实是闪光灯的主意，可是他始终没有说出口。

离合器回到书店，看到那么多的老鼠响应了她的号召，心里非常高兴。"我太激动了，老兄。"她跟猪草击掌时这样说，"现在还需要我做点儿什么？"

"你和油尺、螺母得搭一个演出舞台。"

"没问题！那你做什么？"

"我想我……那个，我来负责确保那些猫不会像上次那样来捣乱。"猪草回答。

"我明白你的意思，"离合器赞成地说，"那些猫可不是随便竖个'禁止人为'的牌子就能挡住的。"

"没错！"

猪草正准备去书店各处查看，他发现闪光灯独自待在一个角落里。

猪草心里还在内疚，因为他没跟大家说明水龙带的主意其实是闪光灯的贡献。他走到闪光灯跟前，问道："你怎么了？"

"没什么。"

"整件事很酷，你不觉得吗？"

"猪草，"闪光灯有些犹豫，"我想听听你的建议。"

"哪方面的？"

"我想……我该走了。"

"去哪儿？"猪草吃惊地问。

"回我在人类的家。"

猪草若有所思地盯着闪光灯，说："老弟，我还以为，你已经不想回去了。"

"我……我觉得我不属于这里，我感到很不安，因为我……我跟你们都不一样。"

"嘿，"猪草说，"相信我，任何新事物都会让人觉得有点儿怪，即便是自由，可能也需要时间去适应，你得耐心点儿，老弟。"

"也许吧，"闪光灯说，"像你和离合器……离合器确实很了不起，对吧？"

猪草不由自主地皱了一下眉，回答道："是的，她的确了不起。"

闪光灯意味深长地打量着猪草，问他："猪草，你是不是特别喜欢她？"

"啊……我觉得，水龙带的主意很棒。闪光灯，你还有没有什么办法可以防止猫进来？"猪草试图改变话题。

"你是说，一个安全系统？"

"是叫这个吗？也无所谓叫什么，我们需要确保猫绝对进不来，之前那个俱乐部就被他们彻底毁了，不能再让这种事发生。"

闪光灯想到那样的场面，不禁浑身颤抖。"我相信你们能想出好办法，"他说，"但是，猪草，我真的、真的想回家。"

"可是你认识路吗？"

"不认识。"闪光灯承认。

"嘿，老弟，"猪草说，"你要放轻松点儿，跟我来。"

"猪草，"闪光灯压低声音，低得猪草需要仔细听才听清，"我……我不想夹在你和离合器之间。"

猪草严肃地说："老弟，关于离合器，有一点我很清楚，就是她有自己的想法，我们不能做任何决定，明白我的意思吗？她会按自己的心意做事。"

"但是……"

"老弟，这个俱乐部过几天就要开张了，"说到这里，猪草有些恼火，"我答应你，等这个事情安顿好了，你就可以回家。"

"可我想现在就回去。"闪光灯恳求道。

"但你不认识路啊！"

"我能找到。"

"那你走吧！"猪草厉声说，然后就转身走开了。

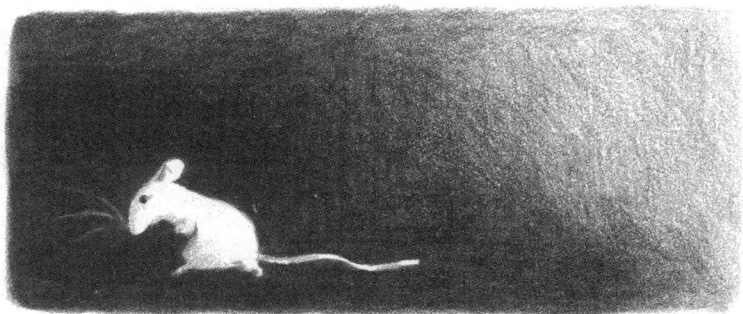

　　闪光灯看着他，自言自语道："他也喜欢离合器，我留在这里只会添麻烦。"他没有告别，悄悄从书店溜了出去。

21

银边获知内幕

天快亮的时候，银边看到一只白鼠从书店大门的洞里钻了出来。她简直不敢相信自己的眼睛——竟然是闪光灯。

她再也按捺不住，从蹲守的地方一跃而下，飞也似的穿过街道，不等白鼠反应过来，就把他扣在了爪子下。

闪光灯大喊大叫。银边用一只爪子抓着他，另一只爪子连扇了他好几个耳光，不让他尖叫。

"我们终于又见面了，"银边笑道，故意露出满口的利齿，"快说，你在干什么？"

"什么干……什么？"闪光灯结结巴巴地重复道。

　　银边又扇了他一耳光："给我听好了，那么多老鼠进了那家旧商店，我要知道你们要做什么。"

　　"求你了，我只想回家。"闪光灯抽泣着说。

　　"你能走才怪，"银边恶声恶气地说，"快说，不然我就咬掉你的脑袋！我再问你一次，你们这些臭老鼠在里面做什么？"

　　"那……那就是一家旧书店。"闪光灯完全被吓坏了。

"你是想告诉我，你们老鼠是去读书的吗？"银边边说边发出凶狠的嘶嘶声，"蠢货！快说，我要听实话！"

"你弄疼我了！"闪光灯吱吱叫着。

"要是不老老实实回答我的问题，我会让你连疼都感觉不到。"银边吼叫道。

"猪草……还有离合器，"闪光灯断断续续地说，"他们建立了一个新……"

"猪草？"银边打断他，"谁是猪草？"

"他……他是只赭鼠，刚来安珀市没多久。"

银边一听，眼睛立刻放出光来："原来他叫这个名字，倒是很适合他。我敢打赌，离合器就是那个绿毛的老鼠，对不对？"

"是，是的。"银边竟然知道这么多，这让闪光灯感到更加害怕。

"他们是你的朋友吗？"

"我想……是的。"

"他们当然是，你们是一伙的，一起搞阴谋诡计，接着说，你们到底在策划什么？"

"我们……我们没有策划什么，那……只是老鼠们的一个新俱乐部。"闪光灯断断续续地说。

"新俱乐部！"银边忍不住喊出来，"他们怎么敢！他们就应该老老实实待在家里，看着他们那些肮脏的孩子！"

"银边，"闪光灯苦苦哀求道，"求求你，放了我，这件事我根本不清楚。"

银边继续用爪子按住闪光灯，说："听着，闪光灯，我猜，你不过是想活命回家而已，而且你也想让你那两个特别的朋友活着，对吧？"

"是啊，求你了，"闪光灯恳求说，"求你不要伤害他们，他们那么善良，那么友好……"

银边又给了闪光灯一记耳光，说："不要担心，我会保护你的朋友们，但条件是你要回到那个俱乐部去，还要想办法让我进去。"

"啊！不行！"闪光灯惊恐地喊道，"求你不要让我做那种事！"

银边再次狠狠扇了闪光灯一巴掌："要么照我说的做，要么让你的两个朋友都变成猫粮，听明白了吗？"

"明……明白，但是我……"

"行？还是不行？"

"行。"

银边叼住白鼠的后颈，把他带回到女孩家。猫洞的门仍然关着，她把白鼠丢在门口。"那女孩给你留了个口儿，现在给我进去，让她看见你，明白吗？但是，我希望你明天晚上给我第一份关于俱乐部的报告，就在这里，在院子里交给我，听清楚了吗？"

"是。"闪光灯喃喃地回答。

银边抵住猫洞的门，打开一条缝，刚好可以让浑身颤抖的闪光灯爬进去。

当闪光灯向女孩的床边走去时，他才彻底反应过来刚刚答应了银边什么，恐惧瞬间吞没了他。"至少离合器和猪草不会受到伤害，"他自言自语道，"那只猫保证过。"

闪光灯没有爬到床上，而是坐到窗前。他望着窗外的世界，黎明已经到来了。大颗大颗的眼泪顺着他的脸颊滚落下来。

与此同时，银边去了灰条在下水道的家。当她到达那里时，那位消灭协会的副主席正在津津有味地吃东西——人类吃剩下的双层芝士汉堡，外加软塌塌的泡菜，还有一包软得跟意大利面一样的薯条。灰条大半个脸上糊满了番茄酱。

"你怎么来了？"看见银边出现在自己的地盘，灰条不客气地问，"一起吃点儿吗？"

"我有事找你，"银边没理会灰条的话，而是郑重宣布，"一件大事。"

灰条眯起眼睛："什么事？"

"我们可以一举消灭很多老鼠。"

"随你怎么说好了，"灰条用惯常漠不关心的语气回答，"你确定不吃一点儿吗？"

"不吃。灰条？"银边说。

"怎么了？"

"别忘了，我是消灭协会的主席。"

"那你想让我怎么做，向你致敬？"灰条耸了耸肩。

银边见灰条不配合，索性回到女孩家，在后院的灌木丛中找了一个临时睡觉的地方。在睡着之前，她重温了一遍自己的计划：

除掉三只老鼠；

结束消灭协会；

离开安珀市；

永远不回来。

22

闪光灯的报告

　　女孩一看到闪光灯活着回来了，就立刻去后院找到银边，告诉她可以回家了。但是，女孩并没有为错怪银边而道歉，所以骄傲的银边拒绝回去，情愿留在外面。

　　如今，银边不在屋子里，闪光灯就可以自由地到处走动了。可是接下来的一整个白天，他大部分时间都躺在笼子里，把自己埋在厚厚的碎木屑底下。他时而昏睡，时而绝望地叹息，更多的时候在哭泣。他一遍遍悔恨交加地想，要是从没有离开过笼子、房间和这座房子该多好。他多么希望自己不曾遇见猪草，更希望自己不曾遇见离合器。

"唉，"闪光灯深深地叹息，"我想我是爱上了世界上最可爱的老鼠，但是我的懦弱让她面临着生命危险，唯一能救她的办法就是牺牲其他老鼠。如果让她知道了，无论如何，她都会恨我一辈子的。"

回来的当天晚上，闪光灯如约从房子里溜出去，跟银边见面。

"我需要他们安保措施的详细内容。"

"我……不知道怎么去那里。"闪光灯痛苦地说。

"我送你去。"银边坚定地说。

银边带着闪光灯回到新俱乐部所在的那条街，问他："你希望我几个小时之后回来接你？"

"我想我能找到回去的路了。"闪光灯小声回答。

"记住，"银边继续说，"如果没有我想要的信息，你就再也见不到那两个朋友了。"

闪光灯原本还想逃跑，听到这话，不得不屈服地低下了头。他毫不怀疑银边会像她威胁的那样去做。

"他们给这个地方取了名字吗？"银边问。

"独立咖啡屋……"

"哼，不如叫完蛋咖啡屋。"银边讥讽地说。

闪光灯钻进旧书店，里面一片忙碌的景象。

　　挡风玻璃正往一面墙上尽情地涂抹颜色；雾灯仍然躲在角落里，专注地构思作品；离合器、油尺、螺母忙得不可开交，他们正试图把一册旧《百科全书》推到地板的另一头，

当作演出舞台；其他的老鼠，有的拿着碎布头在擦地板，有的在打扫无穷无尽的垃圾。

闪光灯在心里不停地想，或许应当把银边的计划告诉离合器。

"嘿，老弟，你怎么了？"

沉浸在心事中的闪光灯吓了一跳。他抬起头，看到是猪草。

"我……我……没什么。"闪光灯喃喃地说。

"你去哪儿了？"猪草问，"我还以为你不回来了呢。"

闪光灯眼睛盯着地板，沉默地摇了摇头。

"好了，如果我们想在这里开业，就需要所有的老鼠都来帮忙。你和我走一圈，查看一下安保设施，怎么样？来吧，老弟，我需要你的聪明才智。"猪草的声音里有一丝不耐烦，这让闪光灯感到畏缩。

"啊，不，我不能……我……"

"来吧，老弟，时间不等人。"

闪光灯跟在猪草身后，内心感到阵阵绞痛。他们先检查了后门。后门已经被堵上了，任何动物都进不来。随后，他们又去检查前门上的洞。

"这两边我们都会派老鼠把守，"猪草说，"二十四小时不间断。我觉得猫不可能进得来，不过，老弟，我们还是必须要小心，确保这个地方绝对安全。"

接着，猪草沿着摇摇欲坠的旧楼梯爬到二楼。闪光灯很不情愿地跟在后面。他们在楼顶发现了一个房间，里面塞满了陈旧的破烂玩意儿。

"前后都有窗，"猪草边查看边说，"但是都关得很严，酷！不过，我觉得这里最好也派几个老鼠看守，他们可以在这里观察前街和后巷的动静。"

"墙那里有一个洞。"闪光灯怯生生地说。那个洞大约有一个柚子那么大，边缘很不整齐。

"嘿，老弟，你真行！"猪草高兴地大声说，然后匆忙过去查看，"太棒了，这个洞能通向旁边的建筑，真是好极了！"

"有什么好？"闪光灯问。

"我们需要一个逃生通道，老弟，这个洞再理想不过了！我的意思是，如果需要快速撤离的话，我们可以上楼，然后从这里跑出去。"

"我明白了。"闪光灯说。想到要把所知道的一切都告诉银边，他感到一种深重的罪恶感。

猪草四下看了看，说："我想，我们得检查一下地下室。”

“猪草，你觉得猫真的会闯进来吗？”闪光灯问。

猪草耸了耸肩：“也许会，也许不会，但是，我们不能冒这个险，明白我的意思吗？”

“也许……”闪光灯结结巴巴地说，“这一切都是一个错误。”

“什么错误？”

“建俱乐部……”

“别傻了，老弟。”猪草毫不客气地打断了他。

闪光灯闭上嘴，不敢再说什么。

两只老鼠沿着陡峭的楼梯来到地下室。这里狭小、黑暗又潮湿，满是尘土的地上积着一汪一汪的水，大概是头一天水龙带冲下来的水。角落里立着一个生锈的壁炉，墙上挂着成卷的铁丝和绳子，几把破椅子摞在一起，其他地方被成堆的旧报纸、广告页和几箱子发霉的书所占据。

“那是什么？”猪草指着伸进屋里的一根粗大的金属管问。

闪光灯看了看，说：“是废弃的排污管。”

“老弟，你怎么懂这么多？”

“我没有多少生活经验，只是读了很多书而已。”

"好吧，排污管是什么？"

"就是把废弃物、脏东西排出去的管子。"

"它通向哪里？"

"也许是通往一个更大的排污管，但是，如果没有和别的管子连接起来的话，我想它应该不通往任何地方。眼前这个看上去就没有，因为它好像并不能排水。"闪光灯说。

猪草站起来，从报纸堆走到椅子，再走到绳子那里，最后来到管子前。他扒住管口，探头往里看。里面黑乎乎的，而且有一股怪味。"你说得没错，"他转头对闪光灯说，"这管子没用了。"

猪草跳下来，又四下看了看说："我看他们没有办法进来，你觉得呢？"

"应该是。"

"那就是说，没有必要在这里安排守卫。"

"我……我觉得应该安排。"闪光灯吞吞吐吐地说。

"你这么觉得？为什么？"

闪光灯垂下了头。"以防万一。"他咕哝了一句。

"嗯，你说得对，我们走吧。"

两只老鼠回到大厅后，猪草对闪光灯说："老弟，谢谢你帮忙，振作一点儿，生活会越来越好的。"说完他转身要走。

"猪草……"闪光灯在他身后叫道。

"怎么了，老弟？"

"我……我……有事……要坦白。"闪光灯的爪子直发抖。

"什么事？"

"是……是……"闪光灯不知道该怎么开口，他深吸了一口气，准备再试一次。

还没等他说出一个字，离合器朝他们跑了过来。"闪光灯！"她叫道，"你跑哪儿去了？我一直在担心你。"

"是吗？"

"那当然了。"

"为什么？"

离合器笑了起来："嘿，我喜欢有你在我身边。"

闪光灯低下了头，问："真的吗？"

"当然是真的，你去哪里了？"

"回家了。"

"我还以为你打算永远告别那种生活了。"

"我……不知道……怎么……"闪光灯轻声说。

猪草心事重重地打量着他们。他们真是非常瞩目的一对：她又高又瘦，一身灰褐色的毛衬着头顶的绿发；他个子矮小而腼腆，周身雪白，粉红色的眼睛眨个不停，尾巴光溜溜的。

猪草觉得应该让他们俩单独待在一起。他正准备走开，却被离合器一把抓住了。

"喂，老兄，伙计们和我有个想法，记得我跟你说起过消音器吗？"

"你们的那个主唱？"

"没错，被银边杀死的那个。"

听到银边的名字，闪光灯的脸色立刻变得煞白。

"总之，"离合器对猪草继续说，"老兄，凭你的才华，我们觉得你也能成为一名歌手。"

"你的意思是，让我加入你们的乐队？"猪草兴奋地失声叫起来。

"嘿，老兄，那样再好不过了，来试试吧！"

"没问题！离合器，不管怎样，先让我和闪光灯干完这里的活儿，然后……"他转身找闪光灯，可是闪光灯不知道什么时候不见了。

23

开幕之夜

昏暗的街灯在书店的玻璃窗上投下摇曳的灯光。粉色的光线将窗上的店名投射在一尘不染的光洁的地板上。没有完全损毁的旧书整齐地摆在书架上，带有插图的书页作为装饰，被展开摆在上面。指示牌被擦得锃亮，一个写着"儿童图书"，一个写着"历史"，还有几个分别是"体育""动物""健康"。

老鼠们用废弃的纸箱搭了一个长长的柜台，老鼠镇的胖镇长散热器站在后面。在他的面前是一排瓶盖，里面盛着花露、蜂蜜或者清水，由他负责分给大家。为了这场盛大的开幕，胖镇长还提供了三种奶酪：绿色的、橘色的和白色的。大厅里散放着成堆的面包屑、葵花子、三叶草籽，老鼠们随便伸爪就能够到。

大部头的《百科全书》被推到一个角落里，等着乐队站上去演出。书堆上面已经摆好了很多金枪鱼罐头盒，供油尺使用，螺母的贝斯也放在那里，还有离合器的新吉他。

舞台的另一边，雾灯在为她的诗歌做最后的润色；而在大厅的另一侧，挡风玻璃正在用尾巴把颜料涂抹到墙上。他一边画，一边咕哝着："转折点要用更明亮的黄色……潮流要用更鲜艳的蓝色……"

与此同时，猪草和离合器正站在大厅中央。离合器为了这个特别的场合特意把头顶的毛染成了艳丽的红色。紫色耳环擦拭一新，在她的耳边轻轻抖动，衬得她更好看了。猪草看上去跟平时没什么两样，不过，他仔细地把毛梳理得整整齐齐。要是他妈妈看见了，一定会为他感到骄傲的。五只身强力壮的年轻老鼠严肃地站在猪草和离合器面前，自告奋勇做他们的警卫。

"好了，兄弟们，"离合器开口道，"大家都知道我们担心的是什么，还要我说出来吗？"

"猫！"五只老鼠异口同声地回答。

"没错，其实我不说你们也明白，这个事情开不得玩笑，所以说，你们肩负着重大的责任，明白我的意思吗？你们能做到吗？"

老鼠们又是点头又是吱吱叫，表示完全明白。

"酷！现在猪草会给你们分派任务。"

"刹车片，"猪草首先对一只块头特别大的老鼠说，"你负责前窗，留意书店前面那条街。老兄，那条街很长，你的任务相当艰巨。"

"嘿，没问题！"那只健壮的老鼠回答。他掰了掰前爪的关节，发出咔咔的响声。

"火花塞，"猪草对一只大耳朵、眼睛明亮的年轻禾鼠说，"你负责后窗，注意侦查后巷，留心那些奇怪的动静，特别要注意古怪的影子，那很可能会有问题，明白我的意思吗？"

"我会盯牢那里的。"火花塞肯定地回答。

"活塞，你和安全带负责把守后楼梯和楼上的逃生通道，就像离合器说的，那个地方至关重要。你们能做到吗？"猪草给一只鹿鼠和一只家鼠分派任务道。

"我们保证没问题！"活塞表态说。

"最后，保险杠看守地下室，你可以待在地下室的台阶上，下面只有些垃圾和一根旧排污管。即便这样，也要像其他几个地方一样打牢，不能松懈，明白吗？"

"明白。"一只短尾食蝗鼠回答说。

"你还有什么要补充的吗？"猪草转身问离合器。

离合器摇了摇头，然后说："伙计们，你们一定要竖起耳朵，睁大眼睛。我知道你们也想看这边的演出，但是，我再重复一遍，你们的工作无比重要，真要是把猫放进来了，我们大家就都完蛋了。如果你们觉得累了，或者想看一眼演出，没问题，来这边找我或者猪草，但是那几个地方必须随时都留一个伙计盯着，明白吗？还有问题吗？"

老鼠们纷纷表示完全明白，然后各自奔赴岗位。

"行了，老兄，一切都安排妥当了，"离合器对猪草说，她满意地看了看新俱乐部，"对了，你看见闪光灯了吗？"

"没有，他今天一直不在，不过我想到时候他会来的。"

"我很担心他。"离合器说。

"嘿，老兄，你是很喜欢他吧？"猪草脱口而出。

离合器瞟了猪草一眼，只说了句"他很酷"就走开了。

猪草看着她离开的背影，心里希望能搞清楚她到底是怎么想的。

"第一批老鼠来了！"刹车片在前窗的瞭望哨上喊道。

安珀市的老鼠们开始络绎不绝地来到俱乐部。有自己来的，有成双成对来的，还有成群结伙来的。总之，来了大量的老鼠。似乎安珀市所有的老鼠都觉得有必要参加独立咖啡屋的开幕之夜。旧书店里的空气中洋溢着激动和兴奋。

　　没多久，旧书店里就挤满了老鼠，到处都是吱吱叽叽的叫声。许多老鼠凑到一起说个不停，有的老鼠到处溜达，参观这个崭新的俱乐部，还有的站在挡风玻璃身边，看他在墙上画画儿。

　　一时间，离合器成了大家关注的焦点。猪草看见她从一群老鼠走向另一群，脑袋晃个不停。她向所有感兴趣的老鼠讲述俱乐部是如何诞生的，同时接受大家对她的赞美。

　　就在夜晚的活动有条不紊地进行时，猪草一直待在角落里，密切关注着各方面的动静。他时不时地上楼、下楼，去各个哨卡跟警卫了解情况，确保他们没有离岗或者走神儿。

　　"老兄，你们工作越认真，这个地方就越安全。要知道，你们是这里最重要的老鼠。"他逐一对他们说。

　　在第一批老鼠到达大概两个小时之后，散热器走到舞台上。他后腿直立，望着在场的老鼠，满意地搓着前爪，一会儿冲这只点点头，一会儿冲那只点点头，跟他们一一打招呼。大多数老鼠他都能叫出名字。

最后，他喊道："嘿，朋友们，听着！"

可是没有老鼠在意他的话。

于是，他大吼起来："肃静，老兄们！"

这一次，老鼠们安静下来，所有的眼睛和耳朵都转向这位镇长。只有一只老鼠没有在意，那就是挡风玻璃。他旁若无人地继续画他的画儿。"老鼠们互助的场景要多用紫色。"他自言自语道。

"作为老鼠镇的镇长，"散热器开口说，"我有义务，也非常荣幸地欢迎大家来参加独立咖啡屋的开幕之夜。"

下面响起了一片欢呼声、嬉笑声和尖叫声。

"我们要感谢很多老鼠，但在开始之前，我想先向大家介绍离合器的母亲——雾灯，她将为大家朗诵由她创作的老鼠史诗中的一段。请大家和我一起，代表独立咖啡屋，欢迎雾灯登场！"

雾灯庄重地走上舞台，下面响起了更响亮的掌声和欢呼声。她走到舞台中央，停下来，严肃地注视着观众们仰起的面孔和胡须，然后开始朗诵。她的语速很慢，刻意把每一个字都念得非常清晰，还不时地挥动爪子表示强调。

"选自《草的奶酪》，第七章——"她拖着长音说。

从前，有一只年轻浪漫的老鼠，

他被认为是醉鬼，一无是处，

可惜，这个世界不懂他的抱负，

他身上的虱子多得难以计数，

直到这只老鼠淹死虱尸无数，

鼠类才知道，他——

并不是只胆小鼠。

"谢谢。"

有那么片刻，下面鸦雀无声，但随即，鼠群中爆发出热烈的掌声。雾灯面带微笑，深深鞠躬，然后走下舞台。

散热器回到台上。

"雾灯，谢谢你精彩的诗歌，再次感谢！现在，"他高声说，"我想给大家介绍另一位老鼠，今晚的这一切都要归功于她，那就是我们的离合器！"

离合器跳上舞台，脸上挂着灿烂的微笑，红毛闪闪发亮，耳环摇摆不停。

"嘿，兄弟们，"她喊道，"这是一个激动万分的时刻，对吗？大家等着看吧！但是，有一位老兄，你们可能还不认识他，他才是这一切真正的幕后英雄！他就在那边，那个角落里，我的铁哥们儿——猪草！"

所有的目光随着离合器的话音一起转向了猪草。猪草咧嘴笑着，冲老鼠们挥爪致意。

"说这些有点儿老土，现在，我想让漏气轮胎还有猪草一起上台，我们准备给这个小独立咖啡屋来点儿音乐，大家伙儿想听吗？"

"想听！"鼠群热烈响应。

螺母和油尺走到舞台边上，准备开始演奏。螺母在贝斯后站好，油尺开始准备敲鼓。紧接着，猪草走到舞台前正中间的位置。

离合器转身面向她的乐队，打起响指："一，二，三！"

瞬间，油尺敲击出疾风骤雨般的狂乱节奏，紧接着乐队的其他成员加入进来，节奏随即变成一种欢快的摇滚风。离合器摇头晃脑地甩着尾巴，螺母跳上跳下，猪草先是往后退了几步，低头默数着节拍，随后迈步上前，用低沉、粗哑的声音开口唱道：

这古老的世界摇摆着前进，
它不停地旋转、旋转，
太阳升起，月亮落下，
但是舞蹈一直在继续。

嘿，老鼠，今晚你做什么？

嘿，老鼠，今晚你做什么？

来吧，来……独立！

来吧，来……独立！

老鼠们吱吱地尖叫喝彩。大厅里站满了舞动的老鼠，他们跳啊，蹦啊，扭啊，一遍遍地跟着乐队高唱：

"来吧，来……独立！"

"来吧，来……独立！"

离合器看看猪草，猪草也看看她，两只老鼠相视而笑。

"闪光灯来了吗？"离合器做口型问道。

"没呢。"猪草回答，继续忘情地唱他的歌。

24

下 水 道

银边和灰条悄然无声地走在安珀市的街道上。

他们一直走到灰条栖身的那条下水道的入口处才停下来。鱼骨头、鸡骨头，还有各种快餐包装纸，撒得满地都是，一个啃了一半的比萨卷扔在角落里，旁边不远处还有个没吃完的热狗。

银边说："现在，我们回顾一下闪光灯给的信息。"

"你说吧。"灰条不耐烦地甩着尾巴说。

"今晚大约十点半——现在是十一点——独立咖啡屋举行开业典礼，几乎全老鼠镇的老鼠都会在那里。"

听到这里，灰条咧嘴狞笑起来。

"他们将举行开业典礼，"银边继续说，"老鼠镇镇长致辞，然后漏气轮胎表演。"

"漏气轮胎是什么？"

"一个乐队，离合器的乐队，猪草是主唱。"

"不重要，"灰条说，"重要的是如何突破他们的防线。"

"他们前后门都有守卫，"银边说，"楼上窗户那里也有瞭望哨。"

"有逃生通道吗？"灰条问道。

"从旧楼梯上到二楼，有一个出口能通向旁边的建筑。"

"真够蠢的。"灰条嘲笑地说。

"在地下室里，有一根旧排污管，"银边接着说，"这个是我感兴趣的，那里只有一个守卫。"

灰条点点头，问："这都是那只白鼠告诉你的？"

"没错。"

"你相信他的话吗？"

"相信。"

"他不会骗我们吧？"

"闪光灯？不可能，我把他吓得要死。而且，他也相信我会放过他的朋友们。"

"那就好，"灰条盯着眼前腐烂的食物说，"动身之前，你不想吃点儿东西吗？这将是一个漫长的夜晚。"

"等到了那里，我们有的是吃的。"银边提醒他。

灰条笑起来，说："银边，我就喜欢你这个样子。"

"快走吧。"银边不高兴地说。

"没问题，"灰条回答，"走这边，当心烂泥。"

说着，两只猫钻进下水道。这条旧下水道是用砖砌成的，顶是圆弧形，很多地方的砖头和石灰泥已经碎裂并脱落，掉在闸沟里。

闸沟里堆满了腐烂的叶子、陈年的垃圾，还有机油，形成了一股黏糊糊的液体，气味很刺鼻。下水道里漆黑一片，只有贴近街面的铁格栅板才有点儿光亮照进来。

在比闸沟略高一点儿的位置有一条相对干净些的通道。两只猫沿着这条通道往前走。灰条瘸着腿在前面带路，银边跟在他后面。一身白毛很快就蹭上了不少泥巴和土。

两只猫悄声地走着。通道里时不时出现一些特别的东西，玩具娃娃的破衣、龇牙咧嘴的玩偶、运动鞋的鞋舌……每当这时，他们就会停下来闻一闻，然后继续前进。

银边竭力抑制住内心的兴奋，感觉好像即将到达漫漫长旅的高潮部分了。如果闪光灯所说属实——她毫不怀疑

这只已经被吓破胆的老鼠的话——她将一网打尽安珀市的老鼠。如果灰条能配合她既高效又有策略地完成任务的话，他们将一举彻底消除安珀市的鼠患。

她提醒自己一定要亲自对付那个叫猪草的乡巴佬。她要第一个捉住他，然后对付那个绿脑袋的离合器。等她干掉这两只老鼠，再回家替这个世界除掉闪光灯。

完成这场"大屠杀"之后，她要找一个舒适的地方养老，在安详宁静中度过她的黄金岁月。到那时，她将成为猫科动物中第一个获此殊荣者，而她将庄严又骄傲地接受这个荣誉。她的生命将会因此充实而圆满。

"等一下。"灰条忽然说。

此时，他们来到一个管道纵横交错的地方。这是一片开阔的环形区域，拱顶比别处都要高，沟也深很多，很多管道分别通往不同的方向。

在拱顶中央，有一个透光的星形下水铁格栅板。

"等我看一下，"灰条说，"我们现在位于星光广场下方，这里是这个城市下水道交汇的地方。那条管子是从尤多拉街过来的，那条是从普罗维登斯广场过来的，那条是华盛顿大街过来的，这条是东巷过来的，而我们要去的是韦尔街。走吧，我们就快到了。"

灰条领路，两只猫放慢了速度。灰条选的这条下水道比之前那条狭窄得多，也更加破旧和昏暗，而且坍塌的砖也更多。他们时不时就得硬挤过去。

"要是你肯花时间看一看的话，"灰条喃喃自语道，"其实这里有很多好东西。"

银边耸了耸肩没回应，她又一次陷入了沉思。她问自己，怎么会落到这种地步？在这样一个肮脏的地方，和这么一只不入流的猫走在一起，仅仅是为了消灭那些讨厌的老鼠吗？难道她的生活中就没有更有意义的事情了吗？

一时间，这只白猫有些难过。难道这就是她生命的全部吗？充满愤怒和仇恨，满脑子只有消灭老鼠？可是，她转念又想到，如果没有了老鼠让她去恨，她还能做什么？

"我想，这就是我们要找的那条街了。"灰条宣布。

银边抬起头看了看，有很多生锈的管子，沿着墙错落不一地伸到下水道里。

"其中一定有一根管子能通到那家书店，"灰条说，"我们只要把它找出来就行。"

"你听！"银边大声说。

他们抬起头，听到了微弱但很明显的节奏很重的音乐声，还有尖细的吱吱声。

"那是什么？"灰条问。

"老鼠！"银边恨恨地说，近在咫尺的老鼠再次点燃了她的愤怒，"这就是他们的新俱乐部。"

"哼，很快就要成为旧的了。"灰条满脸不屑地说。

"哪根管子通往书店？"银边感到困惑。她专注地听了一会儿，判断出来："音乐是从这根管子里传来的。"说完她就钻了进去，扭着身子走在前面。这根管子是那天晚上最窄的一根，幸运的是管子里没有任何堵塞的地方，这让她走起来相对轻松些。越往前，音乐声越响。

很快，她已经能隐约看到管子的出口了，音乐声也更大了，同时还传来歌声和沉闷的敲击声。开始她还有些困惑，随后明白过来，低声咕哝道："他们在跳舞，真恶心！"

银边一步步向前挪动。老鼠的气味熏得她头昏脑胀。浓重的气味说明这里的老鼠数量非常多。

银边来到管道的尽头，往外看了一眼。管道伸进一个塞满杂物的狭小地下室。她看到地下室的一侧有台阶，可以去到老鼠聚集的那一层。问题是，台阶那里有没有守卫？

银边又窥视了一眼。这一次，她看到台阶上有一只老鼠。他闭着眼坐在那儿，脸上一副迷迷糊糊的表情，脑袋随着音乐节拍晃来晃去。

银边缩回身子，从管道里退回来。

"有机会吗？"灰条问。

"他们跑不了了，"银边强忍笑意说，"只有一只老鼠把守，而且还在打盹儿。"

25

独立咖啡屋的演出

独立咖啡屋开幕之夜的演出正如火如荼。漏气轮胎顺利完成了第一场表演，此时，他们站在舞台上，正准备开始第二场。整个房间里回荡着他们的音乐。

如果说和第一场有什么区别的话，那就是第二场他们演奏得更好了。开场的紧张消失了，配合也越来越默契，他们和着节奏，好像在用音乐交谈。有时是螺母独奏，有时是油尺，有时是离合器。

音乐仿佛在跳跃，在飞翔。

老鼠们歌唱着，舞动着，沉浸在快乐当中，在地板上不停地跳跃、转圈、摇摆，这里几乎成了一片涌动的海洋。有的老鼠高高举起双爪；有的闭着眼，像在梦游；有的尾巴低摆，有的尾巴高甩；有的独自起舞，有的则是两三只，甚至四只一组地跳舞，爪子或者握在一起，或者互相拍击，或者不停地挥舞。

当然也不是所有的老鼠都在跳舞，还有的坐在一边，吃着面包屑，喝着花露和水，聊天、讲笑话、听歌、看表演，还有几只竟然睡着了。

挡风玻璃还在忙着画他的壁画，他一边嘀咕，一边往墙上大片大片涂抹着色彩。不仅他自己心满意足，那些围观的老鼠们也看得津津有味。雾灯找了一个安静的角落，开始创作新的诗歌。

在首场表演大受欢迎之后，猪草站到鼠群边上，时不时走到岗哨那里查看。

"情况怎么样？"

"很好。""没问题。"守卫们回答。

猪草又检查了楼上的逃生通道，这才放下心。

随后，他检查了地下室。保险杠坐在最上面一级台阶上，闭着眼，迷迷糊糊地听着音乐，脚趾打着节拍。

"嘿，老兄，把眼睛睁开。"猪草严肃地警告他。

"我会的。"那只老鼠回答。在猪草警告他之后，保险杠确实检查了几次地下室。但很快，他的注意力又回到了音乐上，好几次抵制不住诱惑，闭上了眼睛。

猪草回到上面的俱乐部，独自站在墙边，观看乐队演出，特别留意地看着离合器。离合器正在卖力地演奏，脑袋不停地上下摆动，爪子急速地拨弄着琴弦，动作快得像夏天的闪电，脸上一副全神贯注的表情，瘦高的身体激烈地晃动着。

她表现出来的力量深深吸引了猪草。同时猪草又有点儿困惑，不确定自己是否真的了解她。不过，有一点他很清楚，他渴望能有了解她的机会。只不过，那可能吗？他很想知道她对自己和闪光灯的看法。

也许，他在心旦说，安珀市这个地方并不那么糟糕，也许他可以留在这里。是的，他喜欢安珀市的生活。

过了一会儿，他才意识到离合器正在看他。她冲他挤挤眼，他微笑着作为回应。随后，她又冲他招手，示意他上前来。猪草分开熙攘的鼠群，挤到乐队那里。

"什么事？"他大声问她。

"再唱一首怎么样？"她低头冲他喊道。

"没问题。"说着他就跳到作为舞台的旧书上。他向前迈了一步，听着音乐，在心中记下旋律，然后看了一眼离合器。他很清楚自己是多么喜欢她。回想着在来安珀市的路上听到的火车汽笛声，猪草开口唱了起来。他模仿火车那种悠长、低沉、哀伤的汽笛音：

走了很久很久，

走了很远很远，

开始想我到了哪里。

到了月亮，月亮之上，

到了星星，星星近旁，

想知道我身在何方。

因为世界可能很卑鄙，

世界也可能很仁慈，

一切取决于你去过哪里。

我所知道的是

我的全部希望都在摇滚上，

都在摇滚的老鼠身上！

就在这时，闪光灯突然从独立咖啡屋的前门冲进来。他身上的毛乱蓬蓬的，脏得不成样子，累得几乎要虚脱了。

他摇摇晃晃地走上前，喊了一声："离合器，银边来了！快逃命！"说完就倒在了地上。

音乐戛然而止，舞蹈停了下来，离倒在地上的闪光灯最近的老鼠们下意识地后退了几步。

离合器是第一个反应过来的。她跑到闪光灯身旁，跪下来，用爪子扶起他问："怎么回事？闪光灯，你在说什么？"

闪光灯睁开眼，慢慢说："对不起，我背叛了你……银边和灰条，他们……要来袭击……从下水道，你一定……要逃走。我不知道该怎么办，请原谅我，离合器。"说完，他就昏了过去。离合器把闪光灯慢慢平放在地上，她用后腿

直起身子，环顾四周。

"那两只猫要通过下水道来攻击我们，"她用一种平静得惊人的语气说，"大家放松，不要紧张，我们有充足的时间逃跑。上楼走逃生通道，小老鼠先走。"

说完，她朝闪光灯俯下身，用鼻子轻轻地蹭了蹭他。

房间里一片沉默。

猪草看着离合器和闪光灯，他想大喊，想尖叫。然而，当他看到老鼠们开始成群地往楼上走的时候，他感到一阵绝望。管它是死是活，现在他还有什么可在乎的？

于是他跳到了舞台上。

"不，请等一下！"他冲着老鼠们大喊，"你们不能走！你们打算逃一辈子吗？朋友们，想清楚，你们想再次向消灭协会屈服吗？你们认为生活永远都是被动防守吗？明白我的意思吗，兄弟姐妹们！我们数量众多，比他们多很多，我们可以反击！这是我们的时代！有准备好了，愿意跟我去战斗的，就站到我身后！"

说完，猪草跳下舞台，朝后面的走廊冲过去。他没有回头去看是否有追随者。事实上，他根本不在乎。

26

地下室大战

在紧挨着书后的下水管中，银边和灰条正在轻声地商量着。

"我敢肯定，他们绝对想不到，"银边说，"这很重要。他们只派了一个守卫，而且还在打瞌睡，要我说，我们出其不意，跳出去结果了他，这应该不难做到。进入地下室，我们就可以沿着台阶轻松上楼。你到楼顶堵住逃生通道，我堵住前门出口。这样，我们就把他们全部包围了。"

"好主意！"灰条说。

"记住，"银边说，"猫科动物至上！现在，跟我来。"

说着，她先往下水管里走去。没多久，她从管子里伸出脑袋，往地下室里张望。令她吃惊的是，这里一只老鼠也没有，唯一的岗哨也撤走了。

银边扭头说："就连唯一的守卫也走了，这些愚蠢的老鼠。"说着，她纵身从管口跳进了地下室。

一着地她就立刻蹲下身，再次朝台阶的方向看去，还是一只老鼠也没有。她走到管道下面，招呼道："障碍扫除，快进来！"

灰条也轻轻地跳下来。

两只猫并肩站在地下室的地板上，环顾四周，仔细地嗅着。

灰条突然说："音乐是怎么回事？"

"什么音乐？"银边问。

"老鼠的音乐。"

两只猫抬起脑袋，仔细听。四下一片寂静。

银边感到有点儿不对劲，但是她不愿意多想。

"跟我来。"说着，她朝台阶走去，脚下的肉垫没有发出任何声响。灰条紧张地看了看四周，跟在她身后，但是保持着一小段距离。

在台阶底下，银边停了一下，说："等我们一到上面，就跳进去。你可以尽情地抓，了结他们悲惨的生命，不过记得有两只给我留着——那只赭鼠和绿毛的，明白吗？"

"没问题，银边，我都知道，现在开始行动吧！"

"猫科动物至上！"银边又嘀咕了一遍，开始往台阶上爬。

走了两步，她停下来，再次听一听，嗅一嗅。尽管老鼠的气味几乎将她熏倒，但是半点儿声音也听不到。

她继续向上爬，一直爬到最后一级台阶。当她抬起头时，发现正对着一个闪亮的金属喷嘴——一大群老鼠一起抬着喷嘴，瞄准自己。在这些老鼠前面站着的，正是那只赭鼠——猪草。

银边刚抬起头，猪草就大喊："喷！"

上百只老鼠爬到水阀上，转动水阀。刹那间，水流通过老式水龙带的喷嘴射出来。老鼠们使出全力才勉强让喷嘴保持稳定，但是他们瞄得很准。一股强劲的水流犹如炮弹一般，正好射中银边的脸。这一击是如此出其不意，威力又是如此强大，打得银边立刻滚下台阶，撞到灰条身上，把灰条也撞下了台阶。

两只猫滚落到台阶下面。他们甩了甩脑袋和湿透的身子，试图再次发动进攻。"冲过去！"银边号叫着，给同伴

打气。

猪草站在台阶最上方，命令道："把喷嘴拖到前面！"

"呀哈嗨——呀啦！"老鼠们喊着号子，用力拖拽着水流奔涌而出的喷头。

水流对准两只目瞪口呆的猫，又一次狠狠地击中了他们。

灰条想跳上台阶，可是刚上了两级，就被瞄准他的水流瞬间冲了下去。

银边浑身湿透，被水迷住了眼睛，她试图发动新的进攻。可是跟灰条一样，她也遭到了"水枪"的阻击，落得同样的下场。

水不断地喷涌，逐渐积满了地下室。两只猫在积水中不断滑倒，根本无法站立。

"继续向前！"猪草下令。老鼠们把喷嘴拖下台阶，先是瞄准银边喷，接着又对准灰条喷。

两只猫三次挣扎着想爬到台阶上，三次都被强劲的水流击退。

灰条索性掉头逃跑了。他浸在冰冷的水中，半游半爬地退到下水管道口，钻了进去，全身的毛湿淋淋地贴在身体上，看上去只剩下一副骨架了。他甚至都没有回头看一眼银边是否跟他一起逃了出来。

银边再次发起进攻。喷嘴还在继续喷水，地下室的水位迅速上升。这只白猫找不到任何一处稳固的落脚点。水越来越多，开始涌进下水管，地下室所有的东西都被冲走了，银边也不例外。

当银边被冲进下水管时，老鼠们看到她满脸的愤怒和困惑。

银边那个没了亮片的项圈也被水冲掉了，不过没多久也被冲进了下水管。

老鼠们把喷嘴对准下水管又喷了一阵，确保猫们不会再回来了，这才停手。

最后，猪草以胜利者的姿态呼喊道："嘿，伙计们，我们开始庆祝吧！"

27

告 别

三天之后，猪草站在安珀市的铁轨旁边，等待即将抵达的火车。离合器和闪光灯跟他站在一起。远远地，他们听到了火车开过来的汽笛声。

"其实，你没必要走，你要是能留下来，闪光灯和我会很高兴的。"离合器对猪草说。

猪草摆出一副潇洒的样子，微笑着说："嘿，老兄，这是个广阔的世界，而我是只渺小的老鼠。我有太多想看的东西了，明白我的意思吗？不过不管怎样，总有一天我会回来的。到时，我会来看望你们，还会教你们的孩子一两个把戏。"

"你要说话算话。"闪光灯羞涩地笑着说。

"这几天你们见到过银边或是灰条吗?"

离合器笑着说:"据我所知,他们已经离开这里了,听说是上了一趟火车,我只知道他们从此消失了。真是够逊的!"

"好极了!"猪草说。说话间,火车的汽笛声越来越响了。

"只不过,现在轮到我了。"

"老兄,"离合器认真起来,"我只想说,你是只了不起的老鼠。我的意思是,你非常成功。虽然你来自乡下,但是

你目光远大。事实上，俱乐部所有的老鼠都一致赞同，我们应该给俱乐部改个名字，从现在开始，就叫'猪草俱乐部'。"

"我很荣幸，老兄！"猪草开心地说。

"我和闪光灯想送你一件礼物，来表达我们对你的感谢。"离合器伸出爪子，从耳朵上取下那个紫色的耳环，把它放在掌心。耳环上的珠子从她的爪子缝中垂了下去。

"我们想把这个送给你，我是说，如果你愿意收下的话。"

猪草轻轻地接过耳环，被深深地感动了。

"当你戴着它的时候，猪草，请想着我们，还有，要开心地跳舞。"

"只要你戴着它，就永远不会向恶势力低头。"离合器补充说。

"我知道了。"猪草说。

"老兄，用我帮你戴上吗？"离合器问。

"那就最好了！"

离合器把耳环戴到猪草的左耳上。

"老兄，很高兴认识你这个朋友。"她用鼻子蹭了一下猪草的耳朵说，"你简直帅呆了！"

闪光灯蹭了蹭猪草的另一只耳朵。

三只老鼠紧紧地拥抱在一起。

火车缓慢地进入了他们的视野，前灯闪烁，铃声叮当，汽笛长鸣。随着响亮的一声，砰！火车进站了。

"你知道要去哪儿吗？"闪光灯问道。

"城市我已经见识过了，现在该去森林冒险了。"猪草说。

说完，他跳到连接车厢的车钩上，顺着雨槽，溜进了一节车厢。等找到合适的位置后，他探出头来。闪光灯和离合器肩并肩地抬头望着他。

火车开始向前开动，猪草强忍住眼泪，一只爪子挥手告别，另一只爪子摸着他的新耳环。

"嘿，老兄，"离合器喊道，"要记住——"

"记住什么？"猪草大声问。

"身为老鼠就要做老鼠该做的事！"

"亲爱的朋友，我会的！"

火车发出刺耳的声音，开始加速。离合器和闪光灯目送猪草离开后，握着彼此的爪子回家了。

猪草转过身，从敞开的车门处，闷闷不乐地看着一闪而过的世界，不时地拨弄着耳环。当火车的汽笛再次忧郁地响起时，他忍不住放声高歌：

一只老鼠，自由漫步，

走过林荫，和卵石小路，

走过高山，还有低谷，

阳光灿烂，鸟儿唱歌。

世界处处是老鼠，啊！

世界处处是老鼠，啊！

随后，猪草把爪子拢成喇叭状，放在嘴边，用尽全身的力气大喊道："幽光森林，我来了！"

献给苏西·李

RAGWEED

Written by Avi, illustrated by Brian Floca

TEXT © 1999 AVI WORTIS, INC.

ARTWORK © 1999 BRIAN FLOCA

This edition arranged with BRANDT & HOCHMAN LITERARYAGENTS, INC.

through BIGAPPLEAGENCY, INC., LABUAN, MALAYSIA.

Simplified Chinese edition copyright: 2024 Beijing Everafter Cultural Development Co., Ltd.

All rights reserved.

版权合同登记号：14-2024-0035

图书在版编目（CIP）数据

幽光森林的居民们. 猪草的历险 ／（美）阿维著；
（美）布莱恩·弗洛卡绘；栾述蓉译. -- 南昌：二十一
世纪出版社集团，2024.6

书名原文：Tales from Dimwood Forest

ISBN 978-7-5568-7451-4

Ⅰ.①幽… Ⅱ.①阿… ②布… ③栾… Ⅲ.①儿童小
说-长篇小说-美国-现代 Ⅳ.①I712.84

中国国家版本馆CIP数据核字(2024)第045876号

幽光森林的居民们·猪草的历险

YOUGUANG SENLIN DE JUMINMEN ZHUCAO DE LIXIAN

[美] 阿维／著　　[美] 布莱恩·弗洛卡／绘　栾述蓉／译

出 版 人	刘凯军		项目策划	奇想国童书
责任编辑	张 周			
特约编辑	郑应湘 周 磊	**装帧设计**	李燕萍 程 然	
出版发行	二十一世纪出版社集团			
	（江西省南昌市子安路75号 330025）			
网　　址	www.21cccc.com			
经　　销	全国新华书店			
印　　刷	固安兰球星彩色印刷有限公司			
版　　次	2024年6月第1版			
印　　次	2024年6月第1次印刷			
开　　本	880 mm×1300 mm　1/32			
印　　张	7.125			
字　　数	124千字			
书　　号	ISBN 978-7-5568-7451-4			
定　　价	218.00元（全7册）			

赣版权登字 -04-2024-111　版权所有，侵权必究

（凡购本社图书，如有印装质量问题，由发行公司负责退换。服务热线：010-64049180 转 805）